José Rodrigues dos Santos nació en Mozambique en 1964. Es escritor y periodista y fue director de Información de RTP, la televisión pública de Portugal. Es también el autor de *códice 632*.

El enigma de Einstein

Otros libros de José Rodrigues dos Santos

El códice 632
El séptimo sello

El enigma de Einstein

José Rodrigues dos Santos

Traducción de Mario Merlino

HARPER
rayo

Un rama de HarperCollinsPublishers

Título original: *A fórmula de Deus*

© José Rodrigues dos Santos/Gradiva-Publicações, L.da, 2006
© de la traducción: Mario Merlino
Esta traducción fue publicada originalmente
por Roca Editorial de Libros, S. L. en 2008.

Los libros de HarperCollins pueden ser adquiridos para uso educacional, comercial
o promocional. Para recibir más información, diríjase a: Special Markets Department,
HarperCollins Publishers, 10 East 53rd Street, New York, NY 10022.

PRIMERA EDICIÓN HARPERRAYO, 2010

ISBN: 978-0-06-171925-7

10   11   12   13   14   DIX/RRD   10 9 8 7 6 5 4 3 2 1

A Florbela

Yo soy el alfa y el omega, dice el señor Dios,
el que es, el que era, el que viene, el Todopoderoso.

Apocalipsis, I, 8
(según la traducción de Nácar-Colunga)

Advertencia

Todos los datos científicos que aquí se ofrecen son verdaderos. Físicos y matemáticos defienden las teorías científicas expuestas en esta novela.

Prólogo

*E*l hombre de las gafas oscuras encendió la cerilla y acercó la llama violácea al cigarrillo. Aspiró fuerte y una nube agrisada se elevó desde su cara, despacio, fantasmagórica. El hombre recorrió la calle con la mirada azul y apreció la placidez de aquel rincón apacible.

Hacía sol, los arbustos coloreaban de verde los encantadores jardines, graciosas casas de madera asomaban a la calle, las hojas temblaban bajo la brisa leve de la mañana; el aire ameno se llenó de aroma y melodía, perfumado por la fragancia fresca de las glicinas, mecido por el chirrido laborioso de las cigarras en el césped rastrero y por el tierno arrullo de un colibrí. Una carcajada despreocupada se unió al armonioso concierto de la naturaleza: era un niño rubio que chillaba de alegría y brincaba por la acera, sosteniendo la cuerda de una cometa multicolor.

Primavera en Princeton.

Un zumbido lejano atrajo la atención del hombre de las gafas oscuras. Estiró la cabeza y fijó los ojos en el fondo de la calle. Aparecieron tres motos de la Policía por la derecha, encabezando una fila de coches que se acercaba a gran velocidad; el zumbido creció y se transformó en un ronquido estrepitoso. El hombre se quitó el cigarrillo de la boca y lo apagó en el cenicero apoyado en el alféizar de la ventana.

—Están llegando —dijo, volviendo la cabeza hacia atrás.

—¿Comienzo a grabar? —preguntó el otro, con el dedo sobre el botón de un aparato con una cinta magnetofónica.

—Sí, es mejor.

La fila de automóviles se inmovilizó con gran bullicio delante de la casa al otro lado de la calle, una vivienda blanca de dos pisos, con un porche delantero, construida según el estilo revivalista griego. Unos policías uniformados y otros de paisano asumieron el control del perímetro y un hombre corpulento, evidentemente un guardaespaldas, fue a abrir la puerta del Cadillac negro que estacionó delante de la entrada. Un hombre de edad, con el pelo blanco sobre las orejas y calvo en la coronilla, salió del Cadillac y alisó su traje oscuro.

—Ya veo a Ben Gurión —dijo, desde la ventana de la casa opuesta, el hombre de las gafas oscuras.

—¿Y nuestro amigo? ¿Ya ha aparecido? —preguntó el hombre del magnetófono, frustrado por no poder ir hasta la ventana a observar la escena.

El de las gafas oscuras desvió los ojos del Cadillac hacia la casa. La imagen familiar del hombre de edad, ligeramente encorvado y con el pelo blanco peinado hacia atrás, un abundante bigote canoso sobre la nariz, asomó por el umbral de la puerta y bajó las escaleras con una sonrisa.

—Sí, ya está allí.

Las voces de los dos hombres encontrándose en las escaleras del jardín resonaron por los altavoces de los magnetófonos.

—*Shalom*, señor primer ministro.

—*Shalom*, profesor.

—Bienvenido a mi modesta casa. Es un placer tener aquí al famoso David Ben Gurión.

El político se rio.

—Debe de estar bromeando. Realmente el placer es mío. No todos los días es posible entrar en la casa del gran Albert Einstein, ¿no?

El hombre de las gafas miró a su compañero.

—¿Estás grabando?

El otro comprobó las agujas que oscilaban en las esferas de los aparatos.

—Sí. No te preocupes.

ϒ

Enfrente, Einstein y Ben Gurión posaban para los reporteros, que los iluminaban con *flashes* frente a la cortina verde y lila de la glicina que trepaba por el balcón de la casa. Como era un magnífico día primaveral, el científico hizo señas de que era mejor quedarse fuera e indicó unas sillas de madera dispuestas sobre el césped húmedo; ambos se sentaron ahí, sin que los fotógrafos y camarógrafos parasen de registrar el momento. Al cabo de unos minutos, un guardaespaldas abrió los brazos y alejó a la prensa, dejando a los dos hombres a solas, entregados a la conversación en medio de la soleada dulzura del jardín.

En el grabador de la casa de enfrente, se seguían captando y registrando las voces.

—¿Le está yendo bien en su viaje, señor primer ministro?

—Sí, he conseguido algún apoyo y muchos donativos, gracias a Dios. Continúo viaje hacia Filadelfia, donde espero obtener más dinero. Pero nunca es suficiente, ¿no? Nuestra joven nación está rodeada de enemigos y necesita la mayor cantidad de ayuda posible.

—Israel tiene sólo tres años, señor primer ministro. Es natural que haya dificultades.

—Pero hace falta dinero para superarlas, profesor. No basta con la buena voluntad.

Tres hombres de traje oscuro irrumpieron por la puerta de la casa de enfrente, sujetando las pistolas con ambas manos y apuntando a los dos sospechosos que observaban la escena.

—*Freeze!* —gritaron los hombres armados—. ¡Somos del FBI! ¡No se muevan! ¡Manos arriba, sin hacer gestos bruscos!

El hombre de las gafas oscuras y el del magnetófono alzaron los brazos, aunque sin mostrarse alarmados. Los del FBI se acercaron, siempre empuñando las pistolas, tensas y amenazadoras.

—¡Túmbense en el suelo!

—No hace falta —replicó tranquilamente el de las gafas oscuras.

—He dicho que se tumben en el suelo —gritó el del FBI—. No volveré a repetirlo.

—Tranquilos, muchachos —insistió el de las gafas oscuras—. Somos de la CIA.

El del FBI frunció el ceño.

—¿Puede probarlo?

—Claro que puedo. Si me deja sacar la identificación del bolsillo.

—Sáquela. Pero despacio. Nada de gestos bruscos.

El hombre de las gafas oscuras bajó lentamente el brazo derecho, lo sumergió en el bolsillo del abrigo y sacó una tarjeta que le extendió al del FBI. La tarjeta, con el sello circular de la Central Intelligence Agency, identificaba al hombre de las gafas oscuras como Frank Bellamy, oficial de primera clase. El agente del FBI hizo una seña a sus compañeros para que bajasen las armas y miró a su alrededor, examinando la sala.

—¿Qué está haciendo aquí la OSS?

—Ya no somos la OSS, *you prick*. Ahora somos la CIA.

—*Okay*. ¿Qué está haciendo aquí la CIA?

—Eso a ustedes no les incumbe.

El del FBI fijó los ojos en los magnetófonos.

—Grabando la conversación de nuestro genio, ¿eh?

—Eso a ustedes no les incumbe.

—La ley les prohíbe espiar a ciudadanos estadounidenses. Ya lo saben. ¿O no lo saben?

—El primer ministro de Israel no es un ciudadano estadounidense.

El hombre del FBI sopesó la respuesta. En efecto, concluyó, el agente de la agencia rival tenía una buena coartada.

—Hace años que estamos intentando ponerle escuchas a nuestro amigo —dijo, mirando por la ventana la figura de Einstein—. Tenemos informaciones de que él y su secretaria, esa zorra de la Dukas, les están pasando secretos a los soviéticos. Pero Hoover no nos deja poner los micrófonos, tiene miedo de lo que pueda llegar a ocurrir si el geniecillo los descubre. —Se rascó la cabeza—. Por lo visto, ustedes han sorteado esa dificultad.

Bellamy frunció los labios finos, iniciando lo que parecía ser el esbozo de una sonrisa.

—Mala suerte la de ustedes, por ser del FBI. —Señaló la puerta con la cabeza—. Ahora váyanse, desaparezcan. Dejen que los *big boys* trabajen.

El del FBI alzó la comisura de los labios en un gesto de desprecio.

—Siempre los mismos mierdas, ¿eh? —gruñó antes de volverse hacia la puerta—. *Fucking nazis.* —Hizo una seña a sus dos compañeros—: *Let's go, guys.*

En cuanto los hombres del FBI abandonaron la casa, Bellamy pegó la nariz a la ventana y volvió a observar a los dos judíos sentados conversando en el jardín de la casa de enfrente.

—¿Aún está grabando, Bob?

—Sí —dijo el otro—. La conversación ha entrado ahora en una fase crucial. Voy a ponerlo más alto.

Bob giró el botón del volumen y las dos voces llenaron de nuevo la sala.

—… defensa de Israel —dijo Ben Gurión, concluyendo evidentemente una frase.

—No sé si puedo hacer eso —repuso Einstein.

—¿No puede o no quiere, profesor?

Se hizo un breve silencio.

—Yo soy pacifista, ya sabe —continuó Einstein—. Creo que ya existen demasiadas desgracias en el mundo y que estamos jugando con fuego. Éste es un poder que debemos respetar y no sé si tenemos la madurez suficiente para enfrentarnos a él.

—Sin embargo, fue usted quien convenció a Roosevelt de que usase la bomba.

—Fue diferente.

—¿En qué?

—La bomba era para combatir a Hitler. Pero ¿sabe?, ya me he arrepentido de haber convencido al presidente de que la fabricase.

—¿Ah, sí? ¿Y si los nazis la hubiesen utilizado primero? ¿Qué habría ocurrido entonces?

—Pues sí —asintió Einstein, vacilante—. Habría sido catastrófico, ¿no? Tal vez, por mucho que me cueste admitirlo, la construcción de la bomba fue realmente un mal necesario.

—Entonces me está dando la razón.

—¿Sí?

—Claro. Lo que le pido puede volver a ser un mal necesario para asegurar la supervivencia de nuestra joven nación. Lo que quiero decir es que usted ya abandonó su pacifismo con ocasión de la Segunda Guerra Mundial y lo hizo de nuevo para permitir que Israel naciera. Necesito saber si puede volver a hacerlo.

—No lo sé.

Ben Gurión suspiró.

—Profesor, nuestra joven nación se encuentra en peligro de muerte. Usted sabe tan bien como yo hasta qué punto Israel está rodeada de enemigos y necesita de un elemento disuasorio eficaz, algo que haga retroceder a nuestros enemigos. En caso contrario, el país será devorado ya recién nacido. Por eso se lo pido, se lo ruego, se lo suplico encarecidamente. Por favor, abandone una vez más su pacifismo y ayúdenos en este momento difícil.

—El problema no es sólo ése, señor primer ministro.

—¿Cuál es?

—El problema es que ando muy ocupado. Estoy intentando concebir una teoría unificada de los campos, que abarque la gravedad y el electromagnetismo. Es un trabajo muy importante, tal vez incluso el más…

—Vamos, profesor —interrumpió Ben Gurión—. Estoy seguro de que usted tiene conciencia del alcance de lo que le estoy diciendo.

—Sin duda —admitió el científico—. Pero falta saber si puede hacerse lo que usted me pide.

—¿Puede hacerse?

Einstein vaciló.

—Tal vez —dijo por fin—. No lo sé, tendré que estudiar el caso.

—Hágalo, profesor. Hágalo por nosotros, hágalo por Israel.

Frank Bellamy garrapateó apresuradamente sus notas y, cuando terminó, echó un nuevo vistazo a las agujas. Las manecillas rojas temblequeaban en la esfera al ritmo del sonido, lo que significaba que se estaban grabando todas las palabras.

Bob permanecía atento a lo que se decía, pero acabó meneando la cabeza.

—Creo que tenemos lo esencial —observó—. ¿Paro la grabación?

—No —dijo Bellamy—. Sigue grabando.

—Pero ya han cambiado de tema.

—No importa. Pueden volver a la misma cuestión dentro de un rato. Sigue grabando.

—… varias veces, yo no tengo una imagen convencional de Dios, pero me cuesta creer que no exista nada más allá de la materia —dijo Ben Gurión—. No sé si me explico.

—Se explica muy bien.

—Fíjese —insistió el político—. El cerebro está hecho de materia, tal como una mesa. Pero la mesa no piensa. El cerebro es parte de un organismo vivo, tal como mis uñas, pero mis uñas ni piensan. Y mi cerebro, si se separa del cuerpo, tampoco piensa. Es el conjunto del cuerpo con la cabeza lo que permite pensar. Lo que me lleva a plantear la posibilidad de que todo el universo sea un cuerpo pensante. ¿No le parece?

—Es posible.

—Siempre he oído decir que usted era ateo, profesor, pero ¿no le parece…?

—No, no soy ateo.

—¿No? ¿Usted es religioso?

—Sí, lo soy. Puede decirlo así.

—Pero en alguna parte he leído que usted considera que la Biblia se equivoca…

Einstein se rio.

—Y así es.

—Entonces significa que no cree en Dios.

—Significa que no creo en el Dios de la Biblia.

—¿Cuál es la diferencia?

Se oyó un suspiro.

—¿Sabe?, en mi infancia yo era un niño muy religioso. Pero, a los doce años, empecé a leer libros científicos, de esos de divulgación, no sé si los conoce…

—Sí…

—… y llegué a la conclusión de que la mayor parte de las historias de la Biblia no son más que narraciones míticas. Dejé de ser creyente casi de un día para el otro. Me puse a pensar bien en el asunto y me di cuenta de que la idea de un dios personal es un poco ingenua, hasta infantil.

—¿Por qué?

—Porque se trata de un concepto antropomórfico, una fantasía creada por el hombre para intentar influir en su destino y buscar consuelo en las horas difíciles. Como no podemos intervenir en la naturaleza, creamos esta idea de que la administra un dios benevolente y paternalista que nos escucha y nos guía. Es una idea muy reconfortante, ¿no le parece? Creamos la ilusión de que, si rezamos mucho, lograremos que Él controle la naturaleza y satisfaga nuestros deseos, como por arte de magia. Cuando las cosas andan mal, como no comprendemos que un dios tan benevolente lo haya permitido, decimos que debe obedecer a algún designio misterioso y nos quedamos así más reconfortados. Pero eso no tiene sentido, ¿no le parece?

—¿No cree que Dios se preocupa por nosotros?

—Piense, señor primer ministro, que nosotros somos una entre millones de especies que ocupan el tercer planeta de una estrella periférica de una galaxia mediana con miles de millones de estrellas, y esa galaxia es, ella misma, una entre miles de millones de galaxias que existen en el universo. ¿Cómo quiere que crea en un dios que se toma el trabajo, en esta inmensidad de proporciones inimaginables, de preocuparse por cada uno de nosotros?

—Bien, la Biblia dice que Él es bueno y es omnipotente. Si es omnipotente, puede hacerlo todo, incluso preocuparse por el universo y por cada uno de nosotros, ¿no?

Einstein se golpeó la rodilla con la palma de la mano.

—¿Que Él es bueno y omnipotente? ¡Vaya idea absurda! Si Él es, de verdad, bueno y omnipotente, como pretende la Biblia, ¿por qué razón permite la existencia del mal? ¿Por qué razón ha dejado que se produjese el Holocausto, por ejemplo? Si lo piensa mejor, los dos conceptos son contradictorios, ¿no? Si Dios es bueno, no puede ser omnipotente, ya que no logra acabar con el mal. Si Él es omnipotente, no puede ser bueno, ya que permite la existencia del mal. Un concepto excluye al otro. ¿Cuál prefiere?

—Pues… tal vez el concepto de que Dios es bueno, creo.

—Pero ese concepto tiene muchos cabos sueltos, ¿se ha fijado? Si lee la Biblia con atención, se dará cuenta de que no transmite la imagen de un dios benévolo, sino más bien de un dios celoso, un dios que exige fidelidad ciega, un dios que causa temor, un dios que castiga y sacrifica, un dios capaz de decirle a Abraham que mate a su hijo sólo para asegurarse de que el patriarca le es fiel. Pero si Él es omnisciente, ¿no sabía ya que Abraham le era fiel? ¿Para qué, siendo Él bueno, esa prueba tan cruel? Por lo tanto, no puede ser bueno.

Ben Gurión soltó una carcajada.

—Ya me ha pillado, profesor —exclamó—. De acuerdo, Dios no es necesariamente bueno. Pero, siendo el creador del universo, por lo menos es omnipotente, ¿no?

—¿Seguro? Si es así, ¿por qué razón castiga a sus criaturas si todas forman parten de su creación? ¿No estará castigándolas por cosas de las que Él, en resumidas cuentas, es el exclusivo responsable? Al juzgar a sus criaturas, ¿no se estará juzgando a sí mismo? En mi opinión, para ser sincero, sólo podrá disculparlo su inexistencia. —Hizo una pausa—. Además, si nos fijamos bien, ni siquiera la omnipotencia es posible, se trata de un concepto, también éste lleno de irresolubles contradicciones lógicas.

—¿Cómo es eso?

—Hay una paradoja que explica la imposibilidad de la omnipotencia y que puede formularse de la siguiente manera: si Dios es omnipotente, puede crear una piedra que sea tan pesada que ni Él mismo logre levantarla. —Einstein alzó las cejas—. ¿Se da cuenta? Justamente allí reside la contradicción. Si Dios no logra levantar la piedra, Él no es omnipotente. Si lo logra, tampoco es omnipotente porque no ha sido capaz de crear una piedra que le resultase difícil levantar —sonrió—. Conclusión: no existe un dios omnipotente, ésa es una fantasía del hombre en busca de consuelo y también de una explicación para lo que no entiende.

—Entonces no cree en Dios.

—No creo en el Dios personal de la Biblia, no.

—Cree que no hay nada más allá de la materia, ¿no?

—No, claro que algo hay. Tiene que haber algo por detrás de la energía y de la materia.

—En definitiva, profesor: ¿cree o no cree?

—No creo en el Dios de la Biblia, ya se lo he dicho.

—Entonces, ¿en qué cree?

—Creo en el dios de Spinoza, que se revela en el orden armonioso de lo que existe. Admiro la belleza y la lógica simple del universo, creo en un dios que se revela en el universo, en un dios que...

Frank Bellamy reviró los ojos, enfadado, y meneó la cabeza.

—*Jesus Christ!* —farfulló—. No creo lo que estoy oyendo.

Bob se movió en la silla, junto a los grabadores.

—Mira el lado positivo del asunto —dijo—. ¿Te has fijado, Frank, en que estamos escuchando al mayor genio de la humanidad revelando lo que piensa sobre Dios? ¡Cuántas personas no pagarían por escuchar esto!

—Éste no es un *show business*, Bob. Estamos hablando de la seguridad nacional y necesitamos escuchar más de lo que ya hemos escuchado sobre la petición que le ha hecho Ben Gurión. Si Israel tiene la bomba atómica, Bob, ¿cuánto tiempo crees que tendremos que esperar hasta que todo el mundo la tenga también? ¿Eh?

—Tienes razón. Disculpa.

—Es imperioso que obtengamos más detalles.

—Tienes razón. Es mejor que escuchemos la conversación.

—... de Spinoza.

Se hizo un largo silencio.

Fue Ben Gurión el primero en romperlo.

—Profesor, ¿cree que será posible probar la existencia de Dios?

—No, no lo creo, señor primer ministro. No es posible probar la existencia de Dios, de la misma manera que no es posible probar su no existencia. Sólo tenemos la capacidad de sentir lo misterioso, de experimentar la sensación de deslumbramiento por el maravilloso plan que se expresa en el universo.

Se hizo una nueva pausa.

—¿Y por qué no intenta probar la existencia o inexistencia de Dios?

—No me parece que sea posible, ya se lo he dicho.

—Si fuese posible, ¿cuál sería el camino?

Silencio.

Le correspondió entonces a Einstein hablar un buen rato. El viejo científico giró la cabeza y contempló el verde paisaje que bordeaba Mercer Street; lo contempló con ojos de sabio, con ojos de chico, con los ojos de quien tiene todo el tiempo del mundo y no ha perdido el don de maravillarse ante la exuberancia de la naturaleza en su encuentro con la primavera.

Respiró hondo.

—*Raffiniert ist der Herrgott, aber boshaft ist er nicht* —dijo por fin.

Ben Gurión lo miró con una expresión intrigada.

—*Was wollen Sie damit sagen?*

—*Die Natur verbirgt ihr Geheimnis durch die Erhabenheit ihres Wessens, aber nicht durch List.*

Frank Bellamy asestó un puñetazo en el alféizar de la ventana.

—*Damn!* —exclamó—. ¡Ahora se han puesto a hablar en alemán!

—¿Qué están diciendo? —preguntó Bob.

—¡Qué sé yo! ¿Me ves cara de *Kraut*?

Bob parecía desconcertado.

—¿Qué hago? ¿Sigo grabando?

—Claro. Después llevamos la cinta a la Agencia y algún *fucking* genio nos lo traducirá. —Esbozó una mueca de desprecio—. Con todos los nazis que tenemos allí ahora, no resultará tan difícil, ¿no?

El agente apoyó la nariz en la ventana y allí se quedó, mientras el vapor de la respiración creaba vahos húmedos en el cristal, con los ojos perdidos en los dos viejos que conversaban al otro lado de la calle, como dos hermanos, uno junto al otro, sentados en las sillas del jardín del número 112 de Mercer Street.

I

*E*l caos en la calle resultaba indescriptiblemente desagradable. Automóviles con la chapa abollada, camiones ruidosos y autobuses humeantes se apiñaban en el asfalto sucio y oleoso, estremeciéndose con cláxones impacientes y bufidos graves y malhumorados; el olor ácido del gasóleo quemado llenaba el aire caliente del final de la mañana, una pegajosa neblina de contaminación se cernía sobre los edificios deteriorados, había algo de decadente en aquel espectáculo de una ciudad antigua intentando aunar el futuro con lo peor de la modernidad.

Indeciso en cuanto al rumbo que tomaría, el hombre de pelo castaño y ojos verdes cristalinos se detuvo en la escalinata del museo y analizó qué opciones tenía. Frente a él se extendía la gran rotonda de la Midan Tahrir, más allá de la cual se multiplicaban los cafés. El problema es que la plaza constituía el epicentro de aquel caos circulatorio, el escenario mayor de la chatarra ambulante que se amontonaba frente a él. Ni pensar en ir por allí. Miró hacia la izquierda. La alternativa era meterse por la Qasr El-Nil e ir al Groopi´s a comer unos dulces y tomar un té; pero tenía demasiada hambre para eso, el apetito no se aplacaría con unos simples bollos. La otra posibilidad era girar hacia la derecha y seguir por la Corniche El-Nil, donde se erguía su espléndido hotel, con excelentes restaurantes y magníficas vistas al río y a las pirámides.

—¿Es su primera vez en El Cairo?

El hombre de ojos verdes volvió la cabeza hacia atrás, buscando identificar la voz femenina que lo había interpelado.

—¿Perdón?

—¿Es su primera vez en El Cairo?

Una mujer alta y de largo pelo negro se acercó al hombre; venía del interior del museo y mostraba una sonrisa cautivadora. Tenía los ojos de un intrigante color castaño amarillento, los labios gruesos y sensuales pintados de rojo, unos discretos pendientes de rubíes y un *tailleur* gris pegado al cuerpo; unos tacones altos negros realzaban sus curvas perfectas y las piernas largas de modelo.

Una belleza exótica.

—Pues… no —titubeó el hombre—. Ya he venido aquí muchas veces.

La mujer le extendió la mano.

—Encantada —sonrió—. Mi nombre es Ariana. Ariana Pakravan.

—¿Cómo está?

Se dieron la mano y Ariana se rio bajito.

—¿No me va a decir su nombre?

—Ah, disculpe. Me llamo Tomás. Tomás Noronha.

—¿Cómo está, Thomas?

—Tomás —la corrigió—. Con tilde en la «a». Tomáaas.

—Tomás —repitió ella, esforzándose por imitar el acento.

—Eso es. Los árabes suelen tener cierta dificultad en pronunciar bien mi nombre.

—Hmm… ¿Y quién le ha dicho que yo soy árabe?

—¿No lo es?

—Da la casualidad de que no. Soy iraní.

—Ah —se rio—. No sabía que las iraníes eran tan guapas.

El rostro de Ariana se iluminó con una sonrisa maravillosa.

—Ya veo que es un galanteador.

Tomás se sonrojó.

—Disculpe, no he podido evitarlo.

—Ah, no se sienta incómodo. Ya Marco Polo decía que las mujeres más guapas del mundo eran las iraníes. —Pestañeó, seductora—. Además, no hay mujer a la que no le guste oír un buen piropo, ¿no?

El historiador observó el *tailleur* pegado al cuerpo.

—Pero usted es muy moderna. Siendo de Irán, la tierra de los ayatolás, resulta incluso sorprendente.

—Yo…, pues…, soy un caso especial. —Ariana contempló el desorden en la Midan Tahrir—. Dígame: ¿no tiene hambre?

—¿Si tengo hambre? ¡Vaya, sería capaz de comerme un buey!

—Entonces, venga conmigo, lo llevaré a que pruebe unas especialidades locales.

El taxi se dirigió hacia El Cairo islámico, al este de la ciudad. A medida que el coche circulaba por la capital egipcia, un laberinto de callejas estrechas, abarrotadas de movimiento y hormigueantes de vida, iba sustituyendo a las anchas avenidas de la Baixa; se veían carretas y burros, transeúntes vestidos con *galabiyya*, vendedores ambulantes, bicicletas, hombres haciendo señas con papiros, puestos de *taamiyya*, tiendas de objetos de latón y de cobre, de cueros, alfombras, tejidos y antigüedades recién hechas, terrazas con clientes fumando *sheeshas*, en el aire un aroma fuerte a comida frita, azafrán, cúrcuma y guindilla.

El taxi los dejó a la puerta de un restaurante de la Midan Hussein, una plazoleta ajardinada a la sombra de un estilizado minarete.

—Ésa es la mezquita más importante de la ciudad, el lugar más sagrado de El Cairo —indicó la iraní, que señaló el edificio al otro lado de la calle—. Es la mezquita de Sayyidna al-Hussein.

Tomás contempló el santuario.

—¿Ah, sí? ¿Y por qué es tan importante?

—Dicen que allí se encuentra una de las reliquias más sagradas del islam, la cabeza de Al-Hussein.

—¿Y quién es ése?

—¿Al-Hussein? —se sorprendió Ariana—. ¿No sabe quién es Al-Hussein? Dios mío, es…, es el nieto del profeta Mahoma. Al-Hussein es el hombre que está en la base del gran cisma del mundo islámico. ¿Sabe?, el islam está dividido entre los sunitas y los seguidores de Al-Hussein, los chiitas, y aquella reliquia es muy importante para los chiitas.

—¿Y usted? ¿Qué es?

—Yo soy iraní.

—Pero ¿es chiita o sunita?

—Estimado amigo, en Irán somos casi todos chiitas.

—Por tanto, ésta es una mezquita muy importante para usted.

—Sí. Cuando estoy en El Cairo, vengo los viernes a rezar aquí. Yo y miles de otros fieles, claro.

Tomás observó la fachada.

—Me gustaría visitarla.

—No puede.

—¿No? ¿Por qué?

—Esta mezquita es tan sagrada que sólo están autorizados a entrar en ella los musulmanes. Los infieles se quedan a la puerta.

—Ah, muy bien —exclamó Tomás, decepcionado—. ¿Y quién le ha dicho que yo soy infiel?

Ariana lo miró de soslayo, dubitativa en cuanto al sentido de su pregunta.

—¿No lo es?

Tomás soltó una carcajada.

—Lo soy, lo soy —confirmó sin dejar de reír—. Muy infiel. —Hizo un gesto en dirección a la puerta del restaurante—. Por ello, lo mejor es que vayamos a comer, ¿no?

El Abu Hussein ofrecía un aspecto más occidental que la mayoría de los restaurantes egipcios. Todas las mesas tenían manteles muy bien lavados y, detalle importante en esa ciudad, el aire acondicionado funcionaba a todo vapor, llenando el restaurante de una frescura placentera.

Se sentaron junto a la ventana, la mezquita claramente visible del otro lado, y Ariana le hizo una seña al camarero.

—*Ya nadil!* —llamó.

El hombre, de uniforme blanco, se acercó:

—*Nam?*

—*Qa imatu taqam, min fadlik?*

—*Nam.*

El hombre se alejó, y Tomás se inclinó en la mesa.

—Habla árabe, ¿no?

—Claro.

—¿Es parecido al iraní?

—El parsi y el árabe son lenguas totalmente diferentes, aunque utilicen el mismo alfabeto escrito y compartan algunas palabras.

Tomás pareció desconcertado.

—Ah —exclamó—. ¿Y qué le ha dicho?

—Nada especial. Le he pedido que trajese la carta, sólo eso.

El hombre reapareció minutos después con dos cartas en la mano, que entregó a cada uno de los clientes. Tomás miró el menú y meneó la cabeza.

—No entiendo nada de esto.

Ariana miró por encima de su menú.

—¿Qué quiere comer?

—Elija usted. Estoy en sus manos.

—¿Seguro?

—Absolutamente seguro.

La iraní estudió el menú y volvió a llamar al camarero para hacerle el pedido. Sólo vaciló con las bebidas y se vio forzada a consultar a Tomás.

—¿Tiene alguna preferencia para beber?

—Qué sé yo. Lo que haya.

—¿Quiere una bebida alcohólica o prefiere otra cosa?

—¿Aquí se puede beber alcohol?

—¿En Egipto? Claro que se puede. ¿No lo sabía?

—Lo sabía, sí. Me estoy refiriendo a este lugar, en pleno El Cairo islámico, al lado de la mezquita más sagrada de la ciudad. ¿Se permite el alcohol en esta zona?

—No hay problema.

—Ah, bien. ¿Y cuáles son las opciones?

Ariana le preguntó al camarero y tradujo la respuesta.

—Tienen cerveza y vino egipcio.

—¿Vino egipcio? Vaya, no sabía que producían vino. Pues, mire, lo voy a probar.

La iraní completó el pedido y el camarero se alejó.

Una voz aguda, emitida con una tonalidad melancólica, rasgó el aire; era el *muezzin* que, desde lo alto del gran minarete, lanzaba el *adhan*, llamando a los fieles a la oración. La entonación melancólica y ondulada de «*Allah u akhar*» se prolongó sobre la ciudad, y Ariana observó por la ventana la multitud que confluía en la mezquita.

—¿Quiere ir a rezar? —le preguntó él.

—No, ahora no.

Tomás cogió un encurtido de hortalizas que servía de aperitivo sobre la mesa.

—Espero que la comida no me haga daño —dijo él, mirando el encurtido con un gesto desconfiado.

—¿Por qué?

—Cuando llegué aquí, anteayer, fui a comer al restaurante del hotel y me pillé al rato una diarrea.

—Ah, sí, eso les ocurre a veces a los frágiles intestinos europeos. Conviene que tenga cuidado con lo que come.

—¿Y cómo tener cuidado?

—Mire, evite las ensaladas y la fruta sin pelar, por ejemplo. —Señaló el encurtido clavado en el palillo que Tomás sostenía entre los dedos—. Los encurtidos no le hacen ningún daño, puede comerlos sin miedo. Pero sólo beba agua mineral, hay botellas en venta por todas partes. Y no vaya a restaurantes baratos, de esos que tienen cucarachas paseando por la mesa. Si llega a ir a uno de ésos, corre peligro.

Tomás mordió el encurtido.

—Pero me pillé la diarrea comiendo en el restaurante del hotel, ¿qué opina?

—Hasta los restaurantes más caros pueden tener problemas, nunca se sabe.

El camarero apareció con una enorme bandeja llena de platos coloridos; los puso sobre la mesa y se retiró, diciendo que iba a buscar las bebidas. Tomás contempló la variedad de los manjares y se frotó el mentón.

—¿Qué es esto?

Ariana señaló un plato con comida roja y amarilla.

—Eso es *koshari*, un plato típico de Egipto. Se prepara con pasta, arroz, lentejas y salsa de tomate, todo cubierto con cebolla frita. Si quiere, puede añadirle picante.

—¿Y los demás?

La iraní indicó cada plato por separado.

—Estas empanadillas son *taamiyya* —buscó la palabra—, hechas con habas. —Cogió un pan achatado—. Éste es el *baladi*. Puede untarlo con *hummus* en aceite, *babaghanoush* y *fuul*.

—¿Qué es eso?

—El *hummus* es…, es una salsa de garbanzos. El *fuul* es un puré de habas con hierbas y aceite, y el otro es una salsa de berenjenas y *tahini*. Pruebe, es bueno.

Tomás probó y, después de un instante saboreándolo, hizo un gesto de aprobación.

—Sí que es bueno.

—Se lo he dicho.

El camarero reapareció con las bebidas. Puso un vaso de *karkade* frío delante de Ariana y llenó el vaso de Tomás con el néctar rojo oscuro de una botella de tinto árabe. El cliente bebió un trago y asintió con la cabeza.

—Es curioso —comentó él, una vez que el camarero se alejó—. Ya sé muchas cosas de usted, pero usted no sabe nada de mí, ¿se ha fijado? Sólo sabe mi nombre.

Ella arqueó las cejas y adoptó una expresión maliciosa.

—Se equivoca.

—¿Sí? —se sorprendió Tomás—. Si aún no le he contado nada...

—No hace falta. Yo ya me he informado.

—¿Ah, sí?

—Claro.

—No la creo.

—¿Quiere que se lo demuestre? Mire, sé que usted es portugués y que lo consideran uno de los mayores expertos mundiales en criptoanálisis y lenguas antiguas. Da clases en una universidad de Lisboa, y ahora también trabaja como consultor de la Fundación Gulbenkian, donde está revisando la traducción de las inscripciones en jeroglífico del arte egipcio y en la escritura cuneiforme del bajorrelieve asirio que se conservan en el museo de la fundación. —Hablaba como si estuviese respondiendo a un examen—. Ha venido a El Cairo a dar una conferencia sobre el templo de Karnak y ha aprovechado para estudiar la posibilidad de adquirir, para el Museo Calouste Gulbenkian, una estela del rey Narmer que se encuentra guardada en el sótano del Museo Egipcio.

—Vaya, usted sabe mucho. Estoy impresionado...

—Sé también que tuvo hace seis años una tragedia personal y que se ha divorciado recientemente.

Tomás frunció el ceño, intentando evaluar la situación. Aquéllas ya eran informaciones de la esfera de su intimidad y sintió cierto malestar porque alguien hubiese estado curioseando en su vida.

—¿Cómo diablos sabe todo eso?

—Mi querido profesor, ¿usted cree que soy una de sus conquistas fáciles? —Ariana sonrió sin humor y meneó la cabeza—. No. Estoy aquí por razones de trabajo y este almuerzo que estamos compartiendo es un almuerzo de negocios, ¿entiende?

El portugués hizo un gesto de desconcierto.

—No, no consigo entenderla.

—Piense un poco, profesor. Soy una mujer musulmana y, más que eso, como ha reparado hace un momento, vengo del país de los ayatolás, donde la moral es, como usted sabe, muy estricta. ¿Cuántas mujeres iraníes cree usted que interpelan a un europeo en la calle y lo invitan a almorzar, así, sin más ni más?

—Bien…, realmente, no…, no me hago una idea.

—Ninguna mujer hace eso en Irán, querido profesor. Ninguna. Si estamos los dos aquí sentados, es porque tenemos un asunto que discutir.

—¿Tenemos?

Ariana apoyó los codos en la mesa y miró a Tomás a los ojos.

—Profesor, como le he dicho, sé que está aquí, en El Cairo, para la conferencia y también con la idea de adquirir una antigüedad egipcia destinada al Museo Gulbenkian. Pero yo lo he traído a este lugar con la idea de proponerle otro negocio. —Se agachó, cogió el bolso del suelo y lo colocó sobre la mesa—. En este bolso tengo la copia de un manuscrito que se puede convertir en el descubrimiento más importante del siglo. —Acarició suavemente el bolso—. Estoy aquí por orden de mi Gobierno para preguntarle si quiere trabajar con nosotros en la traducción de este documento.

Tomás se mantuvo un instante mirando a la iraní.

—¿Está diciendo que quiere contratarme? ¿Es eso?

—Exacto.

—¿Ustedes no tienen traductores propios?

Ariana sonrió.

—Digamos que ésta es su especialidad.

—¿Lenguas antiguas?

—No exactamente.

—¿Entonces? ¿Criptoanálisis?

—Sí.

Tomás se frotó el mentón.

—Ya... —murmuró—. ¿Qué manuscrito es ése?

La iraní se enderezó, adoptando una postura seria, casi protocolaria.

—Antes de avanzar en la conversación, debo plantearle una condición previa.

—Diga.

—Todo lo que hablemos ahora es confidencial. Usted no debe revelarle nada a nadie del contenido de nuestra conversación. ¿Me ha entendido? A nadie. Si no llegásemos a un acuerdo, usted también guardará silencio sobre todo lo que le voy a decir. —Lo miró a los ojos—. ¿He sido clara?

—Sí.

—¿Seguro?

—Sí, quédese tranquila.

Ariana abrió el bolso y sacó una tarjeta y una hoja, que mostró a su interlocutor.

—Ésta es mi tarjeta de funcionaria del Ministerio de la Ciencia.

Tomás cogió la tarjeta. Estaba escrito únicamente en parsi y llevaba una fotografía de Ariana con atuendo islámico.

—Siempre tan guapa, ¿eh?

La iraní sonrió.

—Y usted siempre galanteador, ¿no?

El historiador volvió a mirar la tarjeta.

—No entiendo nada de lo que está escrito aquí. —Le devolvió el documento con un gesto de indiferencia—. En mi opinión, puede ser una falsificación hecha allí en una imprenta cualquiera.

Ariana sonrió.

—A su debido tiempo verá que no hay trampa. —Mostró el papel—. Éste es el documento del Ministerio de la Ciencia que certifica la autenticidad del manuscrito sobre el cual queremos que usted trabaje.

El portugués analizó el documento y lo leyó de cabo a rabo. El papel oficial, encabezado por el sello iraní, estaba mecanografiado en inglés. El documento establecía que Ariana Pakravan era jefa del grupo de trabajo designado por el Ministerio de la Ciencia, Investigación y Tecnología de la República Islámica de Irán para el desciframiento y autentificación del manuscrito llamado *Die Gottesformel*. Al final, un trazo azulado revelaba una firma ilegible, aclarada por debajo con el nombre Bozorgmehr Shafaq, ministro de la Ciencia, Investigación y Tecnología.

Tomás señaló el nombre del manuscrito.

—¿*Die Gottesqué*?

—*Die Gottesformel*. Es alemán.

—Ya me había dado cuenta de que es alemán —se rio él—. Pero ¿qué es esto?

Ariana sacó otro papel del bolso, doblado en cuatro; la iraní lo desdobló y se lo mostró a Tomás. Redactada en mayúsculas, con una letra de máquina de escribir, estaba la misma expresión, DIE GOTTESFORMEL, un poema mecanografiado abajo y una firma sobre papel cuadriculado.

—Ésta es la fotocopia de la primera página del manuscrito en cuestión —explicó Ariana—. Como ve, se trata del mismo título mencionado por el ministro Shafaq en el documento que le he mostrado.

—Sí, *Die Gottesformel* —repitió Tomás—. Pero ¿qué es esto?

—Es un manuscrito elaborado por una de las mayores figuras de la humanidad.

—¿Quién? —se rio Tomás—. ¿Jesucristo?

—Ya me he dado cuenta de que le gusta bromear.

—Pero dígalo ya. ¿Quién?

Ariana cortó con las manos un pedazo de pan, lo untó con *hummus* y lo mordió, siempre con gestos deliberadamente lentos, como si quisiera acentuar el dramatismo de la revelación.

—Albert Einstein.

Tomás analizó de nuevo la fotocopia, cada vez más curioso.

—¿Einstein, eh? Humm…, interesante. —Miró a Ariana—. ¿Esta firma es realmente la de Einstein?

—Sí.

—¿Es su letra?

—Claro. Ya hemos efectuado pruebas de caligrafía y lo hemos confirmado.

—¿Y cuándo se publicó este texto?

—Nunca se publicó.

—¿Cómo?

—Nunca se publicó.

—¿Nunca?

—No.

—¿Me está diciendo que es un inédito?

—Sí.

El historiador emitió un murmullo apreciativo; la curiosidad lo quemaba ahora como fuego. Estudió una vez más la fotocopia, las letras del título, el poema y la firma de Einstein abajo. Del papel, sus ojos fueron al bolso de Ariana, aún sobre la mesa.

—¿Dónde están los demás folios?

—En Teherán.

—¿Me puede hacer copias para estudiarlos?

La iraní sonrió.

—No. Éste es un documento absolutamente confidencial. Tendrá que ir a Teherán a estudiar el manuscrito —dijo, e inclinó la cabeza—. ¿Qué tal si nos vamos directamente allá?

Tomás soltó una carcajada y abrió la palma de la mano hacia delante, como un policía que parase el tráfico.

—Calma, más despacio. Primero, no estoy seguro de poder hacer este trabajo. A fin de cuentas, estoy aquí contratado por la fundación Gulbenkian. Además, tengo otras obligaciones en Lisboa, ¿entiende? Están las clases en la...

—Cien mil euros —interrumpió Ariana sin pestañear—. Estamos preparados para pagarle cien mil euros.

El historiador vaciló.

—¿Cien mil euros?

—Sí. Y todos los gastos pagados.

—¿Por cuánto tiempo de trabajo?

—El tiempo que haga falta.

—¿Cuánto? ¿Una semana?

—Uno o dos meses.

—¿Uno o dos meses? —Adoptó una actitud pensativa—. Pues..., no sé si puedo.

—¿Por qué? ¿Le pagan más en la Gulbenkian y en la universidad acaso?

—No, no es eso. El problema es que tengo compromisos..., es que..., en fin, no puedo deshacerlos así porque sí, como ha de comprender.

Ariana se inclinó en la mesa y le clavó sus ojos color miel.

—Profesor, cien mil euros es mucho dinero. Y nosotros le pagamos cien mil euros por mes, más los gastos.

—Por mes, ¿eh?

—Por mes —confirmó—. Si hacen falta dos meses, serán doscientos mil, y así sucesivamente.

Tomás consideró la oferta. Cien mil euros por mes equivalían a más de tres mil por día. O sea que ganaría en un día más de lo que ganaba en un mes en la facultad. ¿Cuál era la duda? El historiador sonrió y extendió el brazo sobre la mesa.

—De acuerdo.

Se dieron un apretón de manos, para cerrar el trato.

—Y nos vamos ya a Teherán —añadió ella.

—Eso no puede ser —dijo el historiador—. Tengo que ir aún a Lisboa a resolver unos asuntos.

—Tenemos una necesidad urgente de sus servicios, profesor. Quien cobra tanto dinero como usted va a cobrar no puede andar preocupándose por asuntos secundarios.

—Oiga, necesito ir a presentar un informe a la Gulbenkian sobre mi reunión en el Museo Egipcio y, además, tengo que despachar unas cuestiones pendientes en la facultad. Me faltan cuatro clases para terminar el semestre y necesito conseguir un asistente que las dé. Sólo después de eso estaré disponible para ir a Teherán.

La iraní suspiró de impaciencia.

—Entonces, ¿dentro de cuánto tiempo podrá ir?

—Dentro de una semana.

Ariana meneó la cabeza, sopesando la situación.

—Hmm…, está bien. Supongo que lograremos sobrevivir hasta entonces.

Tomás volvió a coger la fotocopia, y analizó de nuevo el título.

—¿Cómo fue a parar este manuscrito a las manos de su Gobierno?

—Eso no se lo puedo decir. Es un asunto que no le concierne.

—Ah, bien. Pero supongo que me podrá decir cuál es el tema que trata Einstein en este inédito, ¿no?

Ariana suspiró y meneó la cabeza.

—Lamentablemente, tampoco le puedo aclarar nada al respecto.

—No me diga que eso es confidencial.

—Claro que es confidencial. Todo lo que tenga que ver con este proyecto es confidencial, ¿me entiende? En este caso, no obstante, no puedo responderle por la sencilla razón de que, por increíble que parezca, ni siquiera nosotros hemos logrado entender lo que hay escrito allí.

—¿Cómo? —Tomás esbozó una expresión de sorpresa—. ¿Cuál es la dificultad? ¿No hay nadie que lea alemán?

—El problema es que parte del documento no está redactado en alemán.

—¿Ah, no?

—No.

—Entonces…

—Oiga, lo que le estoy diciendo requiere una total confidencialidad, ¿me entiende?

—Sí, ya hemos hablado de eso, quédese tranquila.

Ariana respiró hondo.

—Casi todo el documento se encuentra manuscrito en alemán por el propio Einstein. Pero un pequeño fragmento, y por motivos que aún no están del todo claros, aparece cifrado. Nuestros criptoanalistas anduvieron dándole vueltas a ese extracto cifrado y concluyeron que no pueden desentrañar cuál es la cifra, porque está escrito en una lengua que no es alemán ni inglés.

—¿Podría ser hebreo?

La iraní meneó la cabeza.

—No, Einstein hablaba mal el hebreo. Aprendió los rudimentos, pero estaba lejos de dominar la lengua. Fue por ello incluso por lo que evitó la instrucción para la *Bar-mitzvá*.

—Entonces, ¿qué lengua podrá ser ésa?

—Tenemos sobradas razones para sospechar de una en particular.

—¿Cuál?

—El portugués.

Tomás abrió la boca, contrayéndose su rostro en una mueca de absoluta incredulidad y perplejidad.

—¿Portugués?

—Sí.

—Pero…, pero ¿Einstein hablaba portugués?

—Claro que no —sonrió Ariana—. Tenemos motivos para creer que fue un colaborador suyo, que hablaba portugués, quien redactó y cifró ese pequeño extracto.

—Pero ¿por qué? ¿Con qué objetivo?

—Los motivos no están aún muy claros. Es posible que tenga que ver con la importancia del texto.

Tomás se frotó los ojos, como si intentase detenerse un instante, ganar tiempo para estructurar los pensamientos y extraer algún sentido de lo que se le decía.

—Espere, espere —solicitó—. Hay algo que no llego a comprender. ¿Éste es o no un inédito de Einstein?

—Claro que lo es.

—¿Lo ha redactado Einstein o no?

—Casi todo está escrito por la mano de Einstein, sí. Pero, por algún motivo que no resulta aún del todo claro, la parte esencial del texto fue escrita en otra lengua y, sólo entonces, cifrada. —Ariana hablaba despacio, como intentando que así el profesor la entendiese mejor—. Después de analizar el extracto 37 cifrado y considerar la historia del manuscrito, nuestros criptoanalistas concluyeron que la lengua original de ese extracto es, con toda probabilidad, el portugués.

Tomás balanceó afirmativamente la cabeza, con la mirada perdida en un punto infinito.

—Ah —murmuró—. De ahí que usted haya venido a hablar conmigo…

—Sí. —Ariana abrió los brazos, como quien expone una evidencia—. Si el texto cifrado se encuentra originalmente redactado en portugués, es obvio que necesitamos un criptoanalista portugués, ¿no?

El historiador volvió a coger la fotocopia de la primera página del manuscrito y la examinó con atención. Recorrió el título en mayúsculas, DIE GOTTESFORMEL, y analizó el poema mecanografiado de debajo. Puso el dedo sobre los versos y miró a Ariana.

—¿Qué es esto?

—Es un poema. —La iraní alzó una ceja—. Se trata de lo único escrito en inglés, además de una extraña referencia antes de la línea cifrada. Todo lo demás está en alemán. Usted no sabe alemán, ¿no?

Tomás se rio.

—Estimada amiga, sé portugués, español, inglés, francés, latín, griego y copto. Ya estoy avanzado en el aprendizaje del hebreo y del arameo, pero, lamentablemente, no domino aún el alemán de forma adecuada. Sé algo, sólo eso.

—Claro —dijo ella—. Fue lo que leí cuando empecé a investigar sobre usted.

—Investigó muchas cosas sobre mí, ¿no?

—Digamos que me informé sobre la persona que necesitaba contratar.

El portugués pasó una última vez los ojos por la fotocopia y su atención regresó al título.

—*Die Gottesformel* —leyó—. ¿Qué es esto?

—Es el nombre del manuscrito.

Tomás se rio.

—Gracias —exclamó, con una expresión sarcástica en los ojos—. Hasta ahí ya he llegado. Pero no conozco esa expresión en alemán. ¿Qué quiere decir?

—¿*Die Gottesformel?*

—Sí.

Ariana cogió el vaso, paladeó un trago de *karkasde* y sintió el sabor de las hojas de hibisco que le endulzaban la lengua. Puso la infusión oscura sobre la mesa y miró a Tomás.

—*La fórmula de Dios.*

II

El toque polifónico que brotaba de los pantalones le anunció a Tomás que alguien lo llamaba al móvil. Se llevó la mano al bolsillo y sacó el pequeño aparato plateado; la pantalla registraba la llamada de «Padres».

—¿Dígame?

Una voz familiar respondió del otro lado, como si estuviese a un escaso metro de distancia.

—¿Sí? ¿Tomás?

—Hola, madre.

—¿Dónde estás, hijo? ¿Ya has llegado?

—Sí, llegué esta tarde.

—¿Te ha ido todo bien?

—Sí.

—¡Ah, gracias a Dios! Siempre que viajas me siento intranquila.

—¡Ay, madre, qué disparate! Volar en avión, hoy en día, es algo totalmente normal. Mire, es como ir en autocar o en tren, aunque más rápido y más cómodo.

—Aun así, siempre me quedo preocupada. Además, has ido a un país árabe, ¿no? Allí están todos locos, se pasan la vida poniendo bombas y matando gente, es horrible. ¿No ves las noticias?

—¡Vamos, no exagere! —se rio el hijo—. ¡Aquello no está tan mal, de verdad! Incluso son muy simpáticos y educados.

—Claro. Hasta que hagan estallar la próxima bomba.

Tomás suspiró, impaciente.

—De acuerdo, de acuerdo —dijo, nada interesado en seguir con esa conversación—. Lo cierto es que todo ha ido bien y ya estoy de vuelta.

—Menos mal.

—¿Cómo está padre?

La madre vaciló al otro lado de la línea.

—Tu padre…, pues…, va tirando.

—Muy bien —repuso Tomás sin notar la vacilación—. ¿Y usted? ¿Sigue navegando por Internet?

—Más o menos.

—No me diga que se dedica a ver páginas pornográficas —bromeó el hijo.

—Anda, ya sales tú con tus tonterías —protestó la madre, y carraspeó—. Oye, Tomás, tu padre y yo nos vamos mañana a Lisboa.

—¿Vienen mañana?

—Sí.

—Entonces tenemos que ir a almorzar.

—Pues sí. Salimos por la mañana temprano, tranquilamente, así que llegaremos allí a eso de las once o doce.

—Entonces vengan a buscarme a la Gulbenkian. A la una de la tarde.

—¿A la una de la tarde en la Gulbenkian? Perfecto.

—¿Y qué vienen a hacer?

La madre volvió a vacilar al otro lado de la línea.

—Después hablamos, hijo —dijo por fin—. Después hablamos.

El edificio geométrico de hormigón, diseñado con líneas abstractas extendidas en horizontal, se asemejaba a una estructura intemporal, brotando del verdor como una construcción megalítica, un enorme dolmen de trazos rectos asentado en la cima de una elevación cubierta de césped. Recorriendo la rampa empedrada, Tomás miró el edificio con la misma sensación de encantamiento de siempre, le parecía una acrópolis de los tiempos modernos, un monumento geométrico, una composición metafísica, una gigantesca roca integrada en un bosque como si siempre hubiese formado parte de él.

La Fundación Gulbenkian.

Entró en el vestíbulo con la cartera en la mano y subió la amplia escalinata. Grandes cristales rasgaban las paredes sólidas, fundiendo el edificio con el jardín, la estructura artificial con el paisaje natural, el hormigón con las plantas. Pasó por el *foyer* del gran auditorio y, después de un delicado golpe en la puerta, entró en el despacho.

—Hola, Albertina, ¿qué tal?

La secretaria archivaba unos documentos en el armario. Volvió la cabeza y sonrió.

—Buenos días, profesor. ¿Ya ha vuelto?

—Ya me ve.

—¿Le ha ido todo bien?

—De maravilla. ¿Está el ingeniero Vital?

—El señor ingeniero está en una reunión con el personal del museo. No volverá hasta la tarde.

Tomás se quedó indeciso.

—Bien…, tengo aquí el informe del viaje a El Cairo. No sé qué hacer. Tal vez sea mejor que vuelva por la tarde, ¿no?

Albertina se sentó frente al escritorio.

—Déjelo aquí —sugirió—. Cuando venga el señor ingeniero, yo se lo entrego. Si tiene alguna duda, ya se pondrá en contacto con usted, ¿le parece?

El historiador abrió la cartera y sacó unos folios unidos por un clip en un ángulo.

—De acuerdo —dijo, y le entregó los folios a la secretaria—. Aquí queda el informe. Que me llame si es necesario.

Tomás se volvió para salir, pero Albertina lo retuvo.

—Ah, profesor.

—¿Sí?

—Ha llamado Greg Sullivan, de la embajada estadounidense. Ha pedido que le telefonee en cuanto pueda.

El historiador desanduvo el camino y fue a su despacho, una salita en la planta baja habitualmente ocupada por los consultores de la fundación. Se sentó frente a su escritorio y comenzó a trabajar: preparó el esquema de las clases que le quedaban del semestre.

La ventana del despacho se abría al jardín, donde las hojas y el césped ondulaban al ritmo del viento, como en un prado; las gotas del riego resplandecían como joyas al sol de la mañana. Telefoneó a un asistente y ajustó los detalles de las clases, comprometiéndose a dejarle en la facultad los esquemas que estaba acabando de hacer. Después, buscó en la agenda del móvil el número del agregado cultural de la embajada de Estados Unidos y lo llamó.

—Sullivan, *here*.

—Hola, Greg. Habla Tomás Noronha, de la Gulbenkian.

—*Hi*, Tomás. ¿Cómo está?

El agregado cultural hablaba portugués con un marcado acento estadounidense, muy nasalizado.

—Muy bien. ¿Y usted?

—*Great*. ¿Cómo le ha ido en El Cairo?

—Normal. Creo que vamos a cerrar el trato para comprar la estela que he ido a ver. La decisión le corresponde ahora a la administración, claro, pero mi opinión es positiva y las condiciones me parecen buenas.

—No sé qué ven ustedes de especial en esas antiguallas egipcias —se rio el estadounidense—. Me parece que hay cosas más interesantes en que gastar el dinero.

—Usted lo dice porque no es historiador.

—Tal vez —contestó, y cambió el tono—. Tomás, le he pedido que me llame porque necesito que se pasase por la embajada.

—¿Ah, sí? ¿Qué ocurre?

—Es un asunto que…, en fin…, no podemos discutir por teléfono.

—No me diga que ya tiene novedades sobre la propuesta que le hicimos al Getty Center. ¿Acaso ellos, en Los Ángeles, aprobaron…?

—No, no es eso —interrumpió Sullivan—. Es algo… diferente.

—Hmm —murmuró Tomás, esforzándose por imaginar qué asunto sería ése. Tal vez alguna novedad del Museo Hebreo, conjeturó. Desde que comenzó a aprender hebreo y arameo, el agregado cultural estadounidense lo instigaba con frecuencia para que fuese a Nueva York a ver el museo—. De acuerdo. ¿Cuándo quiere que vaya?

—Esta tarde.

—¿Esta tarde? Huy, no sé si podré. Mis padres vienen dentro de un rato y aún tengo que pasar por la facultad.

—Tomás, tiene que ser esta tarde.

—Pero ¿por qué?

—Ha llegado hace poco una persona desde Estados Unidos. Ha volado hasta aquí exclusivamente para hablar con usted.

—¿Para hablar conmigo? ¿Quién es?

—No se lo puedo decir por teléfono.

—Ah, vamos…

—No puedo.

—¿Es Angelina Jolie?

Sullivan se rio.

—*Gosh*, usted tiene una fijación con Angelina Jolie, ¿no? Es la segunda vez que me habla de ella.

—Es una muchacha con unos atributos…, en fin…, admirables —dijo Tomás con una sonrisa—. Pero si no es Angelina Jolie, ¿quién es?

—Ya lo verá.

—Oiga, Greg, tengo cosas más importantes que hacer que soportar latosos, ¿me escucha? Dígame quién es o no pongo ahí los pies de ningún modo.

El agregado cultural vaciló del otro lado de la línea.

—*Okay*, sólo voy a darle una pista. Pero tiene que prometerme que vendrá aquí a las tres de la tarde.

—Cuatro de la tarde.

—Muy bien, a las cuatro de la tarde aquí, en la embajada. Vendrá, ¿no?

—Quédese tranquilo, Greg.

—De acuerdo entonces. Hasta luego.

—Espere —dijo casi gritando Tomás—. Aún no me ha dado la pista, caramba.

Sullivan soltó una carcajada.

—*Damn!* Tenía la esperanza de que se olvidase.

—Muy listo, sí, señor. ¿Y? ¿La pista?

—Es confidencial, ¿lo ha entendido?

—Sí, sí, de acuerdo. Suéltela.

—*Okay* —asintió el estadounidense, que respiró hondo—. Aquí va la pista.

—Dígala ya.

—Tomás, ¿usted ha oído hablar alguna vez de la CIA?

El historiador pensó que lo había entendido mal.

—¿Qué?

—Hablamos a las cuatro. *See you.*

Y colgó.

El reloj de pared marcaba la una menos diez cuando alguien golpeó la puerta del despacho. Giró el picaporte y Tomás vio asomarse un rostro familiar, una mujer de pelo rubio con rizos y ojos verdes cristalinos, los mismos que él había heredado, tras unas grandes gafas.

—¿Se puede?

—Madre —exclamó el historiador, que se levantó—. ¿Está bien?

—Hijo querido —dijo ella, que lo abrazó y lo besó con calidez—. ¿Cómo estás tú?

Una tos ronca detrás de ella reveló una segunda figura.

—Hola, padre —saludó Tomás, tendiéndole, ceremonioso, la mano.

—¿Y, muchacho? ¿Cómo van las cosas?

Se dieron un apretón de manos, algo torpes el uno frente al otro, como siempre ocurría cuando se encontraban.

—Muy bien —dijo Tomás.

—¿Cuándo vas a conseguir una mujer que se ocupe de ti? —preguntó la madre—. Ya tienes cuarenta y dos años y necesitas rehacer tu vida, hijo.

—Ah, estoy pensando en ello.

—Tienes que darnos unos nietos.

—De acuerdo, de acuerdo.

—¿No hay posibilidades de que tú y Constança…, en fin…, de que vosotros…?

—No, no hay ninguna posibilidad —interrumpió Tomás, y miró el reloj, esforzándose por cambiar de conversación—. ¿Vamos a comer?

La madre vaciló.

—Me parece bien, pero…, pero es mejor que primero conversemos un poco.

—Conversamos en el restaurante. —Esbozó un gesto con la cabeza—. Vamos. Ya he reservado mesa y…

—Tenemos que conversar aquí —interrumpió ella.

—¿Aquí? —se asombró el hijo—. Pero ¿por qué?

—Porque necesitamos hablar a solas, hijo. Sin extraños alrededor.

Tomás adoptó una expresión intrigada y cerró despacio la puerta del despacho. Acercó dos sillas, en las que se sentaron los padres, y volvió a su lugar, por detrás del escritorio.

—¿Y? —preguntó, mirándolos interrogativamente—. ¿Qué ocurre?

Los padres parecían cohibidos. La madre miró a su marido, indecisa, como si le pidiese que hablara. Pero él no dijo nada, lo que la llevó a tomar la iniciativa de forzarlo a que lo hiciera.

—Tu padre tiene algo que contarte. —Volvió la mirada hacia su marido—. ¿No, Manel?

El padre se enderezó en la silla y tosió.

—Estoy preocupado porque ha desaparecido un compañero mío —dijo visiblemente muy incómodo—. Augusto…

—Manel —interrumpió la mujer—. No empieces a divagar.

—No estoy divagando. La desaparición de Augusto me ha dejado preocupado, ¿qué quieres?

—No hemos venido aquí a hablar de Augusto.

Tomás miró a uno y a otro.

—¿Quién es Augusto?

La madre reviró los ojos, disgustada.

—Es el profesor Augusto Siza, un compañero de tu padre de la facultad. Da clases de Física y desapareció hace dos semanas.

—¿Ah, sí?

—Oye, hijo, esta historia no interesa en absoluto. Hemos venido aquí por otro motivo. —Miró a su marido—. ¿No es así, Manel?

Manuel Noronha bajó la cabeza y se observó las uñas, ya amarillentas por tantos años de adicción al tabaco. Sentado detrás de su escritorio, Tomás examinó a su padre. Se le veía casi calvo, sólo se resistían a la calvicie unos pelos blancos pegados a las orejas y en la nuca; las cejas, espesas y rebeldes, se habían vuelto grises y su rostro estaba enjuto, tal vez demasiado, con los pómulos muy salientes, casi ocultando sus pequeños ojos castaño claro; y múltiples arrugas surcaban su cara como cicatrices. Mirándolo bien, su padre se estaba haciendo viejo; viejo y delgado, con un cuerpo esmirriado y seco, hasta el punto de que parecía sólo piel y huesos. Tenía setenta años y la edad comenzaba a pesarle, era increíble que aún diese clases de Matemática en la Universidad de Coimbra. Sólo su lucidez y su inteligencia brillante se lo permitían, pero tuvo incluso que conseguir una autorización especial del rector; en caso contrario, hace mucho que se habría quedado en casa consumiéndose.

—Manel —insistió la mujer—. Anda, vamos. Mira que, si no lo cuentas tú, lo haré yo.

—Pero ¿contar qué? —preguntó Tomás, intrigado ante todo aquel misterio.

—Lo contaré yo —dijo el padre.

El profesor de Matemática no era una persona habladora. Su hijo se habituó a verlo, a través de los años, como una figura distante, un hombre silencioso, siempre con un cigarrillo en la mano, encerrado en el despacho del desván, aferrado a un lápiz o a una tiza, aislado de la vida: una especie de eremita de la abstracción; su mundo eran las teorías de Cantor, la geometría de Euclides, los teoremas de Fermat y Gödel, los fractales de Mandelbrot, los sistemas de Lorenz, el imperio de los números. Vivía en medio de una nube de humo de ecuaciones y tabaco, sumergido en un universo irreal, lejos de los hombres, en reclusión ascética, casi ignorando a la familia; era un esclavo de la nicotina, los guarismos, las fórmulas, las funciones, las teorías de conjunto, las probabilidades, la simetría, de pi, de fi y de todo lo que concernía a todo. A todo.

Excepto a la vida.

—He ido al médico —anunció Manuel Noronha, como si aquello fuese todo lo que tenía que decir.

Se hizo silencio.

—¿Sí? —lo alentó su hijo.

El viejo profesor, entendiendo que esperaban de él que siguiese hablando, se movió en la silla.

—Hace algún tiempo empecé a toser, hace dos o tres años. —Tosió dos veces, como ilustrando lo que decía—. Primero creí que era un constipado, después una alergia. El problema es que la tos se agravó y he ido perdiendo el apetito. He adelgazado y he comenzado a sentirme débil. Augusto, a esas alturas, me había pedido que confirmase unas ecuaciones, y atribuí ese cansancio y esa delgadez al exceso de trabajo. —Se llevó la mano al pecho—. Después descubrí que al respirar dejaba escapar una especie de silbido —respiró hondo, dejando oír un silbido que le salía del tórax—. Tu madre me mandó que consultase al médico a ver qué era, pero no le hice caso. Me vinieron entonces unos dolores de cabeza muy fuertes y unas como punzadas en los huesos. Creí que era por el trabajo, pero tu madre se hartó de ladrarme al oído y marcó una cita con el doctor Gouveia.

—Tu padre parece un animal salvaje, ya sabes cómo es —observó la madre—. Casi tuve que arrastrarlo hasta la clínica.

Tomás se quedó callado. No le estaba gustando el rumbo que tomaba la conversación, previó la conclusión lógica y entendió que su padre debía de tener un problema de salud.

—El doctor Gouveia me mandó hacer unos análisis —dijo Manuel Noronha—. Me sacaron sangre y me hicieron unas radiografías. El médico vio los resultados y me pidió que efectuase también un TAC. Después nos llamó a su despacho, a mí y a tu madre, y reveló que había detectado unas manchas en los pulmones y un aumento de los ganglios linfáticos. Dijo que tenía que hacerme también una biopsia, para examinar una muestra en el microscopio y ver qué era aquello. Me ordenaron una broncoscopia, destinada a extraerme un fragmento del tejido pulmonar.

—¡Puf! —se desahogó la madre, con su característico revirar de ojos—. La broncoscopia fue un drama.

—¿Y cómo no iba a serlo? —preguntó el padre, lanzándole una mirada resentida—. Me habría gustado verte en mi lugar, ¿eh? Habría sido maravilloso. —Miró a su hijo, como buscando un aliado—. Me metieron un tubito por la nariz y el tubito bajó por la garganta hasta los pulmones. —Indicó con el dedo todo el trayecto de la sonda—. Tuve enormes dificultades para respirar durante ese análisis, fue algo horrible.

—¿Y qué reveló el análisis? —quiso saber Tomás, impaciente por llegar a la conclusión de la historia.

—Bien, ellos se dedicaron a examinar la muestra extraída de la mancha de mi pulmón y de los ganglios linfáticos. Días más tarde, el doctor Gouveia volvió a llamarnos para una nueva reunión. Después de una larga conversación, dijo que yo tenía…, pues… —Miró a su mujer—. Graça, oye, tú eres la que se acuerda bien de esas cosas. ¿Qué fue lo que dijo?

—No pude olvidarlo —observó Graça Noronha—. Lo llamó

proliferación descontrolada de células del revestimiento epitelial de la mucosa de los bronquios y alvéolos del pulmón.

Tomás mantuvo los ojos fijos en su madre, después los dirigió hacia su padre y de nuevo a su madre.

—¿Qué diablos quiere decir eso?

Manuel Noronha suspiró, oyéndose nítidamente el silbido que le brotaba del pecho.

—Tengo un cáncer, Tomás.

El hijo lo escuchó e intentó procesar la información en su mente, pero se sintió anestesiado, sin reacción.

—¿Un cáncer? ¿Cómo que un cáncer?

—Tengo cáncer de pulmón. —Volvió a respirar hondo—. Primero, no lo creí. Pensé que alguien había confundido los análisis, poniendo mi nombre en el análisis de otra persona. Salí del consultorio y acudí a otro médico, el doctor Assis, que me hizo nuevas pruebas y después me soltó una larga charla diciendo que tenía un problema grave y que debía tratarme, pero no dijo qué era.

La mujer se inclinó en la silla.

—El doctor Assis me telefoneó después y pidió hablar conmigo —dijo Graça—. Cuando llegué, me reveló lo que el doctor Gouveia ya me había dicho. Dijo que tu padre tenía…, en fin, esa enfermedad, pero no sabía si debía decírselo.

El matemático hizo un gesto de resignación.

—De modo que me convencí y volví a ver al doctor Gouveia. Él me explicó que mi problema se llama…, huy, tiene un nombre raro, carcinoma-no-sé-qué. Lo llaman cáncer de pulmón sin pequeñas células.

—La culpa es del tabaco —farfulló la mujer—. El doctor Gouveia dijo que los cigarrillos son la causa de casi el noventa por ciento de los cánceres de pulmón. ¡Claro, tu padre fumaba como una chimenea! —Alzó el dedo, en actitud sermoneadora—. Y eso que le he dicho varias veces; oye, Manel, a ver si…

—Madre, espere un poco —interrumpió Tomás, conmovido por la noticia, y miró a su padre—. Pero eso puede tratarse, ¿no?

—El doctor Gouveia ha dicho que se hacen varias cosas para combatir el problema. La cirugía, para extirpar el carcinoma, y también la quimioterapia y la radioterapia.

—¿Y cuál va a hacer él?

Se hizo un breve silencio.

—En mi caso —dijo por fin el padre— hay dos complicaciones que, según el doctor Gouveia, son muy comunes en este tipo de cáncer.

—¿Qué complicaciones?

—Han detectado mi cáncer un poco tarde. Parece que ello ocurre, cuando el cáncer es de pulmón, en el setenta y cinco por ciento de los casos. Diagnóstico tardío. —Tosió nuevamente—. La segunda complicación deriva de la primera. Como se ha tardado en identificar la enfermedad, que ahora está bastante avanzada, se ha extendido por otras partes del cuerpo. Son metástasis. Me han aparecido metástasis en los huesos y en el cerebro, y el doctor Gouveia dice que es natural que lleguen a aparecer también en el hígado.

Tomás se sintió paralizado, con los ojos clavados en su padre.

—Dios mío —exclamó—. ¿Y cuál es el tratamiento entonces?

—La cirugía se descarta. Los tumores ya se han difundido, por lo que no tiene sentido operar en mi caso. La quimioterapia tampoco es una opción, dado que sólo es eficaz en el caso del cáncer de células pequeñas. Tengo el de las células no pequeñas, el cual, según parece, es incluso el tipo de cáncer de pulmón más frecuente.

—Si no puedes operarte ni hacer quimioterapia, ¿qué vas a hacer?

—Radioterapia.

—¿Y así te curarás?

—El doctor Gouveia dice que tengo buenas perspectivas, que a esta edad la evolución de la enfermedad no es muy rápida y que tengo que enfrentarme a ella como si fuese una enfermedad crónica.

—Ah.

—Pero he estado leyendo muchas cosas y no sé si él ha sido del todo sincero conmigo.

La mujer se agitó en su lugar, molesta por esa observación.

—¡Qué disparate! —protestó—. ¡Claro que ha sido sincero! El matemático miró a su mujer.

—Oye, Graça, no vamos a discutir otra vez, ¿no?

Graça miró a su hijo, como si buscase un aliado.

—¿Has visto cómo es? ¡Ahora está con la idea fija de que se va a morir!

—No es eso —argumentó el marido—. He estado leyendo unas cosas y entendí que el objetivo de la radioterapia no es la cura, sino simplemente retardar la evolución de la enfermedad.

—¿Retardar? —preguntó el hijo—. ¿Qué es eso de retardar?

—Retardar. Hacer que la evolución sea más lenta.

—¿Cuánto tiempo?

—¡Qué sé yo! En mi caso puede ser un mes, puede ser un año, no tengo ni idea. —Se humedecieron sus ojos—. Espero que sean veinte —dijo—. Pero puede ser sólo un mes, no lo sé.

Tomás sintió que el mundo se le escurría debajo de los pies.

—¿Un mes?

—¡Ay, Jesús, qué manía! —protestó Graça—. Ya está tu padre dramatizándolo todo…

El viejo profesor de Matemática tuvo un ataque de tos. Se recompuso con dificultad, respiró hondo y fijo sus húmedos ojos castaños en el verde vidrioso de su hijo.

—Tomás, me estoy muriendo.

III

*L*a seguridad a la entrada del perímetro de la embajada de Estados Unidos, un edificio situado en un recinto verde de Sete Rios, parecía adoptar dimensiones ridículas. Tomás Noronha pasó por dos cordones de vigilancia y lo revisaron dos veces, tras superar un complicadísimo sistema de detección de metales y tras haber acercado el ojo a una pequeña máquina de tecnología biométrica concebida para identificar a sospechosos por el reconocimiento del iris; los vigilantes colocaron incluso un espejo debajo de su Volkswagen azul, con el propósito de localizar un posible explosivo metido en el automóvil. Desde el 11-S, se habían intensificado las medidas de protección a la entrada de la embajada, pero no estaba preparado en absoluto para esto; hacía mucho tiempo que no visitaba el lugar y jamás se habría imaginado que el acceso al perímetro diplomático se hubiese transformado en tal prueba de obstáculos múltiples.

La sonrisa luminosa de Greg Sullivan lo recibió a la puerta de la embajada. El agregado cultural, un hombre de treinta años, alto, rubio y de ojos azules, muy meticuloso en su arreglo personal y muy aplomado, con gestos tranquilos y cierto aspecto de mormón, lo condujo por los pasillos de la embajada y lo introdujo en una sala luminosa, con un amplio ventanal que daba a un jardín soleado. Un chico con camisa blanca y corbata roja se encontraba sentado en la larga mesa de la sala, con la atención concentrada en un *lap-top* abierto sobre la caoba, y se incorporó cuando Sullivan entró con su invitado.

—Don —anunció—. *This is professor* Tomás Noronha.
—*Howdy!*
Se saludaron los dos.

—Le presento a Don Snyder —dijo, siempre en inglés, señalando al muchacho, cuyo semblante muy pálido contrastaba con su pelo negro y lacio.

Los tres se sentaron. El agregado cultural seguía guiando los movimientos como si fuese un rutinario maestro de ceremonias. Sullivan hablaba alto, pero tenía la mirada fija en Tomás, evidenciando que sus palabras se destinaban exclusivamente al portugués.

—Esta conversación no trascenderá. Todo lo que digamos aquí es información reservada y permanecerá entre nosotros. —Inclinó la cabeza apuntando al invitado—. ¿Entendido?

—Sí.

Sullivan se frotó las manos.

—Muy bien —exclamó, y se volvió al muchacho con corbata, y que tenía el pelo negro—. Don, tal vez convenga comenzar ya.

—*Okay* —asintió Don, tirando de las mangas de la camisa hacia arriba—. *Mister Norona*, tal como…

—Noronha —corrigió Tomás.

—*Norona?*

—Olvídelo —se rio el historiador, dándose cuenta de que el estadounidense no lograría jamás pronunciar correctamente su apellido—. Llámeme Tom.

—¡Ah, Tom! —repitió el joven de pelo negro, satisfecho de poder servirse de un nombre más familiar—. Muy bien, Tom. Tal como le ha dicho Greg, mi nombre es Don Snyder. Lo que no le ha contado es que trabajo para la CIA en Langley, donde soy analista en contraterrorismo, integrado en un gabinete que pertenece al Directorate of Operations, una de las cuatro direcciones de la Agencia.

—Operaciones, ¿eh? ¿Alguien así como… James Bond?

Snyder y Sullivan se rieron.

—Sí, en el Directorate of Operations trabajan los 007 americanos —asintió Don—. Aunque yo no sea exactamente uno de ellos. Mi trabajo, me temo, no tiene tanta gracia como las aventuras de mi colega ficticio del MI6. Muy pocas veces tengo muchachas guapas a mi alrededor y, en casi todos los casos, mis tareas son sólo rutinarias, sin ninguna gracia. El Directorate of Operations es una dirección cuya responsabilidad principal radica en la recogida clandestina de información, muchas veces acudiendo a HUMINT, o sea, *human intelligence*, fuentes humanas que utilizan técnicas encubiertas.

—Espías, querrá decir.

—Esa palabra es un poco…, ¿cómo diría?…, propia de aficionados. Preferimos llamarlos *human intelligence*, o fuentes humanas de recogida clandestina de información. —Se llevó la mano al pecho—. De cualquier modo, yo no soy una de esas fuentes. Mi trabajo se limita al análisis de la información sobre actividades terroristas. —Alzó una ceja—. Y eso es lo que me ha traído a Lisboa.

Tomás sonrió.

—¿Terrorismo? ¿En Lisboa? Ésas son dos palabras que no encajan juntas. No hay terrorismo en Lisboa.

Intervino Sullivan:

—Oiga, Tomás, no es del todo así —se rio—. ¿Ha conducido alguna vez por las calles de esta ciudad?

—Ah, claro —asintió el portugués—. Hay gente por ahí que, al volante, es más peligrosa que Bin Laden, eso es verdad.

Desconcertado ante las carcajadas de los dos, Don Snyder esbozó una sonrisa cortés.

—Déjeme que concluya mi presentación —pidió.

—Disculpe —repuso Tomás—. Siga, por favor.

El estadounidense tecleó en su *lap-top*.

—Me llamaron la semana pasada desde Lisboa a causa de un acontecimiento en apariencia secundario. —Volvió la pantalla del ordenador hacia Tomás, y mostró el rostro sonriente de un septuagenario con bigote y perilla canosa, unas gafas muy graduadas cubrían sus ojos oscuros—. ¿Conoce a este hombre?

Tomás observó el rostro y meneó la cabeza.

—No.

—Se llama Augusto Siza y es un famoso catedrático portugués, el mayor físico del país.

Tomás abrió la boca al reconocer el nombre.

—Ah —exclamó—. Es el compañero de mi padre.

—¿Compañero de su padre? —se sorprendió Don.

—Sí. ¿No es ése el que ha desaparecido?

—Claro. Hace tres semanas.

—Justamente hoy mi padre me ha hablado de eso.

—¿Su padre lo conoce?

—Sí, son compañeros en la Universidad de Coimbra. Mi padre da clases de Matemática, y el profesor Siza tiene una cátedra de Física en la misma facultad.

—*I see.*

—Pero ¿qué ha ocurrido con él?

—Bien, el profesor Siza ha desaparecido sin dejar rastro. Un día los alumnos estaban en la facultad esperando que fuese a darles una clase, y el profesor no se hizo ver por allí. Al día siguiente, lo aguardaban en una reunión de la Comisión Científica y, una vez más, no apareció. Lo llamaron varias veces al móvil y no atendió nadie en ningún momento. A pesar de ser un hombre de edad, lo consideran una persona enérgica y muy lúcida, lo que le ha permitido seguir dando clases ya superada la edad límite. Como es viudo y vive solo, porque su hija está casada, sus compañeros pensaron que se habría ausentado por algún motivo. Acabó siendo el colaborador del profesor el que, tras dirigirse a la casa de él para una reunión aplazada desde hacía tiempo, entró en la habitación y comprobó que no había nadie. Pero se encontró con el escritorio muy desordenado, con papeles desparramados por el suelo y carpetas abiertas por todas partes, de modo que, pensando que eso era muy extraño, llamó a la Policía. Fue allí la Policía de investigación, la…, eh…, ju…, judisal, y…

—Judicial.

—Esos tipos —exclamó Don, reconociendo el nombre—. Esa Policía ha recogido algunas muestras, incluidos pelos, y las ha llevado para hacer un análisis en el laboratorio. Cuando vieron los resultados, los inspectores de la Policía colocaron los datos en el archivo del ordenador, que tiene conexiones con la Interpol. —Volvió a teclear en el *lap-top*—. El resultado fue sorprendente. —Apareció un nuevo rostro en la pantalla, el de un hombre moreno, de cara llena y una barba rala negra—. ¿Reconoce a este individuo?

Tomás examinó las líneas de la cara: tenía aspecto de árabe.

—No.

—Se llama Aziz al-Mutaqi y trabaja para una unidad llamada Al-Muqawama al-Islamiyya. ¿Ha oído hablar de ella?

—Pues… no.

—Es la sección militar del Partido de Dios. ¿Conoce el Partido de Dios?

—Tampoco —confesó Tomás, sintiéndose un completo ignorante.

—En árabe, Partido de Dios se dice *Hibz Allah*. ¿Le suena familiar?

El portugués se encogió en la silla y meneó una vez más la cabeza, casi triste por no saber nada de nada.

—No.

—*Hibz Allah*. Los libaneses, claro, tienen un acento muy peculiar, ¿no? En lugar de decir *Hibz Allah*, dicen *Hezb'llah*. La CNN dice Hezbollah.

—¡Ah, Hezbollah! —exclamó Tomás, aliviado—. ¡Claro que lo he oído!

—Por las noticias, supongo.

—Sí, por las noticias.

—¿Y sabe qué es Hezbollah?

—¿No son los tipos del Líbano que estuvieron en guerra con Israel?

Don Snyder sonrió.

—De manera muy resumida, son ellos, sí —asintió—. Hezbollah es una organización islámica chiita que nació en el Líbano en 1982; reunió a varios grupos formados para resistir la ocupación israelí del sur del país. Tiene vínculos con Hammás y con la *yihad* islámica, y hasta se han sugerido conexiones con Al-Qaeda. —Meneó la cabeza y bajó el tono de voz, como si hiciera un aparte—. Reconozco que no me lo creo, ¿sabe? Al-Qaeda es una organización sunita cuya ideología wahabita excluye enérgicamente a los chiitas. Los tipos de Bin Laden llegan al extremo de considerar infieles a los chiitas, fíjese. Y eso impide cualquier alianza entre ambos, como es lógico, ¿no? —Volvió a teclear en el ordenador portátil e hizo aparecer imágenes de destrucción en la pantalla—. De cualquier modo, Hezbollah ha estado detrás de varios secuestros de occidentales y atentados en Occidente, actos más que suficientes para llevar a Estados Unidos y a la Unión Europea a declararla una organización terrorista. El propio Consejo de Seguridad de las Naciones Unidas emitió una resolución, la número 1559, en la que se exigió la disolución del brazo armado de Hezbollah.

Tomás se acarició el mentón.

—¿Y qué tiene que ver Hezbollah con el profesor Siza?

El estadounidense balanceó afirmativamente la cabeza.

—Ésa es justamente la pregunta que hicieron los inspectores de la Ju…, eh…, de la Policía esa —dijo Don—. ¿Qué hacían los pelos de un hombre que buscaba la Interpol por vínculos con Hezbollah en el escritorio del profesor Siza, en Coimbra?

La pregunta se quedó flotando en la sala.

—¿Cuál es la respuesta?

El estadounidense se encogió de hombros.

—No lo sé. Lo que sé es que la Policía entró inmediatamente en contacto con el servicio portugués de informaciones, el SIS, y éstos hablaron con Greg, que le hizo una llamada telefónica a Langley.

Tomás miró a Greg Sullivan y, como si acabara de iluminarse, se dio cuenta de la verdad. Su amigo Greg, el estadounidense tranquilo que tantas veces lo telefoneaba para hablar del Museo Hebreo y colaborar en las negociaciones con el Getty Center o el Lincoln Center, estaba tan interesado en cultura como él, Tomás, se interesaba por el béisbol o por las películas de Arnold Schwarzenegger. O sea, nada. Greg no era un hombre de cultura; era un agente de la CIA que actuaba en Lisboa bajo la máscara de agregado cultural. Esta súbita toma de conciencia hizo que mirara al estadounidense con otros ojos, pero le hizo sobre todo darse cuenta de lo traicioneras que son las apariencias, de lo fácil que es engañar a un ingenuo bienintencionado como él mismo.

Tomando conciencia de que miraba al «agregado cultural» con expresión absorta, el portugués se estremeció, como si acabara de despertarse, y se volvió de nuevo hacia Don.

—Greg habló con usted, ¿no?

—No —negó Don—. Greg habló con mi subdirector del Directorate of Operations. Mi subdirector habló con mi jefe, el responsable del despacho de análisis de contraterrorismo, y mi jefe me mandó venir a Lisboa.

Tomás esbozó una mueca, intrigado.

—Muy bien —dijo, balanceando la cabeza como un profesor que aprobara el trabajo de un alumno aplicado—. Y ahora dígame una cosa, Don: ¿qué estoy haciendo aquí?

El estadounidense del pelo negro sonrió.

—No tengo la menor idea. Me instruyeron para que le explicase las bases de mi misión y es lo que he acabado de hacer.

El portugués se volvió hacia el «agregado cultural».

—Greg, ¿qué tengo que ver con esto?

Sullivan consultó el reloj.

—Creo que no me corresponde responder a mí —dijo.

—Entonces, ¿a quién le corresponde?

—Pues… —vaciló—. Debe de estar a punto de llegar.

—¿Quién?

—Enseguida lo sabrá.

IV

*L*a silueta asomó por una puerta lateral, en la sombra, y se acercó despacio a la mesa de caoba. Tomás y los dos estadounidenses casi se asustaron al verlo aparecer salido de la nada, como si fuese un espectro, una figura fantasmagórica que se materializara inesperadamente en la sala.

Era un hombre alto y bien parecido, con una mirada azul glacial, luminosa; tenía el pelo canoso cortado al rape y llevaba un traje gris oscuro; aparentaba unos setenta años, pero se mantenía corpulento, una roca tan firme como aquellas arrugas que le nacían en las comisuras de los párpados, rasgos que fijaban la edad de aquel rostro duro e impenetrable. El desconocido se demoró en la penumbra, siempre inmóvil, hasta siniestro, con los ojos azules amusgados, como si analizase la situación, como si estudiase a Tomás. Se detuvo un instante más, hasta mover por fin la silla, inclinarse hacia delante y ocupar su sitio en la mesa de caoba, con los fríos ojos centelleantes clavados en el portugués.

—*Good afternoon, mister* Bellamy —saludó Sullivan con un tono de respeto que no pasó inadvertido para Tomás.

—*Hello*, Greg —dijo el hombre, con la voz baja y ronca, sin desviar los ojos de Tomás. Todo su cuerpo transmitía poder. Poder, amenaza y agresión latente—. ¿No me vas a presentar a tu amigo?

Sullivan obedeció enseguida.

—Tomás, te presento a *mister* Bellamy.

—¿Cómo está?

—*Hello*, Tomás —saludó el recién llegado, que pronunció el nombre de Tomás con un acento sorprendentemente correcto—. Gracias por haber venido.

Sullivan se inclinó acercándose al oído del portugués.

—*Mister* Bellamy ha llegado esta mañana a Lisboa —se dio prisa en añadir, en un susurro respetuoso—. Ha venido a propósito de Langley para…

—Gracias, Greg —interrumpió Bellamy—. El *show* ahora es mío.

—*Yes, mister* Bellamy.

El estadounidense de mirada siniestra se quedó un buen rato con la silla echada hacia atrás, en la penumbra de la sala, siempre con la atención fija en Tomás. Tenía una respiración profunda, casi jadeante en aquel silencio pesado; imponía una presencia que suscitaba malestar, incluso temor. El historiador sintió que le caían gotas de sudor del extremo de la frente e intentó sonreír, pero el recién llegado mantuvo el rostro ceñudo, con una frialdad polar, cruel, los ojos entrecerrados observando al portugués, tomándole las medidas, examinando al hombre que tenía enfrente.

Al cabo de algunos minutos, que les parecieron una eternidad a todos los que se encontraban en la sala, el desconocido de los helados ojos azules movió la silla hacia delante; saliendo de la penumbra y asomándose a la luz, apoyó los codos sobre la mesa y abrió sus labios finos.

—Mi nombre es Frank Bellamy y soy el responsable de una de las cuatro direcciones de la CIA. Allí, Don es analista del Directorate of Operations. Yo soy el jefe del Directorate of Science and Technology. Nuestro trabajo en el DS&T es investigar, concebir e instalar tecnologías innovadoras de apoyo para las misiones de recogida de información. Tenemos satélites que son capaces de ver una matrícula en Afganistán como si estuviésemos a medio metro de distancia. Tenemos sistemas de interceptación de mensajes que nos permiten, por ejemplo, leer los *e-mails* que usted envió esta mañana al Museo Egipcio de El Cairo o comprobar los *sites* pornográficos que consultó Don anoche en la habitación del hotel. —El rostro pálido de Don Snyder enrojeció de vergüenza, hasta el punto de que el joven analista estadounidense se vio forzado a bajar la cabeza—. En definitiva, no hay una rana en este planeta que sea capaz de soltar un pedo sin que nosotros lo sepamos si quisiéramos. —Fijó sus ojos hipnóticos y penetrantes en Tomás—. ¿Se da cuenta del poder que tenemos?

El portugués balanceó afirmativamente la cabeza, impresionado por aquella presentación.

—Sí.

Frank Bellamy se recostó en la silla.

—*Good.* —Miró por la ventana el césped fresco que resplandecía en el jardín—. Cuando comenzó la Segunda Guerra Mundial, yo era un estudiante joven y prometedor de Física en la Universidad de Columbia, en Nueva York. Cuando acabó la guerra, me encontraba trabajando en Los Álamos, una aldehuela perdida en la cima de una colina árida de Nuevo México. —Bellamy hablaba despacio, pronunciando muy bien las palabras y haciendo largas pausas—. ¿Le dice algo el proyecto Manhattan?

—¿No fue allí dónde prepararon la primera bomba atómica?

Los labios finos del estadounidense se curvaron en lo más parecido a una sonrisa que él era capaz de esbozar.

—Usted es un *fucking* genio —exclamó, con un asomo de sarcasmo, y alzó tres dedos—. Preparamos tres bombas en 1945. La primera fue un ingenio experimental que estalló en Alamogordo. La siguieron *Little Boy*, lanzada sobre Hiroshima, y *Fat Man*, arrojada en Nagasaki. —Abrió las manos—. *Bang,* se acabó la guerra. —Se inmovilizó un instante, como reviviendo acontecimientos pasados—. Un año después, el proyecto Manhattan se disolvió. Muchos científicos siguieron trabajando en proyectos secretos, pero yo no. Me vi, de repente, sin empleo. Hasta que un científico amigo me llamó la atención acerca del *National Security Act*, firmado en 1947 por el presidente Truman para crear una agencia de informaciones. La anterior agencia, la OSS, se había disuelto al final de la guerra, pero los temores a la expansión del comunismo y las actividades del KGB hicieron que América tomase conciencia de que no podía quedarse de brazos cruzados. La nueva agencia se llamaba CIA, y me reclutaron para el área científica. —Volvió a curvar sus labios finos, en lo que parecía ser un intento de sonrisa—. Usted se encuentra, por lo tanto, frente a uno de los fundadores de la Agencia. —El rostro recobró el semblante frío del comienzo—. Podrá ahora parecer que el área de la ciencia sería una de las menores preocupaciones de la CIA en aquel entonces, pero era exactamente lo contrario. América vivía con el pavor de que la

Unión Soviética desarrollase armas atómicas y la CIA se empeñó en esa cuestión de tres maneras. —De nuevo alzó los tres dedos—. En primer lugar, vigilando a los soviéticos. En segundo lugar, reclutando a cerebros extranjeros, incluidos algunos nazis. Y, en tercer lugar, vigilando a nuestros propios científicos. A pesar de nuestros esfuerzos, sin embargo, la Unión Soviética hizo estallar su primera bomba atómica en 1949, con lo que creó un clima de paranoia entre nosotros. Comenzó la caza de brujas, dada la sospecha de que habían sido nuestros científicos quienes le habían transmitido el secreto a Moscú. —Por primera vez, Bellamy desvió los ojos fijos en Tomás y se volvió hacia Sullivan—. Greg, ¿me preparas un café?

El «agregado cultural» se levantó de un salto, parecía un soldado que acababa de escuchar la orden del general.

—*Right away, mister* Bellamy —dijo, saliendo de la sala.

La mirada azul de Frank Bellamy regresó a Tomás.

—En la primavera de 1951, el entonces primer ministro de Israel, David Ben Gurión, vino a América a recaudar fondos para su joven nación, nacida sólo tres años antes. Como siempre ocurre en estos casos, estudiamos el programa de visita y hubo algo que despertó nuestra atención. Ben Gurión había fijado una cita con Albert Einstein en Princeton. Mi jefe pensó que debíamos vigilar ese encuentro y nos envió, a mí y a un oficial encargado de sistemas de grabación en audio, a montar la escucha de la conversación entre los dos. —Consultó el pequeño bloc de notas que tenía enfrente—. El encuentro se produjo el día 15 de mayo de 1951, en la casa de Einstein, en 112 Mercer Street, Princeton. Tal como mi jefe había previsto, Ben Gurión le pidió, en efecto, que proyectase una bomba atómica para Israel. Él quería una bomba de fabricación fácil, tan fácil que un país con escasos recursos fuese capaz de desarrollarla rápidamente y a escondidas.

—¿Y Einstein? —preguntó Tomás, atreviéndose por primera vez a interrumpir a su intimidante interlocutor—. ¿Aceptó ese encargo?

—Nuestro geniecillo se resistió poco —dijo, y volvió a consultar las notas—. Sabemos que comenzó a trabajar en la petición de Ben Gurión al mes siguiente y que aún lo hacía en 1954, un año antes de morir. —Levantó los ojos del bloc—. Profesor Noronha, ¿sabe cuál es la energía que libera una bomba atómica?

—¿La energía nuclear?

—Sí. ¿Sabe qué energía es ésa?

—Supongo que tiene que ver con los átomos, ¿no?

—Todo en el universo tiene que ver con los átomos, estimado profesor —declaró Bellamy secamente—. Le pregunto si tiene noción de lo que es esa energía.

Tomás estuvo a punto de reírse.

—No tengo la menor idea.

Greg Sullivan regresó a la sala con una bandeja y colocó cuatro pequeñas tazas humeantes en la mesa, junto con un platillo repleto de sobres de azúcar. El hombre de la CIA cogió su taza y, sin endulzar el café, bebió un trago.

—El universo está constituido por partículas fundamentales —dijo, después de dejar la taza—. Inicialmente se pensaba que esas partículas eran los átomos, por lo que les dieron ese nombre: átomos. «Átomo» es la palabra griega que significa «indivisible». Pero, con el tiempo, los físicos empezaron a darse cuenta de que era posible dividir lo indivisible. —Acercó el pulgar al índice, expresando algo minúsculo—. Se descubrió que había partículas aún más pequeñas, especialmente el protón y el neutrón, que se juntan en el núcleo del átomo, y el electrón, que gira sobre su órbita como si fuese un planeta, aunque increíblemente veloz. —Imitó con el índice el gesto del electrón circulando en torno a la taza apoyada en la mesa—. Imagine que fuésemos capaces de encoger Lisboa hasta que adoptara las dimensiones de un átomo. Si lo hiciéramos, un núcleo acabaría siendo del tamaño de, por ejemplo, una pelota de fútbol, colocada en el centro de la ciudad. En ese caso, un electrón sería una canica expandida en un rayo de treinta kilómetros en torno a ese centro, capaz de dar cuarenta mil vueltas alrededor de la pelota de fútbol en sólo un segundo.

—Vaya.

—Y eso para que tenga una idea de lo vacío y pequeño que es un átomo.

Tomás dio tres golpes en la mesa.

—Entonces, si los átomos son tan vacíos —dijo el portugués—, ¿por qué razón, cuando toco esta mesa, mi mano la golpea y no la atraviesa?

—Bien, eso se debe a las fuerzas eléctricas de repulsión entre los electrones y a algo que llamamos el principio de exclusión de Pauli, que prevé que dos átomos no pueden ocupar el mismo estado.

—Ah.

—Lo que nos lleva a la cuestión de las fuerzas existentes en el universo. —Bellamy volvió a alzar los dedos, pero esta vez fueron cuatro—. Todas las partículas interactúan entre sí a través de cuatro fuerzas. Cuatro: la fuerza de la gravedad, la fuerza electromagnética, la fuerza fuerte y la fuerza débil. La fuerza de la gravedad, por ejemplo, es la más débil de todas, pero su radio de acción es infinito. —Repitió el gesto de la circulación orbital alrededor de la taza—. Aquí en la Tierra sentimos la atracción de la fuerza de gravedad del Sol y hasta del centro de la galaxia, en torno a la cual giramos. Después está la fuerza electromagnética, que es la conjunción de la fuerza eléctrica con la fuerza magnética. Lo que ocurre es que la fuerza eléctrica hace que las cargas opuestas se atraigan y las cargas semejantes se alejen. —Golpeó la mesa con el dedo—. Y allí reside el problema. Los físicos se dieron cuenta de que los protones tienen carga positiva. Pero la fuerza eléctrica determina que cargas semejantes se repelen, ¿no? Ahora bien: si los protones tienen cargas semejantes, pues todos son positivos, forzosamente tienen que repelerse. Se hicieron cálculos y se descubrió que, si se les diese a los protones el tamaño de una pelota de fútbol, aunque se cubriese a los protones con la más fuerte liga metálica conocida, la fuerza eléctrica repulsiva entre ellos sería tan fuerte que la liga metálica se destruiría como si fuese papel higiénico. —Arqueó las cejas—. Para que vea qué fuerte es la fuerza eléctrica que repele a los protones unos de otros. —Cerró el puño—. Y, no obstante, a pesar de toda esta fuerza repulsiva, los protones se mantienen unidos en el núcleo. ¿Por qué? ¿Qué fuerza existe que sea aún más fuerte que la poderosa fuerza eléctrica? —Hizo una pausa dramática—. Los físicos se pusieron a estudiar el problema y descubrieron que existía una fuerza desconocida. La llamaron fuerza nuclear fuerte. Es una fuerza tan grande, tan grande, que es capaz de mantener a los protones unidos en el núcleo. —Cerró el puño con fuerza, como si la mano fuese la energía que mantenía cohesionado al núcleo—. En realidad, la fuerza fuerte es casi cien veces más fuerte que la fuerza electromagnética. Si los protones fuesen dos trenes alejándose el uno del otro a gran velocidad, la fuerza fuerte sería suficientemente fuerte para mantenerlos juntos, para impedirles alejarse. Ésa es la fuerza fuerte. —Alzó un dedo, como quien lanza una advertencia—. Pero, a pesar de toda su tremenda fuerza, la fuerza fuerte tiene un radio de acción muy corto, menos que el tamaño de un núcleo atómico. Si un protón consigue salir del núcleo, entonces deja de estar bajo la influencia de la fuerza fuerte y se somete sólo a la influencia de las fuerzas restantes. ¿Lo ha entendido?

—Sí.

—*Good boy.* —Bellamy se detuvo un momento pensando en cómo explicaría el paso siguiente. Volvió la cabeza hacia la ventana y observó el Sol a punto de esconderse más allá de los edificios que se recortaban en el horizonte—. Fíjese en el Sol. ¿Por qué razón brilla e irradia calor?

—Son explosiones nucleares, ¿no?

—Lo parecen, claro. En realidad, no son explosiones, sino movimientos de un plasma cuyo origen último se encuentra en reacciones nucleares que se producen en el núcleo. ¿Sabe lo que quiere decir reacciones nucleares?

Tomás se encogió de hombros.

—Sinceramente, no lo sé.

—Los físicos han estudiado el problema y han descubierto que, bajo determinadas condiciones, era posible liberar la energía de la fuerza fuerte que se encuentra en el núcleo de los átomos. Se llega a ello a través de dos procesos, la escisión y la fusión del núcleo. Al partirse un núcleo o al fundirse dos núcleos, se libera la tremenda energía de la fuerza fuerte que une el núcleo. Por la acción de los neutrones, los otros núcleos próximos se van rompiendo también, soltando aún más energía de la fuerza fuerte y provocando así una reacción en cadena. Ahora bien: ¿ha visto alguna vez lo brutalmente fuerte que es esta fuerza fuerte? Imagine ahora lo que ocurre cuando su energía se libera en gran cantidad.

—¿Hay una explosión?

—Hay una liberación de la energía de los núcleos de los átomos, donde está la fuerza fuerte. La llamamos, por eso, una reacción nuclear.

Tomás abrió la boca.

—¡Ah! —exclamó—. Ya lo he entendido.

El estadounidense volvió a contemplar la esfera anaranjada que se extendía sobre los tejados color rojizo de Lisboa.

—Eso es lo que ocurre en el Sol. La fusión nuclear. Los núcleos de los átomos se van fundiendo, liberándose así la energía de la fuerza fuerte. —Los ojos azules regresaron a los verdes de Tomás—. Siempre se ha pensado que esto sólo podía producirlo la naturaleza. Pero en 1934 hubo un científico italiano con quien trabajé en Los Álamos, llamado Enrico Fermi, que bombardeó con uranio y neutrones. El análisis de esa experiencia permitió descubrir que el bombardeo había producido elementos más leves que el uranio. Pero ¿cómo era posible semejante cosa? La conclusión fue que el bombardeo había roto el núcleo del uranio o, en otras palabras, había provocado su escisión, lo que permitió la formación de otros elementos. Se dio cuenta de este modo que era posible liberar artificialmente la energía de la fuerza fuerte, no a través de la fusión de los núcleos, como ocurre en el Sol, sino a través de su escisión.

—Y eso es la bomba atómica.

—Exacto. En el fondo, la bomba atómica consiste en la liberación en cadena de la energía de la fuerza fuerte a través de la escisión del núcleo de los átomos. En Hiroshima se usó el uranio para obtener ese efecto; en Nagasaki, recurrimos al plutonio. Posteriormente la bomba de hidrógeno dejó de recurrir a la escisión de los núcleos, y se sirvió más bien de la fusión de los núcleos, como ocurre en el interior del Sol.

Frank Bellamy se calló, se recostó de nuevo en la silla y bebió todo el café que le quedaba en la taza. Después cruzó los dedos de las manos y se relajó. Parecía haber terminado su exposición, lo que dejó a Tomás algo confuso. El silencio se prolongó durante unos treinta segundos, haciéndose primero incómodo, después francamente insostenible.

—¿Vino a Lisboa a hablar conmigo para contarme eso? —preguntó por fin el historiador, desconcertado.

—Sí —asintió el estadounidense, glacial, con la voz ronca siempre pausada—. Pero ésta es sólo una introducción. Como jefe del Directorate of Science and Technology de la CIA, una de mis preocupaciones es vigilar la no proliferación de tecnología nuclear. Hay varios países del Tercer Mundo que están desarrollando esta tecnología y, en algunos casos, eso nos deja realmente preocupados. El Irak de Saddam Hussein, por ejemplo, intentó hacerlo, pero los israelíes arrasaron sus instalaciones. En este momento, no obstante, nuestra atención se ha volcado en otro país —sacó un pequeño mapa del bloc de notas y señaló un punto—: éste.

Tomás se inclinó sobre la mesa y observó el punto señalado.

—¿Irán?

El hombre de la CIA asintió con la cabeza.

—El proyecto nuclear iraní comenzó en la época del Sah, cuando Teherán intentó instalar un reactor nuclear en Bushehr, con la asistencia de científicos alemanes. La Revolución islámica, en 1979, llevó a los alemanes a suspender el proyecto, y los ayatolás, después de un periodo en que se opusieron a cualquier conato de modernización del país, decidieron recurrir a la ayuda rusa para terminar la construcción del reactor. Pero, entre tanto, Rusia se acercó a Estados Unidos y fue posible convencer a los rusos de que suspendieran el abastecimiento de láser que podría usarse para enriquecer el uranio, haciéndolo pasar de su estado natural al estado de uso militar. También se persuadió a China para que suspendiera la cooperación en este dominio y las cosas parecían estar bajo control. Pero, a finales del 2002, esta ilusión se deshizo. Se comprobó en ese momento que, muy por el contrario, la situación estaba, en realidad, descontrolada. —Analizó de nuevo el mapa—. Descubrimos dos cosas muy perturbadoras. —Puso el dedo en un punto del mapa al sur de Teherán—. La primera fue que los iraníes construyeron aquí, en Natanz, en secreto, instalaciones destinadas a enriquecer el uranio recurriendo a centrifugadoras de gran velocidad. Si se las ampliase, estas instalaciones podrían producir uranio enriquecido en cantidades suficientes para fabricar una bomba atómica del tipo de la de Hiroshima. —El dedo se deslizó hacia otro punto del mapa, más al oeste—. El segundo descubrimiento fue la construcción de instalaciones aquí, en Arak, para la producción de agua pesada, un agua con deuterio usada en los reactores concebidos para crear plutonio, el material de la bomba de Nagasaki. Sin embargo, el agua pesada no es necesaria en las instalaciones nucleares que los rusos están construyendo para los iraníes en Bushehr. Si no es necesaria para eso, ¿para qué es necesaria? Estas instalaciones de Arak sugieren que existen otras instalaciones no declaradas, lo que consideramos muy inquietante.

—Pero ¿no estarán ustedes creando una tormenta en un vaso de agua? —preguntó Tomás—. En este caso, sería un vaso de agua pesada, claro. —Sonrió con el retruécano—. A fin de cuentas, todo puede apuntar a un uso pacífico de la energía nuclear…

Frank Bellamy lo miró con disgusto, lo miró como quien mira a un idiota.

—¿Uso pacífico? —Los ojos azules casi centelleaban, como fríos cuchillos—. El uso pacífico de la energía atómica, estimado profesor, se reduce a la construcción de centrales para producción de electricidad. Pero Irán es el mayor productor mundial de gas natural y el cuarto mayor productor mundial de petróleo. ¿Por qué razón necesitan los iraníes producir electricidad por medios nucleares si lo pueden hacer de modo mucho más barato y rápido, valiéndose de sus enormes reservas de gas natural o de combustibles fósiles? ¿Y por qué motivo están los iraníes construyendo ahora centrales nucleares a escondidas? ¿Para qué necesitan producir agua pesada, una sustancia sólo indispensable para la creación de plutonio? —Hizo una pausa, dejando flotar las preguntas en el aire—. Mi estimado profesor, no seamos ingenuos. El programa nuclear pacífico de Irán no es más que una fachada, una cubierta que oculta la construcción de instalaciones destinadas a apoyar el verdadero objetivo de todo este proceso: el programa iraní de armamento nuclear. —Mantuvo los ojos fijos en Tomás—. ¿Se da cuenta?

Tomás parecía un alumno obediente, casi aterrorizado frente a un profesor malhumorado.

—Sí, sí, ya me he dado cuenta.

—La cuestión es descubrir adónde ha ido Irán a buscar la tecnología que le ha permitido llegar tan lejos. —Alzó dos dedos—. Hay dos hipótesis. La primera es Corea del Norte, que obtuvo de Pakistán informaciones sobre cómo enriquecer uranio mediante centrifugadoras. Sabemos que Corea del Norte ha vendido misiles *No-Dong* a Irán, y es posible que, en el mismo paquete, haya vendido la tecnología nuclear de origen paquistaní. La segunda hipótesis es que Pakistán haya hecho directamente esa venta. A pesar de tratarse de un país supuestamente proamericano, muchos gobernantes y militares paquistaníes comparten con los iraníes una visión islámica fundamentalista del mundo, y no es difícil imaginar que les hayan dado una ayudita a escondidas.

Tomás consultó discretamente el reloj. Eran las seis y diez. Ya llevaba allí más de dos horas y empezaba a sentirse cansado.

—Disculpe, pero se está haciendo tarde —dijo, algo atemorizado—. ¿Me puede explicar por qué me necesita?

El hombre de la CIA tamborileó los dedos en la caoba pulida de la mesa.

—Claro que puedo —dijo en voz muy baja. Miró a Don Snyder. Durante toda la exposición, el analista se mantuvo siempre muy callado, casi invisible—. Don, ¿le has hablado ya a nuestro amigo sobre Aziz al-Mutaqi?

—*Yes, mister* Bellamy.

Siempre con el mismo tono deferente.

—¿Ya le has explicado que Aziz es un oficial de la Al-Muqawama al-Islamiyya?

—*Yes, mister* Bellamy.

—¿Y le has explicado que Al-Muqawama al-Islamiyya es el brazo armado de Hezbollah?

—*Yes, mister* Bellamy.

—¿Y le has explicado quién es el principal financiador de Hezbollah?

—*No, mister* Bellamy.

Un leve centelleo atravesó la mirada azul.

—¡Ah! —exclamó—. No le has explicado eso.

—*No, mister* Bellamy.

El hombre de la expresión glacial volvió a centrar su atención en Tomás.

—¿Usted aún no sabe quién financia a Hezbollah?

—¿Yo? —preguntó el portugués—. No.

—Díselo, Don.

—Es Irán, *mister* Bellamy.

Tomás ponderó, por un momento, esta nueva información y sus repercusiones.

—Irán, ¿eh? —repitió el portugués—. ¿Y eso qué significa?

Bellamy volvió a dirigirse a Snyder, pero siempre sin apartar los ojos del historiador.

—Don, ¿le has hablado del profesor Siza?

—*Yes, mister* Bellamy.

—¿Le has dicho dónde estuvo estudiando el profesor Siza cuando era joven?

—*No, mister* Bellamy.

—Entonces díselo.

—Estuvo haciendo sus prácticas en el Institute for Advanced Study, *mister* Bellamy.

Bellamy se dirigió ahora a Tomás.

—¿Ha entendido?

—Pues… no.

—Don, ¿dónde estaba situado el instituto en el que hizo sus prácticas el profesor Siza?

—En Princeton, *mister* Bellamy.

—¿Y cuál era el más importante científico que trabajaba allí?

—Albert Einstein, *mister* Bellamy.

El hombre de la CIA arqueó las cejas mirando a Tomás.

—¿Ha entendido ahora?

El portugués se pasó la mano por el mentón, evaluando las implicaciones de todos estos nuevos datos.

—Ya veo —dijo—. Pero ¿qué significa todo eso?

Frank Bellamy respiró pesadamente.

—Significa que aquí hay un conjunto de *fucking* buenas preguntas para hacer. —Alzó el pulgar izquierdo—. Primera pregunta: ¿qué están haciendo los pelos de Aziz al-Mutaqi en el escritorio de la casa del físico más importante de Portugal? —Alzó el índice—. Segunda pregunta: ¿dónde está el profesor Siza, que hizo prácticas en Princeton, en el mismo instituto donde trabajaba Einstein? —Ahora el dedo de en medio—. Tercera pregunta: ¿por qué motivo una organización como Hezbollah necesita raptar a este físico en particular? —El dedo siguiente—. Cuarta pregunta: ¿qué sabe el profesor Siza sobre el encargo que le hizo Ben Gurión a Einstein de un arma nuclear de fabricación simple y barata? —El dedo meñique—. Quinta pregunta: ¿acaso Irán está usando a Hezbollah para encontrar una nueva forma de crear armas nucleares?

Tomás se movió en su asiento.

—Sospecho que usted ya tiene respuestas para todas esas preguntas.

—Usted es un *fucking* genio —replicó Bellamy, sin mover un músculo de la cara.

El portugués se quedó esperando el acto siguiente, pero no ocurrió nada. Frank Bellamy siguió con la mirada fija en él, sin emitir palabra alguna, dejando oír solamente la respiración jadeante. Greg Sullivan tenía la atención concentrada en la madera de la mesa, fingiéndose absorbido por algo importante que transcurría allí; y Don Snyder aguardaba órdenes, con el *laptop* aún abierto.

—Bien…, si ya tiene las respuestas —tartamudeó Tomás—, pues… cualesquiera que sean, ¿qué…, eh…, espera de mí?

El hombre de la mirada helada tardó en responder.

—Muéstrale a la muchacha, Don —murmuró al fin.

Snyder pulsó apresuradamente varias teclas del ordenador.

—Aquí está, *mister* Bellamy —dijo, y volvió la pantalla hacia el otro lado de la mesa.

—¿Reconoce a esta mujer? —le preguntó Bellamy a Tomás.

El historiador observó la pantalla y vio a la hermosa mujer de pelo negro y ojos trigueños.

—Ariana —exclamó, y miró a Bellamy—. No me diga que ella está metida en esto…

El hombre de la mirada azul se volvió hacia el joven del *lap-top*.

—Don, explícale a nuestro amigo quién es esa mujer.

Snyder consultó la ficha colocada al lado de la imagen en la pantalla.

—Ariana Pakravan, nacida en 1966 en Isfahan, Irán, hija de Sanjar Pakravan, uno de los científicos iraníes originalmente comprometidos en el proyecto de Bushehr. Ariana estaba en París estudiando en un colegio cuando estalló la Revolución islámica. Se doctoró en Física Nuclear en La Sorbona, y se casó con el químico francés Jean-Marc Ducasse, de quien se divorció en 1992. No tiene hijos. Regresó a su país en 1995 y fue asignada al Ministerio de la Ciencia directamente bajo las órdenes del ministro Bozorgmehr Shafaq.

—Exactamente lo que ella me dijo —se dio prisa en aclarar Tomás, feliz por no haber sido engañado.

Frank Bellamy parpadeó.

—¿Ella le ha contado todo eso?

El historiador se rio.

—No, claro que no. Pero lo poco que me contó coincide con ese…, en fin…, con ese currículum.

—¿Le contó que trabaja en el Ministerio de la Ciencia?

—Sí, me lo contó.

—¿Y le contó que es una diosa en la cama?

Esta vez fue Tomás quien parpadeó.

—¿Perdón?

—¿Ella le contó que es una diosa en la cama?

—Pues… me temo que la conversación no llegó a ese punto —tartamudeó, amilanado. Vaciló—. ¿Lo es?

Bellamy mantuvo el rostro inmóvil durante unos segundos, pero un ligero movimiento en la comisura de los labios traicionó lo que parecía ser el principio de una sonrisa.

—Su ex marido nos ha dicho que sí.

Tomás se rio.

—En conclusión, no me lo ha contado todo.

El hombre de la CIA no devolvió la carcajada. Comprimió los labios y amusgó sus ojos fríos.

—¿Qué quería ella de usted?

—Oh, nada especial. Me contrató para ayudarla a descifrar un documento antiguo.

—¿Un documento antiguo? ¿Qué documento antiguo?

—Un inédito de…, eh…, Einstein.

Justo en el instante en que pronunció el nombre del célebre científico, se desorbitaron los ojos de Tomás. Qué coincidencia, pensó. Un documento de Einstein. Pero, caviló de inmediato, ¿sería una coincidencia? ¿Qué relación tendría eso con el resto?

—¿Y usted aceptó?

—¿Eh?

—¿Y usted aceptó?

—¿Acepté qué?

Bellamy chasqueó impaciente la lengua.

—¿Aceptó descifrar el documento?

—Sí. Ellos pagan bien.

—¿Cuánto pagan?

—Cien mil euros por mes.

—Eso es una mierda.

—Es más de lo que gano trabajando un año en la facultad.

—Nosotros le damos ese dinero y usted trabaja para nosotros.

Tomás lo miró, confundido.

—¿Trabajo para quién?

—Para nosotros. La CIA.

—¿Para hacer qué?

—Para ir a Teherán a ver ese documento.

—¿Sólo eso?

—Y unas cositas más que después le explicaremos.

—¿Qué cositas?

—Después se las explicaremos.

El portugués sonrió y meneó la cabeza.

—No, eso no funciona así —dijo—. Yo no soy James Bond, soy un historiador experto en criptoanálisis y lenguas antiguas. No voy a hacer cosas para la CIA.

—Claro que las hará.

—No, en absoluto.

Frank Bellamy se inclinó sobre la mesa, con sus ojos crueles clavados en Tomás como dagas, los labios retorciéndosele de furia congelada, la voz ronca cargada de entonaciones amenazadoras, de insinuaciones siniestras.

—Mi estimado profesor Tomás Noronha, déjeme poner las cosas en claro —farfulló en voz baja—. Si no acepta la propuesta que le estoy haciendo, la vida se le va a poner muy difícil. —Alzó una ceja—. Además, se arriesga incluso a perderla, no sé si me entiende. —Las comisuras de la boca se curvaron en su habitual esbozo de sonrisa—. Pero, si acepta, ocurrirán cuatro cosas. La primera es que va a ganar sus míseros doscientos mil euros por mes, cien mil pagados por nosotros y los otros cien mil por los iraníes. La segunda es que tal vez ayude a encontrar al desafortunado profesor Siza, pobre hombre, cuya hija está desconsolada porque no sabe por dónde anda su querido padre. La tercera es que tal vez consiga salvar al mundo de la pesadilla de las armas nucleares en manos de los terroristas. Y la cuarta, posiblemente la más importante para usted, es que, eso sí, habrá un futuro en su vida. —Volvió a recostarse en la silla—. ¿Le queda claro?

El historiador le devolvió la mirada. Se sentía furioso por haber sido amenazado de tal manera, y más furioso aún porque no tenía escapatoria: el hombre que tenía enfrente disponía de un enorme poder y de la voluntad suficiente para usarlo como le conviniese.

—¿Le queda claro? —preguntó Bellamy nuevamente.

Tomás asintió despacio con la cabeza.

—Sí.

—Usted es un *fucking* genio.

—*Fuck you* —repuso el portugués de inmediato.

El estadounidense se rio por primera vez. Las carcajadas contrajeron su cuerpo, parecía sollozar, y sólo se calmó un instante después, cuando la risa se transformó en una tos persistente. Controló la tos y, después de una pausa para retomar la respiración normal, ya recuperado su semblante habitual, aunque su rostro se mantuviera congestionado, miró a Tomás.

—Usted tiene *big balls*, profesor. Y eso me gusta. —Hizo un gesto con la mano en dirección a Sullivan y a Snyder, que lo observaban todo con un silencio sepulcral—. No hay mucha gente que me encare y me diga: *fuck you*. Ni el presidente —dijo, y apuntó el dedo a Tomás y bramó, súbitamente amenazador—. No se atreva a volver a hacerlo, ¿me ha oído?

—Hmm.

—¿Me ha oído?

—Sí, he entendido.

El estadounidense se rascó la frente.

—Muy bien —suspiró, siempre muy contento—. No he acabado de contarle la historia del encargo que Ben Gurión le hizo a Einstein. ¿Quiere escuchar el resto?

—Si insiste...

—Einstein empezó a proyectar la nueva bomba atómica al mes siguiente del encuentro con Ben Gurión. Tenía presente que la idea era diseñar una bomba que Israel pudiese fabricar después fácilmente, con medios escasos y en secreto. Sabemos hoy que Einstein trabajó en este proyecto durante por lo menos tres años, hasta 1954, y es posible que aún trabajase en el documento en 1955, cuando murió. Se sabe poco sobre lo que hizo nuestro genio. Un científico que trabajó con él, y que nos daba informaciones regulares, reveló que Einstein le había dicho que tenía en sus manos la fórmula de la mayor explosión jamás vista. Era algo tan grande que, según nuestro informante, Einstein se mostraba…, pues…, atónito ante lo que había descubierto. —Adoptó la expresión de quien hace un esfuerzo de memoria, como si lo hubiera asaltado una duda—. Sí, es eso —dijo por fin—: atónito. Ésa fue la expresión que usó nuestro informante. Atónito.

—¿Y no saben adónde ha ido a parar ese documento?

—El documento desapareció, y Einstein se llevó el secreto a la tumba. Pero es posible que se lo haya confiado a alguien. Se dice que Einstein se hizo amigo de un joven físico que fue a hacer prácticas al Institute for Advanced Study y que fue con ese joven físico con quien…

—¡El profesor Siza!

—Usted es un *fucking* genio, no me cabe duda —confirmó Bellamy—. El profesor Siza, exacto. El mismo que desapareció hace tres semanas. El mismo que tiene un piso en el que se encontraron pelos de Aziz al-Mutaqi, el peligroso oficial de Hezbollah. El mismo Hezbollah que es el movimiento terrorista al que financia Irán. El mismo Irán que está intentando por todos los medios desarrollar armas nucleares en secreto.

—Dios mío.

—¿Está entendiendo ahora por qué motivo queríamos conversar con usted?

—Sí.

—Me falta decirle algo que nos reveló nuestro informante.

—¿Qué informante?

—El amigo de Einstein, el hombre a quien nuestro geniecillo le habló sobre el proyecto que Ben Gurión le había encargado.

—Ah, sí.

—Nuestro informante nos dijo que Einstein tenía incluso un nombre de código para su proyecto.

Tomás sintió que el corazón se le aceleraba.

—¿Qué nombre?

Frank Bellamy respiró hondo.

—*Die Gottesformel*. La fórmula de Dios.

V

*E*l pintoresco conjunto de casas, con paredes blancas y tejados de color rojizo, se concentraba al otro lado del Mondego, alzándose entre las copas de los plátanos, rodeado por una muralla antigua. Los anchos y altivos edificios de la universidad coronaban la ciudad y el hermoso campanario, elevándose por encima de todo, parecía un faro clavado en la cima de un promontorio, el punto de referencia hacia el que todos se volvían.

El sol acariciaba Coimbra.

El coche pasó por el parque do Choupalinho, reflejándose en el plácido curso del río, como en un espejo, el viejo burgo en la margen izquierda. Aferrado al volante, Tomás contempló la urbe al otro lado y no pudo dejar de pensar que, si había un sitio donde se sentía bien, ése era Coimbra. Se mezclaba en aquellas calles lo viejo con lo nuevo, la tradición con la innovación, el fado con el rock, el romanticismo con el cubismo, la fe con el conocimiento. En las arterias ventiladas y entre casas llenas de luz circulaba una importante comunidad estudiantil, chicos y chicas con libros bajo el brazo y la ilusión del futuro resplandeciendo en sus ojos, eternos clientes de la principal industria de la ciudad, la universidad.

Tomás cruzó el Mondego por el puente de Santa Clara y entró en el Largo da Portagem, que rodeó hasta meterse por la izquierda. Se detuvo en un estacionamiento de la avenida de circunvalación, junto a la estación, y se internó a pie por el enmarañado laberinto de la Baixinha hasta llegar a la Rua Ferreira Borges, la gran arteria animada por innúmeras tiendas, cafés, confiterías y *boutiques*, hasta desembocar en la pintoresca Praça do Comércio.

Enfiló por una estrecha calle lateral y entró en un edificio de tres plantas, con un viejo ascensor de puerta enrejada y olor a moho. Pulsó el botón y, después de un corto trayecto a trompicones, bajó en la segunda planta.

—Tomás —dijo su madre a la puerta, abriéndole los brazos—, menos mal que has llegado. Dios mío, ya estaba preocupada.

Se abrazaron.

—¿Ah, sí? ¿Por qué?

—¿Cómo por qué? Por la carretera, ¿por qué otra cosa podía ser?

—¿Qué tiene la carretera?

—Es que están todos locos, hijo. ¿No escuchas las noticias? Ayer mismo hubo un accidente horrible en la autopista, cerca de Santarém. Apareció un loco desaforado a toda velocidad y se estrelló contra un coche que avanzaba tranquilamente. Dentro iba una familia y se les murió el bebé, pobrecito.

—Oh, madre, si le tuviese miedo a todo ni siquiera saldría de casa.

—Ah, pero incluso estar en casa es peligroso, ¿lo sabías?

Tomás se rio.

—¿Estar en casa es peligroso? ¿Desde cuándo?

—Por lo que he visto en las noticias, dicen las estadísticas que es en casa donde ocurre la mayor parte de los accidentes, entérate.

—¡No es para menos! Las personas se pasan la mayor parte del tiempo en su casa…

—Ay, sólo te digo, hijito —suspiró la madre, juntando las manos como en una plegaria—. Vivir está cada vez más complicado. ¡Cada vez más complicado!

Tomás se quitó la chaqueta y la colgó en el perchero.

—Pues sí —dijo, intentando acabar con esa conversación—. ¿Cómo está padre?

—Está descansando, pobre. Se despertó con dolor de cabeza y tomó algo muy fuerte, de manera que no se despertará hasta dentro de una o dos horas. —Hizo un gesto señalando la cocina—. Entra, entra. Estoy preparando la comida.

Tomás se sentó en la antecocina, cansado del viaje.

—¿Cómo lo ha pasado?

—¿Tu padre? —Meneó la cabeza—. Nada bien, pobrecito. Tiene dolores, se siente débil, anda deprimido…

—Pero la radioterapia va a dar resultado, ¿no?

Graça fijó los ojos en su hijo.

—A pesar de la depresión, tiene esperanzas, ¿sabes? —Suspiró—. Pero el doctor Gouveia me ha dicho que la radioterapia simplemente está retrasando el proceso, nada más.

Tomás bajó los ojos.

—¿Cree que realmente se va a morir?

La madre contuvo la respiración, ponderando lo que debería o lograría responder.

—Sí —acabó diciendo en un susurro—. Yo le digo que no, que hay que luchar, que siempre hay soluciones. Pero el doctor Gouveia ya me ha dicho que no me haga ilusiones y que aproveche bien el tiempo que le queda.

—¿Y él lo sabe?

—Vamos, tu padre no es tonto, ¿no? Sabe que tiene una enfermedad muy grave y no se le ha ocultado. Pero intentamos mantener siempre viva la esperanza.

—¿Cómo está reaccionando?

—Tiene días. Primero, creyó que todo era un gran error, que habían confundido los análisis, que...

—Sí, lo contó.

—Bien, después lo aceptó. Pero sus reacciones varían según qué días, a veces casi de un momento a otro. Hay ocasiones en que se siente muy deprimido, dice que se va a morir y que no quiere morirse. Es cuando más lo consuelo. Pero a ratos habla como si sólo tuviese una gripe, casi contradiciendo todo lo que ha dicho una hora antes. Es capaz de hacer proyectos sobre viajes..., pues..., qué sé yo, habla de ir a Brasil, o planea un safari en Mozambique, cosas así. El doctor Gouveia dice que hay que dejarlo soñar despierto, que eso le hace bien, lo ayuda a salir de la depresión. Y yo, hablando francamente, también lo creo.

Tomás soltó un chasquido de disgusto con la lengua.

—Qué pena todo esto.

Graça suspiró de nuevo.

—Ah, es horrible. —Sacudió la cabeza, como ahuyentando malos pensamientos—. Pero basta de tristezas. —Decidió cambiar de tema. Giró la cabeza, buscando la maleta de su hijo, y no vio nada—. Oye, ¿no dormirás aquí?

—No, madre. Necesito volver esta noche a Lisboa.

—¿Ya? Pero ¿por qué?

—Tengo un vuelo mañana por la mañana.

La mujer se llevó las manos a la cara.

—¡Ay, por Dios! ¡Un vuelo! ¿Vas a viajar en avión otra vez?

—Sí, claro. Es mi trabajo.

—¡Ay, Virgen santa! Ya estoy afligida. Siempre que viajas me pongo de los nervios, parezco una gallina a punto de ser degollada.

—No se ponga así, no es para tanto.

—¿Y adónde vas, Tomás?

—Voy a coger un vuelo a Fráncfort y hacer conexión para Teherán.

—¿Teherán? Pero ¿eso no está en Arabia?

—Está en Irán.

—¿En Irán? Pero ¿qué vas a ir a hacer a esa tierra de chiflados, Dios santo? ¿No sabes que son unos fanáticos y odian a los extranjeros?

—¡Qué exageración!

—¡En serio! El otro día lo vi en las noticias. Esos árabes se pasan la vida quemando banderas americanas y la…

—No son árabes, son iraníes.

—¡Vaya! Son árabes, como los iraquíes y los argelinos.

—No, no lo son. Son musulmanes, pero no son árabes. Los árabes son semitas, los iraníes son arios.

—¡Con más razón! ¡Si son arios, son nazis!

Tomás esbozó una mueca desesperada.

—¡Qué confusión! —exclamó—. ¡No hay nada de eso! Hablamos de arios cuando nos referimos a los pueblos indoeuropeos, como los hindúes, los turcos, los iraníes y los europeos. Los árabes son semitas, como los judíos.

—No importa. Árabes o nazis, son todos iguales, se pasan el día de rodillas mirando a La Meca o haciendo estallar bombas por todas partes.

—¡Qué exageración!

—Qué exageración, no. Sé de lo que estoy hablando.

—Pero ¿ha ido alguna vez allí para hablar con tanta autoridad?

—No me hace falta. Sé muy bien lo que pasa en aquellas tierras.

—¿Ah, sí? ¿Y cómo lo sabe?

La madre se detuvo frente a la cocina, lo miró a los ojos y se llevó las manos a la cintura.

—Vaya: lo he visto en las noticias.

Estaba a punto de acabar el arroz con leche cuando Tomás oyó toser a su padre. Instantes más tarde, se abrió la puerta de la habitación y Manuel Noronha, en albornoz y aspecto desgreñado, asomó en la antecocina.

—Hola, Tomás. ¿Cómo estás?

El hijo se levantó.

—Hola, padre. ¿Cómo vamos?

El viejo profesor de Matemática hizo una mueca indecisa.

—Más o menos.

Se sentó en la mesa de la antecocina, y la mujer, que ordenaba la vajilla, lo miró afectuosamente.

—¿Quieres comer algo, Manel?

—Sólo una sopita.

Graça llenó un plato de sopa caliente y se lo sirvió.

—Ya está. ¿Algo más?

—No, basta con esto —dijo Manuel, abriendo el cajón de los cubiertos para coger una cuchara—. No tengo mucha hambre.

—Bien, si quieres hay un bistec pequeñito en el frigorífico. Listo para ponerlo a freír. —Salió de la cocina y se puso un abrigo—. Voy a aprovechar para acercarme a la iglesia de San Bartolomé. Portaos bien, ¿eh?

—Hasta ahora, madre.

Graça Noronha salió del apartamento, dejando a padre e hijo a solas. A Tomás no pareció gustarle mucho la idea; a fin de cuentas, siempre fue más allegado a su madre, mujer habladora y cariñosa, que a su padre, un hombre callado, circunspecto, que vivía encerrado en su despacho, entregado al mundo de los números y de las ecuaciones, ajeno a la familia y a todo lo demás.

Silencio.

Un mutismo incómodo se instaló en el apartamento, sólo roto por el tintineo de la cuchara en el plato de sopa y el ocasional *schlurp* que emitía Manuel Noronha al tragar la comida. Tomás le hizo algunas preguntas sobre su compañero desaparecido, Augusto Siza, pero el padre solamente sabía lo que ya era de dominio público. Sólo reveló que el asunto estaba perturbando a todo el mundo en la facultad, hasta el punto de que el colaborador del profesor evitó durante un tiempo salir de casa, a no ser para pedir algún que otro favor, como solicitar que fuesen a comprarle comida a la tienda o que guardasen algo en algún sitio.

La conversación sobre el profesor Siza se agotó deprisa y el problema es que Tomás no sabía sobre qué deberían hablar ahora; en realidad, no se acordaba de haber tenido una conversación a gusto con su padre. Pero necesitaba llenar el silencio y empezó a contarle la visita a El Cairo y los detalles de la estela que fue a inspeccionar en el Museo Egipcio. Su padre lo oyó sin decir nada, a veces sólo murmurando su asentimiento en ciertos casos, pero resultaba evidente que no seguía las palabras con atención, la mente divagaba en otra parte, tal vez en el destino que le trazaba la enfermedad, tal vez en el horizonte de abstracción por donde solía perderse.

Volvió el silencio.

Tomás ya no sabía qué decir. Se quedó observando a su padre, su tez pálida y arrugada, el rostro chupado, el cuerpo frágil y envejecido. Su padre que caminaba a grandes pasos hacia la muerte, y la triste verdad es que, aun así, Tomás no lograba mantener una conversación con él.

—¿Cómo se siente, padre?

Manuel Noronha suspendió la cuchara en el aire y miró a su hijo.

—Tengo miedo —dijo simplemente.

Tomás abrió la boca, dispuesto a preguntarle de qué tenía miedo, pero se calló a tiempo, tan evidente era la respuesta. Fue en ese instante, sin embargo, en el preciso momento en que contuvo la respuesta que le había venido a la boca, cuando se dio cuenta de que había ocurrido algo diferente con aquella respuesta; el padre, de algún modo, había abierto una respuesta dentro de sí, por primera vez le había dicho lo que sentía sobre algo. Fue como si, justo en ese instante, se hubiese producido una transformación, como si se hubiese abierto una brecha en la muralla que los dividía, como si se hubiese erguido un puente sobre un río infranqueable, como si la barrera entre padre e hijo se hubiera vuelto infinitamente más pequeña. El gran hombre, el genio de la matemática que vivía rodeado de ecuaciones, logaritmos, fórmulas y teoremas, había bajado a la Tierra y había conmovido a su hijo.

—Comprendo —se limitó a decir Tomás.

El padre meneó la cabeza.

—No, hijo. No comprendes. —Se llevó finalmente la cuchara a la boca—. Vivimos la vida como si fuese eterna, como si la muerte fuese algo que sólo les ocurre a los demás y nos está reservada al cabo de mucho tiempo, tanto tiempo que no merece la pena que pensemos en ello. Para nosotros, la muerte no es otra cosa que una abstracción. No obstante, me sigo preocupando por mis clases y mis investigaciones, tu madre se preocupa por la Iglesia y por las personas que ve sufrir en el telediario o en la telenovela, tú te preocupas por tu salario y por la mujer que ya no tienes, y por papiros, estelas y otras reliquias llenas de irrelevancias. —Miró, por la ventana de la cocina, a los clientes de una terraza, allá abajo, en la Praça do Comércio—. ¿Sabes?, las personas andan por la vida como sonámbulas, se preocupan por lo que no es importante, quieren tener dinero y notoriedad, envidian a los demás y se desviven por cosas que no valen la pena. Llevan vidas sin sentido. Se limitan a dormir, a comer y a inventar problemas que las mantengan ocupadas. Privilegian lo accesorio y olvidan lo esencial. —Meneó la cabeza—. Pero el problema es que la muerte no es una abstracción. En rigor de verdad, ya esta aquí, a la vuelta de la esquina. Un día estamos muy bien, deambulando por la calle de la vida como sonámbulos, viene un médico y nos dice: «Usted puede morirse». Y es en ese instante, en que la pesadilla se hace de repente insoportable, cuando finalmente despertamos.

—¿Usted ha despertado, padre?

Manuel se levantó de la mesa, puso el plato vacío en el fregadero y abrió el grifo, para pasar el plato bajo el agua.

—Sí, he despertado —dijo, cerró el grifo y volvió a sentarse en la mesa de la antecocina—. He despertado para vivir, tal vez, mis últimos instantes. —Miró el fregadero—. He despertado para ver la vida escurriéndose como el agua que desaparece por ese desagüe. —Tosió—. A veces me da una rabia muy grande lo que me está ocurriendo. Me pregunto a mí mismo: ¿por qué yo? Con tanta gente que hay por ahí, tanta gente que se pasa el tiempo sin hacer nada, ¿por qué razón habría de ocurrirme esto a mí? —Se pasó la mano por la cara—. Mira, el otro día iba camino del hospital y me crucé con Chico da Pinga. ¿Te acuerdas de él?

—¿Quién?

—Chico da Pinga.

—No, creo que no lo conozco…

—Claro que lo conoces. Es ese viejo que se pasa el día de copas y al que vemos a veces por ahí haciendo zigzag, muy borracho, con una ropa muy sucia y andrajosa.

—¡Ah, sí! Ya sé quién es, me acuerdo de haberlo visto cuando yo era pequeño. ¿Aún está vivo?

—¿Vivo? ¡Ese hombre está más sano que un roble! Anda siempre borracho como una cuba, no hace ni ha hecho nunca nada en su vida, huele mal, escupe en el suelo y le pega a su mujer…, en fin, un vagabundo, un…, ¡un inútil! Pues, mira, me crucé con él y pensé: pero ¿por qué demonios no se ha puesto enfermo él? Pero ¿qué Dios es este que me impone una enfermedad tan grave a mí y deja a un gandul de esa categoría a sus anchas, con salud para dar y tomar? —Sus ojos se desorbitaron—. ¡Cuando lo pienso me pongo furioso!

—No debe ver las cosas así, padre…

—Pero ¡es una injusticia! Yo sé que no debo encarar las cosas de este modo, que llega a ser inmoral desear que nuestro mal se traslade a los demás pero, en fin, cuando me veo así, en este estado, y observo la salud que respira un tipo como Chico da Pinga, ¡disculpa, no puedo dejar de sentirme cabreado!

—Lo entiendo.

—Por otro lado, tengo conciencia de que no debo permitir que me domine este resentimiento. —Tosió—. Siento que mi tiempo es ahora precioso, ¿sabes? Tengo que aprovecharlo para reorientarme, para revisar mis prioridades, para dar importancia a lo que realmente tiene importancia, para olvidar lo que es irrelevante y hacer las paces conmigo y con el mundo. —Hizo un gesto vago—. He pasado demasiado tiempo encerrado en mí mismo, ignorando a tu madre, ignorándote a ti, ignorando a tu mujer y a tu hija, de espaldas a todo, excepto a la Matemática, que me apasiona. Ahora que sé que puedo morir, siento que he pasado por la vida como si estuviese anestesiado, como si durmiera, como si, en realidad, no la hubiese vivido. Y eso también me subleva. ¿Cómo he podido ser tan estúpido? —Disminuyó el tono de voz, casi susurró—. Por ello quiero usar el poco tiempo que tal vez me quede para hacer lo que no he hecho en tanto tiempo. Quiero vivir la vida, dedicarme a lo que es realmente importante, reconciliarme con el mundo. —Bajó la cabeza y se miró el pecho—. Pero no sé si lo que tengo dentro de mi cuerpo me dejará.

Tomás no sabía qué decir. Nunca había escuchado a su padre reflexionar sobre la vida y sobre la forma en que la había vivido, sobre los errores cometidos, sobre las personas a las que debería haber amado y de las que se había apartado. En el fondo, el padre hablaba de su relación consigo mismo, le hablaba de los pasatiempos que nunca habían disfrutado, de los cuentos que no le había leído en la cama, de los partidos a la pelota que no habían jugado juntos, de todo lo que no habían compartido. Era también la relación con su hijo la que ahora, de manera indirecta, cuestionaba. Se quedó por ello sin saber cómo responderle; sólo sintió un enorme y punzante deseo de tener una segunda oportunidad, de ser en la próxima vida hijo de aquel padre y de que aquel padre fuese un verdadero padre para su hijo. Sí, qué bueno sería tener una segunda oportunidad.

—Tal vez tenga más tiempo del que piensa. —Se oyó decir—. Tal vez nuestro cuerpo muera, pero sobreviva el alma, y, padre, pueda, en una reencarnación, corregir los errores de esta vida. ¿Cree en eso, padre?

—¿En qué? ¿En la reencarnación?

—Sí. ¿Cree en eso?

Manuel Noronha esbozó una sonrisa triste.

—Me gustaría creer, claro. ¿A quién, en una situación como la mía, no le gustaría creer en tal cosa? La supervivencia del alma. La posibilidad de que ésta se reencarne más tarde en alguien y yo pueda volver a vivir. Qué idea tan buena. —Meneó la cabeza—. Pero yo soy un hombre de ciencia y tengo el deber de no dejarme ilusionar.

—¿Qué quiere decir con eso? ¿No cree posible que el alma sobreviva?

—Pero ¿qué es eso que llamas alma?

—Es…, qué sé yo…, es una fuerza vital, es un espíritu que nos anima.

El viejo matemático se quedó mirando a su hijo por un momento.

—Escucha, Tomás —dijo—. Mírame. ¿Qué ves?

—Lo veo a usted, padre.

—Ves un cuerpo.

—Sí.

—Es mi cuerpo. Me refiero a él como si dijese: es mi televisor, es mi coche, es mi bolígrafo. En este caso, es mi cuerpo. Es algo mío, algo de mi propiedad. —Se llevó la palma de la mano al pecho—. Pero si digo el cuerpo es mío, lo que estoy diciendo es que yo no soy el cuerpo. El cuerpo es mío, no soy yo. Entonces, ¿qué soy yo? —Se tocó la frente con el dedo—. Yo soy mis pensamientos, mi experiencia, mis sentimientos. Eso soy yo. Yo soy una conciencia. Pero ahora fíjate: ¿acaso mi conciencia, este que soy yo, es el alma?

—Sí, supongo que sí.

—El problema es que este yo que soy yo es producto de sustancias químicas que circulan por mi cuerpo, de transmisiones eléctricas entre neuronas, de herencias genéticas codificadas en mi ADN, de un sinnúmero de condicionantes externos e intrínsecos que moldean este yo que soy yo. Mi cerebro es una compleja máquina electroquímica que funciona como un ordenador, y mi conciencia, esta noción que tengo de mi existencia, es una especie de programa. ¿Entiendes? En cierta forma, y literalmente, los sesos son el *hardware*; la conciencia, el *software*. Lo que plantea naturalmente cuestiones interesantes. ¿Acaso un ordenador tiene alma? Si el ser humano es un ordenador muy complejo, ¿acaso él mismo tiene alma? Si todo el circuito muere, ¿sobrevive el alma? ¿Dónde sobrevive? ¿En qué sitio?

—Bien…, quiero decir que se eleva del cuerpo y se va… En fin…, se va…

—¿Se va al Cielo?

—No, se va…, qué sé yo, se va a otra dimensión.

—Pero ¿de qué está hecha esa alma que se eleva del cuerpo? ¿De átomos?

—No, creo que no. Debe de ser una sustancia incorpórea.

—¿No tiene átomos?

—Me parece que no. Es un…, eh…, un espíritu.

—Bien, eso me lleva a formular otra pregunta —observó el matemático—. ¿Acaso un día, en el futuro, mi alma se acordará de esta existencia mía?

—Sí, dicen que sí.

—Pero eso no tiene sentido, ¿no?

—¿Por qué no?

—Escucha, Tomás. ¿Cómo organizamos nuestra conciencia? ¿Cómo sé que soy yo, que soy un profesor de Matemática, que soy tu padre y el marido de tu madre? ¿Que nací en Castelo Branco y que ya estoy casi calvo? ¿Cómo sé todo sobre mí?

—Usted, padre, se conoce en razón de lo que ha vivido, de lo que ha hecho y de lo que ha dicho, de lo que ha escuchado y visto y aprendido.

—Exacto. Yo sé que soy yo porque guardo memoria de mí mismo, de todo lo que me ha ocurrido, incluso de lo que ha ocurrido hace apenas un segundo. Yo soy la memoria de mí mismo. ¿Y dónde se localiza esa memoria?

—En el cerebro, claro.

—Así es. Mi memoria se encuentra localizada en el cerebro, almacenada en células. Esas células forman parte de mi cuerpo. Y ahí está la cuestión. Cuando mi cuerpo muere, el oxígeno deja de alimentar a las células de la memoria, que de tal modo se mueren también. Se borra así toda mi memoria, el recuerdo de lo que soy. Si es así, ¿cómo diablos puede acordarse el alma de mi vida? Si el alma no tiene átomos, no puede tener células de la memoria, ¿no? Por otro lado, las células en las que estaba grabada la memoria de mi vida ya se han muerto. En esas condiciones, ¿cómo podrá el alma acordarse de nada? ¿No te parece que todo eso es un poco absurdo?

—Pero habla, padre, como si todos nosotros fuésemos unas máquinas, unos ordenadores. —Abrió las manos, como quien expone una evidencia—. Tengo una noticia que darle. No somos ordenadores, somos gente, somos seres vivos.

—¿Ah, sí? ¿Y cuál es la diferencia entre los dos?

—Bien, nosotros pensamos, sentimos, vivimos. Los ordenadores no.

—¿Y estás seguro de que somos realmente diferentes?

—Pero ¿es que no lo somos, padre? Los seres vivos son biológicos, los ordenadores sólo obedecen a circuitos.

Manuel Noronha alzó la cabeza, como si le estuviese hablando a Alguien.

—Y pensar que este muchacho se ha doctorado en una universidad…

Tomás vaciló.

—¿Por qué lo dice? ¿He dicho algún disparate?

—Lo que has dicho, hijo, es lo que diría cualquier biólogo, quédate tranquilo. Pero si le preguntas a un biólogo qué es la vida, te responderá más o menos así: la vida es un conjunto de procesos complejos basados en el átomo de carbono. —Alzó el índice—. Atención. Hasta el más lírico de los biólogos reconoce, no obstante, que la expresión fundamental de esta definición no es «átomo de carbono», sino «procesos complejos». Es verdad que todos los seres vivos que conocemos están constituidos por átomos de carbono, pero eso no es verdaderamente estructurante para la definición de la vida. Hay bioquímicos que admiten que las primeras formas de vida en la Tierra no se basaron en los átomos de carbono sino en los cristales. Los átomos son sólo la materia que vuelve la vida posible. No interesa si es el átomo A o el átomo B. Imagina que yo tengo el átomo A en la cabeza y que, por algún motivo, es sustituido por el átomo B. ¿Acaso dejaré de ser sólo por ese motivo? —Meneó la cabeza—. No me lo parece. Lo que hace que sea yo es una pauta, una estructura de información. Es decir, no son los átomos, es la forma en que se organizan los átomos. —Tosió—. ¿Sabes de dónde viene la vida?

—¿De dónde viene?

—Viene de la materia.

—¡Vaya novedad!

—No estás entendiendo adónde quiero llegar. —Golpeó la mesa con el dedo—. Los átomos que están en mi cuerpo son exactamente iguales a los átomos que están en esta mesa o en cualquier galaxia distante. Son todos iguales. La diferencia está en la forma en que se organizan. ¿Qué piensas que es lo que organiza a los átomos de modo que formen células vivas?

—Pues… no lo sé.

—¿Será una fuerza vital? ¿Será un espíritu? ¿Será Dios?

—Tal vez…

—No, hijo —dijo, meneando la cabeza—. Lo que organiza a los átomos de modo que formen células vivas son las leyes de la física. Ésta es la cuestión central. Piensa: ¿cómo puede un conjunto de átomos inanimados formar un sistema vivo? La respuesta está en la existencia de leyes de complejidad. Todos los estudios demuestran que los sistemas se organizan espontáneamente, para crear siempre estructuras cada vez más complejas, en obediencia a leyes de la física y expresándose mediante ecuaciones matemáticas. Ha habido incluso un físico que ganó el premio Nobel por demostrar que las ecuaciones matemáticas que rigen las reacciones químicas inorgánicas son semejantes a las ecuaciones que fijan las pautas de comportamiento simple de sistemas biológicos avanzados. Es decir: los organismos vivos son, en realidad, el producto de una increíble complicación de los sistemas inorgánicos. Esa complicación no resulta de la actividad de una fuerza vital cualquiera, sino de la organización espontánea de la materia. Una molécula, por ejemplo, puede estar constituida por un millón de átomos ligados de una forma muy específica y complicada, y controlan su actividad estructuras químicas tan complejas que se asemejan a una ciudad. ¿Entiendes adónde quiero llegar?

—Hmm…, sí.

—El secreto de la vida no está en los átomos que constituyen la molécula, está en su estructura, en su organización compleja. Esa estructura existe porque obedece a leyes de organización espontánea de la materia. Y, de la misma manera que la vida es el producto de la complicación de la materia inerte, la conciencia es el producto de la complicación de la vida. La complejidad de la organización es la cuestión fundamental, no la materia. —Abrió un cajón, cogió un libro de recetas, lo abrió y mostró su interior—. ¿Ves estas letras? ¿Con qué color de tinta están impresas?

—Negro.

—Imagina que, en vez de tinta negra, el tipógrafo utilizase tinta violeta. —Cerró el libro y lo movió de un lado a otro—. ¿Acaso el mensaje de este libro dejaría de ser el mismo?

—Claro que no.

—Es evidente que no. Lo que define la identidad de este libro no es el color de la tinta de las letras, sino una estructura de información. No importa que la tinta sea negra o violeta, importa el contenido informativo del libro, su estructura. Puedo leer *Guerra y paz* impreso con la fuente «Times New Roman» y otro ejemplar de *Guerra y paz* de una editorial diferente impreso con la fuente «Arial», pero el libro será siempre el mismo. Es, en cualquier caso, la novela *Guerra y paz*, de Liev Tolstói. Por el contrario, si tengo *Guerra y paz* y *Anna Karenina* impresos con la misma fuente, por ejemplo «Times New Roman», no hará que los libros sean iguales, ¿no? Lo estructurante, pues, no es la fuente ni el color de tinta de las letras, sino la estructura del texto, su semántica, su organización. Lo mismo ocurre con la vida. No importa si la vida está basada en el átomo de carbono, en cristales o en cualquier otra cosa. Lo que forma la vida es una estructura de información, una semántica, una organización compleja. Yo me llamo Manuel y soy profesor de Matemática. Me pueden quitar el átomo A y ponerme el átomo B en el cuerpo, pero, siempre que se preserve esta información, siempre que se mantenga intacta esta estructura, yo sigo siendo yo. Pueden cambiarme todos los átomos y sustituirlos por otros, que yo seguiré siendo yo. Además, ya está probado que, a lo largo de la vida, vamos incluso cambiando casi todos los átomos. Y, no obstante, yo sigo siendo yo. Cojan al Benfica y cámbienle a todos sus jugadores: el Benfica permanece, sigue siendo el Benfica, independientemente de que juegue este o aquel jugador. Lo que hace al Benfica no son los jugadores A o B, sino un concepto, una semántica, una estructura de información. Lo mismo ocurre con la vida. No interesa cuál es el átomo que, en un momento dado, llena la estructura. Lo que interesa es la estructura en sí. Siempre que los átomos posibiliten la estructura de información que define mi identidad y las funciones de mis órganos, la vida es posible. ¿Has entendido?

—Sí.

—La vida es una estructura muy compleja de información y todas sus actividades implican procesamiento de información. —Tosió—. Esta definición, no obstante, tiene una consecuencia profunda: si lo que constituye la vida es una pauta, una semántica, una estructura de información que se desarrolla e interactúa con el mundo que está alrededor, nosotros, en resumidas cuentas, somos una especie de programa. La materia es el *hardware*, nuestra conciencia es el *software*. —Se tocó la frente con el dedo—. Nosotros somos un programa muy complejo y avanzado de ordenador.

—¿Y cuál es el programa de ese... ordenador?

—La supervivencia de los genes. Hay biólogos que han definido al ser humano como una máquina de supervivencia, una especie de robot programado ciegamente para preservar los genes. Yo sé que, dicho así, parece chocante, pero eso es lo que somos. Ordenadores programados para preservar los genes.

—Según esa definición, un ordenador es un ser vivo.

—Sin duda. Es un ser vivo que no se construye a partir de átomos de carbono.

—Pero ¡eso no es posible!

—¿Por qué no?

—Porque un ordenador se limita a reaccionar según un programa predefinido.

—Que es lo que hacen todos los seres vivos basados en los átomos de carbono —repuso el padre—. Tu problema es que un ordenador es una máquina que funciona en función del estímulo-respuesta programada, ¿no?

—Pues... sí.

—¿Y el perro de Pavlov? ¿No funciona en función del estímulo-respuesta programada? ¿Y una hormiga? ¿Y una planta? ¿Y un saltamontes?

—Bien..., sí, pero es... diferente.

—No es nada diferente. Si conocemos el programa del saltamontes, si sabemos qué le atrae y qué le repele, qué lo motiva y qué lo asusta, podremos prever todo su comportamiento. Los saltamontes tienen programas relativamente sencillos. Si ocurre X, reaccionan de manera A. Si ocurre Y, reaccionan de manera B. Exactamente como una máquina concebida por nosotros.

—Pero los saltamontes son máquinas naturales. Los ordenadores son máquinas artificiales.

Manuel recorrió con la mirada la cocina, en busca de una idea. Su atención se fijó en la ventana, en un árbol de la acera de enfrente, hacia donde voló un gorrión.

—Mira las aves. Los nidos que construyen en los árboles, ¿son naturales o artificiales?

—Son naturales, claro.

—Entonces todo lo que el hombre hace también es natural. Nosotros, que tenemos un concepto antropocéntrico de la naturaleza, dividimos todo entre cosas naturales y cosas artificiales, y decimos que las artificiales son las que hacen los hombres y las naturales las propias de la naturaleza, las plantas y los animales. Pero eso es una convención humana. La verdad es que, si el hombre es un animal, tal como las aves, entonces es una criatura natural, ¿no es verdad?

—Sí.

—Siendo una criatura natural, todo lo que hace es natural. Luego sus creaciones son naturales, de la misma manera que el nido que hacen las aves es algo natural. —Tosió—. Lo que quiero decir es que todo en la naturaleza es natural. Si el hombre es un producto de la naturaleza, todo lo que él hace también es natural. Sólo por una convención de lenguaje se ha establecido que los objetos que él crea son artificiales, cuando, en realidad, son tan naturales cuanto los objetos que crean las aves. Luego, siendo creaciones de un animal natural, los ordenadores, tanto como los nidos, son naturales.

—Pero no tienen inteligencia.

—Ni las aves ni los saltamontes la tienen. —Hizo una mueca—. O, mejor dicho, las aves, los saltamontes y los ordenadores tienen inteligencia. Lo que no tienen es nuestra inteligencia. Pero, por ejemplo, en el caso de los ordenadores, nada garantiza que, dentro de cien años, no lleguen a tener una inteligencia igual o superior a la nuestra. Y, si alcanzan nuestro grado de inteligencia, puedes estar seguro de que desarrollarán emociones y sentimientos y se volverán conscientes.

—No lo creo.

—¿Que puedan tener emociones y volverse conscientes?

—Sí. No lo creo.

Manuel Noronha tuvo un acceso repentino de tos, una tos tan aguda que parecía estar a punto de echar los pulmones por la boca. Su hijo lo ayudó a recomponerse, y le ofreció agua intentando calmarlo. Cuando el acceso desapareció, Tomás miró a su padre con cierto temor.

—¿Se encuentra bien, padre?

—Sí.

—¿Quiere ir a recostarse un poco? Tal vez es…

—Me encuentro bien, no te preocupes —interrumpió el viejo matemático.

—No lo parece.

—Me encuentro bien, me encuentro bien —insistió recobrando el aliento—. ¿Por dónde íbamos?

—Oh, no importa.

—No, no. Quiero explicarte esto, es importante.

Tomás vaciló e hizo un esfuerzo de memoria.

—Pues… le decía que no creo que los ordenadores puedan tener emociones y conciencia.

—Ah, sí —exclamó Manuel, retomando el hilo del razonamiento—. Crees que los ordenadores no pueden tener emociones, ¿no?

—Claro. Ni emociones ni conciencia.

—Pues estás muy equivocado. —Inspiró hondo, normalizando la respiración—. ¿Sabes?, las emociones y la conciencia surgen cuando se ha alcanzado un grado determinado de inteligencia. Pero ¿qué es la inteligencia? ¿Eh?

—La inteligencia es la capacidad de hacer razonamientos complejos, creo yo.

—Exacto. O sea, que la inteligencia es una forma de elevada complejidad. Y no hace falta alcanzar el grado de la inteligencia humana para que se cree conciencia. Por ejemplo, los perros son mucho menos inteligentes que los hombres, pero si le preguntas al dueño de un perro si su perro tiene emociones y conciencia de las cosas, te dirá sin vacilar que sí. El perro tiene emociones y conciencia. Luego las emociones y la conciencia son mecanismos que surgen a partir de un determinado grado de complejidad de inteligencia.

—Por tanto, usted, padre, ¿cree que los ordenadores, si alcanzan ese grado de complejidad, se volverán emotivos y conscientes?

—Sin duda.

—Me cuesta creer en eso.

—Te cuesta a ti y le cuesta a la mayoría de las personas que no están dentro del problema. La idea de máquinas que poseen conciencia le resulta chocante al común de los mortales. Y, no obstante, la mayoría de los científicos que se enfrentan con ese problema creen que es posible volver consciente a una mente simulada.

—Pero ¿usted cree que es realmente posible volver inteligente a un ordenador? ¿Cree que es posible que él piense por sí solo?

—Claro que sí. Además, los ordenadores ya son inteligentes. Son más inteligentes que una lombriz, por ejemplo. —Alzó el dedo—. No son tan inteligentes como los seres humanos, pero son más inteligentes que una lombriz. Ahora bien, ¿qué separa la inteligencia del ser humano de la inteligencia de la lombriz? La complejidad. Nuestro cerebro es mucho más complejo que el de la lombriz. Obedece a los mismos principios, ambos tienen sinapsis y conexiones, aunque el cerebro humano es inconmensurablemente más complejo que el de la lombriz. —Se golpeó un lado de la cabeza—. ¿Tú sabes qué es un cerebro?

—Es lo que tenemos dentro del cráneo.

—Un cerebro es una masa orgánica que funciona exactamente como un circuito eléctrico. En vez de tener cables, tiene neuronas; en vez de tener *chips*, tiene sesos; pero es exactamente lo mismo. Su funcionamiento es determinista. Las células nerviosas disparan un impulso eléctrico en dirección al brazo con una determinada orden, según un esquema de corrientes eléctricas predefinidas. Un esquema diferente produciría la emisión de un impulso diferente. Exactamente como un ordenador. Lo que quiero decir es que, si conseguimos volver el cerebro del ordenador mucho más complejo de lo que es actualmente, podremos ponerlo a funcionar a nuestro nivel.

—¿Y es posible hacerlos tan inteligentes como los seres humanos?

—En teoría, nada lo impide. Fíjate: los ordenadores ya alcanzan a los seres humanos en la velocidad del cálculo. Donde presentan enormes deficiencias es en la creatividad. Uno de los padres de los ordenadores, un inglés llamado Alan Turing, estableció que el día en que logremos mantener una conversación con un ordenador, exactamente igual a la que tendríamos con cualquier otro ser humano, se comprobará que el ordenador piensa, que el ordenador tiene una inteligencia a nuestro nivel.

Tomás adoptó una expresión escéptica.

—Pero ¿eso es realmente posible?

—Bien…, es verdad que, durante mucho tiempo, los científicos pensaron que no, de resultas de un complicado problema matemático. —Tosió—. ¿Sabes?, nosotros, los matemáticos, siempre creímos que Dios es un matemático y que el universo está estructurado según ecuaciones matemáticas. Esas ecuaciones, por más complejas que parezcan, son todas resolubles. Si no se logra resolver una ecuación, no se debe al hecho de que sea irresoluble, sino a las limitaciones del intelecto humano para resolverla.

—No veo adónde quiere llegar…

—Ya lo vas a entender —prometió el padre—. La cuestión de que los ordenadores puedan o no adquirir conciencia está ligada a uno de los problemas de la Matemática, la cuestión de las paradojas autorreferenciales. Por ejemplo, escucha lo que te voy a decir. Yo sólo digo mentiras. ¿Notas en ello alguna anomalía?

—¿En qué?

—En esta frase que acabo de formular. Yo sólo digo mentiras.

Tomás soltó una carcajada.

—Es una gran verdad.

El padre lo miró con expresión condescendiente.

—Pues ya ves. Si es verdad que yo sólo digo mentiras, entonces, habiendo dicho una verdad, no puedo decir sólo mentiras. Si la frase es verdadera, ella misma contiene una contradicción. —Movió las cejas, satisfecho consigo mismo—. Durante mucho tiempo, se pensó que éste era un mero problema semántico, resultante de las limitaciones de la lengua humana. Pero, cuando se traspuso este enunciado a una formulación matemática, la contradicción se mantuvo. Los matemáticos se pasaron mucho tiempo intentando resolver el problema, siempre con la convicción de que era resoluble. Un matemático llamado Kurt Gödel, en 1931, deshizo esa ilusión, al formular dos teoremas, llamados de la incompletitud. Se consideran estos teoremas, que han dejado a los matemáticos completamente estupefactos, uno de los mayores hechos intelectuales del siglo XX. —Vaciló—. Es un poco complicado explicar en qué consisten estos teoremas, pero es importante que te quedes con…

—Inténtelo.

—¿Intentar qué? ¿Explicar los teoremas de la incompletitud?

—Sí.

—No es fácil —dijo, meneando la cabeza, y llenó el pecho de aire, como si intentase armarse de valor—. La cuestión esencial es que Gödel probó que no existe ningún procedimiento general que demuestre la coherencia de la matemática. Hay afirmaciones que son verdaderas, pero no son demostrables dentro del sistema. Este descubrimiento ha tenido profundas consecuencias al revelar las limitaciones de la matemática, exponiendo así una sutileza desconocida en la arquitectura del universo.

—Pero ¿qué tiene eso que ver con los ordenadores?

—Es muy sencillo. Los teoremas de Gödel sugieren que, por más sofisticados que sean, los ordenadores siempre van a enfrentar limitaciones. A pesar de no poder mostrar la coherencia de un sistema matemático, el ser humano alcanza a entender que muchas afirmaciones dentro del sistema son verdaderas. Pero el ordenador, colocado frente a tal contradicción irresoluble, se bloqueará. Luego los ordenadores jamás serán capaces de igualar a los seres humanos.

—Ah, ya he entendido —exclamó Tomás con una actitud de satisfacción—. Entonces me está dando la razón, padre…

—No necesariamente —dijo el viejo matemático—. La gran cuestión es que nosotros podemos presentarle al ordenador una fórmula que sabemos que es verdadera, pero que el ordenador no puede probar que es verdadera. Es verdad. Pero también es verdad que el ordenador puede hacernos lo mismo. La fórmula no es demostrable únicamente para quien está trabajando dentro del sistema, ¿entiendes? Quien esté fuera del sistema, puede probar la fórmula. Eso es válido para un ordenador tanto como para un ser humano. Conclusión: es posible que un ordenador sea tanto o más inteligente que las personas.

Tomás suspiró.

—¿Todo eso para probar qué?

—Todo eso para probarte que no somos más que ordenadores muy sofisticados. ¿Crees que los ordenadores pueden llegar a tener alma?

—Que yo sepa, no.

—Entonces, si somos ordenadores muy sofisticados, tampoco podemos tenerla. Nuestra conciencia, nuestras emociones, todo lo que sentimos es resultado de la sofisticación de nuestra estructura. Cuando muramos, los *chips* de nuestra memoria y de nuestra inteligencia desaparecerán y nosotros nos apagaremos. —Respiró hondo y se apoyó en la silla—. El alma, querido hijo, no es más que una invención, una maravillosa ilusión creada por nuestro ardiente deseo de escapar del carácter inevitable de la muerte.

VI

Los ojos cálidos de Ariana Pakravan esperaban a Tomás junto a las puertas de la salida de los pasajeros, en la terminal del viejo Aeropuerto Internacional Mehrabad. Por momentos, sin embargo, el recién llegado se sintió perdido, buscando entre la multitud de chadores negros o de colores el rostro familiar que tardaba en aparecer; y sólo cuando Ariana se le acercó y le tocó el brazo, el historiador superó su aturdimiento. Pero Tomás tuvo dificultades en reconocer a su anfitriona en el atuendo islámico que llevaba puesto y no pudo evitar sentirse impactado por la diferencia entre aquella mujer de velo verde y la sofisticada iraní con la que había almorzado en El Cairo sólo una semana antes.

—*Salam*, profesor —saludó la voz sensual, dándole la bienvenida—. *Khosh amadin!*

—Hola, Ariana. ¿Cómo está?

El portugués se quedó a la expectativa, no sabía si debía inclinarse para besarla en las mejillas o si habría alguna otra forma de saludo más adecuado en aquella tierra de costumbres tan radicales. La iraní resolvió el problema tendiéndole la mano.

—¿Ha tenido un buen vuelo?

—Estupendo —dijo Tomás, y reviró los ojos—. A punto de desmayar, cada vez que había una turbulencia, claro. Pero, fuera de eso, todo anduvo bien.

Ariana se rio.

—Le da miedo volar, ¿eh?

—Miedo no, sólo tengo…, eh…, aprensión. —Hizo una mueca—. Me paso la vida tomándole el pelo a mi madre porque le dan miedo los viajes, pero la verdad es que soy un poco como ella. He heredado sus genes.

La iraní lo observó, fijándose en la bolsa que llevaba al hombro y comprobando si no venía detrás ningún mozo de cordel con más maletas.

—¿No trae más equipaje?

—No. Siempre viajo ligero de equipaje.

—Muy bien. Entonces vamos andando.

La mujer lo condujo hacia una cola a la salida del aeropuerto, al borde de la acera. El recién llegado miró hacia delante y vio automóviles color naranja recogiendo pasajeros.

—¿Vamos en taxi?

—Sí.

—¿No tiene coche?

—Profesor, estamos en Irán —dijo, siempre en un tono jovial—. No son bien vistas aquí las mujeres que conducen.

—Vaya.

Se acomodaron en el asiento trasero del taxi, un Paykan que se caía de viejo, y Ariana se inclinó hacia el taxista.

—*Loftan, man o bebarin be hotel Simorgh.*

—*Bale.*

Tomás sólo entendió la palabra «hotel».

—¿Qué hotel es?

—Es el Simorgh —explicó Ariana—. El mejor de todos.

El taxista volvió la cabeza hacia atrás.

—*Darbast mikhayin?*

—*Bale* —repuso la mujer.

Tomás se mostró curioso.

—¿Qué quiere?

—Preguntaba si queríamos el taxi sólo para nosotros.

—¿El taxi sólo para nosotros? No entiendo…

—Es una costumbre iraní. Los taxis, a pesar de que ya están ocupados con pasajeros, paran por el camino para recoger a otros. Si queremos quedarnos con el taxi sólo para nosotros, tendremos que pagar la diferencia entre el valor que pagaremos y el que pagarían otros pasajeros que, en tal caso, el taxista perderá.

—Ah. ¿Qué le ha respondido?

—Le he dicho que sí —afirmó la iraní—. Queremos el taxi sólo para nosotros.

Ariana se quitó el velo y, como un faro que se enciende, la

perfección de las líneas de su rostro iluminó los ojos del portugués. Tomás ya no se acordaba de lo hermosa que era aquella mujer, con sus labios sensuales, los ojos color caramelo, el cutis lechoso, la expresión exótica. El profesor se obligó a volver la cara hacia el otro lado de la ventana, buscando la manera de no quedarse inmóvil admirándole el bonito semblante.

Teherán giraba alrededor de sí misma, con las calles atestadas de automóviles, las casas extendiéndose más allá del horizonte; la ciudad era una jungla de cemento, fea, desordenada, gris, cubierta por una neblina sucia y grasienta que flotaba en el aire como un espectro pardusco. Un volumen blanco y resplandeciente, como un firme copo de nubes iluminado por el sol, planeaba sobre la neblina sebosa, atrayendo la mirada interrogativa del recién llegado.

—Es la Estrella Polar de Teherán —explicó Ariana.

—¿Estrella Polar?

La iraní sonrió, divertida.

—Sí, es como llamamos a las montañas Alborz. —Miró la cordillera distante—. Se extienden por todo el norte de la ciudad, siempre cubiertas de nieve, incluso en verano. Cuando nos sentimos desorientados, las buscamos por encima de las casas y, al ver aquellos picos nevados, sabemos que allí está el norte.

—Pero se ven tan mal…

—Por culpa del *esmog*. La contaminación en esta ciudad es terrible, ¿sabe? Peor que en El Cairo. A veces tenemos dificultades para verlas, a pesar de ser tan altas y encontrarse tan cerca.

—Parecen altas, sin duda.

—El pico más elevado es el del monte Damavand, aquél a la derecha. —Señaló—. Tiene más de cinco mil metros de altura y, siempre que…

—¡Cuidado!

Un automóvil blanco apareció aceleradamente por la derecha frente al taxi. Cuando parecía que el choque sería inevitable, el taxi giró a la izquierda, casi a punto de estrellarse contra una camioneta, que frenó y tocó el claxon de forma desenfrenada, y se enderezó, escapando por una fracción de segundo a la colisión.

—¿Qué ha pasado? —quiso saber Ariana.

El portugués suspiró de alivio.

—¡Uf! Hemos escapado por poco.

La iraní se rio.

—Oh, no se preocupe, esto es normal.

—¿Normal?

—Sí. Pero es verdad que todos los extranjeros, hasta las personas habituadas al tráfico caótico de las ciudades de Oriente Medio, son presa del pánico cuando llegan aquí. Se conduce demasiado rápido, es un hecho, y los visitantes se pegan todos los días dos o tres sustos de muerte. Pero nunca ocurre nada, en el último instante todo se arregla, ya verá.

Tomás observó el tráfico compacto y veloz, con una expresión recelosa grabada en los ojos.

—¿Le parece? —preguntó con la voz cargada de escepticismo.

—No, no me parece. Lo sé. —Hizo una seña con las manos—. Tranquilícese, vamos.

Pero era imposible relajarse, y el portugués, intranquilo, se pasó el resto del viaje más atento a aquel tráfico infernal. A lo largo de veinte minutos se dio cuenta de que nadie hacía señales hacia la izquierda ni hacia la derecha cuando giraba, pocos eran los conductores que parecían consultar el espejo retrovisor antes de cambiar de dirección, más raros aún los que se ajustaban los cinturones de seguridad; se conducía a una velocidad imposible y los bocinazos y el chirriar de los frenos eran sonidos naturales y permanentes, un verdadero concierto sobre el asfalto. El colmo se produjo en plena autopista, en la Fazl ol-Lahnuri, cuando vio un automóvil que giraba bruscamente en dirección prohibida en el carril contrario y que avanzaba unos centenares de metros en contradirección, hasta que acabó saliendo por un camino de cabras.

Tal como Ariana había previsto, sin embargo, llegaron sanos y salvos al hotel. El Simorgh era un hotel lujoso, de cinco estrellas y una recepción sofisticada. La iraní lo ayudó a hacer el *chek-in* y se despidió junto a la puerta del ascensor.

—Descanse un poco —le recomendó—. Vendré a buscarlo a las seis de la tarde para llevarlo a cenar.

La habitación estaba finamente decorada. Después de dejar la bolsa en el suelo, Tomás fue hacia la ventana y contempló Teherán; la ciudad estaba dominada por edificios urbanos de mal gusto y elegantes minaretes que se elevaban por encima de las casas incoloras. Al fondo, como un gigante dormido, se extendía la presencia protectora de las montañas Alborz, con la nieve que centelleaba en las cumbres como cuentas de un collar expuesto en una vitrina monumental.

Se sentó en la cama y consultó el folleto plastificado del Simorgh, enumerando los servicios de lujo para los clientes; los principales eran la bañera de hidromasaje, el gimnasio y una piscina, con horarios rotativos para hombres y mujeres. Se inclinó y abrió la puerta del minibar. Se veían botellas de agua mineral y gaseosas, incluso Coca-Cola; pero lo que verdaderamente lo alegró fue la imagen de una lata de cerveza de la marca Delster, cubierta de gotas de agua helada. Sin esperar más, cogió la lata y bebió un buen trago de cerveza.

—Mierda.

Casi vomitó el líquido; no sabía a cerveza, parecía más bien néctar de sidra. Y, previsiblemente, no contenía alcohol.

Sonó el teléfono.

—*Hello?* —atendió Tomás.

—*Hello?* —repuso una voz masculina del otro lado—. ¿Profesor Tomás Noronha?

—*Yes?*

—¿Es un placer estar en Irán?

—¿Cómo?

—¿Es un placer estar en Irán?

—Ah —comprendió Tomás—. Es que… he venido a hacer muchas compras.

—*Very well* —replicó la voz, satisfecha por escuchar aquella frase—. ¿Nos vemos mañana?

—Si yo puedo, sí.

—Tengo buenas alfombras para usted.

—Sí, sí.

—A buen precio.

—Está bien.

—Lo estaré esperando.

Click.

Tomás se quedó un largo rato con el teléfono descolgado en la mano, mirando el micrófono, reconstruyendo la conversación, recordando cada palabra, interpretando la entonación de las frases. El hombre del otro lado de la línea había hablado inglés con un fuerte acento local, no había dudas de que se trataba de un iraní. Tiene sentido, reflexionó el historiador, balanceando levemente la cabeza. Tiene sentido. Es lógico que el hombre de la CIA en Teherán sea un iraní.

Cuando se abrió la puerta del ascensor y Tomás avanzó hacia el *lobby* del hotel, ya lo esperaba Ariana, sentada en un sofá, junto a un gran tiesto, frente a una taza de *chay* de hierbas sobre la mesa. La iraní vestía un *hejab* diferente, con unos pantalones anchos que flotaban en sus piernas altas, una *maqna´e* de colores sobre la cabeza y un manto de seda que cubría su cuerpo curvilíneo.

—¿Vamos?

Esta vez circularon por Teherán en un coche con chófer, un hombre callado, de pelo corto y gorra en la cabeza. Ariana explicó que la avenida donde estaba situado el hotel, la Valiasr, tenía una extensión de veinte kilómetros, desde el sur pobre hasta el pie de las Alborz, atravesando el norte adinerado de la ciudad; la Valiasr constituía el eje en torno al cual se había levantado la moderna Teherán, el lugar de los cafés de moda, de los restaurantes de lujo y de los edificios diplomáticos.

Les llevó tiempo atravesar la urbe y llegar a la falda de las montañas. El automóvil escaló la cuesta rocosa y entró en un jardín paisajista, protegido por árboles altos. Por detrás, se alzaba la pared escarpada de las Alborz; abajo se extendía el hormiguero fangoso de las casas de Teherán; a la derecha, el sol adquiría el tono anaranjado del crepúsculo.

Estacionaron en el jardín, y Ariana llevó a Tomás a un edificio con enormes ventanas y rodeado de galerías; era un restaurante turco. Construido en un lugar privilegiado, el establecimiento disponía de una magnífica vista de la ciudad, que apreciaron por momentos; con el atardecer abatiéndose sobre el valle, sin embargo, la brisa comenzó a soplar fría y no se detuvieron más tiempo por allí.

Una vez dentro del restaurante, se sentaron junto a la ventana, Teherán a sus pies. La iraní pidió una *mirza ghasemi* vegetariana para ella y le recomendó a su invitado un *broke*, sugerencia que Tomás aceptó sin vacilar: quería conocer ese plato de carne picada con patatas y verduras.

—¿No le crea contradicciones ese pañuelo en la cabeza? —preguntó el portugués, mientras esperaban la comida.

—¿El *hejab*?

—Sí. ¿No le crea contradicciones?

—No, es una cuestión de hábito.

—Pero para quien ha estudiado en París y se ha habituado a las costumbres occidentales, no debe de ser fácil…

Ariana esbozó una expresión interrogativa.

—¿Cómo sabe usted que he estudiado en París?

A Tomás se le desorbitaron los ojos, horrorizado. Había cometido un error terrible. Se acordó de que Don Snyder le había dado esa información, algo que, como era evidente, no podía revelar.

—Pues…, no lo sé —titubeó—. Creo…, eh…, creo que me lo dijeron en la embajada…, en la embajada de Irán en Lisboa.

—¿Ah, sí? —se sorprendió la iraní—. Están muy sueltos de lengua nuestros diplomáticos.

El portugués forzó una sonrisa.

—Son…, son simpáticos. He hablado de usted, ¿sabe? Y ellos me han contado eso.

La anfitriona suspiró.

—Pues sí, estudié en París.

—¿Y por qué volvió aquí?

—Porque las cosas no salieron bien allá. Tuve un matrimonio que no funcionó y, cuando me divorcié, me sentí muy sola. Por otro lado, tenía a toda mi familia aquí. Fue una decisión difícil, no sabe hasta qué punto. Estaba totalmente europeizada, pero la aversión a la soledad y la nostalgia de la familia acabaron siendo más fuertes y opté por volver. Fue en el momento en que empezaron a crecer los reformadores, el país se liberalizaba y las cosas parecían mejores para las mujeres. Fuimos nosotras, las mujeres, junto con los jóvenes, quienes colocamos a Jatami en la presidencia, ¿sabía? —Hizo un esfuerzo de memoria—. Eso fue, déjeme pensar, fue en…, en 1997, dos años después de mi regreso. Las cosas, al principio, anduvieron bien. Se oyeron las primeras voces en defensa de los derechos de las mujeres y hubo algunas que hasta entraron en el *Majlis*.

—¿El *Majqué*?

—El *Majlis*, nuestro parlamento.

—Ah. ¿Las mujeres entraron en el parlamento, de verdad?

—Sí, y no fue sólo eso, ¿sabe? Gracias a los reformistas, las solteras conquistaron el derecho a ir a estudiar al extranjero, y la edad legal del matrimonio para las chicas subió de los nueve a los trece años. De modo que fue en ese momento cuando fui a trabajar a Isfahan, mi tierra natal. —Esbozó una mueca—. El problema es que los conservadores retomaron el control del *Majlis* en las elecciones del 2004 y…, no lo sé, ahora estamos viendo adónde irá a parar todo esto. Por el momento, me han trasladado de Isfahan al Ministerio de la Ciencia, en Teherán.

—¿Qué estaba haciendo en Isfahan?

—Trabajaba en una central.

—¿Qué tipo de central?

—Es algo experimental. No interesa.

—¿Y ahora la han trasladado a Teherán?

—El año pasado.

—¿Por qué?

Ariana se rio.

—Creo que algunos hombres son muy tradicionalistas y se ponen nerviosos cuando tienen a una mujer trabajando junto a ellos.

—Su marido debe de haberse sentido fastidiado por el traslado, ¿no?

—No he vuelto a casarme.

—Entonces, su novio.

—Tampoco tengo novio. —Arqueó la ceja—. Pero ¿qué es esto? Me está haciendo una prueba, ¿no? ¿Quiere saber si estoy disponible?

El portugués soltó una carcajada.

—No, claro que no. —Vaciló—: Es decir…, pues…, sí.

—¿Sí qué?

—Sí, estoy haciéndole una prueba. Sí, quiero saber si está disponible. —Se inclinó hacia delante, con los ojos relucientes—. ¿Lo está?

Ariana se sonrojó.

—Profesor, estamos en Irán. Hay ciertos comportamientos que…, que…

—No me llame profesor, me hace más viejo. Llámeme Tomás.

—No puedo. Tengo que cuidar de las apariencias.

—¿Cómo?

—No puedo demostrar intimidad con usted. En realidad, debería llamarlo *agha* profesor.

—¿Qué significa?

—Señor profesor.

—Entonces llámeme Tomás cuando estemos a solas, y *agha* profesor cuando haya alguien cerca. ¿De acuerdo?

Ariana meneó la cabeza.

—No puede ser. Tengo que guardar distancia.

El historiador abrió las manos, con el gesto de quien se da por vencido.

—Como quiera —dijo—. Pero dígame una cosa: ¿cómo ven los iraníes a una mujer como usted, tan hermosa, occidentalizada, divorciada, viviendo sola?

—Bien, yo vivo sola aquí, en Teherán. En Isfahan estaba en casa de mi familia. Sabe que la costumbre aquí es que vivamos todos juntos en familia. Hermanos, abuelos, nietos, todos bajo el mismo techo. Hasta los hijos, cuando se casan, se quedan un tiempo más viviendo con sus padres.

—Hmm, hmm —murmuró Tomás—. Pero no ha respondido a mi pregunta. ¿Cómo encaran sus compatriotas el modo de vida que usted lleva?

La iraní respiró hondo.

—No muy bien, como sería de esperar. —Adoptó una actitud pensativa—. ¿Sabe?, las mujeres no tienen aquí muchos derechos. Cuando se produjo la Revolución islámica, en 1979, cambiaron mucho las cosas. El *hejab* se hizo obligatorio, la edad de casamiento para las chicas se fijó en los nueve años, y se les prohibió a las mujeres aparecer en público con un hombre que no fuese de su familia o viajar sin consentimiento de su marido o de su padre. Empezó a castigarse el adulterio por parte de la mujer con la lapidación hasta la muerte, aun en los casos en que ella era violada, y hasta se impuso la pena de sufrir azotes por el uso incorrecto del *hejab*.

—Caramba —exclamó Tomás—. Las mujeres empezaron a tener la vida difícil, ¿no?

—Puede creerlo. Yo, en ese momento, estaba en París, por lo que no padecí todas esas humillaciones. Pero lo seguía todo en la distancia, ¿sabe? Mis hermanas y mis primas me fueron poniendo al corriente de los nuevos tiempos. Y créame que yo no habría venido en 1995 si hubiese previsto que las cosas seguirían igual. En aquel entonces estaban surgiendo los reformadores, había señales de apertura y yo..., en fin, decidí arriesgarme.

—¿Usted es musulmana?

—Claro.

—¿No le choca el modo en que trata el islam a las mujeres?

Ariana se quedó algo perpleja.

—El profeta Mahoma dijo que los hombres y las mujeres tienen diferentes derechos y responsabilidades. —Alzó el dedo—. Fíjese: él no dijo que unos tienen más derechos que los otros, dijo sólo que son diferentes. Es la forma en que se interpretó esta frase del profeta lo que se encuentra detrás de todos estos problemas.

—¿Cree que Dios está realmente preocupado en saber si las mujeres usan velo o no usan velo, si pueden casarse con nueve, trece o dieciocho años, si tienen relaciones extramatrimoniales? ¿Cree que a Dios le molestan esas cosas?

—Claro que no. Pero lo que yo crea es irrelevante, ¿no? Esta sociedad funciona como funciona y no hay nada que yo pueda hacer para alterar las cosas.

—Pero ¿es la sociedad la que funciona así o es el islam el que funciona así?

—No lo sé, creo que es la sociedad y la forma en que ella interpreta el islam —observó Ariana, pensativa—. El islam es sinónimo de hospitalidad, de generosidad, de respeto por los más ancianos, de sentido de familia y de comunidad. La mujer se realiza aquí como esposa y como madre, tiene su papel definido y todo es claro. —Se encogió de hombros—. Pero quien quiera algo más..., en fin, tal vez salga frustrada, ¿no?

Se hizo silencio.

—¿Está arrepentida?

—¿De qué?

—De haber vuelto. ¿Está arrepentida?

Ariana se encogió de hombros.

—Me gusta mi tierra. Es aquí donde está mi familia. Las personas son fantásticas, ¿se ha fijado? Fuera tienen la idea de que aquí hay un hatajo de fanáticos, de gente que se pasa el día quemando banderas estadounidenses, gritando contra Occidente y disparando Kalashnikovs al aire, cuando, en realidad, no es exactamente así —dijo, y sonrió—. Hasta bebemos Coca-Cola.

—Ya he reparado en ello. Pero ha vuelto a no responder a mi pregunta.

—¿Qué pregunta?

—Lo sabe muy bien. ¿Está arrepentida de haber vuelto a Irán?

La iraní respiró hondo, algo intranquila con la pregunta.

—No lo sé —dijo por fin—. Busco algo.

—¿Qué busca?

—No lo sé. Cuando lo encuentre, lo sabré.

—¿Busca a alguien?

—Tal vez. —Volvió a encogerse de hombros—. No lo sé, no lo sé. Creo que… busco un sentido.

—¿Un sentido?

—Sí, un sentido. Un sentido para mi vida. Me siento un poco perdida, a medio camino entre París e Isfahan, en algún sitio en una tierra de nadie, en una patria desconocida que no es francesa ni iraní, que no es europea ni asiática, pero, al mismo tiempo, es todo eso. La verdad es que aún no he encontrado mi lugar.

El camarero turco, de piel morena y un ligero toque mongol, apareció con la bandeja de la cena. Colocó el *mirza ghasemi* delante de Ariana y el *broke* frente a Tomás, junto con dos vasos de *ab portugal*, el zumo de naranja que ambos encargaron en homenaje al país del visitante: al fin y al cabo, no cualquier nación tiene un nombre que se confunde con una fruta en parsi. Más allá de la ventana, un mar de luces parpadeaba en la oscuridad, era Teherán brillando por la noche, la ciudad resplandecía hasta la línea del horizonte y, más allá de ella, centelleaba como un enorme árbol de Navidad.

—Tomás —murmuró Ariana, sorbiendo el zumo—. Me gusta hablar con usted.

El portugués sonrió.

—Gracias, Ariana. Gracias por llamarme Tomás.

VII

*E*l edificio era un bloque compacto de cemento, un monstruo escondido tras un muro alto, en cuyo extremo había un cerco de alambre de espinos, embellecido por acacias frondosas, en una callejuela oculta de Teherán. El chófer bajó el cristal de la ventanilla del coche y habló en parsi con el guardia; el hombre armado observó el asiento trasero del vehículo, con sus ojos yendo y viniendo por momentos de Ariana a Tomás, y regresó a la garita. Se alzó la barrera y el automóvil estacionó junto a unos arbustos.

—¿Es aquí dónde usted trabaja? —preguntó Tomás, observando el edificio gris.

—Sí —dijo la iraní—. Es el Ministerio de la Ciencia, Investigación y Tecnología.

La primera exigencia fue registrar al visitante y darle una tarjeta que le permitiría frecuentar el ministerio durante un mes. El proceso se hizo lento en el despacho donde el personal, siempre sonriente y con una simpatía y una actitud ceremoniosa que llegaba a rozar el absurdo, le hizo llenar sucesivos formularios.

Ya con la tarjeta en la mano, llevaron a Tomás a la segunda planta y se lo presentaron al director del Departamento de Proyectos Especiales, un hombre bajo y delgado, con pequeños ojos oscuros y barba gris terminada en punta.

—Le presento a *agha* Mozaffar Jalili —dijo Ariana—. Está trabajando conmigo en este…, eh…, proyecto.

—*Sob bekheir* —saludó el iraní, sonriente.

—Buenos días —respondió Tomás—. ¿Usted es el encargado del proyecto?

El hombre hizo un gesto vago con la mano.

—Formalmente, sí. —Miró de reojo a Ariana—. Pero, en la práctica, es la *khanom* Pakravan quien dirige los trabajos. Ella tiene…, digamos…, calificaciones especiales, y yo me limito a prestarle toda la asistencia logística. El señor ministro considera este proyecto de gran valor científico, ¿sabe? De modo que ha dispuesto que los trabajos prosigan sin demora, bajo la dirección de la *khanom* Pakravan.

El portugués los miró a los dos.

—Muy bien. Entonces veamos eso, ¿no?

—¿Quiere comenzar ya? —preguntó Ariana—. ¿No prefiere tomar un *chay* primero?

—No, no —repuso él, frotándose las manos—. Ya he comido en el hotel. Es hora de trabajar. Estoy impaciente por echar un vistazo al documento.

—Muy bien —dijo la iraní—. Vamos a ello.

Subieron los tres a la tercera planta y entraron en una sala espaciosa, con una mesa larga en el centro y seis sillas. Las paredes estaban ocupadas por armarios con archivos, y dos tiestos con plantas le daban color al local. Tomás y Jalili se sentaron a la mesa, el iraní enredado en una charla de circunstancia, mientras Ariana se ausentó. Por el rabillo del ojo, el portugués la vio entrar en el despacho siguiente, donde se quedó unos minutos. Reapareció con una caja en la mano y la puso sobre la mesa.

—Aquí está —anunció.

Tomás observó la caja. Era de cartón reforzado, con signos de desgaste por el uso, y un lacito morado sellaba la entrada.

—¿Puedo verlo?

—Sin duda —dijo ella, que deshizo el lazo. Abrió la caja y sacó del interior un manuscrito amarillento, con pocas páginas, que puso delante de Tomás—. Aquí está.

El historiador sintió el olor dulzarrón del papel viejo. La primera página, una hoja cuadriculada cuya fotocopia ya había visto en El Cairo, presentaba el título mecanografiado con letra de máquina antigua y un poema.

```
DIE GOTTESFORMEL

Terra if fin
De terrors tight
Sabbath fore
Christ nite
```

A. Einstein

Por debajo, la firma autógrafa de Albert Einstein.

—Hmm —murmuró el historiador—. ¿Qué poema es éste?

Ariana se encogió de hombros.

—No lo sé.

—¿No lo averiguó?

—Hicimos una consulta en la Facultad de Letras de la Universidad de Teherán y conversamos con varios profesores de literatura inglesa, incluso expertos en poesía, pero nadie reconoció el poema.

—Extraño. —Pasó las páginas y analizó las notas escritas en tinta permanente negra, a veces intercaladas con ecuaciones. Página tras página, siempre las mismas notas y más ecuaciones. Eran veintidós páginas, todas numeradas en el ángulo superior derecho. Después de hojearlas lentamente y en silencio, Tomás las realineó en bloque y miró a Ariana—. ¿Esto es todo?

—Sí.

—¿Y dónde está la parte que hay que descifrar?

—Es el último folio.

El portugués separó el folio que se encontraba al final del manuscrito y lo analizó con curiosidad. Tenía las mismas anotaciones manuscritas en alemán, pero terminaba con unas palabras enigmáticas.

$$See\ sign$$
$$!ya\ ovqo$$

—No entiendo esta letra —se lamentó Tomás—. ¿Qué dice aquí?

—Bien, según nuestro análisis caligráfico parece ser «*!ya ovqo*».

—Hmm —murmuró—. Sí, parece eso…

—Y, encima, la expresión «*see sign*».

—Pero eso es inglés.

—Sin duda.

El historiador hizo un gesto de sorpresa.

—¿Qué los lleva a pensar que se trata de una cifra en portugués?

—La caligrafía.

—¿Qué tiene la caligrafía?

—No es de Einstein. Fíjese en esto.

Ariana indicó con el dedo las líneas en alemán y las líneas en inglés, comparándolas.

—En efecto —coincidió Tomás—. Parecen escritas por otra mano. Pero no veo nada que sugiera una mano portuguesa.

—Es una mano portuguesa.

—¿Cómo lo sabe?

—Einstein trabajó en este documento con un físico portugués que estaba haciendo sus prácticas en el Institute for Advanced Study. Ya hemos comparado esas palabras con la caligrafía del físico, y la conclusión fue positiva. Quien redactó esa frase enigmática fue, sin duda, el portugués.

Tomás miró a la iraní. Era evidente que el portugués del que se hablaba era el profesor Augusto Siza, pero ¿hasta qué punto estaría ella dispuesta a hablar del científico desaparecido?

—¿Por qué no entran en contacto con ese portugués? —preguntó el historiador, fingiendo desconocer el asunto—. Si él era joven en ese momento, probablemente aún ha de estar vivo.

Ariana, turbada, se ruborizó.

—Ese portugués está…, digamos…, inaccesible.

«Ah —pensó Tomás—. Estás ocultando algo.»

—¿Cómo que está inaccesible?

Jalili intervino en auxilio de Ariana. El pequeño iraní agitó la mano, en un gesto impaciente.

—No interesa, profesor. El hecho es que no tenemos acceso a su compatriota y necesitamos entender qué quiere decir esto. —Miró de reojo la página—. ¿Usted cree que podrá descifrar ese enigma?

Tomás volvió a mirar el acertijo, pensativo.

—Necesito que me consiga una traducción completa del texto en alemán —pidió el historiador.

—¿La traducción completa del manuscrito?

—Sí, todo.

—No puede ser —dijo Jalili.

—¿Perdón?

—No puedo conseguirle la traducción del texto en alemán. Está descartada por completo esa posibilidad.

—¿Por qué?

—Porque todo esto es confidencial —exclamó el iraní, que cogió el manuscrito y lo colocó en la caja—. Sólo se lo hemos mostrado para que usted tuviese algún contacto con el trabajo original. Voy a escribirle el acertijo en un papel, y sólo con ese papel tendrá que hacer todo su trabajo.

—Pero ¿por qué?

—Porque este documento es confidencial, ya se lo he dicho.

—Pero ¿cómo puedo descifrar el acertijo si no conozco el texto anterior? Puede ser que el texto en alemán encierre el secreto del acertijo, ¿no?

—Lo lamento, pero son nuestras órdenes —insistió Jalili. Miró la última página y copió el acertijo de letras en un folio A4 liso—. Este folio será, de ahora en adelante, su material de trabajo.

—No sé si lograré hacer mi trabajo en estas condiciones.

—Podrá hacerlo. —Frunció el ceño—. Además, no tiene otro remedio. Por orden del señor ministro, no se le dará autorización de salir de Irán hasta que no acabe de descifrar el enigma.

—¿Qué?

—Lo lamento, pero son nuestras órdenes. La República Islámica le está pagando bien para descifrar ese fragmento y le ha permitido el acceso a un documento confidencial muy valioso. Comprenderá, naturalmente, que la confidencialidad tiene un precio. Si sale de Irán sin completar el trabajo, se crea un problema de seguridad nacional, dado que el fragmento en cuestión podrá ser descifrado fuera de aquí, y nosotros, que tenemos el documento original, nos quedaremos sin comprender esta pieza decisiva. —El rostro crispado se relajó un poco, y Jalili sonrió, esforzándose por ser amable y disipar la repentina tensión—. De cualquier modo, no veo razones para que no concluya con éxito su misión. Nosotros nos quedaremos con la traducción completa y usted volverá a casa un poco más rico.

El portugués dirigió su mirada a Ariana. La mujer hizo un gesto de impotencia, ese asunto no dependía en absoluto de ella. Entendiendo que no tenía más alternativas, Tomás se volvió a Jalili y suspiró, resignado.

—Muy bien —dijo—. Pero ya que voy a hacer esto, mejor hacer el trabajo completo, ¿no?

El iraní vaciló, sin entender esta observación.

—¿Adónde quiere llegar?

Tomás señaló el manuscrito, ya guardado dentro de la caja de cartón.

—Quiero llegar a esa primera página. ¿Me la podrá copiar, por favor?

—¿Copiar la primera página?

—Sí. No esconde ningún secreto terrible, ¿no?

—No, tiene sólo el título del manuscrito, el poema y la firma de Einstein.

—Entonces, cópiemela.

—Pero ¿por qué?

—Por el poema, claro.

—¿Qué pasa con el poema?

—¡Vaya! ¿No es evidente?

—No. ¿Qué pasa?

—El poema, estimado señor, es otro acertijo.

Se pasó el resto de la mañana intentando descifrar los dos acertijos, pero sin éxito. Tomás partió siempre del principio de que el segundo ocultaba un mensaje en portugués e imaginaba que la referencia *see sign*, que precedía a la algarabía, representaba alguna pista, pero no lograba entender cuál. El poema le parecía remitir a un mensaje en inglés, aunque en este caso sus esfuerzos tropezasen igualmente con la opaca barrera de lo incomprensible.

A la hora del almuerzo, Tomás y Ariana fueron a un restaurante cercano a comer un *makhsus* kebab, preparado con carne de carnero picada.

—Le pido disculpas por la forma en que el *agha* Jalili habló con usted —dijo ella después de que el camarero les sirvió la comida—. Los iraníes son habitualmente muy educados, pero este problema es de extrema sensibilidad. El manuscrito de Einstein tiene prioridad y confidencialidad máxima, por lo que no podemos correr riesgos. Su estancia en Irán, mientras avanza el trabajo de desciframiento, constituye una cuestión de seguridad nacional.

—No me importa quedarme aquí algún tiempo —respondió Tomás, mientras masticaba un trozo de kebab—. Siempre que usted esté cerca, claro.

Ariana bajó los ojos y sonrió levemente.

—Espero que eso quiera decir que sólo necesita de mi asistencia científica.

—Ah, sí —exclamó el portugués con gesto perentorio—. Sólo eso espero de usted. —Adoptó una expresión inocente—. Únicamente asistencia científica, nada más.

La iraní inclinó la cabeza.

—¿Por qué será que no le creo?

—No tengo la menor idea —se rio él.

—Se va a portar bien, ¿no?

—Claro, claro.

—Por favor, Tomás —le suplicó ella—. No se olvide de que esto no es Occidente, ¿de acuerdo? Éste es un país especial, donde las personas no se pueden permitir ciertas libertades. No me va a poner en un aprieto, ¿no?

El portugués mostró una expresión resignada.

—Ya, ya he entendido —dijo—. No haré nada que la incomode, quédese tranquila.

—Menos mal.

Tomás miró lo que quedaba del kebab en la mano. El sentido de la conversación le había dado el pretexto que necesitaba para hacer lo que tenía que hacer.

—Después del almuerzo, daré un paseo —anunció.

—¿Ah, sí? ¿Adónde quiere que lo lleve?

—No, usted no viene. Si sale siempre conmigo, podrá generar algunos comentarios desagradables sobre su comportamiento. A fin de cuentas y, como usted dice, éste es un país especial, ¿no?

—Sí, tiene razón —admitió Ariana—. Voy a ver si le consigo un guía.

—No me hace falta ningún guía.

—Claro que le hace falta. ¿Cómo se va a orientar por…?

—No me hace falta guía —repitió Tomás, más enfático.

—Bien…, quiero decir…, está el problema de la seguridad, ¿entiende? Somos responsables de su seguridad, necesitamos que alguien lo acompañe para velar por usted.

—¡Qué disparate! Yo sé muy bien cuidarme solo.

Ariana lo miró, desconcertada.

—Oiga, de todos modos le voy a conseguir un guía.

—No quiero, ya se lo he dicho.

Ella se quedó un instante callada, como si estuviese pensando. Bajó entonces la cabeza y se inclinó frente a su invitado.

—No lo puedo dejar solo, ¿no entiende? —susurró muy rápidamente—. Si usted sale sin que yo le diga nada a nadie, me pueden llamar la atención. —La voz adoptó un tono de súplica seductora—. Déjeme que le consiga un guía, por favor. Si después usted lo despista, el problema es del guía, ya no tengo nada que ver con eso, ¿está claro? —Abrió mucho sus ojos castaños, en busca de asentimiento—. ¿De acuerdo?

Tomás la miró por un momento y acabó moviendo afirmativamente la cabeza.

—Está bien —aceptó—. Llame al gorila.

El gorila era un hombre bajo y grueso, con una fuerte barba rala y cejas negras espesas, todo vestido de oscuro y con aspecto de agente de seguridad.

—*Salam* —saludó el guía cuando Ariana se lo presentó—. *Haletun chetor e?*

—Pregunta si todo va bien.

—Sí, dígale que todo va bien.

—*Khubam* —le dijo ella al guía.

El hombre se golpeó el pecho con el dedo.

—*Esmam Rahim e* —anunció, siempre con los ojos fijos en el historiador—. Rahim.

Tomás entendió.

—¿Rahim? —Le tocó esta vez al portugués golpearse el pecho—. Yo soy Tomás. Tomás.

—Ah, Tomás —sonrió Rahim—. *Az ashnayitun khoshbakhtam.*

El historiador esbozó una sonrisa forzada y miró a la iraní por el rabillo del ojo.

—Esto promete —dijo entre dientes—. Me siento como Tarzán conversando con Jane. —Hizo una mueca—. *Me* Tomás, *you* Rahim.

Ariana se rio.

—Se van a entender muy bien, ya verá.

—Sólo si usted acepta ser mi Jane...

La iraní miró alrededor, para comprobar que nadie lo había escuchado.

—Vamos, no empecemos —pidió cohibida—. ¿Adónde quiere que él lo lleve?

—Al bazar. Me apetece dar un paseo y hacer unas compras.

Rahim recibió las indicaciones y ambos entraron en un Toyota negro, un coche del ministerio puesto a disposición del portugués para su salida de esa tarde. El automóvil se sumergió en el caótico tráfico de Teherán y marchó en dirección al sur de la ciudad; a medida que avanzaban, la construcción se iba revelando peor, todo parecía aún más congestionado, desordenado y degradado que en el resto de la vasta urbe de catorce millones de habitantes.

El chófer continuó parloteando en parsi, mientras Tomás asentía distraídamente, sin comprender ni querer comprender nada, con los ojos perdidos en la confusa y contaminada maraña de calles y casas, su mente tramando sobre cómo se liberaría de su parlanchín guía-chófer-protector-vigilante. En un determinado punto, mientras entraban por una alameda, Rahim señaló a unos comerciantes y dijo algo más en parsi, con la expresión *bazaris* en medio de lo que decía. Alertado por esa palabra, como si un timbre de alarma le hubiese sonado en los oídos, Tomás buscó frenéticamente indicaciones y reparó en una tablilla que indicaba que aquélla era la avenida Khordad. La conocía del mapa que había estudiado atentamente la noche anterior, por lo que no vaciló. Con un gesto brusco, abrió la portezuela del coche y bajó en medio de la avenida, desencadenando un tropel de frenos y bocinazos.

—*Bye-bye!* —dijo, saludando en la huida a un estupefacto Rahim, que seguía aferrado al volante, con la boca abierta, viendo al portugués esfumarse frente a él.

El chófer despertó del breve letargo provocado por la sorpresa y detuvo el coche en plena Khordad, y se lanzó también al exterior, sin dejar de gritar en parsi; pero, a esas alturas, su cliente ya se había sumergido en medio de la multitud y había desaparecido en la red de callejas que marcaba el principio del gran bazar de Teherán.

VIII

Un laberinto de calles estrechas, callejones y tiendas de toda clase señalaba el corazón comercial de la capital de Irán. El bazar se reveló como una ciudad dentro de una ciudad, abriéndose las callejas en plazas y plazoletas, las pequeñas tiendas mezcladas con mezquitas, bancos, pensiones y hasta un cuartel de bomberos. Un techo semitransparente cubría la maraña de arterias, lanzando una sombra protectora sobre el viejo mercado. Una densa corriente humana se apiñaba en aquella red laberíntica, pero, a pesar de que se aglomeraban allí tantas personas, todas caminando al paso lento de quien sabe que hay que disfrutar el día, una frescura apacible llenaba los pasillos, cada rincón perfumado por un olor característico.

En una callejuela dominada por tendejones de especias, donde los aromáticos productos coloridos se encontraban expuestos al aire libre, Tomás se llevó la mano al bolsillo y sacó el papel en el que había apuntado el nombre de la persona que buscaba.

—*Salam* —le dijo a un comerciante—. ¿Zamyad Shirazi?

—¿Shirazi?

—*Bale*.

De la boca del hombre brotó una algarabía en parsi, y el portugués se esforzó en concentrarse en los gestos de la mano, que le indicaban seguir adelante y, en algún sitio sobre el mar de cabezas, al fondo, girar a la izquierda. Agradeció las indicaciones y avanzó por la calle de las especias hasta coger la transversal a la izquierda. Entró por la calle de los cobres y volvió a pedir información, por lo que tuvo que modificar el recorrido.

Llegó por fin a la calle de las alfombras. Cuando volvió a

preguntar por Zamyad Shirazi, un comerciante le indicó, con profusión de gestos y mucho parsi, la tienda que se encontraba diez metros más adelante. Avanzó unos pasos y se detuvo frente a su destino. Tal como las demás tiendas de la calle, aquel establecimiento tenía la puerta cubierta de alfombras persas y rollos de alfombras amontonados junto a la entrada. Después de comprobar que nadie lo había seguido en medio de aquella aglomeración de gente, Tomás dio un paso adelante y se sumergió en la sombra.

El interior era oscuro, iluminado por bombillas amarillentas, y en el aire flotaban películas de polvo; dominaba un olor seco y penetrante, parecido al de la naftalina. Sintió una comezón en la nariz y estornudó ruidosamente. Las alfombras persas llenaban todo el espacio, incluidos el techo y las paredes; se veían tapices de diferentes colores y de todas clases, entre ellos los clásicos *mian farsh*, *kellegi* y *kenareh*, con los motivos más variados, pero los dominantes eran los geométricos, los de arabescos y unos, más trabajados, que mostraban escenas de jardines y arreglos florales, sobre todo crisantemos, rosas y flores de loto.

—*Khosh amadin! Khosh amadin!* —saludó un hombre regordete, que se acercaba a grandes pasos, con los brazos abiertos y una sonrisa acogedora en los labios—. Bienvenido a mi humilde tienda. ¿Acepta un *chay*?

—No, gracias.

—¡Oh, por favor! Tenemos un *chay* maravilloso, ya verá.

—Se lo agradezco, pero no me apetece. He almorzado hace poco.

—¡Oh! ¡Si acaba de almorzar, mejor aún! Un *chay* es perfecto para la digestión. Perfecto. —Hizo un gesto amplio con los brazos, abarcando toda la tienda—. Mientras lo bebe, puede ir apreciando mis magníficas alfombras. —Apoyó su gruesa mano en las que estaban más cerca—. Fíjese, aquí tengo hermosísimas alfombras *gul-i-bulbul*, de Qom, con bellos dibujos de pájaros y flores. ¡Excelentes! ¡Excelentes! —Señaló a la derecha—. Tengo allí también *sajadeh* kurdos, provenientes expresamente de Bijar para mi tienda. Totalmente exclusivos. —Se inclinó hacia el cliente, adoptando la actitud de quien guardaba al fondo de la tienda un valioso tesoro—. Y si le gusta el gran poema *Shahnamah*, se va a quedar embelesado con…

—¿Zamyad Shirazi? —interrumpió Tomás—. ¿Usted es Zamyad Shirazi?

—Para servirlo, excelencia —dijo con los ojos desorbitados—. ¡Si busca una alfombra parsi, venga a la tienda de Shirazi! —Sonrió, muy satisfecho con la ingenua rima que había inventado para promover la tienda—. ¿En qué puedo ayudarlo?

Tomás lo observó con atención, intentando medir el efecto de sus palabras en el comerciante.

—Es un placer estar en Irán —dijo.

La sonrisa se deshizo y el hombre lo miró con un asomo de alarma.

—¿Cómo?

—Es un placer estar en Irán.

—¿Ha venido a hacer muchas compras?

Tomás sonrió. Era la contraseña.

—Me llamo Tomás —se presentó, y le tendió la mano—. Me dijeron que viniese aquí.

Con una mirada de ansiedad, Zamyad Shirazi lo saludó deprisa y fue a asomarse a la entrada, para comprobar que no había movimientos sospechosos en la calle. Más calmado, cerró la puerta de la tienda y, con gestos furtivos, le hizo una seña al visitante para que lo siguiese. Penetraron en el establecimiento oscuro y fueron a desembocar en un estrecho almacén, atiborrado de alfombras. Subieron unas escaleras de caracol y el comerciante le mandó que entrase en una pequeña salita.

—Espere aquí, por favor —le dijo.

Tomás se acomodó en un sofá y aguardó. Oyó a Shirazi alejarse y, después de un breve silencio, advirtió cómo marcaba un número en un aparato anticuado de teléfono. Oyó enseguida la voz distante del anfitrión hablando con alguien en parsi, respetando cortas pausas para escuchar lo que le decían del otro lado. La conversación duró sólo unos pocos instantes. Después de un rápido intercambio de palabras, el comerciante colgó y Tomás notó los pasos que se acercaban, hasta que vio el rostro mofletudo de Shirazi asomando por la puerta de la salita.

—Ya vienen —dijo el comerciante.

ITEMS BORROWED:

1:
Title: El enigma de Einstein /
Item #: R0502322940
Due Date: 2/18/2016

2:
Title: Amarse con los ojos abiertos/
Item #: R0411918723
Due Date: 2/18/2016

El hombre gordo se alejó, volviendo por el mismo camino que ambos habían recorrido. Tomás se quedó sentado en el sofá, con las piernas cruzadas, a la espera de novedades.

El iraní parecía un boxeador. Era un individuo alto, corpulento, con grandes arcadas supraciliares y un bigote negro tupido, abundantes pelos negros que le asomaban por el cuello desabrochado y de las orejas pequeñas. Entró en la salita rebosante de energía, muy desenvuelto, con la actitud de quien no tiene tiempo que perder.

—¿Profesor Noronha? —preguntó, extendiendo el brazo peludo y musculoso.

—Sí, soy yo.

Se dieron la mano.

—Encantado. Mi nombre es Golbahar Bagheri. Soy su contacto aquí en Teherán.

—¿Cómo está?

—¿Se fijó en si alguien lo seguía?

—Sí, creo haber despistado a mi guía ya fuera del bazar.

—Excelente, excelente —dijo el hombretón, frotándose las manos—. Langley me ha pedido que les envíe un informe hoy mismo. ¿Cuáles son las novedades? ¿Ha visto el documento?

—Sí, lo he visto esta mañana.

—¿Es auténtico?

Tomás se encogió de hombros.

—Eso no lo sé. La verdad es que tenía el aspecto de un papel envejecido, las páginas ya se veían amarillentas y estaba mecanografiado en la tapa y escrito a mano lo demás. Un garabato en la primera página parecía ser la firma de Einstein. Se supone que todas las líneas del documento las escribió él, salvo un mensaje cifrado al final. Los iraníes creen que este mensaje cifrado lo redactó el profesor Siza de propio puño.

Bagheri sacó un bloc de notas del bolsillo y se puso a tomar apuntes de manera frenética.

—Todo manuscrito, ¿no?

—Sí. Con excepción de la primera página, claro.

—Hmm, hmm… —Siguió tomando notas en el bloc—. ¿Tenía la firma de Einstein?

—Así parecía. Y los iraníes dijeron que lo habían confirmado con pruebas de caligrafía.

—¿Le revelaron dónde estuvo guardado el manuscrito todo este tiempo?

—No.

Más notas.

—¿Y el contenido?

—Casi todo en alemán. En la primera página viene el título, *Die Gottesformel*, después un poema, cuyo origen y sentido los iraníes no han logrado precisar, y, por debajo, lo que parece ser la firma de Einstein.

Aún más notas.

—Hmm, hmm —murmuró de nuevo Bagheri mientras escribía, con su lengua rosada asomando fuera de los labios—. ¿Y el resto?

—El resto eran poco más de veinte páginas redactadas en alemán con tinta permanente negra. Tenía un texto corrido y muchas ecuaciones extrañas, de esas que se ven en un aula de matemática en la universidad, ¿sabe?

—¿Qué decía el texto?

—No lo sé. Aunque entiendo los rudimentos del alemán, mis conocimientos no me permiten comprender lo que allí había escrito. Además, está escrito a mano, es de difícil lectura. Por otro lado, la verdad es que no me dejaron leerlo, ni siquiera consintieron decirme cuál es el tema del manuscrito. Alegaron razones de seguridad nacional.

Bagheri dejó de tomar apuntes y lo miró un instante.

—Seguridad nacional, ¿eh?

—Sí, eso fue lo que dijeron.

El iraní volvió a escribir en el bloc de notas, siempre frenético.

—¿No fue posible pillar algunos detalles del tipo de ingenio nuclear descrito?

—No.

—¿Ni si incluía uranio o plutonio?

—Ni siquiera eso.

—Cuando vuelva allí, ¿podrá al menos comprobar esa información?

—Oiga, ellos no van a dejarme ver de nuevo el manuscrito.

Me lo mostraron sólo una vez para que yo tuviese una idea general de lo que se trataba, pero me dijeron que, por motivos de seguridad nacional, ya no podré consultarlo de nuevo.

Bagheri volvió a inmovilizarse para mirar a su interlocutor.

—¿Ni una vez más?

—Ni una sola vez más.

—Entonces, ¿cómo quieren ellos que usted haga su trabajo?

—Me copiaron la parte cifrada en un papel. Tendré que trabajar a partir de ahí.

—Le copiaron la parte cifrada, ¿eh?

—Sí. Es un fragmento manuscrito en la última página. Y tengo también el poema de la primera. ¿Quiere verlo?

—Sí, sí. Muéstremelo.

Tomás sacó del bolsillo un folio doblado en cuatro. Lo abrió y mostró las líneas que Jalili había copiado con bolígrafo negro del original de Einstein.

—Aquí está.

Terra if fin
De terrors tight
Sabbath fore
Christ nite

See sign
!ya ovqo

—¿Qué es esto?

—El poema es la primera parte, el mensaje cifrado es la segunda.

El iraní cogió el folio y copió el texto en el bloc de notas.

—¿Nada más?

—Nada más.

—¿Y el profesor Siza? ¿Hablaron de él?

—Nada. Sólo dieron a entender que no estaba accesible.

—¿Qué quiere decir eso?

—No tengo la menor idea. Se mostraron muy molestos con ese asunto y se negaron a colaborar. ¿Quiere que les pregunte de nuevo?

Bagheri meneó la cabeza mientras escribía.

—No, mejor que no. Despertaría sospechas innecesarias. Si no quieren hablar de ese tema, no hablarán, ¿no es así?

—Eso mismo pienso yo.

El enorme iraní terminó sus apuntes, guardó el bloc y clavó los ojos en el visitante.

—Bien, ahora le voy a transmitir todo esto a Langley. —Consultó el reloj—. A esta hora allá es madrugada. No verán el informe hasta mañana, cuando aquí sea de noche, y aún van a tener tiempo de analizarlo. Supongo que hasta el final de nuestra mañana no tendré una respuesta con instrucciones. —Suspiró—. Vamos a hacerlo así. Mañana, a eso de las tres de la tarde, acuda al *bell boy* del hotel y dígale que está esperando el taxi de Babak. ¿Ha entendido? El taxi de Babak.

Esta vez fue Tomás quien apuntó los datos.

—Babak, ¿no? ¿A las tres de la tarde?

—Sí. —Se levantó, dando por terminada la reunión—. Y tenga cuidado.

—¿Con qué?

—Con la Policía secreta. Si lo pillan, está perdido.

Tomás esbozó una sonrisa forzada.

—Sí, puedo quedarme mucho tiempo viendo el sol a cuadros.

Bagheri soltó una carcajada.

—¿Qué sol a cuadros? —Meneó la cabeza—. Si lo pillan, lo torturarán hasta que lo confiese todo, ¿o qué se piensa? ¡Va a cantar como un canario! ¿Y sabe lo que le ocurrirá después? ¿No lo sabe?

—No.

El iraní de la CIA se llevó el índice a la frente.

—¡Bang! Le pegarán un tiro en la cabeza.

IX

*L*a figura alta y esbelta de Ariana Pakravan apareció en el restaurante del hotel Simorgh en el momento en que Tomás estaba comiendo una tostada. La hermosa iraní estiró el cuello y giró la cabeza, recorriendo el restaurante con los ojos como una graciosa gacela, hasta que su atención se fijó en la seña que le hizo el historiador desde el fondo del salón. Ariana se acercó a la mesa y sonrió.

—Buenos días, Tomás.

—Hola, Ariana. —Hizo un gesto hacia el centro del restaurante, mostrando la gran mesa con el desayuno—. ¿Quiere tomar algo?

—No, gracias. Ya he desayunado. —Señaló la puerta con la cabeza—. ¿Vamos?

—¿Adónde vamos?

—Bien…, al ministerio.

—¿A hacer qué?

La iraní pareció desconcertada.

—A trabajar, supongo.

—Pero ustedes no me dejan acceder al manuscrito —argumentó Tomás—. Si es para estudiar el papel que me dieron con los acertijos, no necesitamos ir allá, ¿no?

—Realmente tiene razón —reconoció ella, que retiró la silla y se sentó frente a su interlocutor—. Para descifrarlos, no hace falta, en efecto, que vaya al ministerio.

—Además, si fuese al ministerio me arriesgaría a toparme con su gorila.

—Ah, sí, Rahím. —Se inclinó en la mesa, curiosa—. ¿Qué demonios le ha hecho?

Tomás soltó una ruidosa carcajada.

—Nada —exclamó—. Me despedí de él en medio de la calle, sólo eso.

—Mire que se ha quedado muy molesto. A decir verdad, estaba furioso con usted, y el jefe furioso con él.

—Me imagino.

—¿Por qué huyó de él?

—Me apetecía pasear solo por el bazar. No me dirá que está prohibido, ¿no?

—Que yo sepa no.

—Menos mal —concluyó—. Sea como fuere, lo mejor es que nos quedemos en el hotel. Pensándolo bien, aquí estamos mucho más cómodos, ¿no cree?

Ariana alzó la ceja izquierda, con una actitud recelosa.

—Depende del punto de vista —repuso, precavida—. A fin de cuentas, ¿dónde quiere usted trabajar con los acertijos?

—¡Vaya! Aquí en el hotel, claro. ¿Dónde habría de ser?

—De acuerdo, pero que quede bien claro que no vamos a su habitación, ¿ha oído?

—¿Y por qué no?

Los labios de la mujer esbozaron una sonrisa forzada.

—Qué gracioso —exclamó—. Muy ingenioso, sí, señor. —Se enderezó, girando la cabeza para observar a su alrededor—. Ahora en serio: ¿dónde vamos a trabajar?

—¿Por qué no allí, en los sofás junto al bar? —preguntó él, señalando vagamente ese lugar—. Parecen cómodos.

—Está bien. —La mujer se levantó de la mesa—. Mientras termina su desayuno, aprovecho y voy a telefonear al ministerio para decir que usted prefiere quedarse trabajando en el hotel. —Inclinó la cabeza—. Me va a necesitar, ¿no?

Tomás se iluminó con una amplia sonrisa.

—¡Pues claro! Necesito una musa que me inspire.

Ariana reviró los ojos y meneó la cabeza.

—Vamos, hable ya. ¿Me necesita o no?

—Usted habla alemán, ¿no?

—Sí.

—Entonces la voy a necesitar, es evidente. Mi alemán es aún muy flojo y necesito una ayudita.

—Pero ¿cree que necesita realmente saber alemán para descifrar los acertijos?

Tomás se encogió de hombros.

—Francamente, no lo sé. El hecho es que casi todo el manuscrito está redactado en alemán, por lo que tenemos que admitir la posibilidad de que los mensajes cifrados estén en la misma lengua, ¿no?

—Está bien —dijo ella, volviéndose para alejarse—. Entonces voy a avisar de que también me quedaré aquí trabajando con usted.

—Buena chica.

El bar no tenía ambiente de bar. La ausencia de alcohol en los anaqueles y la luz matinal otorgaban al lugar un toque de *coffee shop*; para colmo, ambos le habían pedido al camarero dos *chays* de hierbas. Se sentaron en un sofá amplio, uno al lado del otro, y Tomás puso folios A4 blancos sobre la mesita, preparado para ensayar las diversas hipótesis. Sacó el folio doblado del bolsillo y contempló los acertijos.

Terra if fin
De terrous tight
Sabbath fore
Christ nite

See sign
!ya ovgo

—Veamos —comenzó Tomás, esforzándose por tomar impulso para el duro trabajo intelectual que lo esperaba—. Hay algo aquí que me parece evidente. —Dio la vuelta al folio para que Ariana lo viese—. Fíjese a ver si logra descubrirlo.

La iraní estudió los acertijos.

—No me hago la menor idea —dijo finalmente.

—Es lo siguiente —retomó el historiador—. Vamos a comenzar por el segundo acertijo. Mirándolo, no hay duda de que se trata de un mensaje cifrado. —Señaló los conjuntos de letras—. Fíjese en esto. ¿Lo ve? No es un código. Es una cifra.

—¿Cuál es la diferencia?

—El código implica la sustitución de palabras o frases. La cifra remite a la sustitución de letras. Por ejemplo, si acordamos entre nosotros que, a partir de ahora, usted se llamará Raposa, se trata de un código. He sustituido el nombre Ariana por el nombre de código Raposa, ¿entiende?

—Sí.

—Pero si acordamos entre nosotros que voy a cambiar las aes por íes, si escribo «Iraini», en realidad estoy diciendo su nombre, Ariana. Sólo he cambiado las letras. Eso es una cifra.

—He entendido.

—Observando estos acertijos, el segundo es evidentemente un mensaje cifrado. —Meneó la cabeza—. Va a ser difícil descifrarlo. Es mejor dejarlo para después.

—¿Prefiere entonces concentrarse en el primer acertijo?

—Sí. El poema podrá ser más fácil.

—¿Cree que es un código?

—Eso creo. —Se frotó el mentón—. Por ahora, fíjese en el tono general del poema. ¿Se ha dado cuenta? ¿Cuál es el sentimiento que transmite?

Ariana se concentró en los cuatro versos.

—*Terra if fin, de terrors tight, Sabbath fore, Christ nite* —leyó en voz alta—. No lo sé. Parece… sombrío, tenebroso, terrible.

—¿Catastrofista?

—Sí, un poco.

—Claro que es catastrofista. ¿Se ha fijado bien en el primer verso?

—No lo entiendo. ¿Qué quiere decir *Terra*?

—Es una palabra latina que significa «Tierra», nuestro planeta. Y *fin* puede ser francés o español. El primer verso parece plantear la hipótesis del apocalipsis, el fin de los días, la destrucción de la Tierra. —Miró a la iraní—. ¿Cuál es el tema del manuscrito de Einstein?

—No se lo puedo decir.

—Oiga, el tema puede ser relevante para la interpretación de este poema. ¿Hay algo en el texto manuscrito que represente una gran catástrofe, una grave amenaza a la vida en la Tierra?

—Ya le he dicho que no se lo puedo decir. Es materia confidencial.

—Pero ¿no ve que necesito saberlo para poder interpretar el poema?

—Lo entiendo, pero no va a sacar nada de mí. Lo máximo que puedo hacer es remitirles el asunto a mis superiores jerárquicos, especialmente al ministro. Si él se convence de la necesidad de informarlo sobre el contenido del manuscrito, mucho mejor.

Tomás suspiró, resignado.

—Muy bien, hable entonces con él y explíquele el problema. —Se concentró de nuevo en el poema—. Fíjese ahora en este segundo verso: «*de terrors tight*». Un terror opresivo. Una vez más, el tono catastrofista, alarmante, sombrío. Tal como en el primer verso, la interpretación de este segundo verso podría estar también directamente relacionada con el tema del manuscrito de Einstein.

—Sin duda. Todo es un poco… estremecedor.

—Sea lo que fuere lo que aparece en el manuscrito, puede creer que era algo que dejó a Einstein absolutamente impresionado. Tan impresionado que hasta lo vemos inclinándose a la religión en los versos tercero y cuarto. ¿Lo ve? «*Sabbath fore, Christ nite*». —Torció los labios, pensativo—. El sabbat es el día en que Dios dio la bendición, después de los seis días de la Creación. Es, por ello, el día de descanso obligatorio de los judíos. Einstein era judío y volvió aquí para el sabbat, como si mirase a Dios en busca de salvación. Los fuegos del Infierno se enfriarán en el sabbat y, si todos los judíos son capaces de respetar completamente ese día, el Mesías vendrá. —Deslizó los ojos hacia la última línea—. El cuarto verso refuerza esa llamada al misticismo como solución al terror opresivo, a los fuegos del Infierno que amenazan con poner fin a la Tierra. *Nite* es una deformación de *night*. *Christ nite*: la noche de Cristo. —Miró a Ariana—. Otra referencia tenebrosa.

—¿Cree que este tono sombrío domina en el mensaje?

Tomás cogió su taza humeante de *chay* y bebió un poco.

—Puede no dominar todo el mensaje, pero constituye sin duda parte de él. —Dejó la taza—. Einstein estaba evidentemente asustado por lo que descubrió o inventó, y creyó oportuno colocar este aviso como epígrafe del manuscrito. Sea lo que fuere *La fórmula de Dios*, estimada amiga, es sin duda algo que alude a poderes fundamentales de la naturaleza, a fuerzas que nos superan. Por ello insisto en la importancia de que me muestren el contenido del documento. Sin conocerlo, mi capacidad de decodificar este poema se encuentra seriamente limitada.

—Ya le he dicho que voy a plantearle la cuestión al ministro —repitió la iraní, y se fijó de nuevo en el poema—. Pero ¿cree que el poema podrá ocultar más mensajes?

Tomás movió la cabeza de arriba abajo, asintiendo.

—Lo creo. Mi impresión es que aquí hay algo más.

—¿Por qué dice eso?

—No lo sé, es un…, qué sé yo, es una…, una impresión, un *feeling* que tengo.

—¿Un *feeling*?

—Sí. ¿Sabe?, cuando ayer leí el poema con atención, en el ministerio, me impactó esta extraña estructura de los versos. ¿Se ha fijado? —Puso el índice en el poema apuntado en el folio—. Éste es un inglés un poco raro, ¿no le parece? Si lo leemos literalmente, hay algo que no encaja. El sentido general es claro, pero el sentido específico se nos escapa. Mire, ahora vamos a intentar comprender el significado literal de los versos: «Si la Tierra llega a su fin, el terror oprime, se impone el sabbat, noche de Cristo». Pero ¿qué demonios quiere decir esto?

—Bien, él intenta, en primer lugar, conseguir una rima.

—Eso es verdad —coincidió Tomás—. *Tight* rima con *nite*. Pero también rima con *night*, ¿no? Entonces, si rima, ¿por qué razón prefirió usar *nite* en vez de *night*?

—¿Para hacerlo más sofisticado?

El historiador hizo una mueca, evaluando esa posibilidad.

—Tal vez —concedió—. Puede ser. Puede ser que no sea más que un mero efecto estilístico. Pero todo me sigue resultando muy extraño. —Analizó el primer verso—. ¿Y por qué razón dice *Terra* y no *Earth*? ¿Por qué la palabra latina? ¿Y por qué *fin* no es *end*? Podría haber escrito *Earth if ends*. Pero no. Tuve que escribir *Terra if fin*. ¿Por qué?

—¿No sería para otorgarle un carácter misterioso al poema?

—Tal vez. Pero, cuanto más lo miro, más evidente se vuelve una cosa. No sé explicar por qué. Es un sentimiento que me viene de dentro, una especie de sexto sentido. Y, si lo prefiere, la que habla es mi experiencia de criptoanalista. Pero de algo no tengo dudas.

—¿De qué?

Tomás respiró hondo.

—De que aquí hay un mensaje dentro de otro mensaje.

Se pasaron toda la mañana a vueltas con el poema, intentando entender cuál era el código que permitiría desatar el nudo que lo ocultaba. Tomás pronto se dio cuenta de que, tratándose de un mensaje codificado, la solución del problema era de una complejidad extrema, puesto que necesitaba tener acceso al libro del código, una especie de diccionario que le permitiera entender el sentido de cada palabra del poema. Naturalmente, ese libro no se encontraba disponible allí, por lo que el criptoanalista empezó a hacer conjeturas sobre el lugar donde lo escondería un hombre como Einstein. ¿Sería en casa? ¿Sería en el instituto de Princeton donde se dedicaba a la investigación? ¿Se lo había entregado a alguien? La verdad es que, si se había codificado el mensaje así, se hizo para que la mayoría de las personas no lo entendiesen, pero también para que hubiese personas específicas que lo entendieran. En caso contrario, en vez de codificar el mensaje, Einstein simplemente no lo habría escrito. Si lo escribió, fue porque había sin duda un destinatario, alguien que poseía el libro del código que le permitiría decodificar el poema. Pero ¿quién?

¿Quién?

El profesor Siza era, en estas circunstancias, un evidente sospechoso. ¿Tendría él el libro del código? ¿Sería él el destinatario del mensaje? Tomás sintió momentáneamente un deseo casi irreprimible de preguntarle a Ariana qué había ocurrido con el físico; la pregunta llegó incluso a asomar a su boca, como un vómito que irrumpe por la garganta sin control, pero logró frenarla a tiempo, empujarla de vuelta a las entrañas de donde había surgido. La revelación implícita de que se encontraba al tanto del vínculo entre el profesor, Hezbollah e Irán, consideró Tomás, sería catastrófica; los iraníes pronto se darían cuenta de que alguien del medio lo había informado y brotarían automáticamente las sospechas sobre sus reales intenciones. Y eso era algo que él no podía, de ningún modo, permitir.

Había, claro, un segundo sospechoso. El propio David Ben Gurión. A fin de cuentas, fue el antiguo primer ministro de Israel quien le encargó a Einstein la fórmula de una bomba atómica fácil de preparar. Si Einstein codificó el mensaje en un poema, sin duda lo hizo sabiendo que Ben Gurión poseía el libro del código que le permitiría decodificarlo. De ser así, el Mossad israelí tendría acceso, sin duda, a ese diccionario. Ésta era, tal vez, la hipótesis más interesante, puesto que colocaba el libro del código en manos de Occidente. Dado que, en la víspera, Tomás le había pasado el poema al hombre de la CIA en Teherán, supuso que éste ya se lo habría enviado a Langley. Si así se había hecho, podría incluso darse el caso de que, a esa hora, la CIA ya hubiera decodificado el mensaje inserto en el poema.

El análisis del acertijo los llevó a la mesa del restaurante del hotel. El almuerzo se compuso de platos enteramente iraníes: Tomás probó un *zereshk polo ba morq*, o gallina con arroz, y Ariana un *ghorme sabzi*, carne picada con alubias. Discutieron sucesivas posibilidades de decodificación del poema entre bocado y bocado, y la conversación se prolongó cuando llegó el *paludeh*, el helado de harina de arroz y fruta que pidió el portugués, y la sandía para la iraní.

—Creo que voy a dormir una siesta —anunció Tomás después del *qhaveh*, el café negro iraní.

—¿No quiere trabajar más?

—Ah, no —dijo él, alzando las manos, como si anunciase su rendición—. Ya estoy muy cansado.

Ariana hizo un gesto apuntando a la taza de *qhaveh*.

—No sé cómo va a poder dormir —se rio la iraní—. Nuestro café es muy fuerte.

—Mi estimada amiga, la siesta es una vieja tradición ibérica. No hay café que la domine.

X

*F*altaban cinco minutos para las tres de la tarde cuando Tomás salió del ascensor y atravesó el *lobby* del hotel. Miró a su alrededor con la actitud más natural de la que era capaz, intentando comprobar que nadie lo observaba. No había señales de Ariana, de quien se había despedido media hora antes, alegando que iba a dormir la siesta; nadie parecía prestarle particular atención. Se acercó al *concierge*, consultó discretamente el nombre que había apuntado en el papel y llamó al *bell boy*.

—Debe de haber un taxi esperándome —le dijo.

—¿Un taxi, señor?

—Sí. Es el taxi de Babak.

El chico salió a la calle y le hizo una seña a un coche color naranja, que se encontraba estacionado a la derecha. El automóvil arrancó y se detuvo en la rampa, delante de la entrada del hotel.

—Por favor, señor —dijo el *bell boy*, abriéndole la puerta trasera.

Tomás se paró junto a la portezuela y, antes de entrar, miró al chófer, un muchacho tan delgado que parecía un esqueleto.

—¿Usted es Babak?

—¿Eh?

—¿Babak?

El hombre respondió que sí moviendo la cabeza.

—*Bale*.

Tomás colocó una moneda de cien riales en la mano del *bell boy* y se acomodó en el asiento de atrás. El taxi arrancó y se internó en la loca corriente del tráfico de Teherán, girando y volviendo a girar por la maraña de calles, avenidas y travesías. El pasajero intentó sacar un tema de conversación y le preguntó hacia dónde iban, pero Babak se limitó a menear la cabeza.

—*Man ingilisi balad nistam* —dijo.

Era evidente que no hablaba inglés. Comprendiendo que no saldría nada de allí, el portugués se recostó en el asiento y se dejó guiar; sabía que algo ocurriría, a fin de cuentas el hombre de la CIA no le había mandado coger ese taxi para que se paseas inútilmente por la ciudad. Era cuestión de tener paciencia y esperar.

El taxi deambuló durante veinte minutos por las calles de Teherán, y Babak se mantuvo siempre atento al espejo retrovisor. A veces giraba repentinamente por una transversal y era en esos momentos cuando más consultaba el retrovisor; lo hizo en varias ocasiones, siempre utilizando la misma técnica, hasta darse por satisfecho y entrar en la avenida Taleqani. Paró en las inmediaciones de la Universidad Amirkabeir, y un hombre corpulento entró en el coche y se sentó al lado de Tomás.

—¿Cómo está, profesor?

Era el agente de la CIA que había conocido la víspera.

—Hola. —El portugués vaciló—. Disculpe, no me acuerdo de su nombre.

El hombre, al sonreír, dejó ver sus dientes estropeados.

—Menos mal —exclamó—. Me llamo Golbahar Bagheri, pero, tal vez sea mejor que ni siquiera memorice mi nombre.

—Entonces, ¿cómo lo puedo llamar?

—Mire, llámeme Mossa.

—¿Mossa? ¿De Mossad?

Bagheri se rio.

—No, no. Mossa, de Mossadegh. ¿Sabe quién fue Mossadegh?

—No tengo idea.

—Yo se lo cuento —dijo, y soltó unas frases en parsi dirigidas a Babak. El automóvil arrancó y prosiguió por la misma avenida—. Mohammed Mossadegh era un abogado al que eligieron democráticamente y al que nombraron primer ministro de Irán. En ese momento, los pozos de petróleo existentes en el país estaban bajo el control exclusivo de la Anglo-Iranian Oil Company, y Mossadegh intentó mejorar las condiciones del negocio. Los británicos se negaron y él decidió nacionalizar la compañía. Fue un acto con enormes repercusiones, hasta tal punto que la revista *Time* lo eligió como figura del año en 1951, por haber alentado de ese modo a los países subdesarrollados a liberarse de los colonizadores. Pero los británicos nunca aceptaron la situación, y Churchill logró convencer a Eisenhower de derrocar a Mossadegh. —Señaló a la izquierda—. ¿Ve aquel edificio?

Tomás miró el lugar. Era una amplia construcción, casi escondida detrás de muros llenos de consignas. Una de ellas, la más visible, decía «*Down with the USA*».

—Sí, lo veo.

—Ésta es la antigua embajada de Estados Unidos en Teherán. La CIA, desde un *bunker* de la embajada, elaboró el plan para derrocar a Mossadegh. La llamaron Operación Ajax. A costa de muchos sobornos y de la difusión de contrainformación, la CIA logró el apoyo del Sah y de muchas figuras notables del país, incluso de líderes religiosos, jefes militares y directores de periódicos, y derrocó a Mossadegh en 1953. —Bagheri miró el edificio, donde se encontraban algunos milicianos armados—. A causa de ese episodio, cuando se produjo la Revolución islámica, en 1979, los estudiantes invadieron la embajada americana y mantuvieron a unos cincuenta diplomáticos como rehenes durante más de un año. Los estudiantes temían que la embajada conspirase contra el ayatolá Jomeini como había conspirado contra Mossadegh.

—Ah —exclamó Tomás—. ¿Y qué pensaba usted de Mossadegh?

—Era un gran hombre.

—Pero lo derrocó la CIA.

—Sí.

—Entonces…, disculpe, pero no llego a entender. Usted trabaja para la CIA.

—Trabajo ahora para la CIA, pero no trabajaba en 1953. Además, ni siquiera había nacido en aquel entonces.

—Pero ¿cómo puede usted trabajar para la CIA si la Agencia derrocó a ese hombre?

Bagheri hizo un gesto resignado.

—Las cosas cambiaron. Quienes se encuentran ahora en el poder no son hombres esclarecidos, como Mossadegh, sino un hatajo de fanáticos religiosos que está empujando a mi país de vuelta a la Edad Media. —Señaló a los milicianos armados que deambulaban frente a la antigua embajada—. Ellos son mis enemigos. Y también son enemigos de la CIA, ¿no? —Sonrió—. No sé si ya ha oído este proverbio árabe, pero el enemigo de mi enemigo es mi amigo. Por lo tanto, la CIA es ahora mi amiga.

El taxi dobló la esquina y cogió la avenida Moffateh en dirección al sur. El coche parecía avanzar sin sentido por las calles y avenidas de Teherán, algo que se hizo muy claro cuando giraron por la Enquelab y rodearon la plaza Ferdosi, volviendo hacia Enquelab, aunque en sentido contrario. Era un trayecto sin destino, en el que sólo interesaba el viaje, o tal vez ni él siquiera; el paseo, al fin y al cabo, no era más que un mero pretexto para reunirse lejos de miradas indiscretas.

Después de alejarse del sector de la embajada, el coloso iraní se quedó un tiempo callado, con los ojos fijos en la manada de coches que llenaba las calles, verdaderos depredadores en las manos nerviosas de los impacientes automovilistas de la ciudad.

—He recibido instrucciones de Langley —dijo Bagheri por fin, sin dejar de observar el tráfico.

—¿Ah, sí? ¿Y qué dicen ellos?

—Se quedaron disgustados con usted porque no pudo volver a ver el manuscrito. Quieren saber si no hay realmente ninguna posibilidad de hacerlo.

—Por lo que he captado, no la hay. El tipo del ministerio parecía muy celoso de él, siempre alegando seguridad nacional. Si insisto, me temo que despertaré sospechas.

Bagheri apartó los ojos del tráfico y miró a Tomás, con las cejas cargadas.

—En ese caso, será una gran contrariedad.

—¿Una gran contrariedad? ¿Por qué?

—Porque es inaceptable para Estados Unidos que el manuscrito permanezca en manos iraníes.

—Pero ¿qué puede hacer Estados Unidos?

—Hay dos posibilidades en una situación que afecta a la seguridad nacional americana. La primera es bombardear el edificio donde está guardado el manuscrito.

—¿Cómo? ¿Bombardear Teherán por…, por ese motivo?

—Ese documento, estimado profesor, no es una tontería. Son los planes para una bomba atómica barata y fácil de producir. Es una amenaza a la seguridad internacional. Si un régimen como el iraní, que tiene vínculos con grupos terroristas, consigue desarrollar armas nucleares de construcción fácil, puede estar seguro de que locos como Osama Bin Laden y otros no van a volver a atacar Nueva York con unos avioncitos. Tendrán a su disposición cosas mucho más…, pues…, explosivas: no sé si entiende lo que quiero decir.

—Hmm, entiendo.

—En estas circunstancias, bombardear un edificio en Teherán es el menor de los males, créame.

—Ya lo creo, ya lo creo.

El iraní volvió, por momentos, a mirar el paisaje al otro lado de la ventanilla del taxi.

—El hecho de que haya visto ayer el manuscrito en el Ministerio de la Ciencia nos da la confirmación que necesitábamos en cuanto a su paradero. Pero esta opción tiene dos aspectos en contra. Uno es que una acción militar de esta naturaleza tiene repercusiones políticas desagradables, en especial en el mundo islámico. El régimen iraní aparecería como una víctima. Éste es, sin embargo, un obstáculo que se sortearía si no se diese el caso de que hubiera un segundo obstáculo insuperable. Es que, con toda probabilidad, el bombardeo no alcanzará su objetivo estratégico último, que es borrar el documento de Einstein y la fórmula de las armas atómicas baratas y fáciles de producir. El manuscrito se destruiría, claro, pero es más que probable que existan copias en otros cofres iraníes y nada le impediría al régimen fabricar la bomba a partir de la fórmula que se encuentra en el texto. Lo que quiero decir es que el bombardeo destruiría el manuscrito original, pero no la fórmula ya copiada.

—Está claro.

—Por esta razón Langley me ha dado instrucciones para que, si a usted no le resulta posible volver y acercarse al manuscrito, ponga en marcha la segunda opción.

El iraní se calló, parecía preocupado.

—¿Y cuál es la segunda opción? —preguntó Tomás.

Bagheri respiró hondo.

—Robar el manuscrito.

—¿Cómo?

—Ir al Ministerio de la Ciencia y robar el manuscrito. Tan simple como eso.

El historiador, pasada la sorpresa inicial, soltó una carcajada.

—¡Caramba, ustedes no se detienen ante nada! —exclamó—. ¿Robar el manuscrito? Pero ¿cómo van a conseguirlo?

—Es simple. Buscamos la manera de reducir al guardián, entramos ahí dentro, localizamos el documento y nos lo llevamos.

—¿Y por qué no microfilmarlo? Si están allí, frente al documento, ¿no sería mejor actuar más discretamente? A fin de cuentas, el hecho de robarlo no resolverá el problema, dado que, tal como usted mismo ha dicho, los tipos sin duda tienen copias guardadas en otros sitios.

—No, eso no puede ser así. Estados Unidos quiere llevar el documento al Consejo de Seguridad de las Naciones Unidas, pero, para hacerlo, necesitan primero autentificarlo. Sólo lo podrán autentificar si tienen el manuscrito original en sus manos. Por ello tenemos que ir a buscarlo allí.

Tomás consideró las consecuencias de esa acción.

—Oiga: ¿eso no es peligroso?

—Todo en la vida es peligroso. Salir a la calle es peligroso.

—No desvíe el tema, que me parece estar hablando con mi madre. Lo que me preocupa es saber qué me ocurrirá cuando los iraníes echen en falta el documento. No son tontos y saben relacionar las cosas, ¿no? Un día me muestran el manuscrito y, días después…, ¡puf!, desaparece. Es… ¿cómo decirlo? Es… sospechoso.

—Claro, usted ya no va a estar seguro.

—Entonces, dígame: ¿cómo vamos a resolver eso?

—Tendrá que salir del país.

—Pero ¿cómo? Dicen que sólo me dejarán salir después de descifrar los acertijos insertos en el documento.

—Tendremos que sacarlo de Irán la misma noche en que iremos a robar el manuscrito.

—¿Y cuándo será eso?

—Aún no lo sé. Me gustaría que fuese lo más deprisa posible, pero no puedo decirle aún cuándo será, hay demasiados detalles que tratar. Cuento con saberlo mañana mismo, no obstante. En cuanto tenga la información, me pasaré por el hotel para comunicarle los pormenores. —Alzó el dedo—. No salga del hotel, ¿ha oído? Haga todo lo que haría normalmente, siga trabajando en el desciframiento del acertijo y espere a que yo lo contacte.

—Hmm, está bien —asintió Tomás—. Sin embargo, déjeme que recapitule. Su idea es asaltar el ministerio, robar el documento e ir a buscarme enseguida para sacarme de Irán. ¿Es así?

Bagheri inspiró y contuvo el aire en su interior.

—Bien, sí, es más o menos así —dijo con una expresión reticente en el rostro—. Pero…, pues…, hay un pequeño detalle que es… diferente.

—¿Ah, sí?

—Sí.

El iraní se calló, lo que avivó la curiosidad del historiador.

—¿Y cuál es ese detalle?

—Usted viene con nosotros.

—Oh, eso ya me lo ha dicho. Me van a sacar de Irán.

—No, no es eso lo que quería decirle. Usted también viene al ministerio con nosotros.

—¿Cómo?

—Usted forma parte del equipo de asalto.

XI

La gran arena tenía las gradas repletas de gente, sobre todo mujeres cubiertas con chadores negros, pero todos se comportaban como si fuese día de espectáculo. Alguien empujó a Tomás y lo obligó a arrodillarse en el centro, con la cabeza pendiendo hacia delante y expuestos el cuello y la nuca. Por el rabillo del ojo, el historiador logró reparar en la presencia de hombres vestidos con largas túnicas blancas islámicas; se acercaron y cerraron un círculo a su alrededor, como si lo cercasen, cortándole la última esperanza de escapar de aquel lugar de muerte. Entre ellos asomó Ariana, con la mirada triste, sin atreverse siquiera a acercarse al condenado, soplándole un tímido beso de despedida. Luego, la hermosa iraní desapareció y, en su lugar, surgió Rahim, con los ojos resentidos chispeantes de furia y una enorme espada curva centelleante en el cinturón. Rahim sacó la espada del cinturón con un movimiento brusco, la sujetó con las dos manos, se irguió y la alzó hacia los cielos, y las suspendió por un instante, un tremendo segundo, sólo un breve y largo momento antes de que la hoja rasgase el aire con toda fuerza y decapitase a Tomás.

Se despertó.

Sintió un sudor frío que le humedecía la parte superior de la frente, y la transpiración le pegaba el pijama al pecho y a la espalda. Jadeaba. Intentó descubrir si aquello era la muerte, pero no; con alivio, con terror, comprendió al fin que vivía, la habitación oscura le respondía en silencio, el sosiego le revelaba que todo no había sido más que una pesadilla, pero que la otra pesadilla, aquella en la que el iraní del bazar lo había atrapado en la víspera, era muy real, palpable, inminente.

Apartó las sábanas, se sentó en la cama y se frotó los ojos.

—Pero ¿dónde me he metido? —murmuró.

Tambaleó hacia el cuarto de baño y fue a lavarse. En el espejo vio a un hombre con profundas ojeras, el resultado previsible de un angustioso insomnio que sólo acabó por la madrugada. Se sentía llevado a toda velocidad por las sendas ondulantes de una montaña rusa de emociones, ya deprimido por la perspectiva de cometer un acto terrible en un país de horribles castigos, ya esperanzado por un súbito vuelco, un cambio repentino, un acontecimiento providencial cualquiera que, casi por arte de magia, resolviese el problema y lo liberase de aquella carga pavorosa que le habían puesto, inesperadamente, sobre los hombros.

En esos momentos de esperanza se aferraba con todas sus fuerzas al diálogo de la víspera con Ariana. Seguramente el ministro de la Ciencia entendería lo razonable de su solicitud, ponderó frente al espejo, en una pausa entre el acto de extender la espuma de afeitar y el de pasar la hojilla por la cara. El argumento de que la clave del mensaje cifrado se encontraba oculta en algún sitio del texto del manuscrito cobraba sentido cabal y era de una evidencia tal que el ministro, sin duda, no dejaría de reconocerla. Era inevitable que lo autorizasen a consultar el texto. Y cuando lo consultase podría ser que encontrase todas las respuestas que demandaba la CIA, podría ser que descubriese cosas que hicieran innecesario el robo del manuscrito, librándolo así de una acción trapacera para la cual sentía que no daba la talla.

Cerró los ojos y murmuró una promesa.

—Si salgo airoso de esta situación, prometo rezar todos los días del año. —Abrió un ojo, valorando la dureza de la promesa—. Bien, todos los días del año es demasiado. Rezaré todos los días del mes que viene.

Alentado por una inesperada confianza, que había recobrado gracias a la promesa, abrió el grifo de la ducha, sintió la temperatura del agua y, cuando se dio por satisfecho, levantó el pie y entró en la bañera.

La figura graciosa de Ariana apareció en el *lobby* algo después de la hora fijada; Tomás ya había desayunado y aguardaba impaciente en el sofá del bar. Se saludaron, la iraní se acomodó en el lugar que había ocupado en la víspera y le pidió un zumo de naranja al camarero. Conteniendo a duras penas la ansiedad, el historiador fue derecho al grano.

—¿Y? ¿El ministro?

—¿Qué pasa con el ministro?

—¿Dio la autorización?

Ariana hizo el gesto de quien hasta entonces no había entendido la pregunta.

—Ah, sí —exclamó—. La autorización.

—¿La dio?

—Bien…, pues…, no.

Tomás se quedó inmóvil mirándola, escuchando sin poder creer en lo que había oído.

—¿No? —balbució.

—No, no lo ha autorizado —dijo Ariana—. Le expliqué que usted considera que el poema es un mensaje codificado y que la clave del código se encuentra en el texto. Él me dijo que lo lamenta mucho, pero que, por razones de seguridad nacional, usted no puede tener acceso al contenido del documento y que, si eso implica una demora en la decodificación del poema, paciencia.

—Pero…, pero eso puede significar incluso que no se descifre el poema del todo —insistió el portugués—. ¿Le ha explicado eso?

—Se lo he explicado, claro que se lo he explicado. Pero no quiere saber nada de eso. Dice que la seguridad nacional está por encima de todo y que, en cuanto al tema de la decodificación, ése no es sólo un problema de Irán. —Señaló a su interlocutor—. Es también un problema suyo.

—¿Mío?

—Sí, suyo. ¿No se acuerda de que el *agha* Jalili dijo que usted no tendrá autorización para salir de Irán mientras no descifre los acertijos? El ministro me ha confirmado que es así, efectivamente. Además, parece que el caso ha llegado hasta el presidente. —Ariana hizo un gesto de resignación—. De modo que, Tomás, lo lamento mucho, pero usted está condenado a despejar esos mensajes ocultos.

El historiador respiró hondo y se fijó, bajando sus ojos, en el mármol pulido que brillaba en el suelo; se sentía desanimado y acorralado.

—Estoy perdido —comentó en tono de desahogo.

Ariana le tocó el brazo.

—Calma, no se ponga así. Ya he visto que usted es un excelente criptoanalista. Va a conseguir despejar esos enigmas, estoy segura.

El portugués parecía dominado por el desaliento, con una expresión tristona dibujada en el rostro. En verdad, no tenía dudas de que sería capaz de descubrir los mensajes ocultos en los acertijos; la petición de consultar el texto del manuscrito se debía, al fin y al cabo, más a la voluntad de conocer mejor el documento que a la convicción de que éste ocultaba la clave del código. El verdadero problema es que la revelación de que el ministro no autorizaba la consulta implicaba el desmoronamiento de sus últimas esperanzas de resolver el problema sin el asalto que el hombre del bazar le había anunciado en la víspera.

—Estoy perdido —repitió, con la mirada sombría.

—Oiga —dijo Ariana, sin cejar en el intento de consolarlo—. No es para desanimarse, usted va a solucionar el problema. Además, es incluso una oportunidad de que trabajemos juntos durante un tiempo. ¿Eso…, eso no le agrada?

Tomás pareció despertar del sopor.

—¿Eh?

—¿No le agrada trabajar conmigo durante todo este tiempo?

El historiador contempló el semblante perfecto de la iraní.

—Eso es realmente lo único que me impide suicidarme ahora mismo —dijo él, casi mecánicamente.

Ariana se rio.

—Usted es gracioso, no me cabe duda. —Inclinó la cabeza—. Entonces, ¿qué está esperando? ¡Vamos a ello!

—¿A ello qué?

—Vamos a trabajar.

Tomás cogió el folio con los mensajes, lo desdobló y lo puso sobre la mesita.

—Eso es, tiene razón —exclamó, sacando el bolígrafo del bolsillo—. Vamos a trabajar.

Se pasaron tres horas analizando los múltiples significados simbólicos de las diversas palabras esenciales del poema, en particular *Terra, terrors, Sabbath* y *Christ*, pero no encontraron nada fuera de lo que ya habían concluido en la víspera. Fue un trabajo frustrante, con todas las hipótesis apuntadas y luego tachadas por absurdas e inconsistentes.

Ya cerca de la hora del almuerzo, Tomás pidió permiso y se dirigió al cuarto de baño. Al contrario de la mayor parte de los cuartos de baño iraníes, donde el lugar en que se hacen las necesidades está compuesto de un inmundo agujero abierto en el suelo, éste disponía de retrete, mingitorios y hasta un olorcillo perfumado que flotaba en el aire, prueba de que aquél era uno de los mejores hoteles del país.

Cuando se encontraba frente al mingitorio, concentrado en la tarea inmediata, el historiador sintió una mano sobre su hombro y se estremeció del susto.

—¿Y, profesor?

Era Bagheri.

—¡Mossa! —suspiró—. ¡Qué susto me ha pegado!

—Usted está muy nervioso.

—¿Y no tengo razones para estarlo? ¿Se ha dado cuenta del lío en que me quiere meter?

—Termine lo que está haciendo —dijo Bagheri, que se alejó y se apoyó en el lavabo.

Tomás se quedó un instante más frente al mingitorio; cuando acabó, se abrochó la bragueta y fue a lavarse las manos.

—Oiga —dijo, mirando a Bagheri por el espejo—, yo no estoy hecho para estas cosas. He estado pensando y..., y he decidido no ir.

—Son órdenes de Langley.

—¡Me da igual! Ellos nunca me hablaron de comprometerme en un asalto.

—Las circunstancias han cambiado. El hecho de que usted no haya logrado leer el manuscrito nos ha obligado a alterar los planes. Además, hay decisiones nuevas que van más allá de Langley.

—¿Decisiones nuevas?

—Sí. Decisiones tomadas en Washington. Fíjese, profesor, en que éste es un asunto que afecta a la seguridad de Occidente. Si un país como Irán tiene acceso a la fórmula de la fabricación sencilla de un arma nuclear, puede estar seguro de que eso alarma a todo el mundo, especialmente después del 11 de septiembre. —Esbozó un gesto resignado—. Por tanto, frente a lo que está en juego, puede creer que la última de las preocupaciones de Washington es saber si a usted o a mí nos gusta o no la misión para la que nos han reclutado.

—Pero yo no formo parte de ningún comando, ¿entiende? Ni siquiera he hecho el servicio militar. Voy a ser un obstáculo.

—Profesor, ya le dije ayer que su participación es crucial para el éxito de la operación. —Bagheri alzó el pulgar—. Sólo usted ha visto el manuscrito. —Ahora el índice—. Y sólo usted ha visto en qué sala está guardado. —Señaló a Tomás—. Como es lógico, lo necesitamos para que nos guíe en la localización e identificación del documento. Sin su ayuda, ¿cómo haremos las cosas? Mire, estaríamos vagando por el ministerio como cucarachas atontadas, registrándolo todo sin encontrar nada. —Meneó la cabeza—. No puede ser.

—Pero, oiga, cualquier persona puede perfectamente...

—Basta —interrumpió Bagheri, elevando un poco el tono de la voz—. La decisión está tomada y no hay nada que usted o yo podamos hacer. Están en juego cosas demasiado importantes para que ahora nos venga con dudas. —Miró de reojo la puerta—. Además, dígame una cosa.

—¿Sí?

—¿Usted cree realmente que esta gente va a dejar que regrese a su país después de que el trabajo haya concluido?

—Fue lo que dijeron.

—¿Y usted los cree? Piense un poco. Usted ha visto el manuscrito de Einstein y, en principio, va a decodificar los secretos que Einstein interpoló en su fórmula nuclear. ¿No le parece extraño que, teniendo la intención de mantener todo en secreto, el régimen lo deje volver tranquilamente a su tierra, sabiendo lo que usted sabe? ¿No le parece que eso constituye un grave riesgo para la confidencialidad del proyecto nuclear iraní? ¿No se le ocurre pensar que, después de concluido el trabajo, y estando usted en posesión de parte del secreto, el régimen lo va a considerar una grave amenaza para la seguridad de Irán?

A Tomás se le desorbitaron los ojos, digiriendo las implicaciones de las preguntas lanzadas por el iraní.

—Eh..., pues, realmente..., eh... —tartamudeó—. ¿Creo...,

cree realmente que me van a mantener aquí para…, para siempre?

—Una de dos: o lo matan cuando ya no lo necesiten, o lo mantienen preso en una jaula dorada. —Bagheri miró de reojo la puerta una vez más, para comprobar que seguían solos—. Admito como más probable que lo retengan para siempre en Irán. El régimen está constituido por fanáticos fundamentalistas, lo que tiene, a pesar de todo, su lado positivo. Aunque sean implacables en la aplicación de la *sharia*, la ley islámica, comparten una profunda creencia en el comportamiento moral y es probable que, no disponiendo de un motivo moralmente razonable para matarlo, lo retengan aquí. Pero, por otro lado, es necesario no olvidar que están en cuestión secretos fundamentales para el régimen, ¿no? Y los motivos morales también se inventan. Siendo así, no hay que desdeñar la posibilidad de que elijan un método más radical y seguro para hacerlo callar. —Se pasó el dedo por el cuello—. ¿Ha entendido?

El historiador cerró los ojos, se masajeó las sienes y suspiró.

—Estoy realmente perdido.

Bagheri volvió a mirar la puerta del cuarto de baño.

—Oiga, no tenemos mucho tiempo —dijo—. He venido sólo para decirle que todo está listo.

—¿Qué es lo que está listo?

—Los preparativos para la misión se encuentran prácticamente concluidos. Después del asalto, vamos a llevarlo a una aldea en el mar Caspio, llamada Bandar-e Torkaman, situada cerca de los restos del muro de Alejandro Magno.

—¿Bandar qué?

—Bandar-e Torkaman. Es una pequeña población portuaria turca, no muy lejos de la frontera con Turkmenistán. En el puerto de Bandar-e Torkaman habrá un barco de pesca con el nombre de la capital de Azerbaiyán, *Baku*. Es un barco que hemos alquilado y que lo llevará justamente a Baku. ¿Está claro?

—Pues… más o menos —dijo, y adoptó una expresión de intriga—. ¿Usted vendrá conmigo?

Bagheri meneó la cabeza.

—No, voy a tener que quedarme en Teherán para confundir las pistas. Pero Babak lo llevará, quédese tranquilo. Es importante, no obstante, que memorice algo.

Tomás sacó un papel y un bolígrafo del bolsillo.

—Dígame.

—No, no puede escribir eso en ninguna parte. Tiene que memorizarlo, ¿entiende?

El historiador hizo una mueca de disgusto.

—¿Memorizar?

—Sí, tiene que hacerlo. Por motivos de seguridad.

—Dígame, pues.

—Cuando llegue al *Baku*, que se encuentra atracado en el puerto de Bandar-e Torkaman, mande llamar a Mohammed. —Alzó el dedo—. Recuerde: Mohammed.

—Como el profeta.

—Exacto. Pregúntele si este año piensa ir a La Meca. Él responderá *inch´Allah*. Ésas son la seña y la contraseña.

—¿Piensa ir este año a La Meca? —preguntó Tomás, memorizando la pregunta—. Ésa es la seña, ¿no?

—Sí, así es.

—Si él dice *inch´Allah* significa que todo está bien.

—Exacto.

—Parece fácil.

—Claro que es fácil. —Bagheri consultó el reloj—. Bien, tengo que irme. Vengo a buscarlo a medianoche.

—¿A medianoche? ¿Para ir adónde?

El iraní lo miró, sorprendido.

—¿Aún no se lo he dicho?

—¿Me ha dicho qué?

—El operativo, profesor.

—¿Qué pasa con el operativo?

—Es esta noche.

XII

Cuando volvió a reunirse con Ariana, Tomás se sentía tan perturbado que tuvo dificultades para volver a concentrarse. Cuanto más se fijaba en el poema, más se dispersaba pensando en la loca aventura en la que se embarcaría esa noche. Tenía la mirada perdida en las letras manuscritas en el papel y la cabeza concentrada en las implicaciones de todo lo que ocurría, fijándose en los pormenores, desde los preparativos para salir del hotel hasta lo que ocurriría en el momento del encuentro en el barco con el tal Mohammed. ¿Debería llevar el equipaje? Pero ¿eso no despertaría sospechas, si lo viesen salir del hotel con su gran bolsa de viaje? No, tenía que dejar el equipaje, sólo podía llevar una pequeña bolsa con lo esencial. ¿Y cómo saldría del hotel sin ser visto? ¿No se extrañarían los empleados al verlo salir a medianoche? ¿Darían la alerta? Y, una vez dentro del ministerio, ¿cómo sería? ¿Acaso…?

—¿Tomás? ¿Tomás?

El portugués sacudió la cabeza, regresando al presente.

—¿Eh?

—¿Se encuentra bien?

Ariana lo miraba intrigada, como si intentase vislumbrar señales de fiebre en la tez pálida del historiador.

—¿Qué? ¿Yo? —balbució él, y se enderezó—. Sí, sí. Me encuentro bien, no se preocupe.

—Pero no lo parece, ¿sabe? Da la impresión de que no está prestando la menor atención a lo que le estoy diciendo. —Inclinó la cabeza, en un gesto muy suyo—. ¿Se siente cansado?

—Pues… sí, un poco.

—¿Quiere descansar?

—No, no. Vamos a terminar esto ahora y descansaré por la tarde. ¿Puede ser?

—Sí, de acuerdo. Como quiera.

Tomás suspiró y volvió a fijar la atención en el poema.

—Si quiere que le diga la verdad, no sé cómo voy a decodificar esto sin tener siquiera una idea del tema del manuscrito de Einstein —comentó, aferrándose a una última esperanza de conseguir convencer a la iraní de que le hiciera una revelación que volviese innecesario el asalto de esa noche. La miró a los ojos con una expresión de súplica—. Oiga, ¿no me puede revelar aunque sea un poquito? Sólo un poco.

Ariana miró a su alrededor, cohibida.

—Tomás, yo no puedo…

—Sólo una idea.

—No, no puede ser. Es también por su bien.

—Vamos…

—No.

—Oiga, si no me dice nada, no vamos a poder avanzar. Necesito que me dé una orientación.

La iraní lo observó con intensidad, indecisa sobre qué hacer. ¿Podría revelar algo? De revelar algo, ¿qué revelaría? ¿Cuáles serían las consecuencias si lo hiciera? Ponderó la cuestión durante unos segundos y tomó por fin una decisión.

—No voy a revelarle el contenido del manuscrito, porque eso pondría en peligro no sólo la seguridad nacional de Irán, sino también nos pondría, tanto a usted como a mí, en peligro —dijo, bajando la voz—. Lo único que le puedo decir es que nosotros mismos estamos intrigados con el documento y creemos que sólo el desciframiento de los acertijos nos permitirá entender todo.

—¿Ustedes están intrigados?

—Sí.

—¿Por qué?

Ariana esbozó un gesto impaciente.

—No se lo puedo decir. Tal vez incluso ya he hablado demasiado.

—Pero ¿qué tiene de tan intrigante?

—No se lo puedo decir, ya se lo he dicho. Lo único que puedo hacer es situar la producción de ese manuscrito en la vida de Einstein. ¿Le interesa saber eso?

Tomás vaciló.

—Bien…, sí, ¿por qué no? ¿Cree que es relevante?

—No lo sé. Tal vez no.

—O tal vez sí, quién sabe. —El historiador finalmente se decidió—. Está bien, cuénteme algo.

Ariana se acomodó en el sofá, intentando coordinar las ideas.

—Dígame una cosa, Tomás. ¿Qué sabe usted de física?

El portugués se rio.

—Poco —dijo—. Como sabe, yo soy historiador y criptoanalista, mi ámbito de intereses no es exactamente la física, ¿no? Mi padre, que se ha especializado en matemáticas, tiene interés por esas cosas: al fin y al cabo, se ha pasado la vida en torno a ecuaciones y teoremas. Pero yo no, prefiero los jeroglíficos y las escrituras hebrea y aramea, me gusta el olor a polvo de las bibliotecas y el tufo del moho que exhalan los viejos manuscritos y los papiros. Ése es mi mundo.

—Lo sé. Pero lo que necesito saber es si usted entiende cuál es la investigación fundamental de la física en este momento.

—No tengo la menor idea.

—¿Nunca ha oído hablar de la teoría del todo?

—No.

La iraní acarició su hermoso pelo negro, ponderando el mejor modo de explicarle las cosas.

—Vamos a ver: sabe al menos qué es la teoría de la relatividad…

—Claro. Eso es elemental.

—Digamos que la búsqueda de la teoría del todo comenzó con la teoría de la relatividad. Hasta Einstein, la física se apoyaba en el trabajo de Newton, que daba cuenta cabal del asunto en la explicación del funcionamiento del universo tal como lo perciben los seres humanos. Pero había dos problemas relacionados con la luz que no se lograban resolver. Uno era saber por qué razón un objeto calentado emitía luz, y el otro era entender el valor constante de la velocidad de la luz.

—Debo entonces suponer que fue Einstein quien echó luz sobre el problema de la luz —bromeó Tomás.

—Ni más ni menos. Einstein concluyó en 1905 su teoría de la relatividad restringida, por la que estableció un vínculo entre el espacio y el tiempo, diciendo que ambos son relativos. Por ejemplo, el tiempo cambia porque hay movimiento en el espacio. Lo único no relativo, sino absoluto, es la velocidad de la luz. Él previó que, a velocidades próximas a la luz, el tiempo se reduce y las distancias se contraen.

—Eso ya lo sé.

—Menos mal, porque así no pierdo mucho tiempo con esto. La cuestión es que, si todo es relativo, con excepción de la velocidad de la luz, la masa y la energía son relativas. Más que relativas, masa y energía son las dos caras de una misma moneda.

—¿Ésa no es la famosa ecuación?

Ariana apuntó la ecuación en una hoja.

$$E = mc^2$$

—Sí. Energía es igual a la masa por el cuadrado de la velocidad de la luz.

—Si no recuerdo mal, ésa es la ecuación que está por detrás de las bombas atómicas.

—Exacto. Como usted sabe, la velocidad de la luz es enorme. El cuadrado de la velocidad de la luz es un número muy grande, lo que implica que una minúscula porción de masa contiene una brutal cantidad de energía. Por ejemplo, usted pesa unos ochenta kilos, ¿no?

—Más o menos.

—Eso significa que usted contiene en su cuerpo materia con energía suficiente para abastecer de electricidad a una pequeña ciudad durante toda una semana. La única dificultad es transformar esa materia en energía.

—¿Eso no tiene que ver con la fuerza fuerte que mantiene unido el núcleo de los átomos?

Ariana inclinó la cabeza y arqueó las cejas.

—Al fin y al cabo, usted siempre sabe algunas cositas de física…

—Es que… debo de haber leído eso en alguna parte.

—Pues, bien. Quédese entonces con la idea de que energía y masa son las dos caras de la misma moneda. Esto significa que se puede transformar una cosa en la otra, o sea, que la energía se transforme en materia o la materia en energía.

—¿Está diciendo que es posible hacer una piedra a partir de la energía?

—Sí, teóricamente eso es posible, aunque la transformación de energía en masa sea algo que normalmente nosotros no observamos. Pero ocurre. Por ejemplo, si un objeto se acerca a la velocidad de la luz, el tiempo se contrae y su masa aumenta. En esa situación, la energía del movimiento da lugar a la masa.

—¿Ya se ha observado eso alguna vez?

—Sí. En el acelerador de partículas del CERN, en Suiza. Se aceleraron los electrones a tal velocidad que aumentaron cuarenta mil veces de masa. Hay incluso fotografías de rastros de protones después de choques, fíjese.

—Caramba.

—Por eso, además, ningún objeto puede alcanzar la velocidad de la luz. Si lo hiciese, su masa se volvería infinitamente grande, lo que requeriría una energía infinita para mover a ese objeto. Ahora bien, eso no puede ser, ¿no? De ahí que se diga que la velocidad de la luz es la velocidad límite en el universo. Nada la puede igualar, porque, si un cuerpo la igualase, su masa se volvería infinitamente grande.

—Pero ¿de qué está formada la luz?

—De partículas llamadas fotones.

—¿Y esas partículas no aumentan de masa cuando andan a la velocidad de la luz?

—Ésa es la cuestión. Los fotones son partículas sin masa, se encuentran en estado de energía pura y ni siquiera experimentan el paso del tiempo. Como andan a la velocidad de la luz, para ellos el universo es intemporal. Desde el punto de vista de los fotones, el universo nace, crece y muere en el mismo instante.

—Increíble.

Ariana bebió un trago de zumo de naranja.

—Lo que tal vez usted no sabe es que no hay una teoría de la relatividad, sino dos.

—¿Dos?

—Sí. Einstein concluyó la teoría de la relatividad restringida en 1905, en la que explica una serie de fenómenos físicos, pero no la gravedad. El problema es que la relatividad restringida entró en conflicto con la descripción clásica de la gravedad y era preciso resolver ese desajuste. Newton creía que una alteración repentina de masa implicaba una alteración instantánea de la fuerza de gravedad. Pero eso no puede ser, puesto que requiere que exista algo más veloz que la luz. Supongamos que el Sol estallara en ese preciso instante. La relatividad restringida prevé que tal acontecimiento sea percibido en la Tierra sólo ocho minutos después, dado que ése es el tiempo que a la luz le lleva hacer el viaje entre el Sol y la Tierra. Pero Newton creía que el efecto se sentiría inmediatamente. En el exacto momento en que el Sol estallase, la Tierra sentiría el efecto de ese acontecimiento. Ahora bien: eso no es posible, puesto que nada va más deprisa que la luz, ¿no? Para solucionar este y otros problemas, Einstein concluyó en 1915 la teoría de la relatividad general, que resolvió la cuestiones acerca de la gravedad y estableció que el espacio es curvo. Cuanta más masa tiene un objeto, más se curva el espacio a su alrededor y, en consecuencia, mayor es la fuerza de gravedad que ejerce. Por ejemplo, el Sol ejerce más fuerza de gravedad sobre un objeto que la Tierra porque dispone de mucha más masa, ¿entiende?

—Hmm…, no muy bien. ¿El espacio se curva? ¿Qué quiere decir con eso?

Ariana abrió los brazos.

—Imagine, Tomás, que el espacio es una sábana estirada en el aire entre nosotros dos. Imagine que ponemos una pelota de fútbol en el medio. ¿Qué ocurre? La sábana se curva alrededor de la pelota, ¿no? Si tiro una canica sobre la sábana, será atraída hacia la pelota de fútbol, ¿no? En el universo pasa lo mismo. El Sol es tan grande que curva el espacio a su alrededor. Si un objeto exterior se acerca despacio, dará contra el Sol. Si un objeto se acerca a cierta velocidad, como la Tierra, comenzará a andar alrededor del Sol, sin caer en él ni huir de él. Y si un objeto va a mucha velocidad, como un fotón de luz, al acercarse al Sol curvará un poco su trayectoria pero logrará huir y proseguir su viaje. En el fondo, esto es lo que dice la relatividad general. Todos los objetos distorsionan el espacio, y cuanta más masa tenga un objeto, más distorsionará el espacio a su alrededor. Como el espacio y el tiempo son dos caras de la misma moneda, un poco como la energía y la materia, esto significa que los objetos también distorsionan el tiempo. Cuanta más masa tenga un objeto, más lento será el tiempo cerca de él.

—Es todo muy extraño —observó Tomás—. Pero ¿qué tiene eso que ver con el manuscrito de Einstein?

—Todo o nada, no lo sé. Pero es importante que usted entienda que el manuscrito fue concebido cuando Einstein estaba intentando establecer la teoría del todo.

—Ah, sí. ¿Ésa es una teoría más de Einstein?

—Sí.

—Las dos de la relatividad no alcanzaron, ¿no?

—Einstein pensó inicialmente que sí, pero, de repente, se topó con la teoría cuántica. —Ariana inclinó la cabeza con su gesto característico—. ¿Sabe qué es la teoría cuántica?

—Bien…, he oído hablar de ella, sí, pero los detalles…, en fin.

La iraní se rio.

—No se acompleje —exclamó—. Incluso algunos científicos que desarrollaron la teoría cuántica nunca llegaron a entenderla muy bien.

—Ah, bueno. Entonces me quedo más tranquilo.

—La cuestión es ésta. La física de Newton es adecuada para explicar nuestro mundo cotidiano. Cuando construyen un puente o ponen a circular un satélite alrededor de la Tierra, los ingenieros recurren a la física de Newton y de Maxwell. Los problemas de esta física clásica sólo surgen cuando nos enfrentamos con aspectos que no forman parte de nuestra experiencia diaria, como, por ejemplo, velocidades extremas o el mundo de las partículas. Para tratar los problemas de las grandes masas y de la gran velocidad, aparecieron las dos teorías de Einstein, llamadas de la relatividad. Y para enfrentarse al mundo de las partículas, surgió la teoría cuántica.

—Por tanto, la relatividad es para los grandes objetos y la cuántica para los pequeños.

—Exacto. —Hizo una mueca—. Aunque importa recalcar que el mundo de las micropartículas tiene manifestaciones macroscópicas, como es evidente.

—Claro. Pero ¿quién desarrolló la cuántica?

—La teoría cuántica nació en 1900, como consecuencia de un trabajo de Max Planck sobre la luz emitida por los cuerpos calientes. Después la desarrolló Niels Bohr, que concibió el modelo teórico más conocido de los átomos, aquel según el cual los electrones giran sobre la órbita del núcleo de la misma manera que los planetas giran alrededor del sol.

—Todo eso es conocido.

—Pues sí. Pero lo menos conocido son los extraños comportamientos de las partículas. Por ejemplo, algunos físicos concluyeron que las partículas subatómicas pueden ir del estado de energía A al estado de energía B sin pasar por la transición entre esos dos estados.

—¿Sin pasar por la transición entre los dos estados? ¿Cómo es eso?

—Es muy extraño y polémico. Se lo llama salto cuántico. Es como una persona que sube los peldaños de una escalera. Pasamos de un peldaño a otro sin recorrer el peldaño intermedio, ¿no? No hay medio peldaño. Saltamos de uno al otro. Hay quien sostiene que, en el mundo cuántico, las cosas también se producen así en el plano de la energía. Se va de un estado al otro sin pasar por el estado intermedio.

—Pero eso es muy raro.

—Mucho. Sabemos que las micropartículas dan saltos. Eso no se cuestiona. Lo que ocurre es que hay quien piensa que, cuando estamos hablando del mundo subatómico, el espacio deja de ser continuo y se vuelve granuloso. Se dan saltos sin pasar por el estado intermedio. —Nueva mueca—. Debo decir que no creo en eso y nunca he encontrado prueba o indicio algunos de que así sea.

—Realmente, esa idea es…, es extraña.

Ariana alzó el índice.

—Pero hay más. Se descubrió que la materia se manifiesta al mismo tiempo como partículas y ondas. Tal como espacio y tiempo o energía y masa son dos caras de la misma moneda, ondas y partículas son las dos caras de la materia. Surgió el problema cuando hubo que transformar esto en una mecánica.

—¿Mecánica?

—Sí, la física tiene una mecánica, que sirve para prever los comportamientos de la materia. En los casos de la física clásica y de la relatividad, la mecánica es determinista. Si, por ejemplo, sabemos dónde está la Luna, en qué dirección circula y a qué velocidad, seremos capaces de prever su evolución futura y pasada. Si la Luna circula hacia la izquierda a mil kilómetros por hora, dentro de una hora estará mil kilómetros a la izquierda. Eso es la mecánica. Se puede prever la evolución de los objetos, siempre que se sepa la respectiva velocidad y posición. Todo muy sencillo. Pero, en el mundo cuántico, se descubrió que las cosas funcionan de manera diferente. Cuando sabemos bien la posición de una partícula, no logramos percibir cuál es su velocidad exacta. Y cuando conocemos bien la velocidad, no podemos determinar la posición exacta. Este hecho se rige por el principio de la incertidumbre, una idea que formuló en 1927 Werner Heisenberg. El principio de la incertidumbre establece que podemos saber con rigor la velocidad o la posición de una partícula, pero nunca las dos cosas al mismo tiempo.

—Entonces, ¿cómo se sabe la evolución de una partícula?

—Ése es el problema. No se sabe. Yo puedo saber cuál es la posición y la velocidad de la Luna, y así soy capaz de prever todos sus movimientos pasados y futuros. Pero no tengo manera de determinar con exactitud la posición y la velocidad de un electrón, por lo que no llego a prever sus movimientos pasados y futuros. Ésa es la incertidumbre. Para resolverlo, la mecánica cuántica ha recurrido al cálculo de probabilidades. Si un electrón tiene que elegir entre dos huecos por donde pasar, hay un cincuenta por ciento de probabilidades de que el electrón pase por el hueco de la izquierda, y otro cincuenta por ciento por el de la derecha.

—Parece una buena manera de resolver ese problema.

—Pues sí. Pero Niels Bohr complicó la cosa, y dijo que el electrón pasa por los dos huecos al mismo tiempo. Pasa por el de la izquierda y por el de la derecha.

—¿Cómo?

—Tal como se lo estoy diciendo. Al elegir entre dos caminos, el electrón pasa por los dos simultáneamente, por el hueco de la izquierda y por el de la derecha. ¡O sea, que está en los dos sitios al mismo tiempo!

—Pero eso no es posible.

—Y, no obstante, es lo que prevé la teoría cuántica. Por ejemplo, si ponemos un electrón en una caja dividida en dos lados, el electrón estará en los dos lados al mismo tiempo en forma de onda. Cuando observamos la caja, la onda se deshace inmediatamente y el electrón se transforma en partícula en uno de los lados. Si no miramos, el electrón permanecerá en los dos lados al mismo tiempo bajo la forma de onda. Aunque los dos lados estén separados y colocados a miles de años luz de distancia el uno del otro, el electrón continuará en los dos lados al mismo tiempo. Sólo cuando observemos uno de los lados el electrón decidirá cuál es el lado en el que se va a quedar.

—¿Sólo cuando observamos él se decide? —preguntó Tomás con expresión incrédula—. ¿Qué historia es ésa?

—El principio de incertidumbre estableció inicialmente el papel del observador. Heisenberg concluyó que nunca podremos saber con precisión y simultáneamente cuál es la posición y la velocidad de una partícula a causa de la presencia del observador. La teoría evolucionó hasta el punto de que hubo quien consideraba que el electrón sólo decide en qué lugar está cuando existe un observador.

—Eso no tiene ningún sentido…

—Fue lo que también dijeron los demás científicos, incluso Einstein. Como el cálculo empezó a ser probabilístico, Einstein declaró que Dios no jugaba a los dados, es decir, la posición de una partícula no podía depender de la presencia de observadores ni, sobre todo, de cálculos de probabilidad. La partícula, o bien está en un sitio, o bien está en el otro, no puede estar en los dos al mismo tiempo. La incredulidad fue tal que hubo incluso otro físico, llamado Schrödinger, que concibió una situación paradójica para desvelar este absurdo. Imaginó que se colocaba un gato en una caja con un frasco cerrado de cianuro. Un proceso cuántico podría llevar a un martillo, con una probabilidad del cincuenta por ciento, a romper el frasco o no. De acuerdo con la teoría cuántica, los dos acontecimientos igualmente probables se producirían a la vez mientras que la caja permaneciera cerrada, haciendo que el gato estuviese simultáneamente vivo y muerto, de la misma manera que un electrón está simultáneamente en los dos lados de la caja mientras no es observado. Pero eso es un absurdo, ¿no?

—Claro que lo es. No tiene ningún sentido. ¿Cómo es posible que aún se defienda esa teoría?

—Eso es justamente lo que pensaba Einstein. El problema es que esta teoría, por muy extraña que parezca, se corresponde con todos los datos experimentales. Cualquier científico sabe que siempre que la matemática contradice la intuición, la matemática tiende a ganar. Esto ocurrió, por ejemplo, cuando Copérnico dijo que era la Tierra la que giraba alrededor del Sol y no al contrario. La intuición decía que la Tierra era el centro, dado que todo parecía girar en torno a la Tierra. Ante el escepticismo de todo el mundo, Copérnico sólo encontró aliados entre los matemáticos, los cuales, con sus ecuaciones, comprobaron que sólo la posibilidad de que la Tierra girase alrededor del Sol coincidía con la matemática. Sabemos hoy que la matemática estaba en lo cierto. Con las teorías de la relatividad sucedió lo mismo. Hay muchos elementos de esa teoría que van en contra de la intuición, como las ideas de que el tiempo se dilata y otras rarezas por el estilo, pero la verdad es que los científicos aceptan esos conceptos porque condicen con la matemática y con las observaciones de la realidad. Es lo que ocurre aquí. No tiene sentido decir que un electrón está en dos sitios al mismo tiempo mientras no se lo observa, ello va en contra de la intuición. Y, no obstante, coincide con la matemática y con todas las experiencias efectuadas.

—Ah, bueno.

—Pero Einstein no se conformó con esta idea por una razón muy simple. La teoría cuántica comenzó no condiciendo con la teoría de la relatividad. Es decir, una es buena para comprender el universo de los grandes objetos, y la otra es eficiente en la explicación del universo de los átomos. Pero Einstein pensaba que el universo no puede generarse según leyes diferentes, unas deterministas para los grandes objetos y otras probabilísticas para los pequeños. Tiene que haber un único conjunto de reglas. Comenzó así a buscar una teoría unificadora que presentase las fuerzas fundamentales de la naturaleza como manifestaciones de una fuerza única. Sus teorías de la relatividad reducían a una única fórmula todas las leyes que rigen el espacio, el tiempo y la gravedad. Con la nueva teoría, intentaba reducir a una única fórmula los fenómenos de la gravedad y del electromagnetismo. Creía que la fuerza que hace mover al electrón alrededor del núcleo es del mismo tipo de la que hace mover a la Tierra alrededor del Sol.

—Una nueva teoría, ¿eh?

—Sí. Él la llamó la teoría de los campos unificados. Era su versión de la teoría del todo.

—Ah.

—Y era eso lo que Einstein estaba desarrollando cuando elaboró este manuscrito.

—Cree que *La fórmula de Dios* tiene relación con esa búsqueda, ¿no?

—No lo sé —dijo Ariana—. Tal vez sí, tal vez no.

—Pero, si es así, ¿qué sentido tiene mantener todo en secreto?

—Oiga, yo no sé si es eso. Ya he leído el documento y es extraño, ¿sabe? Y la verdad es que fue el propio Einstein quien decidió mantenerlo en secreto. Si lo hizo, habrá sido porque tenía buenos motivos para ello, ¿no cree?

Tomás clavó los ojos en la iraní, atento a su reacción cuando escuchase la pregunta que iba a hacerle.

—Si *La fórmula de Dios* no tiene relación con la búsqueda de la teoría del todo, ¿con qué tiene relación? —preguntó, y acentuó su expresión interrogativa—. ¿Con armas nucleares?

Ariana le devolvió la mirada con intensidad.

157

—Voy a hacer como que no he escuchado esa pregunta —dijo ella, pronunciando cada sílaba muy despacio, con enorme intensidad—. Y no vuelva a hablar sobre eso, ¿entiende? —Se llevó el índice a la frente—. Su seguridad depende de su inteligencia.

El historiador se estremeció.

—¿Mi seguridad?

—Por favor, Tomás —dijo ella, casi implorante—. No hable sobre eso con nadie. No pronuncie esas palabras delante de nadie. Haga sólo su trabajo, ¿ha oído? Sólo su trabajo.

Tomás se calló por un instante, pensativo e intimidado. Giró la cabeza y vio a un grupo de paquistaníes entrando en el restaurante del hotel. Era el pretexto ideal para poner fin a aquella conversación peligrosa.

—¿No tiene hambre? —preguntó.

XIII

A la hora del almuerzo, sirvieron un *chelo kebab*, posiblemente el décimo kebab que Tomás comía desde que llegó a Irán. Ya estaba harto de aquella dieta y, en cierto modo, era un alivio saber que esa noche lo sacarían clandestinamente del país. Claro que estaba el problema del asalto al ministerio, pero, ya que nada dependía ahora de él, apartó esa preocupación de su mente, consolándose con la idea de que los hombres de la CIA sabrían ciertamente lo que estaban haciendo.

Se dio cuenta de que éste era tal vez su último almuerzo con Ariana y la contempló casi melancólicamente. Era una mujer hermosa e interesante, en efecto, con sus hipnóticos ojos de miel que irradiaban ternura e inteligencia. Se sintió casi tentado de contarle todo, de pedirle que se fuese también con él, pero comprendió que no era más que una fantasía, eran personas de mundos diferentes y con misiones antagónicas.

—¿Cree que logrará decodificar el acertijo? —preguntó ella, evitando fijar en él su enigmática mirada inquisitiva.

—Necesito la clave del código —dijo Tomás, con el tenedor repleto de arroz—. Para hablar con toda franqueza, me parece que, sin esa clave, estamos ante una misión imposible.

—Si fuese un mensaje cifrado, ¿sería más fácil?

—Sí, claro. Pero no lo es.

—¿Está seguro?

—Claro. —Desdobló el folio en un rincón de la mesa—. Fíjese, este poema incluye palabras y frases. Una cifra sólo tiene que ver con letras, ¿no? Si fuese una cifra, tendría formaciones absurdas, del tipo «hwxz» y cosas por el estilo, un poco como ocurre con el segundo acertijo. —Señaló las palabras apuntadas en el papel—. ¿Ve la diferencia?

Terra if fin
De terrors tight
Sabbath fore
Christ mite

See sign
!ya ovqo

—Sí, este «*!ya ovqo*» es evidentemente un mensaje cifrado —comprobó la iraní, que volvió a mirar el poema—. Pero ¿no hay cifras que se puedan asemejar a palabras?

—Claro que no —dijo él, y vaciló un instante—. A no ser que…, que sean cifras de transposición.

—¿Qué es eso?

—¿Sabe?, hay tres tipos de cifra. El primer tipo es la cifra de ocultación, en la que se oculta el mensaje secreto a través de un sistema sencillo cualquiera. El ejemplo más antiguo que se conoce es el del mensaje escrito en la cabeza de un esclavo rapado. Se esperaba a que el pelo creciera y después se enviaba al esclavo para que entregase el mensaje. El texto estaba, así, oculto en el cuero cabelludo, cubierto por el pelo.

—Ingenioso.

—Después está la cifra de sustitución, en la que se sustituyen unas letras por otras, según una clave preestablecida. Este tipo de cifras, usado habitualmente en los modernos sistemas cifrados, es el que provoca secuencias del estilo de este «*!ya ovqo*».

—¿Son las más comunes?

—Sí, hoy en día lo son. Pero están también las cifras de transposición, en que se altera el orden original de las letras de un mensaje secreto y se las realinea según otra pauta.

—No entiendo bien…

—Mire, una cifra de transposición es un anagrama, por ejemplo. ¿Sabe qué es un anagrama?

—He oído hablar de los anagramas, pero, sinceramente…

—Un anagrama es una palabra escrita con las letras de otra palabra. Por ejemplo, Elvis es anagrama de *lives*. Si se observa atentamente, se reconoce que las dos palabras están escritas con las mismas letras. O *elegant man* es anagrama de *a gentleman*.

—Ah, ahora lo entiendo.

—Todo lo que le he dicho pretende explicar que el único tipo de cifra que puede crear palabras es justamente la cifra de transposición.

Ariana observó el poema.

—¿Y cree posible que estos versos escondan una cifra de ésas?

El historiador mantuvo los ojos fijos en el texto e hizo con la boca una mueca pensativa:

—Un anagrama, ¿eh? —Consideró la posibilidad—. Hmm…, tal vez. ¿Por qué no?

—¿Y cómo podemos probar esa posibilidad?

—Sólo hay una manera —dijo Tomás, cogiendo el bolígrafo—. Podemos intentar escribir palabras diferentes con las mismas letras que aparecen aquí. Ya lo hemos hecho con palabras portuguesas y no llegamos a nada, ¿no? Tal vez funcione con palabras inglesas. Vamos a probar. —Se inclinó sobre el folio—. Veamos el primer verso.

Terra if fin

—¿Qué otras palabras podremos escribir con estas letras? —preguntó Ariana.

—Vamos a ver —dijo Tomás—. Juntemos la «t» y la «a». Pongamos las dos «f» juntas. ¿Qué queda?

—¿Taff?

—Eso no es nada. ¿Y si ponemos una «i» al final?

—¿Taffi?

—Probemos con la «i» antes de las «f».

—¿Taiff? Ése es el nombre de una aldea en Arabia Saudita. Pero, que yo sepa, sólo tiene una «f».

—¿Lo ve? Ya hemos conseguido algo. Y si ponemos una «r» entre la «a» y la «i», obtenemos… «tariff». Una palabra más, ¿lo ve? Nos falta saber qué vamos a hacer con las letras que han sobrado. Déjeme ver: han sobrado una «e», una «r», una «i» y una «n».

—¿Erin?

—Hmm…, ¿erin? O si no, «nire». Y… ¿y por qué no «*rien*»? Ya está.

Escribió.

Tariff rien

—¿«Tariff rien»? ¿Qué quiere decir eso?

Tomás se encogió de hombros.

—Nada. Era sólo un ensayo. Vamos a probar otras combinaciones.

Durante la hora siguiente, ensayaron varias opciones. Con las mismas letras del primer verso llegaron a escribir también «finer rift, retrain fit y faint frier», pero ninguno de estos anagramas revelaba nada en concreto. Del segundo verso, *De terrors tight*, sólo lograron extraer un anagrama, *retorted rights*, sin obtener nunca un sentido coherente.

Tomás tenía ya su pelo castaño desordenado, de tanto frotarse la cabeza, cuando se le ocurrió una nueva idea.

—En inglés tampoco avanzamos nada —comentó—. ¿Será posible que Einstein haya escrito el mensaje en alemán?

—¿En alemán?

—Sí. Tiene sentido, ¿no? Si redactó todo el texto en alemán, nada impide que haya ocultado el mensaje también en alemán. ¿Se da cuenta? —Recorrió con los ojos el papel—. Un mensaje en alemán oculto tras un poema en inglés. Brillante, ¿no?

—¿Le parece?

—Vale la pena intentarlo. —Se pasó las manos por la cara—. Vamos a ver…: ¿y si puso el título del documento en el mensaje?

—¿Qué título? ¿*La fórmula de Dios*?

—Sí, pero en alemán. *Die Gottesformel*. ¿Hay algún verso que tenga una «g», una «o» y dos «t»?

—¿*Gott*?

—Sí, la palabra «Dios» en alemán.

Ariana analizó las diferentes líneas.

—El segundo verso las tiene —exclamó—. Voy a subrayarlas.

—Pues sí. «Togt.» Reordenadas esas letras, obtenemos *Gott*.

—Falta «formel».

El historiador analizó las letras que quedaban.

—Esa palabra no está.

Ariana vaciló.

—Pero… mire qué curioso —observó ella—. Está *Gott*, «Dios», y también «señor», *Herr*. ¿Lo ve? Hasta se pueden juntar. Queda *Herrgott*.

—¿*Herrgott*? ¿Qué significa eso?

—«Señor.» Es uno de los nombres de Dios.

—Ah —exclamó el historiador—. *Herrgott*. Y con las letras que quedaron fuera, ¿se puede decir algo en alemán?

La iraní cogió el bolígrafo y apuntó las letras que quedaban.

De terrors tight
Herrgott dersit

—Hmm —murmuró ella—. *Herrgott dersit*.

—¿Eso significa algo?

—¿«Dersit»? No. Pero podemos dividir la palabra. Queda «der sit». Y «sit» puede ser…, pues…, *ist*. Así, al menos, tenemos un significado.

—¿Cómo? ¿*Herrgott der ist*?

—No. Al revés.

Ariana rescribió la línea.

Ist der Herrgott

—*Ist der Herrgott*.

—¿Qué diablos quiere decir?

—«Es el Señor.»

El historiador volvió a analizar el poema, con un brillo de fascinación que resplandecía en sus ojos. Acaba de abrir la primera grieta en la pared del acertijo.

—Caramba —exclamó—. Es propiamente un anagrama.

—Miró a la iraní—. ¿Cree que es posible obtener otras palabras alemanas a partir de las líneas restantes?

Ariana cogió el folio y estudió los tres versos que quedaban.

—No lo sé, nunca he hecho esto.

—¿Cuáles son las palabras alemanas más comunes?

—¿Eh?

—¿Cuáles son las palabras alemanas más comunes?

—Qué sé yo…, pues… *und*, por ejemplo, o *ist*.

—Ya tenemos un *ist*. ¿Podrá haber algún *und*?

La iraní analizó todas las letras del poema.

—No, no puede haber *und*. No hay ninguna «u» en el poema.

—¡Caray! —se irritó Tomás, algo desanimado—. ¿E *ist*? ¿Habrá alguno más?

Ariana señaló el cuarto y último verso.

—Aquí está —exclamó.

Cogió el lápiz y subrayó las tres letras.

Chri̱s̱ṯ nite

—Muy bien —dijo Tomás—. Vamos a ver ahora las dos primeras letras de cada palabra. «Chni.» ¿Significa algo?

—No —repuso ella—. Pero…, eh…, déjeme que lo piense: si ordenamos de otro modo las letras queda *nich*. La cuestión es saber si tenemos alguna «t» más. Ya hemos usado una para *ist*.

—Aquí hay otra «t».

—Pues sí. Da *nicht*.

—Estupendo —exclamó el historiador—. Tenemos entonces *ist* y *nicht* en este verso. ¿Qué queda?

—Quedan una «r» y una «e».

—¿«Re»?

—No, espere —exclamó Ariana, entusiasmada—. *Er*. Da *er*.

—¿*Er*? ¿Qué significa eso?

—*Ist er nicht*. ¿No lo ve?

—Lo veo, lo veo. Pero ¿qué significa?

—Quiere decir «él no es».

Tomás cogió el bloc y apuntó las dos frases por debajo del segundo y del cuarto verso.

Terra if fin

De terrous tight
Ist der Herrgott

Sabbath fore

Christ mite
Ist er nicht

—¿Y ahora el resto? —preguntó él—. Vamos a ver el primer y el tercer verso.

Los dos versos sobrevivientes se mostraron increíblemente difíciles de descifrar. Intentaron sucesivas combinaciones, y Ariana tuvo que pedir un diccionario de alemán en la recepción del hotel, como para probar nuevas posibilidades, siempre con Tomás guiándola en la búsqueda. Dejaron el restaurante y volvieron al bar, ambos ensayando palabras, trocando sílabas, cambiando letras, probando diferentes significados.

Al cabo de dos horas agotadoras, sin embargo, la cifra dejó escapar su secreto. El fin de la resistencia comenzó con el descubrimiento de la palabra *aber*, en el tercer verso, lo que les permitió llegar a la formulación final. Con una sonrisa triunfadora, la iraní apuntó en el bloque las cuatro líneas ocultas en el poema cifrado.

Raffiniert
Ist der Herrgott
Aber boshaft
Ist er nicht.

—¿Qué es esto? —preguntó Tomás, para quien el alemán aún guardaba muchos misterios.

—*Raffiniert ist der Herrgott, aber boshaft ist er nicht.*

—Sí, ya me he dado cuenta —dijo él, impaciente—. Pero ¿qué significa?

Ariana se recostó en el sofá, agotada pero llena de un nuevo vigor, consumida por el esfuerzo y excitada por el descubrimiento, sintiendo aquel enorme éxtasis de quien ha escalado la montaña, ha llegado a la cumbre y, reposando en el pico más alto, contempla el mundo con serena admiración. Se pasó la lengua por los labios sensuales y casi sonrió, saboreando la maravillosa frase que Einstein había ocultado en aquel poema misterioso.

—«Sutil es el Señor. Pero no malicioso» —tradujo, con un susurro fascinado.

XIV

*E*l automóvil negro recorrió con cautelosa lentitud las calles desiertas de la ciudad, abandonadas al viento frío que bajaba de las montañas y al manto opaco de la noche silenciosa. Las farolas proyectaban en las aceras una luz amarillenta, fantasmagórica, y el claror luminoso del mar de estrellas disperso en el cielo límpido, como polvo de diamantes que centelleara en la oscuridad, irradiaba una leve claridad sobre el relieve dormido de las Alborz; era una luminosidad muy suave, infinitamente tenue, pero suficiente para dejar percibir la mancha ebúrnea de nieve que cubría las montañas distantes como un velo de seda blanca.

Medianoche en Teherán.

Sentado en el asiento trasero del coche, con la chaqueta abrochada para protegerse del frío, Tomás contemplaba las tiendas, edificios, casas y mezquitas que se sucedían más allá de la ventanilla, con los ojos fijos en las fachadas desnudas y las aceras desiertas, la mente vagando por los contornos de aquella loca aventura a la que se veía arrastrado sin apelación. Encogido en su rincón, no veía cómo frenar el curso de los acontecimientos, se sentía absolutamente impotente, un insignificante náufrago entregado a las aguas revueltas del mar bravío, empujado por una poderosa corriente que no sabía ni podía combatir.

«Debo de estar loco.»

El pensamiento lo martillaba sin parar, obsesivo, casi enfermizo, repitiéndose mientras el automóvil recorría las avenidas, las calles y los barrios de la capital iraní, avanzando siempre, acercándose inexorablemente a su destino, acercándose cada vez más al instante temido, al momento después del cual ya no se podría volver atrás. El punto sin retorno.

«Debo de estar totalmente loco.»

Babak seguía silencioso al volante, con los ojos inquietos yendo de los rincones sombríos de las calles al reflejo reluciente del retrovisor, siempre atento a cualquier movimiento sospechoso que obligase a abortar la operación. La figura maciza de Bagheri se encontraba al lado de Tomás, con los ojos sumergidos en la amplia planta del Ministerio de la Ciencia, estudiando por enésima vez el plan que había delineado los últimos días, pasando revista a los últimos detalles. El hombre de la CIA había venido vestido de negro y le había entregado a Tomás, aún en el hotel, un turbante negro iraní, diciendo que debía usarlo para destacarse menos. Además, lo había obligado a ponerse la ropa más oscura que tuviera, alegando que sólo un loco emprendía un asalto con un atuendo claro sobre su cuerpo. Pero Tomás ya se sentía loco, no había loco más loco que aquel que, sin experiencia ni entrenamiento, aceptaba asaltar un edificio gubernamental con dos desconocidos, en un país de castigos drásticos, para hurtar un documento secreto que tenía graves implicaciones militares.

—¿Nervioso? —preguntó Bagheri, rompiendo el silencio.

Tomás asintió con la cabeza.

—Sí.

—Es natural —sonrió el iraní—. Pero quédese tranquilo, todo irá bien.

—¿Cómo puede estar tan seguro de eso?

Bagheri sacó la cartera del bolsillo, extrajo un billete verde de cien dólares y se lo mostró al historiador.

—Esto tiene mucha fuerza.

El automóvil giró a la izquierda, hizo dos curvas completas más y redujo la velocidad. Babak miró de nuevo por el retrovisor, arrimó el coche a la acera y estacionó entre dos camionetas. El motor se detuvo y se apagaron los faros.

—¿Hemos llegado?

—Sí.

Tomás miró a su alrededor, intentando reconocer el lugar.

—Pero el ministerio no es aquí.

—Sí que lo es —dijo Bagheri, señalando la esquina de enfrente—. Tenemos que ir a pie, está allí, a la derecha.

Se bajaron y sintieron cómo les traspasaba la ropa la brisa helada de la calle. Tomás se puso mejor la chaqueta, se caló el turbante negro en la cabeza, y los tres caminaron por la acera hasta la esquina. Una vez allí, el historiador reconoció al fin la calle y el edificio del otro lado: era, efectivamente, el Ministerio de la Ciencia. Bagheri hizo una seña que implicaba quedarse quietos, él y Tomás; sólo Babak avanzó, cruzando tranquilamente la calle y dirigiéndose al ministerio. El chófer se sumergió en la sombra, junto al puesto del centinela, y se mantuvo oculto durante unos tres minutos. Su rostro delgado y alargado volvió a asomar por fin de la penumbra e hizo un gesto para que los otros dos avanzaran.

—Vamos —ordenó Bagheri en voz baja—. Esté siempre callado, ¿ha oído? Ellos no deben enterarse de que usted es extranjero.

Cruzaron la calle y se acercaron al portón enrejado de la entrada. Tomás sentía las piernas débiles y el estómago oprimido, el corazón sobresaltado, las manos le temblaban y un sudor frío se le escurrió por la frente; pero se repitió para sus adentros que los hombres que lo acompañaban eran profesionales y sabían lo que hacían; en ese pensamiento se refugió para sentir un poco de bienestar.

El portón seguía cerrado, pero Bagheri se metió por una puerta lateral, justo al lado del puesto del centinela, y entró en el perímetro del ministerio. El historiador le siguió los pasos. Babak los esperaba al lado de un soldado iraní, probablemente el centinela, que le hizo una venia a Bagheri. El hombre de la CIA devolvió el saludo, intercambió unas palabras en voz muy baja con Babak; finalmente, el chófer volvió a la calle.

Tomás y Bagheri se quedaron con el soldado, que los condujo por una puerta escondida, posiblemente una entrada de servicio. El soldado abrió la puerta, volvió a hacer una venia, dejó entrar a los dos extraños en el edificio y cerró la puerta. Fue en ese instante cuando Tomás tomó conciencia de que acababa de cruzar la temible frontera invisible.

El punto sin retorno.

—¿Y ahora? —susurró temblorosamente, y su voz resonó en la oscuridad.

—Ahora vamos a la tercera planta —dijo Bagheri—. ¿No es allí dónde guardan el manuscrito?

—Sí, allí está.

—Vamos, entonces.

El iraní encendió una linterna, pero el historiador vaciló.

—¿Y el chófer?

—Babak se quedó en la calle vigilando.

—¿Ah, sí? ¿Y qué ocurre si aparece alguien?

—Si hay algún movimiento sospechoso, pulsa el botón de un emisor especial. Llevo un receptor que suelta enseguida un zumbido. —Giró la linterna hacia la cintura y mostró un aparatito portátil sujeto al cinturón—. ¿Lo ve?

—Sí. Es la alarma, ¿no?

—Sí.

—¿Y si él lo acciona?

Bagheri sonrió.

—Tendremos que huir, claro.

Los dos exploraron el lugar con cautelosa lentitud, Bagheri iluminando todo el tiempo con la linterna que, apuntada hacia delante, lanzaba una claridad circular en las profundas tinieblas del edificio, y la luz proyectaba sombras aterradoras en las paredes y en el suelo de mármol pulido. Enfilaron por un pasillo y fueron a dar al *hall* central, dominado por una imponente escalinata. Había ascensores al lado, pero Bagheri prefirió ir por la escalera, no quería provocar ruidos ni encender luces que no pudiese controlar.

Llegaron a la tercera planta, y el iraní se asomó al pasillo de la derecha.

—Es por allí, ¿no? —preguntó.

—Sí.

Bagheri le hizo una seña a Tomás para que pasase adelante y el historiador dirigió el trayecto. Las cosas a oscuras eran muy diferentes de las vistas a la luz del día, pero, a pesar de las extrañas circunstancias, el portugués logró reconocer el lugar. A la izquierda estaba la puerta que daba a la sala de reuniones, donde le habían mostrado el manuscrito. Abrió la puerta y confirmó que ése era el sitio, allí se encontraban la mesa larga, las sillas, los tiestos y los armarios empotrados, los inquilinos silenciosos de aquel cubículo quieto y sombrío. Miró entonces hacia la derecha, hacia el lugar donde se situaba el compartimiento del que había visto salir a Ariana con la vieja caja del documento en las manos.

—Es allí —dijo, señalando la puerta de esa sala.

Bagheri se acercó a la puerta y la tocó con la punta de los dedos de la mano abierta.

—¿Aquí?

—Sí.

El iraní movió el picaporte, pero la puerta no se abrió. Como era previsible, estaba cerrada. Además, la puerta no era de madera, como las demás, sino metálica, lo que daba el indicio de que contenía un dispositivo especial de seguridad.

—¿Y ahora? —preguntó Tomás.

Bagheri no respondió de inmediato. Se inclinó y analizó la cerradura con cuidado; acercó la luz al cerrojo metálico. Después se acuclilló y abrió la bolsa oscura donde guardaba las herramientas.

—No hay problema —se limitó a decir.

Sacó un instrumento metálico y puntiagudo y lo encajó despacio en el cerrojo. Se colocó en los oídos una especie de estetoscopio, cuyo cable conducía a un auricular muy sensible, apoyó el auricular en la cerradura y se quedó, con la lengua asomando por la comisura de los labios y los ojos sin brillo, absortos y concentrados, oyendo los *clics* del instrumento dentro del cerrojo. El ejercicio se prolongó durante unos minutos sin fin. Al cabo de un tiempo, Bagheri retiró el instrumento del cerrojo y buscó otro en la bolsa. Sacó de allí lo que parecía ser un hilo metálico, muy flexible, y lo metió por el agujerito de la cerradura, repitiendo el movimiento anterior.

—¿Y? —susurró Tomás, ansioso por irse de allí—. ¿No lo consigue?

—Un momento.

El iraní volvió a poner el auricular en la cerradura, siguiendo con infinita atención el recorrido del hilo metálico. Se oyeron unos *clics* más, tal vez tres, y un *clac* final.

La puerta metálica se abrió.

—Ábrete, Sésamo —bromeó el historiador.

Bagheri le guiñó el ojo.

—Y yo soy Alí Babá.

Entraron en el compartimento. El iraní proyectó el foco de la linterna en el recinto. Era un despacho pequeño, ricamente decorado con maderas exóticas adosadas a las paredes y al techo. Enclavado en la pared del fondo, sobre unos tiestos con plantas, había un cofre gris, cuya cerradura estaba protegida por un sistema circular de código.

—El manuscrito debe de estar allí —observó Tomás—. ¿Cree que podrá abrir el cofre?

Bagheri se acercó al cofre y observó la cerradura con atención.

—No hay problema —se limitó a decir.

Volvió a colocarse el estetoscopio en los oídos y a oír el ruido del cerrojo del cofre, pero esta vez utilizó instrumentos diferentes, como pequeñas máquinas muy complejas, de gran tecnología. Una de ellas incorporaba un ordenador; en otra se veían esferas en una pequeña pantalla de plasma en la que brillaban guarismos de color ámbar.

Bagheri colocó la broca de un taladro eléctrico en el dispositivo secreto del cofre y estableció otras conexiones con el ordenador. Marcó letras y números en un teclado minúsculo e intentó soluciones diferentes hasta que, al cabo de unos minutos, se apagó una luz roja en la pantalla de plasma y la sustituyó una verde. El secreto del cofre giró como si hubiese ganado vida, emitiendo el sonido dentado de una rotación metálica. Luego se oyó un chasquido seco.

La puerta del cofre se soltó.

Sin pronunciar palabra, Bagheri abrió la puerta y apuntó hacia el cofre con la linterna, iluminando el interior. Tomás observó por encima del hombro del iraní y reconoció la caja de aspecto gastado, envejecida por el tiempo, que se encontraba situada en el centro del refugio fortificado.

—Es eso —dijo.

—¿La caja?

—Sí.

Bagheri estiró los brazos dentro del cofre y sacó la caja del interior. La cogió como si contuviese una reliquia divina, un tesoro que podría deshacerse con el menor gesto brusco, y la apoyó suavemente en el suelo.

—¿Y ahora? —preguntó el iraní, vacilante, con las manos en jarras.

—Vamos a comprobar lo que hay —dijo Tomás, inclinándose hacia la caja.

Sacó la tapa con cuidado y le hizo una seña a Bagheri para que acercara la linterna. El foco de luz inundó el interior de la caja, con lo que reveló las hojas amarillentas del viejo manuscrito. Tomás se inclinó, centró la mirada y confirmó el título y el poema que aparecían en el primer folio de papel cuadriculado. Las palabras surgieron tenues, extrañamente familiares, pero también singularmente misteriosas; éstos, lo sabía con emoción apenas contenida, eran los folios originales, las páginas mecanografiadas por el propio Einstein, el testimonio perdido de otra época. Sumergidos en un fino velo de polvo, los papeles gastados y carcomidos por los años exhalaban un antiguo perfume, el aroma arcano de un tiempo ya hace mucho transcurrido.

DIE GOTTESFORMEL

Terra if fin
De terrors tight
Sabbath fore
Christ nite

A. Einstein

—¿Es esto? —preguntó Bagheri.

—Sí.

—¿Está seguro?

—Absolutamente —repuso Tomás—. Fue exactamente éste el...

Zzzzzzzzzzzzz.

Los dos se quedaron paralizados, con la respiración suspendida, los ojos muy abiertos, la atención alerta. La primera reacción fue de sorpresa, intentaron frenéticamente entender qué era aquello, qué ruido era aquél, qué significado tenía ese sonido inesperado, y volvieron ambos la cabeza hacia la fuente del ruido.

Zzzzzzzzzzzzz.

Era el cinturón.

El zumbido venía del cinturón de Bagheri. Peor aún, venía del receptor guardado en el cinturón de Bagheri. El receptor. El mismo receptor que estaba sintonizado con la señal del emisor de Babak. El mismo receptor que les traía noticias del mundo exterior. El mismo receptor que sólo zumbaría en caso de algo muy grave.

Abrieron aún más los ojos, pero esta vez no fue de sorpresa. Fue de algo más aterrador, mucho más pavoroso, infinitamente temible. Fue de comprensión.

Fue de horror.

—¡La alarma!

XV

$\mathcal{U}$na increíble parafernalia de luces llenaba el patio del ministerio; parecía haberse montado allí una animada feria; eran los focos blancos de los faros de los automóviles y de los proyectores, junto con las intermitencias rotativas anaranjadas de los coches de la Policía. Se veía a gente corriendo por todas partes, se gritaban órdenes, era evidente que aquellos hombres acababan de llegar deprisa y tomaban posición, unos con pistola, otros con escopeta, algunos con armas automáticas. Dos camiones con lonas verdes se acercaron a la calle en ese instante, y de la caja empezaron a salir soldados con uniforme de camuflaje, cuando aún los vehículos no se habían inmovilizado por completo.

Paralizados en la ventana de la sala de reuniones, a la que habían corrido después de oír la alarma lanzada por Babak, Tomás y Bagheri observaban la escena con estupefacción, primero incrédulos, casi hipnotizados, después asustados: se desarrollaba ante ellos el peor de todos los escenarios, la mayor de todas las pesadillas.

Habían detectado su presencia.

—¿Y ahora? —murmuró Tomás, sintiendo que el pánico le crecía en las entrañas.

—Tenemos que huir —dijo Bagheri.

Sin perder más tiempo, el enorme iraní dio media vuelta y abandonó la sala, arrastrando al historiador. Avanzaron a oscuras, no atreviéndose a encender la linterna, tanteando las paredes, tropezando con obstáculos, chocándose con muebles, torpes y desmadejados. Tomás corría con la caja del manuscrito sujeta entre sus manos, Bagheri iba con la bolsa de las herramientas en bandolera.

—Mossa —llamó el portugués—. ¿Adónde vamos a huir?

—Existe una puerta en la parte trasera de la planta baja con acceso a la calle. Vamos para allá.

—¿Cómo lo sabe?

—La he visto en el plano.

Llegaron a la escalinata central y empezaron a bajar a la carrera, casi en tropel, no había tiempo que perder, era necesario llegar a esa salida de emergencia, alcanzarla cuanto antes, llegar allí cuando aún no se hubiera completado el cerco al edificio. En el tramo que conducía al primer piso, sin embargo, oyeron ruidos y se detuvieron. Los sonidos venían de la planta baja.

Eran voces.

Los iraníes ya habían entrado en el edificio y se disponían a la búsqueda. Los dos comprendieron enseguida, invadidos por un terror indescriptible, el grave significado de este inesperado vuelco. La presencia de policías y soldados en la planta baja quería decir que estaba cortada la vía de escape.

Cortada.

No había escapatoria. El cerco se cerraba más deprisa de lo que creían posible, los iraníes se acercaban rápido y se hacía cada vez más claro que los dos intrusos serían capturados en cualquier momento.

Luz.

En ese instante, las luces se encendieron en todo el edificio y el terror se transformó en pánico absoluto. Aún inmóviles en la escalinata, miraron frenéticamente alrededor, desorientados, buscando caminos alternativos, esperanzados en una nueva salida, una puerta, un hueco, cualquier cosa. Cualquier cosa. Oyeron ruidos e intercambio de voces allí abajo: eran los iraníes que apretaban el cerco, comenzaban a subir los escalones y lo hacían a paso acelerado.

Decidido a no dejarse atrapar, Bagheri agarró a Tomás por el brazo y retrocedió hasta el segundo piso, ahora totalmente iluminado. Se metieron por un pasillo, intentando desesperadamente encontrar las escaleras de emergencia: era su último recurso.

—*Ist!*

El grito con la orden de parar tronó detrás, en algún punto al fondo del pasillo, emitido por una voz ronca, gutural, pero lo

175

bastante clara para entender allí, en ese mismo instante, que acababa de ocurrir lo inevitable.

Los habían localizado.

—*Iiiiiiist!*

Corrieron por el pasillo y abrieron una puerta metálica al fondo. Era, en efecto, la escalera de emergencia, una construcción de aluminio en caracol. Bagheri se aferró al pasamanos y bajó veloz los primeros escalones, Tomás tras él con las piernas flojas del miedo, pero pararon al oír ruidos martillados abajo y nuevos gritos: eran hombres que subían apresuradamente por aquellas mismas escaleras.

También esta salida estaba cortada.

Dieron media vuelta y subieron de nuevo a la segunda planta, pero no regresaron al mismo pasillo, previendo que estaría ahora ocupado por los hombres que ya los habían visto. En vez de eso, optaron por seguir subiendo hasta la tercera planta. Se internaron por el mismo pasillo de la sala donde estuvo guardado el manuscrito y vieron surgir guardias al fondo, a la carrera.

—*Ist!* —gritaron los hombres armados, ordenándoles una vez más que se detuviesen.

Bagheri alcanzó la puerta de la sala de reuniones y forzó la entrada, siempre seguido por Tomás. El historiador, jadeante por el esfuerzo, dejó la caja con el manuscrito encima de la mesa larga y se dejó caer en una silla, postrado por el cansancio y la desesperación.

—No sirve de nada —exclamó entre dos bocanadas de aire—. Nos van a atrapar.

—Eso aún está por verse —respondió Bagheri.

El enorme iraní abrió apresuradamente la bolsa de las herramientas y sacó de allí lo que en principio parecía ser un nuevo instrumento. Con las luces encendidas por todas partes, Tomás reconoció, aterrado, el objeto que tenía Bagheri en la mano.

Una pistola.

—¿Usted está loco?

Bagheri se asomó por la entrada, puso el brazo fuera de la puerta, apuntó al fondo del pasillo, a la derecha, y abrió fuego.

Crac.

Crac.

Sonaron dos disparos de pistola.

—Le he dado a uno —comentó el iraní con una sonrisa de desdén, después de comprobar el efecto de los tiros.

Tomás no quería creer lo que estaba ocurriendo.

—¡Mossa! —gritó—. ¡Se ha vuelto loco!

Bagheri sintió un movimiento a la izquierda y se giró deprisa, apuntando al otro lado del pasillo, hacia las escaleras de emergencia desde donde ambos habían salido con los iraníes persiguiéndolos.

Crac.

Crac.

Crac.

Un gemido y el sonido estruendoso de una caída le confirmó a Tomás que los tres nuevos disparos de su compañero habían abatido por lo menos a un iraní más.

—Dos muertos más —farfulló Bagheri, después de comprobar el resultado de los últimos tiros. Al final habían sido dos—. Ya van tres.

—Mossa, oiga —imploró Tomás—. Ahora nos van a acusar también de homicidio. ¡Está empeorando aún más la situación!

Bagheri lo miró de reojo.

—Usted no conoce este país —comentó con firmeza—. Lo más grave es que nos hayan sorprendido haciendo lo que estábamos haciendo. Matar a unos tipos no es nada al lado de eso.

—No importa —replicó el historiador—. Matar a unos cuantos no va a ayudar en absoluto.

El iraní se asomó de nuevo al pasillo y, sintiendo que los perseguidores habían retrocedido al toparse con resistencia, buscó la bolsa de las herramientas en el suelo y la atrajo hacia sí. Con la mano derecha empuñaba la pistola, mientras que con la izquierda palpaba el interior de la bolsa.

—No nos van a coger —insistió con un rechinar de dientes.

La mano se inmovilizó dentro de la bolsa al haber encontrado, supuestamente, lo que buscaba. Después de una breve pausa en los movimientos, elevó el brazo y reapareció la mano con dos objetos blancos. Tomás se inclinó para intentar ver si aquello era realmente lo que suponía.

Jeringuillas.

—¿Qué es eso? —preguntó con una expresión desconfiada en los ojos.

—*Potassium chloride*.

—¿Qué?

—Es una solución de potasio.

—¿Y para qué es?

—Para que se la inyecte.

Tomás hizo un gesto de sorpresa y se llevó la mano al pecho.

—¿Para que me inyecte? ¿Para qué?

—Para que no nos cojan vivos.

—Usted está loco.

—La locura es dejar que nos cojan vivos.

—Usted está loco.

—Nos torturarán hasta la muerte —explicó Bagheri—. Van a torturarnos hasta que lo confesemos todo y después, de todos modos, nos matarán. Más vale que acabemos ya.

—Tal vez no nos maten.

—No tengo dudas de que nos matarán, pero eso no interesa —repuso el iraní, mostrando las jeringuillas—. Son órdenes de Langley.

—¿Cómo?

—Langley me ha dado instrucciones para que, en caso de ser descubiertos, no dejemos que nos cojan vivos. Las consecuencias para la seguridad serían incalculables.

—Me importa un bledo.

—Lo que a usted le importe o no, a mí, no me interesa en absoluto. Un buen agente tiene que entender que, a veces, necesita sacrificarse en favor de un bien común.

—Yo no soy agente de nadie. Yo soy…

—Usted, en este momento, es agente de la CIA —interrumpió Bagheri, esforzándose por no elevar la voz—. Lo quiera o no, está comprometido en una misión de gran importancia y tiene conocimientos que, si se compartieran con Irán, crearían un grave problema para Estados Unidos y aumentarían la inseguridad internacional. No podemos permitir que eso ocurra, ¿entiende? —Hizo un gesto señalando el pasillo—. No nos deben coger vivos.

El historiador clavó los ojos en las jeringuillas y sacudió la cabeza.

—Yo no me voy a inyectar nada de eso.

Bagheri giró la pistola y, siempre con el otro brazo estirado extendiéndole las jeringuillas, hizo un gesto frente a Tomás.

—Claro que sí. Y deprisa.

—No. No soy capaz.

El iraní le apuntó a la cabeza con la pistola.

—Óigame bien —dijo—. Tenemos dos maneras de hacerlo. —Volvió a señalar las jeringuillas—. Una es que se inyecte este líquido. Le prometo una muerte serena. El *potassium chloride*, cuando entra en la circulación sanguínea, hace parar inmediatamente el músculo del corazón. Es la solución de la que se valen los médicos para poner fin a la vida de enfermos terminales y a la que algunos estados norteamericanos recurren para ejecutar a los condenados a muerte. Como ve, no sufrirá. —Hizo girar entonces la pistola—. La otra es que le pegue dos tiros. Tampoco sufrirá mucho, pero es un método más brutal. Además, quería ahorrar las dos balas para acabar con uno más de los cabrones que nos están rodeando. —Hizo una pausa—. ¿Ha entendido?

Los ojos de Tomás se movieron de una a otra de las opciones. Las jeringuillas y la pistola. Las jeringuillas y la pistola. Las jeringuillas y la pistola.

—Yo…, eh…, a ver…

Comenzó a intentar ganar tiempo: ninguna de las soluciones le interesaba. Además no las concebía como soluciones. Él era un profesor de Historia, no un agente de la CIA; tenía la esperanza, casi la certidumbre, de que, hablando, los iraníes lo entenderían.

—¿Y?

—Pues… no…, no sé…

Bagheri estiró más el brazo con la pistola, apuntando firmemente el cañón a los ojos del historiador.

—Ya me he dado cuenta de que soy yo quien tiene que decidir esto.

—No, no, espere —imploró Tomás—. Deme la jeringuilla.

Bagheri le alcanzó una jeringuilla a Tomás y guardó la otra en el bolsillo, que se reservaría para él mismo.

—Inyéctese eso —dijo—. Ya verá que no cuesta nada.

Con los dedos temblando de nervios, casi en medio de una

convulsión de horror, Tomás cogió el plástico que sellaba la jeringuilla y lo arrancó suavemente, sin rasgarlo.

—Esto…, esto es difícil.

—Hágalo ya.

Las manos temblorosas volvieron a intentar rasgar el plástico, pero siempre sin convicción ni voluntad, por lo que el plástico se mantuvo una vez más intacto.

—No puedo.

Bagheri hizo un gesto impaciente con la mano izquierda.

—Démela.

Tomás le devolvió la jeringuilla. Bagheri arrancó el plástico con los dientes, sacó la jeringuilla, escupió el plástico en el suelo, colocó la aguja, alzó la jeringuilla y lanzó un pequeño chorro al aire.

—Ya está —dijo—. Prefiere que se lo inyecte yo, ¿no?

—No, no. Yo…, yo mismo lo haré.

Bagheri le dio de nuevo la jeringuilla.

—Vamos, hágalo de una vez.

Siempre muy despacio, con las manos agitándose en una loca convulsión nerviosa, Tomás cogió la jeringuilla, la puso a su lado, se arremangó la manga de la chaqueta para exponer el brazo, volvió a cubrirse, repitió el gesto en el otro brazo y sacudió la cabeza.

—No sé hacerlo —dijo.

Bagheri se acercó.

—Yo lo hago.

—No, no. Deje, yo mismo lo haré.

El enorme iraní cogió la jeringuilla apoyada en el suelo.

—Ya me he dado cuenta de que no hará nada —refunfuñó—. Yo es que…

Un súbito ruido en el pasillo lo hizo volverse hacia la puerta, con la pistola en ristre. Dos figuras aparecieron en ese instante seguidas de otras, y cayeron encima de Bagheri, que ya tenía el arma preparada.

Crac.

Crac.

Crac.

Los iraníes se abalanzaban unos detrás de otros, todos sobre Bagheri, vociferando, mientras Tomás se arrastraba por el suelo hacia el fondo de la sala, intentando escapar de aquella tremenda confusión. Irrumpieron más hombres en la sala, todos armados con AK 47. Gritando órdenes, apuntaron con las armas automáticas al historiador.

Despacio, lleno de vacilaciones, con la mirada traspasada por el horror y a la vez el alivio, Tomás levantó los brazos.

—Me rindo.

XVI

La venda en los ojos no dejaba ver nada a Tomás, salvo un haz de luz que venía de abajo, pero sintió calor y oyó nuevas voces en un ambiente cerrado, y se dio cuenta de que lo arrastraban hacia el interior de un edificio. Unos brazos poderosos tiraban de él por puertas, escaleras y pasillos, con las manos siempre esposadas en la espalda; por fin, después de mucho tropezar en la oscuridad, mero juguete en manos de desconocidos, lo empujaron hacia una sala y lo hicieron sentar en un asiento de madera. Unos hombres invisibles hablaban en un parsi agitado, hasta que una voz le preguntó en inglés.

—*Passport?*

Sin posibilidad de mover las manos, Tomás bajó la cabeza y tocó con el mentón el lado izquierdo del pecho.

—Está aquí.

Una mano se introdujo en el bolsillo interior de la chaqueta y sacó los documentos. La algazara proseguía alrededor, pero un característico sonido metálico, como de martilleo, que no oía desde hacía tiempo, le indicó que alguien llenaba un formulario con una vieja máquina de escribir.

—¿En qué hotel se aloja? —preguntó la misma voz.

Se hizo silencio en la sala, todos parecían tener de repente curiosidad en saber algo más sobre el hombre que acababa de ser detenido.

A Tomás le extrañó la pregunta. Si le preguntaban en qué hotel se encontraba, era porque aún no lo habían identificado ni habían entendido lo que Bagheri y él pretendían realmente hacer en el ministerio. Tal vez existiese la posibilidad de convencerlos de que todo aquello no era más que un gran equívoco.

—Estoy en el Simorgh.

Teclearon algo en la máquina de escribir, posiblemente esta respuesta.

—¿Qué está haciendo en Irán?

—Estoy trabajando en un proyecto.

—¿Qué proyecto?

—Un proyecto secreto.

—¿Qué proyecto secreto?

—Un proyecto con el Gobierno iraní.

La voz hizo una pausa, valorando esta respuesta.

—Con el Gobierno iraní, ¿eh? ¿Quién en el Gobierno iraní?

—El Ministerio de la Ciencia.

Nuevo martilleo de la máquina de escribir.

—¿Qué estaba haciendo en la sala K?

—Trabajando.

—¿Trabajando? ¿A la una de la mañana? ¿Y entrando en la sala K sin autorización?

—Necesitaba ir a ver unas cosas.

—¿Por qué no abrió la puerta con su propia llave? Si tenía autorización, ¿por qué no desactivó la alarma?

—Había alarma, ¿no?

—Claro que la había. La puerta de la sala K está protegida por un sistema de alarma que comunica con las fuerzas de seguridad. ¿Cómo piensa usted que supimos nosotros que allí había intrusos? Si hubiese usado su propia llave, el sistema se habría desactivado automáticamente.

—Tenía urgencia en comprobar unas cosas, ¿qué quiere? No tenía la llave a mano.

—Si así era, ¿por qué razón abrieron fuego contra nosotros?

—No fui yo quien disparó. Fue el otro. Creyó que ustedes eran asaltantes.

—Bien, ya veremos si es así —dijo la voz.

Se oyeron unas órdenes en parsi, alguien hizo levantar a Tomás de la silla y se lo llevó a otra sala. Le quitaron la venda y las esposas y el historiador comprobó que se encontraba en lo que parecía ser un estudio muy iluminado. Había una cámara fotográfica montada frente a él y dos focos de luz encendidos encima. Un hombre, detrás de la cámara, le hizo una seña para que mirase la lente y le tomó una fotografía. La acción se repitió después de perfil, el izquierdo y el derecho. Cuando el fotógrafo dio por acabado su trabajo, empujaron a Tomás hasta un mostrador donde lo obligaron a dejar sus huellas digitales, con los dedos entintados, en un formulario.

A continuación lo llevaron a un vestuario contiguo al estudio.

—Quítese la ropa —ordenó un hombre.

Tomás se quitó la ropa hasta quedarse desnudo, tiritando de frío, con los pelos erizados y los brazos que rodeaban su propio cuerpo en un esfuerzo por calentarse. El iraní cogió la ropa, la colocó en una caja y tomó lo que parecía ser un pijama muy gastado, a rayas, hecho con un tejido áspero, de mala calidad.

—Póngase esto —le ordenó el mismo hombre.

Ansioso por algo que lo protegiese del frío, el portugués obedeció enseguida. Una vez vestido con toda la ropa de prisionero, despojado de su individualidad, se miró y, venciendo el sentimiento de menoscabo y desesperación que lo ponía al borde de las lágrimas, no pudo evitar sentirse un auténtico golfo apandador.

Pasó las primeras veinticuatro horas en una celda inmunda, húmeda y con un inodoro colectivo, en la que se apiñaban cuatro presos más, todos iraníes. Tres de ellos sólo hablaban parsi, pero el cuarto, un viejo de gafas redondas y aspecto esmirriado, se comunicaba fluidamente en inglés. Dejó a Tomás llorando solo la primera hora en que estuvo en la celda, pero después, cuando se calmaron los nervios del historiador, se acercó y le puso la mano en el hombro.

—La primera vez es siempre la más difícil —le dijo con una voz suave y confortadora—. ¿Es su primera vez?

Tomás se pasó la mano por la cara y balanceó afirmativamente la cabeza.

—Sí.

—Ah, es terrible —insistió el viejo—. La primera vez lloré durante dos días. Me dio una vergüenza muy grande, me sentía como un vulgar ladrón. Yo, un profesor de Literatura en la Universidad de Teherán.

El historiador lo miró sorprendido.

—¿Usted es profesor universitario?

—Sí. Me llamo Parsa Jani, doy clases de literatura inglesa.

—¿Y por qué está aquí?

—Oh, por lo de siempre. Me acusan de estar al servicio de periódicos prorreformistas, de hablar mal de Jomeini y de apoyar al antiguo presidente Jatami.

—¿Eso es un crimen?

El viejo se encogió de hombros.

—Los fanáticos opinan que sí. —Se acomodó las gafas—. La primera vez no me trajeron aquí, ¿sabe?

—¿Aquí dónde?

—A esta cárcel. La primera vez no fue en Evin.

—¿Erin?

—Evin —corrigió Parsa—. Ésta es la cárcel de Evin, ¿no lo sabía?

—No. ¿Esta localidad se llama Evin?

El iraní se rio.

—No, no. Éste es el presidio de Evin, en el norte de Teherán. Es un presidio muy temido. Lo hizo construir el Sah en los años setenta y lo controlaba su Policía secreta, la SAVAK. Cuando se produjo la Revolución islámica, en 1979, la prisión pasó formalmente a las manos del Gabinete Nacional de Prisiones. Pero sólo formalmente. Ahora se ha transformado en una especie de ONU de los distintos poderes en Irán. La autoridad judicial controla la Sección 240 de la cárcel; la Guardia Revolucionaria controla la Sección 325; y el Ministerio de Informaciones y Seguridad manda en la Sección 209. Para colmo, todos compiten entre sí y a veces incluso interrogan a prisioneros propios y ajenos: es un caos que nadie entiende.

—¿En qué ala estamos nosotros?

—Estamos en un ala mixta. A mí me detuvieron los imbéciles de la Guardia Revolucionaria, y son ellos los que me mantienen aquí. ¿A usted quiénes lo detuvieron?

—No lo sé.

—¿Y por qué lo han traído aquí?

—Me encontraron en el Ministerio de la Ciencia por la noche. Todo ha sido una gran equivocación, espero que me liberen pronto.

—¿En el Ministerio? No sería por espionaje, ¿no?

—Claro que no.

Parsa hizo una mueca con la boca.

185

—Hmm, eso me huele entonces a delito común —consideró—. Si así fuere, pienso que usted está aquí bajo la tutela de la autoridad judicial.

Tomás se puso mejor la camisa del uniforme de presidiario, buscando más calor.

—¿Cree que me dejarán contactar con una embajada de la Unión Europea?

El viejo volvió a reírse, pero sin humor.

—Si la suerte lo acompaña, sí —exclamó—. Pero sólo después de exprimirlo bien.

—¿A qué se refiere con eso de «exprimirlo bien»?

El iraní suspiró, con la mirada cansada.

—Oiga, señor…, pues…

—Tomás.

—Oiga, señor Tomás. A usted lo han traído a la cárcel de Evin, uno de los sitios más desagradables de Irán. ¿Tiene alguna idea de lo que ocurre aquí?

—Pues… no.

—Para darle una idea, puedo decirle que mi primer paso por Evin se inauguró con una sesión de bofetadas. Pronto aprendí que apenas se trataba de un ligero tratamiento introductorio, porque después me dieron una ración de *chicken kebab*. ¿Usted sabe qué es el *chicken kebab*?

—No.

—¿Nunca ha comido kebab en un restaurante iraní, señor Tomás?

—Ah, sí —reconoció el historiador—. Kebab. Es esa especie de bocadillo. Vaya, ya estoy harto de comerlo…

—Aquí también sirven *chicken kebab*.

—¿Ah, sí?

—Sí. Ocurre que en Evin el *chicken kebab* no es lo que se dice una delicia gastronómica. Es el nombre que le dan a un método de interrogatorio.

—Ah.

—Primero nos aherrojan los tobillos y nos atan las manos; después colocan las muñecas sobre los tobillos y pasan una enorme barra de metal entre los hombros y la parte de atrás de las rodillas, de manera que quedamos casi en posición fetal. Levantan la barra, la enganchan en un sitio alto y quedamos colgados, todos torcidos, como un pollo asado. Y después nos golpean.

Tomás esbozó una mueca de horror.

—¿A usted le hicieron eso?

—Sí, me lo hicieron.

—¿Por criticar al presidente?

—No, no. Por defender al presidente.

—¿Por defender al presidente?

—Sí. Jatami era en aquel momento el presidente y pretendía llevar adelante reformas que pusiesen fin a las exageraciones de esos fanáticos religiosos, esos locos que atormentan nuestras vidas día a día y hacen exaltación de la ignorancia.

—¿Y el presidente no puede liberarlo?

Parsa meneó la cabeza.

—El presidente ya no es el mismo, ahora hay en su lugar un radical. Pero nada de eso importa. La gran verdad es que, cuando ocupaba la presidencia, Jatami no tenía ningún poder sobre estos imbéciles. Yo sé que parece una locura, pero así es como funcionan las cosas en este país. Esto no es como Irak, ¿sabe?, donde mandaba Saddam y todos agachaban la cabeza. Aquí es diferente. Mire, en el 2003, por ejemplo, el presidente Jatami ordenó una inspección de este presidio. Vinieron sus hombres de confianza e intentaron visitar la Sección 209. ¿Sabe lo que ocurrió? ¿Lo sabe?

—No.

—Los tipos del Ministerio de Informaciones y Seguridad no los dejaron entrar.

—¿No los dejaron?

—No.

—¿Y qué hicieron los hombres del presidente?

—¿Qué iban a hacer? Se marcharon con el rabo entre las piernas, claro. —Hizo un gesto resignado—. Para que vea quién manda en este país.

—Increíble.

—Aquí en Evin se producen las cosas más increíbles y nadie puede hacer nada.

—Como esa tortura a la que lo sometieron.

—Sí, el *chicken kebab*. Pero hay más. Una vez me pusieron en el carrusel. ¿Sabe qué es el carrusel?

—No.

—Me ataron boca arriba a una cama en forma de «Y». Después la hicieron girar a gran velocidad y, mientras cantaban, me golpeaban por todas partes. —Respiró hondo—. Vomité toda la cena.

—Qué espanto.

El viejo señaló a uno de los compañeros de celda, un muchacho huesudo, con grandes ojeras.

—Faramarz pasó por una situación tremenda —dijo—. Lo colgaron por los pies en el techo de una sala, le pusieron un peso en los testículos y lo dejaron suspendido allí durante tres horas, siempre cabeza abajo.

Tomás observó, horrorizado, el aspecto enfermizo de Faramarz.

—¿Cree…, cree que pueden hacerme lo mismo?

Parsa se acomodó en el suelo.

—Depende de lo que consideren que estaba haciendo usted en el Ministerio de la Ciencia —indicó, pasándose la lengua por los labios finos—. Si juzgan que estaba robando, tal vez le partan las manos a golpes y después lo condenen a unos años de prisión. Si juzgan que estaba cometiendo espionaje…, bueno, no quiero ni imaginarlo.

El historiador sintió que un terrible escalofrío le recorría el cuerpo y se preguntó si, al fin y al cabo, no habría sido mejor valerse de la jeringuilla que le había ofrecido Bagheri.

—Aun siendo extranjero, eso no…

—Sobre todo siendo extranjero —interrumpió Parsa—. Y de algo estoy seguro —señaló a su interlocutor—: usted no escapará a la peor de las torturas.

Tomás sintió que se le oprimía el corazón.

—¿Le parece?

—Todos pasan por ella. Es la más eficaz.

—¿Y cuál…, cuál es?

—El cajón.

—¿Cómo?

—Unos lo llaman cajón; otros, la tortura blanca. Sea quien fuere el hombre, acabará cediendo. Todos ceden. Unos resisten tres días, otros aguantan tres meses, pero todos acaban confesándolo todo. Y si no confiesan aquí, en Evin, los mandan a la Prisión 59, que es mucho peor. Al final, todos los presos acaban confesando. Confiesan lo que hicieron, confiesan lo que les gustaría haber hecho y confiesan lo que no hicieron. Confiesan lo que ellos quieren que confiesen.

—Y…, y… ¿qué nos hacen ellos?

—¿Dónde?

—En ese cajón.

—¿En el cajón? Nada.

—¿Eh?

—Nada.

—¿No nos hacen nada? No lo entiendo.

—El cajón es una celda solitaria. Parece un cajón. Imagine lo que es vivir días y días en un recinto muy pequeño, casi del tamaño de un cajón, sin hablar con nadie ni oír ruido alguno. Así descrito, no parece nada especial, ¿no? Sobre todo si se lo compara con el carrusel o el *chicken kebab*. Pero vivir eso… —Sacudió la mano—. ¡Uf!

—¿Es realmente tan terrible?

—Es de locos. Los cajones funcionan en las secciones, pero, como le he dicho, los peores no son los de Evin. Los peores son los de los centros de detención.

—¿Centros de detención?

—Los periódicos los llaman *nahadeh movazi*, o instituciones paralelas. Son tan clandestinas que ni siquiera están previstas por la ley, aunque se las mencione en la prensa y hasta en el parlamento. Pertenecen a las milicias *basiji*, al Ansar-e Hizbollah o a los diferentes servicios secretos. No se las identifica como prisiones, no registran los nombres de los prisioneros ni las autoridades gubernamentales tienen acceso a información sobre su presupuesto y organización. Los diputados y el presidente Jatami intentaron acabar con las *nahadeh mozavi*, pero no lo consiguieron.

—¿Cómo es posible?

Parsa alzó los ojos, como si dirigiese la pregunta a una entidad divina.

—Sólo en Irán, querido amigo —declaró—. Sólo en Irán.

—¿Usted ya ha estado en uno de esos sitios?

—Claro que sí. A decir verdad, la primera vez que me detuvieron no me trajeron aquí, a Evin, ¿sabe? Fui derechito a la Prisión 59.

—Ah, es una prisión.

—La llamamos Prisión 59 o *eshraat abad*, pero no está registrada como prisión. Es la más famosa de las *nahadeh mozavi*.

—¿Está en Teherán?

—Sí, la Prisión 59 se encuentra en un complejo situado en la avenida Valiasr y la controla la *Sepah*, los servicios de información de la Guardia Revolucionaria. Los cajones de este centro de detención son los peores de todos. Al lado de ellos, los de Evin resultan viviendas de lujo. No se puede imaginar cómo son. Se enloquece en una sola noche.

Casi sin querer, Tomás intentaba verse a sí mismo, se imaginaba a cada instante viviendo cada una de esas situaciones.

—¿Ellos…, ellos suelen meter a extranjeros en ese sitio? —preguntó con miedo.

—Meten allí a quien se les antoja. Quien entra en la Prisión 59 es como si dejase de existir. En Evin aún hay un registro de los prisioneros. Ahí no hay ningún registro. Una persona entra y después puede reaparecer o desaparecer para siempre: allí nadie rinde cuentas.

—Ya veo.

—De modo que sólo tengo un consejo que darle.

Se hizo una pausa.

—¿Cuál es?

—Si tiene que confesar algo, confiéselo de entrada —dijo el viejo, con la voz cansada—. ¿Ha oído?

—Sí.

—Se ahorrará mucho sufrimiento.

Encerrado en aquella celda inmunda, con el aire impregnado de una mezcla asquerosa de olores a moho, a orina y a heces, Tomás se pasó toda la noche y la mañana siguiente decidiendo qué diría y qué no diría cuando lo interrogasen. Le parecía evidente que jamás podría confesar que estaba trabajando para la CIA: tal revelación sería equivalente a la firma de su sentencia de muerte.

No pudiendo, por tanto, exponer la verdad, se quedaba con el gran problema de explicar lo inexplicable, es decir, justificar el forzamiento del cofre y la presencia de Bagheri a su lado. Cuando lo capturaron, el historiador se quedó con la impresión de que habían matado a su compañero iraní, pero no pudo confirmarlo, y siempre corría el riesgo de que Bagheri estuviese vivo y presentase una versión que lo comprometiera. Además, aunque Bagheri estuviese muerto, su vínculo con él siempre sería un obstáculo, jamás podría dar una explicación convincente del hecho de que lo pillaran dentro del ministerio con él. Por otro lado, aunque el hombre de la CIA hubiera muerto, la Policía siempre tendría la posibilidad de identificarlo e investigar sus relaciones. Los iraníes podrían interrogar a sus familiares y amigos y registrar su casa. No había manera de saber qué descubrirían, pero era muy probable que pudieran ligar a Bagheri con la agencia secreta estadounidense. Y, si lo hacían, la pregunta siguiente era obvia. ¿Qué estaba haciendo Tomás con un agente de la CIA, en plena noche, en el Ministerio de la Ciencia, después de haber forzado un cofre donde se guardaba un documento secretísimo? ¿Cómo explicar lo inexplicable? Y, como si no bastase con esto, era necesario también no olvidar a Babak. ¿Habrían detenido al chófer? Si así fuera, ¿qué diría él? Si no, ¿podrían todavía llegar a detenerlo?

—¿Qué le preocupa? —preguntó Parsa.

—Todo —exclamó Tomás.

—Pero usted parece estar hablando consigo mismo…

—Es el interrogatorio. Estoy concentrándome en lo que voy a decir.

—Cuente la verdad —aconsejó el viejo una vez más—. Se ahorrará mucho sufrimiento inútil.

—Claro.

No podía decirle a ese desconocido que no tenía cómo contar la verdad. Parsa pareció entender, porque enseguida volvió la cara y miró la luz del día que entraba por las rejas de la ventana.

—Pero si no puede contar la verdad —añadió enseguida—, le doy un consejo.

—¿Cuál?

—No crea en nada de lo que le digan. ¿Ha oído? No crea en nada. —Miró a Tomás, con un brillo en los ojos—. La primera vez, cuando me llevaron a la Prisión 59, me anunciaron que el presidente Jatami había huido del país y que habían detenido a mis hijas, que estaban revelando cosas muy graves sobre mí. Dijeron todo eso con la expresión más creíble del mundo y me pidieron que firmase una confesión, asegurándome que era lo mejor para mí, la única manera de obtener el perdón. Más tarde, cuando me liberaron, me di cuenta de que nada de lo que me habían dicho era verdad. El presidente seguía en funciones, mis hijas nunca estuvieron presas.

Tomás se pasó horas a vueltas con el problema del interrogatorio, atormentado por los cabos sueltos, las incongruencias, los absurdos de su versión ficticia. Rumió el asunto durante el almuerzo, mientras bebía distraídamente un aguado caldo de gallina que un guardia le sirvió en una escudilla de aluminio y, con la cabeza sumergida en el problema, vencido por el cansancio, se durmió al comenzar la tarde, tumbado en una estera extendida en el suelo frío y húmedo de la celda del ala común de la prisión de Evin.

XVII

Una sacudida violenta despertó a Tomás del sueño inquieto en que se había sumergido durante varias horas. Abrió los ojos y vio frente a él a un hombre de facciones toscas, con la barba negra rala y el pelo ya escaso en la parte alta de la frente, que lo agarraba con sus manos gruesas por los hombros, moviéndolo bruscamente. Miró alrededor, aún medio aturdido, y notó que estaba oscuro, la noche ya había caído y la celda estaba iluminada con la misma luz parpadeante de la víspera.

—Despierrrte —dijo el hombre en un inglés vacilante y con un acento iraní muy fuerte.

—¿Qué?

—El corrronel lo esperra. Deprrrisa.

El hombre lo incorporó, obligándolo a ponerse de pie; se sacó un pañuelo del bolsillo y le ciñó la cabeza con él tapándole los ojos. Con Tomás bien vendado, el hombre le sujetó las manos por la espalda con esposas y lo arrastró fuera de la celda. Volvieron a recorrer pasillos y a subir y bajar escaleras, hasta que el recluso, siempre a oscuras a causa de la venda, entró en una sala con calefacción, donde lo hizo sentarse en un banco de madera, con las esposas sujetándole aún los brazos por detrás de la espalda.

Silencio.

Tomás presintió una presencia en el lugar. Oyó una respiración leve y el sonido quebrado de chasquido de articulaciones: era evidente que había alguien allí, pero la verdad es que nadie pronunció palabra y el historiador se quedó callado. Pasaron cinco minutos en silencio, sólo se oían la respiración y los breves chasquidos. El recluso se movió en el banco y sintió algo a la derecha. Se dio cuenta de que era una mesita unida al brazo de la silla, como los pupitres de los colegios. Instantes después sintió que alguien se sentaba en esa mesita y se retrajo, intimidado.

Diez minutos de silencio.

—Profesor Noronha —dijo finalmente la voz, en un tono contenido, como un león que oculta el rugido feroz bajo un ronroneo manso—. Bienvenido a nuestro humilde palacete. ¿Está bien instalado?

—Quiero hablar con un diplomático de la Unión Europea.

El desconocido dejó pasar unos segundos más.

—Mi nombre es Salman Kazemi y soy coronel del VEVAK, el Ministerio de Informaciones y Seguridad —dijo, ignorando abiertamente la petición—. Tengo que hacerle algunas preguntas, si no le importa.

—Quiero hablar con un diplomático de la Unión Europea.

—La primera pregunta es obvia. ¿Qué estaba usted haciendo en las instalaciones del Ministerio de Ciencia y Tecnología a la una de la mañana?

—No diré nada antes de hablar con un diplomático de la Unión Europea.

—¿Por qué razón forzó el cofre de la sala K y sacó de su interior un documento de suma importancia para la defensa y seguridad de la República Islámica?

—Quiero hablar con un diplomático de la Unión Europea.

—¿Qué pretendía hacer con el documento que sacó del cofre?

—Tengo derecho a hablar con…

—¡Silencio! —le gritó el coronel en el oído derecho, de repente fuera de sí—. ¡Usted en este momento no existe! ¡Usted en este momento no tiene derechos! Usted ha abusado gravemente de nuestra hospitalidad y se ha implicado en actividades que pueden haber puesto en peligro la seguridad de la República Islámica. Usted se ha comprometido en una acción que ha dejado como consecuencia cuatro hombres de las fuerzas de seguridad iraníes heridos; uno de ellos se encuentra en este momento ingresado en el hospital en estado grave. Si llega a morir, eso lo convertirá a usted en un homicida. ¿Ha entendido?

Tomás siguió callado.

—¿Ha entendido? —gritó aún más alto, con la boca pegada al oído de su prisionero.

—Sí —respondió el recluso con la voz muy baja.

—Menos mal —exclamó el coronel Kazemi—. Entonces haga el favor de responder ahora a mis preguntas. —Hizo una pausa para recuperar la compostura y retomó el interrogatorio en un tono más calmado—. ¿Qué estaba haciendo en el Ministerio de Ciencia y Tecnología a la una de la mañana?

—No diré nada antes de hablar con un…

Tomás casi se cayó al suelo de una fuerte golpe en la nuca.

—Respuesta equivocada —gritó el oficial de la VEVAK—. Voy a repetir la pregunta. ¿Qué estaba haciendo en el Ministerio de Ciencia y Tecnología a la una de la mañana?

El recluso se mantuvo callado.

—¡Responda!

Silencio.

Nuevo golpe, ahora un puñetazo asestado en el lado derecho de la cabeza con tal violencia que Tomás perdió el equilibrio en el banco y cayó hacia el lado izquierdo con un gemido de aturdimiento, desplomándose aparatosamente en el suelo, con los brazos aún esposados en la espalda.

—Yo…, ustedes…, ustedes —titubeó, sintiendo que una mejilla le latía por el impacto, mientras que la otra se apoyaba en la piedra fría—. No tienen derecho a hacerme esto. Voy a protestar. Voy a quejarme, ¿ha oído?

El coronel soltó una carcajada.

—¿Va a quejarse? —preguntó visiblemente divertido—. ¿A quién va a quejarse? ¿Eh? ¿A su madrecita?

—Ustedes no pueden hacer eso. Tengo derecho a contactar con un diplomático europeo.

Unas manos fuertes levantaron a Tomás y lo sentaron de nuevo en el pupitre.

—Usted no tiene ningún derecho, ya se lo he dicho —vociferó el coronel—. Su único derecho es decir la verdad, ¿está claro? ¡La verdad! ¡La verdad lo liberará! La salvación a través de la verdad. Si nos cuenta la verdad, lo tendremos en cuenta en el momento de tomar una decisión. Ayúdenos a encontrar a los enemigos de la República Islámica y será premiado. Pero si persiste en mantenerse callado, se arrepentirá amargamente. —Bajó el tono de voz, volviéndola casi dulce, seductora—. Oiga lo que le digo. Usted ha cometido un error, es cierto. Pero aún está tiempo de enmendarlo. Se lo aseguro. A fin de cuentas, todos cometemos errores, ¿no es verdad? Lo grave es empeñarse en el error. Eso es lo grave, ¿entiende? —Suavizó aún más la voz, se volvió casi íntimo—. Oiga, hacemos un acuerdo entre los dos. Usted me lo cuenta todo y yo hago un informe muy positivo sobre usted. Fíjese: no tenemos nada contra usted, ¿eh? ¿Por qué razón le haríamos daño? Sólo queremos que nos ayude a identificar a nuestros enemigos. ¿Ve qué sencillo es todo? Usted nos ayuda, nosotros lo ayudamos. ¿Qué me dice?

—Tendré mucho gusto en ayudarlo —dijo Tomás, preparándose para un nuevo golpe en cualquier momento—. Pero entienda que primero tengo que hablar con un diplomático de la Unión Europea. Necesito saber cuáles son mis derechos, quiero enterarme de qué se me acusa y me gustaría enviarle un mensaje a mi familia. Además, necesito conseguir un abogado. Como ve, no estoy pidiendo demasiado.

El coronel hizo una pausa, como si estuviese sopesando la petición.

—A ver si lo entiendo —dijo el oficial de la VEVAK—. Si le facilitamos el acceso a un diplomático europeo, usted nos lo cuenta todo, ¿no?

Tomás vaciló.

—Eh…, sí, claro…, les cuento todo en función…, pues…, de los consejos del diplomático y de lo que diga mi abogado, claro.

El coronel Kazemi se mantuvo callado. El recluso oyó el sonido de una cerilla que se encendía y sintió poco después el aroma penetrante del tabaco.

—Usted debe de pensar que somos tontos —comentó Kazemi entre dos bocanadas de humo—. ¿Por qué motivo alertaríamos a la Unión Europea sobre su situación sin tener la garantía de que recibiríamos algo a cambio? Nadie en el mundo sabe dónde se encuentra usted y no tenemos ningún interés en alterar esa situación. A menos que nos dé un motivo válido, claro.

—¿Qué motivo?

—Por ejemplo, contándonoslo todo. Mire, podemos comenzar con una duda que tengo sobre el individuo que estaba con usted. ¿Quién era él exactamente?

Esta pregunta llevó a Tomás a concluir en ese instante que Bagheri probablemente había muerto. Por un lado, si el coronel no sabía cuál era la identidad de Bagheri era porque el hombre de la CIA se había callado, tal vez para siempre; y, por otro, el oficial había usado el pretérito para referirse a Bagheri, lo que le resultaba revelador.

El historiador decidió poner a prueba a quien lo interrogaba.

—¿Por qué no se lo preguntan directamente a él?

Kazemi pareció momentáneamente desconcertado con la pregunta, lo que, en sí, constituía una forma de respuesta.

—Pues…, porque… —tartamudeó, antes de recomponerse—. Oiga, aquí quien hace las preguntas soy yo, ¿entendido?

Silencio.

—¿Ha entendido?

—Sí.

El coronel aspiró una bocanada más del cigarrillo.

—Usted es de la CIA.

Tomás se dio cuenta de que el oficial había cambiado de táctica, para sorprenderlo, y que no podría vacilar en ese punto crucial.

—¿Está preguntando o está afirmando?

—Estoy afirmando. Usted es de la CIA.

—Qué disparate.

—Tenemos pruebas.

—¿Ah, sí? ¿Cómo se pueden tener pruebas de una fantasía?

—Su amigo habló.

—Habló, ¿eh? ¿Y dijo que era de la CIA?

—Sí. Nos contó todo sobre usted.

Tomás hizo el esfuerzo de sonreír.

—Si le ha contado todo sobre mí, entonces estoy más tranquilo. Yo no tengo nada que ver con la política, soy sólo un académico y ustedes lo saben.

—Usted es un espía. Usted es un espía que ha venido a Irán para robarnos el secreto de la bomba atómica.

Kazemi tendió en este caso una nueva trampa, pero no fue muy hábil, y Tomás lo presintió.

—¿El secreto de la bomba atómica? —preguntó, con la expresión más sorprendida que fue capaz de fingir—. Eh, ¿adónde quiere llegar? Nadie me ha hablado nunca de bomba atómica alguna, ¿ha oído? Debe de haber un error. Yo no he venido aquí para robar nada. Me han invitado, ¿entiende? He ve-

197

nido aquí para ayudar a Irán a descifrar un documento científico, nada más. ¿Qué historia es esa de la bomba atómica?

—No se haga el sorprendido —repuso el coronel—. Usted sabe muy bien de qué estoy hablando.

—No lo sé, no. Nunca he oído hablar de semejante cosa. Mi trabajo se limita al desciframiento de un documento científico, nada más. Para eso me contrataron. Nadie me ha hablado de bombas atómicas o cuestiones de ese tipo. Y, si me hubiesen hablado, no habría aceptado venir aquí, ¿entiende? Por tanto, no se ponga a inventar cosas que no existen.

—Ha venido aquí a descifrar un documento científico, ¿no? Entonces, ¿por qué fue a escondidas al ministerio a sacar ese documento del cofre, eh? ¿Por qué razón?

—Ése no es un documento militar, ya se lo he dicho. Es un documento científico. Pregúntele al ministro de Ciencia, si quiere. Usted está fantaseando y viendo conspiraciones donde no existen.

—El ministro ya nos ha dicho que, dada la naturaleza del documento en cuestión, usted sólo podía estar espiando.

—¿Yo? ¿Espiando? ¡Qué ridículo! Admito que tenía curiosidad en ver ese documento científico, eso es verdad. Pero era curiosidad científica, sólo eso. Soy un científico y es muy natural que quiera ver un testimonio científico, ¿no le parece?

—El ministro no lo llamó testimonio.

—¿Y cómo lo llamó?

—Lo calificó de documento de suma importancia para la seguridad de Irán. —Se acercó al recluso y le susurró al oído—: Lo calificó de secreto de Estado.

—Eso es ridículo —protestó Tomás—. Ése es un documento científico. Por lo menos, fue eso lo que él siempre me dijo y nunca he tenido razones para dudar de tal cosa. —Alteró el tono de voz, intentando parecer muy razonable—. Oiga, si realmente fuese un secreto de Estado, ¿cree que me habrían contratado a mí para descifrarlo? ¿Eh? ¿Le parece? ¿No habrían conseguido a gente aquí capaz de hacerlo? ¿Por qué razón buscarían a un occidental para descifrar un documento tan delicado?

—Habrán tenido sus razones.

—Claro que las tuvieron —exclamó el recluso—. Razones científicas.

—Razones de Estado.

—Disculpe, pero lo que usted dice no tiene ningún sentido. Fíjese: ¿no es Irán el que afirma todos los días que desea la energía nuclear para fines pacíficos? ¿No es Irán el que dice que no quiere crear armas atómicas? Así, pues, ¿cómo le iba a robar yo a Irán lo que el país no tiene ni pretende tener?

—Usted es muy astuto…

—No es una cuestión de astucia, es una cuestión de sentido común. Recuerde que no he sido yo quien se hizo invitar para venir a Irán. Fueron ustedes quienes me invitaron. Yo estaba muy bien en mi casita, haciendo mis cosas, cuando me contactaron y me pidieron que viniese. Yo nunca…

—Basta —interrumpió el coronel Kazemi—. Usted es nuestro invitado y no se ha comportado como tal. Le pillamos en plena noche en el Ministerio de Ciencia forzando un cofre donde se guardaba un secreto de Estado. Cuando aparecimos en el lugar, usted disparó e hirió…

—No fui yo, fue el otro.

—Fue usted.

—No, ya le he dicho que quien disparó fue el otro.

—¿Quién era el otro?

Tomás vaciló. Había ido a la sala dispuesto a no decir nada y se dio cuenta de que se había dejado enredar en una conversación que casi abarcaba ya la historia de su vida.

—Exijo hablar primero con un diplomático de la Unión Europea.

—¿Cómo?

—Exijo hablar primero…

Sintió la punzada de un dolor brutal, como un pellizco feroz, en el cuello, que le hizo ver las estrellas. Aulló de dolor y tardó sólo un instante en darse cuenta de lo que había ocurrido.

El coronel le había apagado el cigarrillo en el cuello.

—Si esto no cambia, irá a peor —dijo el oficial con una voz neutra.

Kazemi emitió una órdenes en parsi, y Tomás sintió de inmediato movimiento a su alrededor. Se preparó para lo peor y casi se ovilló en el banco, a la espera de los golpes. Varias manos lo cogieron por los brazos y por la ropa de presidiario y lo obligaron a ponerse de pie.

—¿Qué…, qué me van a hacer? —preguntó, angustiado porque la venda no lo dejaba distinguir lo que ocurría a su alrededor.

—Vamos a hacerlo hablar —respondió secamente Kazemi.

—¿Me van a torturar?

—No. Peor aún.

—¿Qué van a hacer?

—Vamos a mandarlo a la Sección 209.

Un cajón.

Cuando arrojaron a Tomás, ya sin las esposas, al exiguo cubículo, donde pudo quitarse finalmente la venda que le tapaba los ojos y observar el sitio en que se encontraba, ésa fue la primera impresión que tuvo.

Me han metido en un cajón.

La celda era increíblemente pequeña. Era tan estrecha que no lograba siquiera estirar los brazos, tenía solamente un metro de ancho. De largo, dos metros, apenas lo suficiente para dar tres pequeños pasos, pero, en realidad, era sólo un paso y medio, porque el resto estaba ocupado por un inodoro y un lavabo. Miró hacia arriba y midió la altura. Cuatro metros, más o menos. Una pequeña bombilla iluminaba la celda: Tomás calculó que tendría unos cuarenta vatios, no más. El suelo parecía hecho de cal y las paredes eran blancas, estrechas, opresivas, daban la impresión de que lo comprimían por todos lados.

Un verdadero cajón.

Nunca en su vida, Tomás había estado tan comprimido por paredes, tan comprimido que tuvo la patente impresión de que lo habían enterrado vivo. Empezó a sentir dificultades para respirar y tuvo que cerrar los ojos y alzar la nariz hacia arriba para controlar el acceso de pánico que gradualmente lo invadía. No quiso sentarse en aquel suelo de cal y se quedó de pie. Intentó dar un paso, pero lo único que realmente podía dar era un paso, tan estrecha era la celda, tan exiguo era el espacio.

Pasó una hora.

Se sucedían los ataques de falta de aire y casi de pánico, junto con crecientes mareos. Sintió la claustrofobia de quien había sido encerrado en una tumba, arrojado a una sepultura de paredes blancas y superficie de cal, iluminada con una pequeña bombilla de cuarenta vatios. Exhausto, se apoyó en la pared.

Dos horas.

El silencio era absoluto, asfixiante, sepulcral. Le parecía increíble que pudiese darse un silencio tan profundo, tanto que oía su respiración como si fuese una tempestad y el leve zumbido de la bombilla como si se tratase de una enorme moscarda zumbándole en los oídos. Sintió las piernas flojas y se sentó sobre el suelo de cal.

Horas.

Perdió la noción del tiempo. Los segundos, los minutos, las horas se sucedían sin que lograse advertir su paso, como si estuviese suspendido en el tiempo, perdido en una dimensión oculta, flotando en el olvido. Sólo veía las paredes, la bombilla, el inodoro, el lavabo, el cuerpo, la puerta y el suelo. Oía el silencio, la respiración y el zumbido de la bombilla. Se acordó de que el viejo de la celda común le había dicho que había calabozos peores, que en la Prisión 59 se enloquecía en una sola noche, pero no llegó a imaginar nada peor que aquel sitio en el que se encontraba. Intentó cantar, pero no sabía la letra de la mayor parte de las canciones y se limitó a tararear algunas baladas infantiles. Murmuró también diversas melodías, unas tras otras, decidido a ser el tocadiscos de sí mismo. Comenzó a hablar solo, más para oír una voz humana que para decir algo, pero, al cabo de algún tiempo, se calló, sintió que ya estaba pareciéndose a un loco.

—Allaaaaaaaaaaaaah u akbaaaaaaaaaaaaaar!

La voz estridente y eléctrica de un iraní gritando llenó de repente la celda. Tomás dio un salto y miró alrededor, aturullado. Era el sonido de un altavoz que reverberaba en el aire como una llamada a la oración. La llamada duró tres o cuatro minutos, siempre con el volumen al máximo, casi ensordecedora, y después se detuvo.

Volvió el silencio.

Era un silencio siniestro, un silencio tan profundo que hasta parecía que la vibración del aire le zumbaba en los oídos. Encerrado en aquel espacio exiguo, incapaz de estirar los brazos hacia los lados o de dar dos pasos en la misma dirección, la mente de Tomás comenzó a divagar en torno a sus circunstancias, a lo desesperante de su situación, a la futilidad de la resistencia. ¿Para qué resistir si el final ya estaba fijado? ¿No sería mejor anticipar el desenlace inevitable? ¿Por qué razón habría de temer la muerte si ya estaba muerto allí? Sí, ya estaba muerto sin estar muerto, la verdad es que lo habían enterrado en un cajón y ahora no era más que una especie de muerto-vivo.

Le daban las comidas en silencio. El carcelero abría una pequeña reja encajada en la puerta, le entregaba un plato metálico con comida, una cuchara de plástico y un vaso de agua; media hora después, volvía a recoger los utensilios. Estos interludios para las comidas y el griterío en los altavoces para la llamada a la oración constituyeron los únicos momentos en que el mundo exterior se filtraba en el cajón. Todo el resto era indefinido.

Una especie de mancha en el tiempo.

Tomás comía cuando se abría la reja y aparecía el plato, hacía las necesidades en el inodoro y se tumbaba en el suelo cuando tenía sueño, encogiéndose en posición fetal porque no disponía de más espacio y también porque era el único modo de obtener calor para sentirse más abrigado. La luz de la bombilla se mantenía siempre encendida y, encerrado en aquel cajón de ladrillo y cemento, el recluso no tenía manera de saber qué hora era, cuánto tiempo había pasado, si era de día o de noche, si saldría pronto de allí o si lo habían enterrado en aquel cajón hasta el olvido.

Se limitaba a existir.

XVIII

*E*l tintineo aparatoso de una llave girando en la cerradura despertó a Tomás del largo sopor en que estaba sumido. El cerrojo chirrió varias veces hasta que la puerta se abrió y un hombre bajo, de barba puntiaguda, asomó desde fuera y observó al recluso.

—Póngase esto —dijo el iraní, tirando una bolsa de plástico azul al suelo de la minúscula celda.

El historiador se acuclilló y abrió la bolsa. Dentro estaba su ropa, toda arrugada y amontonada en desorden. Con la puerta entreabierta, vio por primera vez en mucho tiempo la luz del día asomando en un rincón y tuvo ganas de echar a correr y abrazar el sol, llenarse los pulmones de aire y vivir aquel día en toda su plenitud.

—Deprisa —refunfuñó el hombre, que se había dado cuenta de la actitud soñadora con la que Tomás contemplaba la luz natural que entraba en el pasillo—. Vamos, rápido.

—Sí, sí, ya voy.

El historiador se vistió y se calzó en dos minutos, ansioso por aferrarse a aquella oportunidad que inesperadamente le concedían de salir del cajón y de respirar aire fresco. Aunque fuese para un duro interrogatorio, aunque lo sometiesen al *chicken kebab* del que le había hablado el viejo preso a quien había conocido cuando entró en la cárcel de Evin, todo era mejor que quedarse una hora más en aquel sitio terrible, cualquier tortura era preferible a seguir enterrado vivo.

Cuando acabó de vestirse y se puso de pie, casi saltando de excitación por estar a punto de abandonar la celda, el iraní se sacó un pañuelo del bolsillo e hizo un gesto circular rápido con la mano.

—Vuélvase.

—¿Eh?

—Vuélvase.

Tomás se volvió de espaldas a la puerta y el iraní le puso la venda en los ojos. Después le llevó los brazos hacia atrás y lo esposó por la espalda.

—Vamos —dijo entonces, tirándolo del brazo.

El recluso tropezó y estuvo a punto de caerse, pero dio contra una pared y logró recuperar el equilibrio, dejándose arrastrar por el carcelero.

—¿Adónde me lleva?

—Silencio.

El carcelero lo condujo por un largo pasillo, en cuyo extremo empezaron a subir unas escaleras. Camino de la celda solitaria, Tomás se había quedado con la impresión de que su ala en la Sección 209 se encontraba en un subterráneo, impresión que se acentuó ahora, al salir de allí. Atravesaron más pasillos y entraron en lo que parecía ser una sala, donde lo obligaron a sentarse en un banco. Tomás se movió en el banco y sintió la mesita adosada al brazo: era un pupitre de colegio igual al del primer interrogatorio, tal vez hasta era el mismo banco y la misma sala.

—¿Y? —preguntó una voz familiar—. ¿Se divirtió mucho en el *enferadi*?

Era el coronel Salman Kazemi otra vez.

—¿Dónde?

—En el *enferadi*. La celda solitaria.

—Exijo que me dejen hablar con un diplomático de la Unión Europea.

El oficial se rio.

—¿Otra vez? —exclamó—. ¿No piensa parar de decir siempre lo mismo?

—Tengo derecho a hablar con un diplomático.

—Usted tiene derecho a confesarlo todo. Después de tres días encerrado en el *enferadi*, ¿ya está dispuesto a hablar?

—¿Tres días? ¿Han pasado tres días?

—Sí. Algunos dicen que ya es suficiente estar encerrado en el cajón durante tres días. ¿Habrá sido suficiente para usted?

—Yo quiero hablar con un diplomático europeo.

Se hizo silencio y el coronel suspiró con enfado, signo de que su paciencia estaba llegando al límite.

—Ya veo que no ha sido suficiente —dijo con el tono que normalmente se les reserva a los niños que se han portado mal—. ¿Sabe?: creo que en Evin somos muy buenos. Incluso demasiado buenos. Es nuestro defecto: ser tan sentimentales y respetuosos con los derechos de bribones como usted, escoria que sólo merece que se le escupa encima. —Volvió a suspirar—. En fin. —Se oyó el sonido de un papel en el que estaban escribiendo algo—. Acabo de firmar su orden de salida —anunció el coronel—. Póngase en movimiento y salga.

Tomás no podía creer lo que acababa de oír.

—¿Va a…, va a liberarme?

Kazemi soltó una carcajada sonora.

—Claro. Por otra parte, ya lo he hecho.

—¿Puedo salir?

—Puede y debe. A partir de este momento, ya no pertenece a Evin. Salga a la calle.

El historiador se puso de pie, incrédulo aunque esperanzado.

—¿Y cuándo me quitan esto de los ojos?

—Ah, no, no se lo quitamos.

—¿No me lo quitan? ¿Por qué?

—Muy sencillo. Acabo de firmar su orden de salida. A partir de este momento, usted ya no está bajo la tutela de la cárcel de Evin. Abandonará este establecimiento y, una vez que trasponga la puerta, lo que llegue a ocurrirle ya no es de nuestra responsabilidad.

—¿Qué me quiere decir con eso?

Unas manos tiraron brutalmente de Tomás, arrastrándolo hacia fuera de la sala, aún con la venda en los ojos y los brazos esposados detrás de la espalda. Llevado con violencia por el pasillo, el historiador pudo oír a Kazemi responder con sarcasmo a su última pregunta.

—Diviértase en la Prisión 59.

Una mano empujó la cabeza vendada de Tomás hacia abajo y lo hizo entrar en un automóvil, con las esposas aún sujetándole los brazos detrás de la espalda. Por la organización del espacio en los asientos, intuyó que se encontraba en el asiento trasero, pero pronto los desconocidos lo cogieron y lo tumbaron en el suelo del coche, se acomodaron ellos y apoyaron sus pies encima de Tomás en una postura humillante: parecían cazadores pisando su presa o agricultores pisando una simple bolsa de patatas.

El coche arrancó y se internó por las calles de Teherán. Tomás sintió el calor del sol dándole en la nuca y oyó la orquesta de cláxones y motores del caótico tráfico de la ciudad. El automóvil giraba hacia la izquierda y hacia la derecha, sacudiéndolo en su incómoda y vejatoria posición, y el historiador tuvo que contener un sollozo que le vino a la boca, no veía cómo escapar de aquel infierno. La presencia viva de los sonidos urbanos lo llenaba de nostalgia por la libertad perdida y volvía aún más dolorosa su situación.

Qué estúpido había sido, pensó, mientras las maniobras del automóvil sacudían su cuerpo esposado. Debía de estar loco cuando fue a la reunión con el norteamericano de la embajada y aceptó meterse en aquel tremendo lío. Si fuese hoy, se dijo para sus adentros, si fuese hoy le habría dicho que no al de la embajada estadounidense y a continuación le habría dicho que no a los iraníes; los estadounidenses que se buscasen otro idiota para salir a salvar el mundo, y los iraníes que contratasen a otro imbécil para descifrar los acertijos que había dejado Einstein. Pero era demasiado tarde para lamentaciones, Tomás lo sabía. Además, cuando tomamos una decisión nunca lo hacemos con los datos que un día llegaremos a tener, sino con los que tenemos en el instante en que decidimos, y con eso tenemos que vivir. Por otro lado, razonó, tal vez lo más importante fuese…

Iiiiiiiiiiii.

Un frenazo brusco le hizo interrumpir sus pensamientos.

El coche se inmovilizó y un griterío brotó de su interior: era el chófer vociferando insultos en parsi y los hombres que pisoteaban a Tomás en el asiento trasero lanzando órdenes a borbotones, en medio de un gran alboroto. Tumbado en el suelo, el historiador oyó el chirrido de más frenos y el sonido sordo de puertas que se golpeaban fuera. De repente, se abrió la portezuela trasera y oyó una voz que gritaba en parsi hacia el interior del coche. Los carceleros respondieron en voz baja, por el tono de voz a Tomás le parecieron intimidados, lo que lo sorprendió, y más sorprendido se quedó cuando, de inmediato, una mano arrancó la venda de sus ojos, lo que provocó que la luz del día invadiese sus sentidos.

—Deprisa —ordenó una voz iraní en inglés—. No tenemos mucho tiempo.

—¿Eh? ¿Qué..., qué pasa?

Alguien empezó también a ocuparse de las esposas de Tomás. Primero le pareció que jugaban con los grilletes, pero pronto se dio cuenta de que le estaban colocando unas llaves en el cerrojo de las esposas, lo que llegó a confirmarse instantes después, cuando sintió las manos sueltas.

—Venga —ordenó la misma voz—. Rápido, rápido.

Tomás alzó la cabeza y vio a un hombre encapuchado con una media y dos agujeros en el sitio de los ojos que lo sacaba fuera del coche. El individuo tenía una pistola en una mano y lo hizo entrar en un automóvil blanco muy pequeño que se encontraba estacionado al lado. El tráfico se había detenido totalmente, se oían cláxones por todas partes y la calle vivía una escena irreal, con otros hombres armados y encapuchados que formaban un cerco de seguridad en torno al vehículo del que sacaron al recluso. Una vez que Tomás estuvo instalado en el asiento trasero, la puerta se cerró con estruendo, arrancó el segundo coche y desapareció de inmediato por una callejuela lateral.

Toda la operación había durado menos de dos minutos.

El chófer era un hombre, de pómulos muy salientes y un abundante bigote negro, que se aferraba al volante con sus manos velludas. En cuanto sintió que su corazón se calmaba y las cosas regresaban gradualmente a la normalidad, Tomás se inclinó hacia delante y le tocó el hombro.

—¿Adónde vamos? —quiso saber.

El hombre lo miró de reojo, parecía casi sorprendido de que el pasajero se dirigiese a él.

—¿Eh?

—¿Adónde vamos?

El iraní meneó la cabeza.

—*Ingilisi balad nistam.*

—¿No habla inglés? *Ingilisi? Na ingilisi?*

—*Na* —confirmó el hombre, casi satisfecho por hacerse entender—. *Ingilisi balad nistam.*

—Caramba.

El hombre se golpeó con fuerza el pecho.

—*Esman Sabbar e.*

—¿Eh?

Se golpeó nuevamente.

—*Sabbar* —repitió—. *Sabbar. Esman Sabbar e.*

—Ah. ¿Tú te llamas Sabbar? ¿Sabbar?

El chófer se abrió en una sonrisa desdentada.

—*Bale. Sabbar.*

El coche se internó en calles sucesivas, girando para un lado y para el otro. Sabbar parecía siempre atento a todo lo que ocurría alrededor, con sus ojos yendo en todo momento del retrovisor al trayecto, de la acera a la calle, de las esquinas a los cruces, comprobando que no los seguían y que nadie los observaba.

Se acercaron al que parecía ser un taller lleno de coches y sin mecánicos, y el chófer hizo una maniobra para meterse allí dentro. Sabbar bajó del vehículo y cerró el portón, cortando el contacto con el exterior y asegurando un clima de privacidad. Hizo una seña a Tomás para que bajase también y lo llevó hasta un viejo Mercedes negro estacionado al lado. Abrió la puerta trasera del gran automóvil y sacó del interior un enorme paño negro que le extendió al historiador, como si le diese un regalo.

—¿Es para mí?

—*Bale* —replicó Sabbar, haciéndole un gesto con la mano para que se lo pusiese.

Tomás estiró el paño y sonrió al darse cuenta de qué se trataba. Era un chador. La prenda, totalmente negra, le pareció uno de los chadores más conservadores y antiestéticos que había en el mercado, con un encaje en el lugar de la cara para poder ver y respirar.

—Qué listos —comentó—. Quieren hacerme pasar por mujer, ¿no?

—*Bale* —insistió el chófer.

Tomás se puso el chador, que le cubrió hasta los pies, y se volvió a Sabbar, con las manos en jarras por debajo del manto.

—¿Y? ¿Estoy bien?

El iraní lo observó de arriba abajo y se rio.

—*Jandedar e.*

El historiador no lo entendió, pero supuso, por la expresión divertida del chófer, que todo estaba bien. Encogió el cuerpo y se instaló en el asiento trasero del Mercedes negro. Sabbar se puso una gorra de chófer en la cabeza, volvió a abrir el portón, entró en el automóvil, lo sacó del garaje, cerró de nuevo el portón e hizo arrancar el Mercedes por las calles de Teherán: ahora parecía el *chauffeur* de alguna matrona iraní adinerada y conservadora.

Con el coche en movimiento, Tomás bajó el cristal trasero y dejó que entrase el aire contaminado que salía de los tubos de escape. A pesar del grueso manto que le cubría el cuerpo y que apenas le dejaba vislumbrar el mundo a través del ceñido encaje que le tapaba el rostro, respiró hondo y sintió, casi extasiado, el aroma de la libertad. Aquel encaje oscurantista lo fastidiaría en cualquier otra circunstancia, le robaría el aire, lo asfixiaría; pero no allí, no en aquel momento, no después de haber pasado tres días encerrado en un cajón de cemento y la última hora con los ojos vendados, sin saber si alguna vez volvería a ver la luz del día, el profundo cielo azul, las nubes albas y esponjosas, el palpitar excitado de una ciudad atareada y rebosante de vida.

Qué buena era la libertad.

Sintió que un peso caía de sus hombros, que una opresión se le deshacía en el pecho, y disfrutó, embriagado y exaltado, del delicioso freno de aquel sublime momento de liberación. Estaba libre. Libre. Ahora le parecía que acababa de despertar de una pesadilla, sintió incluso alguna dificultad en creer que realmente le había ocurrido lo que había ocurrido, llegó a preguntarse si todo no habría sido, en resumidas cuentas, un mal sueño, tan increíble e irreal fue la aventura que vivió. Pero si era una pesadilla, ya había despertado; si era realidad, ahora estaba libre de ella. La verdad es que el aire de la calle le llenaba la nariz con el olor nauseabundo del gasóleo quemado y, nunca como ahora, un tufo tan repugnante le supo a tan perfumado bálsamo.

El Mercedes circuló por las calles de Teherán durante más de veinte minutos. Pasó por la zona del bazar y bordeó el magnífico complejo del palacio Golestan, con sus fachadas suntuosas, dominadas por soberbias torres y cúpulas; las estructuras labradas se alzaban entre el verdor de un jardín muy bien cuidado.

Con el palacio Golestan atrás, el automóvil rodeó la gran plaza Imán Jomeini y se metió por una larga avenida, paralela a un enorme parque ajardinado. Cuando llegó al fondo del parque, giró a la derecha y estacionó despacio junto a un edificio nuevo. Compenetrado en su papel de *chauffeur* de lujo, Sabbar bajó del coche y avanzó a abrir la puerta trasera, haciendo una reverencia en el momento en que salió del vehículo la figura oscura de la «matrona» iraní.

El chófer condujo después a la persona con chador hasta la puerta del edificio y pulsó un botón del cuadro metálico del portero. Una voz eléctrica sonó por el altavoz, interpelando a los recién llegados, y Sabbar se identificó. Un zumbido hizo chascar la cerradura de la puerta, que se soltó con un ruido seco. El iraní miró a Tomás y esbozó un gesto con la cabeza, como pidiéndole al historiador que lo siguiera. Entraron en el *lobby* del edificio y pulsaron el botón del ascensor. Una vez en él, subieron hasta la segunda planta.

Una iraní regordeta, vestida con una *shalwar kameez* leve y dorada, los esperaba a la puerta del ascensor.

—Bienvenido, profesor —saludó—. Me alegro de verlo libre.

—No más que yo, seguramente.

La mujer sonrió.

—Me imagino.

Entraron en un apartamento y Sabbar desapareció en el pasillo. La iraní rechoncha le hizo una seña a Tomás para que entrase en la sala y se sentase en el sofá.

—Puede quitarse el chador, si quiere —dijo.

—Claro que quiero —exclamó Tomás.

Inclinó el cuerpo y tiró del largo paño negro hasta quedar con la cabeza fuera, el pelo castaño revuelto, pero libre de aquel estorbo.

—¿Se siente mejor?

—Mucho mejor —suspiró el historiador, que se dejó caer en el sofá e intentó relajarse—. ¿Dónde estamos?

—En el centro de Teherán. Junto al parque Shahr.

Miró por la ventana. Los árboles, el apacible verde de sus copas contrastaba con el desagradable gris sucio de la urbe, se alineaban a unos centenares de metros de distancia.

—¿Me puede explicar qué ocurre? ¿Quiénes son ustedes?

La iraní sonrió con expresión bondadosa.

—Mi nombre es Hamideh, pero temo que no tengo libertad para explicarle nada. Ya vendrá alguien que le proporcionará todas las respuestas.

—¿Quién?

—Tenga paciencia —dijo, bajando los ojos—. ¿Desea tomar algo?

—¿Está bromeando? Claro que sí, estoy muerto de hambre —exclamó—. ¿Qué tiene para ofrecerme?

—A ver…, déjeme que piense —vaciló—. Tenemos *bandemjun* y también *ghorme sabzi*.

—¿Es comida?

—Sí, claro.

—Entonces tráigalo todo. Todo, por favor.

Hamideh se levantó y desapareció por el pasillo, dejando a Tomás solo en la sala. El historiador se sentía extenuado y cerró los ojos, intentando descansar un poco.

Riiiiing.

Un sonido inesperado lo hizo despertar de inmediato. Alguien había tocado el timbre.

Riiiiing.

Era el segundo toque.

Oyó pasos pesados que se acercaban por el pasillo y vio la corpulenta figura colorida de Hamideh girar por el *hall* del apartamento, justo enfrente de la sala de estar. La iraní cogió el telefonillo del portero automático e intercambió unas palabras en parsi. Dejó después el teléfono y volvió la cabeza para mirar a Tomás.

—Ya viene quien podrá explicarle todo.

Hamideh quitó la cadena de seguridad, abrió la puerta de entrada y se alejó, desapareciendo de vuelta por el pasillo hacia la cocina, para ir a preparar los platos que el huésped le había solicitado.

Tomás se quedó sentado en el sofá, expectante, con los ojos fijos en la puerta entreabierta, la atención concentrada en lo que ocurría más allá de ella. Oyó el ruido del ascensor bajando, deteniéndose y subiendo. Vio la luz del ascensor aparecer gradualmente en el segundo piso, la caja que se sacudía hasta detenerse, la puerta que se abría con un chasquido. La figura que lo explicaría todo era primero un bulto, una sombra, pero pronto adquirió contornos y se transformó en una persona.

Se miraron.

Cuando ella salió del ascensor, lo que más sorprendió a Tomás no fue darse cuenta de quién era, fue no haberse sorprendido al descubrirlo. Como si siempre hubiese sabido que sería así, como si hubiera deseado que la respuesta fuese ésa, como si la esperanza se hubiera vuelto realidad, como si la pesadilla se hubiese transformado en un sueño, como si aquél no fuese más que el desenlace natural de todo lo que había vivido y pensado y sentido durante aquella intensa última semana.

Con los ojos verdes anegados en lágrimas, Tomás vio a la figura alta y esbelta detenerse en la puerta de entrada, vacilante. Se quedaron quietos mirándose, ella con los gruesos labios levemente separados, mechones sueltos de pelo negro que caían sobre su frente ebúrnea, los hermosos ojos de color de miel clavados en él con una expresión de desasosiego, de ansiedad, de alivio.

De añoranza.

—Ariana.

XIX

*M*ientras comía con voracidad la carne picada, las alubias y las verduras del suculento *ghorme sabzi* que le había servido Hamideh, Tomás le contó a Ariana todo lo que le había ocurrido en los últimos cuatro días. La iraní lo escuchó en silencio, sobre todo atenta a los detalles de lo sucedido en la cárcel de Evin, meneando triste la cabeza al enterarse del trato que le habían dado en el interrogatorio o los pormenores de la vida en la celda solitaria.

—Lamentablemente hay mucha gente que pasa por eso —comentó ella—. Y Evin no es de los peores sitios.

—Sí, parece que existe la llamada Prisión 59, a la que estaban a punto de trasladarme.

—Oh, hay muchas. La Prisión 59, en la Valiasr, es tal vez la más famosa, pero hay otras. Por ejemplo, la Prisión 60, el Edareh Amaken, la Towhid. A veces, cuando crece la protesta contra estos centros ilegales de detención, ellos cierran unas instalaciones y abren otras nuevas enseguida. —Meneó la cabeza—. Nadie puede frenar eso.

—¿Y cómo supo dónde estaba yo?

—Tengo contactos con gente ligada al Gabinete Nacional de Prisiones, personas que me deben favores. El Gabinete tiene la tutela de la cárcel de Evin, aunque eso sea más formalidad que otra cosa, ¿sabe? La verdad es que todo está entregado a otras organizaciones. Pero, de cualquier modo, el Gabinete siempre se entera de lo que ocurre allí dentro. Cuando me dijeron que lo habían detenido, me quedé profundamente preocupada y moví mis hilos. Sabía que le esperaba un mal rato en Evin, pero, al menos, quedaba el consuelo de que estaba en una prisión legalizada y no le podían hacer nada que no quedase registrado. Mi mayor preocupación era si lo mandaban a un centro ilegal de detención. En ese caso, le habría perdido el rastro y, peor aún, no habría ninguna garantía de que usted pudiese reaparecer alguna vez. Hablé, por ello, con unos amigos ligados a los movimientos reformistas y les pedí ayuda.

—¿Quisieron ir a buscarme a Evin?

—No, no. Mientras usted estuviese en Evin, no podríamos hacer nada. Evin es una prisión legal, nos habrían fusilado a todos si nos hubiesen sorprendido intentando liberarlo. El traslado a los centros de detención era la ocasión decisiva, por dos motivos. Por un lado, porque era el momento en que usted salía a la calle, lo que hacía más fácil alcanzarlo. Por otro, estaba la cuestión legalista. Como los centros de detención son ilegales, cuando saliese de Evin técnicamente usted ya no estaría detenido. Si nos sorprendían, ¿de qué podrían acusarnos? ¿De hacer parar el tráfico? ¿De evitar una detención ilegal? Usted era, en ese instante y desde una perspectiva formal, una persona libre; y ése sería siempre nuestro argumento de defensa.

—Ahora entiendo.

—La cuestión esencial era obtener la información de su traslado, lo que, considerando mis contactos dentro del Gabinete Nacional de Prisiones, no constituía una tarea demasiado difícil. Tanto es así que me informaron ayer de su traslado esta tarde a la Prisión 59, en caso de que siguiese negándose a colaborar, de modo que tuvimos casi veinticuatro horas para montar la operación.

Tomás colocó el plato a un lado y extendió el brazo, tocando suavemente la mano de Ariana.

—Usted es extraordinaria —dijo él—. Le debo la vida y no sé cómo agradecérselo.

La iraní se estremeció, mirándolo con los ojos muy abiertos, al tiempo que le devolvía el roce con otro roce, pero un ruido proveniente del pasillo la hizo mirar de reojo hacia la puerta de la sala, con una expresión de ligero temor dibujado en su rostro.

—Pues… yo… —balbució—. No… No he hecho otra cosa que cumplir con mi deber. No podía dejar que lo matasen, ¿no?

—Claro que ha hecho mucho más que cumplir con su deber —dijo Tomás, acariciándole la mano—. Mucho más.

Ariana volvió a mirar de reojo hacia la entrada de la sala y retiró la mano, ansiosa.

—Disculpe —dijo—. Tengo que tener cuidado, ¿sabe? Mi reputación…

El historiador sonrió sin ganas.

—Sí, comprendo. No quiero causarle molestias.

—Es que estamos en Irán, ¿entiende? Y sabe cómo son aquí…

—¿Acaso no lo sé?

La hermosa mujer miró la alfombra persa extendida en el suelo, cohibida: era evidente que la dominaba un conflicto. Se hizo un silencio embarazoso, aquel roce cariñoso entre los dos actuó como un hechizo inesperado. Quebró la fluidez de la conversación, es cierto, pero también avivó algo; o tal vez no haya avivado nada, tal vez solamente haya hecho visible lo que ya existía, aquella especie de incendio lento que ardía dentro, a fuego lento, pero que ardía sin parar, y era la conciencia de ese incesante fuego oculto lo que más la cohibía.

—Tomás —dijo por fin—. Tengo una pregunta delicada que hacerle.

—Lo que quiera.

Ariana vaciló, se notaba que estaba buscando las palabras justas para formular la pregunta.

—¿Qué estaba haciendo en el Ministerio de la Ciencia a la una de la mañana?

Tomás la miró con intensidad, pero también amilanado. Quería responderle a todo, realmente a todo, excepto a aquella pregunta. Aquélla era la única pregunta que no estaba preparado para responder y, en ese instante, se enfrentó a un terrible dilema. ¿Hasta qué punto podría contarle la verdad a la mujer que había corrido tantos riesgos para salvarlo?

—Quise ir a ver el manuscrito.

—Eso lo entiendo —dijo ella—. Pero ¿a la una de la mañana? ¿Y forzando la puerta de la sala K y el cofre?

Eran preguntas atinadas. Tomás sintió unas ganas locas de abrir su corazón y revelarle todo, pero tuvo conciencia de que no podía; la verdad era demasiado grave, demasiado terrible, significaba que, de algún modo, también la había traicionado, también había abusado de su confianza y de su amistad. Además, la cabeza de Tomás se encontraba programada para negar a toda costa el vínculo con la CIA y para contar una historia ficticia que había inventado en la celda solitaria, y no era en aquel instante cuando sería capaz de desprogramarla.

—Yo…, eh…, sentí una curiosidad incontrolable de ver el manuscrito. Necesitaba verlo para poder estar seguro de que…, de que no estaba implicado en un proyecto militar.

—¿Un proyecto militar?

—Sí. Su negativa a dejarme leer el manuscrito o a explicarme su contenido me pareció sospechosa. Con toda esta polémica internacional en torno al proyecto nuclear iraní, además de la ONU metida en el asunto y las sucesivas amenazas estadounidenses, y considerando también algunas cosas que usted me había dejado entrever, confieso que me quedé muy preocupado.

—Ya veo.

—Comencé a cuestionarme, ¿sabe? Comencé a interrogarme sobre el enredo en el que me había metido. Necesitaba comprobar qué estaba ocurriendo.

—¿Y el hombre que estaba con usted? ¿Quién era?

El hecho de que Tomás se hubiera olvidado ya de su verdadero nombre, Bagheri, hizo más convincente su respuesta.

—¿Mossa? Fue un tipo que encontré en el bazar.

—¿Mossa, eh? ¿Como Mossadegh?

—Sí —confirmó Tomás—. ¿Sabe qué le ocurrió?

—Lo sé. Aquella noche acabó herido y murió horas después, ya en el hospital.

—Pobre.

—¿Lo encontró en el bazar?

—Sí. Me dijo que tenía mucha experiencia en forzar cerraduras. Cuando vi tantas reticencias de parte de ustedes en mostrarme el manuscrito o en hablarme de su contenido, y cuando oí las noticias sobre las sospechas estadounidenses en torno al programa nuclear iraní, me quedé preocupado por el proyecto en el que estaba comprometido. Sólo un idiota no se preocuparía, ¿no cree? De modo que decidí contratarlo. —Hizo un gesto vago—. El resto usted ya lo conoce.

—Hmm —murmuró Ariana—. Lo mínimo que se puede decir es que ha sido un imprudente, Tomás.

—Tiene razón —asintió él, que se inclinó en el sofá, como si se le acabase de ocurrir una idea—. Déjeme ahora que sea yo quien le haga una pregunta delicada.

—Dígame.

—¿Qué dice exactamente el manuscrito de Einstein?

—Disculpe, pero no se lo puedo revelar. Una cosa es salvarlo; otra es traicionar a mi país.

—Tiene razón. Olvídelo. —Hizo un gesto rápido con la mano, como quien pretende cambiar de tema—. Pero tal vez haya algo que me pueda responder —dijo.

—¿Qué?

—¿Qué le ocurrió al profesor Siza?

La iraní alzó una ceja.

—¿Cómo sabe que el profesor Siza tiene algo que ver con nosotros?

—Puedo ser distraído, pero no estúpido, ¿no le parece?

Ariana esbozó una expresión de incomodidad.

—Tampoco puedo hablar sobre eso, lo lamento.

—¿Por qué? Eso no implica una traición a su país, supongo.

—No es eso —arguyó ella—. La cuestión es que, si mis jefes se dan cuenta de que usted sabe muchas cosas que, se supone, no debería saber, las sospechas caerán inevitablemente sobre mí.

—Tiene razón, tiene razón. Olvídelo.

—Pero hay algo que le puedo revelar.

—¿Qué?

—Hotel Orchard.

—¿Cómo?

—Existe una relación entre el profesor y el hotel Orchard.

—¿Hotel Orchard? ¿Y dónde queda?

—No tengo la menor idea —repuso Ariana—. Pero el nombre de ese hotel está escrito a lápiz, con la letra del profesor Siza, en el envés de un folio del manuscrito de Einstein.

—¿Ah, sí? —se sorprendió Tomás—. Qué curioso…

Ariana se volvió hacia la ventana y suspiró. El sol se ponía por detrás de la línea recortada de edificios, pintando el azul del cielo con vetas púrpuras y violáceas y dibujando curiosas sombras en los jirones de nubes que flotaban cerca del horizonte urbano.

—Tenemos que sacarlo de aquí —dijo ella, sin dejar de mirar por la ventana, con un asomo de angustia embargándole la voz.

—¿De este apartamento?

—De Irán —dijo, encarando a Tomás—. Su presencia constituye ahora un gran peligro para usted mismo, para mí y para todos los amigos míos que ayudaron a liberarlo.

—Comprendo.

—El problema es que no va a ser fácil ponerlo fuera del país.

El historiador frunció el ceño.

—Yo conozco una manera.

—¿Eh?

—Yo conozco una manera.

—¿Cuál?

—Mossa había preparado las cosas y me explicó los detalles esenciales. Hay un barco de pesca que me espera en una ciudad portuaria iraní.

—¿Ah, sí? ¿Cuál?

—Pues… me he olvidado del nombre.

—¿Está en el golfo Pérsico?

—No, no. Más arriba.

—¿En el mar Caspio?

—Sí. Pero no me acuerdo del nombre del lugar. —Hizo un esfuerzo de memoria—. Caramba, debería haberlo anotado en algún sitio.

—¿Sería Nur?

—No, no. Me acuerdo de que era un nombre largo.

—¿Mahmud Abad?

—Eh…, no lo sé…, tal vez, no estoy seguro… —Volvió a hacer memoria—. Me acuerdo de que tenía algo que ver con unas ruinas de Carlomagno o Alejandro Magno…

—¿La muralla de Alejandro?

—Sí, puede ser. ¿Le suena familiar?

—Claro. La muralla de Alejandro marca los límites de la civilización y está situada cerca de la frontera con Turkmenistán. Liga la zona de las montañas Golestan con el Caspio.

—Fue construida por Alejandro Magno, ¿no?

—Es lo que dice la leyenda, pero no es verdad. La muralla fue levantada en el siglo VI, no sé bien por quién.

—¿Y hay alguna ciudad portuaria allí cerca?

Ariana se levantó del sofá y fue hasta el armario. Sacó un atlas de un estante y volvió a su lugar, abriendo en el regazo el enorme volumen por la página de Irán. Analizó la línea costera del mar Caspio y se fijó en el puerto más cercano a la muralla.

—¿Bandar-e Torkaman?

—Eh…, sí, creo que es ése. —Tomás fue a sentarse al lado de ella y se inclinó sobre el mapa—. Muéstremelo.

La iraní apoyó el dedo en el punto del mapa que señalaba la población.

—Está aquí.

—Es ése —repitió Tomás, ahora más convencido—. Bandar-e Torkaman.

—¿Y qué pasa en Bandar-e Torkaman?

—Hay allí un barco a mi espera… Eso creo.

—¿Qué barco?

—Me parece que es un pesquero, pero no estoy seguro.

—Hay muchos pesqueros en el Caspio. Si lo ve, ¿podrá identificarlo?

Nueva mueca pensativa.

—Es un nombre muy corto, igual al de la capital de…, de Azerbaiyán o de algún otro de los terminados en «an» de la zona.

—¿Baku?

—Eso, Baku. Ése es el nombre del barco.

Ariana volvió a analizar el mapa.

—No hay tiempo que perder —dijo—. Tenemos que hacerlo llegar lo más pronto posible a Bandar-e Torkaman.

—¿Cree que podré irme mañana?

Ariana abrió mucho los ojos y lo observó con intensidad.

—¿Mañana?

—Sí.

—No, Tomás, mañana no puede ser.

—Hmm… ¿Cuándo? ¿Esta misma semana?

La iraní meneó la cabeza, con una súbita expresión melancólica en sus ojos, un poco triste, casi añorante.

—Dentro de diez minutos.

Y

Se despidieron con un abrazo tierno, estrechándose intensa y brevemente, observados por los ojos escrutadores y vigilantes de Hamideh y de Sabbar. Tomás habría dado todo por un momento de privacidad, sólo un instante; quería apartarse en un rincón con Ariana y poder decirle adiós sin inhibiciones. Pero el historiador sabía que aquel país era Irán y que tales deseos, en aquellas circunstancias, no eran más que peligrosas fantasías. Y la verdad es que lo último que deseaba era causarle molestias a Ariana.

Le dio dos besos suaves en las mejillas e hizo un esfuerzo para apartarse.

—¿Me va a escribir? —le preguntó ella en voz muy baja, mordiéndose el labio inferior.

—Sí.

—¿Lo jura?

—Se lo juro.

—¿Lo jura por Alá?

—Lo juro por usted.

—¿Por mí?

—Sí. Usted es mucho más que Alá. Mucho más.

Se esforzó por no mirar hacia atrás cuando se volvió para irse. Siguió a Sabbar hasta el vestíbulo del ascensor y sintió que la puerta del apartamento se cerraba tras de sí, el chasquido de la cerradura le sonó como el de una tijera que corta para siempre una unión.

Se quedó en silencio, meditativo, casi deprimido, y callado entró en el ascensor; doblada en las manos llevaba distraídamente la tela áspera de un chador negro que Hamideh le entregó, momentos antes, para el viaje.

—Ariana *ghashang* —dijo el iraní cuando el ascensor se sacudió levemente y comenzó a bajar.

—¿Eh?

—Ariana *ghashang* —repitió, y lanzó un beso al aire—. *Ghashang.*

—Sí —sonrió él con melancolía—. Ella es guapa, sí.

Sabbar señaló el chador que el portugués llevaba doblado en la mano y le indicó con un gesto que debía ponérselo ya. Aún con el ascensor en movimiento, Tomás sumergió la cabeza en el paño y recobró su disfraz anterior.

XX

*E*l Mercedes cruzó la ciudad con irritante lentitud, retenido por la densa corriente del tráfico caótico de Teherán. Se internaron por la trama enmarañada de ruidosas arterias, cruzaron de nuevo la gran plaza Imán Jomeini y se perdieron después más allá de ella rumbo al laberinto de calles que se extendía hacia el este. Tomás lo escrutaba todo con nerviosa ansiedad, sus ojos iban de aquí para allá, la atención se centraba en los detalles más improbables; en cada rostro y en cada coche presentía una amenaza, en cada voz y en cada claxon oía una alarma, en cada parada y en cada movimiento intuía un asalto.

Le parecía que el peligro acechaba por todas partes y varias veces tuvo que repetirse a sí mismo que todo estaba bien, que era su imaginación la que le hacía ver lo que no existía. La verdad es que habían trazado un plan y todo transcurría como estaba previsto. Antes de partir, habían concluido que hacer el viaje en automóvil hasta Bandar-e Torkaman era bastante arriesgado, ya que existía la posibilidad de que las autoridades alzasen barreras en el camino para localizar al fugitivo, por lo que se inclinaron por los transportes públicos. Tomás asumió el papel de una beata con chador que había hecho voto de silencio; acordaron que Sabbar, su guía, se encargaría de todos los contactos con terceros.

En consonancia con el plan previamente delineado, estacionaron el coche media hora más tarde, después de haber superado el confuso tráfico del final del día y tras haber alcanzado su destino inmediato.

—*Terminal e-shargh* —anunció Sabbar.

Era la estación de autocares del este. Tomás la contempló desde el otro lado de la calle y le pareció pequeña, demasiado pequeña para una terminal que, en resumidas cuentas, tenía servicios de transporte para toda la provincia de Jorasán y la región del mar Caspio.

Cruzaron la calle, entraron en el perímetro de la estación y, atravesando un espacio apiñado de gente con maletas, autocares roncando, gasóleo quemado y diálogos animados, se dirigieron a la taquilla. El iraní compró dos billetes y le hizo a Tomás una seña para que se diese prisa: su autocar estaba a punto de salir. Cuando llegaron al lugar de la partida se encontraron con un vehículo viejo y sucio, plagado de campesinos, pescadores de piel morena y mujeres con chadores.

Subieron al autocar y reprimió a duras penas una mueca de asco, aunque pudiese hacerla a sus anchas: al fin y al cabo, nadie podía verle la cara. Había restos de comida en los asientos y podían verse algunas jaulas de aves entre los pasajeros, aquí unas gallinas, allí unos patos, allá unos polluelos. En el aire flotaba el aroma caliente de los excrementos y alimentos de pájaros, con el cual se mezclaba cierto olor ácido a orina y sudor humano, así como el tufo nauseabundo a gasóleo quemado que impregnaba toda la estación.

El autocar partió cinco minutos después, eran las seis de la tarde en punto. El vehículo salió a la carretera a trompicones: el tubo de escape liberaba una gruesa nube de hollín negro; el motor roncaba con furia. El tráfico de Teherán seguía siendo el mismo infierno de siempre, con locas maniobras, bocinazos constantes y frenazos bruscos. El autocar tardó casi dos horas en atravesar lo que quedaba de la ciudad, pero, por fin, después de mucho parar y arrancar, la zona urbana quedó atrás y el humeante vehículo circuló por la tranquila falda de las montañas.

Fue un viaje sin historia, hecho de noche en zona montañosa, el trayecto lleno de curvas y subidas y bajadas, los faros iluminaban fugazmente el manto de nieve acumulado en los arcenes de la carretera. Para vencer la náusea de las curvas y del olor a gasóleo y la opresión claustrofóbica que le imponía el chador, Tomás abrió la ventanilla y se pasó gran parte del viaje respirando el aire frío y sutil de las Alborz, lo que fastidió a algunos compañeros de viaje, más inclinados a los olores calientes y fuertes que a las corrientes heladas y puras.

Llegaron a Sari hacia las once de la noche y fueron a alojarse a un pequeño hotel del centro, llamado Mosaferjuneh. Sabbar pidió que les sirviesen una comida en las habitaciones y ambos se recogieron para pasar la noche. Sentado en la cama digiriendo un kebab, ya sin chador, Tomás se dedicó a observar por la ventana la población dormida y, en especial, la curiosa torre blanca con un reloj, erguida en medio de la plaza Sahat, justo enfrente.

Cogieron por la mañana un autocar rumbo a Gorgan y, por primera vez, Tomás pudo apreciar el paisaje de aquella región costera a la luz matinal del sol. Era totalmente diferente del que había conocido en la zona de Teherán. Donde en la capital se rasgaban montañas escarpadas, se erguían picos nevados y se prolongaba la tierra árida, aquí se extendía un bosque lujurioso, denso, casi tropical, una verdadera selva comprimida entre las montañas pujantes y la sábana serena del mar.

Llegaron a Gorgan tres horas después y se quedaron en la estación de autocares local un tiempo más, a la espera de una nueva conexión. Tomás sentía el cuerpo molido de cansancio y su paciencia ya alcanzaba el límite máximo para soportar ese chador tan incómodo. Para colmo, el hecho de que Sabbar no hablara inglés se convertía en un problema: había una barrera de comunicación entre los dos y el historiador no tuvo más remedio que pasarse todo el tiempo en silencio; no porque ello fuese en sí mismo un inconveniente, hasta cierto punto era una ventaja, teniendo en cuenta que el mutismo formaba parte integrante del disfraz, pero el hecho es que la ausencia de diálogo le restaba un escape necesario para la tensión que llevaba acumulada.

Hacía calor en la plaza Enqelab, donde estaba situada la terminal de Gorgan. El día estaba caluroso y el uso del espeso chador agravaba considerablemente las cosas. Sin entender cómo era posible vivir cubierto de aquellos pesados paños, Tomás tuvo que recurrir a todas sus fuerzas para controlarse, sentía a veces unas ganas casi irresistibles de quitarse esa prenda infernal, de librarse del atuendo oscurantista que sólo lo ceñía y fastidiaba, de liberar el cuerpo y dejarse embriagar por un baño de aire fresco y límpido. Pero resistió los sucesivos impulsos que lo asaltaron y mantuvo el disfraz.

Cogieron transporte para el destino final a primeras horas de la tarde: el viejo autocar traqueteaba por los baches de los caminos de tierra abiertos entre la abundante vegetación de la costa. Deambularon por senderos y atajos, entre las interminables sacudidas del vehículo, hasta que, al cabo de dos largas horas más, vislumbraron los primeros edificios en la parada final de aquel recorrido: eran pequeñas casas recortadas por el azul profundo del mar Caspio.

Bandar-e Torkaman.

La población estaba formada por casas bajas, casi monótonas, desprovistas de gracia de tan insulsas; la insipidez de la urbe quedaría compensada, sin embargo, con el aspecto pintoresco de la población turcomana. En cuanto bajaron del autocar, los dos forasteros admiraron a los hombres y a las mujeres que deambulaban por allí con trajes típicos otomanos y la actitud enfadosamente ociosa. El mercado estaba abierto, pero los productos eran pobres; el comercio se limitaba a algunos pescados, unas ropas turcas y colecciones de botas de aspecto tosco.

Sabbar interrogó a una mujer que tejía al sol, sentada en el peldaño de la entrada de la casa. La mujer se ajustó el pañuelo en la cabeza y señaló con el dedo rudo y sucio un punto a la izquierda.

—*Eskele.*

Caminaron a lo largo de unas viejas vías de tren, con la madera ya podrida entre los carriles, en dirección a unos depósitos de combustible. Sabbar iba adelante, Tomás se arrastraba tras él, jadeante por el chador cada vez más insoportable. Pasaron por los depósitos, que exhalaban el olor intenso a aceite y gasolina, y se inmovilizaron cuando vieron unas rudimentarias estacas de madera clavadas junto al mar.

El puerto de Bandar-e Torkaman.

Tres barcos de pesca se balanceaban suavemente en las aguas tranquilas del Caspio: por detrás, el golfo de Gorgan se extendía como una inmensa pintura impresionista. Flotaba junto a la playa un intenso olor a sal y al flujo de las olas, y por la superficie mansa del mar resonaba el graznar melancólico de las gaviotas. Era aquel perfume y aquel sonido los que hacían de aquel sitio un lugar familiar. Tomás nunca había estado allí, pero era como si siempre hubiese vivido él: donde el mar oliese de ese modo y donde las gaviotas cantasen así era donde encontraría siempre su casa.

El historiador se acercó al agua, trabado por el pesado chador y, entre el asfixiante encaje que le tapaba la cara, intentó leer lo que cada embarcación llevaba escrito en el casco. El primer barco mostraba unos caracteres árabes que lo desesperaron; ¿sería el nombre que buscaba, pero escrito en alfabeto árabe? Sabbar se reunió con él y leyó el nombre estampado en la madera.

—*Anahita.*

No era éste.

Tomás dio un centenar de pasos más y se acercó al segundo barco de pesca, un pequeño navío rojo y blanco, anclado muy cerca, con redes extendidas al sol y gaviotas volando por encima. Buscó la escritura en caracteres árabes, pero esta vez no le hizo falta la ayuda de Sabbar, pues en el casco se encontraba un nombre escrito en los familiares caracteres latinos.

Baku.

Era éste.

Sin poder soportar más el chador, Tomás se lo quitó con impaciencia, se liberó de aquel peso incómodo y lo tiró al suelo. Sintió que la brisa marítima le acariciaba el rostro sudoroso y le despeinaba el pelo revuelto; cerró los ojos y volvió la cara al cielo, como si esperase que la brisa le diese un beso. Aliviado, sus fosas nasales inhalando el aroma salado de la redención, los pulmones llenándosele con el fresco olor a mar que flotaba en el aire, los pies enlazados en la baba blanca que dejaba la espuma del agua, encaró aquel soplo del viento como si fuese el hálito puro de Dios, el murmullo suave de la naturaleza açogiéndolo, un gesto mimoso de dulce ternura de madre: sabía que era la libertad que por fin lo abrazaba.

Pasado ese instante de éxtasis, abrió los ojos, miró el pesquero, formó una concha con las palmas de las manos y se las colocó frente a la boca, como si fuesen altavoces.

—¡Eeeehhhh! —llamó.

Su voz resonó sobre el espejo plácido de las aguas y espantó a las gaviotas. Muchas se alzaron sincronizadas, como una nube oscura y baja, y dibujaron un vigoroso meneo por el cielo, en una elegante coreografía; volaban con frenesí y respondieron a la voz humana con un graznido nervioso, casi histérico, un asomo de melancolía coloreándoles el timbre.

—¡Eeeehhhh! —insistió.

Una cabeza asomó en la cubierta del *Baku*.

—*Chikar mikonin?* —preguntó el pescador sin moverse.

Entusiasmado, Tomás se llenó los pulmones de aire.

—¿Mohammed?

El pescador vaciló.

—*Ye lahze shabr konin* —dijo por fin, haciéndole un gesto a Tomás para que lo esperase.

La cabeza del hombre del barco desapareció de la cubierta. Tomás se quedó allí inmóvil observando el barco de pesca, en silencio, expectante, casi rezando para que las cosas se cumpliesen como estaba previsto. El pesquero ondulaba al ritmo suave del mar, como un columpio, una frágil cáscara mecida en una danza despaciosa, un lento baile marcado por el graznido melodioso y nostálgico de las gaviotas y por el marrullar tranquilo de las aguas que lamían la arena en su vaivén incansable.

El pescador reapareció medio minuto después, acompañado de una segunda persona. Esta vez fue el segundo hombre quien habló, y lo hizo en inglés.

—Yo soy Mohammed. ¿Puedo ayudarlo?

Tomás casi dio un salto de alegría.

—Sí, claro —exclamó, riéndose por el alivio—. ¿Usted piensa ir a La Meca?

Aunque distante, el historiador vio a Mohammed sonreír.

—*Inch´Allah!*

XXI

*L*a figura minúscula de Sabbar se fue perdiendo en la distancias, ahora un simple punto alejándose en la playa, desapareciendo a medida que el barco de pesca surcaba las aguas oscuras del Caspio y tomaba rumbo hacia altamar. Las gaviotas volaban bajo, escoltando la embarcación con la vana esperanza de que les arrojasen algún pescado más, pero los marineros no se compadecieron ante las súplicas implícitas en sus insistentes graznidos y se mantuvieron concentrados en la navegación: se habían acabado definitivamente las horas de ocio dedicadas a jugar con las aves.

Un bulto se acercó a Tomás. El portugués presintió esa presencia y volvió la cabeza para recibir al recién llegado. Era Mohammed. El capitán del pesquero se quedó un instante callado, también él contemplando la sombra distante de Sabbar esfumándose en el arenal. Mohammed era un azerbaiyano de barba canosa, aunque su aspecto de persona bien cuidada, con la piel sedosa y las uñas blancas impecablemente cortadas, revelase el hecho de que no era un pescador, sino más bien un auténtico hombre de la ciudad.

—Ha llegado en el momento justo —comentó Mohammed—. Un día más y nos marchábamos, ¿sabe? Tuvo suerte de encontrarnos aún aquí.

—Lo sé.

Hizo un gesto en dirección a la playa por fin desierta, ya abandonada por Sabbar.

—¿Aquél también es de los nuestros?

—¿Sabbar?

—Sí. ¿Es también un hombre nuestro?

Tomás meneó la cabeza.

—No.

—Entonces, ¿quién es?

—Es un chófer.

—¿Un chófer? —Alzó la ceja—. ¿Cómo? ¿Han controlado su identidad?

Tomás suspiró, fatigado.

—Es una larga historia —dijo—. Pero Sabbar es una de las varias personas que me salvó la vida. Si no fuese por él, yo no estaría aquí.

Mohammed no hizo más comentarios sobre el asunto, aunque era visible que no le gustaban las improvisaciones con desconocidos; se trataba de un trabajo poco profesional. Pero no añadió nada más. La verdad es que, profesional o no, su pasajero había logrado llegar allí en condiciones muy adversas y eso era algo que tenía que respetar.

Se quedaron ambos inmóviles en la popa, llenándose los pulmones y admirando la costa iraní a la luz baja del atardecer. El olor a mar era intenso. Una brisa fuerte rumoreaba muy bajo, casi ahogando el insistente graznido de las gaviotas y el incansable rumiar del motor. El cielo adquiría tonalidades cálidas sobre el azul petróleo, pero era una luz glacial que bañaba la línea de la costa, con la larga cadena de las Alborz recortando el horizonte a la derecha, la nieve resplandeciente en la cima, y al fondo el sol que corría para besar el mar Caspio.

Caía la noche.

Sintiendo que el frío arreciaba en la brisa que soplaba del norte, el capitán del pesquero se frotó los brazos con intensidad, en un esfuerzo inútil por generar calor, hasta que se dio por vencido y dio media vuelta.

—Voy adentro —anunció—. De cualquier modo, es la hora de conectar el teléfono y ponernos en contacto con la base.

—Va a hablar con Baku, ¿no?

—No, no.

—¿Entonces?

—Langley.

La noche se había abatido sobre el Caspio como un manto opresivo, rodeando el barco ronroneante con un negro opaco, casi tenebroso, de una oscuridad tan profunda que se confundía con un abismo. Sólo surgían de las tinieblas unos ondulantes puntitos luminosos, en el hilo del horizonte, destacando pesqueros dedicados a su faena o barcos que transportaban carga y pasajeros de una margen a otra.

Indiferente al frío, Tomás se quedó en la proa; había vivido tres días encerrado en un cajón de cemento y no era una simple brisa helada o una mera noche oscura las que lo privarían ahora del placer de disfrutar la libertad recuperada, de sumergir el alma en la inmensidad del cielo y llenarse los pulmones con el aire fresco que el viento le soplaba a la cara.

La puerta del puente se abrió y uno de los marineros que hablaba inglés le hizo una seña.

—*Mister*, acérquese —dijo—. El capitán lo llama.

En el puente, bien iluminado, la temperatura era templada, aunque la nube de tabaco y el olor a cigarrillos fuese insoportable. El marinero señaló una escaleras estrechas y Tomás bajó al piso inferior, y desembocó en una salita exigua donde se encontraba Mohammed. El capitán tenía unos auriculares en los oídos y un micrófono frente a la boca y se comunicaba a través de un aparato electrónico instalado en un hueco oculto en la pared.

—¿Me ha llamado?

Mohammed lo vio y le hizo un gesto con la mano, invitándolo a sentarse a su lado.

—Tengo a Langley en línea.

El historiador se acomodó en el lugar mientras el capitán terminaba su comunicación, toda ella llena de guarismos, además de *fox trots* y *papa kilos*. Cuando acabó, Mohammed se quitó los auriculares y se los tendió a Tomás.

—Ellos quieren hablar ahora con usted —dijo.

—¿Quiénes son ellos?

—Langley.

—Pero ¿quién?

—Bertie Sismondini.

—¿Quién es ése?

—Es el coordinador del Directorate of Operations encargado de Irán.

Tomás se puso los auriculares en los oídos y acomodó el micrófono. Afinó la voz, un poco vacilante, y se inclinó hacia delante, como si así el micrófono pudiese captarlo mejor.

—Hello?

—¿Profesor Norona?

Era una voz nasal, muy estadounidense, que pronunciaba mal su nombre, como ya era habitual entre los anglosajones.

—Sí, soy yo.

—Aquí Bertie Sismondini, soy el responsable de las operaciones de *intelligence gathering* en Irán. *Okay*, antes de comenzar, permítame que le garantice que estamos hablando por una línea segura.

—Muy bien —dijo Tomás, indiferente al problema de la seguridad de la línea que tanto parecía obsesionar a toda aquella gente de la CIA—. ¿Cómo está usted?

—No muy *okay*, profesor. No muy *okay*.

—¿Qué ocurre?

—Profesor, hace algunos días que se encuentra desaparecido nuestro principal agente en Teherán. Se supone que iba a efectuar una operación muy delicada con usted y lo sacaría después del país por los medios que, por otra parte, usted está utilizando ahora. Lo cierto es que nuestro hombre ha dejado de dar noticias. Hemos perdido también el contacto con otro agente y, como si eso fuese poco, también usted estuvo desaparecido todo este tiempo. Hay mucha gente asustada, me hacen innumerables preguntas y no tengo respuestas que ofrecerles. ¿Sería usted tan amable de explicarme qué demonios ha ocurrido?

—¿Cuáles son los dos agentes de los que habla?

—Me temo que, por razones de seguridad, no pueda decirle sus nombres.

—¿Son Mossa y Babak?

—Babak, *okay*. A Mossa no lo conozco.

—Ah, claro —recordó Tomás—. Mossa era el nombre que él me dio, pero no era su nombre verdadero —reflexionó—. Oiga: ¿estamos hablando de un tipo grandote, lleno de fuerza, muy desenvuelto?

—Coincide con lo que yo sé.

—¿No ha vuelto a tener noticias de ellos?

—Ninguna.

—Mire, lamento decírselo, pero parece que el hombre corpulento murió.

Se hizo un breve silencio del otro lado de la línea.

—¿Bagh…, ehhh…, ha muerto? ¿Está seguro?

—No, no estoy seguro. Lo vi abriendo fuego dentro del ministerio y también lo vi cuando los iraníes lo acosaban en medio de varios disparos. Después me informaron de que acabó herido y falleció más tarde, ya en el hospital. En cuanto a Babak, mire, no sé nada de nada.

—Pero ¿qué ocurrió exactamente?

Tomás dio una explicación detallada, relatando lo sucedido dentro del ministerio y todo lo que pasó después en la cárcel de Evin. Habló de su rescate y contó todo lo que Ariana le había revelado, además de lo que ella había hecho para ayudarlo a salir del país.

—Esa muchacha es extraordinaria —comentó Sismondini al final—. ¿Cree que aceptaría ser nuestra agente en Teherán?

—¿Qué? —interrumpió Tomás, alzando la voz. La idea era alarmante—. ¡Ni lo piense!

—*Okay, okay* —respondió el estadounidense del otro lado de la línea, sorprendido por la reacción tan perentoria—. Sólo era una idea, *relax*.

—Pésima idea —insistió el historiador, con un tono algo exaltado—. Déjenla en paz, ¿está claro?

—*Okay*, no se preocupe —volvió a asegurar.

El portugués se sintió de repente muy irritado por la forma en que los responsables de la agencia estadounidense disponían de la vida de los demás en función de sus intereses, sin mirar en los medios para obtener lo que pretendían. Como ya se había embalado, Tomás aprovechó para tocar un tema que llevaba atravesado en la garganta desde hacía varios días.

—Escuche —dijo—: tengo que hacerles una pregunta.

—¿Sí?

—¿Ustedes le dieron órdenes al…, al hombretón para matarme en caso de ser descubiertos?

—¿Cómo?

—Cuando estábamos a punto de ser capturados dentro del ministerio, Mossa quiso que me inyectase un veneno. ¿Ustedes le dieron esa orden?

—Eh…, bien, nosotros…, nosotros tenemos procedimientos de seguridad, ¿sabe?

—Pero ¿le dieron esa orden?

—Oiga, esa orden existe para todas las operaciones de suma delicadeza política, de modo que…

—Ya veo que se la dieron —concluyó Tomás—. Lo que quería saber ahora es por qué razón no me advirtieron de que existía esa posibilidad en caso de captura.

—Por el simple hecho de que, si usted conocía ese procedimiento de seguridad, jamás habría aceptado participar en la operación.

—No le quepa la menor duda.

—Pero, lamento decírselo, eso debía hacerse en un caso extremo. Su vida es, le guste o no, menos importante que la seguridad nacional de Estados Unidos.

—No para mí, téngalo en cuenta.

—Todo depende del punto de vista —dijo Sismondini—. Pero, mirándolo bien, nuestro hombre en Teherán cumplió a rajatabla con los procedimientos de seguridad, no dejándose atrapar vivo.

—Bien, él estaba vivo cuando lo capturaron. Lo que ocurrió es que murió después.

—Para lo que está en cuestión, da igual. Habría sido desastroso que lo interrogasen vivo. Los iraníes habrían encontrado la manera de arrancarle toda la información y nuestra operación en Teherán habría quedado gravemente comprometida. De ahí nuestra ansiedad por saber lo que ocurrió. Y tenga en cuenta que habrían hecho lo mismo con usted.

—Pero no lo hicieron.

—Por la intervención de su amiga, gracias a Dios —concluyó el estadounidense—. Disculpe, espere un segundo. —Cambió de tono y parecía vacilante, como si alguien le estuviese susurrando algo al oído—. Escuche: gracias por sus informaciones, ha sido muy útil…, es que…, ahora tengo…, tengo aquí una persona más que quiere hablar con usted, *okay*?

—De acuerdo.

—Sólo un momento.

Se oyeron unos sonidos extraños en la línea, después música: era evidente que estaban pasando la comunicación a otra persona. En efecto, instantes después apareció de nuevo alguien.

—*Hello*, Tomás.

El portugués reconoció aquella voz ronca y arrastrada, cuyo tono era traicioneramente sereno, cargado de amenazas y de una mal disimulada agresión.

—¿*Mister* Bellamy?

—*You´re a fucking genius.*

Era, evidentemente, Frank Bellamy, el responsable del Directorate of Science and Technology.

—¿Cómo está, *mister* Bellamy?

—Nada contento. Nada contento realmente.

—¿Por?

—Usted ha fallado.

—¡Eh, no siga! No es exactamente así…

—¿Tiene en sus manos el manuscrito?

—No.

—¿Ha leído el manuscrito?

—Pues… no, pero…

—Entonces ha fallado —interrumpió Bellamy, con la voz cargada con el mismo tono gélido de siempre—. No se han cumplido los pasos de su misión. Ha fallado.

—No es exactamente así.

—¿Cómo es, entonces?

—En primer lugar, la responsabilidad de la operación de robo del manuscrito no era mía. No sé si lo sabe, pero yo no soy un oficial de su maldita agencia ni fui entrenado para ir por la vida como asaltante. Si la operación fallo fue porque su hombre no estaba suficientemente preparado para llevarla a cabo con éxito.

—*Fair enough* —acepto el responsable de la CIA—. Ya le cantaré las cuarenta a mi compañero del Directorate of Operations.

—En segundo lugar, tengo una pista sobre el paradero del profesor Siza.

—*Is that so?*

—Sí. Es el nombre de un hotel.

—¿Qué hotel?

—Hotel Orchard.

Bellamy hizo una pausa, como si estuviese tomando nota.

—Or... chard —dijo lentamente—. ¿Y dónde queda?

—No lo sé. Sólo tengo ese nombre.

—Muy bien, voy a mandar que lo comprueben.

—Hágalo —asintió Tomás—. En tercer lugar, y aunque no me hayan autorizado a leer el manuscrito de Einstein, sé que los iraníes están perplejos con él y no saben cómo interpretarlo.

—¿Está seguro?

—Sí, fue lo que me dijeron.

—¿Quién?

—¿Cómo?

—¿Quién fue el iraní que le dijo que estaban todos perplejos con el manuscrito?

—Ariana Pakravan.

—Ah, la belleza de Isfahan. —Hizo una pausa—. ¿Es realmente una diosa en la cama?

—¿Perdón?

—Ya me ha entendido.

—No estoy dispuesto a responder a esa tontería.

Bellamy soltó una carcajada.

—Hmm..., sensible, ¿eh? Ya me he dado cuenta de que está enamorado...

Tomás soltó un chasquido impaciente con la lengua.

—Dígame —protestó—: ¿quiere escuchar lo que tengo que decirle o no?

El estadounidense cambió de tono.

—*Go on.*

—Ehhh.... ¿Por dónde iba?

—Decía usted que los iraníes estaban perplejos con el documento.

—Ah, sí —exclamó Tomás, retomando el hilo—. Pues ellos se quedaron perplejos con lo que leyeron y, por lo visto, no saben qué pensar del texto. Por lo que pude entender, los iraníes creen que la clave para la interpretación del manuscrito se encuentra en dos mensajes cifrados que dejó Einstein.

—Sí...

—Y ocurre que he tenido acceso a los dos mensajes. Los tengo en mi poder.

—Hmm, hmm.

—Y ya he descifrado uno.

Se hizo un breve silencio.

—¿Qué le he dicho? —exclamó Bellamy—. *You're a fucking genius!*

Tomás se rio.

—Lo sé.

—¿Y qué revela ese mensaje ya descifrado?

—Pues… para ser totalmente sincero, no lo he entendido bien.

—¿Qué quiere decir con eso? O lo ha descifrado o no lo ha descifrado.

—Sí, lo he descifrado —confirmó.

En realidad, no sólo Tomás había descifrado el poema, porque Ariana también se empeñó en el trabajo, pero al criptoanalista le pareció mejor omitir ese detalle; algo le decía que Bellamy perdería los estribos si supiese que la responsable iraní del proyecto *Die Gottesformel* se encontraba al corriente de todo.

—¿Y? —quiso saber el estadounidense—. ¿En qué quedamos?

—Lo que quiero decir es que me da la impresión de que también el mensaje encierra un acertijo —explicó el criptoanalista—. Es como una holografía, ¿entiende? Dentro de un mensaje enigmático se esconde otro mensaje enigmático. Por más que descifremos los mensajes, aparece siempre otro por debajo.

—¿Qué quiere? ¿Llegar y besar el santo?

—¿Perdón?

—Le estoy preguntando qué quiere. Coser y cantar, ¿no? No se olvide de que el autor de ese documento es el hombre más inteligente que ha habido en nuestro planeta. Como es evidente, sus acertijos tendrán que ser muy complejos, ¿no le parece?

—Pues tal vez tenga razón.

—Claro que tengo razón —se impacientó—. Pero dígame ya lo que dice ese *fucking* mensaje que ya ha descifrado.

—Espere un momento.

Tomás palpó el bolsillo de la chaqueta, súbitamente receloso, pero, para su gran alivio, sintió el folio doblado justo en el sitio en el que lo había guardado. Los guardias de la prisión de

Evin podían ser unos terribles sádicos, pero por lo menos respetaron celosamente sus objetos personales. O tal vez no esperaban que se escapase antes de registrarlos todos cuidadosamente, quién sabe. Sea como fuere, la verdad es que el folio con los acertijos había sobrevivido al cautiverio.

—No me va a hacer esperar, ¿no? —preguntó Bellamy, cada vez más impaciente al otro lado de la línea.

—No, no, aquí está —dijo Tomás, desdoblando el folio—. Aquí tengo el acertijo.

—Léamelo, hombre.

El historiador recorrió con los ojos las líneas escritas.

—Bien, el acertijo que descifré era un poema que se encontraba en la primera página del manuscrito, justo por debajo del título.

—¿Una especie de epígrafe?

—Sí, eso. Un epígrafe.

—¿Y qué decía el poema?

—Era algo un poco tenebroso —observó Tomás—. Se lo voy a leer. —Aclaró la voz—: *Terra if fin, de terrors tight, Sabbath fore, Christ nite.*

—*Jesus Christ!* —exclamó Bellamy—. ¿Sabe que ya lo he leído? Nuestro hombre en Teherán nos mandó ese poema hace una o dos semanas.

—Claro; fui yo quien le dio el texto.

—Son unos versos sombríos, ¿no cree? Parece el anuncio del apocalipsis…

—Parece, ¿no?

—¡Sea lo que fuere lo que Einstein ha inventado, debe producir una explosión de mil demonios! —exclamó—. *Damn it!* Vamos a tener que intervenir militarmente.

—Bien, pero ya he descifrado el mensaje escondido en estos versos.

—Cuénteme.

Tomás recorrió con la mirada las líneas inferiores, con el texto trascrito en alemán.

—Descubrí que se trataba de un anagrama. Dentro del poema en inglés se encuentra un mensaje en alemán.

—¿Ah, sí? Eso es muy interesante.

—El mensaje dice lo siguiente. —Se detuvo un instante

para ajustarse al acento alemán—. *Raffiniert ist der Herrgott, aber boshaft is er nicht.*

Se hizo una nueva pausa del otro lado de la línea.

—¿Puede repetirlo? —pidió Bellamy con la voz alterada.

—*Raffiniert ist der Herrgott, aber boshaft is er nicht* —volvió a leer Tomás—. Quiere decir lo siguiente. —Buscó la línea con la traducción—. «El Señor es sutil, pero no malicioso.»

—¡Eso es increíble! —exclamó Bellamy.

A Tomás le extrañó el entusiasmo de su interlocutor.

—Bien, es de verdad sorprendente…

—¿Sorprendente? ¡Eso…, eso es algo muy extraño! Aún me cuesta creerlo.

—Sí, es una frase un poco misteriosa. ¿Sabe?: tal vez nosotros…

—Usted no me entiende —interrumpió el hombre de la CIA—. Ya he oído esa frase de boca del propio Einstein.

—¿Cómo?

—En 1951, durante el encuentro en Princeton con el entonces primer ministro de Israel, Einstein pronunció exactamente esa frase. Yo estaba allí y lo escuché todo. —Una pausa—. Eh… espere un poco…, debo…, debo de tener eso por aquí. —Se oyeron unos ruidos en la línea e, instantes después, volvió la voz ronca de Bellamy—. Aquí está.

—¿Qué?

—Tengo aquí la transcripción del diálogo de Einstein y Ben Gurión. En un momento dado, el diálogo entre los dos continuó en alemán. Espere un poco… —Sonido de pasar de páginas—. Espere un poco… —Más páginas—. Aquí está. ¿Quiere escucharlo?

—Sí, sí.

—Dijo Einstein —Bellamy aclaró la voz—: «*Raffiniert ist der Herrgott, aber boshaft ist er nicht*». —Cambió el tono—. Al escuchar eso, Ben Gurión preguntó —una pausa más—: «*Was wollen Sie damit sagen?*». —Nuevo cambio de tono—. Y Einstein respondió: «*Die Natur verbirgt ihr Geheimnis durch die Erhabenheit ihres Wesens, aber nicht durch List*».

—¿Qué diablos quiere decir eso?

—Tengo aquí la traducción. Einstein dijo —cambió una vez

más el tono de voz, como si imitase al científico—: «El Señor es sutil, pero no malicioso».

—Eso ya lo sé.

—Calma. Al oír esa frase, Ben Gurión le preguntó —volvió a cambiar el tono de voz, ahora imitando al antiguo primer ministro de Israel—: «¿Qué quiere usted decir con eso?». —Nueva pausa—. Einstein respondió —cambio de acento—: *«Die Natur verbirgt ihr Geheimnis durch die Erhabenheit ihres Wesens, aber nicht durch List»*.

Tomás no podía contener la ansiedad.

—Sí, ya lo he oído. Pero ¿qué quiere decir eso?

Frank Bellamy sonrió, divertido por hacer esperar al portugués y acicatear su curiosidad. Fijó la vista de nuevo en la traducción y leyó por fin la frase final que, cincuenta y cinco años atrás, había pronunciado Albert Einstein.

—«La naturaleza oculta su secreto en razón de su esencia majestuosa, nunca por astucia.»

XXII

Al ver Coimbra asomando a la izquierda de la carretera, como un castillo erguido sobre una montaña de cal, Tomás Noronha se sintió al borde de dar un grito de alivio. La vieja ciudad resplandecía al lado del Mondego, cortejada por un sol alegre y por la brisa amena que se deslizaba por el río; las fachadas blancas y los tejados rojizos de las viviendas le prestaban cierto toque familiar, acogedor, casi como si el burgo fuese su propia casa. En realidad, comprendió, en ningún sitio se sentía tan bien como allí, aquél era su hogar, era como si aquella tierra y aquellas casas le abrieran los brazos para acogerlo en un regazo protector de madre.

El recién llegado había pasado los últimos días viajando. Primero cruzó el mar Caspio rumbo al norte, hasta hacer puerto en Baku. En la capital de Azerbaiyán, Mohammed trató de conseguirle una plaza en el primer Tupolev que volaba con destino a Moscú, adonde partió de inmediato. Pernoctó en un bonito hotel situado junto al aeropuerto, y abandonó la capital rusa a la mañana siguiente. Cruzó toda Europa hasta aterrizar en Lisboa a primeras horas de la tarde de ese día. En circunstancias normales, habría ido derecho a casa, ya había sufrido bastante, llegaba exhausto y con los nervios alterados, pero estaba el problema de la salud de su padre y de ningún modo dejaría de ir a verlo inmediatamente.

Aún en el aeropuerto de Lisboa, compró una postal y se la envió a Ariana con un mensaje sencillo. Le anunció que había llegado bien, le manifestó su nostalgia y firmó Samot, su nombre al revés, un pequeño truco de criptoanalista por si la VE-VAK o cualquiera de los demás poderes vigentes en Irán interceptaban la correspondencia.

En rigor, sabía que en breve tendría que dedicarse al problema de Ariana. La iraní seguía presente en su espíritu, sobre todo después de lo que había hecho para liberarlo, un acto que, Tomás se dio cuenta, sólo podía tener un significado. Era una prueba de amor. Desde que la dejó, las facciones perfectas de la mujer llenaban sus sueños, aquellos magnéticos ojos color de caramelo asaltaban su memoria, así como los labios sensuales que se entreabrían melancólicamente, como pétalos carmesíes iluminados por el sol; la ternura que se desprendía de aquel rostro fino le invadía los sentidos, las formas esbeltas del cuerpo alto y estilizado lo llenaban de voluptuoso deseo, pero lo que más echaba en falta eran las conversaciones mecidas por el ritmo melódico de su voz tranquila. La verdad, comprobó sin sorpresa, la verdad es que añoraba a Ariana, se había habituado a su dulce compañía, había cultivado el gusto de aspirar su perfume y sentir su presencia serena: era una mujer con la que sería capaz de hablar hasta perder la noción del tiempo, hasta que los minutos se hiciesen horas, hasta que las palabras se volvieran besos.

Pero aún era pronto para decidir qué hacer con sus sentimientos por Ariana. La prioridad, por el momento, era ver a su padre. Después tendría aún que resolver otro problema, el de la CIA. Tomás sabía que necesitaba conseguir la manera de cortar con su indeseada relación con la agencia estadounidense, estaba harto de escarceos y de verse reducido a un mero instrumento en manos de gente sin escrúpulos.

Era hora de convertirse de nuevo en señor de sí mismo.

Graça Noronha soltó un grito cuando abrió la puerta y vio a su hijo sonriéndole.

—¡Tomás! —exclamó, abriendo los brazos—. ¡Ya has vuelto!

Se abrazaron.

—¿Qué tal está, madre?

—Vamos tirando —dijo ella—. Entra, hijo, entra.

Tomás entró en la sala.

—¿Mi padre?

—Tu padre fue al hospital para el tratamiento. Dentro de un rato lo traerán.

Se acomodaron ambos en el sofá.

—¿Cómo sigue?

—Menos sublevado, pobre. Hubo un momento en que estaba imposible. Se aislaba un poco, y cuando abría la boca, era para protestar contra todo y contra todos. Decía que el doctor Gouveia no servía para nada, que los enfermeros eran unos brutos, que debería haber pillado la enfermedad Chico da Pinga... ¡En fin, un martirio!

—¿Ya no está así?

—No, afortunadamente no. Se muestra más resignado, me da la impresión de que ha comenzado a aceptar mejor las cosas.

—¿Y el tratamiento? ¿Está dando resultados?

Graça se encogió de hombros.

—¡Oh, qué sé yo! —exclamó—. Ya no digo nada.

—¿Entonces?

—Ay, hijo, ¿qué quieres que te diga? La radioterapia es muy dura, ¿entiendes? Y lo peor es que no lo va a curar.

—¿Y él lo sabe?

—Lo sabe.

—¿Y cómo está reaccionando?

—Tiene esperanza. Tiene la esperanza que tiene cualquier paciente y cualquier familiar de un paciente en estas circunstancias, ¿sabes?

—¿La esperanza de qué? ¿De curarse?

—Sí, la esperanza de que aparezca algo nuevo que resuelva el problema. La historia de la medicina está llena de casos así, ¿no?

—Sí —asintió Tomás, sintiéndose igual de impotente—. Confiemos en que algo ocurra.

La madre le cogió las manos.

—¿Y tú? ¿Estás bien?

—Sí.

—¡No has mandado ninguna noticia! Nosotros aquí todos preocupados y el niño sin decir agua va, nada de nada.

—Ya sabe cómo son estas cosas, el trabajo...

Doña Graça se alejó un paso y observó a Tomás de pies a cabeza.

—Además, estás muy delgado, hijo. ¿Qué porquerías has estado comiendo en el desierto?

—En Irán, madre.

—¡Vamos, es lo mismo! ¿No está en el desierto, donde hay muchos camellos?

—No, no —explicó él, armándose de paciencia para despejar la confusión geográfica de su madre—. Irán está lejos de nuestro país, pero no en el desierto.

—No importa —dijo la madre—. ¡La verdad es que te has quedado en los huesos, válgame Dios! ¿Los beduinos no te han dado nada de comer?

—Pues… sí, he comido bien.

La madre lo miró con expresión incrédula.

—Entonces, ¿por qué has venido tan delgado, eh? ¡Jesús, parece que has estado en Biafra!

—Bien: hubo días en que comí muy mal…

Graça alzó la mano derecha.

—¡Ah, ya me parecía! ¡Ya me parecía! Tienes la manía de meterte en las bibliotecas y en los museos todos los días, te olvidas de almorzar… y después…, después… —hizo un gesto señalando a Tomás, como si presentase una prueba en un tribunal—: ¡después te pones así!

—Pues sí, tal vez ha sido eso. —Le dieron ganas de reír—. Me olvidé de almorzar.

La mujer se levantó, decidida.

—¡Espera! ¡Voy a hacer que estés más gordo que un lechón de la Bairrada en día de matanza, o no me llamo Maria da Graça Rosendo Noronha! —exclamó, y se dio la vuelta para salir de la sala—. Tengo un guiso de cordero que es una delicia, ¿has oído? ¡Una delicia! De quedarse con ganas de seguir comiendo más. —Le hizo una seña para que la siguiese—. Vamos, anda, ven a la cocina, ven aquí.

Había comido la mitad del cordero, regado con un tinto afrutado del Duero, cuando sonó el móvil.

—*Mister Norona?*

Tomás reviró los ojos. El acento era inconfundiblemente estadounidense, lo que sólo podía significar que la CIA no lo soltaba.

—Sí, soy yo.

—Lo llamamos desde el despacho del Directorate of Science and Technology de la Central Intelligence Agency, en Langley, USA. Un momento, por favor. Ésta es una línea segura y el señor director quiere hablar con usted.

—De acuerdo.

Sonó una música en el móvil mientras pasaban la llamada.

—*Hello*, Tomás. Le habla Frank Bellamy.

Con su característica voz ronca y arrastrada, la presentación era redundante: Bellamy no necesitaba anunciarse, se lo identificaba enseguida.

—*Hi, mister* Bellamy.

—¿Lo han tratado bien los muchachos de la Agencia?

—Sólo a partir del mar Caspio, *mister* Bellamy. Sólo a partir del mar Caspio.

—¿Ah, sí? ¿Tiene alguna queja sobre lo que ocurrió antes del mar Caspio?

—Nada especial —ironizó el portugués—: sólo el hecho de que el gorila de ustedes en Teherán intentó inyectarme veneno.

Bellamy se rio.

—Considerando lo que ocurrió después, menos mal que usted no lo dejó —dijo—. ¿Ha visto? Si él lo hubiese neutralizado, jamás podríamos haber sabido las cosas que usted nos contó. Nuestra búsqueda habría entrado en un callejón sin salida.

—Gracias por preocuparse por mi bienestar —repuso Tomás con acritud—. Estoy francamente conmovido.

—Sí, soy un sentimental. Sólo pienso en su salud.

—Ya me había dado cuenta.

El estadounidense carraspeó.

—Oiga, Tomás, lo estoy llamando a propósito de aquella pista que usted me dio.

—¿Qué pista?

—La del hotel Orchard.

—Ah, sí.

—Bien, hemos estado investigando y hemos descubierto que existen centenares de hoteles con el nombre Orchard en todo el mundo. Hay en Singapur, en San Francisco, en Londres…, en todas partes, en realidad. Es como buscar una aguja en un pajar.

—Lo entiendo.

—¿No tiene algún dato más que nos pueda ayudar?

—No —dijo Tomás—. Todo lo que sé es que existe una conexión entre el hotel Orchard y el profesor Siza. No sé nada más.

—Bien…, es una referencia muy vaga —observó el estadounidense—. Vamos a seguir investigando, claro. El problema es que, de este modo, nos llevará años, ¿no?

—Comprendo, pero no puedo hacer nada.

—¿Quién le dio esa información?

—Ariana Pakravan.

—Hmm —murmuró Bellamy, analizando el caso—. ¿Y podemos confiar en ella?

—¿En qué sentido?

—En el de pensar que ha dicho la verdad.

—Bien, fue ella quien me salvó, ¿no? Si no hubiese sido por ella, no estaría aquí hablando con usted. Supongo que habrá dicho la verdad…

—*I see.* ¿Y cree que es posible ponernos en contacto con ella?

—¿Con quién? ¿Con Ariana?

—Sí.

—¡Ni se le ocurra!

—¿Por qué? Si lo ayudó a usted, no está necesariamente del lado de ellos.

—Ella me ayudó porque quiso ayudarme. No fue un acto político. Fue un acto…, eh… personal.

Bellamy se quedó callado apenas un segundo.

—Ya veo que usted acabó acostándose con ella.

—No empiece otra vez con ese rollo.

El estadounidense se rio.

—¿Es tan buena como dicen?

Tomás reviró los ojos, impaciente.

—Oiga: ¿me ha llamado para decirme eso?

—Lo he llamado porque necesito más información.

—No tengo más datos.

—Pero ella sí.

—Ella es iraní y está del lado de su país. Si ustedes llegan a reunirse con ella, les contará todo a sus superiores.

—¿Le parece?

—Estoy seguro.

—¿Qué lo lleva a decir eso?

—El hecho de que se haya negado a revelarme detalles sobre el programa nuclear iraní. Ni siquiera me dijo cuál es el contenido del manuscrito de Einstein…

Bellamy vaciló. Tomás casi contuvo la respiración, a la espera de la decisión al otro lado de la línea. El historiador creía ahora que éste era el único argumento que podría frenar a los norteamericanos. O los convencía de que Ariana se mantenía leal al régimen de Teherán, o la CIA comenzaría a acosarla y la pondría en peligro.

—Hmm…, está bien —aceptó Bellamy—. Me parece que sólo nos queda entonces registrar los hoteles, ¿no?

—Sí, es mejor.

—¿Y usted? ¿Ya ha hecho progresos con la segunda cifra?

—Pues…, justamente, yo…, yo querría desligarme de este asunto. ¿Sabe?: ya me han pasado demasiadas cosas y no quiero…

—¡Eso sí que es bueno!

—¿Perdón?

—Nadie abandona este caso mientras no esté totalmente resuelto, ¿entiende? —vociferó Bellamy, con un tono que no admitía discusión—. Usted va a cumplir con su compromiso hasta el final.

—Pero, oiga, yo no…

—¡Aquí no hay pero que valga! Usted está comprometido en una misión de extrema importancia y la llevará a cabo, cueste lo que cueste, le duela a quien le duela. ¿Está claro?

—Disculpe, pero yo…

—¿Está claro?

—Sí…, sólo que yo…

—Escúcheme, pero escúcheme bien —bramó el estadounidense, muy áspero, casi deletreando las palabras—: usted va a seguir en su papel hasta el final. No voy a explicarle lo que le ocurrirá si flaquea aunque sólo sea un momento. Pero que quede bien claro que lo quiero trabajando en este caso al cien por cien, ¿ha oído?

—Bien…, pues…

—¿Ha oído?

Tomás se sintió derrotado: el tono agresivo del hombre de la CIA no le dejaba margen alguno de maniobra.

—Sí.

—Y otra cosa —añadió, siempre imperativo—. Estamos en una carrera contra reloj. Necesitamos saber exactamente lo que dice el manuscrito para poder actuar. Si tarda mucho tiempo en encontrar la clave del documento, no tendremos otra alternativa que avanzar y entrar en contacto con su amiga. El hecho es que ella sabe cosas que nosotros necesitamos saber. La seguridad nacional de mi país está en cuestión y no renunciaré a ningún medio para salvaguardarla, ¿entiende? Utilizaremos todos los métodos que sean necesarios para obtener la información que nos hace falta. Y cuando digo todos los métodos, quiero justamente decir todos, incluidos aquellos en los que usted está pensando. —Hizo una pausa, como quien ya no tiene nada más que decir—. Por tanto, le aconsejo que se dé prisa.

Y colgó.

Tomás se quedó un buen rato mirando el móvil mudo en sus manos, reconstruyendo la conversación, evaluando sus opciones. Pronto concluyó que no las tenía y sólo le resonaba en la mente una única expresión para describir a Frank Bellamy: «Hijo de puta».

Un enfermero trajo a Manuel Noronha a casa. El padre de Tomás llegó cansado, después de una sesión más de radioterapia, y fue a acostarse. La mujer le llevó una sopa a la habitación y, mientras comía, vio acercarse a su hijo a la cama.

Para llenar el silencio, sólo interrumpido por el sonido que hacía su padre al tomar la sopa, Tomás le contó parte de lo que había visto en Teherán, omitiendo, como era lógico, su verdadera misión en la capital iraní y los acontecimientos de los últimos días. Cuando acabó, el diálogo se deslizó inevitablemente hacia la enfermedad. El matemático acabó la sopa y, en el momento en que la mujer salió de la habitación, le pidió a su hijo que se acercase más y le hizo una confesión.

—He hecho un pacto —murmuró, casi conspirativo.

—¿Un pacto? ¿Qué pacto?

Manuel miró la puerta y se llevó el índice a los labios.

—Chist —susurró—. Tu madre no sabe nada de nada. Ni ella ni nadie.

—Está bien, yo no digo nada.

—He hecho un pacto con Dios.

—¿Con Dios? Pero usted, padre, nunca ha creído en Dios...

—Y no creo —confirmó el matemático—. Pero igualmente he hecho un pacto con Él, no sea que en una de ésas exista, ¿no?

Tomás sonrió.

—Bien pensado.

—La cosa es así. Le he prometido hacer todo lo que los médicos me manden hacer. Todo. A cambio, sólo le pido que me deje vivir hasta tener un nieto.

—Oh, padre.

—¿Has oído? Por tanto, corresponde que te pongas en marcha, consigas a una muchacha guapetona y, pumba, tengas un hijo con ella. No quiero morir sin ver a mi nieto.

Tomás controló la mueca de disgusto que tuvo ganas de hacer en ese momento. El hecho es que su padre estaba enfermo y no podía contradecirlo en una cuestión así.

—De acuerdo, está bien, voy a ver si me ocupo del asunto.

—¿Me lo prometes?

—Se lo prometo.

Manuel respiró hondo y dejó caer la cabeza hacia atrás, como si lo hubiesen liberado de un peso.

—Menos mal.

Se hizo silencio.

—¿Cómo está, padre?

—¿Cómo quieres que esté? —murmuró, con la cabeza hundida en la almohada—. Tengo una enfermedad que me consume las entrañas y no sé si voy a vivir una semana, un mes, un año o diez años. ¡Esto es horrible!

—Tiene razón, es horrible.

—A veces me despierto con la esperanza de que todo esto no sea más que una pesadilla, de que, al despertar, descubra que al fin todo está bien. Pero, al cabo de unos segundos, me doy cuenta de que no ha sido una pesadilla, que es la realidad. —Meneó la cabeza—. No sabes lo que esto cuesta, despertarse con esperanza y perderla enseguida, como si alguien estuviese jugando con nosotros, dándonos el futuro en un momento y quitándonoslo al rato, como si la vida fuese un juguete y yo un niño. Hay mañanas en las que me sorprendo llorando…

—No se ponga triste…

—¿Cómo no ponerme triste? Estoy a punto de perderlo todo, de perder a toda la gente que quiero, ¿y no puedo ponerme triste?

—Pero ¿usted está siempre pensando en lo mismo, padre?

—No, sólo a veces. Hay algunas mañanas en que pienso en la muerte, pero esos instantes son más excepcionales. La verdad es que, la mayor parte del tiempo, intento sobre todo concentrarme en la vida. Mientras viva, guardo siempre la esperanza de vivir, ¿entiendes?

—Hay que pensar en positivo, ¿no?

—Así es. De la misma manera que no podemos estar siempre mirando el sol, tampoco podemos estar siempre pensando en la muerte.

—Además, puede ser que se llegue a una solución.

El padre lo miró con un brillo singular en la mirada.

—Así es, puede ser que ocurra algo —exclamó—. En los momentos de mayor desesperación, me aferro siempre a ese pensamiento. —Hizo una pausa—. ¿Sabes cuál es mi sueño?

—Hmm.

—Yo estoy en los hospitales de la Universidad de Coimbra y el doctor Gouveia se sienta a mi lado y me dice: «Profesor Noronha, tengo una nueva medicina que acaba de llegar de Estados Unidos y que parece estar dando allí muy buen resultado. ¿Quiere probarla?». —Se calló, con los ojos perdidos en el infinito, como si viviese ese sueño en ese mismo instante—. Él me da la medicina y, días después, vamos a hacer un TAC y él se aparece frente a mí a gritos: ¡ha desaparecido! ¡La enfermedad ha desaparecido! ¡Ya no hay metástasis! —Sonrió—. Ése es mi sueño.

—Puede hacerse realidad.

—Puede que sí. Puede hacerse realidad. Además, el doctor Gouveia me ha contado que hay muchas historias así, relativas a enfermedades que antes no tenían cura. Personas al borde de la muerte probaron una medicina nueva y, pumba, se pusieron buenas en un abrir y cerrar de ojos. —Bostezó—. Ya ha ocurrido.

Se hizo el silencio.

—Hace un rato usted habló de Dios.

—Sí.

—Pero usted, padre, es un hombre de ciencia, un matemático, y nunca creyó que Dios existiera. Ahora, no obstante, ya hace pactos con Él…

—Bien…, eh…, en rigor, importa decir que yo no puedo asegurar que Dios exista o que no exista. Digamos que soy agnóstico, no tengo certidumbres sobre su existencia o su inexistencia.

—¿Por qué?

—Porque no conozco pruebas de la existencia de Dios, pero, sabiendo lo que sé sobre el universo, tampoco estoy seguro de que Él no exista. —Tosió—. ¿Sabes?: hay una parte de mí que es atea. Siempre he pensado que Dios no es más que una creación humana, una maravillosa invención que nos conforta y que llena convenientemente lagunas de nuestro conocimiento. Por ejemplo, una persona va a cruzar un puente y el puente se cae. Como nadie sabe por qué razón el puente ha caído, todos atribuyen el hecho a la voluntad divina. —Se encogió de hombros, imitando una actitud resignada—. Fue Dios quien lo hizo. —Tosió—. Pero hoy, con nuestros conocimientos científicos, ya sabemos que el puente ha caído, no por obra de Dios, sino porque hubo desgaste en los materiales, o erosión en el suelo, o un peso excesivo para esa estructura; en fin, hay una explicación verdadera que no tiene origen divino. ¿Entiendes? Éste es el llamado Dios-de-las-lagunas. Cuando ignoramos algo, invocamos a Dios y la cuestión queda explicada, cuando, en realidad, existen otras explicaciones más verdaderas, aunque no podamos conocerlas.

—¿Cree que no es posible una intervención de lo sobrenatural?

—Lo sobrenatural es aquello que invocamos cuando desconocemos una cosa natural. Antiguamente, una persona enfermaba y se decía: está poseída por los malos espíritus. Hoy, la persona enferma y decimos: está poseído por bacterias o por virus o por cualquier otra cosa. La enfermedad es la misma, nuestro conocimiento sobre sus causas ha cambiado, ¿entiendes? Cuando desconocíamos las causas, invocábamos a lo sobrenatu-

249

ral. Ahora que las conocemos, invocamos a lo natural. Lo sobrenatural no es más que una fantasía alimentada a causa de nuestro desconocimiento sobre lo natural.

—Entonces no existe lo sobrenatural.

—No, sólo existe lo natural que desconocemos. El ateo que hay en mí acepta que no fue Dios quien creó al hombre, sino el hombre quien creó a Dios. —Hizo un gesto que abarcó toda la habitación—. Todo lo que nos rodea tiene una explicación. Creo que las cosas se rigen por leyes universales, absolutas y eternas, omnipotentes, omnipresentes y omniscientes.

—Un poco como Dios...

El padre se rio por lo bajo.

—Sí, así lo ves. Es verdad que las leyes del universo tienen los atributos que generalmente le otorgamos a Dios, pero eso ocurre por razones naturales, no por razones sobrenaturales.

—¿Cómo es eso?

—Las leyes del universo tienen esos atributos porque ésa es su naturaleza. Por ejemplo, son absolutas porque no dependen de nada, afectan a los estados físicos pero éstos no las afectan. Son eternas porque no cambian con el tiempo, eran las mismas en el pasado y sin duda lo seguirán siendo en el futuro. Son omnipotentes porque nada se les escapa, ejercen su fuerza en todo lo que existe. Son omnipresentes porque se encuentran en cualquier parte del universo, no hay unas leyes que se aplican aquí y otras diferentes que se aplican allá. Y son omniscientes porque ejercen automáticamente su fuerza, no necesitan que los sistemas las informen de su existencia.

—¿Y de dónde vienen esas leyes?

El matemático esbozó una sonrisa de niño.

—Ahí me has pillado.

—¿Entonces?

—El origen de las leyes del universo constituye un gran misterio. Es verdad que esas leyes tienen todos los atributos que normalmente le otorgamos a Dios. —Tosió—. Pero, atención, el hecho de que no conozcamos su origen no implica necesariamente que provengan de lo sobrenatural. —Alzó un dedo—. Recuerda que nos valemos de lo sobrenatural para explicar lo que aún no sabemos, pero que tiene una explicación natural. Si nos valemos de lo sobrenatural cada vez que no sabemos algo, estamos recurriendo al Dios-de-las-lagunas. Dentro de un tiempo se descubrirá la verdadera causa y pasaremos por tontos. La Iglesia, por ejemplo, se ha hartado de recurrir al Dios-de-las-lagunas para explicar cosas que antaño no tenían explicación, y después pasó por el enorme embarazo de tener que desdecirse cuando se hicieron descubrimientos que desmentían la explicación divina. Copérnico, Galileo, Newton y Darwin son los casos más conocidos. —Tosió—. De cualquier modo, Tomás, la cuestión del origen de las leyes del universo constituye algo que no logramos explicar. Por otra parte, existe un determinado número de propiedades del universo que me impiden afirmar rotundamente que Dios no existe. La cuestión del origen de las leyes fundamentales es una de ellas. Su existencia sirve para recordarnos que se oculta un gran misterio por detrás del universo.

Tomás se pasó los dedos por el mentón, pensativo. Después hizo un gesto indicando el bolsillo de la chaqueta.

—Mire, padre —dijo, dando una palmadita en el bolsillo—. Tengo aquí dos frases enigmáticas que, si puede, me gustaría que me explicase.

—Dime.

Tomás metió la mano en el bolsillo, sacó de allí un folio y lo desdobló. Recorrió el texto con los ojos y se volvió al padre.

—¿Puedo?

—Adelante.

—«Sutil es el Señor, pero no malicioso. La naturaleza oculta su secreto en razón de su esencia majestuosa, nunca por astucia» —leyó.

Manuel Noronha, con la cabeza hundida en la amplia almohada, sonrió.

—¿Quién ha dicho eso?

—Einstein.

El matemático balanceó afirmativamente la cabeza.

—Es correcto.

—Pero ¿qué significa?

El padre bostezó una vez más.

—Estoy cansado —dijo simplemente—. Mañana te lo explico.

XXIII

Cuando Tomás se despertó, oyó resonar en la casa el tintineo metálico de los cubiertos contra la loza y de los platos que chocaban con otros platos. Se levantó de la cama, fue al cuarto de baño, se arregló en cinco minutos y acudió en albornoz a la cocina; se encontró con su madre sentada a la mesita de la antecocina, con un vaso de leche caliente en la mano y dos tostadas en un plato.

—Buenos días, Tomás —saludó la madre, señalando una tostada—. ¿Te apetece?

—Pues… sí. ¿Hay zumo de naranja?

La mujer se levantó y abrió el frigorífico. Cogió un envase de color anaranjado y se fijó en la fecha impresa junto a la tapa.

—Mira, hijo, creo que está caducado. Tengo que ir a comprar más.

—¿Y fruta? ¿No hay fruta?

Graça señaló el canastillo de colores colocado en la encimera, al lado del frigorífico.

—Hay plátanos, manzanas y mandarinas. —Volvió a mirar en el frigorífico—. Y aquí hay lichis en almíbar. ¿Qué prefieres?

Tomás puso dos rebanadas de pan de molde en la tostadora, cogió una mandarina y empezó a pelarla.

—Me quedo con la mandarina.

—Haces muy bien. Son dulces, vienen del Algarve.

Con la mandarina ya pelada, Tomás se sentó en una silla de la antecocina y mordió un gajo jugoso.

—¿Y padre?

—Aún está durmiendo. Tomó ayer unos comprimidos para mitigar la tos durante la noche, pero el problema es que acaba siempre durmiendo más de lo que debería.

—Pues se acostó temprano, ¿no? A esta hora ya debería estar de pie…

—Ah, no te preocupes, ya se levantará. —La madre se quitó el delantal y miró alrededor, como si estuviese intentando organizarse—. Mira, vamos a hacer lo siguiente: yo voy a dejar todo preparado para su desayuno, ¿de acuerdo? Ahora tengo que ir al supermercado a buscar las cosas para el almuerzo, pero como tú te quedas aquí no hay problema, ¿verdad?

—Sí, claro.

—Él se va a levantar con un hambre de lobo. Ayer sólo cenó una sopita y, si no me equivoco, ahora querrá compensar.

—Hace bien.

—Por tanto, cuanto tu padre se despierte, no te olvides, sólo hay que calentarle la leche.

—¿Bebe leche con qué?

Graça cogió una caja dorada, con una enorme ave pintada en la parte superior.

—Copos de avena. Le calientas la leche y después la mezclas con los copos de avena en un plato de sopa, ¿de acuerdo?

Tomás cogió la caja y la puso sobre la mesa.

—Vaya tranquila.

El padre tardó una media hora larga en aparecer en la cocina. Tal como había previsto su mujer, llegaba muerto de hambre y, según se le había indicado, Tomás le preparó los copos de avena con leche caliente. Cuando el plato estuvo listo, se sentaron los dos en la mesa de la antecocina a saborear el desayuno.

—Muéstrame otra vez esas dos frases de Einstein —pidió Manuel, mientras se llevaba una cuchara a la boca.

Tomás fue a la habitación a buscar la hoja con la frase apuntada y volvió a la cocina.

—Aquí está —dijo sentándose en su lugar con la hoja abierta en la mano—. «Sutil es el Señor, pero no malicioso —leyó de nuevo—. La naturaleza oculta su secreto en razón de su esencia majestuosa, nunca por astucia». —Miró a su padre—. En su opinión, ¿qué quiere decir esta frase en boca de un científico?

El matemático comió los copos que había en la cuchara.

—Einstein se estaba refiriendo a una característica inherente al universo, que es la forma en que los misterios más profundos se mantienen habilidosamente ocultos. Por más que intentemos llegar al meollo de un enigma, descubrimos que existe siempre una barrera sutil que nos impide desvelarlo por completo.

—No logro entender…

El padre hizo girar la cuchara en el aire.

—Mira, voy a darte un ejemplo —dijo—. La cuestión del determinismo y del libre albedrío. Éste es un problema que ha atormentado a la filosofía durante mucho tiempo, y que han retomado la física y la matemática.

—¿Se refiere a la cuestión de saber si tomamos decisiones libres o no?

—Sí —asintió—. ¿Qué te parece?

—Bien, yo diría que somos libres, ¿no? —Tomás hizo un gesto hacia la ventana—. Por ejemplo, yo vine a Coimbra porque así lo decidí libremente. —Señaló el plato encima de la mesa—. Usted, padre, está comiendo esos cereales porque así lo quiso.

—¿Crees que sí? ¿Crees que esas decisiones han sido realmente libres?

—Es decir…, eh…, creo que sí, claro.

—¿No habrás venido a Coimbra porque estabas psicológicamente condicionado a venir por el hecho de que yo me encuentro enfermo? ¿No estaré yo comiendo estos cereales porque estoy fisiológicamente condicionado a ellos o porque recibo la influencia de algún anuncio televisivo sin que tenga conciencia de ello? ¿Eh? —Movió las cejas hacia arriba y hacia abajo, para destacar lo que acababa de decir—. ¿Hasta qué punto somos realmente libres? ¿No se estará dando el caso de que tomamos decisiones que parecen ser libres pero que, si nos ponemos a analizar su origen profundo, están condicionadas por un sinfín de factores, de cuya existencia muchas veces no nos damos cuenta? ¿No será el libre albedrío al final una mera ilusión? ¿No estará todo determinado, aunque no tengamos conciencia de que es así?

Tomás se movió en la silla.

—Ya me he dado cuenta de que esas preguntas tienen doble filo —observó desconfiado—. ¿Cuál es la respuesta de la ciencia? ¿Somos libres o no?

—Ésa es la gran duda —sonrió el padre con malicia—. Si no

me equivoco, el primer gran defensor del determinismo fue un griego llamado Leucipo. Él afirmó que nada ocurre por casualidad y que todo tiene una causa. Platón y Aristóteles, no obstante, pensaban de otra manera y dejaron espacio abierto al libre arbitrio, un punto de vista que adoptó la Iglesia. Le convenía, ¿no? Si el hombre tenía libre albedrío, se le quitaba a Dios la responsabilidad sobre todo el mal que había en el mundo. Durante siglos prevaleció así la idea de que los seres humanos disponen de libre albedrío. Sólo con Newton y el avance de la ciencia, se retornó al determinismo, hasta el punto de que uno de los físicos más importantes del siglo XVIII, el marqués Pierre de Laplace, hizo una comprobación decisiva. Observó que el universo obedece a leyes fundamentales y previó que, si conocemos esas leyes y si sabemos la posición, la velocidad y la dirección de cada objeto y de cada partícula existente en el universo, seremos capaces de conocer todo el pasado y todo el futuro, una vez que todo ya se encuentra determinado. Lo llaman el Demonio de Laplace. Todo está determinado.

—Hmm —murmuró Tomás—. ¿Y qué dice la ciencia moderna?

—Einstein concordaba con este punto de vista y las teorías de la relatividad se construyeron según el principio de que el universo es determinista. Pero las cosas se complicaron cuando apareció la teoría cuántica, que aportó una visión no determinista al mundo de los átomos. La formulación del indeterminismo cuántico se debe a Heisenberg, que, en 1927, comprobó que no es posible determinar al mismo tiempo, y de forma rigurosa, la velocidad y la posición de una micropartícula. Nació así el principio de incertidumbre, que planteó…

—Ya he oído hablar de él —interrumpió Tomás, recordando la explicación que le había dado Ariana en Teherán—. El comportamiento de los grandes objetos es determinista, el comportamiento de los pequeños es no determinista.

Manuel se quedó un instante mirando a su hijo.

—Caramba —exclamó—. Nunca imaginé que estuvieses al tanto de este tema.

—Sí, me lo explicaron hace poco tiempo. ¿No es ése el problema que impulsó la búsqueda de una teoría del todo, capaz de conciliar esas contradicciones?

—Exacto —confirmó el matemático—. Ése es, hoy en día, el gran sueño de la física. Los científicos están en busca de una gran teoría que, entre otras cuestiones, una la relatividad y la teoría cuántica y resuelva el problema del determinismo o indeterminismo del universo. —Tosió—. Pero es fundamental destacar una cosa. El principio de incertidumbre dice que no es posible determinar con exactitud el comportamiento de una partícula a causa de la presencia del observador. A lo largo de los años, este problema me llevó a tener algunas conversaciones con el profesor Siza…, el que está desaparecido, ¿sabes?

—Sí.

—Lo que ocurrió fue que el principio de incertidumbre, que es verdadero, provocó lo que nosotros siempre hemos considerado una sarta de disparates, cuando algunos físicos dicen, por ejemplo, que una partícula sólo decide en qué sitio se encuentra cuando aparece un observador.

—También ya he oído hablar de eso —dijo Tomás—. Tiene que ver con aquella historia que dice que, si pongo un electrón en una caja y dividimos la caja en dos partes, el electrón está en la dos al mismo tiempo y sólo cuando alguien abre una de las partes el electrón decide dónde se va a quedar…

—Exacto —confirmó el padre, impresionado por los conocimientos de que disponía Tomás acerca de la física cuántica—. De ello se burlaron Einstein y otros físicos, claro. Recurrieron a diversos ejemplos para exponer el absurdo de esa idea, el más famoso de los cuales es el del gato de Schrödinger. —Tosió—. Ahora bien: Schrödinger demostró que, siendo verdadera la idea de que una partícula está en dos sitios al mismo tiempo, también un gato estaría vivo o muerto al mismo tiempo, lo que es un absurdo.

—Sí —asintió Tomás—. Pero, padre, ¿no es la mecánica cuántica la que, a pesar de ser extraña y contraintuitiva, se ajusta a la matemática y a la realidad?

—Claro que se ajusta —exclamó Manuel—. Pero la cuestión no es saber si encaja, porque está visto que encaja. La cuestión es saber si la interpretación es correcta.

—¿Cómo? Si encaja es porque es correcta.

El viejo matemático sonrió.

—Ahí entra la sutileza inherente al universo —dijo—. Escucha: Heisenberg estableció que no es posible determinar de manera simultánea y exacta la posición y la velocidad de una partícula, a causa de la influencia del observador. Fue este enunciado el que llevó a que se afirmase que el universo de las micropartículas tiene un comportamiento no determinista. No se consigue determinar su comportamiento. Pero eso no quiere decir que el comportamiento sea no determinista, ¿entiendes?

Tomás meneó la cabeza, desconcertado.

—¡Ay, qué lío! No entiendo nada.

—Escucha, Tomás: presta atención a la sutileza. Heisenberg comenzó estableciendo que la posición y la velocidad de una partícula no pueden determinarse de manera simultánea y con exactitud debido a la presencia del observador. Repito: debido a la presencia del observador. Éste es el punto crucial. El principio de incertidumbre jamás ha establecido que el comportamiento de las micropartículas es no determinista. Lo que ocurre es que ese comportamiento no puede ser determinado, debido a la presencia del observador y a su interferencia en las partículas observadas. Es decir, las micropartículas tienen un comportamiento determinista, pero indeterminable. ¿Has entendido?

—Hmm…

—Ésa es la sutileza. —Levantó la mano—. Con una sutileza adicional: el principio de incertidumbre nos dice también que jamás podremos probar que el comportamiento de la materia es determinista, dado que, cuando intentamos hacerlo, la interferencia de la observación nos impide obtener esa prueba.

—He entendido —murmuró Tomás—. Pero, entonces, ¿por qué razón se dio ese debate?

El padre se rio.

—Yo también me hago la misma pregunta —dijo—. Siza y yo siempre nos hemos quedado perplejos porque nadie entendía que éste era un problema de semántica, nacido de la confusión entre la palabra «indeterminista» y la palabra «indeterminable». —Levantó la mano—. Pero lo esencial no es eso. Lo esencial es que, al negar la posibilidad de que algún día podamos saber todo el futuro y el pasado, el principio de incertidumbre acaba exponiendo una sutileza fundamental del universo. Como si el universo nos dijese lo siguiente: la historia se encuentra determinada desde el origen de los tiempos, pero jamás podréis probarlo y jamás podréis conocerla con exactitud. Ésta es la sutileza. A través del principio de incertidumbre, acabamos sabiendo que, aunque todo esté determinado, la última realidad es indeterminable. El universo ha ocultado su misterio por detrás de esta sutileza.

Tomás releyó la frase de Einstein.

—«Sutil es el Señor, pero no malicioso —enunció—. La naturaleza oculta su secreto en razón de su esencia majestuosa, nunca por astucia.» —Alzó la cabeza—. ¿Y donde dice que Dios no es malicioso ni se vale de la astucia?

—Es lo que siempre te he dicho —repuso el padre—. El universo oculta su secreto, pero lo hace a causa de su inmensa complejidad.

—He entendido —confirmó Tomás—. No obstante, la indeterminabilidad del comportamiento de la materia sólo se aplica al universo atómico, ¿no?

El matemático hizo una mueca.

—Bien, la verdad es que esa sutileza existe en todos los niveles.

—Pensé que había dicho que sólo había indeterminabilidad cuántica… —se sorprendió Tomás.

—Vamos, eso es lo que se pensaba antiguamente. Pero mientras tanto se han hecho otros descubrimientos.

—¿Qué descubrimientos?

Manuel Noronha contempló la ciudad más allá de la ventana, pero lo hizo con una mirada soñadora, como un pájaro encerrado en una jaula observa el cielo más allá de las rejas.

—Oye: ¿y si fuésemos a tomar un café a la plaza?

XXIV

La Praça do Comércio se desperezaba con la modorra apacible de la mañana. El sol hacía resplandecer las fachadas blancas y las barandillas metálicas de los viejos edificios que rodeaban la plaza, donde sólo sobresalía el amarillo tostado del frontispicio casi rústico de la vieja iglesia románica de São Tiago. Pequeños puestos de venta animaban la plaza, exhibiendo ropas alegres, porcelana azul de la región y bisutería común. La terraza era instigadora, así que padre e hijo se instalaron en una mesa, extendieron las piernas y volvieron la cara hacia el astro flameante, acogiendo con placer el agradable calor que les entibiaba la piel.

Apareció el camarero con un bloc de notas en la mano y, frente a su mirada inquisitiva, los clientes les pidieron dos cafés expresos. Cuando el joven se alejó, Tomás miró lánguidamente a su padre.

—Usted me dijo hace un momento que la indeterminabilidad no pertenecía solamente al mundo cuántico…

—Sí.

—Pero, o bien me equivoco, o bien eso contradice todo lo que se dijo antes. ¿No es que eran deterministas la teoría de la relatividad y la física clásica de Newton?

—Lo eran y lo son.

—Y ambas establecen que el comportamiento de la materia es previsible…

—No exactamente.

—No entiendo. Según me dijeron el otro día, si yo sé la posición, la velocidad y la dirección de la Luna, podré calcular con exactitud todos sus movimientos pasados y futuros. ¿No es eso previsibilidad?

—Las cosas no se dan exactamente así. Ha habido descubrimientos posteriores que lo han cambiado todo.

—¿Qué descubrimientos?

Apareció el camarero y sirvió los dos cafés en la mesa. Manuel Noronha se enderezó en la silla, bebió un trago tímido y recorrió el cielo con los ojos, observando los copos de algodón que se deslizaban suavemente sobre el azul límpido.

—Dime una cosa, Tomás. ¿Por qué razón no logramos prever con rigor el estado del tiempo?

—¿Eh?

El matemático señaló el cielo.

—¿Por qué razón el boletín meteorológico en la televisión preveía para hoy cielo despejado sobre Coimbra y yo estoy viendo pasar unas nubes que desmienten la previsión?

—Qué sé yo —se rio Tomás—. Porque nuestros meteorólogos son unos nabos, supongo.

El padre volvió a estirarse en su lugar, con el rostro vuelto hacia el calor del sol.

—Respuesta equivocada —dijo—. El problema está en la ecuación.

—¿Cómo?

—En 1961, un meteorólogo llamado Edward Lorenz se sentó ante un ordenador y se puso a ensayar previsiones meteorológicas sobre el comportamiento del clima a largo plazo, basándose en sólo tres variaciones: la temperatura, la presión del aire y la velocidad del viento. La experiencia nada revelaría de especial si no se hubiese dado el caso de que quiso examinar una secuencia determinada con más detalle. Fue algo pequeño, casi insignificante. En vez de introducir cierto dato otra vez desde el principio, fue a ver una copia impresa de la experiencia original y copió el número que vio allí. —Sacó un bolígrafo del bolsillo de la chaqueta y cogió una servilleta de papel, que extendió sobre la mesa de la terraza—. Era, si mal no recuerdo, el…, eh…

Escribió cuatro cifras.

$$0,506$$

—Era 0,506.

—Vaya, eso sí que es tener buena memoria —comentó el hijo.

—Nosotros, los matemáticos, somos así. —Sonrió y señaló

las tazas humeantes sobre la mesa—. Ahora bien: tal como estamos haciendo ahora, Lorenz fue a tomar un café y dejó el ordenador procesando los datos. Cuando regresó, no obstante, no quería creer en lo que lo esperaba. Descubrió que la nueva previsión meteorológica que daba el ordenador era totalmente diferente de la anterior. Totalmente. Intrigado, intentó ver lo que había cambiado. —Golpeó con la punta del bolígrafo los cuatro dígitos que había garrapateado en la servilleta de papel—. Después de analizarlo todo, se dio cuenta de que, al introducir este dato, sólo había reproducido cuatro guarismos de una secuencia más larga.

Escribió la secuencia completa.

$$0,506127$$

—Ésta era la secuencia completa original. Enfrentado a esta situación, tomó conciencia de que una alteración millonésima de los datos, una cosa infinitamente pequeña, casi insignificante, alteraba por completo la previsión. Era como si una mera ráfaga de viento imprevista tuviese el poder de cambiar el estado del tiempo en todo el planeta. —Hizo una pausa dramática—. Lorenz descubrió el caos.

—¿Perdón?

—La teoría del caos constituye uno de los modelos matemáticos más fascinantes que existen, y ayuda a explicar muchos comportamientos del universo. La idea fundamental de los sistemas caóticos es simple de formular. Pequeñas alteraciones en las condiciones iniciales provocan profundas alteraciones en el resultado final. O sea, pequeñas causas, grandes efectos.

—Deme un ejemplo.

El padre volvió a apuntar al cielo y a las nubes intermitentes que, a veces, lanzaban irritantes sombras sobre la Praça do Comércio.

—El estado del tiempo —dijo—. El ejemplo más famoso es el llamado «Efecto Mariposa». El batir de las alas de una mariposa en Coimbra alterará en una porción millonésima la presión del aire a su alrededor. Esa pequeñísima alteración producirá un efecto dominó en las moléculas de aire, hasta el extremo de provocar, dentro de un tiempo, una tormenta colosal en

América. Y ése es el Efecto Mariposa. Ahora, transporta el efecto de esta pequeña mariposa al efecto de todas las mariposas en el mundo, de todos los animales, de todo lo que se mueve y respira. ¿Cuál es el resultado? —Abrió las manos, como quien expone una evidencia—. La imprevisibilidad.

—Que remite al indeterminismo.

—No —exclamó el matemático—. La imprevisibilidad no remite al indeterminismo, sino a la indeterminabilidad. El comportamiento de la materia sigue siendo determinista. Lo que ocurre es que la materia se organiza de tal modo que no es posible prever a largo plazo su comportamiento, aunque éste ya esté determinado. Si quieres, podremos decir que el comportamiento de los sistemas caóticos es causal, pero parece casual.

—Ya... —murmuró Tomás—. ¿Cree que, siendo eso válido para la meteorología, puede aplicarse también en otros campos?

—Tomás, la teoría del caos está presente por todas partes. En todo. En el mundo cuántico, tal vez, no logramos prever con toda certidumbre el comportamiento de las micropartículas por la simple razón de que es caótico. Ese comportamiento ya está determinado, pero las fluctuaciones en sus condiciones iniciales son de tal modo minúsculas que no nos resulta posible anticipar su evolución. Por ello, a efectos prácticos, el mundo cuántico nos parece indeterminista. En realidad, las micropartículas tienen un comportamiento determinista, pero el hecho es que no llegamos a determinarlo. Creo que eso se debe a la influencia de la observación, según lo establecido inicialmente por el principio de incertidumbre, pero también a la indeterminabilidad inherente a los sistemas caóticos.

—Está bien, pero eso sólo ocurre con cosas minúsculas, como los átomos o las moléculas...

—Te equivocas —insistió el padre—. El caos está en todas partes, incluidos los grandes objetos. El propio sistema solar, que parece tener un comportamiento previsible, es, en realidad, un sistema caótico. Lo que ocurre es que no nos damos cuenta de ello porque observamos movimientos muy lentos. Pero el sistema solar es caótico. Una proyección hecha desde un ordenador calculó, por ejemplo, que si la Tierra empezase a girar alrededor del Sol a sólo cien metros de distancia del local donde efectivamente comenzó, al cabo de cien millones de años se ale-

jaría cuarenta millones de kilómetros de la ruta original. Pequeñas causas, grandes efectos.

—Hmm.

—El caos rige incluso nuestras vidas. Imagina, por ejemplo,
que te metes en el coche y, antes de arrancar, te das cuenta de que
la solapa de tu chaqueta ha quedado enganchada a la puerta.
¿Qué haces entonces? Abres la puerta, te acomodas la solapa,
cierras la puerta y arrancas. Has perdido cinco segundos en ese
proceso. Cuando llegues a la primera esquina, aparece un camión que te atropella. Resultado: te quedas parapléjico para el
resto de tu vida. Ahora imagina que no se te ha enganchado la
solapa de la chaqueta en la puerta. ¿Qué ocurre? Arrancas inmediatamente y llegas a la esquina cinco segundos antes, ¿no?
Miras a la derecha, ves el camión que se acerca, esperas a que
pase y después prosigues tu viaje. Ésta es la teoría del caos. A
causa de la solapa de la chaqueta enganchada en la puerta del
coche, has perdido cinco segundos que marcarán la diferencia
durante lo que te queda de vida. —Hizo un gesto resignado—.
Pequeñas causas, grandes efectos.

—¿Todo a causa de una cosa tan pequeña?

—Sí. Pero atención: ya estaba determinado que se te engan-
charía la solapa de la chaqueta en la puerta del coche. Ocurrió que
te pusiste mal la chaqueta por la mañana. Y te la pusiste mal
porque te despertaste de mal humor. Y te despertaste de mal humor porque dormiste poco. Y dormiste poco porque te acostaste
tarde. Y te acostaste tarde porque tenías un trabajo que hacer
para la facultad. Y tenías que hacer ese trabajo por el motivo
que sea. Todo es causa de todo y provoca consecuencias que se
vuelven causas de otras consecuencias, en un eterno efecto dominó, en que todo está determinado pero permanece indeterminable. El propio conductor del camión podría haber frenado
a tiempo, pero no lo hizo porque vio a una mujer guapa pasando
y giró la cabeza para mirarla. Y la mujer pasó por allí en ese momento porque andaba con retraso. Y se retrasó porque su novio
la llamó por teléfono. Y el novio la llamó por el motivo que sea.
Todo es causa y consecuencia.

Tomás se pasó la mano por el pelo, intentando ordenar las
ideas.

—Un momento —dijo—. Vamos a imaginar que es posible

archivar todos los datos del universo en un superordenador. En ese caso, ¿podríamos prever todo el pasado y todo el futuro?

—Sí, se aplicaría el Demonio de Laplace. Todo el pasado y el futuro ya existen, y si supiésemos todas las leyes y lográsemos definir con precisión, y simultáneamente, la velocidad, dirección y posición de toda la materia, lograríamos ver todo el pasado y el futuro.

—Por tanto, en teoría eso es posible…

—No, en teoría no es posible.

—Disculpe —rectificó Tomás—. En teoría es posible. No lo es en la práctica.

El padre meneó la cabeza.

—Ésa es una sutileza más del universo —dijo—. Si lográsemos saber todo sobre el estado presente del universo, lograríamos determinar el pasado y el futuro, dado que ya está todo determinado. Pero incluso desde el punto de vista teórico no es posible saber todo sobre el estado presente del universo.

—¿Ah, sí? ¿Y por qué no?

—Por otra sutileza inherente al universo —respondió el matemático—. El infinito.

Tomás esbozó una mueca.

—¿El infinito?

—Sí. ¿Nunca has oído hablar de la paradoja de Zenón?

—Pues… sí.

—Descríbela, por favor.

—¿Qué es esto? ¿Un examen?

—¡Anda ya! ¡Vamos, descríbela!

El hijo entrecerró los ojos e hizo un esfuerzo de memoria.

—Bien…, eh…, si no recuerdo mal, es aquella historia de la carrera que disputan una tortuga y una liebre, ¿no? La tortuga sale primero, pero la liebre, que es mucho más rápida, pronto la supera. El problema es que, según Zenón, la liebre nunca podría alcanzar a la tortuga porque el espacio que las separa es infinitamente divisible. Es así, ¿no?

—Sí —confirmó el padre—. La paradoja de Zenón ilustra el problema matemático del infinito. Para correr un metro, la liebre tiene que correr la mitad de esa distancia. Y esa mitad también es divisible por otra mitad, y la otra mitad por otra mitad, y así hasta el infinito.

—Pero ¿qué quiere probar, padre, con eso?

—Lo que quiero probar es que el infinito es un problema insuperable para la cuestión de la previsibilidad. —Hizo una vez más un gesto en dirección al cielo—. Volvamos al ejemplo del estado del tiempo. Hay dos órdenes de factores que imposibilitan la previsión a largo plazo. Uno es eminentemente práctico. Aunque yo sepa cuáles son todos los factores que influyen en el estado del tiempo, tendría que considerarlos todos. La respiración de cada animal, el movimiento de cualquier ser vivo, la actividad solar, una erupción volcánica, el humo que despide cada automóvil, cada chimenea, cada fábrica, todo. En conclusión: tengo una imposibilidad práctica de tomar en cuenta todos estos factores de manera simultánea, ¿no?

—Claro, eso no es posible.

—Pero el segundo orden de factores está relacionado con el problema del infinito. Por ejemplo, vamos a imaginar que tenga que medir la temperatura global en un momento dado para poder hacer extrapolaciones. Supongamos que, aquí en Coimbra, pongo el termómetro y lo mido a mediodía…, eh…, no sé, dame un valor.

—¿Veinte grados?

El padre volvió a sacar el bolígrafo de la chaqueta y apuntó unos números en la misma servilleta de papel donde ya había garrapateado el valor que había llevado a Lorenz a descubrir los sistemas caóticos.

$$20°$$

—Muy bien, 20 grados —dijo el matemático—. Pero la verdad es que esta medición está incompleta, ¿no? Sólo he medido las unidades. Pero sabemos que las pequeñas alteraciones en las condiciones iniciales conducen a grandes alteraciones en las condiciones finales. Si es así, es imprescindible saber cuál es la medición decimal, centesimal y milesimal, ¿no?

—Bien, entonces añádala.

Manuel agregó tres guarismos.

$$20,793°$$

—Pero... ¿y los valores siguientes? ¿No podrán ser también importantes? La teoría del caos dice que sí. Por tanto, tenemos que poner los valores siguientes, por muy minúsculos que sean, dado que cualquier pequeña alteración puede producir efectos gigantescos.

—Hmm.

El matemático añadió más guarismos.

$$20,7936792740279342887722°$$

—Pero incluso esto no alcanza —afirmó—: el guarismo que siga a todos éstos también puede ser crucial —sonrió—. Lo que quiero decir es que la medición tendría que llevar un número infinito de guarismos. Pero eso no es posible, ¿no? Por tanto, por más guarismos que pongamos, nunca podremos saber con exactitud la temperatura en un determinado lugar y hora, puesto que tendríamos que hacer una cuenta que abarcase datos infinitesimales.

—Ah, ya lo he entendido.

—Pero el problema es aún más complejo que esto —golpeó la mesa—: la temperatura que tenemos en esta mesa puede ser ligeramente diferente de la temperatura que existe allí, a sólo un metro de distancia. —Señaló hacia un lado—. En consecuencia, tendríamos que medir todos los espacios de Coimbra. Pero eso no es posible, ¿no? Tal como en la paradoja de Zenón, es fácil comprobar que cada metro es infinitamente divisible. Yo tendría que medir la temperatura en todos los espacios existentes para poder saber cuáles son las condiciones iniciales. Pero como la distancia entre cada espacio, por más pequeña que sea, es siempre divisible por la mitad, nunca lograría medir todo el espacio. Y lo mismo se aplica al tiempo. La diferencia entre un segundo y otro es infinitamente divisible, ¿no? Ahora bien: entre un instante y otro puede haber sutiles variaciones de temperatura que exigen ser medidas. Pero como la división entre el tiempo es igualmente infinita, según el principio que enuncia la paradoja de Zenón, nunca lograré obtener esa medición. Recuerda que el razonamiento implícito en la paradoja de Zenón nos indica que existe tanto espacio en un metro como en el universo entero, existe tanto tiempo en un segundo como en toda la eternidad, y ésta es una propiedad misteriosa del universo.

—Lo veo…

Manuel cogió la taza y sorbió todo el café que quedaba. Respiró hondo, se distendió en la silla y cerró los ojos, disfrutando del placentero calor que irradiaba el sol.

—¿Te acuerdas de que el otro día te hablé de los teoremas de la incompletitud, de Gödel?

—Sí.

—Vamos a ver si te acuerdas de qué iban —dijo—. ¿En qué consisten esos teoremas?

Tomas sacudió la cabeza, con enfado.

—¡Oiga, padre! Y qué sé yo…

El padre abrió un ojo y miró a Tomás.

—¿No los recuerdas?

—¡No!

—Así, pues, ¿no te acuerdas de que dije que los teoremas de la incompletitud muestran que un sistema matemático no consigue probar todas sus afirmaciones?

—Ah, sí.

—Esa demostración fue de gran importancia, ¿entiendes?

—Pero ¿por qué? ¿Qué tiene eso de extraordinario?

—Es muy sencillo —dijo Manuel—. Los teoremas de la incompletitud desvelaron una nueva característica misteriosa del universo. A través de esos dos teoremas, lo que el universo nos dice es lo siguiente: hay ciertas cosas que vosotros, los seres humanos, sabéis que son verdaderas, pero jamás podréis probarlo, a causa de la forma majestuosa en que yo, el universo, he ocultado el último resto de la verdad. Podréis conocer gran parte de la verdad, pero las cosas están concebidas de modo tal que jamás conseguiréis aprehenderla íntegramente. ¿Entiendes ahora?

—Sí.

El matemático abrió las manos, con su gesto característico, el que empleaba siempre que daba por probados sus argumentos.

—*Voilà!* —exclamó—. El principio de incertidumbre, los sistemas caóticos y los teoremas de la incompletitud tienen un significado profundo al revelarnos las sutilezas increíbles del funcionamiento del universo. —Abarcó el cielo con un gesto—.

Todo el cosmos se asienta en la matemática. Las leyes fundamentales del universo se expresan en ecuaciones y fórmulas matemáticas, las leyes de la física son algoritmos para el procesamiento de información y el secreto del universo se encuentra codificado en lenguaje matemático. Todo está ligado con todo, hasta lo que no parece tener ligación. Pero ni siquiera el lenguaje matemático logra decodificar totalmente ese código. Ésa es la propiedad más enigmática del universo: la forma en que él oculta la verdad final. Todo está determinado, pero todo es indeterminable. La matemática es el lenguaje del universo, pero no tenemos manera de probarlo más allá de cualquier duda. Cuando vamos al fondo de las cosas, siempre encontramos un extraño velo que oculta las últimas facetas del enigma. El creador esconde allí su firma. Las cosas están concebidas con tal sutileza que no es posible desvelar por completo su secreto más profundo.

—Hmm.

—Siempre habrá misterio en el fondo del universo.

XXV

*E*l anfiteatro hormigueaba de estudiantes. Buscaban lugares, acomodaban libros, intercambiaban miradas. Todo aquel espacio en la planta baja del Departamento de Física estaba rebosante de una nerviosa actividad: sin duda la clase prometía ser especial y la novedad había atraído a alumnos de toda la Universidad de Coimbra. Pero lo que llenaba de vida la gran sala era sobre todo aquel bullir constante, una especie de continuo marrullar de las olas sobre la playa desierta; el vocerío acababa entrecortado por el crascitar de las toses, como si el rumor del mar fuese marcado por el graznido melancólico de las gaviotas.

Sumergiéndose en aquel enjambre de estudiantes, Tomás Noronha buscó la parte más retirada del anfiteatro y se instaló en una de las butacas de atrás. Hacía mucho tiempo que no veía un aula desde aquella perspectiva, viendo a los alumnos por la nuca y no cara a cara; pero quería ser discreto, y el fondo del anfiteatro se reveló como el lugar más reservado que encontró. Incómodo por la diferencia de edad con respecto a los alumnos que lo rodeaban, a fin de cuentas los estudiantes rondaban los veinte años y Tomás ya tenía cuarenta y dos, llegó a preguntarse si había hecho bien en ir allí; pero pronto concluyó que sí, aquélla sería la primera clase de la cátedra del profesor Siza que no daría el propio catedrático y, tal como los alumnos de otros departamentos que también acudieron allí, no quería perderse el acontecimiento.

Desde la desaparición del profesor Siza, la universidad había suspendido las clases de Astrofísica, pero la suspensión no podía ser eterna, sobre todo considerando la importancia de aquella cátedra en el programa de la carrera de Física; ante la tardanza en resolverse la cuestión del paradero de Augusto Siza, al fin se decidió que, hasta nueva orden, el profesor Luís Rocha, el principal auxiliar del catedrático, continuaría dictando la cátedra.

Tomás quería conocer al profesor Rocha. Su padre le había dicho que el colaborador de Siza se había puesto muy nervioso con la desaparición de su maestro, lo que, al fin y al cabo, parecía comprensible. Pero todos sabían que el personal de equipo de las ciencias matemáticas y físicas revelaba a veces comportamientos mundanos que podrían calificarse de extravagantes, para utilizar una expresión simpática, y Luís Rocha, según Tomás había oído decir, no constituía una excepción. Su padre le había contado que el auxiliar se había vuelto paranoico desde la desaparición del profesor Siza; se había mantenido varios días encerrado en casa y sus colegas tuvieron que hacerle las compras para abastecerlo de alimentos y otros bienes esenciales.

El comportamiento paranoico, por lo visto, ya estaba controlado, hasta el punto de que Luís Rocha aceptó dar la cátedra de su maestro. Había algo de catártico en ello, es cierto; al dar aquella clase, el profesor auxiliar se asumía como el heredero natural del maestro y, al mismo tiempo, ayudaba a exorcizar los demonios liberados por aquella desaparición tan súbita e inexplicable.

Para Tomás, la clase serviría sobre todo de introducción al hombre que quería conocer. El historiador consideraba importante hablar con el colaborador del profesor Siza; no porque Luís Rocha supiese muchas cosas sobre la desaparición del maestro, sino porque conocería sin duda detalles relativos a su pensamiento, a sus investigaciones, a sus proyectos, y esos pormenores podrían proporcionar pistas valiosas. Tomás balanceó afirmativamente la cabeza. Había hecho bien en asistir a esa clase inaugural.

Consultó el reloj. Ya habían pasado catorce minutos de las once de la mañana, la hora a la que supuestamente debía comenzar la clase. Por lo visto, estaba allí en vigor el célebre «cuarto de hora académico», como era conocido el tradicional retraso que se producía al comienzo de las clases en Coimbra. Contempló el estrado desierto, donde se encontraba el encerado blanco limpio y el escritorio vacío del profesor, y volvió a balancear suavemente la cabeza hacia delante y hacia atrás. Sí, se repitió a sí mismo. Había hecho bien en venir.

Convenía que Luís Rocha también apareciese.

En cuanto el profesor entró, se impuso un silencio absoluto en el anfiteatro. Sólo retumbó entre aquellas paredes el sonido de sus pasos tímidos. El silencio duró solamente unos pocos segundos y luego recomenzó el bullicio, pero ahora más próximo a un susurro; de repente, los alumnos parecían viejecitas asomadas a la ventana comentando la llegada de una nueva vecina, observando su aspecto, leyéndole el rostro, explorando posibles debilidades.

Luís Rocha era un hombre alto con aspecto de haber sido delgado, pero tal vez la cerveza se había hecho dueña de su tripa, o tal vez la habían vencido las grandes comilonas en los buenos restaurantes de la ciudad. Le escaseaba el pelo en la parte superior de la frente y lo que le quedaba tenía canas prematuras. Aparentaba una actitud mansa, incluso pachorruda, pero Tomás sospechaba que ésa era sólo la actitud: por debajo de tal serenidad se agitaba sin duda un temperamento volátil.

El profesor se mantuvo unos instantes sentado en su escritorio, consultando las notas, y después se levantó y encaró a los asistentes. Miró a un lado y a otro, contrayendo la cara con un contagioso tic nervioso.

—Buenos días —saludó.

Los asistentes respondieron con un «buenos días» desafinado.

—Como saben…, eh…, estoy aquí en sustitución del profesor Siza que…, que…, en fin, que no puede estar presente —titubeó—. Como ésta es la primera clase de Astrofísica en este semestre, he pensado que tal vez convendría hacer un resumen general sobre lo esencial de los dos puntos cruciales de la materia…, eh… el…, el Alfa y el Omega. Las ecuaciones y los cálculos quedarán para más tarde. ¿Les parece bien?

Los estudiantes respondieron con un silencio expectante. Sólo dos chicas de la primera fila, preocupadas por no dejar al profesor sin respuesta, asintieron con la cabeza, animándolo para que prosiguiera.

—Bien… ¿Quién sabría decirme qué son los puntos Alfa y Omega?

Luís Rocha era, además de inexperto dando clases, obstinado, comprobó Tomás. El grupo se mostraba pasivo, tal vez por respeto a la figura ausente de Augusto Siza, tal vez porque presentía la inexperiencia de Luís Rocha y quería probarla hasta el límite, pero la verdad es que el profesor insistía en interpelar a los alumnos. Aunque fuese la actitud pedagógica más correcta, tal método constituía sin duda, en aquel contexto, un riesgo innecesario.

Sea como fuere, sólo el silencio le respondió.

—¿Entonces?

Más silencio.

La clase empezaba mal y se volvía algo agobiante, pero Luís Rocha no bajó los brazos y señaló a un alumno con barba.

—¿Qué es el punto Alfa?

El estudiante se estremeció; hasta entonces había apreciado tranquilamente el espectáculo y no esperaba que lo interrogasen.

—Bien..., eh..., creo que..., creo que es la primera letra del alfabeto griego —exclamó con el pecho hinchado de satisfacción y sonriendo por su respuesta.

—¿Cómo se llama usted?

—Nelson Carneiro.

—Nelson, ésta no es una cátedra de Lengua ni de Historia. Después de esa respuesta, yo diría que usted merecería suspender esta asignatura.

Nelson enrojeció, pero el profesor ignoró el rubor y se volvió hacia toda la clase.

—Escúchenme bien —dijo—. Tendré muy en cuenta a los alumnos que colaboren en la clase y sean participativos. Quiero cabezas pensantes, mentes activas e inquisitivas, no quiero esponjas pasivas, ¿han entendido? —Señaló de inmediato a un alumno del otro lado, un chico muy gordo—. ¿Qué es, en Astrofísica, el punto Alfa?

—Es el comienzo del universo, profesor —respondió el joven corpulento muy deprisa, escaldado por lo que momentos antes había pasado con Nelson.

—¿Y el punto Omega?

—Es el fin del universo, profesor.

Luís Rocha se frotó las manos, y Tomás, mirándolo desde el fondo del anfiteatro, tuvo que reconocer que se había equivocado; el profesor no era en absoluto inexperto. Con sólo unas frases, al amenazar a un alumno con suspenderlo y alentando a los demás a participar activamente, puso a todo el grupo en órbita.

—El Alfa y el Omega, el principio y el fin, el nacimiento y la muerte del universo —enunció—. He ahí los temas de nuestra clase de hoy. —Dio dos pasos hacia un lado—. Les pregunto ahora: ¿por qué razón el universo tiene que tener un principio y un fin? ¿Cuál es el obstáculo para que el universo sea eterno? ¿Podrá ser eterno?

Los asistentes se mantuvieron en silencio, aún digiriendo los nuevos métodos.

—A ver usted, ¿cuál es la respuesta?

Señaló a una alumna con gafas, que se sonrojó en el acto al sentirse interpelada.

—Bien, profesor…, eh…, yo no…, yo no lo sé.

—No lo sabe usted ni lo sabe nadie —concluyó el profesor—. Pero es una hipótesis digna de tenerse en cuenta, ¿no? Un universo de duración infinita, sin principio ni fin, un universo que siempre ha existido y siempre existirá. Ahora les pregunto: ¿cómo creen que la Iglesia reacciona ante esta perspectiva, este concepto?

Los alumnos adoptaron una expresión de incredulidad, algunos parecían incluso dudar si realmente habían escuchado la pregunta del profesor.

—¿La Iglesia? —se sorprendió uno de ellos—. ¿Qué tiene que ver la Iglesia con esto, profesor?

—Mucho y nada —repuso el profesor—. La cuestión del principio y del fin del universo no es una cuestión exclusivamente científica, es un problema también teológico. Siendo una cuestión esencial, bordea ya las fronteras de la física, hasta el punto de casi entrar, o lisa y llanamente entrar, en el terreno de la metafísica. ¿Ha habido o no ha habido Creación? —Dejó la pregunta suspendida un instante en el anfiteatro—. Basándose en lo que está escrito en la Biblia, la Iglesia siempre ha preconizado un principio y un fin, un génesis y un apocalipsis, un Alfa y un Omega. Pero la ciencia, en un determinado momento, empezó a elaborar una respuesta diferente. Como consecuencia de los descubrimientos de Copérnico, Galileo y Newton, los científicos llegaron a afirmar que la hipótesis de un universo eterno era la más probable. Es que, por un lado, el problema de la creación remite al problema del creador, por lo que, si se elimina la creación, se elimina la necesidad de un creador. Por otro, la observación del universo parece dar señales de un mecanismo constante y estable, más acorde con la idea de que ese mecanismo siempre ha existido y siempre existirá. Por tanto, el problema está resuelto, ¿no les parece? —Esperó un momento, a la espera de alguna respuesta, pero como nadie intervino el profesor volvió al escritorio, cogió los apuntes y se dirigió a la salida—. Bien, puesto que ustedes creen que la cuestión está zanjada, no hay motivo para que continuemos con la clase, ¿no? Si el universo es eterno, desaparecen el Alfa y el Omega como problemas. Como esta clase estaba dedicada a esos dos problemas y ellos ya están resueltos, lo que me queda por hacer es despedirme, ¿no les parece? —Saludó—. Entonces hasta la semana que viene.

Los alumnos lo miraron, atónitos.

—Adiós —repitió el profesor.

—Pero ¿ya se va, profesor? —quiso saber una estudiante, desconcertada.

—Sí —repuso él, aún junto a la puerta—. Como los veo satisfechos con la respuesta del universo eterno…

—¿Y es posible demostrar lo contrario?

—¡Ah! —exclamó Luís Rocha, como si finalmente hubiese escuchado un argumento válido para continuar la clase—. Ésa es una posibilidad interesante. —Dio media vuelta y regresó al escritorio, colocando allí los apuntes de nuevo—. Entonces la clase no ha terminado. Tenemos que esclarecer un pequeño detalle. ¿Será posible demostrar que el universo no es eterno? En realidad, esta pregunta remite a un problema crucial: el hecho de que las observaciones contradicen la teoría. —Se frotó las manos—. ¿Alguien sabe qué contradicciones son ésas?

Nadie parecía saberlo.

—Bien, la primera contradicción se da en la Biblia, aunque ello no tenga gran relevancia en el ámbito de la física, claro. Pero es una curiosidad que merece la pena explorar. Según cuenta el Antiguo Testamento, Dios creó el universo mediante una explosión primordial de luz. Aunque ésta sigue siendo la explicación esencial para las religiones judía, cristiana y musulmana, la verdad es que la ciencia la ha cuestionado con vehemencia. A fin de cuentas, la Biblia no es un texto científico, ¿no? La tesis del universo eterno pasó a ser, como les he dicho, la explicación más aceptada, por los motivos que ya les he indicado. —Hizo un gesto dramático con la mano—. Sin embargo, en el siglo XIX se hizo un descubrimiento de gran importancia, uno de los mayores descubrimientos jamás efectuados por la ciencia, una revelación que puso en entredicho la idea de la edad infinita del universo. —Miró a los alumnos de un extremo del aula al otro—. ¿Alguien sabe a qué descubrimiento me refiero?

Todos se quedaron callados.

El profesor cogió un rotulador negro y escribió una ecuación en el encerado.

$$\Delta S \text{ universo} > 0$$

—¿Quién sabe qué es esto?

Los alumnos miraron la pizarra.

—¿Ésa no es la segunda ley de la termodinámica? —preguntó uno de ellos, un chico delgado con gafas y despeinado, habitualmente uno de los más brillantes alumnos de la carrera.

—Exacto —exclamó Luís Rocha—. La segunda ley de la termodinámica. —Señaló cada uno de los elementos de la ecuación escrita en la pizarra—. El triángulo significa variación, la «S» quiere decir entropía, el signo siguiente representa, como saben, el concepto de mayor, y «0» es cero. En definitiva, lo que esta ecuación nos plantea es que la variación de la entropía del universo es siempre mayor que cero. —Golpeó la pizarra con la punta del rotulador—. La segunda ley de la termodinámica. —Señaló al alumno que había hablado antes—. ¿Quién la formuló?

—Clausius, profesor. En 1861, si no me equivoco.

—Rudolf Julius Emmanuel Clausius —precisó el profesor, claramente sumergido en la materia—. Clausius ya había formulado la ley de la conservación de la energía, afirmando que la energía del universo es una constante eterna, nunca puede ser creada ni destruida, sólo transformada. Después decidió proponer el concepto de entropía, que abarca todas las formas de energía y la temperatura, creyendo que ella también sería una constante eterna. Si el universo era eterno, la energía tendría que ser eterna; y la entropía, también. Pero cuando comenzó a hacer mediciones, descubrió, sorprendido, que las fugas de calor de una máquina excedían siempre la transformación del calor en trabajo, provocando ineficiencias. Negándose a aceptar ese resultado, se puso a medir también la naturaleza, incluido el ser humano, y concluyó que el fenómeno persistía en todas partes. Después de mucho indagar, tuvo que rendirse ante la evidencia. La entropía no era una constante, sino que estaba siempre aumentando. Siempre. Nació así la segunda ley de la termodinámica. Clausius comprobó la existencia de esta ley en el comportamiento térmico, pero el concepto de entropía rápidamente se generalizó a todos los fenómenos naturales. Se dio cuenta de que la entropía existía en todo el universo. —Miró a los alumnos—. ¿Cuál es la consecuencia de este descubrimiento?

—Las cosas envejecen —dijo el estudiante de gafas.

—Las cosas envejecen —confirmó el profesor—. La segunda ley de la termodinámica vino a probar tres cosas. —Alzó tres dedos—. La primera es que, si las cosas envejecen, habrá entonces un punto en el tiempo en que van a morir. Eso ocurrirá cuando la entropía alcance su punto máximo, en el momento en que la temperatura se esparza uniformemente por el universo. —Dos dedos—. La segunda es que existe una flecha del tiempo. O sea, que el universo puede estar determinado y ya existir toda su historia, pero su evolución es siempre del pasado hacia el futuro. —Un dedo—. La tercera cosa que vino a probar la segunda ley de la termodinámica es que, si todo está envejeciendo, habrá habido un momento en que todo era joven. Más aún: hubo un momento en que la entropía era mínima. El momento del nacimiento. —Hizo una pausa dramática—. Clausius demostró que hubo un nacimiento del universo.

—¿Usted quiere decir, profesor, que ya en el siglo XIX se sabía que el universo no era eterno?

—Sí. Cuando se formuló y se demostró la segunda ley de la termodinámica, los científicos pronto se dieron cuenta de que la idea de un universo eterno era incompatible con la existencia de procesos físicos irreversibles. El universo está evolucionando hacia un estado de equilibrio termodinámico, en que deja de haber zonas frías y zonas cálidas, y se consolida una temperatura constante en todas partes, lo que implica entropía total o máximo desorden. O sea, que el universo parte de un orden total para acabar en un total desorden. Y este descubrimiento fue acompañado por la aparición de otros indicios. ¿Alguien conoce la paradoja de Olbers?

Nadie la conocía.

—La paradoja de Olbers está relacionada con la oscuridad del cielo. Si el universo es infinito y eterno, no puede haber oscuridad por la noche, dado que el cielo estaría forzosamente inundado de luz proveniente de un número infinito de estrellas, ¿no? Pero la oscuridad existe, lo que es una paradoja. Esta paradoja sólo se resuelve si se atribuye una edad al universo, puesto que así se puede postular que la Tierra sólo recibe la luz que ha tenido tiempo de viajar hasta ella desde el nacimiento del universo. Ésa es la única explicación para el hecho de que exista oscuridad por la noche.

—Por tanto, ha habido realmente un punto Alfa, ¿no? —preguntó un alumno.

—Exacto. Pero aún quedaba un problema sin resolver, relacionado con la gravedad. Los científicos suponían que el universo, siendo eterno, era también estático, y en ese presupuesto se asentó toda la física de Newton. El propio Newton, sin embargo, se dio cuenta de que su ley de la gravedad, que establece que toda la materia atrae materia, tenía como consecuencia última que todo el universo estaría amalgamado en una gran masa. La materia atrae la materia. Y, no obstante, mirando al cielo, ve que no es eso lo que pasa, ¿no? La materia está distribuida. ¿Cómo explicar ese fenómeno?

—¿No fue Newton quien recurrió a la noción de infinito?

—Sí, Newton dijo que el hecho de que el universo fuese infinito impedía que la materia, en su conjunto, se amalgamase. Pero la verdadera respuesta la dio Hubble.

—¿El telescopio o el astrónomo?

—El astrónomo, claro. En la década de 1920, Edwin Hubble confirmó la existencia de galaxias más allá de la Vía Láctea, y, cuando se puso a medir el espectro de la luz que emitían, se dio cuenta de que todas estaban alejándose de nosotros. Aún más: comprobó que cuanto más lejos se encontraba una galaxia, más deprisa se alejaba. Fue así como se entendió la verdadera razón de que, en obediencia a la ley de la gravedad, toda la materia del universo no estaba amalgamada en una única y enorme masa. El universo está, en realidad, en expansión. —El profesor se plantó en el centro del estrado, mirando a la clase—. Les pregunto: ¿cuál es la relevancia de este descubrimiento para el problema del punto Alfa?

—Es simple —dijo el estudiante con gafas, agitándose en su lugar—. Que toda la materia del universo se esté alejando y expandiendo se debe a que en el pasado estuvo unida.

—Exacto. El descubrimiento del universo en expansión implica que hubo un movimiento inicial en el que todo se encontraba unido y se proyectó en todas direcciones. Además, los científicos entendieron que eso encajaba con la teoría de la relatividad general, que incluía el concepto de un universo dinámico. Ahora bien: basándose en todos estos descubrimientos, hubo un sacerdote belga, llamado Georges Lemaître, que, en la década de los años veinte, propuso una nueva idea.

Se volvió hacia la pizarra y escribió dos palabras inglesas.

Big Bang

—El Big Bang. La gran explosión. —Volvió a ponerse frente a los alumnos—. Lemaître sugirió que el universo nace de una colosal explosión inicial. La idea era extraordinaria y resolvía de una vez todos los problemas derivados del concepto de un universo eterno y estático. El Big Bang estaba en consonancia con la segunda ley de la termodinámica, solucionaba la paradoja de Olbers, explicaba la actual configuración del universo frente a las exigencias de la ley de gravedad de Newton y encajaba con las teorías de la relatividad de Einstein. El universo comenzó con una gran explosión repentina…, aunque tal vez la expresión más adecuada no sea explosión, sino expansión.

—Y antes de esa…, eh…, expansión, ¿qué había, profesor? —preguntó una alumna de aspecto aplicado—. ¿Sólo el vacío?

—No hubo antes. El universo comenzó con el Big Bang.

La estudiante hizo un gesto de perplejidad.

—Sí, pero…, eh…, ¿qué había antes de la expansión? Tenía que haber algo, ¿no?

—Eso es lo que le estoy diciendo —insistió Luís Rocha—. No hubo antes. No estamos hablando aquí de un espacio que existía vacío y que empezó a llenarse. El Big Bang implica que no había espacio siquiera. El espacio nació con la gran expansión repentina, ¿entiende? Ahora bien: las teorías de la relatividad establecen que espacio y tiempo son dos caras de la misma moneda, ¿no? Siendo así, la conclusión es lógica. Si el espacio nació con el Big Bang, el tiempo también nació con ese acontecimiento primordial. No había «antes» porque no existía el tiempo. El tiempo comenzó con el espacio, que comenzó con el Big Bang. Preguntar qué había antes de que existiese el tiempo es lo mismo que preguntar qué existe al norte del polo Norte. No tiene sentido, ¿me entiende?

La alumna abrió mucho los ojos y asintió con la cabeza, pero era evidente que la idea le resultaba extraña.

—Este problema del momento inicial es, además, el más complejo de toda la teoría —destacó el profesor, percibiendo la extrañeza de lo que intentaba explicar—. Lo llaman una singularidad. Se piensa que todo el universo se encontraba comprimido en un punto infinitamente pequeño de energía y que, de repente, hubo una erupción, en la que se creó la materia, el espacio, el tiempo y las leyes del universo.

—Pero ¿qué provocó esa erupción? —preguntó el alumno con gafas, muy atento a los detalles.

La cara de Luís Rocha se contrajo en un nuevo tic nervioso. Éste era el punto más delicado de toda la teoría, aquel en el que se daban las mayores dificultades para explicar las cosas; no sólo porque las explicaciones eran contraintuitivas, sino también porque los propios científicos se muestran aún perplejos frente a este problema.

—Bien, éste es el punto en que el mecanismo causal no se aplica —argumentó.

—¿Qué quiere decir que no se aplica? —insistió el alumno—. ¿Está insinuando, profesor, que no hubo causa alguna?

—Más o menos. Fíjense: sé que todo esto parece raro, pero es importante que sigan mi razonamiento. Todos los acontecimientos tienen causas, y sus efectos se vuelven causas de los acontecimientos siguientes. ¿Verdad? —Algunas cabezas asintieron, ésa era una evidencia de la física—. Ahora bien: el proceso causa-efecto-causa implica una cronología, ¿no? Primero viene la causa, después se produce el efecto. —Alzó la mano, intentando enfatizar lo que diría a continuación—. Ahora presten atención: si el tiempo aún no existía en aquel punto infinitamente pequeño, ¿cómo podía un acontecimiento generar otro? No había antes ni después. Luego, no había causas ni efectos, porque ningún acontecimiento podía preceder a otro.

—¿No cree, profesor, que es una explicación poco satisfactoria? —preguntó el alumno con gafas.

—Ni creo ni dejo de creer. Sólo estoy intentando explicarles el Big Bang con los datos que tenemos hoy. La verdad es que, fuera del problema de la singularidad inicial, esta teoría resuelve de hecho las paradojas suscitadas por la hipótesis del universo eterno. Pero hubo científicos que, tal como algunos de ustedes, se sintieron insatisfechos con la teoría del Big Bang y buscaron una explicación alternativa. La hipótesis más interesante que surgió fue la de la teoría del universo en estado permanente, basada en la idea de que la materia de baja entropía se está creando constantemente. En vez de que toda la materia surja en una gran expansión inicial, va apareciendo gradualmente, en pequeñas erupciones a lo largo del tiempo, compensando la parte de la materia que muere al alcanzar la máxima entropía. Siendo así, el universo puede ser eterno. La ciencia encaró seriamente esta posibilidad, hasta el punto de que, durante mucho tiempo, la teoría del universo en estado permanente se presentó en pie de igualdad con la teoría del Big Bang.

—¿Y por qué motivo ya no están las dos en pie de igualdad?

—Por una previsión de la teoría del Big Bang. Al haber una gran expansión inicial, los científicos entendieron que tendría que existir una radiación cósmica de fondo, una especie de eco de esa erupción primordial del universo. La existencia de ese eco se previó en 1948 y preconizaba que tendría una temperatura aproximada de cinco grados Kelvin, o sea, cinco grados por encima del cero absoluto. Pero ¿dónde estaba el eco? —Encogió el cuello, abrió mucho los ojos y extendió los brazos, en una expresión interrogativa—. Por más búsquedas que se hiciesen, no se encontraba nada. Hasta que, en 1965, dos astrofísicos estadounidenses, mientras llevaban a cabo un trabajo experimental en una gran antena de comunicaciones de Nueva Jersey, se sorprendieron por un irritante ruido de fondo, una especie de silbido provocado por vapor. El ruido era agobiante y parecía venir de todas las partes del cielo. Por más que moviesen la antena hacia un lado o hacia otro, en dirección a una estrella o a una galaxia, a un espacio vacío o a una nebulosa distante, el sonido persistía. Pasaron un año intentando eliminarlo. Revisaron los cables eléctricos, buscaron la fuente que estuviese en el origen de la avería, hicieron de todo, pero no había medio de localizar el problema que provocaba aquel ruido insoportable. Agotados todos los intentos, decidieron llamar a los científicos de la Universidad de Princeton, a quienes les contaron lo que ocurría y les pidieron una explicación. Y la explicación llegó. Era el eco del Big Bang.

—¿Cómo es eso del eco? —se admiró el estudiante con gafas—. Que yo sepa, en el espacio no hay sonido…

—Es una forma de decirlo, claro. Lo que estaban captando era la luz más antigua que ha llegado hasta nosotros, una luz que el tiempo había transformado en microondas. Se la llama radiación cósmica de fondo, y las mediciones térmicas revelaron que se encuentra en los tres grados Kelvin, muy cerca de la previsión hecha en 1948. —Hizo un gesto rápido con la mano—. Díganme: ¿nunca les ha ocurrido haber encendido un televisor en una frecuencia en la que no hay emisión? ¿Qué ven en ese caso? ¿Eh?

—Estática, profesor.

—Ruido. Vemos todos esos puntitos pululando en la pantalla y un ruido molesto, un *crrrrrrrrrrrr*, ¿no? Pues sepan que el uno por ciento de ese efecto proviene de este eco. —Sonrió—. Por tanto, si un día están viendo la televisión y no les interesa nada, les sugiero que sintonicen un canal sin programación y se queden asistiendo al nacimiento del universo. No hay mejor *reality show* que ése.

—Y esa erupción inicial, profesor, ¿es posible demostrarla matemáticamente?

—Sí. Además, Penrose y Hawking probaron una serie de teoremas que demostraron que el Big Bang es inevitable, siempre que la gravedad consiga ser una fuerza de atracción en las condiciones extremas en que se formó el universo. —Señaló la pizarra—. En una de las próximas clases vamos a ver esos teoremas.

—Pero explique un poco más, profesor, qué ocurrió a continuación del Big Bang. ¿Se formaron las estrellas?

—Todo ocurrió en algún sitio hace entre diez y veinte mil millones de años, probablemente hace quince mil millones de años. La energía estaba concentrada en un punto y se expandió en una monumental erupción.

Se volvió hacia la pizarra y escribió la famosa ecuación de Einstein.

$$E = mc^2$$

—Como, según esta ecuación, la energía equivale a masa, lo que ocurrió fue que la materia surgió de la transformación de la energía. En el primer instante, apareció el espacio y luego se expandió. Ahora bien: como el espacio está ligado al tiempo, la aparición del espacio implicó automáticamente la aparición del tiempo, que también se expandió. En ese primer instante, nació una superfuerza y aparecieron todas las leyes. La temperatura era altísima, unas decenas de miles de millones de grados. La superfuerza comenzó a separarse en fuerzas diferentes. Se iniciaron las primeras reacciones nucleares, que crearon los núcleos de los elementos más leves, como el hidrógeno y el helio, y también vestigios de litio. En tres minutos, se produjo el noventa y ocho por ciento de la materia que existe o alguna vez existirá.

—¿Los átomos que forman parte de nuestro cuerpo se remontan a ese momento?

—Sí. El noventa y ocho por ciento de la materia que existe se formó a partir de la erupción de la energía del Big Bang. Eso significa que casi todos los átomos que se encuentran en nuestro cuerpo ya han pasado por diversas estrellas y ya han ocupado millares de organismos diferentes hasta llegar a nosotros. Y tenemos tantísimos átomos que se calcula que cada uno de nosotros posee por lo menos un millón que ya perteneció a cualquier persona que vivió hace mucho tiempo. —Alzó las cejas—. Esto significa, estimados alumnos, que cada uno de nosotros tiene muchos átomos que ya estuvieron en los cuerpos de Abraham, Moisés, Jesucristo, Buda o Mahoma.

Se oyó un murmullo en la sala.

—Pero volvamos entonces al Big Bang —dijo Luís Rocha, haciendo que su voz se impusiese sobre el rumor asombrado que se extendía entre los asistentes—. Después de la erupción inicial, el universo comenzó a organizarse automáticamente en estructuras, obedeciendo a las leyes creadas en los primeros instantes. Con el tiempo, las temperaturas bajaron hasta alcanzar un punto crítico en que la superfuerza se desintegró en cuatro fuerzas: primero la fuerza de la gravedad, después la fuerza fuerte, finalmente se separaron la fuerza electromagnética y la fuerza débil. La fuerza de la gravedad organizó la materia en grupos localizados. Al cabo de doscientos millones de años, se encendieron las primeras estrellas. Nacieron los sistemas planetarios, las galaxias y los grupos de galaxias. Los planetas eran inicialmente pequeños cuerpos incandescentes que giraban alrededor de las estrellas, como si fuesen estrellas pequeñas. Esos cuerpos se enfriaron hasta solidificarse, como ocurrió con la Tierra. —Abrió los brazos y sonrió—. Y aquí estamos nosotros.

—Profesor: usted ha dicho que los planetas parecían pequeñas estrellas que acabaron solidificándose. ¿Eso quiere decir que también el Sol va a solidificarse?

Luís Rocha esbozó una mueca.

—¡Vamos! ¡No me estropeen la mañana pensando en eso!

La clase se rio.

—Pero ¿eso va a ocurrir? —insistió la alumna.

—Siempre es agradable hablar del nacimiento, ¿no es así? ¿A quién no le gusta ver a los niños cuando nacen? —Sacudió la mano—. Pero hablar ahora de la muerte…, buf, eso ya es otra cosa. Y, no obstante, la respuesta a su pregunta es afirmativa. Sí, el Sol va a morir. Además, primero morirá la Tierra, después morirá el Sol, después morirá la galaxia, por último morirá el universo. Ésa es la consecuencia inevitable de la segunda ley de la termodinámica. El universo avanza hacia la entropía total. —Hizo un gesto teatral—. Todo lo que nace muere. Lo que nos remite directamente del punto Alfa al punto Omega.

—El fin del universo.

—Sí, el fin del universo. —El profesor estiró dos dedos y se los mostró al grupo—. Todo indica que existen dos posibilidades frente a nosotros.

Se volvió a la pizarra y escribió una frase en inglés.

1- Big Freeze

—La primera es el llamado *Big Freeze*, o gran hielo. Se trata de la consecuencia última de la segunda ley de la termodinámica y de la expansión eterna del universo. Con el aumento de la entropía, las luces se van apagando gradualmente hasta llegar a una temperatura uniforme en todos lados, transformando el universo en un inmenso y helado cementerio galáctico.

—Eso no será mañana, ¿no? —bromeó un estudiante.

Risas en la clase.

—Se calcula que será dentro de unos cien mil millones de años, como mínimo. —Hizo una mueca con su tic nervioso—. Yo sé que es una cantidad de tiempo tan grande que no les dice nada, por ello es mejor que presente las cosas de una manera más comprensible. Imaginen que el universo es un hombre que morirá a los ciento veinte años. Lo que les puedo decir, entonces, es que el Sol apareció a los diez años de vida y nosotros estamos en los quince años de vida. Esto significa que aún existen ciento cinco años de vida por delante. No está mal, ¿no?

Los alumnos asintieron y Luís Rocha se volvió de nuevo hacia la pizarra.

—Bien, vamos a ver ahora la segunda posibilidad del punto Omega.

Escribió con el rotulador negro una frase más en la superficie lisa de la pizarra.

2- Big Crunch

—La segunda posibilidad es la del *Big Crunch*, o el gran aplastamiento —anunció, dirigiéndose de nuevo al grupo—. La expansión del universo se reduce, llegará un momento en que se detendrá y luego comenzará a encogerse. —Hizo un amplio movimiento con las manos, como si tuviese entre ellas un globo gigante que crece, deja de crecer y al fin se encoge—. Debido a la fuerza de la gravedad, el espacio, el tiempo y la materia empezarán a converger entre sí hasta aplastarse en un punto infinito de energía. —Las palmas de las manos se juntaron—. El *Big Crunch* es, si así prefieren llamarlo, el Big Bang al contrario.

—¿Como un globo que se infla y se desinfla?

—Exacto. No obstante, la contracción no se debe a un desinflarse, sino a los efectos de la gravedad. —Luís Rocha se llevó la mano al bolsillo y sacó una moneda—. Como esta moneda, ¿ven? —Lanzó la moneda al aire, la moneda alcanzó una altura de un metro y cayó de nuevo en su mano—. ¿Lo han visto? La moneda subió, detuvo el ascenso y bajó, volviendo al punto inicial. Primero venció a la gravedad, después fue vencida por la gravedad.

Otro alumno levantó la mano, y el profesor le hizo una seña con la cabeza para que hablase.

—Profesor: ¿cuál es la más fuerte de esas dos posibilidades de muerte del universo?

Luís Rocha golpeó con el rotulador en el primer punto.

—Los astrofísicos se inclinan por el *Big Freeze*.

—¿Por qué?

—Por dos motivos, ambos resultantes de las observaciones astronómicas. En primer lugar, porque el *Big Crunch* requiere que haya mucha más materia en el universo de la que nosotros vemos. La materia encontrada es insuficiente para, a través de la gravedad, provocar la contracción del universo. Para resolver este problema, se lanzó la hipótesis de que hubiese materia negra, o sea, una materia que se mantiene invisible a nuestros ojos, dada su débil interacción. Esa materia negra constituiría el noventa por ciento o más de la materia existente en el universo. El problema es que resulta difícil esa materia negra. Además, si existe, ¿se encontrará disponible en cantidad suficiente para frenar la expansión? —Se encogió de hombros—. En segundo lugar, el *Big Freeze* parece más probable en razón de nuevas observaciones sobre, justamente, la expansión del universo. En 1998, se descubrió que la velocidad a la que se alejan las galaxias está aumentando. Repito: está aumentando. Eso ocurre probablemente por una nueva fuerza que hasta entonces se desconocía, a la que se ha designado como fuerza oscura, ya prevista por

Einstein, capaz de combatir con la fuerza de gravedad. Ahora bien: el *Big Crunch* requiere que la velocidad de expansión disminuya hasta detenerse y comenzar la contracción, ¿no? Pero si la velocidad de expansión está aumentando, la conclusión sólo puede ser una. —Abarcó a los alumnos con la mirada—. ¿Alguien sabe decirme cuál es esa conclusión?

El alumno con gafas levantó la mano.

—El universo camina hacia el *Big Freeze*.

El profesor abrió los brazos y sonrió.

—Bingo.

XXVI

Los estudiantes confluyeron en la puerta y eran un torrente que abandonaba el anfiteatro, comprimidos como un agitado caudal que se escurriese por una estrecha garganta, cuando Tomás se dirigió hacia el fondo del anfiteatro y se quedó aguardando, parecido a un centinela de guardia frente a aquella tumultuosa avenida. Luís Rocha ordenaba los apuntes mientras respondía a preguntas de tres alumnos, un proceso que se prolongó unos minutos, hasta tal punto que el profesor de Astrofísica salió de la sala y se internó por el pasillo siempre con algún estudiante al lado. Tomás lo siguió y, en cuanto se apartó el último alumno, aceleró el paso e interpeló al colega.

—¿Profesor Rocha?

Luís giró la cabeza y lo encaró. Por la expresión de la mirada daba la impresión de que confundía al desconocido con uno más de sus alumnos.

—¿Sí?

Tomás le tendió la mano.

—Buenos días. Soy Tomás Noronha, profesor de Historia en la Universidade Nova de Lisboa e hijo del profesor Manuel Noronha, que da clases de Matemática aquí en Coimbra.

Luís Rocha arqueó las cejas, como si lo reconociese.

—¡Ah! ¡El profesor Manuel Noronha! Lo conozco muy bien, muy bien. —Se dieron un apretón de manos—. ¿Cómo está su padre?

—No muy bien, lamentablemente. Tiene ahora un problema grave, ¿sabe? Cuestión de salud. Vamos a ver cómo se dan las cosas.

El profesor de Astrofísica meneó la cabeza afirmativamente, con una expresión de abatimiento.

—Pues sí, realmente es un fastidio —dijo—. Parece que alguien ha echado mal de ojo sobre la Universidad de Coimbra, ¿no le parece? Primero fue la desaparición del profesor Siza, con quien yo trabajaba. Poco después llegó la noticia de que su padre ya no volvería a impartir clases a causa del..., eh..., de la enfermedad que..., que tiene. —Hizo un gesto de impotencia con las manos—. ¿Ha reparado en ello? ¡La universidad ha perdido, casi al mismo tiempo, a dos de sus mejores cerebros! Esto es..., no sé cómo decirlo, es..., es un desastre.

—Sí, realmente es..., en fin..., es un problema.

—Un desastre —repitió Luís.

Salieron a la calle y el profesor se mostró desorientado, mirando hacia todos lados. Dio media vuelta y observó el gran edificio rectangular de donde habían salido, el Departamento de Física. Parecía un hospital, pero ostentaba enormes estatuas de piedra en las esquinas y la pared exterior exhibía un enorme retrato de Einstein andando en bicicleta.

—Disculpe —balbució el físico—. ¡Qué disparate! Estoy distraído.

Volvieron a entrar en el edificio y subieron unas escaleras, en dirección a los despachos de los profesores. Caminando al lado de Luís Rocha, Tomás se esforzó por completar el ritual de la conmiseración en torno a la desgracia que parecía haberse abatido sobre la Universidad de Coimbra, diálogo que evolucionó hacia las habituales apreciaciones sobre el estado de la enseñanza en el país.

Ya en el pequeño y desordenado despacho de su colega, Tomás aprovechó una pausa en todas aquellas consideraciones para ir directamente al tema que lo había llevado allí.

—Oiga, profesor, he venido a verlo por un asunto delicado.

—¿Tiene que ver con su padre?

—No, no. —Señaló a su interlocutor—. Tiene que ver con su maestro.

Luís Rocha adoptó una expresión de sorpresa.

—¿Mi maestro?

—Sí. El profesor Siza.

—Más que un maestro, él fue..., él fue un segundo padre para mí. —Casi se le ahogó la voz y bajó los ojos—. Aún me cuesta creer que haya desaparecido así, sin más ni más.

—Justamente quería hablarle sobre su desaparición.

—¿Qué quiere saber?

—Todo lo que me pueda ayudar a localizarlo.

El físico lo miró con extrañeza.

—¿Usted está intentando localizarlo?

—Sí, me han contactado para colaborar en las investigaciones.

—¿Ha hablado con usted la Policía judicial?

—Bien…, eh…, no ha sido exactamente la Policía judicial.

—¿Ha sido el Partido Socialista Portugués?

—Tampoco.

Luís Rocha esbozó una expresión dubitativa.

—Entonces, ¿quién?

—Bien…, eh…, fue…, fue una Policía internacional.

—¿La Interpol?

—Sí —mintió Tomás. El espíritu inquisitivo de su interlocutor lo obligaba a ofrecer una respuesta. Como se descartaba cualquier alusión a la CIA, la Interpol serviría como excusa—. Me han pedido que los ayude en las investigaciones.

—¿Por qué la Interpol?

—Porque la desaparición del profesor Siza parece estar ligada a intereses internacionales.

—¿Ah, sí? ¿Qué intereses son ésos?

—Me temo que no estoy autorizado a revelar lo que sé sobre el asunto. Como ha de comprender, eso podría comprometer las investigaciones.

Luís Rocha se rascó el mentón, pensativo.

—Usted me ha dicho que es profesor de Historia, ¿no?

—Sí, lo soy.

—Entonces, ¿por qué razón la Interpol ha solicitado sus servicios?

—Ellos vinieron a hablar conmigo porque soy criptoanalista y se han descubierto algunos mensajes cifrados que podrían llevar al profesor Siza.

—¿Ah, sí? —Luís se mostraba profundamente interesado en estas revelaciones—. ¿Qué mensajes son ésos?

—No se lo puedo decir —repuso Tomás. El historiador no se sentía cómodo mintiendo de manera tan descarada y decidió desviar la conversación e ir directamente al grano hablando del asunto que le interesaba—. Escúcheme: ¿puede ayudarme o no?

—Claro que puedo —exclamó el físico—. ¿Qué quiere saber?

—Quiero saber cuáles eran las investigaciones que estaba haciendo el profesor Siza.

Luís Rocha se enderezó, contempló las casas más allá de la ventana del despacho y respiró hondo. Se sentó frente a su escritorio, colocó los apuntes en una carpeta y la guardó en un cajón. Después se echó hacia atrás y miró a Tomás.

—¿Usted no tiene hambre?

El espléndido restaurante del hotel Astória se encontraba casi desierto, tal vez porque aún era temprano. La luz del día brotaba, intensa y cálida, por las amplias ventanas, dando un toque alegre al ambiente lánguido del salón, cuyo suelo de madera, ya gastado por tantas noches de cenas danzantes en la pasada década de los años treinta, estaba implorando ahora un buen pulido. El Mondego corría, sereno y perezoso, más allá de la hilera de tilos y de la populosa calle de enfrente, y la ciudad se agitaba al ritmo lento de quien vive a unos pocos pasos de la provincia.

Dentro del hotel se respiraba una atmósfera antigua, lo que no era de admirar; la arquitectura rosada de estilo *belle époque* impregnaba aquel local generando un ambiente peculiar y haciendo que Tomás se sintiese transportado en el tiempo, como si retrocediera ochenta años hacia principios del siglo XX. Y le resultaba enormemente confortable; como historiador tenía una necesidad absoluta de aspirar los aromas antiguos, de sentir la historia envolviéndolo en su manto polvoriento, de sumergirse en las verdaderas cápsulas del tiempo que eran los edificios con un pasado.

Pidieron un *magret* de pato con miel y naranja. Tal vez fuese más adecuado, en ese almuerzo, una chanfaina, pensó Tomás, al fin y al cabo estaban en Coimbra, pero ése era un plato tal vez demasiado pesado.

—Dígame, pues —exclamó el historiador, una vez concluido el diálogo de circunstancias—. ¿Qué estaba investigando, en definitiva, el profesor Siza?

Luís Rocha cogió una rebanada de pan y la untó con un paté de pato de aspecto delicioso.

—Mi estimado profesor Noronha —dijo, mordiendo la rebanada—, estoy seguro de que ha leído el prefacio a la segunda edición de la *Crítica de la razón pura*, de Kant. ¿Lo ha leído o no?

Tomás abrió mucho los ojos.

—El…, el prefacio a la tercera edición de la *Crítica de la*…

—Segunda edición —corrigió Luís—. El prefacio a la segunda edición.

—Bien…, no puedo decir que…, que lo haya leído —titubeó—. Es decir, he leído la *Crítica de la razón pura*, claro, pero confieso que…, que el prefacio a esa…, en fin, a esa edición, confieso que no me acuerdo de… haberlo leído.

—¿Sabe cuál es la importancia de ese prefacio?

—No tengo la menor idea.

El físico untó una segunda rebanada de pan con mucho paté. Tomás lo miró y no se resistió a pensar que su interlocutor parecía ser un hombre muy goloso, a juzgar por la generosa curva que exhibía en el abdomen.

—Fue en el prefacio a la segunda edición de la *Crítica de la razón pura* donde Kant estableció los límites de la ciencia —dijo Rocha, masticando la nueva rebanada—. Concluyó que hay tres problemas fundamentales de la metafísica que la ciencia jamás será capaz de resolver —mostró tres dedos—: Dios, la libertad y la inmortalidad.

—¿Ah, sí?

—Kant era de la opinión de que los científicos nunca serán capaces de probar la existencia de Dios, de determinar si tenemos o no libre albedrío y de entender con toda certidumbre qué ocurre después de la muerte. Esas cuestiones, en su opinión, ya no pertenecen al dominio de la física, sino de la metafísica. Están más allá de la prueba.

Tomás balanceó la cabeza, pensativo.

—Parece sensato.

—Le parece sensato al común de los mortales —aclaró Luís Rocha—. Pero no al profesor Siza.

El historiador adoptó una expresión de intriga.

—¿Ah, no? ¿Por qué?

—Porque el profesor Siza creía que era posible obtener la prueba incluso para las cuestiones de la metafísica.

—¿Cómo?

—El profesor Siza creía que era posible demostrar científicamente la existencia de Dios y resolver los problemas del libre albedrío y de la inmortalidad. Además, pensaba que todas estas cuestiones estaban relacionadas.

Tomás se movió en la silla, intentando aún digerir lo que el físico acababa de revelarle.

—¿Usted está insinuando que el trabajo científico del profesor Siza estaba relacionado con la cuestión de la existencia de Dios?

—No, no estoy insinuando eso.

—Ah, bueno.

—Estoy afirmando eso.

Se hizo el silencio. Tomás ponderaba las repercusiones de esa información.

—Disculpe mi ignorancia —dijo el historiador—, pero ¿es posible probar la existencia de Dios?

—Según Kant, no.

—Pero según el profesor Siza, sí.

—Sí.

—¿Por qué?

—Todo depende de lo que se defina como Dios.

—¿Qué quiere decir con eso?

Luís Rocha suspiró.

—Oiga: ¿qué es Dios para usted?

—Pues… no lo sé, es… un ser superior, es el Creador.

—Ésa no parece una gran definición, ¿no?

—No —asintió Tomás con una carcajada—. Pero dígame usted, entonces, qué es Dios.

—Bien, ésa es la primera pregunta que tenemos que hacer, ¿no? ¿Qué es Dios? —Luís Rocha abrió los brazos—. Si estamos esperando ver a un patriarca viejo y barbudo, observando la Tierra con aire preocupado, vigilando lo que cada uno de nosotros hace, piensa y pide, y que habla con una voz gruesa…, bueno, creo que tendremos que esperar hasta la eternidad para probar la existencia de tal personalidad. Ese Dios lisa y llanamente no existe, es sólo una construcción antropomórfica que nos permite visualizar algo que está por encima de nosotros. En ese sentido, construimos a Dios como una figura paternal. Necesitamos de alguien que nos proteja, que nos defienda del mal, que nos abrigue con sus brazos protectores, que nos dé consuelo en las horas difíciles, que nos ayude a aceptar lo inaceptable, a comprender lo incomprensible, a enfrentar lo terrible. Ese alguien es Dios. —Señaló el techo—. Imaginamos que existe alguien allí arriba que se preocupa muchísimo por nosotros, alguien a quien recurrimos en la hora de la aflicción en busca de confortación, alguien que nos observa y ampara y... ¡zas! ¡Helo ahí! ¡Ahí está Dios!

—Pero, entonces, si Dios no existe, ¿de qué estamos hablando aquí?

—Yo no he dicho que Dios no existe —corrigió el físico.

—¿Ah, no?

—Lo que he dicho es que no existe el Dios antropomórfico que habitualmente imaginamos y que hemos heredado de la tradición judeocristiana.

—Ya... —murmuró Tomás—. ¿Me está diciendo que el Dios de la Biblia no existe?

—Pero ¿quién es el Dios de la Biblia? ¿Ese personaje que manda a Abraham a que mate a su hijo sólo para ver si el patriarca le es fiel? ¿Ese personaje que condena a la humanidad a la desgracia sólo porque Adán comió una manzana? Pero ¿alguien con dos dedos de frente cree en un dios tan mezquino y caprichoso? ¡Claro que ese dios no existe!

—Pero, entonces, ¿qué dios existe?

—El profesor Siza creía que Dios está en todo lo que nos rodea. No como una entidad por encima de nosotros, que nos vigila y protege, tal como preconiza la tradición judeocristiana, sino como una inteligencia creadora, sutil y omnipresente, tal vez amoral, que se encuentra a cada paso, en cada mirada, en cada respiración, presente en el cosmos y en los átomos, que todo lo integra y a todo le da sentido.

—Ya lo veo —asintió Tomás—. ¿Y él creía que tal vez sería posible probar la existencia de ese dios?

—Sí.

—¿Desde cuándo?

—Desde que lo conozco. Creo que adquirió esa convicción en los tiempos en que estuvo trabajando en Princeton.

—¿Y cómo se puede probar que Dios existe?

Luís Rocha sonrió.

—Eso, estimado amigo, tendrá que preguntárselo al profesor Siza, ¿no le parece?

—Pero, dígame una cosa: ¿cree realmente que es posible encontrar la prueba de la existencia de Dios?

—Depende.

—¿Depende de qué?

—Depende de lo que usted defina como prueba.

—¿Cómo? Explíquese mejor.

El físico untó la tercera rebanada de pan.

—Oiga, profesor Noronha: ¿qué es el método científico?

—Bien, es un proceso de recogida de información sobre la naturaleza, supongo.

—Es una definición —admitió Luís Rocha—. Pero yo tengo otra.

—¿Cuál?

—El método científico es un diálogo entre el hombre y la naturaleza. A través del método científico, el hombre hace preguntas a la naturaleza y obtiene respuestas. El secreto está en la manera en que formula las preguntas y entiende las respuestas. No cualquier persona es capaz de interrogar a la naturaleza o de comprender lo que ella le dice. Hace falta entrenarse, es fundamental ser sagaz y perspicaz, es imprescindible poseer suficiente inteligencia para captar la sutileza de muchas de las respuestas. ¿Lo entiende?

—Sí.

—Lo que quiero decir es que se puede entender la existencia o la inexistencia de Dios en función de la manera en que se formulen las preguntas y en función de nuestra capacidad de comprender las respuestas. Por ejemplo, la segunda ley de la termodinámica se deriva de preguntas que se le han hecho a la naturaleza a través de experiencias sobre el calor. La naturaleza ha respondido, mostrando que la energía pasa de lo caliente a lo frío y nunca al contrario, y que la transformación de la energía entre cuerpos se deriva siempre en desperdicios. —Hizo un gesto abarcando todo el restaurante—. Lo mismo ocurre con la cuestión de Dios. Tenemos que saber cuáles son las preguntas que necesitamos formular y cómo vamos a formularlas, y después tenemos que tener la capacidad para saber interpretar las respuestas que vamos a obtener. Por ello, cuando se habla de hacer la prueba de la existencia de Dios, tenemos que ser cautelosos. Si alguien está esperando que le consigamos imágenes en DVD de Dios observando el universo, con las Tablas de la Ley en una mano y acariciándose sus luengas barbas blancas con la otra, desengáñese. Esa imagen jamás será captada porque ese dios no existe. Pero si estamos hablando de determinadas respuestas de la naturaleza a preguntas específicas…, bien, en ese caso la cuestión sería diferente.

—¿De qué preguntas está hablando?

—Qué sé yo…, preguntas que tengan que ver con el raciocinio lógico, por ejemplo.

Tomás meneó la cabeza.

—No lo entiendo.

—Mire, el problema del Big Bang, del que hablé hoy en la clase.

—Sí, ¿qué tiene eso que ver?

—¿Que qué tiene que ver? Pero ¿no es obvio acaso? Vamos a ver: si hubo Big Bang, quiere decir que el universo fue creado. Ese concepto tiene consecuencias profundas, ¿no le parece?

—¿Como cuáles?

—La cuestión de la creación remite al problema del creador. ¿Quién creó la creación? —Guiñó un ojo—. ¿Eh?

—Bien…, pues…, ¿no podrá haber causas naturales?

—Claro que sí. Estamos hablando de un problema natural. —Se llevó el índice a la frente—. Métase esto en la cabeza, profesor Noronha: Dios es un problema natural. Las alusiones a lo sobrenatural, los milagros, la magia…: todo eso es un disparate. Si existe, Dios forma parte del universo. Dios es el universo. ¿Entiende? La creación del universo no fue un acto artificial, fue un acto natural, en obediencia a leyes específicas y a determinadas constantes universales. Pero la cuestión vuelve siempre al mismo punto. ¿Quién fue el que concibió las leyes del universo? ¿Quién fue el que determinó las constantes universales? ¿Quién fue el que dio el soplo de vida al universo? —Golpeó la mesa—. Éstas, estimado profesor Noronha, son las cuestiones centrales de la lógica. La creación remite a un creador.

—¿Me está diciendo que, a través de la lógica, podremos probar la existencia de Dios?

Luís Rocha hizo una mueca.

—No, de ningún modo. La lógica no facilita ninguna prueba. Pero la lógica nos da indicios. —Se inclinó en la mesa—. Oiga, tiene que entender que Dios, de existir, sólo deja ver una parcela de su existencia y que oculta la prueba final detrás de un velo de elegantes sutilezas. ¿Conoce los teoremas de la incompletitud?

—Sí.

—Los teoremas de la incompletitud, al demostrar que un sistema lógico jamás podrá probar todas las afirmaciones que en él están contenidas, aunque las afirmaciones no demostrables sean verdaderas, constituyen un mensaje con un profundo significado místico. Es como si Dios, existiendo, nos dijese: «Yo me expreso a través de la matemática, la matemática es mi lenguaje, pero no os daré la prueba de que así es». —Cogió una rebanada más de pan—. Tenemos también el principio de incertidumbre. Ese principio revela que nunca podremos determinar de manera simultánea y con exactitud la posición y la velocidad de una partícula. Es como si Dios nos dijese: «las partículas tienen un comportamiento determinista. Yo ya he definido todo el pasado y el futuro, pero no os daré la prueba final de que así es».

—Ya veo.

—La búsqueda de Dios es como la búsqueda de la verdad de las afirmaciones de un sistema lógico o del comportamiento determinista de las partículas. Nunca podremos obtener la prueba final de que Dios existe, en el sentido en que nunca podremos obtener la prueba final de que las afirmaciones no demostrables de un sistema lógico son verdaderas o de que las partículas se comportan de manera determinista. Y, no obstante, sabemos que las consecuencias de esas afirmaciones son verdaderas y sabemos que las partículas se comportan de manera determinista. Lo que nos está vedado es la prueba final, no los indicios de que efectivamente así es.

—Entonces, ¿cuáles son, en definitiva, los indicios de la existencia de Dios?

—En el campo de la lógica, presentaron el indicio más interesante Platón y Aristóteles, que luego desarrolló santo Tomás de Aquino y que afinó Leibniz. Se trata del argumento causal. La idea fundamental es fácil de formular. Sabemos por la física y por nuestra experiencia cotidiana que todos los acontecimientos tienen una causa, siendo que sus consecuencias se convierten en causas de otros acontecimientos, en un efecto dominó interminable. Ahora imaginemos que vamos a buscar las causas de todos los acontecimientos del pasado. Pero si el universo tuvo un principio, eso significa que esta cadena también tuvo un principio, ¿no? Yendo de causa en causa llegamos así al momento de la creación del universo, lo que hoy designamos como Big Bang. ¿Cuál es la primera causa de todas? ¿Qué puso a la máquina en movimiento? ¿Cuál es el motivo del Big Bang?

Tomás adoptó una expresión de desconcierto.

—Creo que usted respondió a esa pregunta en el aula, ¿no? Dijo que, sin haberse aún creado el tiempo, no podía haber causas que precediesen al Big Bang.

—Es verdad —admitió el físico—. Ya veo que ha estado atento a mi clase —dijo, y sonrió—. Pero, déjeme que le diga, ésa es la forma que nosotros, los científicos, usamos para sortear esta incómoda pregunta. La verdad es que todo indica que el Big Bang existió. Si existió, algo lo hizo existir. La cuestión vuelve siempre al mismo punto. ¿Cuál es la primera causa? ¿Y qué causó la primera causa?

—¿Dios?

Luís Rocha sonrió.

—Es una posibilidad —susurró—. Si se analiza con atención, la hipótesis de que el universo sea eterno señala la exclusión de Dios. El universo siempre ha existido, no tiene propósito, él es. Simplemente es. En el universo eterno, sin comienzo ni fin, el dominó de causas es infinito, no existe una primera causa ni una última consecuencia. —Alzó el dedo—. Pero la Creación remite a una primera causa. Más que eso, habiendo Creación hay que admitir la existencia de un creador. De ahí la pregunta: ¿quién puso la máquina en movimiento?

—Ya veo que la respuesta es Dios.

—Repito que ésa es sólo una posibilidad. Este argumento lógico no constituye una prueba, sólo un indicio. A fin de cuentas, puede existir un mecanismo cualquiera, aún desconocido, que resuelva ese problema, ¿no? Tenemos que tener cuidado para no recurrir al Dios-de-las-lagunas, para no caer en el error de invocar a Dios siempre que no tengamos respuesta para un problema, cuando, en definitiva, existe cualquier otra explicación. Habiendo dicho esto, importa subrayar que la Creación remite al problema del Creador y, por más vueltas que le demos, la cuestión retorna siempre a este punto crucial. —Balanceó la cabeza—. Por otro lado, si colocamos a Dios en la ecuación, diciendo que fue Él quien creó la Creación, nos topamos luego con una multiplicidad de problemas nuevos, ¿no?

—¿Como cuáles?

—Bien..., el primer problema es saber dónde estaba Dios si, antes del Big Bang, no había tiempo ni espacio. Y el segundo problema es determinar lo que causó a Dios. Es decir, si todo tiene una causa, Dios también tiene una causa.

—Entonces no hay causa primera...

—O tal vez la haya, quién sabe. Nosotros, los físicos, llamamos al Big Bang una singularidad. En ese sentido, podríamos decir que Dios es una singularidad, de la misma manera que el Big Bang es una singularidad.

Tomás se pasó la mano por el pelo.

—Ese argumento parece interesante, pero no es concluyente, ¿no?

—No —asintió el físico—. No es concluyente. Pero hay un segundo argumento que parece tener aún mayor fuerza. Los filósofos le dan nombres diferentes, pero el profesor Siza lo llamaba..., es..., lo llamaba... ¡Ah, sí! Lo llamaba el argumento de la intencionalidad.

—¿Intencionalidad? ¿De intención?

—Exacto. La cuestión de la intencionalidad corresponde, como sabe, al ámbito puramente subjetivo en lo que respecta a la interpretación. Es decir: alguien puede hacer algo intencionalmente, pero quien está fuera nunca puede tener la certidumbre absoluta de que fue ésa la intención. Se puede suponer que la intención sea una, pero sólo sabe la verdad el autor del acto. —Hizo un gesto hacia Tomás—. Si usted derriba ahora esta mesa, yo puedo interpretar ese acto, preguntándome si lo hizo intencionalmente o no. Puede haberlo hecho intencionalmente y después fingir que fue accidental. En realidad, sólo usted tiene la certidumbre absoluta sobre su intención, yo tendré siempre una certidumbre subjetiva, ¿no?

—Sí —dijo Tomás—. Pero ¿adónde quiere llegar?

—Quiero llegar a esta pregunta: ¿cuál es la intención de la creación del universo?

Luís se quedó mirando a Tomás interrogativamente.

—Ésa sí que es la pregunta del millón —respondió el historiador con una sonrisa—. ¿Cuál es la respuesta?

—Si la supiese, yo sería el ganador de ese dinero —dijo Luís, que soltó una carcajada—. Para una respuesta más completa, no obstante, tendrá que consultar al profesor Siza.

—Pero lo veo difícil, él no está aquí. ¿Cree que es posible que alguien llegue a responder a esa pregunta?

El físico respiró hondo, midiendo con cuidado las palabras que iba a pronunciar.

—Creo que no es fácil responder afirmativamente a esa pregunta, pero existen algunos indicios interesantes.

—Diga cuáles.

—Hay un argumento muy consistente que dio William Paley en el siglo XIX. —Señaló el entarimado del restaurante—. Imagínese que, al entrar aquí, me encontraba con una piedra en el suelo. La miraba y pensaba: ¿cómo diablos fue a parar aquí esta piedra? Tal vez respondiese enseguida: bien, la piedra siempre ha existido, es algo natural. Y dejo de pensar en el asunto. Ahora imagínese que, en vez de una piedra, me encontraba más bien con un reloj. ¿Podría dar la misma respuesta? Claro que no. Después de analizar el complicado mecanismo del reloj, diría que se trata de algo fabricado por un ser inteligente con un objetivo específico. Ahora la cuestión es la siguiente: ¿por qué razón no puedo dar a la existencia de la piedra la misma respuesta que he dado en relación con la existencia del reloj?

La pregunta se quedó suspendida en el aire un momento.

—Ya veo adónde quiere llegar —observó Tomás.

—Como miembro perteneciente a la especie inteligente que concibió el reloj, sé cuál es la intención que ha presidido la creación del reloj. Pero yo no pertenezco a la especie que concibió la piedra, por lo que no tengo una certidumbre objetiva sobre la intencionalidad de su creación. Pero puedo suponer que hubo una intención. A fin de cuentas, alguien que nunca hubiese visto un reloj antes fácilmente podría concluir que se trataba de la obra de una mente inteligente, ¿no?

—Oiga —argumentó Tomás—: estamos hablando de cosas diferentes, ¿no?

—¿Seguro?

—Claro que sí. No va a comparar usted la complejidad de un reloj con la complejidad de una piedra.

Luís meneó la cabeza.

—Usted no ha entendido adónde quiero llegar.

—Entonces, explíquemelo.

El físico hizo un gesto amplio, abarcando todo el recinto.

—Mire todo lo que nos rodea. ¿Lo ha visto? —Sus ojos deambularon por el restaurante y observaron, más allá de las ventanas, el cielo y el follaje verde de los tilos—. ¿Se ha fijado en la complejidad de todo el universo? ¿Ha pensado en los pequeños detalles de organización necesarios para poner en funcionamiento un sistema solar? ¿O para relacionar los átomos? ¿O para concebir la vida? —Señaló las aguas mansas del Mondego, que se deslizaban como una carretera paralela a la avenida marginal—. ¿O para permitir que ese río fluya de tal manera y no de otra? ¿No cree que eso es infinitamente más complejo e inteligente que el mecanismo de un mero reloj?

Tomás se quedó inmóvil mirando a su interlocutor.

—Pues…, en realidad…

—Entonces, si un ser inteligente crea una cosa tan sencilla como un pequeño reloj, además, con una intención, detrás de sí, ¿qué podremos decir de todo el universo? Si alguien que nunca ha visto un reloj antes es capaz de percibir, al encontrarse por primera vez con uno de esos ejemplares, que se trata de una creación inteligente, ¿por qué razón no podremos, al comprobar la grandiosidad y complejidad inteligente del universo, llegar a la misma conclusión?

—Ya veo.

—Ésta es la base del argumento de la intencionalidad. Si todo lo que vemos a nuestro alrededor revela un propósito y una inteligencia, ¿por qué no admitir que existe una intención en la Creación? Si las cosas revelan inteligencia en la concepción, ¿por qué no admitir que eso se debe a la posibilidad de que las haya concebido algo o alguien inteligente? ¿Por qué no admitir que existe una inteligencia por detrás de estas creaciones inteligentes?

—Pero ¿dónde está esa inteligencia?

—¿Y dónde está el autor del reloj? Si veo un reloj en el suelo, es posible que nunca llegue a conocer a la inteligencia que lo ha construido, ¿no? Y, no obstante, no dudaré ni un momento de que un ser inteligente ha concebido el reloj. Lo mismo ocurre con el universo. Es posible que nunca llegue a conocer la inteligencia que lo ha creado, pero basta mirar alrededor para darse cuenta de que ésta es una creación inteligente.

—Entiendo.

—Claro que, si es una creación inteligente, y todo indica que lo es, se plantea el problema de saber si estamos estudiándola de la manera más adecuada.

—¿Qué quiere decir con eso?

Luís Rocha hizo un gesto señalando su propio cuerpo.

—Fíjese en los seres vivos. ¿De qué está hecho un ser vivo?

—De una estructura de información —replicó Tomás, citando lo que su padre le había dicho.

—Exacto, una estructura de información. Pero lo que compone a una estructura de información son los átomos, ¿no? Y muchos átomos juntos forman una molécula. Y muchas moléculas juntas forman una célula. Y muchas células juntas forman un órgano. Y todos los órganos juntos forman un cuerpo vivo. Habiendo dicho esto, no obstante, es un error decir que un ser vivo no es más que una colección de átomos o de moléculas o de células, ¿no? Es cierto que un ser vivo reúne billones de átomos, miles de millones de moléculas, millones de células, pero cualquier descripción que se limite a esos datos, aunque verdaderos, pecará de insuficiente, ¿no cree?

—Claro.

—La vida se describe en dos planos. Uno es el plano reduccionista, en el que se sitúan los átomos, las moléculas, las células, toda la mecánica de la vida. El otro plano es semántico. La vida es una estructura de información que se mueve con un propósito, en que el conjunto es más que la suma de las partes, en que el conjunto ni siquiera tiene conciencia de la existencia y el funcionamiento de cada una de las partes que lo constituye. En cuanto ser vivo inteligente, puedo estar en un plano semántico discutiendo con usted la existencia de Dios, y una célula de mi brazo estar en un plano reduccionista recibiendo oxígeno de una arteria. El yo semántico no percibe lo que el yo reduccionista está haciendo, puesto que ambos se sitúan en planos diferentes. —Miró a Tomás—. ¿Sigue mi razonamiento?

—Sí.

—Ahora bien: lo que quiero decirle es que estos dos planos pueden ser encontrados en todo. Por ejemplo, puedo analizar el libro *Guerra y paz* en un plano reduccionista, ¿no? Me basta con estudiar la tinta usada en un ejemplar determinado, el tipo de papel que lo constituye, la forma en que se han fabricado la tinta y el papel, si existen o no átomos de carbono en ese ejemplar... En fin, hay una multiplicidad de aspectos reduccionistas que puedo analizar. Y, no obstante, ninguno de esos aspectos me revela verdaderamente qué es *Guerra y paz*, ¿no? Para saberlo, mi análisis no puede ser reduccionista. —Sonrió—. Tiene que ser semántico.

—Estoy comprendiendo.

—Con la música ocurre lo mismo. Puedo analizar *All you need is love*, de The Beatles, de una forma reduccionista. Estudiaré el sonido de la batería de Ringo Starr, las vibraciones de las cuerdas vocales de John Lennon y Paul McCartney, la oscilación de las moléculas del aire en función de la emisión de los sonidos de la guitarra de George Harrison, pero nada de eso me revelará verdaderamente lo que es esta canción, ¿no? Para entenderla, tendré que analizarla desde el plano semántico.

—Claro.

—En el fondo, es como un ordenador. Hay un *hardware* y hay un *software*. El plano reduccionista estudia el *hardware*, mientras que el plano semántico se centra en el *software*.

—Todo eso parece evidente.

—Pues si todo esto le parece evidente, déjeme que le plantee un problema.

—De acuerdo.

—Cuando estudio el universo con el fin de conocer su materia fundamental, su composición, sus fuerzas, sus leyes, ¿qué tipo de análisis estoy haciendo?

—No entiendo la pregunta...

—Lo que quiero saber es si estoy haciendo un análisis reduccionista o semántico.

Tomás consideró unos instantes la pregunta.

—Bien..., pues... me parece que reduccionista.

Se abrió más la sonrisa en el rostro de Luís Rocha.

—Lo que nos lleva a la pregunta siguiente: ¿será posible hacer un análisis semántico del universo?

—¿Un análisis semántico del universo?

—Sí, un análisis semántico. Si consigo hacer un análisis semántico de algo tan simple como *Guerra y paz* o *All you need is love*, ¿no puedo hacer un análisis semántico de algo tan rico y complejo e inteligente como es el universo?

—Bien…

—Si analizar la tinta y el tipo de papel de un ejemplar de *Guerra y paz* constituye una forma muy incompleta y reductora de estudiar ese libro, ¿por qué demonios analizar los átomos y las fuerzas existentes en el cosmos ha de ser una forma satisfactoria de estudiar el universo? ¿No habrá también una semántica en el universo? ¿No existirá igualmente un mensaje más allá de los átomos? ¿Cuál es la función del universo? ¿Por qué razón éste existe? —Suspiró—. Ése es el problema de la matemática y de la física hoy en día. Nosotros, los científicos, estamos muy concentrados en estudiar la tinta y el papel de que está hecho el universo. Pero ¿acaso ese estudio nos revela verdaderamente lo que es el universo? ¿No necesitaremos estudiarlo también en un plano semántico? ¿No tendremos que escuchar su música y entender su poesía? ¿Acaso, al pensar en el universo, estamos sólo centrados en el *hardware* e ignoramos una dimensión tan importante como la del *software*? —Suspiró—. Han sido éstas las cuestiones que han orientado el trabajo del profesor Siza a lo largo de estos años. Quería entender cuál era la semántica del universo. Quería conocer el *software* que se encuentra programado en el *hardware* del cosmos.

—He entendido —dijo Tomás—. Pero ¿cómo se puede estudiar el *software* del universo?

—Eso tendrá que preguntárselo al profesor Siza, claro —repuso Luís—. Pero creo que la respuesta a esa pregunta depende de la respuesta a otra pregunta, muy fácil de formular: lo que vemos en torno a nosotros, tanto en el microcosmos como en el macrocosmos, ¿es una creación o es el propio ser inteligente?

—¿Cómo?

El físico mostró la palma de su mano izquierda.

—Cuando miramos mi mano, ¿estamos viendo una creación mía o estamos viendo una parte de mí? —Miró a su alrededor—. Cuando miramos el universo, ¿estamos viendo una creación de Dios o estamos viendo una parte de Dios?

—¿Usted qué cree?

—Yo no creo nada. Pero el profesor Siza creía que todo es una parte de Dios. Si él tiene razón, cuando se conciba la teoría del todo, será posible, en principio, contener en ella una descripción de Dios.

—¿Le parece?

—Eso es lo que están intentando hacer ahora los físicos, ¿no? Concebir una teoría del todo. Aunque yo crea que no lo van a conseguir.

—¿Por qué?

—Por la siguiente razón: los teoremas de la incompletitud. Esos teoremas, además del principio de incertidumbre, muestran que nunca se logrará cerrar el círculo. Habrá siempre un velo de misterio en el fin del universo.

—Entonces, ¿por qué razón siguen intentando formular esa teoría?

—Porque no todos coinciden conmigo. Hay quien piensa que es posible concebir una teoría del todo. Hay quien piensa incluso que es posible concebir una ecuación fundamental.

—¿Una ecuación fundamental? ¿Qué quiere decir con eso?

—Es el Santo Grial de la matemática y de la física. Formular una ecuación que contenga en sí toda la estructura del universo.

—¿Y eso es posible?

—Tal vez, no lo sé —repuso Luís, encogiéndose de hombros—. ¿Sabe?: existe la creciente convicción de que la actual profusión de leyes y fuerzas existentes en el universo se debe al hecho de que nos encontramos en un estado de baja temperatura. Hay muchos indicios de que, cuando se eleva la temperatura a partir de un determinado nivel, las fuerzas se funden. Por ejemplo, durante mucho tiempo se difundió la convicción de que existían cuatro fuerzas fundamentales en el universo: la fuerza de la gravedad, la fuerza electromagnética, la fuerza fuerte y la fuerza débil. Pero ya se ha descubierto que son, en realidad, tres fuerzas, dado que la fuerza electromagnética y la fuerza débil constituyen, de hecho, la misma fuerza, que se designa ahora como fuerza electrodébil. Hay también quien piensa que la fuerza fuerte constituye otra faceta de la fuerza electrodébil. Si así fuere, sólo falta unir esas tres fuerzas con la fuerza de la gravedad para que lleguemos a una única fuerza. Muchos físicos creen que, cuando se produjo el Big Bang, y bajo las elevadísimas temperaturas que se daban entonces, todas las fuerzas estaban unidas en una única superfuerza, que puede describirse con una ecuación matemática simple. —Luís se inclinó sobre la mesa—. Ahora bien: cuando comenzamos a hablar de una superfuerza, ¿qué entidad nos viene enseguida a la mente?

—¿Dios?

El físico sonrió.

—Los científicos están descubriendo que, a medida que aumenta la temperatura, la energía se une y las complejas estructuras subatómicas se quiebran, con lo que revelan estructuras simples. Bajo un calor muy intenso, las fuerzas se simplifican y se funden, con lo que surge así la superfuerza. En esas circunstancias, es posible concebir una ecuación matemática fundamental. Se trata de una ecuación capaz de explicar el comportamiento y la estructura de toda la materia, y capaz también de describir todo lo que ocurre. —Abrió las manos, como si hubiese acabado de realizar un pase de magia—. Tal ecuación sería la fórmula maestra del universo.

—¿La fórmula maestra?

—Sí —confirmó Luís Rocha—. Hay quien la llama la fórmula de Dios.

XXVII

Avanzada ya la mañana y, tal vez por vigésima vez en sólo una hora, Tomás contempló la hoja de papel e imaginó una nueva estrategia para descifrar el acertijo. Pero el enigma seguía infranqueable, tuvo incluso la impresión de que aquellas trece letras y aquel signo de exclamación se reían de sus esfuerzos.

See sign
!ya ovqo

Meneó la cabeza, inmerso en el problema. Se le hacía evidente que cada una de las cifras remitía a una cifra diferente, y no tenía siquiera la certidumbre de que la primera fuese realmente una cifra. *See sign* significaba en inglés «vea la señal». Se trataba probablemente de una indicación que había dado Einstein en relación con alguna señal que había hecho en el manuscrito. El problema es que, como no había podido leer el documento, Tomás no tenía forma de comprobar si era así. ¿Habría alguna señal misteriosa escondida en algún sitio del texto original?

El criptoanalista meneó la cabeza.

Tal vez fuese imposible determinar tal cosa sin acceder al manuscrito. Por más vueltas que le diese al problema, siempre llegaba a la conclusión de que realmente necesitaba leer el documento, buscar en él pistas ocultas, escrutar el texto en busca de la señal que Einstein mandaba ver. *See sign*. «Vea la señal.» Pero ¿qué señal?

Se recostó en la silla de la cocina y dejó el lápiz. Con un

suspiro resignado, Tomás desistió en ese instante de entender esta primera línea; el hecho es que no podía acceder al manuscrito y todo lo que hiciese para interpretar el tenor de esas dos palabras sin tener el documento delante estaría condenado al fracaso. Se incorporó, inquieto, fue al frigorífico a buscar un zumo de naranja y volvió a sentarse a la mesa de la antecocina. Sentía una impaciencia punzante que le consumía las entrañas.

Miró de nuevo el papel y se concentró en la segunda línea. Por su aspecto, este mensaje estaba sin duda cifrado mediante un sistema de sustitución. Le parecía evidente que se habían sustituido las letras originales por otras letras, según una orden predeterminada por una clave. Si descubría la clave, desvelaría la cifra. El problema era entender qué clave había usado Einstein para cifrar esa línea.

Leyó varias veces las letras de la segunda línea, hasta que, convencido de que se trataba de hecho de un sistema de sustitución, se puso a considerar diversas hipótesis. Podría estar frente a una sustitución monoalfabética, que sería relativamente sencilla de desvelar. Pero si fuese una sustitución polialfabética, que recurría a dos o más alfabetos de cifra, la operación se complicaría gravemente.

Podía también ser una sustitución poligrámica, según un esquema en el que unos grupos de letras se sustituyen íntegramente por otros grupos. O si no, pesadilla de las pesadillas, sería una sustitución fraccional, en la que el propio alfabeto de la cifra estaría también cifrado.

Presentía que sería muy difícil. La opción más natural, no obstante, le parecía la sustitución monoalfabética; así, pues, decidió avanzar con ese presupuesto. Siendo ése el sistema, tenía perfecta conciencia de que la clave de la sustitución no se podía haber elegido al azar. Sería, por ejemplo, un alfabeto de César, uno de los más antiguos alfabetos de cifra conocidos, utilizado por Julio César en sus intrigas palaciegas y campañas militares. Le bastaría con alterar el punto de inicio del alfabeto normal y encontraría la solución.

En ese instante, sonó el timbre de la entrada.

Doña Graça salió de la sala que estaba ordenando y se dirigió apresuradamente a la puerta.

—Vaya trajín —farfulló entre dientes, y cogió el telefonillo—. ¿Quién es? —Pausa—. ¿Quién? —Pausa—. Ah, un momento. —Miró a su hijo—. Es el profesor Rocha para ti. Te está esperando abajo.

—Ah —exclamó Tomás—. Dígale que ya bajo.

Sintiéndose casi aliviado por interrumpir el trabajo agotador que duraba toda la mañana sin producir frutos, Tomás dobló el papel con el acertijo y fue a la habitación a buscar una chaqueta.

Estacionaron a la sombra de un roble. Al bajar del coche, Tomás contempló la pequeña vivienda oculta detrás de un muro y de unos arbustos, en medio de la tranquila avenida Dias da Silva, la arteria donde residían la mayoría de los profesores de la universidad. La casa tenía un aspecto acogedor, aunque fuese notorio que faltaba la mano de un jardinero: la hierba había crecido demasiado e invadía las zonas de paso y hasta el patio frente a la puerta.

—¿Aquí es dónde vivía el profesor Siza? —preguntó Tomás, recorriendo con los ojos la fachada de la vivienda.

—Sí, es aquí.

El historiador miró a su colega.

—¿Es duro volver aquí?

Luís Rocha miró la casa y respiró hondo.

—Claro que lo es.

—Disculpe que le haya pedido este favor —dijo Tomás—. Pero me parece importante que vea el lugar donde ocurrió todo.

Traspusieron la verja de la entrada y se dirigieron a la puerta. El físico sacó una llave del bolsillo y la metió en la cerradura, haciéndola girar hasta que la puerta se abrió con un chasquido. Le hizo señas a Tomás para que entrase y siguió tras él.

Los acogió un silencio absoluto dentro de la vivienda. El pequeño *hall* de entrada tenía el suelo embaldosado, con una puerta a la izquierda que se abría a la sala, y otra a la derecha, a la cocina, de donde venía el suave rumor de un frigorífico aún conectado.

—Pero todo parece estar muy ordenado.

—Dice eso porque no ha visto el despacho —observó Luís Rocha, pasando adelante e internándose por el corto pasillo frente al *hall*—. ¿Quiere verlo? Sígame.

Al fondo del pasillo, había tres puertas. El físico abrió la de la izquierda, y mostró la entrada protegida por un precinto de la Policía. Le hizo señas a Tomás para que mirase.

—Caramba —explicó el historiador.

Un mar de libros, de papeles y de carpetas se extendía por el suelo en medio de un caos indescriptible, mientras que los estantes de los muebles de madera estaban casi vacíos, adornados sólo por alguno que otro volumen que había resistido al vendaval.

—¿Lo ve? —preguntó el físico.

Tomás no conseguía despegar los ojos de aquel montón de obras y documentos.

—¿Fue usted quien se encontró con este desorden?

—Sí —asintió Luís—. Había quedado con el profesor Siza en venir aquí a comprobar unos cálculos que él había hecho sobre las consecuencias de una hipotética alteración de masa de los electrones. El profesor había faltado a una clase días antes, pero no le di a ello mucha importancia, sabiendo, como sé, que es un poco distraído. Pero cuando llegué al portón me di cuenta de que la puerta de entrada se encontraba abierta de par en par. Me pareció extraño y entré. Llamé al profesor y no respondió nadie. Vine a ver el despacho y me encontré con… esto —dijo, señalando ese caos—. Entendí enseguida que se había producido un asalto y llamé a la Policía.

—Ya… —murmuró Tomás—. ¿Y qué hicieron ellos?

—Primero, nada especial. Precintaron el recinto y se dedicaron a sacar unas muestras. Después vino la judicial varias veces e hicieron muchas preguntas, sobre todo acerca de lo que guardaba el profesor aquí. Querían saber si había cosas de valor. Pero después las preguntas fueron haciéndose más inquietantes y algunas de ellas, reconozco, me resultaron muy extrañas.

—Como por ejemplo…

—Querían saber si el profesor viajaba mucho y si conocía a gente de Oriente Medio.

—¿Y usted? ¿Qué les respondió?

—Bien…, pues… es evidente que el profesor viajaba. Iba a conferencias y a seminarios, contactaba con otros científicos…, en fin, lo normal en quien dedica su vida a la investigación, supongo.

—¿Y él conocía a personas de Oriente Medio?

Luís Rocha esbozó una mueca.

—Debía de conocer a alguien, qué sé yo. Hablaba con mucha gente, ¿no?

Tomás giró la cabeza y observó de nuevo todo el desorden de los libros desparramados por el suelo: daba la impresión de que habían volcado allí un montón de escombros. Era evidente que alguien había llegado al lugar y había tirado todo al suelo, en busca no se sabe bien qué. O, mejor dicho, Tomás lo sabía. Lo sabía Tomás Noronha, lo sabía Frank Bellamy y lo sabían unas pocas personas más. Los asaltantes eran los hombres de Hezbollah y buscaban el documento *Die Gottesformel*, el viejo manuscrito que acabaron encontrando en algún rincón de ese despacho.

Por detrás de Tomás, Luís apoyó su mano en el picaporte de la puerta del medio y la abrió.

—Voy al cuarto de baño —dijo, entrando en el pequeño recinto decorado con azulejos blancos y azules—. Siga tranquilo con su trabajo, ¿de acuerdo?

Cerró la puerta.

Momentáneamente solo, Tomás miró una vez más el despacho invadido y dio media vuelta. Su atención se fijó en la tercera puerta del pasillo; estiró el brazo y la abrió. Una gran cama indicaba que se trataba del dormitorio del profesor Siza.

Movido por la curiosidad, Tomás entró en la penumbra de la habitación y la observó con atención. Había cierto olor a moho en el aire, era evidente que el recinto se encontraba cerrado desde hacía varias semanas, como si estuviese suspendido en el tiempo, a la espera de que lo rescatasen para la vida. Las persianas estaban cerradas, lo que creaba una atmósfera tranquila en aquel aposento silencioso, un lugar sereno recogido a media luz. En flagrante contraste con lo que ocurría al otro lado de la puerta, todo estaba allí muy ordenado, cada objeto en su lugar, cada lugar con una función.

Una fina capa de polvo se había depositado en los muebles,

dando la impresión de que el paso del tiempo se medía por el polvo acumulado. El historiador abrió un cajón y encontró allí fajos de cartas y postales. Cogió el fajo que estaba más arriba y se fijó en las fechas: eran de los últimos meses. Supuso que en la parte superior se encontraba la correspondencia más reciente, y por debajo, la más antigua. Miró las cartas e intentó identificarlas. La mayor parte parecía estar relacionada con asuntos de la facultad, con noticias sobre coloquios, novedades editoriales, pedidos de información bibliográfica y otras referencias de carácter puramente académico. Encontró, entre los sobres, tres postales, y las analizó distraídamente. Dos eran de la familia y estaban escritas con una letra de mujer, pero la tercera suscitó su atención. Miró el haz y el envés y sintió que su curiosidad aumentaba.

Trac trac trac.

El ruido metálico de una llave girando en una cerradura lo hizo volverse hacia el pasillo. Luís había acabado de usar el cuarto de baño y abría la puerta para salir.

Con un gesto rápido y disimulado, Tomás escondió la tercera postal en el bolsillo de la chaqueta y adoptó una actitud distraída.

Lo primero que hizo Tomás cuando llegó a su casa fue buscar el número en la agenda del móvil y hacer la llamada.

—*Greg Sullivan, here* —anunció la voz nasal del otro lado de la línea.

—Hola, Greg. Soy Tomás Noronha. ¿Cómo está?

—¡Ah! Hola, Tomás. ¿Cómo está?

—Muy bien.

—He oído decir que pasó momentos difíciles en Teherán.

—Sí, fue complicado.

—Pero salió del apuro, ¿no? ¡Como un profesional!

—No exageremos…

—¡En serio! Cualquier día llega a verme con un acento muy *british* y dice: «Mi nombre es Noronha. ¡Tomás Noronha!». —Soltó una carcajada—. ¿Eh? ¡Un verdadero James Bond!

—No se burle, vamos.

—Oiga, estoy orgulloso de usted, ¿lo sabía? *Atta boy!*

—Vale, basta. —Tomás carraspeó, e intentó ir directamente al tema que lo había llevado a hacer esa llamada telefónica—. Greg, necesito que me haga un favor.

—*You name it, you got it.*

—Necesito que llame a Langley y le pida a Frank Bellamy que me telefonee con urgencia.

—¿Cómo?

—Que Frank Bellamy me telefonee con urgencia.

Se hizo un breve silencio del otro lado de la línea.

—Oiga, Tomás, *mister* Bellamy no es una persona cualquiera —dijo Greg, adoptando de repente con su voz un tono respetuoso—. Él es el director de uno de los cuatro *directorates* de la CIA, con acceso directo al Despacho Oval de la Casa Blanca. No son las personas las que quieren hablar con él, ¿entiende? Él es quien decide hablar con las personas.

—Sí, lo he entendido —asintió Tomás—. Pero también he entendido que, siendo como es él, tan importante, si ha viajado una vez a Lisboa para hablar conmigo, y si habló dos veces más por teléfono conmigo, es porque considera que estoy empeñado en un proyecto crucial para la Agencia. Si es así, sin duda tendrá interés en llamarme en cuanto sepa que tengo algo que decirle.

Nuevo silencio al otro lado de la línea.

—¿Tiene algo que decirle?

—Sí.

Greg suspiró.

—*Okay*, Tomás. Espero que usted sepa lo que está haciendo. *Mister* Bellamy no es una persona con la que se pueda jugar. —Vaciló, como si estuviese dándole una última oportunidad a un condenado para redimirse—. ¿Quiere realmente que telefonee a Langley?

—Sí, hágalo.

—*Okay*.

Sacó del bolsillo de la chaqueta la postal que había sacado del dormitorio del profesor Siza y la examinó con atención. El lugar del remitente se encontraba en blanco, como si tal información fuese innecesaria para el destinatario. La postal sólo incluía un breve mensaje escrito con una letra muy clara, las líneas trazadas con esmero, como si la estética fuese tan importante como el contenido.

Mi querido amigo:
Me alegra haber recibido noticias suyas.
Tengo mucha curiosidad por saber algo más
sobre su descubrimiento.
¿Habrá llegado al fin el gran día?
Búsqueme en el monasterio.

Afectuosamente.
Tenzing Thubten

Leyó varias veces las breves líneas escritas en la postal. No hacía falta ser muy intuitivo para entender que este mensaje levantaba una punta del velo, pero dejaba que lo esencial permaneciese misteriosamente oculto por debajo de sutiles sobrentendidos. ¿Quién era ese Tenzing Thubten? Si llamaba «querido amigo» al profesor Siza, era porque sin duda lo conocía muy bien. Pero ¿de dónde? Si Thubten decía alegrarse por «haber recibido noticias suyas», era porque el profesor Siza había tomado la iniciativa de entrar en contacto con él. Si el remitente manifestaba tener «mucha curiosidad por saber algo más sobre su descubrimiento», era porque el profesor Siza le había comunicado ese hecho. Y si Thubten se preguntaba si «habrá llegado al fin el gran día», era porque ese descubrimiento, cualquiera que fuese, probablemente desencadenaría un acontecimiento que ambos esperaban desde hacía mucho tiempo.

Pero ¿qué demonios de acertijo es éste?, se interrogaba Tomás después de cada lectura del mensaje escrito en la postal.

Sonó el móvil.

—*Hello*, Tomás —murmuró la inconfundible voz ronca—. He oído decir que quería hablar conmigo.

—Hola, *mister* Bellamy. ¿Qué tiempo hace en Langley?

—No estoy en Langley —respondió la voz—. Me encuentro en un avión sobrevolando un territorio cuyas coordenadas no le puedo dar. Estoy hablando desde una línea no segura, lo que significa que tendrá que tener cuidado con lo que dice. ¿Me ha entendido?

—Sí.

—Entonces dígame por qué razón tiene tanta necesidad de hablar conmigo.

Casi sin darse cuenta, Tomás se enderezó en la silla: parecía un centinela cuadrándose frente a un oficial.

—*Mister* Bellamy, creo haber entendido finalmente de qué trata el documento que tanto nos ha abrumado y que me llevó a hacer aquel viaje.

Se hizo un breve silencio, la llamada descarga de estallidos de estática.

—*Really*?

—Basándome en lo que he descubierto, me parece seguro decir que el tema del documento no debe preocuparnos. Se trata, por otra parte, de un asunto totalmente diferente del que pensábamos que era.

—¿Está seguro?

—Bien…, pues, quiero decir que tengo una certidumbre relativa, ¿sabe? Es la certidumbre que puedo tener en función de lo que he descubierto, nada más. Sólo podré tener la certidumbre absoluta si leo el manuscrito, lo que en este momento no me parece posible por los motivos que usted ya conoce.

—Pero ¿cree realmente que el tema del documento no guarda relación con lo que nos preocupa?

—Eso creo.

—Entonces, ¿cómo explica que nuestro *fucking* geniecillo haya comentado en privado que lo que había descubierto provocaría el estallido de una violencia jamás vista?

Tomás vaciló.

—Pues…, eh…, ¿él dijo exactamente eso?

—Claro que lo dijo. Se lo dijo a un físico que era nuestro informante. ¿No se acuerda de que le conté esa historia cuando fui a Lisboa?

—Sí.

—Así, pues, ¿en qué quedamos?

El historiador respiró hondo.

—Sólo hay una manera de que yo pueda aclararlo —dijo.

—¿Cuál es?

—Necesito hacer un nuevo viaje.

—¿Adónde?

—Estamos en una línea que no es segura, ¿no? ¿Quiere realmente que le diga cuál sería ese destino?

Frank Bellamy echó pestes.

—Tiene razón —asintió de inmediato—. Oiga: voy a entrar en contacto con nuestra embajada en Lisboa y les daré instrucciones para que pongan a su disposición todos los fondos que le hagan falta, ¿de acuerdo?

—Muy bien.

—*So long*, Tomás. Usted es un *fucking* genio.

Frank Bellamy colgó. Tomás se quedó un instante mirando el móvil. Ese demonio de hombre tenía la virtud de irritarlo. Pensándolo bien, consideró, parecía ser un atributo que Bellamy manifestaba con todo el mundo: bastaba fijarse en la actitud de casi vasallaje con que Greg Sullivan y Don Snyder actuaron frente a él durante aquel memorable encuentro en Lisboa. Tomás imaginó al hombre de la CIA en una reunión en el Despacho Oval de la Casa Blanca y una sonrisa afloró a sus labios. ¿Tendría también el presidente de Estados Unidos un ataque de diarrea por sólo hablar con esa figura siniestra?

Tal vez para compensar los escalofríos que Bellamy le provocaba, Tomás sintió en aquel momento nostalgia de Ariana. Sólo unos pocos días atrás se había despedido de ella y ya lo dominaba la añoranza. Todas las noches soñaba con ella, la veía a lo lejos y la llamaba, pero Ariana se alejaba, arrastrada por una fuerza desconocida, como si alguien la absorbiese más allá del horizonte. Tomás se despertaba en esos instantes muy angustiado, con el corazón oprimido y un nudo en la garganta.

Suspiró.

Intentando abstraerse de la presencia femenina que hasta tal punto lo invadía, bajó los ojos y examinó nuevamente la postal que conservaba aún en su mano. El espacio del remitente permanecía en blanco, pero Tomás sabía que no necesitaba más información que aquella de la que ya disponía. Poseía el nombre del remitente, el tal Tenzing Thubten, y, a pesar de que no había referencia alguna a su domicilio, lo esencial quedaba proclamado en el otro lado de la postal. ¿O no?

Dio la vuelta a la postal y contempló el hermoso monasterio blanco y marrón que se alzaba por entre la neblina, en la cima del promontorio, y que dominaba las casas bajas distribuidas alrededor. Sonrió. Sí, pensó. En efecto, no había quien no conociera aquel palacio tibetano.

El Potala.

XXVIII

*L*a luz cristalina y pura de las montañas brotó por la ventana de la habitación y despertó a Tomás. El historiador aún se quedó un perezoso instante encogido bajo el calor de las mantas, prolongando la dulce molicie del despertar, pero acabó levantándose a duras penas y yendo a la ventana a contemplar el nuevo día. La mañana había nacido límpida y fría, y los rayos del sol centelleaban en la cumbre alba de los picos circundantes, como joyas incrustadas en una sábana láctea que alguien hubiera extendido sobre la roca marrón; era la nieve que resplandecía en la cima de las sierras escarpadas que rodeaban la ciudad, y que recortaba con su blancor el azul profundo del cielo.

Amanecer en Lhasa.

Era el tercer amanecer de Tomás en la capital del Tíbet. Llenándose los pulmones de aire e irguiendo el cuerpo, comprobó aliviado que había desaparecido el malestar de los últimos días: ahora se sentía mejor y con más energía.

Poco después de aterrizar en el aeropuerto Gonggar, empezó a padecer dolores de cabeza y náuseas, además de un cansancio acompañado de jadeos que no lo abandonaba. La primera noche le costó mucho dormirse, hasta que, sin poder contener sus ganas de vomitar, decidió telefonear a la recepción y pedir un médico. No había médico, pero el recepcionista, habituado a ver cómo esos síntomas se manifestaban con frecuencia en los recién llegados, hizo un diagnóstico en el acto.

—*Acute mountain sickness* —dijo cuando lo visitó en la habitación.

—¿Qué?

—Es el mal de la altura —explicó, y miró la maleta apoyada en la alfombra—. Usted ha venido en avión, ¿no?

—Sí.

—Casi todos los extranjeros que vienen en avión padecen ese mal. Se debe al rápido tránsito entre el nivel del mar y la altitud, sin adaptación en puntos intermedios.

—Pero ¿hay algún problema con eso?

—Claro. ¿Sabe?, la presión atmosférica de aquí es muy inferior a la del nivel del mar. Eso significa que la presión no llega a impulsar el oxígeno hacia la sangre y por ello las personas comienzan a sentirse mal.

Tomás inspiró hondo, intentando sentir la diferencia. En efecto, el aire parecía más leve, casi enrarecido.

—¿Y ahora? ¿Qué hago?

—Nada.

—¿Nada? Pero ésa no es una solución.

—Al contrario, es la mejor solución. Usted no debe hacer nada. Quédese en la habitación, descanse y váyase adaptando poco a poco a la altitud. No haga esfuerzos. Intente respirar más rápido, para compensar la falta de oxígeno en la sangre. Su corazón probablemente está latiendo más deprisa, por lo que debe reposar. Dentro de unos días se sentirá mejor, ya verá. En ese momento, entonces, podrá salir al exterior —levantó un dedo, a la manera de una advertencia—, pero, atención, si empeora es mala señal. Puede querer decir que está incubando una forma maligna de la enfermedad de la altura, provocada por complicaciones pulmonares o cerebrales. En ese caso, tendrá que irse inmediatamente del Tíbet.

—¿Y si no me voy?

El empleado, de tez trigueña, abrió mucho sus ojos rasgados.

—Morirá.

Al tercer día, de hecho se sintió mejor y, más animado, decidió salir a la calle. Preguntó las direcciones en la recepción del hotel y enfiló sosegadamente por la calle Bei Jin Guilam, en dirección al majestuoso Potala. Atravesó el Shöl, situado al pie del magnífico palacio del Dalai Lama, y no pudo dejar de sentirse afectado por ver toda aquella zona transformada en una desorbitada metrópoli china, con una gran avenida atascada por el tráfico.

Frente al Potala, se abría una enorme plaza con una escultura chabacana, frente a la cual se apiñaban turistas chinos sacando fotografías con el palacio detrás. Tras, la amplia avenida estaba llena de establecimientos de aspecto moderno, eran *boutiques*, tiendas de material deportivo, de ropa para niños, prendas de marca, zapaterías, restaurantes, heladerías, confiterías, tabaquerías, floristerías, farmacias, ópticas, todo en medio de una gran barahúnda, con múltiples neones de colores visibles por todas partes. El Potala parecía ser un cuerpo extraño, un colosal intruso tibetano implantado en un enorme mar chino.

Algunas manzanas más adelante, el visitante giró a la derecha y entró por fin en el tranquilo barrio tibetano. Se introdujo en la maraña de callejuelas estrechas, con las arterias retorciéndose en todas direcciones, ensanchándose a veces, siempre flanqueadas por viejos edificios de adobe blanco y ventanas negras, en algunos casos el camino atravesado por charcos de barro o por el olor repulsivo de los excrementos.

—*Hello!* —saludó una voz femenina venida de arriba. Era una muchacha tibetana que hacía señas desde una ventana—. *Tashi deleh! Hello!*

—*Tashi deleh* —dijo Tomás, devolviendo el saludo con una sonrisa.

Todos parecían encontrar allí un momento para saludar al forastero; con una sonrisa franca, un gesto efusivo, una reverencia discreta, un «*hello*» inglés o un «*tashi deleh*» tibetano, a veces sacando la lengua fuera como si se burlasen de él. En aquel rincón estrecho, entre callejas escondidas y lejos de la influencia china, se escondía el Tíbet que siempre había imaginado.

El apacible laberinto desembocó en una enorme y populosa plaza. Una multitud se agitaba por todo el perímetro, se veían pastores y cabras, peregrinos de Amdo, viajeros de Jam, monjes genuflexos o recitando mantras, saltimbanquis haciendo acrobacias, puestos de venta de alfombras y pinturas *thangka*, sombreros, ropa, *jerry cans* con combustible, fotografías del Dalai Lama, baratijas de Katmandú, té de Darjeeling, bufandas *kadah* de Sechuán, amuletos *pondu* de Drepung, cortinas de Shigatse, pañuelos de Cachemira, plantas medicinales de los Himalayas, viejas monedas indias transformadas en adornos, anillos de plata decorados con piedras turquesa, todo lo imaginable estaba allí a la venta con su derroche de colores.

—*Hello?* —llamó una vendedora.

—*Look´ee! Look´ee!* —gritó otra, mientras una tercera mostraba figuras religiosas esculpidas en hueso de yac—: *Cheap´ee, cheap´ee!*

Una densa mole humana, compacta, se empujaba por la plaza, murmurando mantras y haciendo girar *mani colo*, las ruedas de oraciones que empuñaban en la mano derecha, unas hechas de cobre, otras de jade, algunas de sándalo; era el Barjor, el gran movimiento religioso que rodeaba el templo en el sentido de las agujas del reloj, los peregrinos observando a los acróbatas, mirando a los monjes, observando los puestos o simplemente concentrados en el trayecto religioso que deambulaba en torno al perímetro.

A Tomás no le hizo falta comprobar en el mapa para entender que aquél era el bazar de Tumsjan, montado alrededor del circuito religioso del Barjor. Por entre las casas tradicionales tibetanas, erguidas con fachadas blancas y hermosos balcones de madera incrustados en las esquinas, se abría la entrada del templo. La puerta de acceso estaba decorada con pilares rojos, que soportaban una estructura adornada con tejido de yac, en cuyo extremo centelleaba una imagen sagrada, la de las figuras en oro de los dos ciervos vueltos hacia una armoniosa *dharmachakra*, la Rueda de la Ley.

El templo de Yojang.

Algunos peregrinos se mantenían postrados en el suelo de piedra del Barjor, delante del templo, entonando un profundo *ooooooooooooooooom* al mismo tiempo, la sílaba sagrada del *om mani pedme hmm*, el mantra de seis sílabas, la plegaria de la Creación. Aquel timbre profundo y gutural, que los budistas consideran el sonido primordial, la sílaba que generó el universo, resonaba largamente por la plaza, entrecortado sólo por el ruido combinado de las expiraciones ritmadas, como si los creyentes hubiesen recibido un golpe en el estómago. El paso de los peregrinos también se veía marcado por la estridencia metálica del *korten*, los molinos de oraciones dorados dispuestos en fila junto a la puerta.

Tomás se internó entre la multitud, traspuso la entrada del santuario y recorrió un gran atrio a cielo abierto. El desagradable olor a manteca rancia de yac flotaba en el aire, exhalado por los devotos que llevaban al Yojang pedazos de grasa amarilla para desparramarla con cucharas por el recinto. Buscando escapar del olor repulsivo, el visitante se refugió por un momento junto a palitos de incienso incandescente y observó la escena a su alrededor. El patio se veía repleto de peregrinos que habían recorrido centenares de kilómetros para juntarse allí, muchos tumbados en el suelo con la frente pegada a la piedra recitando plegarias, otros agitando ruedas metálicas de oración, algunos desparramando la manteca de olor nauseabundo en altares frente a pequeños Budas.

Un occidental de aspecto bonachón se acercó a Tomás con una cámara fotográfica colgada del pecho.

—Hermoso espectáculo, ¿eh?

—Sí.

El hombre se presentó. Se llamaba Carlos Ramos y era un mexicano que vivía en España. Después de un intercambio de palabras corteses, Carlos miró a la multitud de creyentes y meneó la cabeza.

—Después de leer muchos libros, he comprendido finalmente qué es el budismo —comentó—. Es un juego de puntos.

—¿Cómo un juego de puntos?

—Es sencillo —sonrió el mexicano—. Cuanto más mérito tengamos durante la vida, mayores serán nuestras posibilidades de conseguir una buena reencarnación la próxima vez. Si hacemos pocos puntos, habremos de reencarnar en insectos o lagartos, por ejemplo. Pero si somos muy piadosos y alcanzamos un determinado nivel de puntos, podremos volver como seres humanos otra vez. Y si somos realmente buenos…, *bueno,** en ese caso regresaremos como hombres ricos o hasta como lamas. ¿Entiende? Es algo parecido a un juego de ordenador. Más puntos ahora significan una mejor vida en la próxima reencarnación.

Tomás se rio por el enfoque simplón que aquel turista hacía del budismo.

* En castellano en el original. *(N. del T.)*

—¿Y cómo se consiguen esos puntos?

El mexicano hizo un gesto para señalar a la multitud que llenaba el Yojang.

—¡Postrándose, *caray**! ¿Lo ve? Cuanto más se postran, más puntos obtienen. Hay tipos que se postran más de mil veces en un solo día. —Hizo una mueca—. Y mire que mil veces es mucho, ¿eh? Acaba uno con un dolor en la espalda… La mayoría de la gente llega a las ciento ocho veces, más o menos, dicen que es un número sagrado y siempre por lo menos se ahorra esfuerzo, ¿no? —Miró una cabra que alguien había llevado al templo—. Pero hay otras maneras. Por ejemplo, salvando la vida de un animal. Eso vale puntos, ¿qué se piensa? O darle una limosna a un mendigo, eso también cuenta para el balance de la buena reencarnación.

—¿Y quien tenga una vida perfecta?

—¡Oh, eso es como la lotería del budismo! ¡Es *el Gordo**! Es que el número máximo de puntos nos lleva al nirvana, ¿sabía? El nirvana significa que rompemos el círculo vicioso de la vida terrenal. ¡En ese caso, *no pasa nada**! Se acaban los problemas con las reencarnaciones.

—En eso se parece un poco al cristianismo, ¿no le parece? —observó Tomás—. Cuanto más buenecitos somos, más puntos sumamos en el Cielo y mayores son las posibilidades de que ganemos un lugar en el Paraíso.

El mexicano se encogió de hombros.

—Pues eso —exclamó—. El gran tema de todas las religiones es, al fin y al cabo, la suma de puntos.

Después de esbozar una última sonrisa, Tomás se despidió del turista y se introdujo en el templo.

El interior del viejo edificio se encontraba en penumbras, interrumpidas por las velas de manteca de yac encendidas en fila en los altares. Sacó un papel del bolsillo y, en una zona de luz, buscó la dirección apuntada. Una vez orientado, atravesó el interior sombrío y desembocó en un patio soleado. Un monje calvo, vestido con un *tasen* escarlata de la Orden Galupka, se materializó desde la sombra, en la puerta de las capillas, y el visitante lo interpeló.

322

* En castellano en el original. *(N. del T.)*

—¿Yinpa Jadroma?

El monje lo miró con atención. Después de una ligera vacilación, se inclinó en una reverencia y le hizo señas al extraño para que lo siguiera.

Subieron a la primera terraza del Yojang y giraron hacia la izquierda por un discreto pasillo al aire libre, en una zona tranquila; al fondo, después de una esquina, el monje se inmovilizó frente a una cortina *kuou*. Alzó levemente el borde de la cortina y miró hacia dentro, murmurando una pregunta; una voz sonó del otro lado, y el monje abrió toda la cortina, le hizo una reverencia a Tomás, le indicó que entrase, se inclinó en una última reverencia y desapareció.

El recinto era pequeño y sombrío. Había una sola ventana en la pared y era por allí por donde la luz iluminaba la estera en la que estaba sentado un monje gordo. Fotografías del exiliado Dalai Lama y del difunto Panchen Lama sonreían al visitante, ambas pegadas en un armario, y se veía un montón de libros apilados sobre una mesita, en delicado equilibrio. El monje tenía un pequeño volumen en la mano; lo cerró con delicadeza, alzó la cabeza y recibió al extranjero con una sonrisa.

—*Tashi deleh* —saludó.

—*Tashi deleh*.

—Yo soy Yinpa Jadroma —anunció el monje—. ¿Quería hablar conmigo?

Tomás se presentó y le mostró el papel que llevaba en la mano, escrito por Greg Sullivan en la embajada estadounidense de Lisboa.

—Me han dado su contacto… unos amigos, que me dijeron que usted me podía ayudar.

—¿Qué amigos?

—Bien…, me temo que no podré identificarlos. Pero son amigos.

El monje curvó sus labios gruesos.

—Ajá —murmuró pensativo—. ¿Y en qué puedo ayudarlo?

—Busco una persona aquí, en el Tíbet.

Tomás sacó la postal del bolsillo y se la extendió a Yinpa. El monje cogió la postal, observó la imagen del Potala y analizó el mensaje en el envés.

—¿Qué es esto?

—Es una postal que alguien envió desde el Tíbet a un amigo mío que ha desaparecido. Tengo razones para suponer que ese tibetano podrá ayudarme a entender qué le ha pasado a mi amigo. El tibetano se llama…, eh… —Tomás se inclinó y miró la firma estampada en la postal que sujetaban los dedos de Yinpa—, Tenzing Thubten.

El monje mantuvo sus ojos fijos en él, sin traicionar la menor emoción, y dejó la postal junto a unas fotografías del Dalai Lama, justo al lado.

—Nadie tiene acceso a Tenzing Thubten sin más ni más —dijo Yinpa—. Primero tenemos que comprobar unas cosas y hablar con unas personas.

—Desde luego.

—Mañana tendrá la respuesta. Si comprobamos que hay algo sospechoso sobre usted, nunca verá a la persona que busca. Pero si todo está bien, llegará a su destino. —Hizo un gesto rápido con la mano, casi como si se estuviera despidiendo—. Preséntese a las diez de la mañana en punto frente a la capilla de Arya Lokeshvara.

Tomás lo anotó.

—¿Arya Lokeshara?

—Lokeshvara.

Corrigió la anotación.

—Hmm —murmuró el visitante—. ¿Y dónde queda?

Yinpa volvió el rostro y apuntó con el mentón la postal que tenía a su lado.

—En el palacio Potala.

XXIX

Una lluvia fina y pertinaz cubría Lhasa, derramando una neblina pardusca sobre la capital tibetana, cuando Tomás Noronha inició el lento ascenso al promontorio que se erguía por encima de las casas bajas. Caminando despacio y concentrado, siempre controlando el ritmo respiratorio y de los latidos del corazón, subió los escalones en «Z» hasta alcanzar el nivel de los tejados del Shöl. Se detuvo entonces, alzó la cabeza y contempló el magnífico palacio que lo aguardaba.

El Potala reposaba majestuosamente sobre la piedra escarpada, la larga fachada blanca abrazando la roca oscura, el centro rojizo irguiéndose como la torre de un castillo, las rendijas de las ventanas acechando la ciudad que despertaba al pie. Todo el palacio parecía un grandioso faro, una inmensa fortaleza levantada sobre Lhasa, vigilante y protectora, que se imponía silenciosa entre las brumas para guiar el espíritu del Tíbet. Banderas multicolores de oraciones flameaban al viento, golpeando la tela con fuerza. Jadeante, con el corazón palpitando de cansancio y excitación, se inclinó sobre el muro y admiró la ciudad que se extendía por la altiplanicie, encajada entre las montañas, como si cada casa fuese un súbdito genuflexo ante la divinidad que lo observaba desde el Potala.

Puro.

Todo allí parecía sereno, transparente, elevado. Puro. Nunca como en aquel lugar había experimentado la sensación de encontrarse en algún sitio entre el cielo y la tierra, flotando sobre la neblina con el espíritu libre, emergiendo de la masa de los hombres para tocar a Dios, sintiendo la eternidad comprimida en un segundo, lo efímero extendiéndose por el infinito, el principio del Omega y el fin del Alfa, la luz y las tinieblas, el universo en un soplo, la impresión de que la vida tiene un sentido místico, de que hay un misterio que se esconde más allá de lo visible, un enigma grabado en letra antigua en un código hermético, un viejo sonido que se presiente pero no se oye.

El secreto del mundo.

Pero un viento helado, que soplaba fuerte y agreste en las alturas, pronto enfrió la llama del arcano que ardía en su pecho y lo obligó a acelerar el paso en dirección a las entrañas oscurecidas del palacio dormido. Alcanzó el Deyang Shar, el gran patio externo del Potala, y subió la escalinata hasta entrar en el Palacio Blanco, la antigua zona residencial del Dalai Lama. Se sumergió en el calor de los pisos superiores y sintió que un aura de misterio llenaba ese recinto.

Las salas sombrías, iluminadas por frágiles lámparas colgadas del techo o por las cortinas amarillentas que cubrían las ventanas, parecían ocultar un tesoro perdido, una ínfima parte del cual se vislumbraba entre los cánticos que resonaban por los pasillos; eran los monjes que recitaban los textos sagrados. Sólo el sonido de campanas repicando a la distancia rompió el murmullo ondulado de la suave declamación de los mantras, el *oo-oooom* primordial reverberando por el palacio como un rumoreo de los dioses. El aire se veía impregnado del fuerte olor a manteca de yac, el desagradable tufo rancio mezclado con el delicioso aroma del incienso. Fuera, el soplo del viento debió de abrir una hendidura en el manto de nubes que entoldaba el cielo, porque en ese instante brotaron unos rayos calientes de sol entre las cortinas ocres e invadieron el interior del palacio, y proyectaron extraños focos de luz en los rincones sombrosos, la estela violácea y blanca del humo del incienso se alzaba como espíritus huidizos que se esfumaban en el aire.

Un monje joven, calvo y cubierto por un manto púrpura, apareció en el pasillo, y Tomás pronto lo interpeló.

—*Tashi deleh* —saludó el extranjero.

—*Tashi deleh* —respondió el monje, haciendo una sobria reverencia.

Tomás esbozó una expresión interrogativa.

—¿Arya Lokeshvara?

El tibetano le hizo señas a Tomás para que lo siguiera. Subieron al Palacio Rojo y recorrieron los pasillos pintados de color naranja; entraron en las arcadas superiores, sostenidas por pilares cubiertos de paños rojos y protegidas por un balcón que daba a los tejados dorados. Después de sortear dos esquinas, el monje apuntó a una pequeña capilla escondida en un rincón del palacio, con las escalinatas de la entrada iluminadas por una sorprendente hendidura de sol que se abría en el techo.

—*Kale shu* —se despidió el joven monje antes de desaparecer.

La pequeña capilla Arya Lokeshvara, aunque exigua, era alta y estaba llena de estatuas. Una neblina de incienso llenaba el aire a la luz amarillenta de las velas de manteca de yac; sólo había un monje allí dentro, sentado en actitud de meditación, con el cuerpo vuelto hacia las estatuas guardadas en una vitrina, frente a las empinadas escalerillas de entrada. Tomás miró a su alrededor, miró las arcadas, y buscó señales de alguien a su espera, tuvo incluso la esperanza de que lo interpelase una persona escondida en la sombra y que se identificase como Tenzing Thubten. Pero no apareció nadie. Se quedó allí largos minutos, inmóvil, mirando la luz trémula de las velas, sintiendo el olor a manteca e incienso, oyendo los mantras que recitaban voces lejanas.

Al cabo de veinte minutos, comenzó a sentirse inquieto, y angustiosas dudas asaltaron su mente. ¿Los monjes habrían considerado sospechosa su indagación? ¿Habría sido tan torpe como para ahuyentar a la presa? ¿Qué haría si se le cerraban todas las puertas? ¿Cómo podría retomar la investigación?

—*Jyerang kusu depo yinpe?*

Tomás se estremeció y miró hacia el sitio de donde había venido la voz. Era el monje que se encontraba sentado dentro de la capilla, dándole la espalda.

—¿Perdón?

—Le he preguntado si su cuerpo se encuentra bien. Es nuestra manera de saludar a un amigo.

Tomás subió vacilante las escalerillas, entró en la capilla, rodeó al tibetano y reconoció al monje con quien había hablado en la víspera en el templo de Yojang.

—¿Yinpa Jadroma?

El monje gordo volvió el rostro, lo miró ofreciéndole una sonrisa bondadosa. Parecía un Buda vivo.

—¿Sorprendido por verme?

—Bien…, en fin…, no —titubeó Tomás—. Es decir, sí. ¿No debería estar aquí Tenzing Thubten?

Yinpa meneó la cabeza.

—Tenzing no puede venir a encontrarse con usted. Hemos estado comprobando sus credenciales, no obstante, y nos parece que no hay problemas para que tengan un encuentro. Pero tendrá que ser usted quien se reúna con él.

—Muy bien —asintió el historiador—. Dígame dónde.

El monje volvió la cabeza hacia delante, cerró los ojos y respiró hondo.

—¿Usted es un hombre religioso, profesor Noronha?

Tomás lo observó, un poco frustrado porque Yinpa no le decía inmediatamente dónde podría encontrar al hombre que buscaba. Pero tenía conciencia de que los ritmos allí eran diferentes y se dejó guiar por la pregunta del monje.

—No demasiado.

—¿No cree en la existencia de algo que nos trasciende?

—Bien…, tal vez, no lo sé. Digamos que estoy buscando.

—¿Qué busca?

—La verdad, supongo.

—Creí que buscaba a Tenzing.

Tomás se rio.

—También —dijo—. Tal vez él sepa la verdad.

Yinpa volvió a respirar hondo.

—Esta capilla es la más sagrada de las capillas del Potala. Se remonta a un palacio que se construyó aquí en el siglo VII, sobre el cual fue levantado el Potala. —Pausa—. ¿No siente usted aquí la presencia de Dharmakaya?

—¿Quién?

Con los ojos cerrados y una actitud estática, el monje parecía sumido en la meditación.

—¿Qué sabe usted sobre el budismo?

—Nada.

Se hizo un nuevo silencio, sólo roto por los cánticos lejanos de las recitaciones de los textos sagrados.

—Hace más de dos mil quinientos años nació en Nepal un hombre llamado Siddharta Gautama, un príncipe perteneciente a una casta noble y que vivía en un palacio. Al comprobar, sin embargo, que más allá del palacio la vida estaba hecha de sufrimiento, Siddharta abandonó todo y se fue a la India a vivir en un bosque como un asceta, desgarrado por una pregunta: ¿para qué vivir cuando todo es dolor? Durante siete años deambuló por el bosque en busca de la respuesta a esa pregunta. Cinco ascetas lo convencieron de que ayunase, porque creían que renunciar a las necesidades del cuerpo crearía la energía espiritual que los llevaría a la iluminación. Siddharta ayunó tanto que acabó esquelético, y el ombligo tocó la columna vertebral. Al final, comprobó que el esfuerzo no había servido de nada y concluyó que el cuerpo necesita de energía para alimentar la mente en su busca. Decidió por ello abandonar los caminos extremos. Para él, el verdadero camino no era el de la lujuria de los palacios ni el de la mortificación de los ascetas, donde se encuentran los dos extremos. Eligió más bien el camino del medio, el del equilibrio. Un día, después de bañarse en el río y comer un arroz con leche, se sentó a meditar bajo una higuera, un Árbol de la Iluminación al que llamamos *Bodhi*, y juró que no saldría de allí mientras no alcanzase la iluminación. Después de cuarenta y nueve días de iluminación, llegó la noche en que alcanzó finalmente el esclarecimiento final de todas sus dudas. Despertó por completo. Siddharta se convirtió en Buda, *el Iluminado*.

—Pero ¿de qué despertó?

—Despertó del sueño de la vida. —Yinpa abrió los ojos, como si él también se hubiese despertado—. Por fin iluminado, el Buda se refirió al camino del despertar a través de las cuatro nobles verdades. La primera es la comprobación de que la condición humana es sufrimiento. Ese sufrimiento surge de la segunda noble verdad, que es nuestra dificultad en encarar un hecho básico de la vida: el de que todo es transitorio. Todas las cosas nacen y mueren, dijo Buda. Nosotros sufrimos porque nos aferramos al sueño de la vida, a las ilusiones de los sentidos, a la fantasía de que es posible mantener todo como está, y no aceptamos que el mundo es un río que pasa. Ése es nuestro karma. Vivimos con la convicción de que somos seres individuales, cuando en realidad formamos parte de un todo indivisible.

—¿Y es posible romper esa..., eh..., ilusión?

—Sí. La tercera noble verdad establece justamente que es posible romper el ciclo del sufrimiento, es posible liberarnos del karma y llegar a un estado de total liberación, de iluminación, de despertar: el nirvana. Es entonces cuando se deshace la ilusión de la individualidad y nace la comprobación de que todo es uno y de que nosotros formamos parte del uno. —Suspiró—. La cuarta noble verdad es el óctuple camino sagrado destinado a la supresión del dolor, a la fusión con el uno y a la elevación al nirvana. Es el camino para que nos convirtamos en Buda.

—¿Y cuál es ese camino? —quiso saber Tomás.

Yinpa volvió a cerrar los ojos, como si regresase a la meditación.

—Es el camino de Shigatse —se limitó a decir.

—¿Cómo?

—Es el camino de Shigatse.

—¿Shigatse?

—En Shigatse existe un pequeño hotel. Diríjase a él y diga que desea que el *bodhisattva* Tenzing Thubten le muestre el camino.

Tomás se quedó un instante paralizado, aturdido por la forma súbita e inesperada en que el monje había cambiado el rumbo de la conversación y había regresado al punto inicial. Luego reaccionó, sin embargo; sacó el bloc de notas y apuntó las instrucciones.

—Que Tenzing… me muestre… el camino —dijo mientras escribía, con la lengua presa en la comisura de los labios.

—No escriba —Yinpa se llevó el dedo a la cabeza—: memorice.

El visitante se mostró de nuevo momentáneamente desconcertado por la orden, pero, obediente, acabó arrancando la hoja del bloc, arrugándola y tirándola a un cesto.

—Hmm… —murmuró, esforzándose por memorizar los detalles—. Shigatse, ¿eh?

—Sí.

—¿Y qué hago allí?

—Vaya al hotel.

—¿Qué hotel?

—El Gang Gyal Utsi.

—¿Cómo? ¿Gang qué?

—Gang Gyal Utsi. Pero los occidentales le dan otro nombre.

—¿Otro nombre?

—Hotel Orchard.

Bajó interminables peldaños en pendiente, por largas escalinatas mal iluminadas excavadas en el edificio como pozos sombríos, pasó por el gran salón donde se encontraba el trono del sexto Dalai Lama e, ignorando las estatuas y las capillas que adornaban el lugar, abandonó apresuradamente el Potala.

Tomás era un hombre con una misión. Llevaba memorizado el punto de encuentro para el diálogo con el tibetano que, según creía, podría aclararle los misterios en torno a la desaparición del profesor Siza y al secreto que envolvía el viejo manuscrito de Einstein. Se sentía a punto de desvelar el enigma, y apenas conseguía reprimir la excitación que le hervía en el cuerpo y le revigorizaba el alma. Bajó con prisa imprudente por un sendero de tierra hasta la Bei Yin Guilan, con la cabeza inclinada hacia delante, los ojos fijos en el suelo, la mente vagando por las perspectivas que se le abrían, completamente ajeno al mundo pulsando a su alrededor.

No reparó, por ello, en una camioneta negra que pasó junto a la acera, ni vio a los dos hombres que bajaban de ella y se dirigían a él con intención furtiva.

Un movimiento brusco lo trajo de vuelta a la realidad.

—Pero ¿qué...?

Alguien le torció brutalmente el brazo, forzándolo a doblar el cuerpo y a soltar un aullido de dolor.

—Entre aquí —ordenó una voz desconocida en un inglés con un fuerte acento extraño.

Aturullado, sin entender qué pasaba, casi como si viviese un sueño irreal, vio que se abría la puerta de la camioneta y sintió que volaba hacia su interior.

—¡Suéltenme! ¿Qué es esto? ¡Suéltenme!

Recibió un golpe en la nuca y vio todo oscuro. La imagen siguiente que registró fue la de su nariz comprimiéndose contra el asiento trasero del vehículo, los traqueteos y el sonido del motor que aceleraba indicándole que se encontraba en la camioneta y que lo llevaban unos desconocidos.

—¿Y? —preguntó una voz—. ¿Está tranquilo?

Echado boca abajo en el asiento, con los brazos esposados detrás de la espalda, Tomás volvió la cabeza y vio a un hombre de bigote negro que, a su lado, le sonreía. Parecía, por su aspecto, proceder de Oriente Medio; tenía la tez levemente morena.

—¿Qué es esto? ¿Adónde me llevan?

El hombre mantuvo la sonrisa.

—Calma. Ya lo descubrirá.

—¿Quién es usted?

El desconocido se inclinó hacia Tomás.

—¿No se acuerda de mí?

El historiador intentó desentrañar rasgos familiares en aquel rostro, pero no registró nada.

—No.

El hombre soltó una carcajada.

—Es natural —exclamó—. Cuando hablamos, usted tenía los ojos vendados. Pero ¿no reconoce mi voz?

Tomás tenía los ojos desorbitados. No había dudas, concluyó entonces horrorizado. Aquel desconocido era un iraní. Y de los menos simpáticos.

—No.

—Mi nombre es Salman Kazemi; soy coronel del VEVAK, el Ministerio de Informaciones y Seguridad de la República Islámica de Irán —se presentó—. Si intenta recordar, tuvimos una vez una conversación muy animada en la cárcel de Evin. ¿Se acuerda ahora?

Tomás se acordaba. Era el interrogador de la Policía secreta, aquel que lo había abofeteado y que le había apagado un cigarrillo en el cuello.

—¿Qué está haciendo aquí?

—He venido a buscarlo.

—Pero ¿qué quiere usted de mí?

Kazemi abrió las manos gruesas.

—Lo mismo de siempre.

—¿Qué? No me diga que está aquí porque aún quiere saber qué hacía yo en el Ministerio de la Ciencia por la noche.

El coronel soltó una carcajada.

—De eso ya nos dimos cuenta hace mucho tiempo, estimado profesor. ¿Usted piensa que somos tontos o qué?

—Entonces, ¿qué quiere saber?

—Lo mismo de siempre, ya se lo he dicho.

—¿Qué?

—Queremos saber el secreto del manuscrito de Einstein.

Venciendo el miedo, Tomás logró esbozar una mueca de desprecio.

—Usted no tiene capacidad intelectual para entender ese secreto. Lo que ese documento revela no está al alcance de su comprensión.

Kazemi sonrió de nuevo.

—Tal vez tenga razón —admitió—. Pero hay entre nosotros alguien capaz de entenderlo todo.

—¿Entre ustedes? Lo dudo.

Tomás vio que el coronel hacía señas para seguir adelante y, por primera vez, se dio cuenta de que, además del conductor, había otra persona sentada en el asiento delantero. Centró la atención en esa persona y reconoció, sorprendido, los cabellos negros, las líneas delicadas en el rostro, los labios sensuales, los ojos color miel que lo miraban con un inocultable e irreprimible asomo de tristeza.

—Ariana.

XXX

*L*a habitación era oscura y fría, con sólo una pequeña ventana con rejas arriba, cubierta por un cristal grueso y opaco. Por esa estrecha abertura entraba toda la luz que iluminaba el pequeño recinto. Del techo colgaba una bombilla, como una lágrima sujeta por un cable, pero Tomás aún no la había visto encendida y sospechaba que sólo por la noche distinguiría su parpadeo amarillento.

Llamar habitación a aquel espacio rudimentario tal vez sea exceso de tolerancia. Era, sin duda, un sótano y, en las circunstancias actuales, tal vez la expresión más adecuada para describir el local fuese la palabra «celda». Tomás se hallaba encerrado en una celda improvisada. Había una manta tibetana multicolor extendida en el suelo de piedra fría, un cubo para hacer las necesidades y una jarra de agua.

Nada más.

La verdad, sin embargo, es que la comodidad estaba lejos de ser la principal de las preocupaciones de Tomás en aquel momento. La cuestión central se reducía a la comprobación de que de nuevo lo habían hecho prisionero. Se apoyó en cuclillas en la manta e hizo un examen de la situación. Sus carceleros eran los iraníes; pretendían desvelar el secreto encerrado en el manuscrito de Einstein; y, como si fuese la guinda pocha encima de aquel pastel de desgracias, Ariana estaba del lado de ellos.

Le costaba creerlo, pero su vista no lo había engañado: había visto a Ariana con el coronel iraní, la había visto en el coche en el que lo llevaron secuestrado, la había visto participar en aquel acto. ¿Cómo era posible semejante cosa? ¿Ariana contra él? La duda lo martilleó sin cesar. ¿Acaso había estado siempre contra él? ¿Acaso lo había engañado todo el tiempo? ¡Qué idiota! Idiota,

idiota, idiota. Se preguntó cuál era el objetivo de la acción. ¿Para qué todo el teatro representado en Teherán? No, pensó, meneando la cabeza. No podía ser. No podía haber en Ariana tamaña doblez. Era demasiado. No. Tenía que haber otra explicación. Buscó alternativas, imaginó justificaciones, intentó un nuevo camino. ¿Tal vez, se preguntó casi tímidamente, tal vez alguien la había obligado? ¿Tal vez la sorprendieron ayudándolo y su vida también corría peligro ahora? Pero, si corría peligro y estaba amenazada por el régimen, ¿por qué razón la habían dejado venir hasta el Tíbet?

Se quedó horas allí encerrado, solo, entregado a sus perplejidades, intentando encontrar una explicación para lo inexplicable, una justificación para lo insoportable, una salida para lo inaceptable. Pero el amargo sabor de la traición no lo abandonaba, era como un fantasma ensombreciéndole cada pensamiento, una mancha que emborronaba sus sentimientos, una duda que lo inquietaba más de lo que podía tolerar.

Pasos.

El sonido de pasos acercándose interrumpió el angustiado hilo de su pensamiento. Ahí venía alguien. Contuvo el aliento y aguzó la atención. Oyó voces que acompañaban esos pasos, después los pasos se detuvieron y oyó el sonido metálico de una llave entrando en la cerradura de la puerta de la habitación.

Clic, clic.

Clac.

Se abrió la puerta y la figura corpulenta del coronel Kazemi invadió el pequeño recinto. Llevaba un banco en la mano, y tras él venía más gente. Tomás estiró el cuello e identificó a Ariana.

—¿Y? ¿Cómo va nuestro profesor? —preguntó el oficial del VEVAK con actitud jovial—. ¿Dispuesto a hablar?

Kazemi dejó que Ariana pasase y cerró la puerta detrás de sí. Después apoyó el banco en el suelo y se sentó, mirando a Tomás. El recluso se había incorporado sobre la alfombra tibetana, con los ojos saltando con desconfianza de Ariana a Kazemi.

—¿Qué quieren de mí?

—Usted ya sabe… —sonrió Kazemi con aire condescendiente.

Tomás lo ignoró y miró a Ariana con una expresión de fastidio, acusadora.

—¿Cómo puede hacerme esto?

La iraní apartó sus ojos y los fijó en el suelo.

—La doctora Pakravan no tiene que darle ninguna justificación —farfulló Kazemi—. Vamos a lo que interesa.

—Hable —insistió Tomás, sin dejar de mirar a Ariana—. ¿Qué ocurre aquí?

El coronel alzó el dedo.

—Le estoy advirtiendo, profesor —vociferó con tono amenazador—. La doctora Pakravan no tiene ninguna explicación que darle. Usted es el que nos debe explicaciones.

Tomás no dio señales de haber escuchado al hombre del VEVAK y mantuvo la atención concentrada en la mujer.

—Dígame que no ha sido todo una mentira. Dígame algo.

Kazemi se levantó bruscamente del banco, cogió a Tomás por el cuello y alzó la mano derecha, preparándose para abofetearlo.

—¡Cállese, idiota! —bramó.

Ariana gritó algo en parsi y el coronel retuvo la mano en el aire. Soltó a Tomás a regañadientes y regresó al banco, con una expresión de desprecio dibujada en el rostro.

—¿Y? —insistió el prisionero, aún en tono de desafío—. ¿Cómo se explica todo esto?

Ariana se mantuvo unos instantes callada, pero luego miró al coronel y habló con él nuevamente en parsi. Después de un intercambio ininteligible de palabras, Kazemi hizo un gesto irritado y se volvió hacia Tomás.

—¿Qué quiere usted saber?

—Quiero saber cuál es la implicación de…, de la doctora Pakravan en esta historia.

El oficial del VEVAK sonrió sin humor.

—Pobre diablo —dijo—. ¿Usted cree realmente que es posible escapar de Evin con tanta facilidad?

—¿Qué quiere decir con eso?

—Lo que quiero decirle es que no fue usted quien logró escapar, ¿ha oído? Fuimos nosotros quienes lo dejamos fugarse.

—¿Cómo?

—El traslado de Evin a la Prisión 59 no fue más que un pretexto para posibilitar su fuga.

Tomás miró a Ariana, creyendo y no queriendo creer.

—¿Eso es verdad?

El silencio de la iraní fue elocuente.

—Fue la doctora Pakravan quien lo planificó todo —reveló el coronel, como si hablase por ella—. Su traslado, el teatro en medio de la calle para convencerlo de que lo estaban rescatando, todo.

El recluso mantuvo la mirada fija en Ariana, aturdido.

—Todo fue, entonces, una representación...

—Todo —repitió Kazemi—. ¿Acaso piensa que es normal que un preso se escape de nuestras manos tan fácilmente, eh? —Sonrió con una expresión sarcástica—. Si huyó, fue porque nosotros queríamos que huyese. ¿Ha entendido?

Tomás se mostraba perplejo, con los ojos ahora yendo del coronel a la mujer.

—Pero... ¿con qué objetivo? ¿Para qué todo eso?

El coronel suspiró.

—¿Que para qué? —preguntó con desprecio—. Porque teníamos prisa, claro. Porque queríamos que nos condujese al secreto sin más pérdida de tiempo. —Se acomodó en el banco—. No tenga dudas de que usted habría cantado como un canario si lo hubiésemos metido en la Prisión 59.

—Entonces, ¿por qué no me mantuvieron allí?

—Porque no somos tontos. Si lo pillaron por la noche en el Ministerio de la Ciencia robando un manuscrito relacionado con nuestro programa nuclear, era evidente para todo el mundo que no lo hizo porque le apeteciera. Usted estaba cumpliendo órdenes de la CIA o de alguna otra organización estadounidense. Y, si estaba comprometido con la CIA, está claro como el agua que lo último que iba a confesar sería ese hecho. —Se encogió de hombros—. Es decir: usted acabaría confesando, es evidente. Pero podrían pasar meses. Y nosotros no tenemos meses.

—¿Entonces?

—¿Entonces? Entonces la doctora Pakravan hizo la sugerencia que resolvió el problema. Lo dejábamos huir y después era cuestión de seguirle los pasos. ¿Entiende?

Tomás volvió a mirar a Ariana.

—Por tanto, sólo hubo una representación.

—Hollywood —dijo Kazemi—. Y del mejor. Lo mantuvimos bajo vigilancia; después bastó con seguirlo y ver adónde nos llevaba.

—Pero ¿qué los llevó a pensar que yo continuaría con mi búsqueda? En resumidas cuentas, el manuscrito estaba en Teherán.

El coronel se rio.

—Estimado profesor, usted no me ha entendido bien. Es evidente que usted no buscaría el documento. Buscaría detalles sobre las investigaciones del profesor Siza.

—¡Ah! —exclamó Tomás—. El profesor Siza. ¿Qué han hecho con él?

Kazemi tosió.

—Bien…, pues…, ha habido un pequeño accidente.

—¿Un pequeño accidente?

—Invitamos al profesor Siza a visitar Teherán.

—¿Invitado? ¿Ustedes tienen por costumbre entrar brutalmente en la casa de sus invitados y destrozarles el despacho?

El oficial sonrió.

—Digamos que tuvimos que…, en fin…, tuvimos que convencer un poco al profesor Siza para que viniese a visitarnos.

—¿Y qué le ocurrió?

—Bien, tal vez sea mejor que comencemos por el principio —dijo Kazemi—. El año pasado, uno de nuestros científicos, un tipo que trabaja en la central de Natanz, regresó de una conferencia de físicos en París con una información muy interesante. Nos dijo que había escuchado una conversación entre otros físicos, uno de los cuales reveló que poseía un manuscrito desconocido con la fórmula de la mayor explosión jamás vista y que estaba ultimando investigaciones que completarían los descubrimientos contenidos en ese documento. Nuestro hombre dijo el nombre del científico que guardaba en secreto estas cosas. Era un tal Augusto Siza, profesor de la Universidad de Coimbra.

—Fue así como se enteraron de la existencia de *La fórmula de Dios*.

—Sí. Al tomar conocimiento de esto, y después de algunas vacilaciones, montamos un operativo para hacernos con ese secreto. Como sabe, a lo largo de este año ha habido una gran presión internacional sobre nuestro programa nuclear, con amenazas veladas de sanciones, bombardeos y todo lo que pueda imaginarse. Ahora bien: ante ello, el Gobierno decidió apresurar las investigaciones, con el fin de hacer que nuestra posición fuese…, eh…, inexpugnable.

—Quieren fabricar armas nucleares, es eso.

—Claro. Cuando las tengamos, nadie se atreverá a atacarnos, ¿no? Fíjese en el ejemplo de Corea del Norte. —Arqueó las cejas, enfatizando la idea—. De modo que decidimos avanzar. Con la ayuda de unos amigos libaneses, fuimos a Coimbra, sorprendimos al profesor Siza, lo convencimos de que nos mostrase dónde se encontraba el manuscrito y, claro, lo invitamos a venir con nosotros a Teherán. Fue un diálogo encendido, pero él acabó dejándose convencer cuando le hicimos oler una persuasiva cantidad de cloroformo. —Sonrió, muy satisfecho con la forma en que se había presentado la situación—. Una vez en Teherán, nos pusimos a leer el manuscrito de Einstein y hubo unas cosas que…, en fin, no parecían muy claras. De modo que le hicimos unas preguntas al profesor. Primero fuimos muy amables, muy corteses, pero él se empeñó en no soltar prenda y no dijo una sola palabra. Terco como una mula. De modo que tuvimos que emplear otros recursos.

—¿Qué le hicieron?

—Lo metimos en la Prisión 59.

—Lo metieron en la Prisión 59. ¿Con qué acusación?

Kazemi se rio.

—No hacen falta acusaciones para meter a alguien en la Prisión 59. Recuerde que la Prisión 59 oficialmente no existe y que, desde el punto de vista formal, el profesor Siza ni siquiera estaba en Irán.

—Ah, claro.

—De modo que lo internamos en un cuarto con atención de cinco estrellas.

—¿Entonces?

—Lo sometimos a un interrogatorio. Comenzamos con una versión suave, pero insistió en no colaborar. Daba siempre unas respuestas disparatadas, evidentemente concebidas para engañarnos. De modo que tuvimos que acudir a los grandes medios.

—¿Los grandes medios?

—Sí. El problema es que algo no se dio bien. El profesor tenía, aparentemente, un problema cardiaco del que no nos habían prevenido adecuadamente.

—¿Qué ocurrió?

—Murió.

—¿Cómo?

—Murió en el interrogatorio. Lo teníamos colgado cabeza abajo y le estábamos dando unos azotes cuando el cuerpo se quedó inerte. Pensamos que había perdido el conocimiento e intentamos reanimarlo, pero no volvió en sí. Fuimos a examinarlo y descubrimos que estaba muerto.

—Hijos de puta.

—Fue algo fastidioso —comentó Kazemi—. El viejo murió antes de poder revelar algo. Eso nos complicó la vida, como debe imaginar.

—¿Qué cosas esperaba que revelase?

—La interpretación del manuscrito de Einstein, claro. Si el manuscrito contenía enigmas y su dueño había muerto, ¿cómo podríamos comprender el documento? Se planteó un gran problema, ¿qué le parece? Hubo cabezas que estuvieron a punto de salir rodando. —Se pasó la mano por el cuello, como si la suya fuese una de ellas—. Afortunadamente, nuestros servicios del VEVAK habían averiguado detalles sobre todo el círculo de personas próximas al profesor Siza. Fue así como supimos que era amigo de un matemático llamado..., eh..., No-sé-qué Noronha.

Tomás abrió la boca, horrorizado.

—Mi padre.

—Un hombre con quien el profesor Siza conversaba mucho, al parecer. —Kazemi se inclinó en el banco, con una expresión casi conspirativa en los ojos—. Lo que necesitábamos saber era si, durante muchas de esas charlas de amigos, el difunto físico había revelado alguno de los secretos del manuscrito de Einstein al distinguido matemático. ¿Me sigue? Por tanto, nos bastaba con hacerle unas preguntitas al matemático. —Se encogió de hombros—. El problema es que el matemático, llegamos a saber, estaba gravemente enfermo. Ni pensar en repetir el número que ya habíamos montado con el profesor Siza. La cosa acabaría otra vez mal y atraeríamos atenciones indeseadas. Pero necesitábamos tener una respuesta a nuestro problema, ¿no? ¿Qué hacer? —Hizo una pausa, como acentuando los efectos dramáticos—. Fue entonces cuando descubrimos que ese matemático tenía un hijo criptoanalista. La cosa encajaba a la perfección. Traíamos aquí a su hijo y él nos ayudaría a descifrar los enigmas del manuscrito. Si no lo lograba, era probable que, descubriendo la proximidad entre su padre y el profesor Siza, le hiciese algunas preguntas. Parecía perfecto.

—Ya veo.

—Las cosas se dieron al principio bien. Usted fue a Teherán, vio los mensajes cifrados y comenzó a trabajar en ellos. La doctora Pakravan nos hizo informes muy elogiosos, comunicándonos incluso un gran éxito en lo que respecta al primer enigma, el del poema. Todos estábamos muy satisfechos. El problema fue el asalto al Ministerio de la Ciencia. A partir de allí, las cosas se torcieron. Cuando se nos informó de que lo habían detenido en tales circunstancias, entendimos en ese instante que la CIA estaba metida en el lío. Y eso, como debe imaginar, complicaba sobremanera la situación.

—Pues claro —ironizó Tomás—. Debo de haberles estropeado la fiesta.

—No se imagina cuánto —confirmó Kazemi—. Fue un fastidio. Primero pensamos en arrancarle la información a la fuerza, pero pronto se hizo evidente que usted no lo sabía todo. Con mucha propiedad, la doctora Pakravan nos alertó acerca del hecho de que usted aún no había tenido tiempo siquiera de interrogar a su padre. Teníamos que favorecer esa oportunidad, ¿no? Teníamos que dejarlo hablar con su padre y después seguirle los pasos, ver hasta dónde nos llevaba.

—Pero ¿ustedes creen realmente que mi padre sabe algo?

El coronel se encogió de hombros.

—Es una posibilidad.

—¿Y qué puede saber?

—Puede saber, por ejemplo, dónde está guardado el segundo manuscrito.

—¿Qué segundo manuscrito?

—Vaya: la segunda parte de *Die Gottesformel*.

—¿Qué segunda parte de *Die Gottesformel*? Pero ¿de qué demonios me está hablando?

Kazemi suspiró, casi como si estuviese dirigiéndose a un niño.

—Existe una segunda parte del manuscrito. El documento que llevamos a Teherán se encuentra incompleto. ¿Dónde está la segunda parte? Fue eso lo que le preguntamos al profesor Siza. ¿Dónde está la segunda parte? Él no nos respondió.

—Pero ¿cómo saben ustedes que hay una segunda parte?

—Por el mensaje cifrado.

—¿Qué mensaje cifrado?

—El mensaje cifrado que señala el manuscrito. —Se acomodó en el banco—. Sé que usted no ha podido leer *Die Gottesformel*, pero se lo voy a explicar. En un determinado momento del texto, ya muy cerca del final, Einstein escribe que ha descubierto la fórmula que provocará la gran explosión, y que esa fórmula se encuentra registrada en otro sitio. Después añade «*see sign*» y la cifra. Creemos que ésa es la clave para el descubrimiento de la segunda parte del manuscrito.

—Pero ¿dónde está esa segunda parte?

Kazemi suspiró, con un asomo de nerviosismo en su actitud agresiva.

—No lo sé —exclamó—. Dígamelo usted.

—¿Yo? Pero ¿qué quiere que le diga? No tengo la menor idea sobre el paradero de esa…, de esa segunda parte. Además, acabo de enterarme de que existe una segunda parte del manuscrito.

—No se haga el tonto —gruñó el iraní—. No es eso lo que yo quiero saber.

—Entonces, ¿qué es?

—Quiero saber lo que le ha revelado su padre.

—¿Mi padre? Mi padre no me ha revelado nada.

—¿Pretende convencerme de que no habló con él?

—Claro que hablé —dijo Tomás—. Pero no sobre el manuscrito de Einstein.

—¿Y sobre las investigaciones del profesor Siza?

—Tampoco. Nunca se me pasó por la cabeza que él pudiese saber algo relevante para el caso.

Kazemi esbozó una expresión impaciente.

—Oiga, le aconsejo que no juegue conmigo, ¿me ha oído?

—No estoy jugando con usted. ¡Que yo sepa, los únicos que están jugando son ustedes!

—Entonces, ¿qué está haciendo aquí?

—¿Yo? Estoy aquí porque me habéis secuestrado, ¡vaya por Dios! Además, exijo que inmediatamente me dejen…

—¿Qué está haciendo aquí, en el Tíbet? —interrumpió el iraní, reformulando la pregunta.

—Ah —entendió Tomás—. Bien…, eh…, he venido siguiendo el rastro del profesor Siza, claro —dijo, y adoptó una expresión resignada—. Pero si ustedes lo mataron, creo que ya he encontrado mi respuesta, ¿no?

—¿Y por qué razón vino al Tíbet a buscar al profesor Siza? ¿Por qué el Tíbet?

Tomás vaciló, interrogándose sobre lo que podría contarle al hombre del VEVAK.

—Porque…, porque me di cuenta de que él mantenía contactos con el Tíbet.

—¿Qué contactos?

—Pues… no lo sé.

—Está mintiendo. ¿Qué contactos?

—No lo sé, ya se lo he dicho. Estoy intentando descubrirlos.

—¿Y qué va a hacer?

—¿Yo? Yo no voy a hacer nada. Por lo que acabo de saber, el profesor Siza ha muerto.

343

—Sí, pero ¿dónde intentaba localizarlo?

—Ya lo he intentado.

—¿Dónde?

—En el Potala, poco antes de que ustedes me secuestraran.

—¿Por qué el Potala?

—Porque…, eh…, porque encontré en su casa una postal del Tíbet con la imagen del Potala.

—¿Dónde está esa postal?

—La dejé…, la dejé en Coimbra.

Era mentira, claro. La había llevado al Tíbet, pero afortunadamente le había dejado la postal a Yinpa, cuando fue a visitarlo al templo de Yojang, así que ahora no había manera de que los iraníes tuviesen acceso a esa correspondencia.

—¿Y quién le envió esa postal?

—No lo sé —volvió a mentir—. La postal estaba en blanco.

El coronel lo miró con aire desconcertado.

—Pero, entonces, ¿qué lo llevó a pensar que la postal podía tener alguna relación con el paradero del profesor?

—El hecho de que viniera del Tíbet. Me pareció extraño, simplemente eso. Como no disponía de ninguna otra pista, me pareció que valía la pena explorar ésta.

—Hmm —murmuró Kazemi, intentando encajar las piezas de este complicado rompecabezas—. No me convence su explicación. Es decir, nadie viene a un sitio tan remoto e inaccesible como el Tíbet basándose solamente en un vago pálpito, ¿no?

El prisionero reviró los ojos con expresión de enfado y respiró hondo, como si su paciencia hubiese llegado al fin al límite.

—Oiga, ¿no le parece que ha llegado la hora de poner fin a esta estúpida representación?

—¿Qué quiere decir con eso?

—Lo que quiero decir es que ustedes tienen que encarar la realidad.

El iraní lo miró sin entender.

—¿Cómo?

—El manuscrito de Einstein. ¿Aún no se han dado cuenta de que ese documento no es lo que ustedes piensan que es?

—¿Ah, no? ¿Y entonces?

—El manuscrito no tiene nada que ver con armas atómicas.

—Entonces, ¿con qué tiene que ver?

Tomás se extendió en la alfombra tibetana boca arriba y apoyó la nuca en sus manos entrelazadas por detrás de la cabeza: parecía estar en la playa tomando sol. Cerró los párpados, como si disfrutase de un calor imaginario, y, por primera vez, dejó que una amplia sonrisa asomase en su rostro.

—Tiene que ver con algo mucho más importante que eso.

XXXI

*L*a manta que los iraníes dejaron en la celda resultaba absolutamente insuficiente para protegerlo de la helada que había caído con brutal rigor durante lo noche. Tomás se encogió lo más que pudo debajo de la manta, adoptando la posición fetal, pero el calor que generaba su cuerpo y que lograba retener la gruesa tela era manifiestamente escaso para compensar el frío que lo hacía tiritar sin control.

Entendiendo que así no podría conciliar el sueño, el prisionero se puso a hacer flexiones, primero con los brazos y después con las piernas: era un esfuerzo desesperado para generar más calor y pudo obtenerlo sólo en parte. Se sintió más abrigado cuando interrumpió el ejercicio, por lo que se acostó de nuevo, se encogió en la manta e intentó dormir. Pasados unos minutos, sin embargo, el frío volvió a atacar, y Tomás tomó conciencia de que jamás llegaría a dormirse plácidamente; siempre que la helada arreciase, tendría que volver a hacer flexiones, era la única manera de poder aguantar esa noche. Paciencia, pensó. Dormiría después de que saliese el sol, cuando la tímida luz del día calentase la celda. El problema es que los iraníes volverían a esa hora y una nueva sesión de interrogatorio no se presentaba como la mejor forma de recuperarse de una noche en vela.

Clic, clic.

El sonido de la llave en la cerradura sorprendió a Tomás. No había oído pasos fuera que se acercaran, era como si alguien se hubiese aproximado furtivamente, de puntillas, y sólo ahora, al introducir la llave en la puerta, denunciara su presencia.

Clac.

Se abrió la puerta. Tomás alzó la cabeza, intentando identificar al visitante. Pero todo seguía estando oscuro y el desconocido había llegado sin linterna.

—¿Quién es? —preguntó, y se sentó en la alfombra tibetana.

—Chist.

El sonido pareció emitido con urgencia, pero en un tono dulce que le resultó familiar. Inclinó la cabeza, abrió mucho los ojos en un esfuerzo por captar el menor detalle perceptible e intentó identificar a la figura que transponía la puerta.

—¿Ariana?

—Sí —susurró la voz femenina—. No haga ruido.

—¿Qué ocurre?

—No haga ruido —imploró, susurrante—. Venga conmigo. Voy a sacarlo de aquí.

A Tomás no le hizo falta escuchar esta promesa por segunda vez. Se puso de pie de un salto y observó a la figura con atención, expectante.

—¿Y los otros?

Sintió el toque suave de la mano de Ariana.

—Chist —insistió ella, con la voz siempre muy baja, casi apenas el rumoreo de una expiración—. Venga conmigo. Pero en silencio.

La mano cálida de Ariana se le entrelazó en los dedos y tiró de él en dirección a la puerta. El prisionero se dejó guiar por la oscuridad, ambos caminando muy despacio, casi tanteando en las tinieblas, pero siempre atentos a evitar hacer ruido. Subieron unas escaleras, pasaron por un patio, se metieron por un pasillo templado y salieron por una puerta.

Tomás sintió que el aire frío de la noche le daba en la cara y vio finalmente luz. Un poste de iluminación pública emitía una claridad amarillenta que dejaba atisbar los contornos de la carretera, de la vegetación a su alrededor y de un *jeep* oscuro. Estaban al aire libre. Ariana volvió a tirar de él y lo condujo hacia el *jeep*. Abrió las puertas y le hizo señas a Tomás para que entrase.

—Deprisa —murmuró—. Rápido, antes de que se despierten.

Salieron de aquel sector siendo aún noche cerrada, deambulando por las calles polvorientas de Lhasa, el pavimento iluminado por los faros del todoterreno y por los escasos postes públicos de la ciudad. Tomás volvió la cabeza hacia atrás y todo le pareció tranquilo, nadie los seguía. Le llamó la atención la carga del *jeep*; se veían *jerry cans* con combustible, dos bidones de agua y una caja, aparentemente con víveres. Daba la impresión de que todo era una fuga cuidadosamente planificada.

El todoterreno giró hacia la derecha y se encaminó después hacia el oeste, en dirección al aeropuerto, alejándose así del centro de la ciudad.

—¿Adónde vamos? —quiso saber.

—Por el momento vamos a salir de la ciudad. Es demasiado peligroso quedarse aquí.

—Espere —exclamó—. Primero tengo que ir al hotel a buscar mis cosas.

Ariana lo miró con sorpresa.

—¿Usted está loco, Tomás? Cuando se den cuenta de que hemos desaparecido, ése es el primer lugar adonde irán, ¿cómo se le ocurre? —Volvió a mirar la carretera—. Además, le han pagado a uno de los recepcionistas para informarnos de todos sus movimientos. Ni pensar en volver al hotel.

—Entonces, ¿adónde vamos?

Ariana puso el freno con fuerza y el automóvil giró hasta parar en el arcén de la carretera, cerca de una gasolinera de la PetroChina. La conductora dejó las luces encendidas y tiró del freno de mano antes de mirar a su pasajero.

—Dígamelo usted, Tomás.

—¿Cómo que se lo diga yo? Usted fue la que planeó esta fuga, no yo.

La iraní suspiró.

—Tomás, esta fuga no nos llevará a nada si no somos consecuentes.

—¿Qué quiere decir con eso?

—Lo que quiero decir es que no nos basta con huir. A donde quiera que huyamos, ellos nos encontrarán. Hoy, mañana, la semana que viene, dentro de un mes o dentro de un año, no interesa. Nos van a atrapar, ¿entiende?

—¿Y entonces? ¿Qué sugiere?

—Sugiero que les demos pruebas de que no tienen motivos para perseguirnos.

—¿Y cómo les podremos probar eso?

—Ayer usted me dio una idea —dijo ella con los ojos color de miel brillando en la oscuridad—. ¿Se acuerda de que dijo que el manuscrito de Einstein no tiene nada que ver con armas nucleares?

—Sí.

—¿Eso es realmente verdad?

—Estoy convencido de que sí, pero es usted quien ha leído el manuscrito, ¿no? ¿Qué dice ese texto?

Ariana meneó la cabeza e hizo una mueca.

—Es un texto muy extraño, ¿sabe? Nunca hemos llegado a entender bien qué quiere decir. Pero Einstein es inequívoco en la referencia que hace al modo de provocar la gran explosión. Escribió ese *sign* y después cifró la fórmula con seis letras divididas en dos bloques, además de un signo de exclamación justo al principio. Son tan pocas letras que hasta las he memorizado, fíjese. «*!Ya ovqo*» —leyó—. Ahora bien: no me parece que una fórmula tan importante pueda ser tan pequeña, ¿no? De ahí que creamos que se trata de una cifra con la clave de acceso a una segunda parte del manuscrito.

—Hmm…, ya veo.

—Aun así —insistió Ariana—, ¿no cree que se trate de la fórmula para una bomba atómica?

—Oiga, no estoy seguro —dijo él, prudente—. Pero me parece que no.

—Entonces sólo tenemos una cosa que hacer.

—¿Qué?

—Tenemos que probar eso.

—¿Eh?

—Tenemos que probarles que el manuscrito no oculta el secreto de una bomba atómica de fabricación simple. Es eso lo que están buscando, ¿no? Si les probamos que se trata de una búsqueda sin futuro, nos dejarán en paz.

—Estoy entendiendo.

Se hizo un silencio pensativo en el *jeep*.

—¿Entonces? —preguntó Ariana.

Tomás suspiró.

—Entonces adelante.

—¿Es posible probarlo?

—No lo sé. Pero es posible intentarlo.

—Muy bien —asintió ella—. Así, pues, ¿qué hacemos?

—Nos vamos.

—¿Nos vamos adónde?

Tomás abrió la guantera del *jeep* y sacó de allí un mapa del Tíbet. Abrió el mapa, lo estudió durante unos segundos y fijó el dedo en un punto a unos doscientos kilómetros al oeste de Lhasa.

—Shigatse.

El sol nació detrás de ellos. Fue primero un resplandor que azuló el cielo estrellado; luego, la luz irrumpió cristalina, anunciando la aurora más allá del horizonte serrado.

La mañana reveló un paisaje hermoso, de dejar sin aliento, aunque previsible; montañas áridas y escarpadas, con los picos cubiertos de nieve, rodeaban la carretera, a veces abriéndose en valles plenos de verdor, pintorescos, de una serenidad contagiosa. Se veían pastar rebaños de ovejas, algún que otro pastor guiándolas, un yac cargando víveres o una tienda montada, un tractor y una carreta arrastrándose al paso lento de la vida en el campo; aunque, en lo esencial, la naturaleza respirase aún libre, salvaje, latiendo al ritmo milenario en que vivía aquella asombrosa y vasta altiplanicie apartada del mundo.

Tomás se sentía cansado, pero demasiado nervioso y excitado como para poder darse reposo. Nutría una desconfianza resentida frente a Ariana y, después de un largo silencio, decidió que no podía proseguir sin despejar sus dudas.

—¿Qué me garantiza que usted no está haciendo un doble juego?

Ariana, hasta entonces atenta a la carretera, arqueó las cejas por encima de sus hermosos ojos color de miel.

—¿Eh?

—¿Cómo puedo estar seguro de que no me está engañando otra vez? A fin de cuentas, montó una bonita representación en Teherán…

La iraní se conmovió y lo miró a los ojos.

—¿Cree que lo estoy engañando, Tomás?

—Bien…, en fin…, ya me engañó una vez, ¿no? ¿Qué me asegura que no me está engañando por segunda vez? ¿Qué me asegura que todo esto no es más que una escena montada de acuerdo con el…, con el coronel Drácula, o como quiera que se llame?

Ariana volvió a fijar su atención en la carretera.

—Comprendo que alimente esa sospecha —dijo—. Es perfectamente natural, dado lo que ha ocurrido. Pero puede estar seguro de que ahora no hay ningún engaño.

—¿Cómo puedo estar seguro?

—Las cosas son diferentes.

—¿Diferentes en qué?

—En Teherán hice todo lo que pude para protegerlo. La ficción fue parte del proceso para protegerlo.

—¿Cómo? No la entiendo…

—Oiga, Tomás —dijo ella, apretando los dientes—. ¿Qué piensa que le iba a pasar después de que lo sorprendieran en el Ministerio de la Ciencia en plena noche, con un manuscrito secreto en la mano y un loco a su lado pegando tiros?

—Iba a pasar un mal rato, me parece. Incluso pasé un mal rato.

—Claro que iba a pasar un mal rato. La Prisión 59 es mucho peor que Evin, ¿o aún le quedan dudas?

—Pues de acuerdo: iba a pasar un rato todavía peor.

—Menos mal que ya se ha dado cuenta de eso. ¿Y le queda la ilusión de creer que podría haber evitado confesarlo todo?

—Eh… Alguna ilusión me queda.

—No diga disparates —exclamó ella—. Claro que acabaría confesándolo todo. Podría llevar un tiempo, entre una semanas y unos meses, pero acabaría confesándolo todo. Todos confiesan.

—De acuerdo, tiene razón.

—¿Y después de confesar? ¿Qué le ocurriría?

—Qué sé yo. Pasaría mucho tiempo en la cárcel, supongo.

Ariana meneó la cabeza.

—Moriría, Tomás. —Lo miró fugazmente—. ¿Lo entiende? Cuando dejase de ser útil, lo matarían.

—¿Le parece?

La iraní volvió a observar la carretera.

—No me parece —dijo—. Lo sé. —Se mordió el labio inferior—. Llegué a desesperar cuando me di cuenta de eso. Fue entonces cuando se me ocurrió aquella idea. ¿Por qué no liberarlo y después seguirlo para ver hasta dónde lo llevaban sus investigaciones? Al final de cuentas, les dije, tal vez su padre supiese realmente algo que permitiera desvelar el misterio. ¿Por qué no dejarlo volver con su padre y mantenerlo bajo una estricta y discreta vigilancia? ¿No sería eso más productivo que lo que planeaban hacer? —Sonrió sin humor—. Consideraron que mi idea, nacida en el fondo de un deseo desesperado de salvarle la vida, era interesante. Los halcones del régimen, que antes exigían su cabeza, comenzaron a reconsiderar el caso. En realidad, les dije, la prioridad era crear en secreto un arma nuclear de fabricación fácil, una de aquellas armas que nunca lograsen localizar ni la Agencia Internacional de Energía Atómica ni los satélites espías estadounidenses. Era ése el objetivo de la operación, ¿no? Si lo era, pues, y si su liberación servía para ese objetivo, ¿por qué no liberarlo? —Volvió a mirar a Tomás un instante—. ¿Entiende ahora? Fue así como los convencí de que lo dejaran huir. Después, sólo hubo que montar la obra de teatro.

—Si así fue, ¿por qué no se limitaron a abrir la puerta de la cárcel y a dejarme salir de forma legal? ¿Para qué toda aquella escena en medio de la calle, fingiendo que me salvaban?

—Porque la CIA pronto entendería que teníamos una jugada premeditada. O sea, ¿que lo sorprendíamos en el ministerio por la noche con un documento como ése en la mano y un agente de la CIA al lado, en pleno tiroteo, y días después dejábamos que se fuese? ¿Le abríamos la puerta de la cárcel sin más ni más? ¿No cree que la CIA consideraría sospechoso un comportamiento como ése? —Meneó la cabeza, completando el diálogo para sí misma—. Es evidente que no podíamos liberarlo por un quítame allá esas pajas, ¿no? Tenía que ser una fuga. Sólo podía ser una fuga. Y tendría que ser una fuga creíble.

—Ahora lo entiendo mejor —asintió Tomás—. Pero ¿por qué no me dijo nada?

—¡Porque no podía! Porque, cuando me encontraba con usted, también me estaban vigilando a mí, ¿o qué se piensa? Además, era importante que usted actuase de forma natural. Si yo llegaba a revelarle algo, ponía todo el plan en peligro.

El historiador se pasó la mano por el pelo.

—Ya entiendo —dijo—. Y ahora, después de haberme sacado de aquel antro en Lhasa, ¿no está usted también en peligro?

—Claro que lo estoy.

—Entonces…, ¿por qué lo ha hecho?

Ariana se tomó tiempo para responder. Se quedó un largo rato callada, con los ojos fijos en la carretera.

—Porque no podía dejar que lo matasen —murmuró por fin.

—Pero, oiga…, es que ahora usted también…, usted también puede morir.

—No, si logramos probar que el manuscrito no tiene nada que ver con armas atómicas.

—¿Y si no podemos probarlo?

La iraní lo miró con los ojos brillantes, con una expresión triste que ensombrecía su bonito rostro.

—Entonces, me temo, moriremos los dos.

El interior del todoterreno era un horno infernal. El sol brillaba alto y el calor que irradiaba tenía tal intensidad que calentaba el vehículo más allá de lo soportable, escaldaba de tal modo que tuvieron que bajar las ventanillas y sentir el viento fresco secándoles el sudor.

El *jeep* llegó a un desfiladero y recorrió la senda a trompicones, tras cruzar un valle cubierto por un mar de guijarros y liberar una estela vigorosa de polvo.

Con el rostro frente al viento refrescante, Tomás admiró el espectáculo sereno de la naturaleza adaptándose a aquellos parajes. El paisaje tibetano, percibió, tenía la intensidad desnuda de la claridad y de la fuerza bruta de los colores. Aquí los rojos eran más enérgicos; los verdes, más fuertes; los amarillos, más dorados; los colores irradiaban tal luminosidad que parecían brillar entre las montañas, casi estallaban en una explosión cromática, chillona incluso, tan vivos y excesivos que llegaban a entorpecer los sentidos.

Fue entonces cuando lo vieron. Una mancha azul radiante relampagueó a la derecha. Era una joya reluciente, un espejo añil brillante clavado en la tierra dorada, un centelleante zafiro cerúleo embutido en un marco de oro fúlgido. La luz que emitía era tan intensamente azul que parecía iluminada por dentro, despedía un brillo vigoroso, casi hipnótico.

—¿Qué es eso? —preguntó Tomás sin quitar los ojos de aquella visión magnetizadora.

Ariana ya se había dado cuenta también de la presencia de la mancha resplandeciente y la contemplaba fascinada.

—Es un lago.

Un lago.

Pararon el *jeep* y se dejaron extasiar por aquel baño de azul que les inundaba los sentidos. El lago parecía un espejo iluminado, era lapislázuli bruñido en varios tonos, más intenso al fondo, azul cobalto flamante más próximo, verde opalino junto a la margen. Las aguas besaban en la playa una arena blanca brillante; daba la impresión de un arrecife milagrosamente instalado en medio de una cordillera dorada y púrpura. Las montañas exhibían picos lácteos centelleantes y proyectaban sombras de un opaco rojizo castaño. Una orgía de colores.

—Eso no puede ser agua —comentó Tomás, dominado por la exuberancia de la visión—. No con semejante brillo.

—Entonces, ¿qué es?

Era una pregunta retórica, claro, dado que ambos sabían muy bien que el lago, a pesar de su sorprendente color fulgurante, sólo podía ser de agua.

—¿No tiene hambre? —preguntó él.

Ariana apagó el motor, salió del todoterreno y abrió la puerta trasera, de donde sacó una cesta. Se acercaba el mediodía, y aquél era el lugar perfecto para el almuerzo. Tomás la ayudó con la cesta y ambos bajaron la cuesta de la carretera, en dirección al lago.

El sol seguía fuerte, tan fuerte que ardía en la piel. Decidieron sentarse junto a una roca, en las márgenes del lago, donde el agua se veía tan transparente que no se le distinguía el límite; pero el sol era tan violento que se trasladaron a una zona de sombra, en la falda de la montaña. En cuanto cruzaron la línea de sombra, sin embargo, sintieron que se helaban. El frío era allí muy intenso. Se mudaron de nuevo, ahora al punto de frontera entre sol y sombra, el tronco en la sombra, las piernas al sol. Tomás no podía entender semejante contraste de temperatura, por lo menos unos diez grados de diferencia. Las piernas le ardían de calor, el tronco temblaba de frío.

Se miraron el uno al otro y se rieron.

—Es el aire —observó Ariana, divertida.

—¿Qué tiene el aire?

—Está demasiado enrarecido —explicó ella—. No logra absorber el calor del sol ni filtrar su fuerza. Por eso ocurre lo que ocurre. —Inspiró el aire—. Cuando era pequeña e iba a pasear por las montañas Zargos, en Irán, a veces sentía este efecto, pero no de forma tan radical. ¿Ha visto? El aire aquí es tan débil que no retiene el calor ni nos protege de los rayos ultravioleta. —Miró la zona iluminada e hizo una mueca—. Más vale que nos quedemos aquí a la sombra, es el mal menor.

Tomás colocó la cesta sobre una roca y ambos disfrutaron de la merienda, unos sándwiches y unas botellas de zumo. Se sentaron encima de esa misma roca y se quedaron comiendo mientras contemplaban la vista en derredor. Era de dejar sin respiración.

El cielo se mostraba oscuro y profundo, en contraste con el paisaje desnudo y exuberante en su perturbación de colores; se mezclaban los diversos tonos de terciopelo azul y verde del agua, las piedras rojas y doradas, las montañas marrones y blancas. Parecía que aquí la luminosidad obedecía a reglas diferentes; era como si la fuente de luz no estuviese en el cielo, sino en la tierra; como si el arco iris fuese un fenómeno del suelo, no del aire.

—Tengo frío —se quejó Ariana.

Casi sin pensarlo, como si obedeciese a una reacción instintiva de macho protector, Tomás se acercó a ella, se quitó la chaqueta y la cubrió. Al hacerlo, arrimó su cuerpo. Fue un movimiento suave, inocente, destinado a calentarla con un poco de su calor, pero generó algo inesperado. Un toque mágico. Sintió su piel tersa, la respiración baja que se aceleraba, el leve perfume a lavanda que despedía su pelo. Intuyó sobre todo su voluntad de no apartarse, y esa comprobación desencadenó un torbellino de sentimientos.

Se miraron.

Los ojos verdes cristalinos se encontraron con los dorados de ella, era el agua frente a la miel, lo frío frente a lo cálido, lo especiado ansiando lo dulce. Vio cómo sus labios gruesos se entreabrían, insinuadores, y se inclinó despacio, acercándose a aquellos pétalos escarlata, temblando el cuerpo en su anticipación del goce.

Se tocaron.

Probó el terciopelo cálido y palpitante de los labios de Ariana, se sumergió dentro de ella y experimentó la lengua húmeda y ardiente, era como si saborease un dulce, un bombón, una crema deliciosa. Primero se besaron con suavidad, con infinita ternura, después el beso se hizo goloso, era como si quisieran cada vez más, el toque tímido se transformó en un lamerse afanoso, el cariño se hizo deseo, el amor se volvió encuentro voluptuoso.

Los senos se le ciñeron contra el pecho y, sin poderse contenerse más, metió su mano por el cuello del suéter hasta que la palma se llenó con aquella superficie suave y esponjosa. Le apretó el seno con deseo y le lamió la boca con más saliva. Sintió que las manos buscaban desmañadamente el cinturón y desabrochaban el pantalón hasta liberarlo de la ropa que lo aherrojaba. El hambre se adueñó de ambos. Acosado por el frío que se le enroscaba en las piernas, Tomás fue en busca del calor; le levantó las faldas y le arrancó las bragas, pero lo hizo con una tan torpe ansiedad que le rasgó la tela.

Le pasó el dedo entre las piernas y sintió la abertura cálida y húmeda; era un caldo hirviendo. Ariana gimió por el toque y estiró la mano, tocándolo con la yema de los dedos; lo acarició para experimentar su rigidez y después lo cogió, abrió las piernas y lo guio hacia el lugar anhelante. Tomás reparó en aquel cuerpo trémulo y jadeante invitándolo a entrar y no vaciló; proyectó un movimiento suave, y la flor, pulsando ya de deseo, se abrió.

Entró.

Tuvo la sensación instantánea de haberse sumergido en un frasco de miel infinitamente delicioso. Sus sentidos se embriagaron, las sensaciones que despedía el cuerpo de Ariana se hicieron más fuertes, el perfume a lavanda más intenso, el amarillo de los ojos más dorado, el toque en la piel más suave, el calor del cuerpo más intenso, el sabor de la saliva más dulce. Las montañas, el lago, los colores, el frío, la luz, todo eso desapareció, todo eso se esfumó ante la intensidad de aquel momento de pasión.

El universo se reducía ahora a dos cosas solamente. Tomás y Ariana, él y ella, el verde y el dorado, el hierro y el terciopelo, el sudor y la lavanda, el chocolate y la miel, el tronco y la rosa, la prosa y la poesía, la voz y la melodía, el *yin* y el *yang*, dos cuerpos fundidos en uno solo, disueltos sobre la piedra dura, unidos en un movimiento ritmado, amoldados a una danza larga, lenta y rápida, afanosa, hambrienta; los gestos coordinados, bailando al ritmo de los gemidos, él dando y ella recibiendo, cada vez con más fuerza, más fuerza, más fuerza.

Gritaron.

En el momento en que sintió un estallido de colores y luces y sensaciones recorriéndole el cuerpo, en que toda la eternidad se extendió en un efímero e infinito instante, en que la pasión se elevó por encima de la montaña más alta y la fusión se hizo al fin completa, en ese momento de epifanía, Tomás supo que su búsqueda había terminado, que aquellos ojos de miel eran su perdición, que aquellos labios eran su flor, que aquel cuerpo era su casa.

Que aquella mujer era su destino.

XXXII

*L*a primera señal de aproximación a Shigatse surgió en una curva, era una larga arcada erguida a la izquierda con una sucesión de ventanas sobre portones azules. Tomás iba ahora al volante, Ariana estaba dormida, apoyada en su hombro, cuando se dio cuenta de que estaba entrando en los alrededores de la ciudad y redujo la marcha. Aparecieron hileras de *püjang*, las casas tradicionales tibetanas hechas de adobe blanco, con sus típicas ventanas negras y *lungdas* de colores al viento; las banderas de oraciones estaban firmemente amarradas al tejado oscuro, con la esperanza de atraer un buen karma para los hogares. Entraron en una avenida ancha, flanqueada por gasolineras de la PetroChina y por muros rojos con entradas que, en una posición rígida, custodiaban centinelas chinos: se trataba, evidentemente, de los cuarteles de las fuerzas de ocupación. Los árboles *gadyan* lanzaban amplias sombras sobre la carretera, aquí ya asfaltada; se veían pocos automóviles, pero circulaban muchas bicicletas y algunos camiones descargaban en las aceras.

La iraní despertó y ambos se quedaron observando la urbe que se extendía por el valle. Llegaron a un semáforo y, por la anchura de la avenida y el aspecto antiestético de las construcciones, entendieron que se encontraban en la zona china de la ciudad, hecha de bloques y más semejante a otras ciudades. Se detuvieron junto a una aglomeración de chinos, y Ariana bajó la ventanilla.

—¿Hotel Orchard? —preguntó Tomás, estirándose casi por encima de Ariana.

—¿Eh? —respondió un chino.

Era evidente que no entendía la pregunta. Más le valía al recién llegado concentrarse en la palabra clave.

—¿Hotel?

El hombre habló en un imperceptible mandarín y señaló hacia delante. Tomás le dio las gracias y el *jeep* arrancó en la dirección indicada. Acabaron efectivamente dando con un hotel, pero no era el Orchard. Ariana salió y fue a pedir direcciones en la recepción.

Recorrieron las amplias calles de la parte china de Shigatse rumbo al sitio que les habían dicho. Llegaron al cruce y giraron a la izquierda; las calles se hicieron aquí más estrechas, era evidente que acababan de penetrar en el barrio Tibetano. Un monte coronado por ruinas envueltas en andamios señalaba el Shigatse Dzong, el viejo fuerte de la ciudad, una estructura que presentaba visibles semejanzas con el magnífico Potala, aunque más pequeña y derruida en parte por los vientos destructores de la represión china.

En la esquina giraron de nuevo a la izquierda, pasaron por una calle desangelada y, al fondo, vieron una fachada ricamente ornamentada, con neones blancos en la parte superior que anunciaban que aquél era el «Tíbet Gang-Gyan Shigatse Orchard Hotel». Su destino.

Estacionaron delante del hotel y entraron en el *lobby*. El vestíbulo estaba dominado por una enorme mesa central, cubierta con dragones de colores; a la izquierda había un puesto acristalado para la venta de suvenires; a la derecha, se extendían confortables sofás negros.

Un muchacho tibetano, con la piel trigueña por el sol, les sonrió desde el mostrador de la recepción cuando los dos entraron.

—*Tashi deleh* —saludó.

Tomás devolvió el saludo inclinando levemente la cabeza.

—*Tashi deleh* —dijo, e hizo un esfuerzo para acordarse de las instrucciones que Yinpa le había dado en el Potala—. Eh…, quiero hablar con el *bodhisattva* Tenzing Thubten.

El muchacho se quedó atónito.

—¿Tenzing?

—Sí —asintió Tomás—. Necesito que Tenzing me muestre el camino.

El tibetano se mantuvo vacilante. Miró a su alrededor, volvió a fijar sus ojos oscuros en Tomás, miró fugazmente a Ariana y, ya decidido en apariencia, les hizo señas para que se sentasen en los sofás del salón. Después salió deprisa del hotel. Tomás lo vio cruzar la calle y la pequeña plazoleta ajardinada que había al otro lado.

Llegó un monje a la puerta del hotel, guiado por el recepcionista, y se inclinó en una reverencia frente a los desconocidos. Intercambiaron los habituales *tashi deleh*, deseándose mutuamente buena suerte, y el tibetano les pidió con un gesto que lo siguiesen. Se dirigieron hacia una enorme estructura religiosa que se alzaba, espléndida, justo enfrente, en la falda de un monte lleno de verdor; el complejo blanco y rojizo tenía hermosísimos tejados dorados, con los extremos curvados hacia arriba, a la manera de las pagodas, y las ventanas negras que contemplaban dominantes la ciudad.

—Gompa? —preguntó Tomás, que usó la palabra «monasterio», que había memorizado en Lhasa, mientras señalaba el edificio.

—*La ong* —asintió el monje, que acomodó los tradicionales paños púrpura que le cubrían el cuerpo—. *Tashilhunpo gompa.*

—Tashilhunpo —dijo Ariana—. Es el monasterio de Tashilhunpo.

—¿Lo conoces?

—Ya he oído hablar de ese monasterio, sí. Parece que aquí está enterrado el primer Dalai Lama.

—¿Ah, sí?

—Y es también el monasterio que alberga al Panchen Lama.

—¿Quién es ése?

—¿El Panchen Lama? Es la segunda figura más importante del budismo, sólo por debajo del Dalai Lama. Creo que *panchen* significa «gran maestro». Los chinos han usado al Panchen Lama para desafiar a la autoridad del Dalai Lama, pero sin mucho éxito. Dicen que el Panchen Lama acaba siempre volviéndose antichino.

El sol calentaba con fuerza y el aire estaba seco. Un desagradable hedor a basura y orina flotaba en las calles, pero, a la vista del portón del monasterio, el olor fétido fue sustituido por el aroma perfumado del incienso. Transpusieron la entrada y fueron a parar a un gran patio con vistas a todo el monasterio; desde allí se veía claro que se encontraban frente a un gigantesco y espléndido complejo, todo el perímetro rodeado por un largo muro. En la base de la elevación sobre la que se asentaba Tashilhunpo se aglomeraban edificios blancos, claramente una zona residencial monástica, y encima se alzaban construcciones rojizas cubiertas por los vistosos tejados dorados.

Tomás y Ariana siguieron al monje, escalando una tranquila calleja de piedra que ascendía por la cuesta. El tibetano subió rápido por el suelo inclinado, pero los dos visitantes tuvieron pronto que detenerse, jadeantes, a la sombra de un garboso árbol *yonboh*. Shigatse quedaba aún más alto que Lhasa, y la atmósfera enrarecida de la altura hacía escasear el aire en sus pulmones.

—¿Habla inglés? —preguntó Tomás, dirigiéndose al monje que lo aguardaba unos metros más adelante, sonriente y expectante.

El tibetano se acercó.

—Un poco.

—Vamos a encontrarnos con un *bodhisattva* —observó el historiador. Jadeó un poco, aún recuperando el aliento—. ¿Qué es un *bodhisattva* exactamente?

—Es una especie de Buda.

—¿Una especie de Buda? ¿Qué quiere decir con eso?

—Es alguien que ha alcanzado la iluminación, pero que ha salido del nirvana para ayudar a los demás seres humanos. Es un santo, un hombre que ha rechazado la salvación para sí mismo mientras no se salven los demás.

El monje dio media vuelta y los guio hasta la parte más alta del complejo. Llegaron a un camino que recorría lateralmente una estructura de edificios rojizos. El tibetano, tras girar a la izquierda, subió unas escaleras de piedra negra y se internó en un bloque púrpura. Los visitantes fueron detrás de él, siempre jadeantes, y penetraron en el mismo local; atravesaron un porche oscuro y desembocaron en un patio tranquilo, donde unos monjes se atareaban en torno a una caldera de grasa amarillenta. Era el vestíbulo del templo de Maitreya.

El tibetano les hizo señas para entrar en una pequeña sala sombría, a la derecha, sólo iluminada por velas y por la luz difusa que entraba por un ventanuco discreto. Todo allí tenía un aspecto austero, casi primitivo. Olía a una mezcla de manteca de yac e incienso, un olor que competía con el aroma dulce y perfumado de una nube gris, el humo liberado por el carbón que ardía en un anticuado fogón de hierro. La llama amarilla del fogón lamía una vieja tetera negra, y lanzaba fulgores cálidos y temblorosos sobre las sombras del recinto, como si pulsase en ella la vida.

Los dos se sentaron en unos bancos cubiertos de tapices *thangka* rojos y vieron al monje coger la tetera apoyada en el fogón, llenar dos tazas y extenderlas en dirección a ellos.

—*Cha she rognang.*

Era infusión de manteca de yac.

—Gracias —dijo Tomás, disimulando una mueca de asco ante la perspectiva de tener que beber aquella mezcla grasienta. Miró a Ariana—. ¿Cómo se dice «gracias» en tibetano?

—*Thu djitchi.*

—Eso. —Hizo una reverencia ante el monje—. *Thu djitchi.*

El monje sonrió y esbozó un gesto con las palmas de las manos, pidiéndoles que esperasen.

—*Gong da* —dijo antes de desaparecer.

No pasaron siquiera veinte minutos.

El monje que había ido a recibirlos reapareció en la salita, esta vez acompañado. Apareció con otro monje, muy delgado y pequeño, encorvado por la edad, que caminaba con dificultad, auxiliándose con un cayado y con el hombro derecho desnudo. El primero ayudó al más viejo a acomodarse sobre un enorme cojín. Intercambiaron algunas palabras en tibetano, al cabo de las cuales el primero se inclinó en una reverencia y se retiró.

Se hizo silencio.

Sólo se oía a los pájaros gorjear por el patio, allí fuera, y el carbón que crepitaba suavemente en el fogón de hierro. Tomás y Ariana observaron al recién llegado, que seguía sobre el enorme cojín con la cabeza gacha. El viejo monje acomodó el paño del *tasen* púrpura que lo cubría y se enderezó; los ojos se nublaron y se perdieron en un punto infinito, como si se alejase del mundo que lo rodeaba.

Silencio.

El budista parecía ignorar la presencia de los dos forasteros. Tal vez estuviese en actitud de meditación, tal vez hubiese entrado en trance. Sea como fuere, el anciano no decía nada, se limitaba sólo a estar allí. Tomás y Ariana se miraron, confundidos y dispersos, sin saber si deberían hablar, si el tibetano había entrado allí por error, si aquélla era una costumbre local o si acaso estaba ciego. Por las dudas, se mantuvieron en silencio y esperaron el desarrollo de los acontecimientos.

El mutismo se prolongó durante diez serenos minutos.

El viejo monje seguía quieto, con los ojos congelados y la respiración pausada; hasta que, sin que nada pareciera justificarlo, se estremeció y recobró vida.

—Yo soy el *bodhisattva* Tenzing Thubten —anunció con una voz afable. Hablaba un inglés sorprendentemente perfecto, con un marcado acento británico—. He oído decir que me buscaban para que les mostrase el camino.

Tomás casi suspiró de alivio. Allí estaba por fin, frente a él, Tenzing Thubten, el remitente de la enigmática postal que había encontrado en la casa del profesor Siza. Era éste tal vez el hombre que podía darle las respuestas que necesitaba, que podía esclarecerle los secretos que habían motivado su búsqueda, o, quién sabe, que podía añadir algunos enigmas más a los muchos misterios que ya lo apabullaban.

—Yo soy Tomás Noronha, profesor de Historia de la Universidade Nova de Lisboa. —Hizo un gesto en dirección a Ariana—. Ella es Ariana Pakravan, física nuclear en el Ministerio de la Ciencia, en Teherán —inclinó la cabeza—. Muchas gracias por recibirnos. Hemos hecho un largo camino para estar aquí.

El monje curvó los labios.

—¿Han venido a verme para que los ilumine?

—Pues…, en cierto modo, sí.

—Seré un buen médico para los enfermos y para los que sufren. Guiaré hacia el camino recto a quienes se hayan extraviado. Seré una luz brillante para los que están en la noche oscura y haré que los pobres e indigentes descubran tesoros escondidos —declamó—. Así reza el *Avatamsaka sutra*. —Alzó la mano—. Bienvenidos a Shigatse, viajeros en la noche oscura.

—Nuestro es el placer de estar aquí.

Tenzing señaló a Tomás.

—¿Usted ha dicho que es de Lisboa?

—Sí.

—¿Es portugués?

—Lo soy.

—Hmm —murmuró—. Los primeros occidentales en llegar al corazón del Tíbet fueron portugueses.

—¿Perdón? —se sorprendió Tomás.

—Eran dos padres jesuitas —dijo Tenzing—. El padre Andrade y el padre Marques oyeron rumores de la existencia de una secta cristiana en un valle perdido del Tíbet. Se disfrazaron de peregrinos hindúes, atravesaron la India y llegaron a Tsaparang, una fortaleza construida en el centro del reino Guge, en el valle Garuda. Construyeron una iglesia y establecieron el primer contacto entre el Occidente y el Tíbet.

—¿Cuando ocurrió eso?

—En 1624. —Hizo una reverencia—. Bienvenido, peregrino portugués. Si no vienes disfrazado de hindú, ¿qué Iglesia nos traes esta vez?

Tomás sonrió.

—No le traigo ninguna Iglesia. Sólo unas preguntas.

—¿Buscas el camino?

—Busco el camino de un hombre llamado Augusto Siza.

Tenzing reaccionó con una expresión afectuosa al oír el nombre.

—El Jesuita.

—No, no —dijo Tomás, meneando la cabeza—. No era jesuita. Ni siquiera religioso. Era profesor de Física en la Universidad de Coimbra.

—Yo lo llamaba «el Jesuita» —dijo Tenzing, como si no hubiese escuchado la rectificación, y se rio—. A él no le gustaba, claro. Pero yo no lo hacía con mala intención. Lo llamaba «el Jesuita» en homenaje a sus antepasados, que vinieron aquí, al reino Guge, hace cuatrocientos años. Pero era también un chiste, relacionado con el trabajo en el que ambos nos habíamos metido.

—¿Qué trabajo?

El *bodhisattva* bajó la cabeza.

—No se lo puedo decir.

—¿Por qué?

—Porque acordamos que sería él quien hiciera el anuncio.

Tomás y Ariana se miraron. El historiador respiró hondo y miró al viejo tibetano.

—Tengo una mala noticia que darle —dijo—. Mucho me temo que el profesor Augusto Siza ha fallecido.

Tenzing no se inmutó.

—Era un buen amigo —suspiró, como si la información no lo afectase—. Le deseo felicidades para la nueva vida.

—¿La nueva vida?

—Reencarnará como lama, seguro. Será un hombre bueno y sabio, respetado por todos los que lleguen a conocerlo. —Se acomodó el manto púrpura que lo cubría—. A muchos de nosotros nos acosa la *duhja*, la frustración y el dolor que nos trae la vida, manteniéndonos aferrados a las ilusiones que crea *maya*. Pero todo eso es *avidya*, la ignorancia que necesitamos superar. Si lo hacemos, nos liberaremos del karma que nos encadena. —Hizo una pausa—. El Jesuita y yo caminamos juntos durante un tiempo, como compañeros de viaje que deciden descubrirse el uno al otro. Pero después llegamos a una bifurcación: yo elegí un camino y él eligió otro. Nuestros senderos se separaron, es verdad, pero el destino siguió siendo el mismo.

—¿Y cuál es ese destino?

El *bodhisattva* respiró hondo. Cerró los ojos, adoptando la postura de la meditación. Era como si ponderase qué hacer; como si elevase su conciencia hasta la *sunyata*, el gran vacío; como si fundiese su ser con la eterna Dharmakaya y buscase allí la respuesta a su dilema. ¿Podría contarlo todo o debería mantenerse callado? ¿Acaso el espíritu de su viejo amigo, el hombre a quien llamaba el Jesuita, vendría en su socorro para guiarlo?

Abrió los ojos con la decisión tomada.

—Yo nací en 1930 en Lhasa, hijo de una familia noble. Mi primer nombre fue Dhargey Dolma, que significa el regreso con la diosa Dolma, la de los Siete Ojos. Mis padres me dieron este nombre porque creían que el desarrollo era el camino del Tíbet y que había que estar atento al cambio, estar atento, con siete ojos alerta. Cuando yo tenía cuatro años, no obstante, me mandaron al monasterio de Rongbuk, en la falda del Chomolangma, la gran montaña a la que nosotros llamamos Diosa Madre del Universo. —Miró a Tomás—. Ustedes la llaman Everest. —Retomó la postura anterior—. Me volví profundamente religioso cuando tomé contacto con los monjes de Rongbuk. La tradición budista establece que todas las cosas existen en razón de un nombre y de un pensamiento, nada existe por sí mismo. De acuerdo con ello, me cambié de nombre para convertirme en otra persona. A los seis años, empecé a llamarme Tenzing Thubten, o el Protector del Dharma que sigue el Camino de Buda. Por aquel entonces, el Tíbet se estaba abriendo a Occidente, una evolución que era del agrado de mi familia. Cuando cumplí los diez años, en 1940, mis padres me llamaron a Lhasa para asistir a la ceremonia que entronizó al decimocuarto Dalai Lama, Tenzing Gyatso, que aún nos guía y en quien me inspiré para mi nuevo nombre. Luego me mandaron a un colegio inglés en Darjeeling, como era costumbre entre las familias de la alta sociedad del Tíbet.

—¿Usted estudió en un colegio inglés?

El *bodhisattva* asintió con la cabeza.

—Durante muchos años, amigo.

—De ahí su inglés tan…, eh…, tan británico. Me imagino que encontró todo un poco diferente…

—Muy diferente —confirmó Tenzing—. El tipo de disciplina era diferente y los rituales también. Pero la principal diferencia radicaba en la metodología. Cuando se trata de analizar una cuestión, hay todo un universo que nos separa. Descubrí que a ustedes, los occidentales, les gusta dividir un problema en varios problemas menores, les gusta separarlo y aislarlo para analizarlo mejor. Es un método que tiene sus virtudes, no lo niego, pero posee un defecto terrible.

—¿Cuál?

—Crea la impresión de que la realidad es fragmentaria. Fue eso lo que descubrí en Darjeeling con sus profesores. Para ustedes, una cosa es la matemática, otra la química, otra la física, otra el inglés, otra el deporte, otra la filosofía, otra la botánica. Según esa manera de pensar, todas las cosas están separadas.

—Meneó la cabeza—. Eso es una ilusión, claro. La naturaleza de las cosas está en la *sunyata*, el gran vacío, y está también en la Dharmakaya, el Cuerpo del Ser. La Dharmakaya se encuentra en todas las cosas materiales del universo y se refleja en la mente humana como *bodhi*, la sabiduría iluminada. El *Avatamsaka sutra*, que es el texto fundamental del budismo *mahayana*, se asienta en la idea de que la Dharmakaya está en todo. Todas las cosas y todos los acontecimientos se encuentran relacionados, unidos por hilos invisibles. Más aún: todas las cosas y todos los acontecimientos son la manifestación de la misma unidad. —Pausa—. Todo es uno.

—Usted se vio, entonces, frente a dos mundos totalmente diferentes.

—Totalmente diferentes —asintió el *bodhisattva*—. Uno que todo lo fragmenta, otro que todo lo une.

—¿No le fue bien en Darjeeling?

—Al contrario. El pensamiento occidental fue una revelación. Yo, que antes lloraba por estar fuera del Tíbet, ahora asimilaba la nueva manera de pensar. Entre otras cosas, para colmo, porque sobresalí en dos disciplinas, la matemática y la física. Me convertí en el mejor alumno del colegio inglés, mejor que cualquier inglés o hindú.

—¿Hasta cuándo se quedó en Darjeeling?

—Hasta que cumplí los diecisiete años.

—¿Fue en ese momento cuando volvió al Tíbet?

—Sí. En 1947, justamente el año en que los británicos se fueron de la India, regresé a Lhasa. Ahora usaba corbata y tuve enormes dificultades en adaptarme a la vida en el Tíbet. Lo que antes me parecía tan acogedor como el útero de una madre, se me antojaba ahora un lugar atrasado, necio, provinciano. Lo único que me fascinaba era la mística, era la sensación intelectual de levitar, era el espíritu budista de búsqueda de la esencia de la verdad. —Se acomodó mejor sobre el enorme cojín—. Dos años después de llegar al Tíbet, se produjo en China un acontecimiento que tendría repercusiones profundas en nuestras vidas. Los comunistas tomaron el poder en Pekín. El Gobierno tibetano expulsó a todos los chinos del país, pero mis padres lograron ver más allá. Eran personas informadas y conocían los designios de Mao Tsé-Tung con respecto al Tíbet. Por ello decidieron mandarme otra vez a la India. Pero la India ya no era la misma India, y unos antiguos profesores de Darjeeling, que conocían bien mis dotes en matemática y en física, me recomendaron para especializarme en la Universidad de Columbia, en Nueva York.

—¿Usted se fue de Lhasa a Nueva York?

—Imagínese —sonrió Tenzing—: de la Ciudad Prohibida a la Gran Manzana, del Potala al Empire State Building. —Se rió—. Fue un gran impacto. Estaba paseando por el Barjor y, al instante siguiente, me encontraba en medio de Times Square.

—¿Qué tal la Universidad de Columbia?

—Estuve allí poco tiempo. Sólo unos seis meses.

—¿Tan poco?

—Sí. Uno de mis profesores había estado implicado en el proyecto Manhattan, el programa militar que había reunido a los mayores físicos de Occidente para fabricar la primera bomba atómica. Por otra parte, el proyecto se llamaba Manhattan porque empezó a desarrollarse, justamente, en la Universidad de Columbia, en Manhattan.

—No lo sabía.

—Pues mi profesor, como catedrático de Física en Columbia, estuvo empeñado en ese programa. Cuando me conoció, se quedó tan impresionado con mis capacidades que decidió recomendarme a su maestro, un hombre muy famoso.

—¿Quién? —preguntó Tomás.

—Albert Einstein —dijo Tenzing muy despacio, sabiendo que nadie se quedaba indiferente ante ese nombre—. Einstein trabajaba entonces en el Institute for Advanced Study, en Princeton, y era un gran admirador de algunos aspectos de la cultura oriental, como el confucionismo. Estábamos en 1950 y, en ese momento, se estaban produciendo acontecimientos muy graves en el Tíbet. Pekín anunció en enero que liberaría a nuestro país y, acto seguido, las fuerzas chinas invadieron toda la región del Jam y llegaron hasta el río Yangtzé. Era el principio del fin de nuestra independencia. Simpatizante de la causa tibetana, Einstein me recibió con los brazos abiertos. Yo era muy joven, claro, tenía apenas veinte años, y mi nuevo maestro decidió ponerme a trabajar con otro estudiante, un muchacho un año mayor que yo. —El *bodhisattva* arqueó sus cejas blancas—. Supongo que imagina de quién se trataba.

—El profesor Siza.

—En ese momento aún no era profesor. Era, simplemente,

Augusto. Nos caímos bien enseguida y, como yo sabía que los primeros exploradores europeos del Tíbet habían sido los jesuitas portugueses, enseguida apodé a mi nuevo amigo como «el Jesuita». —Se rio con ganas, casi como un niño—. ¡Ah, tendría que haber visto la cara que puso! ¡Incluso se enfadó! Pasó al ataque y me llamó «monje calvo», pero eso para mí no era un problema, ya que había sido monje en Rongbuk, ¿no?

—¿Y qué hacían los dos?

—Oh, muchas cosas. —Volvió a reírse—. Pero, en general, eran disparates y travesuras. Mire, una vez pintamos un bigotito estilo Hitler en el retrato de Mahatma Gandhi que Einstein tenía en el primer piso de su casa, en Mercer Street. ¡Huy! ¡El viejo se puso furioso, hasta se le pusieron los pelos de punta! Tendrían que haberlo visto…

—Pero ¿ustedes dos no trabajaban?

—Claro que trabajábamos. Einstein estaba en ese momento sumergido en un trabajo muy complicado y ambicioso. Él quería desarrollar la teoría del todo, una teoría que redujese a una única fórmula la explicación de la fuerza de gravedad y de la 368 fuerza electromagnética. Era una especie de gran teoría del universo.

—Sí, ya lo sé —dijo Tomás—. Einstein dedicó sus últimos años de vida a ese proyecto.

—Y nos arrastró en ese trabajo. Nos puso, a mí y a Augusto, a probar formulaciones diferentes. Estuvimos un año dedicados a ello, hasta que, en 1951, Einstein nos llamó a su despacho y nos apartó del proyecto.

—¿Ah, sí? ¿Por qué?

—Tenía otra tarea para nosotros. Una o dos semanas antes, no sé exactamente cuándo, Einstein recibió en su casa una importante visita. Era el primer ministro de Israel. Durante el diálogo, el primer ministro le planteó un desafío de gran responsabilidad. Al principio, Einstein se mostró renuente a corresponder a ese desafío, pero, al cabo de algunos días, fue cobrando entusiasmo y decidió comprometernos en el trabajo. Nos sacó del proyecto de la teoría del todo y nos colocó en el nuevo proyecto, algo muy confidencial, muy secreto.

Tomás y Ariana se inclinaron hacia delante, ansiosos por saber de qué se trataba.

—¿Qué…, qué proyecto era ése?

—Einstein le dio un nombre de código —reveló Tenzing—. Lo llamó «La fórmula de Dios».

Se hizo un profundo silencio en la pequeña sala.

—¿Y en qué consistía ese proyecto? —preguntó Ariana, que hablaba por primera vez.

El *bodhisattva* se movió en el cojín, llevó la mano a la región lumbar, se retorció y esbozó una mueca de dolor. Miró alrededor del recinto oscurecido, sólo iluminado por las velas de manteca de yac y por la llama amarillenta del fogón, y respiró hondo.

—¿No están cansados de seguir encerrados aquí?

Los dos visitantes estaban al borde del ataque de nervios. Anhelaban la respuesta, se desesperaban por el desvelamiento del misterio, los sofocaba la angustia de la espera de la revelación; habían llegado al punto más importante de la búsqueda, frente a ellos estaba sentado el hombre que, aparentemente, disponía de todas las respuestas, el diálogo había llegado al momento decisivo, al instante crucial. ¿Y qué hacía Tenzing? Se quejaba de llevar demasiado tiempo encerrado en aquella habitación.

—¿En qué consistía el proyecto? —insistió Ariana, exasperada e impaciente.

El *bodhisattva* esbozó un gesto sereno.

—La montaña es la montaña, y el camino el mismo de siempre —recitó, apoyando la palma de la mano en el pecho—. Lo que realmente cambió fue mi corazón.

Se hizo un silencio confuso.

—¿Qué quiere decir eso?

—Esta habitación oscura es la misma habitación oscura, y la verdad la misma de siempre. Pero mi corazón se ha cansado de estar aquí. —Hizo un movimiento majestuoso en dirección a la puerta—. Vamos fuera.

—¿Adónde?

—A la luz —dijo Tenzing—. Les iluminaré el camino en un camino iluminado.

XXXIII

Abandonaron la salita oscura a la entrada del templo de Maitreya, en lo alto del monasterio de Tashilhunpo, bajaron las escaleras de piedra oscura y giraron a la izquierda; Tomás cogía al *bodhisattva* por el brazo, ayudándolo a caminar, mientras que Ariana los seguía con los tres cojines apretados contra su pecho. Recorrieron el estrecho pasillo del sector de las capillas, entraron en la primera puerta y desembocaron en un discreto patio arbolado, a la sombra del gran palacio del Panchen Lama.

Varios monjes saludaron a Tenzing con reverencia, y el viejo se detuvo para responderles con un gesto. Después retomó la marcha, señaló un árbol plantado en un cuadro y se encaminaron hacia allí.

—Yun Men ha dicho —recitó el *bodhisattva* cuando se acercaba al lugar, haciendo un esfuerzo para concentrarse en sus pasos de anciano—: «Al caminar, camina solamente. Al sentarte, siéntate solamente. Por encima de todo, no vaciles».

Ariana depositó el gran cojín al lado del tronco, en un sitio elegido por el anfitrión, y Tomás lo ayudó a sentarse. Miraron alrededor y comprobaron que el lugar era adecuado. Se encontraba a la sombra, pero las hojas dejaban pasar mucho sol, lo que hacía que no hiciese demasiado frío ni demasiado calor: estaba en el sitio justo.

El tibetano les hizo un gesto a los dos visitantes, que lo observaban de pie.

—Buda ha dicho: «Siéntate, descansa, trabaja. Solo contigo mismo. En la linde del bosque vive feliz, sin deseo» —declamó de nuevo—.

Los dos entendieron la invitación. Acomodaron los cojines en el suelo, frente al *bodhisattva*, y se sentaron.

Se hizo silencio.

Se oían, a lo lejos, los cánticos de los monjes en la recitación a coro de los mantras, los textos sagrados, el gutural *om* siempre presente; era aquél el sonido creador, la sílaba sagrada que precedió al universo, la vibración cósmica que todo lo creó y que todo lo une. Unos pajarillos trinaban amorosamente por las ramas, inquietos y despreocupados, ajenos al timbre primordial que resonaba por el monasterio como un murmullo de fondo: parecía el rumorear plácido del mar al abrazar la playa. Todo allí era acogedor, sereno, eterno, un lugar perfecto para la contemplación, el patio tranquilo invitaba a la meditación y a la ascensión del espíritu en la incesante búsqueda de la esencia de la verdad.

—Usted mencionó hace poco el proyecto de «La fórmula de Dios» —comenzó Tomás—. ¿Me podría explicar en qué consistía?

—¿Qué quieren que les explique?

—Pues… todo.

Tenzing meneó la cabeza.

—Los chinos tienen un proverbio —dijo—: «Los profesores abren la puerta, pero tienes que entrar solo».

Tomás y Ariana se miraron.

—Entonces, ábranos la puerta.

El viejo tibetano respiró hondo.

—Cuando comencé a estudiar física y matemática, en Darjeeling, todo aquello me parecía divertido, porque lo tomaba como un juego, enorme y hermoso. Hasta que, cuando llegué a Columbia, tuve un profesor que me llevó más lejos. Me llevó tan lejos que el estudio dejó de ser un juego para transformarse en un gran descubrimiento.

—¿Qué descubrió?

—Descubrí que la ciencia occidental se acercaba extrañamente al pensamiento oriental.

—¿Qué quiere decir con eso?

Tenzing miró a Tomás y después a Ariana.

—¿Qué saben ustedes sobre las experiencias místicas de Oriente?

—Mi conocimiento se limita al islam —dijo la iraní.

—Yo conozco el judaísmo y el cristianismo —indicó Tomás—. Y he aprendido ahora unas cosas sobre el budismo. Me gustaría saber más, claro, pero nunca he tenido un maestro que me enseñase.

El *bodhisattva* suspiró.

—Nosotros, los budistas, tenemos un proverbio —proclamó—: «Cuando el estudiante está preparado, el maestro aparece». —Dejó que el piar insistente de un pájaro llenase el patio de musicalidad—. Para que puedan entender la esencia del último proyecto de Einstein, es necesario que comprendan dos o tres cosas sobre el pensamiento oriental. —Apoyó la palma de la mano en el tronco del árbol y la dejó allí un momento. Después la apartó y la juntó con la otra, ambas manos entrelazadas ahora en el regazo en una pose contemplativa—. El budismo tiene sus orígenes remotos en el hinduismo, cuya filosofía se asienta en una colección de viejas escrituras anónimas redactadas en sánscrito antiguo, los Vedas, los textos sagrados de los arios. La última parte de los Vedas se llama *Upanishads*. La idea básica, en el fondo del hinduismo, es que la variedad de cosas y de acontecimientos que vemos y sentimos a nuestro alrededor no son más que diferentes manifestaciones de la misma realidad. La realidad se llama Brahman, y tiene en el hinduismo el valor que tiene Dharmakaya en el budismo. Brahman significa «crecimiento», y es la realidad en sí, la esencia interior de todas las cosas. Nosotros somos Brahman, aunque podamos no percibirlo dado el poder mágico creativo de *maya*, que crea la ilusión de la diversidad. Pero la diversidad, debo insistir, no es más que una ilusión. Sólo hay una cosa real y lo real es Brahman.

—Disculpe, pero no llego a entenderlo —interrumpió Tomás—. Siempre tuve la idea de que el hinduismo estaba lleno de dioses diferentes.

—Eso en parte es verdad. Los hindúes tienen muchos dioses, en efecto, pero las escrituras sagradas dejan claro que todos esos dioses no son más que reflejos de un único dios, de una única realidad. Es como si Dios tuviese mil nombres y cada nombre fuese el de un dios, pero todos ellos remitiesen al mismo, diferentes nombres y diferentes rostros para una única esencia. —Abrió los brazos y los juntó—. Brahman es todos y uno. Es lo real y lo único que es real.

—Ahora lo he entendido.

—La mitología hindú se basa en la historia de la creación del mundo a través de la danza de Shiva, el Señor de la Danza. Cuenta la leyenda que la materia estaba inerte hasta que, en la noche del Brahman, Shiva inició su danza en un anillo de fuego. En ese instante, también la materia comenzó a latir al ritmo de Shiva, cuyo baile transformó la vida en un gran proceso cíclico de creación y destrucción, de nacimiento y muerte. La danza de Shiva es el símbolo de la unidad y de la existencia; a través de ella suceden los cinco actos de la divinidad: la creación del universo, su sustentación en el espacio, su disolución, la ocultación de la naturaleza de la divinidad y la concesión del verdadero conocimiento. Dicen las escrituras sagradas que, primero, la danza provocó una expansión, en la que se creó el material de construcción de la materia y de las energías. El primer estadio del universo se llenó con el espacio, por donde todo se expandió con la energía de Shiva. Los textos prevén que la expansión se acelerará, todo se mezclará y, al final, Shiva ejecutará la terrible danza de la destrucción. —El *bodhisattva* inclinó la cabeza—. ¿No le resulta familiar todo esto?

—Increíble —murmuró Tomás—. El Big Bang y la expansión del universo. La equivalencia entre masa y energía. El Big Crunch.

—Notable, sí —coincidió el tibetano—. El universo existe gracias a la danza de Shiva y también al autosacrificio del ser supremo.

—¿Autosacrificio? ¿Como en el cristianismo?

—No —dijo Tenzing, meneando la cabeza—. La expresión «sacrificio» se usa aquí en su significación original, en el sentido de hacer que algo se vuelva sagrado, y no en el sentido de sufrimiento. La historia hindú de la creación del mundo es la del acto divino de crear lo sagrado, un acto por el cual Dios se convierte en el mundo, el cual se convierte en Dios. El universo es el gigantesco escenario de una pieza divina, en la cual Brahman interpreta el papel del gran mago que se transforma en el mundo a través del poder creativo de *maya* y de la acción del karma. El karma es la fuerza de la creación, es el principio activo de la pieza divina, es el universo en acción. La esencia del hinduismo radica en nuestra liberación de las ilusiones de *maya* y de la fuerza del karma, lo que nos lleva a percibir, a través de la meditación y del yoga, que todos los diferentes fenómenos captados por nuestros sentidos forman parte de la misma realidad, que todo es Brahman. —El *bodhisattva* se llevó la mano al pecho—. Todo es Brahman —repitió—. Todo. Incluidos nosotros mismos.

—¿No es eso lo que también defiende el budismo?

—Exactamente —asintió el viejo tibetano—. En vez de Brahman, preferimos usar la palabra Dharmakaya para describir esa realidad una, esa esencia que se encuentra en los diferentes objetos y fenómenos del universo. Todo es Dharmakaya, todo está unido por hilos invisibles, las cosas no son más que diferentes rostros de la misma realidad. Pero ésta no es una realidad inmutable, es más bien una realidad marcada por la *samsara*, el concepto de que las cosas no permanecen, de que todo cambia sin cesar, de que el movimiento y la transformación son inherentes a la naturaleza.

—Pero, entonces, ¿cuál es la diferencia entre hinduismo y budismo?

—Hay diferencias en la forma, hay diferencias en los métodos, hay diferencias en las historias. Buda aceptaba a los dioses hindúes, pero no les atribuía gran importancia. Hay enormes diferencias entre las dos religiones, aunque la esencia sea la misma. Lo real es uno, a pesar de parecer múltiple. Las cosas diferentes no son más que diferentes máscaras de la misma cosa, esa realidad última tampoco permanece. Ambos pensamientos enseñan a ver más allá de las máscaras, enseñan a entender que la diferencia oculta la unidad, enseñan a caminar hacia la revelación de lo uno. Pero recurren a métodos diversos para llegar al mismo objetivo. Los hindúes alcanzan la iluminación a través del vedanta y del yoga; los budistas a través del óctuple camino sagrado del Buda.

—Por tanto, la esencia del pensamiento oriental radica en la noción de que lo real, aunque adopte diferentes formas, es, en su esencia, la misma cosa.

—Sí —dijo Tenzing—. A pesar de que las ideas fundamentales ya están incorporadas en el hinduismo y en el budismo, los taoístas llegaron a subrayar después algunos elementos esenciales ya existentes en el pensamiento dominante.

—¿Ah, sí? ¿Qué?

El tibetano inspiró el aire puro que se deslizaba como un soplo por el patio.

—¿Ha leído alguna vez el *Tao Te King*?

—Pues… no.

—Es el texto fundamental del Tao.

—¿Y qué es el Tao?

—Ha dicho Chuang-Tzu: «Si alguien pregunta qué es el Tao y otro responde, ninguno de los dos sabe qué es el Tao».

Tomás se rio.

—Bien, entonces ya veo que no nos puede explicar qué es el Tao.

—El Tao es otro nombre para Brahman y para Dharmakaya —afirmó el tibetano—. El Tao es lo real, es la esencia del universo, es lo uno de lo cual deriva lo múltiple. El camino taoísta fue enunciado por Lao Tsé, quien resumió el pensamiento en un concepto esencial.

—¿Cuál?

—El *Tao Te King* comienza con palabras reveladoras —dijo Tenzing—. El Tao que puede ser dicho no es el verdadero Tao. El Nombre que puede ser nombrado no es el verdadero Nombre.

El budista dejó que sus palabras resonasen en el patio como hojas lanzadas a merced del viento.

—¿Qué quiere decir eso?

—El Tao subrayó el papel del movimiento en la definición de la esencia de las cosas. El universo se balancea entre el *yin* y el *yang*, las dos caras que pautan el ritmo de los moldes cíclicos del movimiento y a través de las cuales se manifiesta el Tao. La vida, ha dicho Chuang-Tzu, es la armonía del *yin* y del *yang*. Así como el yoga es el camino hindú para la iluminación de que todo es Brahman, así como el óctuple camino sagrado del Buda es el camino budista para la iluminación de que todo es Dharmakaya, el taoísmo es el camino taoísta para la iluminación de que todo es Tao. El taoísmo es un método que usa la contradicción, las paradojas y la sutileza para llegar al Tao. —Alzó la mano—. Ha dicho Lao Tsé: «Para contraer una cosa, es necesario expandirla». —Inclinó la cabeza—. Ésa es la sabiduría sutil. A través de la relación dinámica entre el *yin* y el *yang*, los taoístas explican los cambios de la naturaleza. El *yin* y el *yang* son dos polos antagónicos, dos extremos ligados el uno al otro por un cordón invisible, dos caras diferentes del Tao, la unidad de todos los opuestos. Lo real está en permanente cambio, pero los cambios son cíclicos, ora tienden al *yin*, ora vuelven al *yang*. —Alzó de nuevo la mano—. Pero, atención: los extremos son ilusiones de lo uno, y tan es así que Buda habló de no dualidad. El Buda ha dicho: «Luz y sombra, largo y corto, negro y blanco sólo pueden conocerse como relación entre uno y otro». La luz no es independiente de la sombra ni el negro del blanco. No hay opuestos, sólo relaciones.

—No entiendo —dijo Tomás—. ¿Cuáles son entonces las principales novedades del taoísmo?

—El taoísmo no es exactamente una religión, sino un sistema filosófico nacido en China. Algunas de sus ideas esenciales, sin embargo, coinciden con el budismo, como la noción de que el Tao es dinámico y de que el Tao es inaccesible.

—¿Inaccesible en qué sentido?

—Acuérdese de Lao Tsé: el Tao que puede ser dicho no es el verdadero Tao. Acuérdese de Chuang-Tzu: si alguien pregunta qué es el Tao y otro responde, ninguno de los dos sabe qué es el Tao. El Tao está más allá de nuestro entendimiento. Es inexpresable.

—Qué curioso —sonrió Tomás—. Es justamente lo que dice la cábala judía. Dios es inexpresable.

—Lo real es inexpresable —proclamó Tenzing—. Ya los *Upanishads* de los hindúes se referían a la intangibilidad de la realidad última en términos inequívocos: allí donde el ojo no llega, la palabra no llega, la mente no llega, no sabemos, no comprendemos, no podemos enseñar. El propio Buda, interrogado por un discípulo que le pidió que definiese la iluminación, respondió con el silencio y se limitó a levantar una flor. Lo que Buda quería expresar con este gesto, que se hizo conocido como «Sermón de las Flores», es que las palabras sólo sirven para objetos e ideas que nos resultan familiares. Buda ha dicho: «Se impone un nombre a lo que se piensa que es una cosa o un estado, y eso lo separa de otras cosas y otros estados, pero, cuando uno va a ver lo que hay por detrás del nombre, se encuentra con una sutileza cada vez mayor que no tiene divisiones». —Suspiró—. La iluminación de la realidad última, de la Dharmakaya, está más allá de las palabras y de las definiciones. La llamemos Brahman, Dharmakaya, Tao o Dios, esa verdad se mantiene inmutable. Podemos sentir lo real en una epifanía, podemos romper las ilusiones de *maya* y el ciclo del karma de tal modo que alcancemos la iluminación y lleguemos a lo real. —Hizo un gesto lento con la mano—. Sin embargo, hagamos lo que hagamos, digamos lo que digamos, nunca lo podremos describir. Lo real es inexpresable. Está más allá de las palabras.

Tomás se movió en el cojín y miró a Ariana, que permanecía callada.

—Disculpe, maestro —dijo él, con un asomo de impaciencia en el tono de la voz—. Todo esto es fascinante, sin duda, pero no responde a nuestras dudas.

—¿No responde de verdad?

—No —insistió Tomás—. Me gustaría que nos explicase en detalle el proyecto en que lo embarcó Einstein.

El *bodhisattva* suspiró.

—Fez Yang ha dicho: «Cuando te sientes ilusionado y lleno de dudas, ni siquiera bastarán mil libros. Cuando hayas alcanzado el entendimiento, una palabra sola ya es demasiado». —Miró a Tomás—. ¿Entiende?

—Pues... más o menos.

—Esas palabras suyas, vacilantes, parecen gotas de lluvia, lo que me recuerda un dicho zen —insistió Tenzing—: «Las gotas de lluvia golpean la hoja de *basho*, pero no son lágrimas de pesar, es sólo la angustia de quien las oye».

—¿Piensa que estoy angustiado?

—Creo que no me está escuchando, amigo portugués. Me oye, es verdad, pero no me escucha. Cuando escuche, entenderá. Cuando entienda, una sola palabra ya será demasiado. Mientras no lo haga, no obstante, no le bastarán siquiera mil libros.

—¿Me está diciendo que todo esto tiene relación con el proyecto de Einstein?

—Le estoy diciendo lo que le estoy diciendo —dijo el tibetano, con la voz muy tranquila, apuntándolo con el dedo como si lo interpelase—. Acuérdese del proverbio chino: «Los profesores abren la puerta, pero tienes que entrar solo».

—Muy bien —asintió Tomás—. Ya sé que me ha abierto la puerta. ¿Éste es el momento en que puedo entrar?

—No —murmuró Tenzing—. Éste es el momento de escucharme. Ha dicho Lao Tsé: «Actúa sin hacer, trabaja sin esfuerzo».

—Sí, maestro.

El *bodhisattva* bajó unos instantes los párpados. Parecía haberse sumergido en la meditación, pero enseguida volvió a abrir los ojos.

—Todo lo que les he contado se lo había comunicado ya en Princeton a Einstein, que se mostró muy interesado en la visión oriental del universo. El principal motivo de ese interés radicaba en la proximidad existente entre nuestro pensamiento y detalles cruciales de los nuevos descubrimientos en los campos de la física y de la matemática, algo que yo había comprobado en la Universidad de Columbia y que insistí en explicarle a mi nuevo mentor.

—Disculpe, no logro seguirlo —interrumpió Ariana: su mente de científica reaccionaba con sorpresa—. ¿Proximidades entre el pensamiento oriental y la física? ¿De qué está hablando concretamente?

Tenzing se rio.

—Está reaccionando, señorita, exactamente cómo reaccionó Einstein al principio, cuando le hablé de esas cuestiones.

—Disculpe, pero me parece una reacción natural en cualquier científico —dijo la iraní—. Mezclar ciencia con misticismo es…, en fin…, es algo un poco extraño, ¿no le parece?

—No si ambos dicen lo mismo —replicó el tibetano—. Revelan los *Upanishads*: «Tal como el cuerpo humano, así es el cuerpo cósmico. Tal como la mente humana, así es la mente cósmica. Tal como el microcosmos, así es el macrocosmos. Tal como el átomo, así es el universo».

—¿Eso dónde está?

—Está en los *Upanishads*, el último de los Vedas, los textos sagrados del hinduismo. —Tenzing arqueó sus cejas blancas—. Pero podría encontrarse en cualquier texto científico, ¿no cree?

—Bien…, pues…, en cierto modo, sí.

El *bodhisattva* se acomodó en el gran cojín y respiró hondo.

—¿Se acuerdan de que Lao Tsé decía que el Tao que puede ser dicho no es el verdadero Tao y que el Nombre que puede ser nombrado no es el verdadero Nombre? ¿Se acuerdan de que los *Upanishads* se referían a la realidad última como algo adonde el ojo no llega, la palabra no llega, la mente no llega, no sabemos, no comprendemos, no podemos enseñar? ¿Se acuerdan de que Buda usaba el Sermón de las Flores para explicar que la iluminación de la Dharmakaya es inexpresable?

—Sí...

—Y yo les pregunto: ¿qué dice el principio de incertidumbre? Nos dice que no podemos prever con precisión el comportamiento de una micropartícula, a pesar de que sabemos que ese comportamiento ya está determinado. Y les pregunto: ¿qué dicen los teoremas de la incompletitud? Nos dicen que no podemos probar la coherencia de un sistema matemático, a pesar de que sus afirmaciones no demostrables son verdaderas. Y les pregunto: ¿qué dice la teoría del caos? Nos dice que la complejidad de lo real es de tal magnitud que no es posible prever la evolución futura del universo, a pesar de que sabemos que esa evolución ya está determinada. Lo real se oculta detrás de la ilusión de *maya*. El principio de incertidumbre, los teoremas de la incompletitud y la teoría del caos han probado que lo real es inaccesible en su esencia. Podemos intentar acercarnos a él, podemos intentar describirlo, pero nunca lo alcanzaremos de verdad. Habrá siempre un misterio en el final del universo. En última instancia, el universo es inexpresable en su plenitud, en razón de la sutileza de su concepción. —Abrió las manos—. Regresamos, por ello, a la cuestión esencial. ¿Qué es la materia imprevisible a la que se refiere el principio de incertidumbre sino Brahman? ¿Qué es la verdad que los teoremas de la incompletitud demuestran que no puede probarse sino Dharmakaya? ¿Y qué es lo real infinitamente complejo e inalcanzable que describe la teoría del caos sino Tao? ¿Qué es el universo, al fin y al cabo, sino un enigma gigantesco e inexpresable?

Las preguntas que hacía Tenzing en tono tranquilo reverberaban con fragor en los oídos de los dos visitantes. Tomás y Ariana miraron al viejo tibetano sentado frente a ellos y digirieron poco a poco los extraños paralelismos entre la ciencia occidental y el misticismo oriental.

—Después está el problema de la dualidad —retomó Tenzing—. Como deben recordar, el pensamiento oriental establece

379

el dinamismo del universo a través de la dinámica de las cosas. El Brahman de los hindúes significa «crecimiento». La *samsara* de los budistas quiere decir «movimiento incesante». El Tao de los taoístas remite a la dinámica de los opuestos representada por el *yin* y por el *yang*. Todo son opuestos y los opuestos son la misma cosa, los dos extremos unidos por un hilo invisible. *Yin* y *yang*. ¿Se acuerdan de que les hablé de eso?

—Sí, claro.

—Entonces acuérdense ahora de las teorías de la relatividad: la energía y la masa son la misma cosa en estados diferentes. Entonces acuérdense ahora de la física cuántica: la materia es, al mismo tiempo, onda y partícula. Entonces acuérdense ahora de las teorías de la relatividad: el espacio y el tiempo están ligados. Todo es *yin* y *yang*. El universo se mueve por el dinamismo de los opuestos. Los extremos se revelan, al final, como diferentes expresiones de una misma unidad. *Yin* y *yang*. Energía y masa. Ondas y partículas. Espacio y tiempo. *Yin* y *yang*.

—El universo se mueve regido por la dialéctica de los opuestos —comentó Tomás.

—El universo es uno, pero no es estático, es dinámico —afirmó Tenzing—. ¿Recuerdan que les hablé de la creación del universo por la danza de Shiva, a través de la cual la materia comenzó a latir y a bailar al ritmo de esa danza, transformando la vida en un gran proceso cíclico?

—Sí.

—Entonces fíjense en el ritmo de los electrones en torno a los núcleos, en el ritmo de las oscilaciones de los átomos, en el ritmo del movimiento de las moléculas, en el ritmo del movimiento de los planetas, en el ritmo con que late el cosmos. En todo hay ritmo, en todo hay sincronismo, en todo hay simetría. El orden surge del caos como un bailarín gira en la pista. ¿Ya han reparado en dónde está el ritmo del cosmos?

—Eh… ¿El ritmo del cosmos?

—Todas las noches, a lo largo de los ríos de Malasia, miles de luciérnagas se reúnen en el aire y emiten luz a la vez, obedeciendo a un sincronismo secreto. Todos los instantes, a lo largo de nuestro cuerpo, los flujos eléctricos bailan en cada órgano al ritmo de sinfonías silenciosas, cuyo compás lo coordinan millares de células invisibles. Todas las horas, a través de nuestros intestinos, la ondulación ritmada de las paredes del tubo intestinal empuja los restos de los alimentos, obedeciendo a una extraña cadencia ondulada. Todos los días, cuando el hombre penetra en la mujer y su fluido vital corre hacia el óvulo, los espermatozoides sacuden las colas al mismo tiempo y en la misma dirección, respetando una coreografía misteriosa. Todos los meses, siempre que algunas mujeres pasan mucho tiempo juntas, sus ciclos menstruales se sincronizan de forma inexplicable. ¿Qué es esto sino el ritmo enigmático de la música universal que danza el cósmico Shiva?

—Pero en la vida es natural que haya sincronía —argumentó Tomás—. Hay sincronía en la respiración, hay sincronía en el corazón, hay sincronía en la circulación de la sangre…

—Claro que la sincronía es natural —asintió Tenzing—. Es natural justamente porque la vida fluye al ritmo de las pulsaciones de la danza de Shiva. Pero no es sólo la vida, ¿sabe? También la materia que no es viva danza al son de la misma música.

—¿La materia que no es viva?

—Eso se descubrió en el siglo XVII, cuando Christiaan Huygens observó accidentalmente que los péndulos de dos relojes de sala colocados uno al lado del otro oscilaban simultáneamente sin variación. Por más que intentaba evitar la sincronía alterando las oscilaciones de los péndulos, Huygens comprobó que, al cabo de sólo media hora, los relojes volvían a ajustar sus pulsaciones, como si los péndulos obedeciesen a un maestro invisible. Huygens descubrió que la sincronía no es un ritmo exclusivo de las cosas vivas. La materia inerte danza al mismo tiempo.

—Bien…, eh…, es extraño, sin duda —reconoció Tomás—. Pero no se puede generalizar a partir de un único caso descubierto entre la materia inerte, ¿no? Por más que ese caso resulte extraño, es sólo un caso.

—Está equivocado —atajó el tibetano—. La danza sincronizada de los péndulos de relojes colocados uno al lado del otro fue sólo el primero de muchos descubrimientos semejantes. Se descubrió que los generadores colocados en paralelo, aunque comiencen a funcionar no sincronizados, sincronizan automáticamente su ritmo de rotación y es esa extraña pulsación de la naturaleza la que posibilita el funcionamiento de las redes eléctricas. Se descubrió que el átomo del cesio oscila como un péndulo entre dos niveles de energía, y esa oscilación es ritmada con tal precisión que permitió recurrir al cesio para crear los relojes atómicos, que sólo yerran menos de un segundo en veinte millones de años. Se descubrió que la Luna gira sobre su eje exactamente al mismo ritmo con que gira la Tierra, y es ese extraño sincronismo el que permite que la Luna tenga siempre la misma cara vuelta hacia nosotros. Se descubrió que las moléculas del agua, que se mueven libremente, cuando la temperatura baja a cero grados, se unen en un movimiento sincronizado, y es un movimiento que permite la formación del hielo. Se descubrió que algunos átomos, cuando se los coloca a temperaturas próximas al cero absoluto, comienzan a comportarse como si fuesen uno solo, son trillones de átomos sumidos en un gigantesco baile sincronizado. Ese descubrimiento permitió que sus autores ganasen el premio Nobel de Física en el 2001. El comité Nobel dijo que habían logrado hacer que los átomos cantasen al mismo tiempo. Ésa fue la expresión que usó el comité en su comunicado. Que los átomos cantasen al mismo tiempo. Y les pregunto: ¿al ritmo de qué música?

Tomás y Ariana se quedaron callados. La pregunta era retórica, supusieron, y el hecho es que el *bodhisattva* los había sorprendido con la revelación de la existencia de este ritmo, de esta pulsación de la materia.

—Y les pregunto: ¿al ritmo de qué música? —repitió Tenzing—. Al ritmo de la música cósmica, la misma música que inspira a Shiva en su danza, la misma música que hace que dos péndulos oscilen en sincronía, la misma música que hace que los generadores coordinen su movimiento de rotación, la misma música que hace que la Luna organice su baile de tal modo que tiene siempre la misma cara vuelta a la Tierra, la misma música que hace que los átomos canten a la vez. El universo baila a un ritmo misterioso. El ritmo de la danza de Shiva.

—¿Y de dónde viene ese ritmo? —preguntó Tomás.

El tibetano hizo un gesto vago con las manos, abarcando todo el patio del templo.

—Viene de la Dharmakaya, viene de la esencia del universo

—dijo—. ¿Nunca han oído hablar de las relaciones entre la música y la matemática?

Los dos visitantes asintieron con la cabeza.

—Pues la música del universo oscila al ritmo de las leyes de la física —afirmó Tenzing—. En 1996 se descubrió que los sistemas vivos y la materia inerte se sincronizan en obediencia a una misma formulación matemática. Quiero decir con esto que la pulsación de la música cósmica que provoca los movimientos en los intestinos es la misma que hace que los átomos canten al unísono, la pulsación que impele a los espermatozoides a mover la cola en sincronía es la misma que orquesta el gigantesco baile de la Luna en torno a la Tierra. Y la formulación matemática que organiza este ritmo cósmico emerge de los sistemas matemáticos sobre los que se asienta la organización del universo: la teoría del caos. Se descubrió que el caos es sincrónico. El caos parece caótico, pero tiene, en realidad, un comportamiento determinista, obedece a moldes y está regido por reglas muy bien definidas. A pesar de ser sincrónico, su comportamiento nunca se repite, por lo que podemos decir que el caos es determinista pero indeterminable. Es previsible a corto plazo, en razón de las leyes deterministas, e imprevisible a largo plazo, en razón de la complejidad de lo real —dijo, y abrió las manos—. Habrá siempre misterio en el fin del universo.

Tomás se movió en su asiento.

—Admito que todo eso es misterioso —dijo—. Pero ¿cree que los sabios anónimos que describieron la danza de Shiva conocían la existencia de ese…, de ese ritmo cósmico?

Tenzing sonrió.

—A propósito de cómo debemos pensar el mundo, dijo Buda: «Una estrella al anochecer, una burbuja en la corriente, un rasgón de luz en una nube de verano, una vela tremulante, un fantasma y un sueño».

Los visitantes vacilaron, desconcertados con la respuesta.

—¿Qué quiere decir con eso?

—Quiero decir que el ritmo cósmico no es perceptible para quien no está iluminado. Es necesario ser Buda para observar surgir ese ritmo de las cosas. ¿Cómo podían conocer la existencia del ritmo cósmico los autores de las escrituras sagradas si él no es audible para quien no está preparado para captarlo?

—Puede ser coincidencia —argumentó Tomás—. Inventaron la historia de la danza de Shiva, un hermoso mito primordial, y después, por coincidencia, se descubrió que existe un ritmo en el universo.

El *bodhisattva* se quedó un instante callado, como si estuviese ponderando el argumento.

—¿Se acuerdan de que les dije que los hindúes sostienen que la realidad última se llama Brahman y que la variedad de cosas y acontecimientos que vemos y sentimos a nuestro alrededor no son más que diferentes manifestaciones de la misma realidad? ¿Se acuerdan de que les dije que nosotros, los budistas, sostenemos que la realidad última se llama Dharmakaya y que todo está unido por hilos invisibles, siendo que todas las cosas no son más que diferentes rostros de la misma realidad? ¿Se acuerdan de que les dije que los taoístas sostienen que el Tao es lo real, es la esencia del universo, es lo uno del que deriva lo múltiple?

—Sí.

—¿Será una mera coincidencia que ahora la ciencia occidental acabe diciendo lo mismo que nuestros sabios orientales ya decían hace dos mil años o más?

—No llego a entenderlo —planteó Tomás.

El *bodhisattva* respiró hondo.

—Como sabe, el pensamiento oriental sostiene que lo real es uno y que las diferentes cosas no son más que manifestaciones de la misma cosa. Todo está relacionado.

—Sí, ya lo ha dicho.

—La teoría del caos vino a confirmar que así es. El batir de alas de una mariposa influye en el estado del tiempo en otro punto del planeta.

—Es verdad.

—Pero la ligazón de la materia entre sí no se limita a un simple efecto dominó entre las cosas, en que cada una influye en la otra. La verdad es que la materia está ligada orgánicamente entre sí. Cada objeto es una representación diferente de la misma cosa.

—Eso es lo que dice el pensamiento oriental —insistió Tomás.

—Y lo que dice también la ciencia occidental —argumentó Tenzing.

El historiador adoptó una expresión de incredulidad.

—¿La ciencia occidental?

—Sí.

—¿Dónde está dicho que la materia tiene ligazón orgánica? ¿Dónde está dicho que cada objeto es una representación diferente de la misma cosa? Es la primera vez que oigo esas afirmaciones...

El *bodhisattva* sonrió.

—¿Ya han oído hablar de la experiencia Aspect?

Tomás hizo una mueca de ignorancia, pero, al mirar a Ariana, se dio cuenta de que la referencia le resultaba familiar.

—¿Qué es eso? —preguntó, dirigiéndose indistintamente al tibetano y a la iraní.

—Ya veo que está al tanto, señorita, de esta experiencia —observó Tenzing con la mirada escrutadora.

—Sí —confirmó ella—. Cualquier físico conoce esa experiencia.

Ariana parecía un poco trastornada. Era notorio que su espíritu científico se ocupaba en ese instante de evaluar las implicaciones de la observación del viejo budista, en particular las inesperadas relaciones entre la experiencia que Tenzing había mencionado y el concepto de Dharmakaya que acababa de conocer.

—¿A alguien le importa explicármela? —insistió Tomás.

Tenzing volvió a acomodar el paño púrpura que le cubría el cuerpo. Observó a Tomás fijamente.

—Alain Aspect es un físico francés que lideró un equipo de la Universidad de París Sur en una experiencia de gran importancia, efectuada en 1982. Es verdad que nadie habló de ella en la televisión ni en los periódicos. En rigor, sólo los físicos y algunos otros científicos la conocen, pero no se olvide de lo que le voy a decir. —Alzó un dedo—. Es posible que, en el futuro, la experiencia Aspect llegue a ser recordada como una de las experiencias más extraordinarias de la ciencia en el siglo XX. —Miró a Ariana—. ¿Está de acuerdo, señorita?

Ariana asintió con la cabeza.

—Sí.

El *bodhisattva* mantuvo la mirada fija en la iraní.

—Un dicho zen dice: «Si encuentras en el camino a un hombre que sabe, no digas nada, no te quedes en silencio». —Hizo una pausa—. No te quedes en silencio —repitió. Miró a Ariana, y señaló a Tomás—. Ábrele la puerta.

—¿Quiere que yo le describa la experiencia Aspect?

Tenzing sonrió.

—Otro dicho zen dice: «Cuando un hombre común accede al conocimiento, es un sabio. Cuando un sabio accede al conocimiento, es un hombre común». —Volvió a señalar a Tomás—. Haz de él un hombre común.

Ariana miró a uno y otro hombre, intentando ordenar su argumentación.

—La experiencia Aspect..., eh..., es decir... —tartamudeó, y miró al tibetano como si le pidiese instrucciones—. No se puede describir la experiencia Aspect sin hablar de la paradoja EPR, ¿no?

—Nagaryuna ha dicho: «La sabiduría es como un lago límpido y fresco, se puede entrar por cualquier lado».

—Entonces tengo que entrar por el lado de la paradoja EPR —decidió Ariana, y se volvió hacia Tomás—. ¿Te acuerdas de que te conté que la física cuántica preveía un universo no determinista, en que el observador forma parte de la observación, mientras que la relatividad preconizaba un universo determinista, en que el papel del observador es irrelevante para el comportamiento de la materia? Te acuerdas de eso, ¿no?

—Claro.

—Ahora bien: cuando esa inconsistencia se hizo evidente, comenzaron los esfuerzos para conciliar los dos campos. Se suponía, y aún hoy se supone, que no puede haber leyes discrepantes en función de la dimensión de la materia, unas para el macrocosmos y otras diferentes para el microcosmos. Tiene que haber leyes únicas. Pero ¿cómo explicar las divergencias entre las dos teorías? El problema suscitó una serie de debates entre el padre de la relatividad, Albert Einstein, y el principal teórico de la física cuántica, Niels Bohr. Para demostrar que la interpretación cuántica era absurda, Einstein se centró en un detalle muy extraño de la teoría cuántica: el de que una partícula sólo decide su posición cuando se la observa. Einstein, Podolski y Rosen, cuyas iniciales forman EPR, formularon entonces su paradoja, basada en la idea de medir dos sistemas separados, pero que habían estado previamente unidos, para ver si tenían comportamientos semejantes cuando se los observaba. Los tres propusieron lo siguiente: colóquense los dos sistemas en cajas, situadas en puntos diferentes de una sala o incluso a muchos kilómetros de distancia; ábranse las cajas al mismo tiempo y mídanse sus estados internos. Si su comportamiento resulta automáticamente idéntico, entonces significa que los dos sistemas han logrado comunicar el uno con el otro instantáneamente. Pero ésta es una paradoja. Einstein y sus defensores observaron que no puede haber transferencia instantánea de información dado que nada se mueve más deprisa que la luz.

—¿Y qué respondió el físico cuántico?

—¿Bohr? Bohr respondió que, si se pudiese hacer esta experiencia, se comprobaría que, en efecto, había comunicación instantánea. Si las partículas subatómicas no existen hasta que se las observa, argumentó, entonces no podrán ser encaradas como cosas independientes. La materia, dijo, forma parte de un sistema indivisible.

—Un sistema indivisible —repitió Tenzing—. Indivisible como la realidad última de Brahman. Indivisible como la unidad del Tao de la que deriva lo múltiple. Indivisible como la esencia última de la materia, lo uno del que todas las cosas y todos los acontecimientos no son sino manifestaciones de lo mismo, la realidad única con diferentes máscaras.

—Calma —contrapuso Tomás—. Eso es lo que decía la física cuántica. Pero Einstein pensaba de manera diferente, ¿no?

—Sin duda —asintió Ariana—. Einstein pensaba que esta interpretación era absurda y consideraba que la paradoja EPR, si pudiese probarse, lo demostraría.

—El problema es que esa paradoja no puede probarse...

—En la época de Einstein, no se podía —dijo la iraní—. Pero, en 1952, un físico de la Universidad de Londres llamado David Bohm indicó que había una manera de probar la paradoja. En 1964 le correspondió a otro físico, John Bell, del CERN de Ginebra, la tarea de demostrar esquemáticamente cómo llevar a cabo la experiencia. Bell no hizo la prueba, pero ésta llegó a concretarse en 1982, gracias a Alain Aspect y a un equipo de París. Es una experiencia complicada y difícil de explicarle a un lego, pero realmente se efectuó.

—¿Los franceses probaron la paradoja?

—Sí.

—¿Y?

Ariana miró furtivamente a Tenzing antes de responder a la pregunta de Tomás.

—Bohr tenía razón.

—No entiendo —dijo el historiador—. ¿Cómo que tenía razón? ¿Qué reveló la experiencia?

Ariana respiró hondo.

—Aspect descubrió que, bajo determinadas condiciones, las partículas se comunican automáticamente entre sí. Esas partículas subatómicas pueden incluso estar en puntos diferentes del universo, unas en un extremo del cosmos y otras en otro, pero la comunicación es instantánea.

El historiador adoptó una expresión de incredulidad.

—Eso no es posible —dijo—. Nada viaja más deprisa que la luz.

—Es lo que dice Einstein y la teoría de la relatividad restrictiva —repuso la iraní—. Pero Aspect probó que las micropartículas se comunican instantáneamente entre sí.

—¿No habrá algún error en esas pruebas?

—Ningún error —aseguró la iraní—. Las confirmaron experiencias más recientes efectuadas en 1998 en Zúrich y en Innsbruck, usando técnicas más sofisticadas.

Tomás se rascó la cabeza.

—¿Eso quiere decir que las teorías de la relatividad están equivocadas?

—No, no, son correctas.

—Entonces, ¿cómo se explica ese fenómeno?

—Sólo hay una explicación —dijo Ariana—. Aspect confirmó una propiedad del universo. Comprobó experimentalmente que el universo tiene ligazones invisibles, que las cosas están relacionadas entre sí de un modo que no se sospechaba, que la materia posee una organización intrínseca que nadie imaginaba. Si las micropartículas se comunican entre sí a distancia, no se debe a ninguna señal que se envíen las unas a las otras. Se debe simplemente al hecho de que constituyen una entidad única. Su separación es una ilusión.

—¿Las micropartículas son una entidad única? ¿Su separación es una ilusión? No consigo entender…

Ariana miró alrededor, intentando imaginar la mejor manera de explicar el sentido de sus palabras.

—Mira, Tomás —dijo, aferrándose a una idea—. ¿Has visto alguna vez una transmisión televisiva de un partido de fútbol?

—Sí, claro.

—En una transmisión televisiva hay, a veces, varias cámaras que apuntan al mismo tiempo al mismo jugador, ¿no? Quien esté viendo las imágenes de cada cámara y no sepa cómo funcionan las cosas, podrá pensar que cada cámara capta a un jugador diferente. En una se ve al jugador mirando hacia la izquierda, en la otra se ve al mismo jugador mirando hacia la derecha. Si una persona no conoce a ese jugador, sería capaz de jurar que se trata de jugadores diferentes. Pero, mirando con más atención, se percibe que siempre que el jugador hace un movimiento hacia un lado, el jugador que está en la otra imagen hace instantáneamente el movimiento correspondiente, aunque hacia el otro lado. En realidad, las dos cámaras muestras siempre al mismo jugador, pero desde ángulos diferentes. ¿Has entendido?

—Sí. Todo eso es evidente.

—Pues fue algo parecido lo que mostró la experiencia Aspect en relación con la materia. Dos micropartículas pueden estar separadas por el universo entero, pero cuando una se mueve, la otra se mueve instantáneamente. Pienso que eso ocurre porque, en realidad, no se trata de dos micropartículas diferentes, sino de la misma micropartícula. La existencia de dos es una ilusión, de la misma manera que la existencia de dos jugadores en cámaras colocadas en ángulos diferentes es una ilusión. Siempre estamos viendo al mismo jugador, siempre estamos viendo la misma micropartícula. En un nivel profundo de la realidad, la materia no es individual, sino una mera representación de una unidad fundamental.

Se hizo silencio.

Tenzing carraspeó.

—La variedad de cosas y acontecimientos que vemos y sentimos a nuestro alrededor son diferentes manifestaciones de la misma realidad —murmuró el budista en tono contemplativo—. Todo está unido por hilos invisibles. Todas las cosas y todos los acontecimientos no son más que diferentes rostros de la misma esencia. Lo real es lo uno, del cual deriva lo múltiple. Eso es Brahman, eso es Dharmakaya, eso es Tao. Los textos sagrados explican el universo. —Cerró los ojos e inspiró aire, en una postura meditativa—. Está escrito en la *Prajnaparamita*, el poema de Buda sobre la esencia de todo.

Comenzó a recitar, como si entonase un mantra sagrado:

> Vacía y serena y libre de sí
> es la naturaleza de las cosas.
> Ningún ser individual
> en realidad existe.
>
> No hay fin ni principio,
> ni medio.
> Todo es ilusión,
> como en una visión o en un sueño.
>
> Todos los seres del mundo
> están más allá del mundo de las palabras.
> Su naturaleza última, pura y verdadera,
> es como la infinidad del espacio.

Tomás lo observó con los ojos desorbitados, aún algo incrédulo.

—¿Fue así cómo Buda describió la esencia de las cosas? —se admiró—. Es increíble.

El *bodhisattva* lo encaró con serenidad.

—Zhou Zhou dijo: «El Camino no es difícil, basta que no haya querer ni no querer». —Hizo un gesto hacia su visitante—. Los profesores abren la puerta, pero tienes que entrar solo.

Tomás arqueó las cejas.

—¿Éste es el momento para que yo entre?

—Sí.

Se hizo un nuevo silencio.

—¿Qué debo hacer, entonces?

—Entrar.

El historiador miró al budista con una expresión de desconcierto.

—¿Entrar?

—Un dicho zen dice: «Coge el caballo vigoroso de tu espíritu» —declamó Tenzing, y sonrió—. Para su viaje, empero, tengo una merienda que confortará el estómago de su espíritu.

—¿Una merienda?

—Sí, pero primero vamos al té. Tengo sed.

—Espere —exclamó Tomás—. ¿Qué merienda es ésa?

—Es «La fórmula de Dios».

—¡Ah! —exclamó el historiador—. Aún no me ha explicado qué es.

—No he hecho otra cosa que explicárselo. Usted me ha oído, pero no me ha entendido.

Tomás se sonrojó.

—Pues…

—Un día, Einstein vino a reunirse conmigo y con el Jesuita, y nos dijo: «He hablado con el primer ministro de Israel y me ha hecho un pedido. Me resistí bastante a aceptar ese pedido, pero ahora acepto y quiero que me ayudéis en este proyecto».

—¿Él le dijo eso? ¿Él les pidió que colaborasen en la…, en la construcción de una bomba atómica sencilla?

El *bodhisattva* contrajo el rostro, sorprendido.

—¿Bomba atómica? ¿Qué bomba atómica?

—¿No se refiere el proyecto «La fórmula de Dios» a la bomba atómica?

—Claro que no.

Tomás miró de inmediato a Ariana y comprobó que ella compartía su alivio.

—¿Ves? —sonrió él—. ¿Qué te decía yo?

La iraní se inclinó hacia delante, como si pudiese captar mejor todo lo que se decía. Ya había leído el manuscrito, y la movía una enorme curiosidad por entenderlo finalmente. Además, disponía de una motivación adicional; ella sabía que aquella información era crucial para frenar la persecución que emprendería inevitablemente, contra ella y contra Tomás, el VEVAK. Pero no le bastaba con saber la verdad; también tenía que probarla. Por ello encaró al tibetano con la ansiedad dibujada en el rostro.

—Pero explíqueme entonces —dijo casi implorante—: ¿qué es, en definitiva, el proyecto «La fórmula de Dios»?

—Shunryu Suzuki ha dicho: «Cuando comprendas totalmente una sola cosa, lo comprendes todo».

—¿Comprender qué es «La fórmula de Dios» significa comprenderlo todo?

—Sí.

—Pero ¿cuál es el tema de «La fórmula de Dios»?

Tenzing Thubten alzó la mano, la deslizó lentamente por el aire, esbozando un gracioso movimiento de gimnasia china, y volvió a inmovilizarse. Respiró la brisa que soplaba sobre el patio del templo y sintió el calor apacible de los rayos del sol que se filtraban por las hojas de los árboles. Hizo señas a un monje que pasaba y le pidió té. Después se recogió en su espacio y volvió a hablar con los visitantes.

—Es la mayor búsqueda jamás emprendida por la mente humana, la demanda del enigma más importante del universo, la revelación del designio de la existencia.

Tomás y Ariana lo observaron, expectantes, incapaces casi de reprimir la ansiedad. El *bodhisattva* percibió la angustia que los dominaba y sonrió, dispuesto por fin a desvelar el secreto.

—La prueba científica de la existencia de Dios.

XXXIV

Un monje se acercó con una bandeja y, una vez junto al árbol, hizo una reverencia y entregó sendas tazas a los tres. El budista cogió la tetera y sirvió un líquido caliente en cada taza, de manera que pronto todas ellas empezaron a humear. Tomás olfateó la infusión y, reconociendo su olor característico, tuvo que volver la cara a un lado para disimular la mueca de asco.

—Infusión de manteca de yac —comprobó, lanzándole una mirada de desánimo a Ariana.

—Tenemos que aguantar —susurró la iraní disimuladamente—. Ten paciencia.

Los dos visitantes lograban a duras penas contener la exasperación. Se sentían tremendamente excitados con las revelaciones que acababan de escuchar y querían conocer más detalles sobre el insólito trabajo que el tibetano había realizado con Einstein. A cambio, se veían obligados a ingerir aquel desagradable mejunje untuoso.

—Maestro —insistió Tomás, aún sin atreverse a probar la infusión—. Explíquenos en qué consiste «La fórmula de Dios».

El anfitrión lo hizo callar con un gesto majestuoso.

—Shunryu Suzuki ha dicho: «En el espíritu del principiante hay muchas posibilidades, pero éstas son pocas en el espíritu del sabio».

—¿Qué quiere decir con eso? —preguntó Tomás, sin entender la relevancia de esa afirmación en aquel contexto.

—Si ustedes son sabios, sabrán que hay un momento para todo —indicó Tenzing—. Éste es el momento para el té.

El visitante miró su taza desalentado, no se sentía capaz de beber aquella pócima grasienta. ¿Debería decir algo? ¿O debería tragar y quedarse callado? Si rechazaba la infusión, ¿estaría rompiendo la etiqueta tibetana? ¿Habría un modo específico de hacerlo? ¿Qué hacer?

—Maestro —se decidió—. ¿No tiene otra cosa además de este…, eh…, del té?

—¿Y qué desea que no sea té?

—No lo sé… ¿No tiene nada para comer? Confieso que, después del gran viaje de hoy, siento un poco de hambre. —Miró a Ariana—. ¿Tú también tienes hambre?

La iraní hizo un gesto afirmativo con la cabeza.

El *bodhisattva* emitió una orden en tibetano, y el monje desapareció de inmediato. Tenzing se quedó callado, con su atención fija en la taza como si la infusión fuese, en aquel instante, lo único importante en todo el universo. Tomás intentó una vez más sondearlo con algunas preguntas sobre lo ocurrido en Princeton, pero el anfitrión pareció ignorarlo y sólo rompió el mutismo una sola vez.

—Un dicho zen dice: «Tanto el habla como el silencio son transgresores».

Nadie más habló mientras el tibetano bebía su té.

Entre tanto, reapareció el monje que había traído el té. Esta vez no llevaba la tetera en la bandeja, sino dos cuencos humeantes. Se arrodilló junto a los visitantes y entregó a cada uno un cuenco.

—*Thukpa* —dijo con una sonrisa—. *Di shimpo du.*

Ninguno de los dos lo entendió, pero ambos dieron las gracias.

—*Thu djitchi.*

El monje volvió a señalar el cuenco.

—*Thukpa.*

Tomás miró el contenido. Era una sopa de espaguetis con carne y verduras, de aspecto sorprendentemente apetitoso.

—¿*Thukpa*?

—*Thukpa.*

El historiador miró a Ariana.

—Por lo visto, esto se llama *thukpa*.

La comieron con gusto, aunque sospechaban que se debía más al hambre que a la calidad de la sopa. A decir verdad, Tomás no era un adepto fervoroso de la gastronomía tibetana; los pocos días que había vivido allí fueron suficientes para notar que los platos locales, además de no ser muy variados, no se destacaban por la exquisitez de los sabores. En ese sentido, podría decirse que la invasión china, una de cuyas consecuencias fue la instalación de numerosos restaurantes, sobre todo de la cocina de Sichuan, representaba realmente una bendición, tal vez lo único bueno que la anexión les había traído a los tibetanos.

Cuando los visitantes acabaron la sopa, comprobaron que el *bodhisattva* había bebido su té y parecía sumido en la meditación. El monje que los había servido se llevó los cuencos vacíos y ambos se quedaron sentados, esperando a que algo ocurriese.

Veinte minutos después, Tenzing abrió los ojos.

—El poeta Basho ha dicho —comenzó—: «No busques las pisadas de los ancianos, busca lo que ellos han buscado».

—¿Cómo?

—Lo que ustedes buscan está demasiado centrado en los ancianos. En mí, en Einstein, en Augusto. No busquen nuestros caminos, busquen lo que nosotros hemos buscado.

—¿Y si lo que usted ha buscado nos lleva al objetivo de lo que buscamos? —preguntó Tomás—. ¿No será más fácil llegar a nuestro destino siguiendo las huellas de quien ya ha llegado?

—Krishnamurti ha dicho: «La meditación no es un medio para alcanzar un fin, es tanto el medio como el fin».

—¿Qué quiere decir con eso?

—Que buscar no es sólo un medio para llegar a un fin, sino que es su propio fin. Para que alguien llegue a la verdad, tendrá que recorrer el camino.

—Entiendo —dijo Tomás—. Lamentablemente, y por motivos que nos superan, el camino que los ancianos siguieron es también el objetivo de nuestra búsqueda. Queremos conocer la verdad, pero también necesitamos conocer el camino que ustedes han recorrido para llegar a la verdad.

Tenzing ponderó por un momento esta respuesta.

—Ustedes tienen sus motivos, y yo tengo que respetarlos —concedió—. La verdad es que Tsai Ken Tan ha dicho: «El agua demasiado pura no tiene peces». —Suspiró—. Acepto que haya motivos para que su agua no sea totalmente pura, así que les revelaré todo lo que sé sobre este proyecto.

Los dos visitantes se miraron, aliviados por acercarse al fin al destino de su demanda.

—Cuando se encontró en Princeton con Einstein, el primer ministro de Israel lo desafió a probar la existencia o inexistencia de Dios. Einstein le respondió que era imposible hacer tal prueba. Días después, no obstante, casi para distraer la mente de los trabajos que le exigía su búsqueda de la teoría del todo, decidió interrogarme sobre las respuestas del pensamiento oriental con respecto a las cuestiones del universo. Tal como ustedes, se mostró impresionado por la semejanza entre los registros de las escrituras sagradas orientales y los descubrimientos más recientes en los campos de la física y de la matemática. Impulsado por eso, y siendo judío, se dedicó a analizar el Antiguo Testamento en busca de pistas semejantes. ¿Escondería acaso también la Biblia verdades científicas? ¿Acaso el saber antiguo contenía más saber del que se sabía? ¿Acaso el conocimiento místico es más conocimiento de lo que se pensaba?

Se calló un instante, mirándolos. Después cogió un libro que se encontraba a su lado y se lo mostró a sus visitantes.

—Supongo que conocen esta obra.

Tomás y Ariana observaron el grueso volumen que sostenía el viejo budista. No habían reparado aún en él y no lograron ver el título.

—No.

—Jangbu me lo trajo mientras ustedes se entretenían tomando la *thukpa* —explicó. Abrió el volumen, hojeó unas páginas y encontró lo que buscaba—. El libro comienza así —indicó, preparándose para leer en voz alta—: «Al principio creó Dios los cielos y la tierra —recitó—. La tierra estaba confusa y vacía, y las tinieblas cubrían el haz del abismo, pero el espíritu de Dios estaba incubando sobre la superficie de las aguas. Dijo Dios: "Haya luz. Y hubo luz"». —Alzó su angulosa cara—. ¿Reconocen este texto?

—Es la Biblia.

—Más exactamente el principio del Antiguo Testamento,

el Génesis —dijo, y apoyó el volumen en su regazo—. Toda esta parte del texto le interesó enormemente a Einstein, y por un motivo en particular. Este fragmento fundamental coincide, en líneas generales, con la idea del Big Bang. —Afinó la voz—. Hace falta entender que, en 1951, el concepto de que el universo comenzó con una gran explosión aún no se había afirmado en la mente de los científicos. El Big Bang era sólo una entre varias hipótesis, en pie de igualdad con otras posibilidades, en especial la del universo eterno. Pero Einstein tenía varios motivos para inclinarse por la hipótesis del Big Bang. Por un lado, el descubrimiento de Hubble de que las galaxias se estaban alejando unas de otras daba un indicio de que antes se encontraban juntas, como si hubiesen partido de un mismo punto. Por otro, la paradoja de Olber, que sólo se resuelve si el universo no es eterno. Un tercer indicio era la segunda ley de la termodinámica, que establece que el universo camina hacia la entropía, presuponiendo así que hubo un momento inicial de máxima organización y energía. Y, finalmente, sus propias teorías de la relatividad, que se asentaban en el presupuesto de que el universo es dinámico, estando en expansión o en retracción. Ahora bien: el Big Bang se encuadraba en el escenario de la expansión. —Hizo una mueca con la boca—. Estaba, claro, el problema de saber qué era lo que impedía la retracción provocada por la gravedad. Para resolverlo, Einstein llegó a proponer la existencia de una energía desconocida, a la que llamó constante cosmológica. Él mismo rechazó más tarde esa posibilidad, diciendo que tal idea había sido el mayor error de su vida; pero se supone ahora que Einstein tenía razón, al fin y al cabo, y que hay, en efecto, una energía desconocida que contraría la gravedad y que provoca la expansión acelerada del universo. En vez de llamarla constante cosmológica, no obstante, se la llama ahora «energía oscura». —Observó a sus dos interlocutores—. ¿Están siguiendo mi razonamiento?

—Sí.

—Muy bien —exclamó satisfecho—. Lo que Einstein intentó determinar fue si habría alguna verdad oculta en la Biblia. No iba en busca de verdades metafóricas ni de verdades morales, sino de verdades científicas. ¿Era posible encontrarlas en el Antiguo Testamento?

Tenzing observó a los dos interlocutores, como si esperase que ellos respondiesen a su pregunta. Pero nadie dijo nada, y el *bodhisattva* prosiguió con su exposición.

—Naturalmente, la gran dificultad comenzaba justo en el Génesis. Los primeros versículos de la Biblia establecen, fuera de toda duda, que el universo se creó en seis días. Solamente seis días. Desde el punto de vista científico, esto era un absurdo. Claro que se podría decir que todo el texto es metafórico, que Dios quería decir seis fases, que eso o lo de más allá, pero Einstein creía que eso sería falsear la cuestión, no sería más que un truco para hacer que la Biblia tuviera razón a cualquier precio. Como científico que era, no podía aceptar ese método. Pero el problema seguía en pie. La Biblia decía que el universo se creó en seis días. No era más que una falsedad evidente. —Hizo una pausa—. ¿O no? —Los ojos del viejo budista fueron de uno a otro visitante—. ¿Qué les parece?

Ariana se movió sobre el cojín.

—Al ser musulmana, no me gustaría contradecir el Antiguo Testamento, que el islam reconoce como verdadero. Siendo científica, no me gustaría confirmarlo, puesto que la creación del universo en seis días constituye una evidente imposibilidad.

El *bodhisattva* sonrió.

—Comprendo su posición —dijo—. Tenga en cuenta que Einstein, al ser judío, no era un hombre religioso. Él creía que podría haber algo trascendente por detrás del universo, pero ese algo no sería, sin duda, el Dios que ordenó a Abraham que matase a su hijo para estar seguro de que el patriarca le era fiel. Einstein creía en una armonía trascendente, no en un poder mezquino. Creía en una presencia inteligente, no en una entidad bondadosa. Creía en una fuerza universal, no en una divinidad antropomórfica. Pero ¿sería posible encontrarla en la Biblia? Cuanto más analizaba las sagradas escrituras hebreas, más se convencía de que la respuesta estaba oculta en alguna parte del Génesis, y en particular en la cuestión de los seis días de la Creación. ¿Sería posible crearlo todo en sólo seis días?

—¿Qué entiende por la palabra «todo»? —preguntó Ariana—. Los cálculos relativos al Big Bang prevén que toda la materia se creó en las primeras fracciones de segundo. Antes de que se cumpliese el primer segundo, ya el universo se había expandido un billón de kilómetros y la superfuerza se había fragmentado en fuerza de gravedad, fuerza fuerte y fuerza electrodébil.

—Por «todo» se entiende aquí la luz, las estrellas, la Tierra, las plantas, los animales y el hombre. Dice la Biblia que el hombre fue creado al sexto día.

—Ah, eso no es posible.

—Fue lo que Einstein pensó. No era posible la creación de todo en sólo seis días. Pero, a pesar de esta obvia conclusión preliminar, se reunió con nosotros y nos pidió que despejásemos la mente de ideas preconcebidas y partiéramos del principio de que aquello era posible. ¿Cómo resolver el problema? Ahora bien: planteada así la cuestión, resultó evidente para todos que el nudo gordiano se encontraba en la definición de los seis días. ¿Qué eran seis días? La pregunta le abrió una pista a Einstein, que se concentró en el tema y nos arrastró en una investigación fuera de lo común. —Tenzing meneó la cabeza—. Es una pena no tener aquí en mis manos un ejemplar del manuscrito que él preparó. Algo que es, me parece…

—Yo lo he leído —interrumpió Ariana.

El viejo tibetano suspendió lo que estaba diciendo y frunció el ceño.

—¿Lo ha leído?

—Sí, lo he leído.

—¿Ha leído el manuscrito titulado *Die Gottesformel*?

—Sí.

—Pero ¿cómo?

—Es una larga historia —declaró ella—. Pero sí, lo he leído. Era el profesor Siza quien tenía el documento.

—¿Augusto dejó que lo leyera?

—Sí…, bueno…, me dejó. Como he dicho, es una larga historia.

Tenzing mantuvo la mirada fija en ella, inquisitivo.

—¿Y qué le pareció?

—Bien, es un documento…, ¿cómo diría? Es un documento sorprendente. Estábamos esperando que contuviese la fórmula de la construcción de una bomba atómica barata y de fácil concepción, pero el tenor del texto nos dejó…, en fin…, desconcertados. Había ecuaciones y cálculos, como era de esperar, pero todo nos parecía ininteligible, sin un sentido claro ni una dirección definida.

El *bodhisattva* sonrió.

—Es natural que os haya impresionado así —murmuró—. El manuscrito se elaboró con la intención de que sólo lo entendiesen los iniciados.

—Ah, bien —exclamó Ariana—. ¿Sabe?, nos quedamos con la impresión de que remitía a un segundo manuscrito...

—¿Qué segundo manuscrito?

—¿No existe un segundo manuscrito?

—Claro que no —sonrió—. Admito que, por la forma sinuosa en que está redactado, el documento cree esa sensación. Pero lo que ocurrió fue que el texto se sometió a un código críptico sutil, ¿entiende? El mensaje se ocultó para que nadie se diese cuenta siquiera de su existencia.

—Eso explica muchas cosas —exclamó Ariana—. Pero ¿por qué razón lo hizo?

—Porque necesitaba que todos sus descubrimientos se confirmasen antes de ser divulgados.

—¿Cómo?

—A eso vamos —dijo Tenzing, haciendo un gesto con la mano—. Pero primero tal vez sea conveniente entender lo que, en definitiva, descubrió Einstein.

—Eso.

—Estudiando el Libro de los Salmos, un texto hebreo de casi tres mil años, Einstein se encontró con una frase en el salmo 90 que decía más o menos lo siguiente —Tenzing se abstrajo con la mirada perdida, intentando recordar el texto—: «Mil años viéndote son como un día que pasa». —El budista miró a los dos visitantes—. ¿Mil años son como un día que pasa? Pero ¿qué significa esta observación? ¿Será sólo una metáfora? Einstein concluyó que se trataba de una metáfora, pero la verdad es que el salmo 90 remitió a Einstein, instantáneamente, a sus propias teorías de la relatividad. «Mil años viéndote» representa el tiempo en una perspectiva; «un día que pasa» representa el mismo período de tiempo en otra perspectiva.

—No logro entenderlo —dijo Tomás.

—Es sencillo —intervino Ariana, con los ojos desorbitados, exaltada por el alcance del texto—. El tiempo es relativo.

—¿Cómo?

—El tiempo es relativo —repitió.

—La muchacha es inteligente —dijo Tenzing—. Pues fue eso mismo lo que Einstein pensó al leer el salmo 90. El tiempo es relativo. Es lo que dicen las teorías de la relatividad.

—Disculpe, pero eso me suena algo forzado —argumentó Tomás.

El *bodhisattva* respiró hondo.

—¿Qué sabe usted sobre la concepción del tiempo en las teorías de la relatividad?

—Sé lo que todo el mundo sabe, creo yo —dijo Tomás—. Conozco la paradoja de los gemelos, por ejemplo.

—¿Puede enunciarla?

—¿Enunciar qué? ¿La paradoja de los gemelos?

—Sí.

—¿Para qué?

—Para que yo vea si entiende verdaderamente qué es el tiempo.

—Bien…, eh… Por lo que sé, Einstein decía que el tiempo pasa a velocidades diferentes según la velocidad del movimiento en el espacio. Para explicar mejor esa cuestión, dio el ejemplo de la separación de dos gemelos. Uno de ellos parte en una nave espacial muy rápida y el otro se queda en la Tierra. El que está en la nave espacial regresa un mes después a la Tierra y descubre que su hermano es ahora un viejo. Sucede que mientras en la nave ha transcurrido sólo un mes, en la Tierra han transcurrido cincuenta años.

—Así es —asintió Tenzing—. El tiempo está relacionado con el espacio como el *yin* está relacionado con el *yang*. En términos técnicos, las cosas no se distinguen con claridad, de tal modo que se ha creado incluso el concepto de espacio-tiempo. El factor decisivo es la velocidad y la referencia es la velocidad de la luz, que Einstein estableció como constante. Lo que las teorías de la relatividad vinieron a decirnos es que, a causa de la constancia de la velocidad de la luz, el tiempo no es universal. Se pensaba antes que había un tiempo único global, una especie de reloj invisible común a todo el universo y que medía el tiempo de la misma manera en todas partes, pero Einstein llegó a probar que no era así. No hay un tiempo único global. La marcha del tiempo depende de la posición y de la velocidad del observador. —Colocó los dos índices juntos—. Supongamos que ocurren dos acontecimientos, el A y el B. Para un observador que está equidistante, estos acontecimientos transcurren simultáneamente, pero quien esté más cerca del acontecimiento A va a creer que el acontecimiento A ha ocurrido antes que el B, mientras que quien esté más cerca del B va a pensar lo contrario. Y, en realidad, los tres observadores tienen razón. O, mejor dicho, tienen razón según su punto de referencia, dado que el tiempo es relativo a la posición del observador. No hay un tiempo único. ¿Eso está claro?

—Sí.

—Ahora bien: todo esto significa que no hay un presente universal. Lo que es presente para un observador es pasado para otro y futuro para un tercero. ¿Se da cuenta de lo que esto significa? Una cosa aún no ha ocurrido y ya ha ocurrido. *Yin* y *yang*. Ese acontecimiento es inevitable porque, aunque ya haya ocurrido en un punto, aún no ha ocurrido en otro, pero va a ocurrir.

—Es algo extraño, ¿no?

—Muy extraño —coincidió el *bodhisattva*—. Y, no obstante, es lo que dicen las teorías de la relatividad. Además, esto encaja con la afirmación de Laplace de que el futuro, tal como el pasado, ya se encuentra determinado. —Señaló a Tomás—. Con respecto a la paradoja de los gemelos, es importante establecer que la percepción temporal del observador depende de la propia velocidad a la que él se mueve. Cuanto más cerca de la velocidad de la luz se mueve el observador, más despacio avanza su reloj. Es decir: para ese observador el tiempo es normal, claro, un minuto sigue siendo un minuto. Sólo a quien se está moviendo a una velocidad más lenta, le parece que el reloj del observador rápido es más lento. De la misma forma, el observador que circula cerca de la velocidad de la luz va a ver a la Tierra girando alrededor del Sol a gran velocidad. Le parecerá que el tiempo de la Tierra está acelerado, que un año transcurre en un segundo, pero, en la Tierra, un año sigue siendo un año.

—Eso es simplemente teoría, ¿no?

—En rigor, ya está probado —dijo Tenzing—. En 1972, se colocó un reloj de alta precisión dentro de un avión de propulsión a chorro muy rápido, para comparar después su medición del tiempo con la de otro reloj de alta precisión que quedó en Tierra. Cuando el aparato voló hacia el este, el reloj que seguía a bordo perdió casi sesenta nanosegundos en relación con el terrestre. Cuando se dirigió hacia el oeste, el reloj volador ganó más de doscientos setenta nanosegundos. Esta diferencia se debe, como es evidente, a la asociación de la velocidad de la propulsión con la velocidad de la rotación de la Tierra. De cualquier modo, todo esto lo confirmaron posteriormente los astronautas del *Space Shuttle*.

—Hmm.

—Llegamos ahora al punto crucial, que es el de la gravedad. —El viejo tibetano se enderezó sobre el cojín—. Una de las cosas que descubrió Einstein es que el espacio-tiempo es curvo. Cuando algo se acerca a un objeto muy grande, como el Sol, es atraído por esa enorme masa, como si, de repente, llegase junto a un foso. Eso explica la gravedad. El espacio se curva y, como espacio y tiempo están relacionados, el tiempo también se curva. Lo que la teoría de la relatividad general vino a decir es que el paso del tiempo es más lento en lugares de alta gravedad y más rápido en los lugares de gravedad débil. Esto tiene varias consecuencias, todas ellas relacionadas entre sí. La primera es que cada objeto existente en el cosmos posee su propia gravedad, fruto de sus características, lo que significa que el tiempo pasa de modo diferente en cada punto del universo. La segunda consecuencia es que el tiempo en la Luna es más rápido que el tiempo en la Tierra, y el tiempo en la Tierra es más rápido que el tiempo en el Sol. Cuanto más masa tiene el objeto, más lento es el tiempo en su superficie. Los objetos con mayor gravedad que se conocen son los agujeros negros, lo que significa que, si una nave se acercase a un agujero negro, vería acelerarse y llegar a su fin la historia del universo frente a los ojos de sus tripulantes.

—Eso es extraordinario —comentó Tomás—. Pero ¿cuál es la relevancia de todo eso para nuestra cuestión?

—Es relevante para explicarle que Einstein decidió partir del principio de que los seis días de la Creación, según los describe la Biblia, deben ser vistos a la luz de la relación entre el tiempo en la Tierra y el espacio-tiempo en el universo. Cuando habla de un día, el Antiguo Testamento se está refiriendo, como es evidente, a un día terrestre. Pero, según las teorías de la relatividad, cuanto mayor es la masa de un objeto, más lento es el paso del tiempo en su superficie. Y la pregunta que Einstein se hizo fue ésta: ¿cuánto tiempo a la escala temporal del universo es un día en la Tierra?

La pregunta quedó flotando por un instante.

—Comienzo ahora a entender las cuentas y las ecuaciones que leí en el manuscrito —murmuró Ariana—. Estaba midiendo el paso del tiempo a la escala del universo.

—Ni más ni menos —sonrió Tenzing—. La propia Biblia establece que la Tierra no se creó hasta el tercer día. Por tanto, aunque la medición se basara en días terrestres, el Antiguo Testamento está refiriéndose, evidentemente, al tercer día a la escala del universo, dado que en los dos primeros días no existía la Tierra.

—Pero ¿cuál es el punto de referencia para la medición? —quiso saber la iraní.

—Einstein se basó en una previsión hecha en 1948 relativa a la teoría del Big Bang: la existencia de luz que recuerda el gran acto de creación del universo. Cada onda de luz funcionaría como un tic del gran tictac universal. Las ondas que llegan a la Tierra se estiran 2,12 fracciones de un millón cuando se las compara con las ondas que genera la luz en la Tierra. Esto significa, por ejemplo, que, por cada millón de segundos terrestres, el Sol pierde 2,12 segundos. La pregunta siguiente es: si el Sol pierde más de dos segundos en relación con la Tierra, ¿cuánto tiempo pierde todo el universo, que tiene mucha más masa?

—Espere un momento —reaccionó Ariana—: que yo sepa, la gravedad del universo es diferente a lo largo del tiempo. Al principio, cuando la materia estaba toda concentrada, la gravedad era mayor. ¿Einstein tuvo en cuenta ese fenómeno?

—Claro que lo tuvo en cuenta. —El budista juntó las manos, como si estuviese amasando un objeto—. Cuando el universo comenzó, la materia estaba toda concentrada. Eso significa que la fuerza de gravedad era inicialmente enorme y, en consecuencia, el paso del tiempo muy lento. —Las manos se separaron despacio—. A medida que la materia se fue alejando, el paso del tiempo se fue acelerando porque la gravedad se fue haciendo menor.

—¿Y cuánto más lento era el tiempo antes? —insistió la iraní.

—Un millón por millón de veces —dijo Tenzing—. Esa cuenta se confirma con la medición de las ondas de luz primordiales.

—Pero después fue acelerando.

—Claro.

—¿En qué proporción?

—Cada duplicación del tamaño del universo aceleró el tiempo por un factor de dos.

—¿Y qué resultó de esas cuentas?

El *bodhisattva* abrió los brazos.

—Algo extraordinario —exclamó—. El primer día bíblico duró ocho mil millones de años. El segundo día duró cuatro mil millones, el tercero duró dos mil millones, el cuarto duró mil millones, el quinto duró quinientos millones de años y el sexto día duró doscientos cincuenta millones de años.

—¿Cuánto dan todos esos años sumados?

—Quince mil millones.

Ariana se quedó un buen rato paralizada mirando al viejo budista.

—¿Quince mil millones de años?

—Sí.

—Pero ¡ésa es una coincidencia asombrosa!

Tomás se movió en su sitio.

—Disculpen —interrumpió—. Explíquenme eso. ¿Qué tienen de tan especial quince mil millones de años?

Ariana lo miró.

—¿No lo entiendes, Tomás? La Biblia dice que el universo comenzó hace quince mil millones de años.

—¿Y?

—¿Y? ¿Tú sabes cuáles son los cálculos actuales sobre la edad del universo?

—Pues… no.

—Los datos científicos calculan la edad del universo entre unos diez y veinte mil millones de años. Quince mil millones es exactamente el punto intermedio. Los últimos cálculos más exactos, además, acercan la edad a los quince mil millones de años. Por ejemplo, una evaluación reciente de la NASA situó la edad del universo muy cerca de los catorce mil millones de años.

—Hmm —consideró Tomás, pensativo—. Es una curiosa coincidencia.

Tenzing inclinó la cabeza.

—Fue eso justamente lo que Einstein pensó. Una curiosa coincidencia. Tan curiosa que lo animó a proseguir las cuentas. Decidió entonces comparar cada día bíblico con los acontecimientos que ocurrieron simultáneamente en el universo.

—¿Y a qué resultados llegó? —preguntó Ariana.

—Oh, a algo muy interesante. —El budista alzó el pulgar—. El primer día bíblico tiene ocho mil millones de años. Comenzó hace 15.700 millones de años y terminó hace 7.700 millones de años. La Biblia dice que fue en ese momento cuando se hizo la luz y fueron creados el cielo y la tierra. Ahora bien: sabemos que, en ese periodo, se produjo el Big Bang y fue creada la materia. Se formaron las estrellas y las galaxias.

—Muy bien —asintió Ariana—. ¿Y después?

—El segundo día bíblico duró cuatro mil millones de años y terminó hace 3.700 millones de años. La Biblia dice que Dios hizo el firmamento en ese segundo día. Sabemos hoy que fue en ese momento cuando se formó nuestra galaxia, la Vía Láctea, y el Sol, que se encuentran visibles en nuestro firmamento, o sea, todo lo que se encuentra en los alrededores de la Tierra se creó en ese periodo.

—Interesante. ¿Y el tercer día?

—El tercer día bíblico, correspondiente a dos mil millones de años que terminaron hace 1.700 mil millones de años, habla de la formación de la tierra y del mar y de la aparición de las plantas. Los datos científicos refieren que la Tierra se enfrió en ese periodo y apareció agua líquida, a la que siguió inmediatamente la aparición de bacterias y vegetación marina, sobre todo algas.

—Ya…

—El cuarto día bíblico duró mil millones de años y terminó hace setecientos cincuenta millones de años. La Biblia dice que aparecieron en este cuarto día luces en el firmamento, sobre todo el Sol, la Luna y las estrellas.

—Un momento —interrumpió Tomás—, pero ¿no habían aparecido el Sol y las estrellas a nuestro alrededor en el segundo día?

—Sí —admitió Tenzing—, pero aún no eran visibles.

—¿Cómo que aún no eran visibles? No lo entiendo…

—El Sol y las estrellas de la Vía Láctea aparecieron en el segundo día bíblico, hace cerca de siete mil millones de años, pero no eran visibles desde la Tierra. La Biblia dice que sólo se hicieron visibles al cuarto día. Y el cuarto día corresponde justamente al periodo en que la atmósfera de la Tierra se volvió transparente, y dejó ver el cielo. Corresponde también al periodo en que la fotosíntesis comenzó a despedir oxígeno en la atmósfera.

—Ah, ya he entendido.

Tenzing cogió el enorme volumen que tenía a su lado y consultó las páginas iniciales.

—El quinto día bíblico duró quinientos millones de años y terminó hace doscientos cincuenta millones de años. —Apoyó el dedo en una línea del texto—. Aquí está escrito que, en este quinto día, Dios dijo: «Que las aguas se pueblen de innúmeros seres vivos y que en la tierra vuelen aves, bajo el firmamento de los cielos». —Miró a los dos visitantes—. Como es fácil de ver, los estudios geológicos y biológicos apuntan para este periodo la aparición de los animales multicelulares y de toda la vida marina, además de los primeros animales voladores.

—Increíble.

—Y llegamos al sexto día bíblico, que comenzó hace doscientos cincuenta millones de años. —El tibetano deslizó el dedo unas líneas más abajo—. Según la Biblia, Dios dijo: «Que la tierra produzca seres vivos, según sus especies, animales domésticos, reptiles y animales feroces, según sus especies». Y, más adelante, Dios añade: «Hagamos al hombre». —Alzó la cabeza—. Interesante, ¿no?

—Pero los animales existen desde hace más de doscientos cincuenta millones de años —argumentó Ariana.

—Claro que existen —admitió Tenzing—. Pero no estos animales.

—¿Qué quiere decir con eso?

El *bodhisattva* fijó los ojos en Ariana.

—Dígame, señorita: en términos biológicos, ¿sabe lo que ocurrió hace exactamente doscientos cincuenta millones de años?

—Bien…, hubo una gran extinción, ¿no?

—Ni más ni menos —murmuró el tibetano—. Hace doscientos cincuenta millones de años se produjo la mayor extinción de especies de que se tenga conocimiento, la extinción del Pérmico. Por un motivo aún no determinado, pero que algunos suponen relacionado con el impacto de un gran cuerpo celeste en la Antártida, cerca del noventa y cinco por ciento de las especies existentes se extinguieron de un momento a otro. Incluso desapareció un tercio de los insectos, la única vez en que se produjo una extinción de insectos en masa. La extinción del Pérmico fue aquella en la que la vida en la Tierra estuvo más cerca de la erradicación total. Ese gran cataclismo se produjo hace exactamente doscientos cincuenta millones de años. Curiosamente, en el momento en que comenzó el sexto día bíblico. —Dejó que la idea se asentase—. Después de esa monumental extinción en masa, la Tierra fue repoblada. —Miró de reojo el libro abierto en sus manos—. ¿Se ha fijado ya en esa referencia explícita de la Biblia a los reptiles según sus especies?

—¿Serán los dinosaurios?

—Da esa impresión, ¿no? Por otra parte, coincide con el periodo. Y más aún: el hombre surge al final. Es decir, al final de la cadena de la evolución.

—Es… sorprendente —dijo Ariana—. Pero ¿cree que esto quiere decir que hubo creación, no evolución?

—¡Qué disparate! —replicó Tenzing—. Claro que hubo evolución. Pero lo interesante de este trabajo de Einstein es que la historia bíblica del universo, cuando el tiempo se mide de acuerdo con las frecuencias de luz que prevé la teoría del Big Bang, encaja con la historia científica del universo.

Tomás carraspeó.

—¿Ése es entonces el contenido del manuscrito de Einstein?

—Sí.

—Quiere decir, entonces, que él consideraba que la Biblia estaba en lo cierto…

El *bodhisattva* meneó la cabeza.

—No exactamente.

—¿No? ¿Entonces?

—Einstein no creía en la divinidad de la Biblia, no creía en un dios mezquino, celoso y vanidoso que exige adoración y fidelidad. Él pensaba que éste, el de la Biblia, era una construcción humana. Al mismo tiempo, sin embargo, llegó a la conclusión de que la sabiduría antigua encerraba algunas verdades profundas, y comenzó a creer que el Antiguo Testamento ocultaba un gran secreto.

—¿Un gran secreto? ¿Qué secreto?

—La prueba de la existencia de Dios.

—¿Qué dios? ¿El dios mezquino, celoso y vanidoso?

—No. El verdadero Dios. La fuerza inteligente por detrás de todo. El Brahman, el Dharmakaya, el Tao. Lo uno que se revela múltiple. El pasado y el futuro, el Alfa y el Omega, el *yin* y el *yang*. Aquel que se presenta con mil nombres y no es ninguno siendo todos. Aquel que viste las ropas de Shiva y danza la danza cósmica. Aquel que es inmutable y no permanente, grande y pequeño, eterno y efímero, la vida y la muerte, todo y nada. —Abarcó con los brazos todo lo que estaba a su alrededor—. Dios.

—¿Einstein creía que el Antiguo Testamento ocultaba la prueba de la existencia de Dios?

—No.

Tomás miró a Tenzing, confundido.

—Disculpe, no consigo entenderlo. Creía que había dicho que Einstein pensaba que la Biblia ocultaba ese secreto.

—Comenzó creyendo en eso, sí.

—¿Y después dejó de creerlo?

—No.

—Entonces…, no entiendo…

—Ocurrió que ese asunto dejó de ser materia de creencia.

—¿Cómo?

—Einstein descubrió esa prueba.

Se hizo un silencio breve, mientras Tomás trataba de asimilar las implicaciones de esta revelación.

—¿Descubrió la prueba?

—Sí.

—¿La prueba de la existencia de Dios?

—Sí.

—¿Está seguro?

—Absolutamente. Encontró la fórmula en la que se asienta todo. La fórmula que genera el universo, que explica la existencia, que hace de Dios lo que Él es.

Tomás y Ariana se miraron. La iraní adoptó una expresión admirada, pero no hizo ningún comentario. El historiador volvió a mirar al viejo tibetano.

—¿Y dónde está esa fórmula?

—En el manuscrito.

—¿En *Die Gottesformel*?

—Sí.

Tomás volvió a mirar a Ariana. La mujer se encogió de hombros, como si dijese que no había encontrado nada cuando leyó el documento.

—¿En qué sitio del manuscrito?

—Se encuentra oculto.

El historiador se frotó el mentón, pensativo.

—Pero ¿por qué razón Einstein lo ocultó? ¿No cree que, si realmente descubrió la prueba de la existencia de Dios, lo más natural habría sido que la divulgase a los cuatro vientos? ¿Por qué motivo habría de ocultar un descubrimiento tan…, tan extraordinario?

—Porque aún necesitaba confirmar algunas cosas.

—¿Confirmar qué?

Tenzing respiró hondo.

—Todo este trabajo se realizó entre 1951 y 1955, año en que Einstein murió. El problema es que las mencionadas frecuencias de luz que había generado el Big Bang no eran, en ese momento, más que una mera previsión teórica hecha poco tiempo antes, en 1948. ¿Cómo podría el autor de las teorías de la relatividad afirmar perentoriamente que los seis días de la Creación correspondían a los quince mil millones de años de la existencia del universo, si las cuentas se basaban en la previsión de unas frecuencias cuya existencia se limitaba a una mera hipótesis académica? Además, en aquel entonces no había cálculos tan rigurosos sobre la edad del universo como los que hoy tenemos disponibles. No se olvide, por otro lado, de que la comunidad científica de esa época situaba la teoría del Big Bang en pie de igualdad con la teoría del universo eterno. Siendo así, ¿cómo podría Einstein arriesgar su reputación?

Tomás balanceó afirmativamente la cabeza.

—Estoy entendiendo…

—Einstein pensó que no podía caer en el ridículo, y por ello tomó dos precauciones. La primera fue dejar todos sus descubrimientos registrados en un manuscrito que designó como *Die Gottesformel*. Temiendo que el documento cayese en manos inadecuadas, sin embargo, tuvo el cuidado de cifrar sutilmente el texto, a modo de impedir que cualquier otra persona, salvo Augusto o yo, entendiese el documento. Como medida adicional, cifró explícitamente la prueba de la existencia de Dios, y utilizó un sistema de doble cifra.

—¿Doble cifra?

—Sí.

—¿Y cuál es la clave?

Tenzing meneó la cabeza.

—No lo sé —dijo—. Sólo sé que la primera clave está relacionada con su nombre.

—¿Con el nombre de Einstein?

—Sí.

—Hmm —murmuró Tomás, reflexionando sobre esta afirmación—. Tendré que fijarme en eso con atención. —Volvió a clavar los ojos en el tibetano—. ¿Y dónde está ese mensaje cifrado? ¿Es el acertijo aquel que se encuentra escrito casi al final del manuscrito?

—Sí.

—¿El que dice *see sign* junto con algunas letras?

—Ese mismo.

—Son seis letras en dos grupos, y comienzan con un signo de exclamación —recordó Ariana, que tenía la secuencia memorizada—. *!Ya ovqo.*

—Debe de ser eso —admitió Tenzing—. No me acuerdo bien, como pueden imaginar. Ya han pasado muchos años.

—Entiendo —dijo Tomás—. ¿Fueron ésas, por tanto, las precauciones que tomó?

—No —respondió el tibetano—. Cifrar el secreto fue sólo la primera precaución. Einstein no quería correr riesgos y, al entregarnos el manuscrito, nos hizo asumir un segundo compromiso. El documento sólo podría revelarse si llegaba a confirmarse la teoría del Big Bang y las frecuencias de luz primordiales descubiertas. Además de eso, requería que siguiésemos las investigaciones para buscar otra vía de confirmación de la existencia de Dios.

—¿Otra vía? ¿Qué vía?

—Nos correspondía a nosotros encontrarla —repuso Tenzing—. Lao Tsé ha dicho: «Cuando un camino llega a un término, cambia; después de cambiar, sigue adelante».

—¿Qué significa eso?

—Que Augusto y yo seguimos caminos diferentes para llegar al mismo destino. Después de la muerte de Einstein, yo regresé al Tíbet y me vine al monasterio de Tashilhunpo, donde exploré mi vía de confirmación de la existencia de Dios. Después de una vida de meditación, alcancé la luz. Me fundí con el Dharmakaya y me convertí en *bodhisattva*.

—¿Y el profesor Siza?

—Augusto siguió su camino. Él se quedó con el manuscrito y exploró su propia vía de confirmación de la existencia de Dios.

—¿Qué vía era ésa?

—La vía de Augusto era la vía de la ciencia occidental, claro. La vía de la física y de la matemática.

—¿Y qué ocurrió después?

Tenzing sonrió.

—Los requisitos de Einstein para la divulgación del manuscrito acabaron finalmente satisfechos.

—¿Ah, sí? ¿Qué quiere decir con eso?

—El primer paso se dio diez años después de la muerte de Einstein. En 1965, dos astrofísicos estadounidenses estaban probando una antena de comunicaciones de Nueva Jersey cuando los sorprendió un soplo de fondo proveniente de todos los puntos del universo. Consideraron que se trataba de una avería de la antena, pero, después de contactar con un equipo de científicos de la Universidad de Princeton, se dieron cuenta finalmente de lo que era ese soplo. Se trataba de la luz primordial prevista en la teoría del Big Bang y utilizada por Einstein para el cálculo de la edad del universo. Ese fenómeno se designa, hoy en día, como «radiación cósmica de fondo», y constituye el registro en microondas de la primera luz emitida por el universo que ha llegado hasta nosotros. Es una especie de eco del Big Bang, pero puede servir también de reloj cósmico.

—Ya he oído hablar de eso —dijo Tomás, que reconoció la historia—. ¿No es el ruido ese de fondo que aparece en la pantalla de un televisor cuando el aparato no está sintonizado en ningún canal?

—Sí —confirmó el tibetano—. El uno por ciento de ese ruido proviene de la radiación cósmica de fondo.

—Por tanto, con el descubrimiento de la luz primordial, quedaron creadas las condiciones para la divulgación del manuscrito…

—No. Quedó satisfecha solamente la primera condición. Faltaba la segunda.

—¿El descubrimiento de una segunda vía de prueba de la existencia de Dios?

—Sí. —Tenzing se llevó la mano al pecho—. A través del óctuple camino sagrado de Buda, yo seguí mi vía y satisface esa condición.

—¿Y el profesor Siza?

—Él siguió su vía en la Universidad de Coimbra.

—¿Y satisfizo la segunda condición?

El *bodhisattva* esperó un instante antes de responder.

—Sí —dijo por fin.

Tomás y Ariana se inclinaron hacia delante, muy atentos.

—Disculpe —dijo el historiador—. ¿Me está diciendo que el profesor Siza alcanzó una segunda manera de probar la existencia de Dios?

—Sí.

—Pero… ¿cómo?

Tenzing suspiró.

—A principios de año, recibí una postal de mi amigo Augusto dándome la noticia. Me decía que estaban finalmente satisfechas las dos condiciones que impuso, en 1955, nuestro maestro. Como debe imaginar, me quedé muy complacido y le respondí de inmediato, y le invité a que viniese a compartir conmigo esa gran noticia.

—Yo vi su postal —observó Tomás—. ¿Él vino?

El viejo tibetano estiró el brazo y tocó el árbol con la palma de la mano.

—Sí. Vino a Tashilhunpo y nos sentamos justamente aquí, en este sitio, debajo de este mismo árbol.

—Y entonces…

—Con respecto a la primera precaución, habían surgido datos adicionales. Un satélite llamado *COBE*, lanzado por la NASA para medir la radiación cósmica de fondo fuera de la atmósfera terrestre, detectó en 1989 pequeñísimas variaciones de temperatura en esa radiación, correspondientes a fluctuaciones en la densidad de la materia, que explicaban el nacimiento de las estrellas y galaxias. Otro satélite aún más desarrollado, el *WMAP*, está enviando, desde el 2003, nuevos datos relativos a la radiación cósmica de fondo, con revelaciones aún más detalladas sobre el nacimiento del universo. La nueva información ha confirmado que el universo surgió de una brutal inflación inicial que se produjo hace unos catorce mil millones de años.

—¿Y la segunda precaución?

—Augusto me dijo que había finalizado los estudios sobre la segunda vía. Hay ahora una segunda manera de probar científicamente la existencia de Dios.

—¿Y cuál es?

El *bodhisattva* abrió los brazos en un gesto de impotencia.

—No me lo contó. Dijo solamente que se preparaba para hacer el anuncio público y que quería que, cuando la comunidad científica hablase conmigo, confirmase que había sido testigo del trabajo de Einstein.

—¿Y usted?

—Claro, estuve de acuerdo. Si todo lo que me pedía era que dijese la verdad, yo diría la verdad.

Se hizo silencio.

—Pero ¿cuál es la segunda prueba?

—No lo sé.

Tomás y Ariana se miraron una vez más, sintiéndose tan cerca del final.

—¿No habrá manera de saberlo?

—La hay.

—¿Cómo?

—Hay una manera de saberlo.

—¿Cuál?

—¿No se la imagina?

—¿Yo? No.

—Nagarjuna ha dicho: «La dependencia mutua es la fuente del ser y de la naturaleza de las cosas, y éstas nada son en sí mismas».

—¿Qué quiere decir con eso?

El *bodhisattva* sonrió.

—Augusto dependía de un profesor auxiliar con el que trabajaba.

—El profesor Luís Rocha —identificó Tomás—. Ya lo conozco. ¿Qué tiene él de especial?

—Él lo sabe todo.

XXXV

*L*a cola de los visitantes extracomunitarios era enorme y lenta, pero Tomás tenía la esperanza de sortear la dificultad. Dejó a Ariana en la cola y se acercó a los *guichets* de la Policía fronteriza, para intentar captar si los contactos hechos antes de partir de Lhasa habían producido los resultados acordados. No detectó la presencia que esperaba encontrar e, irritado, cogió el móvil y lo conectó; tuvo todavía que esperar que el aparato consiguiese cobertura, y sólo cuando al fin iba a marcar el número vio el rostro familiar asomar detrás de los *guichets*.

—*Hi*, Tomás —saludó Greg Sullivan, siempre con aquel aspecto atildado y limpito que lo hacía semejante a un mormón—. Estoy aquí.

El recién llegado casi suspiró de alivio.

—Hola, Greg —exclamó con una gran sonrisa—. ¿Está todo arreglado?

El agregado estadounidense hizo señas a un hombre bajo, de bigote oscuro y barriga redonda, y ambos cruzaron la barrera aduanera y fueron a reunirse con Tomás.

—Éste es *mister* Moreira, director de los Servicios de Extranjeros y Fronteras aquí, en el aeropuerto —dijo Greg, presentando al desconocido.

Se saludaron y Moreira fue directo al grano.

—¿Dónde está la mujer en cuestión? —inquirió el responsable del SEF, observando la cola de los pasajeros extracomunitarios.

Tomás hizo un movimiento con la cabeza, y Ariana abandonó la cola para reunirse con los tres hombres. Hechas las presentaciones, Moreira los condujo más allá de la zona aduanera y siguió hacia un pequeño despacho, en el que dejó que la iraní entrase primero. Tomás dio un paso para seguir detrás de ella, pero el pequeño hombre se interpuso en el camino.

—Voy sólo a resolver los trámites de rigor con la señora —dijo, cortés pero firme—. Ustedes pueden esperar aquí.

Tomás se quedó frente a la puerta, algo contrariado, viendo por el cristal a Ariana sentarse dentro del despacho para llenar sucesivos papeles que Moreira le iba entregando.

—Está todo controlado —dijo Greg—. *Relax*.

—Espero que sí.

El estadounidense se ajustó la corbata roja.

—Oiga, Tomás, explíqueme un poco mejor lo que está ocurriendo —pidió—. Cuando usted telefoneó desde Lhasa, confieso que no entendí muy bien los detalles.

—No los entendió porque no le he contado nada. Por teléfono no era posible, ¿sabe?

—Claro. Pero, entonces, ¿qué ocurre?

—Lo que ocurre es que hemos estado todos en busca de algo que no existe.

—¿Ah, sí? ¿De qué?

—La fórmula para la construcción fácil de una bomba atómica barata. Esa fórmula no existe.

—¿No existe? ¿Cómo es eso?

—No existe, le estoy diciendo.

—Así, pues, ¿qué es ese manuscrito que tanto le preocupa a *mister* Bellamy?

—Es un documento científico cifrado en el que Einstein probó que la Biblia ha registrado la historia del universo, y donde incluyó una fórmula que, supuestamente, prueba la existencia de Dios.

Greg esbozó una mueca de incredulidad.

—Pero ¿de qué me está hablando?

—Estoy hablando de *La fórmula de Dios*. El manuscrito de Einstein que los iraníes tienen en sus manos no es un documento sobre armas nucleares, como se pensaba, sino más bien un texto relativo a Dios y a la prueba hecha por la Biblia sobre su existencia.

El estadounidense meneó la cabeza, como si su mente estuviese aún demasiado perezosa e intentase despertarla.

—*Sorry*, Tomás, pero eso no tiene ningún sentido. Entonces, ¿Einstein elaboró un documento diciendo que la Biblia prueba la existencia de Dios? Pero eso cualquier chico de primaria lo puede decir…

—Greg, usted no me está entendiendo —insistió Tomás, impaciente y cansado—. Einstein descubrió que la Biblia expone la creación del universo con informaciones que sólo ahora la ciencia, recurriendo a la física más avanzada, ha descubierto que son verdaderas. Por ejemplo, la Biblia establece que el Big Bang se produjo hace quince mil millones de años, cosa que los satélites que analizan la radiación cósmica de fondo están ahora confirmando. La cuestión es cómo podían saber eso los autores del Antiguo Testamento hace miles de años.

Greg mantuvo su actitud escéptica.

—¿La Biblia dice que el Big Bang se produjo hace quince mil millones de años? —se admiró—. Nunca he oído hablar de tal cosa. —Hizo una mueca con la boca—. Sólo me acuerdo de los seis días de la Creación…

Tomás suspiró, exasperado.

—Olvídelo. Después le explicaré todo más detalladamente, ¿de acuerdo?

El estadounidense se quedó un buen rato observándolo.

—Vaya —murmuró—. Lo que me interesa es la cuestión de la bomba atómica. ¿Está seguro de que el manuscrito de Einstein no contiene la fórmula de una bomba atómica de fabricación sencilla?

—Segurísimo.

—Pero ¿usted ha visto el manuscrito?

—Claro que lo he visto. Fue en Teherán.

—Eso ya lo sé. Quiero saber si ya lo ha leído.

—No, no lo he leído.

—Entonces, ¿cómo puede estar seguro de lo que está diciendo?

—Porque he hablado con un antiguo físico tibetano que trabajó con Einstein y con el profesor Siza en Princeton.

—¿Y él le ha dicho que el manuscrito no se refiere a la bomba atómica?

—Sí.

—¿Y ha confirmado esa información?

—Sí.

—¿Cómo?

Tomás indicó con la cabeza el despacho del director del SEF, el Servicio de Extranjeros y Fronteras.

—Ariana leyó el manuscrito original y confirmó que todo encaja.

Greg giró la cara y miró a la iraní, que al otro lado del cristal rellenaba los documentos de inmigración.

—¿Ella leyó el manuscrito?

—Sí.

El agregado se quedó un buen rato con los ojos fijos en Ariana, siempre meditativo, hasta tomar una decisión.

—Disculpe —le dijo a Tomás—. Necesito ir allí a ocuparme de unos detalles.

Sacó el móvil del bolsillo y se alejó, desapareciendo por uno de los pasillos del aeropuerto de Lisboa.

Llevó una eternidad acabar con los trámites burocráticos, con papeles de aquí para allá, varios telefonazos y el sellado de los documentos. Entre tanto, regresó Greg y, poco después, el director del SEF lo llamó para que acudiese a su despacho. Tomás los vio por el cristal mientras conversaban, hasta que él y la iraní se despidieron de Moreira y se dirigieron a la puerta.

—Ella queda ahora bajo nuestra custodia —anunció Greg al abandonar el despacho.

—¿Qué es eso de «nuestra custodia»? —se sorprendió Tomás.

—Quiero decir bajo la custodia de la embajada estadounidense.

El historiador miró al agregado con expresión de intriga.

—No lo entiendo —exclamó—. ¿No están regularizados los papeles?

—Lo están, claro que lo están. Pero ella queda bajo nuestra custodia. Va ahora a la embajada.

Tomás miró a Ariana, la vio asustada, y después a Greg de nuevo, sin entender bien la idea.

—¿Va a la embajada? ¿Ella? ¿Con qué propósito?

El agregado se encogió de hombros.

—Tenemos que interrogarla.

—¿Interrogarla? Pero… ¿sobre qué tienen que interrogarla?

Greg le apoyó la mano en el hombro, casi paternal.

—Oiga, Tomás. La doctora Ariana Pakravan es una figura con responsabilidades dentro del programa nuclear iraní. Tenemos que interrogarla, ¿no?

—Pero ¿qué es eso de interrogarla? ¿Van a hablar con ella durante una hora?

—No —dijo el estadounidense—. Vamos a hablar con ella durante varios días.

Tomás abrió la boca, perplejo.

—¿Varios días interrogándola? ¡Ni pensarlo! —Extendió el brazo y cogió de la mano a Ariana—. Venga, vámonos.

La atrajo hacia él, haciendo ademán de proseguir el camino, pero Greg le cerró el paso.

—Tomás, no ponga las cosas más difíciles, por favor.

El historiador lo miró con gesto irritado.

—Disculpe, Greg, aquí hay un error. Son ustedes los que están poniendo difícil lo que no implica dificultad alguna.

—Escúcheme, Tomás…

—No, es usted quien tiene que escucharme —dijo, apoyándole el índice en el pecho—. Quedamos por teléfono en que Ariana podría venir a Portugal y en que ustedes se ocuparían de todo. Quedamos en que ella sería una persona libre y en que ustedes sólo nos darían protección en caso de amenaza de los iraníes. Hagan el favor de cumplir lo prometido.

—Tomás —dijo Greg, armándose de paciencia—, quedamos en todo eso con la condición de que ustedes nos entregaran el secreto del manuscrito de Einstein.

—Y ya lo hemos entregado.

—Entonces, ¿cuál es la fórmula de Dios?

Tomás se inmovilizó, buscando una respuesta en su mente, pero sin encontrar ninguna.

—Pues… eso aún tengo que desvelarlo.

El rostro de Greg se iluminó con una sonrisa triunfal.

—¿Lo ve? Usted no ha cumplido con su parte.

—Pero la voy a cumplir.

—Lo creo, lo creo. El problema es que aún no la ha cumplido. Y, mientras no cumpla con su parte del acuerdo, no nos puede exigir nada, ¿no es verdad?

Tomás no soltó la mano de Ariana, que le imploraba ayuda con los ojos.

—Escuche, Greg. Por culpa de esa historia he pasado unos días en una cárcel de Teherán y me secuestraron unos gorilas en Lhasa. Además, tengo aún a esos energúmenos detrás de mí, por lo que no hay nadie más motivado ni más interesado que yo en desvelar todo este misterio y poner fin a esta situación de locos. Después de haber pasado por todo esto, lo único que pido es que dejen a Ariana venir conmigo a Coimbra. No es pedir mucho, ¿no?

En ese instante aparecieron dos hombres corpulentos y saludaron a Greg con una venia militar. Era evidente que se trataba de dos agentes de seguridad estadounidenses, probablemente soldados de paisano de la embajada de Estados Unidos en Lisboa, llamados al aeropuerto para escoltar a Ariana.

Tomás abrazó de inmediato a la iraní, como si así asumiese el compromiso solemne de protegerla, contra todo y contra cualquier otra cosa que sucediese. El agregado cultural miró a la pareja y meneó la cabeza.

—Lo comprendo todo, en serio que lo comprendo —dijo—. Pero tengo mis órdenes y no puedo dejar de cumplirlas. Informé a Langley de todo lo que usted me dijo hace un momento, y Langley contactó con las autoridades portuguesas y me dio nuevas instrucciones. La doctora Pakravan es nuestra invitada y tendrá que acompañarnos a la embajada.

—Ni pensarlo.

—Ella vendrá con nosotros —sentenció Greg—. Mejor si es por las buenas.

Tomás apretó a Ariana aún con más fuerza.

—No.

El estadounidense respiró hondo.

—Tomás, no complique las cosas.

—Quienes lo complican todo son ustedes.

Greg hizo un gesto con la cabeza y los dos agentes se abalanzaron sobre Tomás, le retorcieron el brazo y lo arrastraron como si fuese un hato de ropa. El historiador se debatió, en un esfuerzo desesperado por liberar el brazo, pero sintió un golpe en la nuca y cayó al suelo. Oyó gritar a Ariana y, a pesar de encontrarse aturdido, intentó incorporarse, pero un brazo firme como el acero lo mantuvo inmovilizado.

—Tranquilo, Tomás —dijo ella, con la voz extrañamente serena, casi maternal—. No me pasará nada, no te preocupes. —Cambió de tono, volviéndose áspera—. Y ustedes déjenlo, ¿han oído? No se atrevan a tocarlo.

—No se preocupe, doctora. A él no le haremos nada. Venga conmigo.

—Quíteme la mano de encima, so guarro. Sé caminar sola.

Las voces se fueron alejando hasta que ya dejaron de oírse. Sólo en ese momento el agente que lo mantenía sujeto en el suelo, con el rostro pegado al suelo frío de granito pulido, lo liberó, dejando por fin que alzase la cabeza y mirase a su alrededor. Sintió un mareo e intentó orientarse. Vio pasajeros con carritos y bolsos de mano, mirándolo con una expresión reprobadora, y vislumbró al agente estadounidense alejándose tranquilamente por el pasillo, rumbo a la zona de recogida de equipajes. Miró en todas las direcciones, en busca de la silueta familiar de la iraní, pero, por más que se esforzó, no distinguió nada. Se levantó con esfuerzo y, ya de pie, venciendo un nuevo mareo, recorrió la terminal con los ojos, deteniendo la atención en un punto u otro, hasta que se vio forzado a rendirse a la evidencia.

Ariana había desaparecido.

La hora siguiente estuvo llena de contactos frenéticos. Tomás volvió a conversar con el director del SEF en el aeropuerto y llamó a la embajada de Estados Unidos. Intentó mover influencias a través de la administración de la fundación Gulbenkian y de la rectoría de la Universidade Nova de Lisboa, y llegó hasta a telefonear a Langley y tratar de hablar con Frank Bellamy.

Todo falló.

La verdad es que se habían llevado a Ariana, que se encontraba ahora muy fuera de su alcance. Era como si se hubiese alzado una muralla opaca en torno a la mujer que amaba, aislándola del mundo y de sí mismo, encerrándola en algún sitio por detrás de los muros reforzados que protegían la embajada estadounidense en Lisboa.

Se sentó en un banco de la zona de llegadas y se frotó la cara con las palmas de las manos. Se sentía desesperado e impotente.

¿Qué podría hacer ahora? ¿Cómo romper aquella inesperada barrera que lo separaba de Ariana? ¿Cómo se sentiría ella? ¿Traicionada? Por más que considerase las alternativas, sólo vislumbraba una acción posible. Tenía que desvelar por completo el misterio del manuscrito de Einstein. No disponía de ninguna otra opción.

Pero ¿qué le faltaba hacer? Bien, por un lado, necesitaba conocer la segunda vía que había descubierto el profesor Siza. Por el otro, estaba la cuestión aún no resuelta del mensaje cifrado del documento, aquella que supuestamente ocultaba la fórmula de Dios. ¿Cómo la había llamado Tenzing? Ah, sí. Era la fórmula que servía de base a todo lo demás. La fórmula que genera el universo, que explica la existencia, que hace de Dios lo que es.

Metió la mano en el bolsillo y sacó el papelito escrito en Teherán con el mensaje cifrado. Por encima estaba aún el poema ya descifrado. Y por debajo, como si se riese de él, irritantemente burlona por mantener aún oculto su extraño secreto, asomaba la última cifra.

See sign
!ya ovqo

«¿Cómo demonios descifrar este acertijo?», se preguntó. Hizo un esfuerzo para acordarse de las referencias del *bodhisattva* a la forma que había usado Einstein para ocultar este mensaje. Si la recordaba bien, Tenzing había hablado de un sistema de doble cifrado y también del recurso a…

Sonó el móvil.

¿Acaso sus esfuerzos por fin estaban dando frutos? ¿Acaso alguien le traía la solución para la camisa de fuerza en que los estadounidenses habían colocado a Ariana?

Casi temblando de ansiedad, sacó el móvil del bolsillo y pulsó la tecla verde.

—¿Dígame?

—¿Sí? ¿Tomás?

Era su madre.

—Sí, madre —murmuró, simulando a duras penas la decepción—. Soy yo.

—Ay, hijo. ¡Menos mal que te encuentro! He andado tan angustiada que no te imaginas…

—Sí, estoy aquí. ¿Qué ocurre?

—Me moría de angustia por hablar contigo. Ya estoy cansada de llamarte y tú no atiendes ni dices nada. ¡Parece mentira!

—Oh, madre, usted sabía perfectamente que estaba en el Tíbet.

—Pero podías decir algo, ¿no?

—Y lo he hecho.

—Sólo el día en que llegaste. Después no volviste a decir nada más.

—¿Qué quiere, madre? Aquello fue un incordio del que prefiero no hablar, y el hecho es que no he tenido tiempo de llamarla. Listo, paciencia. Pero aquí estoy, ¿o no?

—Gracias a Dios, hijo mío. Gracias a Dios.

Doña Graça comenzó a sollozar del otro lado de la línea, y Tomás mudó de semblante, el enfado dio paso de inmediato a la preocupación.

—¿Y, madre? ¿Qué ocurre?

—Es tu padre…

—¿Qué ocurre con él?

—Tu padre…

—¿Sí?

—Lo han ingresado.

—¿Lo han ingresado?

—Sí. Ayer.

—¿Dónde?

—En el hospital de la universidad.

La madre lloraba ahora abiertamente al otro lado de la línea.

—Madre, cálmese.

—Me han dicho que me prepare.

—¿Qué?

—Me han dicho que va a morir.

XXXVI

El olor característico de los hospitales, aquel leve aroma aséptico que parece pegarse a las paredes blancas, hizo que Tomás se moviese molesto en su asiento. Miró hacia un lado y, con gesto cariñoso, acarició los cabellos rizados de su madre, cabellos de un rubio a la vez artificial y natural; artificial por estar teñidos, natural porque ése era el color de su juventud. Doña Graça apretaba un pañuelo en la mano y tenía los ojos enrojecidos, pero se mostraba controlada; sabía que, cuando volviese a ver a su marido, tendría que estar ante él confiada, positiva, llena de energía, y esa noción le daba fuerzas para dominar la angustia que la asolaba.

Sintieron un movimiento en la puerta. Un hombre calvo, con bata blanca y gafas graduadas, entró en la salita y fue a reunirse con ellos. Besó a doña Graça en las mejillas y le tendió la mano a Tomás.

—Ricardo Gouveia —se presentó—. ¿Cómo está?

Era el médico del padre.

—Hola, doctor. Soy el hijo del profesor Noronha.

—¡Ah, el aventurero! —sonrió el médico—. Sus padres hablan mucho de usted, ¿lo sabía?

—¿Ah, sí? ¿Y qué le cuentan?

Gouveia guiñó el ojo.

—¿Nunca ha oído decir que las conversaciones de los pacientes con sus médicos son confidenciales?

El médico les hizo señas para que lo siguiesen y los llevó hasta un pequeño despacho, dominado por la reproducción de un cuerpo humano en tamaño natural con las entrañas a la vista. Les pidió que se sentasen frente al escritorio, y él mismo se acomodó en su sitio. Hojeó unos papeles y se tomó unos minutos antes de responder a las miradas ansiosas pendientes de él. Parecía estar intentando ganar tiempo, pero acabó alzando la cabeza.

—Lamento decírselo, pero no hay grandes cambios en el estado de salud de su marido —dijo Gouveia, volviéndose hacia doña Graça—. Sigue tal como entró ayer. Lo único que se puede añadir es que parece haberse estabilizado.

—¿Y eso es bueno? —preguntó ella, muy nerviosa.

—Bien…, por lo menos no es malo.

—¿Manel logra respirar, doctor?

—Con dificultad —respondió el médico—. Estamos administrándole oxígeno y medicamentos que dilatan las vías respiratorias, con tal de aliviar el problema, pero las dificultades persisten.

—Ay, Virgen santísima —se acongojó doña Graça, angustiada—. Está sufriendo mucho, ¿no?

—No, eso no.

—Dígame la verdad, por favor.

—No está sufriendo, se lo aseguro. Ayer entró aquí con dolores, así que le hemos dado un narcótico fuerte, que lo ha aliviado bastante.

Doña Graça se mordió el labio inferior.

—Usted piensa, doctor, que él ya no se recuperará, ¿no?

Gouveia suspiró.

—Su marido tiene una enfermedad muy grave, doña Graça. No hay que olvidarse de eso. Yo, en su caso, y como ya le dije ayer, me prepararía para lo peor. —Torció la boca—. En todo caso, no es imposible que mejore. Hay muchas historias de situaciones dramáticas que se invirtieron en el último instante. Quién sabe si eso podrá ocurrir también ahora. Pero, de cualquier modo, me parece que hay que encarar esta situación con realismo y con serenidad. —Esbozó una expresión resignada—. La vida es así, ¿no? A veces tenemos que aceptar las cosas, aun cuando nos resulte muy difícil.

Tomás, que hasta entonces se había mantenido callado, se revolvió en la silla, intranquilo.

—Doctor, ¿me podría explicar lo que le ocurre exactamente a mi padre?

—Su padre tiene un carcinoma de células escamosas, en

fase cuatro —repuso el médico, visiblemente aliviado por poder entrar en las explicaciones técnicas, terreno en el que se sentía más a sus anchas.

—Eso es un cáncer de pulmón, ¿no?

—Es un cáncer de pulmón que ya se ha extendido por todo el cuerpo. Tiene metástasis en el cerebro, en los huesos y, ahora, también en el hígado.

—¿Eso no tiene cura?

El médico meneó la cabeza.

—Me temo que no.

—¿Y tratamiento?

—En el estado en que su padre se encuentra, no me parece que sea posible un tratamiento. Normalmente, este tipo de cáncer debe enfrentarse con cirugía, pero no cuando se encuentra en fase cuatro, en la que ya se ha extendido por todas partes. Cuando el caso se vuelve inoperable, volvemos a la radioterapia, que es lo que su padre ha hecho en los últimos tiempos.

—¿Y cuál es el objetivo de la radioterapia? ¿Curarlo?

—No. Como ya le he dicho, no veo posibilidades de curación. —Hizo un gesto vago hacia arriba—. A no ser que haya intervención divina, claro. A veces ocurren milagros…

—Entonces, ¿para qué sirve la radioterapia? ¿Sólo para ganar tiempo?

—Sí, sólo consigue retardar la evolución de la enfermedad. Además, sirve igualmente para controlar el dolor de huesos. —Se levantó e indicó dos puntos en el cuerpo de plástico en tamaño natural que se encontraba al lado del escritorio—. Por otro lado, alivia aquí el síndrome de la vena cava superior y la compresión de la médula espinal. —Volvió a sentarse—. Claro que la radioterapia tiene sus inconvenientes, ¿no? Uno de ellos es que inflama los pulmones, lo que provoca tos, fiebre y disnea.

—¿Dis… qué?

—Disnea. Dificultad para respirar.

—¿Ah, sí? ¿Y cómo se enfrentan a esos efectos?

—Administramos unos medicamentos llamados corticosteroides, como la prednisona, que alivian los síntomas.

—¿Y cuánto tiempo más se consigue prolongar la vida de alguien en esa situación?

El médico esbozó una expresión indecisa.

—Bien…, pues… depende de los casos, ¿no? Hay quien dura más, hay quien resiste menos. Es difícil decirlo…

—Pero ¿cuál es la media?

Gouveia frunció los labios, pensativo.

—Mire, yo diría que la supervivencia al cabo de cinco años es inferior a un diez por ciento. Tal vez ronde en realidad el cinco por ciento.

—Vaya —murmuró Tomás, atónito—. ¿Tan poco?

—Sí. —El médico se frotó el mentón—. Y lo peor es que el cáncer de pulmón es una neoplasia muy frecuente, ¿sabía? Es la principal causa de muerte por cáncer. Una de cada tres personas que muere de cáncer muere a causa del cáncer de pulmón.

—¿Ah, sí? Pero ¿cuál es la causa?

Gouveia se encogió de hombros.

—Vaya, ¿y cuál había de ser? El tabaco, claro.

—Mi padre fumaba mucho, en efecto —asintió Tomás, con los ojos sumidos en los recuerdos de la infancia—. Me acuerdo de que lo veía en el despacho, a vueltas con sus ecuaciones y en medio de una nube de humo. Caramba, no sé cómo podía respirar.

—Eso se paga —observó el médico—. Poca gente lo sabe, pero casi el noventa por ciento de los casos de cáncer de pulmón los provoca el tabaco. Los fumadores tienen un riesgo de contraer este cáncer catorce veces superior al de los no fumadores. Catorce veces.

Tomás suspiró.

—Sí, está bien. —Se desahogó con una mueca levemente irritada—. Lo último que necesitamos ahora es una lección de moral sobre los daños que causa el tabaco, ¿no le parece? Lo hecho, hecho está.

—Disculpe —dijo el médico, preocupado por la posibilidad de haber ido demasiado lejos—. Sólo estaba respondiendo a sus preguntas.

—Sin duda.

Doña Graça se movió en su lugar, agitada.

—Doctor Gouveia, ¿no hay posibilidades de que veamos a mi marido?

El médico se incorporó, dando la reunión por concluida.

—Claro que sí, doña Graça —dijo, solícito—. La enfermera vendrá a llamarles cuando sea el momento, ¿de acuerdo?

—¿Y cuándo vendrá?

—Cuando él se despierte.

La enfermera irrumpió en la salita de espera. Llevaba en el pecho, sobre la bata blanca, una plaquita que anunciaba su nombre, Berta, y tenía un aspecto desenvuelto, muy profesional. Les hizo señas de que se dieran prisa.

—Por favor —dijo—. Ya se ha despertado.

—¿Podemos verlo?

—Claro. Seguidme, por favor.

Caminaron por el pasillo, intentando imitar el paso rápido de la enfermera Berta. Tomás se adelantó un poco y logró ponerse al lado de ella.

—¿Cómo está él?

—Acaba de despertarse. Está consciente.

—Sí, pero lo que yo quería saber es cómo se siente…

La enfermera lo miró de soslayo.

—Está…, en fin…, no está bien, ¿sabe? Pero no le duele nada.

—Menos mal.

Berta dio unos pasos acelerados más, siempre con actitud muy profesional, pero acabó volviéndose a mirar a Tomás.

—Oiga, él está muy débil y muy cansado —dijo con la voz más relajada—. Deben evitar que se esfuerce demasiado, ¿me entiende?

—Sí.

—Me parece que ha entrado en una fase de aceptación.

—¿Aceptación?

—Sí, aceptación de la muerte. En general sólo los pacientes de más edad llegan a esta fase cuando se encuentran en un estado terminal. Los más jóvenes tienen muchas dificultades para aceptar la muerte, es algo terrible. Pero algunos de los mayores, cuando son personas emocionalmente maduras y tienen la sensación de que su vida ha tenido un sentido, parecen aceptar mejor las cosas.

—Me está diciendo que mi padre ya ha aceptado la muerte, ¿no?

—Sí, aunque siga aferrado a la vida, claro. No está en la naturaleza humana la idea de aceptar la muerte sin más ni más. Mantiene la esperanza de que ocurra algo, algo que mejore su estado y lo haga vivir. Pero, por otro lado, es una persona que cree que ha cumplido su misión, que su vida ha tenido un sentido, y eso lo ayuda a enfrentar esta situación. Además, tiene la noción de que las cosas tienen su tiempo y acepta el hecho de que el suyo está a punto de expirar.

—Nada en la vida es permanente, ¿no? Todo es transitorio.

—Exacto —coincidió la enfermera—. Pero eso es más fácil de decir cuando se tiene buena salud que sentirlo cuando se está enfermo. Cuando nos encontramos bien de salud, podemos decirlo todo, hasta las mayores barbaridades. Pero hace falta estar allí donde él está, a las puertas de la muerte, para darse cuenta de cómo son las cosas.

—Me imagino.

—No se lo imagina, no —sonrió ella sin humor—. Pero un día, cuando esté también allí, dentro de muchos años, cuando la muerte deje de ser una abstracción para convertirse en una realidad justo a la vuelta de la esquina, ese día usted comprenderá.

En la enfermería se oía un murmullo bajo. Cruzaron el pasillo en silencio, intentando respetar la privacidad de los pacientes, y llegaron a la zona de las habitaciones individuales. Berta los llevó hasta una puerta y, sin más palabras, la abrió con cuidado e hizo señas para que los dos visitantes entrasen. Tomás dejó que su madre pasase primero y siguió tras ella, casi conteniendo la respiración.

Cuando vio a su padre, le dieron ganas de llorar.

Manuel Noronha estaba casi irreconocible. Se le veía muy delgado, con la piel arrugada y consumida, enormemente pálido, casi sin carnes, sólo huesos; el pelo blanco desordenado sobre la almohada y los ojos mortecinos, aunque hubiesen chispeado momentáneamente al reconocer a su mujer y a su hijo.

Doña Graça lo besó y sonrió, sonrió con tal confianza que Tomás no pudo dejar de admirar la fuerza interior de su madre; la había visto destrozada fuera de aquella habitación, pero allí dentro, frente al marido moribundo, respiraba seguridad y tranquilidad. La mujer le hizo algunas preguntas sobre su estado y sus necesidades, a las que él respondió con una voz muy apagada. Después, con el arte de un Papá Noel de hospital, ella abrió un cestito de mimbre, que había llevado discretamente bajo el chal, y sacó de su interior un queso redondo, un Rabaçal cuyo aspecto hacía la boca agua, además de una hogaza de trigo y almendras. Tomás reconoció en estas pequeñas delicias las tentaciones gastronómicas de su padre. Doña Graça le acercó a su marido la comida a la boca, muy tierna y protectora, arrullándolo con palabras dulces.

Cuando él acabó de comer, la mujer le limpió la boca, le ordenó el pelo y las mantas y le compuso el cuello del pijama, siempre muy maternal, imponiendo con su presencia una plácida tranquilidad, como la madre que mece al recién nacido en la cuna. Mirándolos allí, el padre tumbado y desvalido, la madre inclinada sobre él cuidándolo y consolándolo, Tomás se conmovió por el vínculo invisible que los unía.

Habían vivido cincuenta años juntos, compartieron sabores y sinsabores, días soleados y noches sombrías, y se hacía dolorosamente evidente que disfrutaban ahora de los últimos momentos en pareja: el camino los apartaría en breve como separa el horizonte el cielo de la tierra. Los envolvía un amor maduro, ya no hecho de pasión ni de arrebato, sino de afectos cariñosos, de sentimientos vívidos, de una ligazón profunda. Ella era el árbol, él era la hoja; ella era el sol, él era la playa; ella era la abeja, él era el polen; eran la luz y el color, la tierra y el cielo, el lago y el nenúfar, el mar y la arena, la gaviota y el huevo. El hijo no lograba imaginarlos separados, y, no obstante, lo inimaginable estaba a punto de ocurrir.

Al sentirlos por fin serenarse, Tomás se acercó a la cama, cogió la mano débil y fría de su padre y forzó una sonrisa.

—Qué gran fastidio, ¿no?

El viejo esbozó una sonrisa tenue.

—Parezco un bebé.

—¿Ah, sí? ¿Un bebé? ¿Por qué?

El viejo hizo un gesto lento que abarcó toda la cama donde se encontraba tumbado.

—¿No lo ves? Ya no puedo hacer nada.

—Qué disparate.

—Me dan de comer. Me visten. Hasta me limpian el culo.

—Es sólo ahora. Después, cuando se ponga mejor, ya se ocupará por sí solo de usted, ya verá.

El padre hizo un gesto impotente.

—¿Cuando me ponga mejor? Yo no voy a ponerme mejor…

—Qué disparate. Claro que sí.

—Parezco un bebé —repitió, siempre con una voz muy débil, casi apenas susurrada—. Hasta ya duermo como un bebé.

—Es para recuperar fuerzas.

—Duermo hasta hartarme. Es como si hubiese vuelto a la infancia. Es la infancia al revés.

—Fíjese a ver si es la hora de tomar el biberón —bromeó Tomás.

El viejo matemático sonrió levemente. Pero pronto sus ojos adoptaron una expresión interrogativa.

—¿Cómo será la muerte?

—Oh, Manel, no hables así, por Dios —interrumpió de inmediato la mujer, con tono de reproche—. ¡Mira las cosas que se le ocurren!

—En serio —insistió el moribundo—. Me hago preguntas sobre lo que me espera.

—Deja de decir tonterías. Quien te oiga pensará que…, que…

—Oye, Gracinha, déjame que hable sobre esto, ¿de acuerdo? Es importante para mí, ¿no lo entiendes?

La mujer adoptó una actitud resignada, y Manuel Noronha encaró a su hijo.

—En los últimos meses he tenido siempre dificultades para dormir —murmuró el viejo profesor, con la voz reducida casi a un hilo—. Me ponía a dar vueltas en la cama, pensando en lo que será la muerte, en lo que será la no existencia. Algo horrible, ¿eh? Y todos nos enfrentaremos a eso, ¿no? —Hizo una pausa, con los ojos perdidos en un punto indefinido del techo—. Tarde o temprano ése es nuestro destino.

—Así es —observó Tomás.

—Por eso pienso: ¿cómo será la muerte? —Respiró hondo—. ¿Será igual a lo que era la no existencia antes del nacimiento? ¿Será que la vida comienza con un Big Bang y acaba con un Big Crunch? —Torció los labios—. Nacemos, crecemos, alcanzamos el apogeo, decaemos y morimos. —Miró a su hijo con intensidad—. ¿Será sólo eso? ¿Será que la vida se reduce a eso?

—¿Piensa mucho en la muerte, padre?

El viejo curvó la boca.

—Pienso un poco, sí. ¿Quién, estando donde yo estoy, no pensaría en ella? Pero, tal vez, más que en la muerte, pienso en la vida.

—¿En qué sentido?

—Unas veces pienso que la vida no tiene valor, es algo insignificante. Yo voy a morir y la humanidad no sentirá mi falta. La humanidad va a morir y el universo no sentirá su falta. El universo va a morir y la eternidad no sentirá su falta. Somos irrelevantes, mero polvo que se pierde en el tiempo —dijo, e inclinó la cabeza—. Pero, otras veces, pienso que al final todos nacemos con una misión, todos representamos un papel, todos formamos parte de un gran plan. Puede ser un papel minúsculo, puede parecer una misión irrisoria, tal vez hasta la consideremos una vida perdida, pero, en resumidas cuentas, quién sabe si algo tan minúsculo podrá revelarse como una migaja crucial en la concepción del gran pastel cósmico. —Jadeó, cansado—. Somos minúsculas mariposas cuyo frágil batir de alas tiene tal vez el extraño poder de generar lejanas tempestades en el universo.

Tomás ponderó estas palabras. Extendió el brazo y apretó la mano fría de su padre.

—¿Cree, padre, que alguna vez podremos desvelar el misterio de todo?

—¿De qué todo?

—De la vida, de la existencia, del universo, de Dios. De todo.

Manuel suspiró, mientras la fatiga se iba adueñando de su rostro y empezaban a pesarle los ojos.

—Augusto tenía una respuesta para eso.

—¿Qué Augusto? ¿El profesor Siza?

—Sí.

—¿Y cuál era su respuesta?

—Era un aforismo de Lao Tsé. —Hizo una pausa para recobrar el aliento—. Se lo enseñó un amigo tibetano, hace mucho tiempo. —Hizo un esfuerzo para concentrarse—. Espera a ver si...

La enfermera Berta entró en la habitación.

—Bien, ya es suficiente —dijo ella, agitando los brazos—. Dejen ya de conversar. Ahora es importante que el profesor descanse.

—Un momento —pidió Tomás—. ¿Qué aforismo era ése?

El padre carraspeó, entrecerró los ojos y recordó.

—«Al final del silencio está la respuesta —recitó—. Al final de nuestros días está la muerte. Al final de nuestra vida, un nuevo comienzo.»

Sonó el móvil cuando salían del hospital, mientras la madre se enjugaba las lágrimas que porfiaban en humedecerle los ojos.

—*Hi*, Tomás —saludó la voz del otro lado.

Era Greg.

—¿Y? —dijo Tomás, evitando saludar al estadounidense—. ¿Ya han apaleado a Ariana? ¿Les dijo lo que querían saber?

—*Come on*, Tomás. No sea así.

—¿Fue a cachetazos o con picana eléctrica?

—Tomás, no ha habido nada de eso. Nosotros no somos unos salvajes.

—¿Ah, no? Entonces, ¿qué es lo que estuvieron haciendo en las cárceles iraquíes?

—Pues... eso es diferente.

—¿Y en Guantánamo?

—Eso es diferente.

—¿Diferente en qué? —preguntó, con un resentimiento helado en la voz—. Unos son iraquíes, otros son afganos, ella es iraní. ¿No son todos lo mismo para ustedes?

—*Come on, pal*. No sea así.

—Yo no soy así. Ustedes sí que lo son.

—Está siendo injusto.

—¿Injusto yo? Entonces, ¿qué está haciendo Ariana en su embajada?

—Oiga, hemos tenido que interrogarla —se justificó Greg—. ¿No ve que eso es importante para nosotros? Ella está vinculada al proyecto nuclear iraní y, querámoslo o no, tiene conocimientos muy valiosos. No podíamos dejar pasar esta oportunidad. A fin de cuentas, está en cuestión la seguridad nacional, ¡qué diablos! Como es evidente, teníamos que interrogarla.

—¿El interrogatorio le ha dejado marcas físicas?

—El interrogatorio ha sido civilizado, quédese tranquilo.

—¿Civilizado? Depende de su modelo de conducta…

—¿No lo cree? Pues, mire, puedo decirle que no le sonsacamos nada que ya no supiésemos.

—Bien hecho.

—La gente de Langley está muy irritada con ella.

—Menos mal, me alegra saberlo.

Greg hizo con la lengua un chasquido de fastidio.

—Oiga, Tomás, el caso no es motivo de bromas, ¿ha oído? He recibido órdenes de Langley acerca de ella, y por eso le estoy telefoneando.

—¿Órdenes? ¿Qué órdenes?

—Han ordenado deportarla.

—¿Qué?

—Langley ha dicho que, dado que ella no coopera, lo mejor es mandársela de vuelta a los iraníes.

—¿Ustedes están locos?

—¿Hmm?

—No pueden hacer eso, ¿me oye?

—¿Ah, no? ¿Por qué?

—Porque…, porque ellos la van a matar.

—¿Los iraníes la van a matar?

—Claro. ¿No ve que ella me ayudó?

—¿Y qué tenemos nosotros que ver con eso?

—Ellos piensan ahora que se ha pasado a la CIA. Esa gente es paranoica, ¿o qué se piensa?

—Voy a repetir mi pregunta —dijo Greg—: ¿qué tenemos nosotros que ver con eso?

—Bien…, si ustedes la mandan de vuelta, la están condenando a una muerte segura.

—¿Y? Que yo sepa, no tenemos nada que agradecerle, ¿no? A fin de cuentas, ella no nos ha ayudado. ¿Por qué razón tendríamos que preocuparnos por lo que ocurre entre ella y el régimen que intenta estúpidamente proteger?

—No intenta proteger a ningún régimen. Lo que intenta es no traicionar a su país, sólo eso. Nada más natural, ¿no le parece?

—Muy bien. Entonces también es natural que nosotros la deportemos si no nos ayuda. ¿No le parece que eso también es natural?

—No, no me parece —vociferó Tomás, elevando el tono de voz por primera vez—. Me parece un crimen. Si hacen eso, no son más que unos maleantes. Unos gánsteres de la peor calaña.

—*Come on*, Tomás. No sea exagerado.

—¿Yo? ¿Exagerado yo? ¿Se comprometen a protegerla de los iraníes y después me montan un numerito como éste? No sólo la secuestraron cuando llegamos a Lisboa, sino que ahora la quieren entregar a los mismos iraníes de quienes se comprometieron a protegerla. ¿Qué nombre le dan ustedes a una vileza como ésta?

—Oiga, Tomás. Nosotros asumimos el compromiso de protegerla a cambio de que nos revelase el secreto que contiene el manuscrito de Einstein. Que yo sepa, usted aún no nos ha revelado ese secreto, ¿no?

—Ya les he revelado lo esencial.

—Entonces, ¿cuál es la fórmula de Dios?

—Eso es lo único que no he desvelado todavía. Pero ya le he dicho que estoy a punto de hacerlo.

—Puro blablablá. El hecho es que aún no nos ha revelado nada y el tiempo se está agotando.

—Denme unos días más.

Se hizo un silencio breve y embarazoso.

—No puede ser —dijo Greg por fin—. Un avión de la CIA va a partir esta noche de la base aérea de Kelly, en Texas, en dirección a Lisboa. Llega aquí de madrugada. Poco después de las ocho de la mañana, el avión emprenderá vuelo hacia Islamabad, en Pakistán, donde su amiga será entregada a los iraníes.

—¡No pueden hacer eso! —bramó Tomás, casi fuera de control.

—Tomás, ésta no ha sido una decisión mía. Es una decisión de Langley y ya se está ejecutando. Aquí tengo un mensaje que dice que el Joint Command and Control Warfare Center, en Kelly AFB, ha dado ya la orden.

—Eso es un crimen.

—Esto es política —replicó Greg con un tono sereno—. Preste atención, Tomás, porque aún hay una manera de parar esto. Usted tiene hasta mañana a las ocho de la mañana para entregarme el secreto del manuscrito, ¿ha oído? Si no me revela el secreto dentro de ese plazo, no lograré frenar la deportación de su amiga. ¿Lo entiende?

—¿Mañana a las ocho de la mañana? Pero ¿cómo quiere que resuelva todo en tan poco tiempo? ¡Eso es imposible!

—El profesional es usted.

—Oiga, Greg, tienen que darme más tiempo.

—Aún no ha entendido, Tomás. Esta decisión no es mía. Se tomó en Langley y es irreversible. Sólo estoy diciéndole cuál es la manera de frenar este proceso, nada más. Si nos revela el secreto, quedamos automáticamente obligados a cumplir los términos del acuerdo que hicimos por teléfono cuando usted estaba en Lhasa. Mientras no cumpla íntegramente su parte, entendemos que no estamos obligados a cumplir íntegramente nuestra parte. ¿Entiende?

—No pueden hacer eso.

—Tomás, no vale la pena que siga discutiendo conmigo. Eso no va a cambiar nada, porque no soy yo quien tiene el poder de decisión.

—Pero usted tiene que convencer a los tipos de Langley para que me den más tiempo.

—Tomás…

—Ya son las cinco de la tarde, y sólo tengo quince horas.

—Tomás…

—Es muy poco tiempo para que yo descifre todo.

—¡*Damn it*, Tomás! —gritó Greg, ya superando el límite de la paciencia—. ¿Usted es un borrico o qué?

Tomás se quedó frío al teléfono, asombrado por la furia repentina del estadounidense.

—¡Le estoy diciendo que todo está fuera de mi control! —gritó el estadounidense, exaltándose por primera vez—. Yo no he tomado esas decisiones. Nada depende de mí. Nada. Sólo hay una cosa que puede evitar la deportación de su amiga. Una, sólo una. Desvele el *fucking* secreto.

El portugués se mantuvo silencioso y en línea.

—Tiene tiempo hasta mañana a las ocho de la mañana.

Y colgó.

XXXVII

*E*l patio de las Escuelas estaba tranquilo a aquella hora tardía, sólo se veía a un grupo de estudiantes subiendo la amplia escalinata hacia la Via Latina y a dos empleados charlando al pie del elegante campanario. Después de cruzar la vieja Porta Férrea, Tomás redujo el paso y, a pesar de la angustia que lo oprimía, no pudo dejar de admirar aquella mezcla de fachadas sobrias y exuberantes, cargadas de historia: al fin y al cabo, se concentraban allí setecientos años de enseñanza. En sus orígenes, aquél fue el palacio real, el sitio donde nacieron y vivieron muchos de los reyes de la primera dinastía, pero el lugar se había convertido hacía siglos en el corazón de la academia donde daba clases su padre: la Universidad de Coimbra.

El conjunto de los edificios estaba dispuesto en forma de «U», con un descuidado suelo de grava que separaba los espacios. Tomás cruzó el patio y se dirigió al edificio del extremo, y se detuvo frente a la magnífica entrada; la puerta estaba encajada en un espectacular arco de triunfo, cuyo extremo lo coronaban las armas de Portugal. Sabía bien que aquel bloque rectangular, con un aspecto exterior algo austero, era una de las bibliotecas más hermosas del mundo.

La biblioteca Joanina.

Al entrar en aquel monumento de casi tres siglos, sintió el olor a cuero que encuadernaba los manuscritos brotando de las paredes ricamente decoradas, mezclado con el aroma dulzón del papel viejo. Frente a él se extendían tres salones, separados por arcos decorados al estilo del imponente portal de entrada. La biblioteca dormía a media luz, un lugar de sombras y de silencios. Todo el interior del edificio aparecía repleto de estantes, se veían filas y más filas de lomos divididas en dos pisos, los estantes de preciosas maderas, los techos pintados mezclándose armoniosamente con los tonos dorados y rojizos de la decoración: sin duda, era allí dentro donde el barroco alcanzaba el auge de su esplendor.

—Profesor Noronha.

Miró a la izquierda, en la dirección de donde había venido la voz, y observó a Luís Rocha asomar desde un pequeño recinto y dirigirse sonriente hacia él. Hizo un esfuerzo para sonreír, aunque fracasó en el intento; los labios llegaron a curvarse, pero los ojos permanecieron tristes y pesados, cargados de preocupación.

—¿Cómo está, profesor Rocha? —saludó Tomás, extendiendo el brazo.

Se dieron un apretón de manos.

—Bienvenido a mi rincón favorito en Coimbra —exclamó Luís, e hizo un gesto que abarcó toda la biblioteca, incluyendo las innúmeras obras suntuosamente forradas en los estantes—. Nos rodean cien mil libros.

—Ah, muy bien —dijo el historiador con expresión ausente, no se sentía con disposición para apreciar los tesoros que lo rodeaban—. Oiga, le agradezco la rapidez con la que aceptó hablar conmigo.

—¿Qué dice? No tiene nada que agradecer —repuso el físico con un gesto relajado—. Pero, vamos a ver, qué es esa cuestión de vida o muerte de la que me ha hablado, ¿eh? Debo decirle que lo sentí muy ansioso al teléfono…

Tomás suspiró.

—Ni me hable —murmuró, revirando los ojos—. Sólo usted puede ayudarme, ¿sabe?

Luís Rocha adoptó una expresión de intriga.

—Así, pues, ¿qué ocurre?

—Mire, estoy metido en un lío que comenzó hace unos meses aquí en Coimbra y que, en cierto modo, lo incluye a usted también.

—No me diga…

—Sí, sí —asintió Tomás—. Es una larga historia, no vale la pena que perdamos el tiempo aquí con ella. Lo que interesa es que todo comenzó con un acontecimiento del que usted fue testigo.

—¿Yo?

—La desaparición del profesor Siza.

Al oír el nombre de su maestro, el joven físico pareció estremecerse.

—¡Ah! —exclamó vacilante—. Estoy entendiendo. —Hizo un gesto con la cabeza, y su expresión se volvió repentinamente grave—. Vamos, venga conmigo.

Luís llevó a Tomás hasta el segundo salón y lo condujo hasta una enorme mesa de exótica madera oscura instalada en una de las alas. Poca gente frecuentaba la biblioteca a aquella hora, por lo que ambos se encontraban a sus anchas; sólo se veía a dos visitantes admirando los anaqueles del tercer salón y a un empleado que limpiaba los lomos de los libros en el primer piso del segundo salón.

Luís se acomodó en su asiento y cruzó las piernas.

—Dígame, pues, profesor —comenzó—. ¿Qué ocurre?

—Acabo de llegar del Tíbet, donde me encontré con un monje budista llamado Tenzing Thubten. —Alzó las cejas, inquisitivo—. Este nombre le resulta familiar, supongo…

El físico intentó disimular, pero el esfuerzo lo traicionó. Era evidente que conocía a Tenzing.

—Pues…, bien…, sí —tartamudeó, sintiéndose pillado—. ¿Y entonces?

Tomás se enderezó en la silla.

—Oiga, profesor Rocha, tal vez sea mejor que nos dejemos de rodeos —dijo, bajando el tono de voz y hablando muy deprisa—. Me contactaron hace algún tiempo para descifrar un texto enigmático, descubierto ahora, que escribió Albert Einstein. El texto se llama *La fórmula de Dios* y, como muy bien debe de saber, estaba en poder del profesor Siza; se lo robaron el mismo día en que el profesor desapareció. Lo que usted no sabe, sin duda, es que acabé localizándolo, en extrañas circunstancias, en Teherán.

Luís se sorprendió, con los ojos desorbitados.

—¿En Teherán?

—Sí.

—Pero…, pero ¿cómo?

—No interesa. Lo que interesa es que lo localicé.

—Pero eso es fantástico —exclamó Luís—. ¿No se da cuenta?

Ese manuscrito desapareció con el profesor Siza. Entonces, si el documento acaba de encontrarse en Teherán, es posible que nos dé una pista sobre el paradero del profesor, ¿no es cierto?

—Déjeme acabar, por favor —pidió Tomás con la voz cargada de paciencia.

—Desde luego. Adelante.

Tomás reorganizó los pensamientos.

—Así, pues, toda la investigación acabó llevándome al Tíbet, donde me encontré con Tenzing Thubten, quien, por lo que usted me ha dejado entrever hace un momento, es alguien que le resulta muy familiar.

—Sólo por su reputación —aclaró el físico—. Sólo por su reputación. El profesor Siza hablaba mucho de él, ¿sabe? Lo llamaba Budita.

Tomás sonrió levemente.

—Budita, ¿eh? Un hallazgo, claro que sí. —Deshizo la sonrisa y retomó el relato—. Pues Tenzing me contó una historia muy interesante, ocurrida en 1951, en Princeton, que implicaba a Einstein, al profesor Siza y a él mismo. Tenzing me reveló el secreto que estaba detrás de *La fórmula de Dios*, con excepción de la fórmula en sí, que sigue estando cifrada, y me dijo que hacía poco lo había contactado el profesor Siza con la información de que había descubierto una segunda vía que demostraba la existencia de Dios. Por lo visto, ésa era una condición que había impuesto Einstein para que se divulgase el manuscrito. Al parecer, el profesor Siza planeaba hacer un anuncio público, destinado a revelar la existencia de ese manuscrito y a comunicar abiertamente la segunda vía que él había descubierto.

Tomás hizo una pausa e inclinó la cabeza, inquisitivo, lo que pareció cohibir a su interlocutor.

—Hmm —murmuró Luís, empeñado en no revelar nada.

—¿Y? ¿Esa historia encaja?

—Pues… no puedo decirle nada.

—¿No puede decirme nada?

—No, no puedo.

—Pero usted era colaborador del profesor Siza. Tiene la obligación de saber lo que pasaba.

Luís Rocha hizo un gesto irritado.

—Oiga, las investigaciones del profesor Siza pertenecen al profesor Siza. Sólo él puede hablar sobre lo que descubrió.

—Por lo que yo sé, era lo que pretendía hacer, ¿no?

—No le puedo decir nada.

—Era lo que pretendía hacer hasta que lo secuestraron unos agentes de Hezbollah a las órdenes de Irán.

El físico vaciló.

—¿Agentes de qué? —se sorprendió—. ¿Qué historia es ésa?

—Es una historia muy complicada, profesor Rocha. Por lo visto, su mentor hizo declaraciones ambiguas e imprudentes en un simposio internacional, declaraciones que captaron oídos indiscretos y que no se comprendieron del todo. Al parecer, las palabras del profesor Siza se interpretaron mal, pensaron que se refería a una fórmula de Einstein sobre la producción de un arma nuclear simple y barata. Fue ese equívoco el que condujo al secuestro.

Luís Rocha lo miró de modo extraño.

—Pero ¿cómo diablos sabe usted todo eso?

—Digamos que…, eh…, que he estado implicado en los esfuerzos por localizar al profesor Siza. Ya le había hablado de ello cuando nos encontramos, ¿se acuerda?

—Sí, pero no sabía que ya se habían esclarecido tantos detalles sobre la desaparición del profesor. ¿Dice usted que lo secuestraron y lo llevaron a Irán a causa del manuscrito de Einstein?

—Sí.

—¿Está seguro?

—Absolutamente seguro.

—Pero ¡qué cosa tan…, tan extraordinaria! —Meneó la cabeza, como si intentase despertar—. ¡Parece mentira!

—Pues sí, pero ocurrió de verdad.

—¡Es increíble!

Tomás se inclinó en su silla, ansioso por obtener la información que buscaba desesperadamente.

—Oiga, profesor Rocha —dijo—: ¿cuál era la segunda vía que descubrió el profesor Siza?

El físico aún intentaba asimilar la revelación que acababa de hacerle Tomás y lo miró francamente cohibido.

—Disculpe…, eh…, pero tendremos que esperar a que…, a

que liberen al profesor Siza para que podamos hablar de eso. Como comprenderá, se trata de una investigación dirigida por él, y yo…, en fin, yo no puedo divulgar nada, ¿me entiende? Tengo un deber de lealtad y de confidencialidad. De cualquier modo, me parece que es importante…

—Profesor Rocha.

—… que comencemos a movernos para obtener más pistas sobre el paradero del profesor Siza y…

—Profesor Rocha.

—… deshacer este estúpido equívoco.

Tomás clavó los ojos en su aturullado interlocutor.

—Profesor Rocha, tengo una noticia muy mala que darle.

—¿Sí?

—El profesor Siza ha muerto.

Se hizo un breve silencio aterrador.

—¿Cómo?

—El profesor Siza murió en el cautiverio. Los iraníes estaban interrogándolo cuando falleció —dijo, y bajó la cabeza, apesadumbrado por ser el portador de la noticia—. Lo lamento mucho.

Luís Rocha entreabrió los labios, conmovido. Se llevó la mano hasta la boca y, con los ojos desorbitados, contempló las consecuencias de la revelación que acababa de hacerle Tomás.

—Pero qué…, qué noticia…, qué cosa tan absurda —balbució—. ¿Cómo ha sido?

—Murió en un interrogatorio.

—¡Qué horror! ¿Y cuándo…, en fin, cuándo se hará el anuncio de eso…, de esa noticia?

—No hay anuncio alguno que hacer —dijo Tomás—. Esta información, aunque verdadera, no es oficial. Los iraníes jamás reconocerán haber secuestrado al profesor Siza y, mucho menos, que él murió en sus manos. Como es obvio, no van a decir nada. Lo que va a pasar es que el profesor Siza no aparecerá nunca más, ¿entiende?

El físico balanceó afirmativamente la cabeza, aún intentando digerir la información.

—Pero ¡qué mundo!

Tomás lo dejó un minuto más asimilando la noticia de la muerte de su maestro.

—Oiga, profesor —comenzó a decir, retomando el diálogo—. La vida de una segunda persona está en peligro en este momento por culpa del mismo manuscrito y del mismo equívoco. Salvarla o no depende de una información crucial que necesito obtener. Sólo usted puede ayudarme.

Luís Rocha, ya más recompuesto, le devolvió la mirada inquisitiva.

—Dígame…

—Necesito saber cuál es la segunda vía que descubrió el profesor Siza. ¿Usted la conoce?

—Claro que la conozco —repuso el físico muy deprisa, casi ofendido por la pregunta—. El profesor Siza y yo no hemos hecho otra cosa en estos últimos años que trabajar en ella.

—¿Me la podrá explicar, entonces?

—Bien, eso…, pues…, en fin, es una investigación que dirigía el profesor Siza y…

—El profesor Siza ha muerto, ¿no lo entiende? —interrumpió Tomás, ya impaciente—. Y necesito conocer esa segunda vía para impedir que otra persona muera por el mismo motivo.

Luís Rocha vaciló de nuevo.

—Pero ¿no le parece que es poco conveniente que divulgue ahora la investigación del profesor Siza?

—Oiga, el profesor Siza ha muerto —insistió Tomás, armándose de toda la dosis de paciencia que era capaz de mantener dentro de sí—. Nada de eso interesa ahora, ¿comprende? Nada le impide a usted publicar un artículo en una revista científica o incluso un libro con todos los detalles del descubrimiento de la segunda vía, junto con los detalles del manuscrito de Einstein. El profesor Siza ya no está aquí para hacer público ese anuncio, anuncio que, déjeme que se lo recuerde, él mismo pretendía hacer.

—Usted cree que yo debo divulgar eso, ¿no?

—¿Y cómo no habría de divulgarlo? Un descubrimiento semejante es…, es algo sensacional, no puede permanecer eternamente en secreto. Claro que tiene que divulgarlo. Si hasta era eso lo que planeaba hacer el profesor Siza, me parece evidente que su deber es cumplir con su voluntad.

El físico ponderó el argumento.

—Sí —acabó diciendo—. Es posible que usted tenga razón.

445

—Claro que la tengo. Pensándolo bien, incluso sería el homenaje más adecuado que usted le rendiría a su maestro. El texto que llegue a elaborar puede llevar el nombre de los dos, qué sé yo. Además, eso es lo que le da sentido, ¿no?

—Sí, tiene razón —dijo Luís Rocha, con la voz más firme y decidida—. Así es, voy a divulgarlo todo.

Tomás suspiró, aliviado por esta pequeña victoria, pero no dejó que su interlocutor se fuera todavía.

—Antes de que haga lo que le parezca más oportuno, no obstante, necesito que me explique a mí cuál es esa segunda vía. Como le he dicho, la vida de otra persona depende de esa información.

Luís Rocha se levantó bruscamente de la silla.

—Muy bien —exclamó—. Eso haremos.

Tomás lo miró, sorprendido por verlo de pie.

—¿Adónde va?

El físico dio media vuelta y se alejó, lanzando una última mirada hacia atrás.

—Voy a buscar dos cafés —dijo—. Ahora vuelvo.

XXXVIII

*E*l aroma cálido y perfumado invadió la entrada de la biblioteca en cuanto Luís Rocha apareció con la bandeja. Llamó a Tomás al pequeño recinto oculto a la izquierda, justo después de la entrada, y entró apresuradamente en la exigua sala con la actitud de quien está a punto de cometer una travesura. Dejó la bandeja en una mesita y, en cuanto el visitante se acomodó en aquel estrecho espacio, cogió una taza humeante —se elevaba el vapor del líquido cremoso y con cuerpo—, cuyo color se asemejaba al de una nuez ligeramente rojiza, y sonrió.

—Un café expreso —dijo, extendiéndole la taza a Tomás—. ¿Quiere azúcar?

—Sí.

Tomás cogió un sobrecito, lo echó en la taza caliente y revolvió el café después.

—Si el director de la biblioteca nos ve, nos mata —comentó el físico con una risa baja, después de asomarse hacia fuera para asegurarse de que nadie los había visto.

Tomás observó el cuartucho desordenado donde se habían escondido.

—Por eso hemos venido aquí, ¿no?

—Sí —confirmó el anfitrión con el tono de quien conspira—. En este rinconcito estaremos más a gusto.

—¿No habría sido mejor que saliésemos para ir a una terraza?

—No, aquí escondidos estamos bien. Nadie nos va a encontrar. —Inhaló el aroma que se desprendía con el vapor—. ¿Sabe?, la verdad es que no logro mantenerme sin un café en estas ocasiones. No hay nada mejor que un café expreso antes de un diálogo complicado. Me ayuda a concentrarme mejor en las ideas.

—¿Nuestro diálogo va a ser complejo?

—Entender lo que voy a decirle no será complejo —dijo Luís—. Lo complejo es hacer que todo esto no parezca complejo, ¿entiende? —Guiñó el ojo—. ¡Eso es lo complejo!

—La simplicidad es compleja.

—Más de lo que las personas se imaginan. Me he pasado toda la investigación bebiendo café expreso, ¿qué le parece? Yo con el café expreso, y el profesor Siza con un café frío que aprendió a hacer en Italia, un líquido helado con nata montada en la superficie. Lo llamaba *granita di caffé*.

—Ése es un café *frappé*, ¿no?

—Sí, él tenía la manía de beber ese mejunje —dijo, y se estremeció—. En invierno, ese café frío me daba náuseas…, pero, en fin, sobre gustos no hay nada escrito, ¿no es verdad?

—Es evidente.

Bebieron un trago de café. Tenía un sabor fuerte, muy peculiar, con el líquido cremoso que dejaba un agradable sabor que persistía en la boca.

Luís Rocha dejó su taza en la bandeja y se concentró en lo que tenía que decir.

—Bien, vamos al grano —exclamó, preparándose para comenzar—. Ya me ha dicho que el amigo tibetano del profesor Siza le explicó lo que ocurrió en Princeton en 1951, ¿no?

—Sí, él me lo contó todo.

—Por tanto, usted ya sabe la historia del primer ministro de Israel, el desafío que le hizo a Einstein, la elaboración de *La fórmula de Dios* y el requisito de encontrar una segunda vía científica antes de hacer público el manuscrito. Nada de esto es novedad para usted, ¿no?

—No. Todo eso ya lo sé.

—Muy bien —suspiró—. Lo que ocurrió fue que el profesor Siza se tomó muy a pecho el proyecto de Einstein y decidió dedicar su vida a intentar resolver ese misterio. ¿Sería posible encontrar una segunda vía que probase científicamente la existencia de Dios? Era ése, ni más ni menos, el desafío con el que se enfrentaba.

—¿Y cómo llegó a enfrentarlo?

—Bien, lo primero que tuvo que hacer fue definir el objeto de estudio. ¿Qué es Dios? Cuando hablamos de Dios, ¿de qué estamos hablando exactamente? ¿Del Dios que describe la Biblia?

—Supongo que sí…

—Pero el Dios que describe la Biblia, como le expliqué hace dos semanas, es absurdo. —Se levantó y salió del cuarto. Se dirigió a un estante cercano, cogió un enorme volumen soberbiamente encuadernado, volvió al escondrijo y se sentó con la obra abierta en el regazo. —Déjeme ver dónde está —dijo. Hojeó las páginas iniciales hasta localizar el fragmento que buscaba—. Aquí está. Justo al comienzo del Antiguo Testamento se lee que Dios quiso dar al hombre alguien que lo ayudase y, entonces, hizo lo siguiente: «Y Yavé Dios trajo ante Adán todos cuantos animales del campo y cuantas aves del cielo formó de la tierra, para que viese cómo los llamaría, y fuese el nombre de todos los vivientes el que él les diera». Después la Biblia añade: «pero entre todos ellos no había para Adán ayuda semejante a él. Hizo, pues, Yavé Dios caer sobre Adán un profundo sopor; y dormido, tomó una de sus costillas, cerrando en su lugar con carne, y de la costilla que de Adán tomara, formó Yavé Dios a la mujer». —Alzó la cabeza—. ¿No ve nada extraño en este relato?

Tomás se encogió de hombros.

—Es decir…, bueno…, es un relato bíblico, ¿no?

—Pero ¿no se supone que Dios es omnisciente? ¿No sabría Él de antemano que ninguno de los animales podía dar la ayuda adecuada? ¿Por qué razón estuvo Dios esperando a ver qué nombre les daba el hombre a los animales? Al ser omnisciente, ¿no podría saberlo previamente? —Hojeó unas páginas más—. Y ahora fíjese en lo que ocurrió cuando Dios decidió provocar el diluvio: «se arrepintió de haber hecho al hombre en la Tierra». —Volvió a mirar a Tomás a los ojos—. ¿Que Dios se arrepintió? Una vez más, ¿no era omnisciente? ¿No podía haber visto anticipadamente que el hombre se corrompería? Siendo perfecto y todopoderoso, ¿no tendría más sentido que Dios lo previese todo en tiempo útil? ¿Qué historia es esta de Dios dedicándose a enmendar sus errores? Pero, al final, Dios comete errores, ¿no?

—Pues…

—Y eso por no hablar, claro, de la vieja paradoja de que Dios es omnipotente y bueno, pero deja que el mal se difunda por todas partes. Entonces, si Él es bueno y tiene poder para imponer el bien, ¿por qué razón deja que el mal exista? Si es perfecto, ¿por qué razón ha hecho al hombre tan imperfecto? —Cerró el volumen y lo dejó en el suelo—. Todo esto dejó convencido a Einstein de que Dios, de existir, no es el Dios de la Biblia. Es una entidad omnisciente e inteligente, la fuerza por detrás del universo, el gran arquitecto de todo, pero no la figura antropomórfica, paternal y moral de la Biblia. Y el profesor Siza asimiló esa convicción de Einstein.

—Por tanto, eso quiere decir que el profesor no partió en busca del Dios de la Biblia...

—Claro que no. Además, siempre consideró que el gran fracaso de los teólogos en demostrar científicamente la existencia de Dios se debe a su obsesión por exigir que esa demostración incluya al Dios de la Biblia. Pero el Dios de la Biblia contiene demasiadas incoherencias, no es creíble que Él exista. Dios no es una figura protectora que se pasa la vida preocupado por lo que hacen los hombres. Ese Dios es una creación humana, un concepto que inventamos para sentirnos más seguros, más protegidos, más confortados. Dígame si no es agradable tener un padre que nos tutele siempre.

450

—Pero... ¿y la prueba de la creación del universo en seis días que aparece en el manuscrito de Einstein? ¿No cree que eso confirma lo que dice la Biblia?

—Ése es un elemento muy importante —reconoció Luís Rocha—. Como le he dicho, Einstein estaba convencido de que el Dios de la Biblia no existía. Pero lo que ocurrió fue que, al mismo tiempo, concluyó que había verdades profundas misteriosamente ocultas en el Antiguo Testamento.

—¿Cuál es la explicación para ese hecho?

—No hay explicación. La realidad es que, por algún motivo desconocido, los textos antiguos guardan secretos ocultos. Por ejemplo, se ha descubierto que existe una extraña correlación entre las verdades cabalísticas, vinculadas a la interpretación del Antiguo Testamento, y las teorías más avanzadas de la física.

—¿Cómo es eso?

—Mire, una de las candidatas más promisorias a la teoría del todo es la teoría de las cuerdas. Es un poco complicado explicarla, pero sus ecuaciones prevén que la materia básica está formada por cuerdas que vibran, existentes en un espacio de veintiséis dimensiones para las micropartículas de energía, llamadas bosones, y diez dimensiones para las otras micropartículas, los fermiones. Así como la fuerza fuerte y la fuerza débil permanecieron circunscritas al microcosmos después del Big Bang, los físicos creen que veintidós dimensiones permanecieron igualmente circunscritas al microcosmos después de la creación del universo. Por algún motivo, sólo la gravedad y la fuerza electromagnética extendieron una influencia visible al macrocosmos, y lo mismo ocurrió con sólo cuatro dimensiones espacio-temporales. Por ello nos parece que el universo tiene tres dimensiones espaciales y una temporal. Son ésas las que afectan a nuestro mundo visible, peor hay otras veintidós que permanecen invisibles en el microcosmos, sólo capaces de influir en el comportamiento de las micropartículas.

—¿Eso es posible?

—La matemática indica que sí —asintió el físico—. Pero ahora dígame: ¿usted está familiarizado con la cábala?

—Sí, claro. Soy historiador, especialista en lenguas antiguas y criptoanalista. Por tanto, tengo la obligación de conocer la cábala, ¿no? Además, me he dedicado en los últimos años a aprender hebreo y arameo, de modo que éste es un terreno en el que puedo moverme con soltura.

—Menos mal, porque así podrá entender mejor la relación entre una de las teorías más avanzadas de la física, la teoría de las cuerdas, y la cábala.

Tomás se mostró intrigado.

—¿La relación entre la física y la cábala? ¿De qué está hablando?

El físico sonrió.

—Profesor, supongo que sabe lo que es el Árbol de la Vida…

—Desde luego —repuso el historiador—. El Árbol de la Vida es la estructura cabalística que explica el acto de nacimiento del universo, la unidad elemental de la Creación, la menor partícula indivisible que contiene los elementos del todo. Está constituido por diez *sephirot*, o sea, diez emanaciones manifestadas por Dios en la Creación. Cada uno de los diez *sephirot* corresponde a un atributo divino.

—Repita: ¿cuántos *sephirot* tiene el Árbol de la Vida?

—Diez.

—Muy bien —exclamó satisfecho—. Supongo que también sabe qué es la guematría.

—Claro —dijo Tomás, siempre muy confiado en ese ámbito del saber—. Es una técnica cabalística que obtiene el valor numérico de las palabras de la Biblia a través de la correspondencia entre las letras del alfabeto hebreo y los guarismos. Dicen los cabalistas que Dios creó el universo con números y palabras, y que cada número y cada palabra contienen un misterio y una revelación. Por ejemplo, la primera palabra del Antiguo testamento es *bereshith*, que significa «al principio». Pero si dividimos *bereshith* en dos palabras queda *bere*, «creó», y *shith*, «seis». La Creación duró seis días. ¿Lo ve? Ésta es una forma de la guematría. La primera palabra del Antiguo Testamento contiene en sí los seis días de la Creación. Otra forma de guematría es el puro cómputo de las letras. Dice el Génesis que Abraham llevó 318 siervos a una batalla. Pero el valor numérico del nombre de su siervo Eliezer, según descubrieron los cabalistas, es 318, lo que quiere decir que Abraham sólo llevó consigo a su único siervo.

—Ya veo que domina el tema —observó Luís Rocha—. Entonces dígame ahora cuál es la guematría del mayor nombre de Dios.

—Bien…, pues… el mayor nombre de Dios es…, eh…, *Yodhey Vavhey*. Pero confieso que no sé cuál es la guematría correspondiente a este nombre. Tendría que hacer las cuentas…

—La guematría del mayor nombre de Dios es veintiséis. —Inclinó la cabeza—. ¿Cuántas letras tiene el alfabeto hebreo?

—Veintidós.

—Y ahora una última pregunta —dijo el físico—. Según los cabalistas, ¿cuántos son los caminos de la sabiduría que ha recorrido Dios para crear el universo?

—Treinta y seis. Los caminos que ha recorrido Dios para crear el universo corresponden a la relación de los diez *sephirot* del Árbol de la Vida con las veintidós letras del alfabeto hebreo, a los que se añaden cuatro caminos más.

Luís Rocha sonrió.

—¿Se ha fijado en todas esas coincidencias?

—¿Qué coincidencias?

—Diez *sephirot* cabalísticos para crear el universo, diez dimensiones en las cuerdas de los fermiones para crear la materia —dijo, alzando un dedo, y añadió un segundo dedo—. Veintiséis es la guematría del mayor nombre de Dios, veintiséis son las dimensiones en las cuerdas de los bosones para crear la materia. —Alzó un tercer dedo—. Veintidós letras del alfabeto hebreo, veintidós las dimensiones que permanecen ocultas en el microcosmos. —Ahora el cuarto—. Treinta y seis caminos que Dios ha recorrido para crear el universo, treinta y seis es la suma de las dimensiones en las que vibran los bosones y los fermiones. —Guiñó el ojo, como un niño que ha descubierto la llave del cuarto de los juguetes—. ¿Será coincidencia?

—Bien…, pues… eso es realmente sorprendente.

—Lo que Einstein comprobó es que los textos sagrados contienen verdades científicas profundas, imposibles de conocer en su tiempo. Y no es sólo en la Biblia, ¿sabe? Los textos hindúes, los textos budistas, los textos taoístas, todos ellos encierran verdades eternas, aquel tipo de verdades que sólo ahora la ciencia comienza a desvelar. La cuestión que se plantea es la siguiente: ¿cómo tuvieron acceso a esas verdades los sabios antiguos?

Se hizo una pausa.

—¿Y cuál es la respuesta?

—No lo sé. Nadie lo sabe. Puede ser todo coincidencia, claro. A fin de cuentas, al ser humano le gusta encontrar moldes en todo, ¿no? Pero también puede ser que, así como las micropartículas de la experiencia Aspect no son más que inmanencias de un único real, las verdades científicas que contienen las Sagradas Escrituras constituyan inmanencias de ese mismo real único. Es como si a los sabios antiguos los hubiese inspirado algo profundo, eterno, omnipresente pero invisible.

—Ya veo…

—Todo esto para decirle que, aunque Einstein y el profesor Siza no creyesen en el Dios de la Biblia, ambos consideraban que, en determinados aspectos y bajo determinadas formas, las Sagradas Escrituras ocultaban misteriosamente verdades profundas.

Bebieron un poco más de café.

—De cualquier modo, y a pesar de esas extrañas coincidencias, el Dios que buscó el profesor Siza no fue el Dios de la Biblia…

—Eso es —asintió Luís Rocha—. No fue el Dios de la Biblia. Fue algo diferente. El profesor Siza se dedicó a buscar una fuerza creadora, inteligente y consciente, pero no necesariamente moral, ni buena ni mala. —Suspiró—. Así, delimitado el campo de investigación, redefiniéndose el objeto de estudio, hubo que encarar una segunda definición: ¿qué significa probar la existencia de Dios?

El físico dejó la pregunta en el aire.

—¿Me lo está preguntando a mí? —quiso saber Tomás, vacilante, sin saber si la pregunta era meramente retórica o esperaba, en efecto, una respuesta.

—Sí, claro. ¿Qué significa probar la existencia de Dios?

—Bien…, no lo sé, confieso que no lo sé.

—¿Será conseguir un telescopio tan poderoso que nos permita ver a Dios, con sus grandes barbas de patriarca, jugando con las estrellas? ¿Será desarrollar una ecuación matemática que contenga el ADN de Dios? Pero, al fin y al cabo, ¿qué significa probar la existencia de Dios?

—Es una buena pregunta, sin duda —consideró Tomás—. ¿Cuál es la respuesta?

Luís Rocha mostró tres dedos.

—La respuesta se asienta en tres puntos —dijo—. Primero: Dios es sutil. A través de la teoría del caos, de los teoremas de la incompletitud y del principio de incertidumbre, acabamos entendiendo que el Creador ocultó su firma, se escondió detrás de un fino velo ingeniosamente concebido para que lo hiciese invisible. Eso, como es fácil de ver, dificulta seriamente la tarea de probar su existencia. —Destacó el segundo dedo—. Segundo: Dios no es inteligible a través de la observación. Esto quiere decir que no es posible probar su existencia mediante un telescopio o un microscopio.

—¿Y por qué no? —interrumpió Tomás.

—Bien, por varios motivos —repuso el físico—. Fíjese: imagine que el universo es Dios, como sostenía Einstein. ¿Cómo observarlo en su totalidad? El profesor Siza llegó a la conclusión de que los físicos y los matemáticos estaban observando el universo como un ingeniero mira un televisor. Imagine que le pregunta a un ingeniero: ¿qué es la televisión? El ingeniero se pone a observar un televisor, lo abre, lo desarma todo, y después dice que la televisión son cables y circuitos eléctricos estructurados de una determinada manera. —Señaló a Tomás—. Pero ahora le pregunto a usted: ¿cree que eso da una respuesta completa a la cuestión de saber qué es la televisión?

—Pues… da una respuesta de ingeniero, creo yo.

—Eso es, da una respuesta de ingeniero. Pero la televisión, siendo cables y circuitos eléctricos, es mucho más que eso, ¿no? La televisión transmite programas de información y entretenimiento, tiene un impacto psicológico en cada persona, permite la transmisión de mensajes, produce vastos efectos sociológicos en la sociedad, tiene dimensión política y cultural, en fin…, es algo mucho más amplio que la mera descripción de sus componentes tecnológicos.

—¿Está planteando el problema aquel del que ya me había hablado, el *hardware* y el *software*?

—Ni más ni menos —asintió Luís Rocha—. La perspectiva reduccionista, que se centra en el *hardware*, y la perspectiva semántica, inserta en el *software*. Los físicos y los matemáticos miran el universo como un ingeniero mira un televisor o un ordenador. Sólo ven los átomos y la materia, las fuerzas y las leyes que las rigen, y todo eso, si nos fijamos bien, no es más que el *hardware*. Pero ¿cuál es el mensaje de este enorme televisor? ¿Cuál es el programa de este gigantesco ordenador? El profesor Siza concluyó que el universo tiene un programa, dispone de un *software*, posee una dimensión que está mucho más allá de la suma de sus componentes. O sea, que el universo es mucho más que el *hardware* que lo constituye. Es un gigantesco programa de *software*. El *hardware* sólo existe para hacer viable ese programa.

—Como un ser humano —observó Tomás.

—Exacto. Un ser humano está hecho de células, tejidos, órganos, sangre y nervios. Eso es el *hardware*. Pero el ser humano es mucho más que eso. Es una estructura compleja que posee conciencia, que ríe, que llora, que piensa, que sufre, que canta, que sueña y que desea. O sea, somos mucho, mucho más que la mera suma de las partes que nos constituyen. Nuestro cuerpo es el *hardware* por donde pasa el *software* de nuestra conciencia. —Hizo un gesto amplio con los brazos—. Así es también la realidad más profunda de la existencia. El universo es el *hardware* por donde pasa el *software* de Dios.

—Es una idea audaz —consideró Tomás—. Pero tiene su lógica.

—Lo que nos remite al problema del infinito —exclamó el físico—. Fíjese: si el universo es el *hardware* de Dios, se plantean varias cuestiones curiosas, ¿no? Por ejemplo, dado que nosotros, seres humanos, formamos parte del universo, eso significa que nosotros somos parte del *hardware*, ¿no? Pero ¿acaso somos también, nosotros mismos, un universo? ¿Acaso el universo es alguien inmensamente grande, tan grande que no lo vemos, tan grande que se vuelve invisible? ¿Alguien tan grande para nosotros como tan grandes somos nosotros para nuestras células? ¿Acaso estamos en relación con el universo como las neuronas están en relación con nosotros? ¿Acaso somos el universo de las neuronas y somos las neuronas de alguien mucho mayor? ¿Acaso el universo es una entidad orgánica y nosotros no somos más que sus células minúsculas? ¿Seremos nosotros el dios de nuestras células y nosotros las células de Dios?

Ambos se quedaron un buen rato digiriendo aquellos interrogantes.

—¿A usted qué le parece? —quiso saber Tomás.

—Creo que el problema del infinito responde a una trama —respondió Luís Rocha—. ¿Sabe?, nosotros, los físicos, andamos en busca de partículas fundamentales, pero siempre que las encontramos acabamos descubriendo que ellas, en definitiva, están compuestas por partículas más pequeñas. Primero se pensaba que el átomo era la partícula fundamental. Después se descubrió que el átomo estaba constituido por partículas más pequeñas, los protones, los neutrones y los electrones. Entonces se consideró que ésas eran las partículas fundamentales. Pero finalmente se descubrió que los protones y los neutrones están formados por otras micropartículas más pequeñas, los quarks. Y hay quien piensa que los quarks están formados por nuevas micropartículas aún más pequeñas, y las más pequeñas por otras más pequeñas. El microcosmos es infinitamente pequeño.

—Como la paradoja de Zenón —comentó Tomás, con una sonrisa—. Todo es divisible por la mitad.

—Exacto —coincidió el físico—. Y, por la misma razón, todo es multiplicable por el doble. Por ejemplo, nuestro universo es enorme, ¿no? Pero las últimas teorías cosmológicas admiten la posibilidad de que éste es sólo uno entre billones de universos. Nuestro universo nació, está creciendo y, según demuestra la segunda ley de la termodinámica, morirá. A su lado existirán muchos otros iguales. Es como si nuestro universo no fuese más que una burbuja de espuma en un océano inmenso, al lado de otras incontables burbujas de espuma iguales. —Hizo una pausa—. Lo llaman el metauniverso.

—Por tanto, el universo es infinito.

—Es una posibilidad. Pero no es la única.

—¿Existe otra?

—Existe la posibilidad de que el universo sea finito.

—¿Que el universo sea finito? ¿Le parece posible?

—Oiga: es otra posibilidad.

—Pero ¿cómo es posible? Si el universo fuese finito, ¿qué hay más allá de su límite?

—Siendo finito, no tendría límite.

—¿Cómo? No lo entiendo…

—Es sencillo. Fernando de Magallanes comenzó a navegar hacia el oeste, ¿no es así? Navegó, navegó, navegó y, para su gran sorpresa, fue a parar al punto de partida. —Luís Rocha alzó las manos y las hizo girar, como si sujetase una pelota—. O sea, que probó que la Tierra es finita, pero no tiene límite. Es posible que el universo sea también así. Finito, pero sin límites.

—Ahora entiendo.

Los dos acabaron el café.

—Bien, todo esto porque le estaba diciendo que la respuesta a la cuestión de la prueba de la existencia de Dios se asienta en tres puntos fundamentales. El primero es la comprobación de que Dios es sutil, y el segundo es la comprobación de que no lo podemos observar mediante un telescopio o un microscopio. —Alzó un tercer dedo—. Pero, a pesar de todas las dificultades, hay una manera indirecta de llegar a la prueba de la existencia de Dios.

—¿Cómo?

—A través de la búsqueda de dos rasgos esenciales: la inteligencia y la intención. El profesor Siza determinó que, para saber si una inteligencia consciente creó el universo, tenemos que dar respuesta a una pregunta fundamental: ¿existe o no inteligencia e intención en la creación del universo? —Inclinó la cabeza—. No basta con que la respuesta sea afirmativa en relación con uno de estos puntos. Tiene que ser afirmativa en relación con los dos, ¿entiende?

Tomás hizo un gesto reflexivo.

—No muy bien. ¿No le parece que es suficiente si logro probar que hay inteligencia?

—Claro que no —repuso Luís Rocha—. Fijándonos en la rotación de la Tierra alrededor del Sol, nos parece evidente que hay inteligencia en el movimiento. Pero esa inteligencia ¿es intencional o fortuita? Es que, fíjese, todo puede ser fruto de la mera causalidad, ¿o no? Si el universo es infinitamente grande, es inevitable que, en un número infinito de situaciones diferentes, algunas exhiban las características de la nuestra. Por tanto, si la inteligencia de las cosas es fortuita, no es posible ver ahí, con toda certidumbre, la mano de Dios, ¿no? Tenemos también que determinar si hay intención.

—Estoy entendiendo.

—El problema es que el concepto de intención es muy difícil de concretar. Cualquier profesor de la Facultad de Derecho le dirá eso. En un juicio en un tribunal, una de las grandes dificultades consiste justamente en determinar la intención del acusado cuando cometió determinado acto. El acusado mató a una persona, pero ¿la mató porque quiso matarla o fue un accidente? El acusado sabe que matar con intención es más grave y, en general, argumenta que mató pero no quiso matar, todo no fue más que una jugada de la mala suerte. La dificultad, pues, es determinar la intención del acto. —Hizo un gesto amplio con los brazos—. Lo mismo ocurre en el universo. Mirando todo lo que nos rodea, podemos comprobar que existe una gran inteligencia en la concepción de las cosas. Pero ¿esa inteligencia es fortuita o existe una intención por detrás de todo? De haber intención, ¿cuál es esa intención? Y, elemento crucial, ¿existirá alguna manera de, habiendo intención, demostrar su existencia?

—¿No está la respuesta en aquella metáfora del reloj que usted me explicó el otro día?

—Sí, el reloj de William Paley es un argumento poderosísimo. Si encontramos en el suelo un reloj y lo analizamos, enseguida nos damos cuenta de que lo ha concebido un ser inteligente con una intención. Así, pues, si eso es válido para algo tan simple como un mero reloj, ¿por qué no sería válido para algo tan inmensamente más inteligente y complejo como es el universo?

—Justamente. ¿Eso no sirve de prueba?

—Es un poderoso indicio de inteligencia e intención, pero no es una prueba.

—Entonces, ¿cómo puede colegirse la prueba?

Luís Rocha se enderezó en la silla.

—Fue Einstein quien dio la pista —dijo.

—¿Qué pista?

El físico se levantó de su sitio e invitó a Tomás a que lo siguiese fuera de aquella exigua sala.

—Venga —dijo—. Le voy a mostrar la segunda vía.

XXXIX

Avanzaron por la larga alfombra roja y atravesaron toda la biblioteca. Luís Rocha parecía un cicerone, guiando a Tomás hasta un enorme retrato enmarcado en la pared del fondo, entre los estantes de libros. Era una soberbia pintura de don Juan V, el monarca a quien le debía su nombre la biblioteca Joanina. El físico dejó sus cosas sobre un elegante piano negro de cola, instalado frente al retrato, e hizo señas a Tomás para que lo siguiese.

—Acompáñeme —dijo.

Se dirigió hasta una columna del arco de acceso a la última sala e, inesperadamente, abrió una puerta disimulada en la pared y se sumergió en la sombra. Aunque lo pillaba de sorpresa, Tomás siguió detrás de Luís Rocha. Subieron una escalinata estrecha sumida en la oscuridad y reaparecieron en el primer piso, en un estrecho balcón de madera, que recorrieron hasta llegar a la parte alta del gran retrato. El anfitrión observó el tercer estante de la izquierda, sacó un volumen blanco, metió la mano por el hueco abierto entre los libros, extrajo de la sombra una carpeta de cartulina azul celeste, volvió a guardar el volumen en su lugar e hizo señas a su invitado para regresar por el mismo camino.

—¿Qué es eso? —preguntó Tomás, intrigado, cuando volvieron a la planta baja.

—Ésta es la segunda vía —reveló Luís Rocha, que se sentó pesadamente en la silla junto al piano, frente a la mirada eternizada en la tela de don Juan V—. La prueba científica de la existencia de Dios, según el profesor Siza.

Tomás miró la carpeta. La cartulina, algo gastada, mostraba el logotipo de la Universidad de Coimbra, y estaba cerrada con un elástico alrededor.

—Pero ¿qué está haciendo aquí un manuscrito importante como éste? —se sorprendió el historiador—. ¿El profesor Siza guardaba sus cosas en la biblioteca Joanina?

—No, claro que no. Lo que ocurrió fue que, poco después del asalto en que desapareció el profesor, me quedé un poco…, digamos…, asustado. Al hacer el inventario de lo que se habían llevado de su casa, comprobé que el viejo manuscrito de Einstein no estaba en ninguna parte y eso me hizo considerar la posibilidad de que toda la investigación estuviese en peligro. De modo que decidí llevarme de la casa todo lo que había relacionado con esta investigación. Incluso guardé las cosas en mi apartamento por unos días, pero eso me puso muy nervioso y acabé pensando que ése tampoco era un lugar seguro. Si habían asaltado la casa del profesor, también podrían asaltar la mía, ¿no es verdad? De modo que opté por distribuir algunas cosas pequeñas entre los colegas del profesor, incluido su padre, por ejemplo. —Acarició la cartulina azul—. El problema, no obstante, era lo que había en esta carta, la segunda vía, sin duda el documento más importante. No quería darles la carpeta para que la guardasen, pero tampoco podía mantenerla en casa, ¿no? ¿Qué hacer? —Hizo un gesto señalando el estante de donde la había sacado—. Fue entonces cuando tuve la idea de esconder la carpeta en un hueco que yo sabía que había en la biblioteca, allí arriba, justo al lado del retrato del rey, detrás de una hilera de libros.

—Usted realmente estaba muy asustado, ¿no?

—¿Y cómo no había de estarlo? Si, además de secuestrar el profesor, se habían llevado *La fórmula de Dios*, me pareció evidente que podría haber una relación entre el secuestro y la investigación. Como yo estaba metido en la investigación, empecé a sentirme muy nervioso. Quién sabe si no vendrían también a llamarme a la puerta…

—Pues claro.

Luís Rocha se calló y miró a su alrededor. Alzó los brazos e hizo un gesto amplio con las manos, abarcando toda la biblioteca Joanina.

—¿Sabe? El profesor Siza solía decir que esta biblioteca es la metáfora de la firma divina en el universo.

—¿La firma divina en el universo? No lo entiendo…

—Es una imagen inspirada en los diálogos que él sostuvo con Einstein. —Señaló los estantes llenos de libros—. Imagínese que un niño entra en esta biblioteca y ve estos libros, todos escritos en lenguas desconocidas, la mayor parte en latín. El niño sabe que alguien escribió los libros y sabe que los libros revelan cosas, claro, aunque no sepa quién los escribió ni qué cuentan. En realidad, el niño ni siquiera entiende latín. Sospecha que toda esta biblioteca está organizada según un orden, pero ese orden le resulta misterioso. —Apoyó las palmas de sus manos en el pecho—. Nosotros somos como ese niño y el universo es como esta biblioteca. El universo contiene leyes, fuerzas y constantes creadas por alguien, con objetivos misteriosos y según un orden incomprensible para nosotros. Comprendemos vagamente las leyes, captamos las líneas generales del orden que lo organiza todo, captamos superficialmente que las constelaciones y los átomos se mueven de determinada manera. Tal como el niño, desconocemos los detalles, sólo nos formamos una pálida idea del propósito de todo esto. Pero hay algo de lo que estamos seguros: toda esta biblioteca ha sido organizada con una intención. Aunque no lleguemos a leer los libros ni a conocer jamás a sus autores, el hecho es que estas obras contienen mensajes, y la biblioteca está organizada en obediencia a un orden inteligente. Así es el universo.

—¿Ésa fue la pista que le dio Einstein al profesor Siza para encontrar la segunda vía?

—No. Ésa fue la metáfora que el profesor Siza usaba para explicar la inteligencia intencional del universo, una metáfora inspirada en los diálogos que mantuvo con Einstein.

Tomás esbozó una expresión interrogativa.

—¿Y cuál fue la pista que le dio Einstein?

Luís Rocha quitó el elástico que sujetaba la carpeta y, tras abrirla, reveló una gran cantidad de documentos y anotaciones, la mayor parte de ellos llenos de ecuaciones extrañas, incomprensibles para un lego. El físico ojeó las anotaciones hasta dar con una página en particular.

—Aquí está —dijo—. Fue ésta.

Tomás se inclinó sobre la anotación.

—¿Qué es eso?

—Es una frase muy conocida de Einstein —explicó Luís

Rocha—. Él dijo: «Lo que realmente me interesa es saber si Dios podría haber hecho el mundo de una manera diferente, o sea, si la necesidad de simplicidad lógica deja alguna libertad».

—¿Ésa es una pista?

—Sí. El profesor Siza siempre encaró esta frase como la pista para la segunda vía y, fijándonos bien, es fácil entender por qué. Lo que Einstein está planteando es la cuestión de que resulta inevitable que el universo sea como es, además de la cuestión del determinismo. O sea, y ésta es la pregunta esencial: si las condiciones de partida fuesen diferentes, ¿cuán diferente sería el universo?

—Hmm.

—Claro que, en aquel tiempo, ésta era una cuestión increíblemente difícil de responder. Faltaban aún los modelos matemáticos para enfrentarse a ella, por ejemplo. Pero, una década después, con la aparición de la teoría del caos, todo cambió. La teoría del caos proporcionó instrumentos matemáticos muy precisos para enfrentarse al problema de la alteración de las condiciones iniciales de un sistema.

—No lo entiendo bien —dijo Tomás—. ¿A qué se refiere cuando habla de condiciones iniciales?

—La expresión «condiciones iniciales» se refiere a lo que ocurrió en los primeros instantes de creación del universo con la distribución de la energía y de la materia. Pero también hace falta considerar las leyes del universo, la organización de las diversas fuerzas, los valores de las constantes de la naturaleza, todo, todo. Mire, por ejemplo, fíjese en el caso de las constantes de la naturaleza. ¿No le parece que son un elemento crucial en este cálculo?

—¿Las constantes de la naturaleza?

—Sí. —Frunció el ceño, extrañado por la pregunta—. Supongo que sabe de qué se trata, ¿no?

—Pues…, no.

—Ah, perdón, a veces me olvido de que estoy hablando con un lego —exclamó el físico, levantando la mano como quien pide disculpas—. Bien, las constantes de la naturaleza son cantidades que desempeñan un papel fundamental en el comportamiento de la materia y que, en principio, presentan el mismo valor en cualquier parte del universo y en cualquier momento de su historia. Por ejemplo, un átomo de hidrógeno es igual en la Tierra o en una lejana galaxia. Pero, más que eso, las constantes de la naturaleza son una serie de valores misteriosos que se encuentran en la raíz del universo y que otorgan muchas de sus actuales características, y que constituyen una especie de código que encierra los secretos de la existencia.

Tomás contrajo el rostro, mostrándose intrigado.

—¿Ah, sí? Nunca había oído hablar de eso…

—Lo creo —asintió Luís Rocha—. Hay muchas cosas que descubrieron los científicos y que las personas comunes, lisa y llanamente, no conocen. Y, no obstante, estas constantes son algo fundamental, constituyen una misteriosa propiedad del universo y condicionan todo lo que nos rodea. Se descubrió que el tamaño y la estructura de los átomos, de las moléculas, de las personas, de los planetas y de las estrellas no derivan del azar ni de un proceso de selección, sino de los valores de estas constantes. Siendo así, la cuestión que planteó el profesor Siza fue muy sencilla: ¿y si los valores de las constantes de la naturaleza fuesen ligeramente diferentes?

—¿Diferentes cómo?

—Mire, que la fuerza de gravedad sea ligeramente más débil o más fuerte de lo que es, que la luz presente una velocidad en el vacío un poco mayor o un poco menor que la que tiene, que la constante de Planck que determina la más pequeña unidad de energía posea un valor mínimamente diferente… En fin, ese tipo de cosas. ¿Qué ocurriría si se diesen pequeñas alteraciones en esos valores?

Se hizo silencio.

—¿Qué descubrió él? —preguntó Tomás, conteniendo a duras penas la curiosidad.

Luís Rocha inclinó la cabeza.

—No sé si lo recuerda, pero cuando usted estuvo en mi primera clase, hace unas semanas, yo hablé del problema del Omega. ¿Se acuerda de eso?

—Claro.

—¿Qué retuvo de lo que dije?

—Bien… Déjeme pensar…: dijo que había dos fines posibles para el universo. O el universo paraba la expansión, se retraía y acababa aplastado…

—El Big Crunch…

—… o se expandía infinitamente hasta que se acabase toda su energía y se transformara en un cementerio helado.

—El Big Freeze. ¿Y se acuerda de qué lo provocaba?

—Creo que…, creo que era la gravedad, ¿no?

—Exacto —exclamó el físico, haciendo una señal de aprobación—. Veo que entendió lo que dije en la clase. Si la velocidad de expansión logra vencer la fuerza de la gravedad, el universo se expandirá eternamente. Si no lo logra, regresará al punto de partida, un poco como una moneda que se arroja al aire y que acaba viniéndose abajo. Mientras sube, la moneda está venciendo la gravedad. Pero después la gravedad acaba venciéndola.

—Eso es, me acuerdo de ese ejemplo.

Luís Rocha alzó un dedo.

—Pero no lo dije todo. Existe una tercera hipótesis, según la cual la fuerza de la expansión es exactamente igual a la fuerza de la gravedad de toda la materia existente. La posibilidad de que ello ocurra es ínfima, claro, pues sería una extraordinaria coincidencia que, considerando los enormes valores que están en cuestión, la expansión del universo fuese exactamente compensada por la gravedad que ejerce toda la materia, ¿no le parece?

—Bien…, sí, creo que sí.

—Y, no obstante, es eso lo que nos dice la observación. El universo está expandiéndose a una velocidad increíblemente próxima a la línea crítica que separa el universo del Big Freeze del universo del Big Crunch. Ya se ha descubierto que la expansión está en proceso de aceleración, lo que sugiere un futuro de Big Freeze, pero ni por asomo es cierto. La verdad es que, por increíble que parezca, nos encontramos en la línea divisoria entre las dos posibilidades.

—¿Ah, sí?

—Es extraño, ¿no le parece? Y el hecho es que eso, estimado amigo, significa que nos ha tocado el Gordo de la lotería.

—¿Por qué?

—Muy sencillo. Imagine sólo la descomunal energía liberada en el momento de la creación del universo. ¿Cree que es posible controlar toda esa gigantesca erupción?

—Claro que no.

—Es evidente que no. Considerando la fuerza bruta del Big Bang, es muy natural que la expansión no pueda ser controlada, ¿no? Esa expansión debería imponerse o no sobre la fuerza de gravedad de toda la materia. Es infinitamente improbable que la expansión y la gravedad estén equilibradas. Y, no obstante, ambas parecen estar muy cerca de hallarse equilibradas, si es que realmente no lo están. Esto, estimado amigo, es el *jackpot* de la lotería. Fíjese: siendo el Big Bang un acontecimiento accidental y descontrolado, la probabilidad de que el universo permanezca siempre en un estado caótico, de máxima entropía, sería colosalmente aplastante. El hecho de que haya estructuras de baja entropía es un misterio muy grande, tan grande que algunos físicos dicen que se trata de un increíble azar. Si toda la energía que libera el Big Bang fuese una pequeñísima fracción más débil, la materia volvería hacia atrás y se aplastaría en un gigantesco agujero negro. Si fuese mínimamente más fuerte, la materia se dispersaría tan deprisa que las galaxias ni siquiera llegarían a formarse.

—Cuando habla de una fracción más débil o más fuerte, ¿de qué está hablando? ¿De una diferencia del cinco por ciento? ¿Del diez por ciento?

Luís Rocha se rio.

—No —dijo—. Estoy hablando de fracciones increíblemente pequeñas, trillonesimales. —Luís Rocha cogió un rotulador—. Mire, el profesor Siza hizo las cuentas y descubrió que, para que el universo pudiera expandirse de modo regular, esa energía tendría que tener una precisión del orden del 10^{120}. O sea...

Con la lengua asomando por la comisura de los labios, escribió el valor.

10000000000000000000000000000000000000000000000000000
00000000000000000000000000000000000000000000000000000
000000000000000000

El físico mordisqueó el rotulador, mirando ese número tan elevado.

—Esto quiere decir que bastaba con que la afinación hubiese fallado una nonada para que el universo perdiese toda posibilidad de albergar vida. Retrocedería a un monumental agujero negro o se dispersaría sin formar galaxias.

Tomás contempló aquella enorme extensión de ceros, intentando asimilar su significado.

—¡Increíble! —Los ojos volvieron a desfilar por la sucesión de guarismos redondos—. ¿A qué equivale esto? ¿A la hipótesis de que yo gane hoy la lotería?

Luís Rocha volvió a reírse.

—Mucho más que eso —dijo—. Mire: esto equivale a la hipótesis de que usted lance una flecha al azar al espacio y que ella atraviese todo el cosmos y alcance un blanco con un milímetro de diámetro localizado en la galaxia más próxima.

—¡Caramba! —exclamó Tomás, que se llevó la mano a la boca—. Ésa sería una suerte increíble...

—Claro que lo sería —asintió el físico—. Y, no obstante, la energía del Big Bang tenía este valor tan increíblemente preciso, situado en este intervalo tan asombrosamente estrecho. Lo más extraordinario es que, de hecho, se liberó la energía rigurosamente necesaria para que el universo pudiera organizarse. Es decir: ni más ni menos que la energía estrictamente imprescindible para ello. —Hojeó unas páginas más—. Este sorprendente descubrimiento llevó al profesor Siza a engolfarse en el estudio de las condiciones iniciales del universo.

—¿El Big Bang?

—Sí, el Big Bang y lo que vino después. —Cogió las anotaciones y las hojeó, hasta detenerse en una página—. Por ejemplo, la cuestión de la creación de la materia. Cuando se produjo la gran expansión creadora, no había materia. La temperatura era enormemente elevada, tan elevada que ni los átomos conseguían formarse. El universo era entonces una sopa hirviente de partículas y antipartículas, creadas a partir de la energía y siempre aniquilándose las unas a las otras. Esas partículas, los quarks y los antiquarks, son idénticas entre sí, pero con cargas opuestas, y, cuando se tocan, estallan y vuelven a ser energía. A medida que el universo se iba expandiendo, la temperatura iba bajando y los quarks y antiquarks fueron formando partículas mayores, llamadas hadrones, sin dejar de aniquilarse las unas a las otras. Se creó así la materia y la antimateria. Como las cantidades de materia y de antimateria eran iguales y ambas se aniquilaban mutuamente, el universo se presentaba constituido por energía y partículas de existencia efímera y no había posibilidades de que se formase materia duradera. ¿Lo entiende?

—Sí.

—Sin embargo, ocurrió que, por una razón muy misteriosa, la materia empezó a producirse en una cantidad minúsculamente mayor que la antimateria. Por cada diez mil millones de antipartículas, se producían diez mil millones «más» una partículas.

Escribió la comparación con el rotulador.

10 000 000 000 antipartículas
10 000 000 001 partículas

—¿Lo ve? —dijo, mostrando la anotación—. Una diferencia mínima, casi insignificante, ¿no? Pero, atención, fue suficiente para producir la materia. Es decir: diez mil millones de partículas eran destruidas por diez mil millones de antipartículas, pero sobraba siempre una que no era destruida. Fue justamente esa partícula sobreviviente la que, juntándose con otras sobrevivientes en las mismas circunstancias, formó la materia. —Golpeó repetidamente la anotación con el dedo—. O sea, que el profesor Siza entendió que, en la creación del universo, se había producido un azar extraordinario más. Si el número de partículas y antipartículas siguiera siendo exactamente el mismo, como parece lógico, no habría materia. —Sonrió—. Sin materia, nosotros no estaríamos aquí.

—Estoy entendiendo —murmuró Tomás, asombrado—. Esto es... francamente admirable.

—Todo gracias a una partícula extra. —Buscó una nueva página—. Otra cuestión en la que el universo requiere una increíble afinación es su homogeneidad. La distribución de la densidad de la materia es muy homogénea, pero no totalmente. Cuando se produjo el Big Bang, las diferencias de densidad eran increíblemente pequeñas y se fueron amplificando a lo largo del tiempo por la inestabilidad gravitacional de la materia. Lo que el profesor Siza descubrió fue que esta afinación acabó resultando otro increíble golpe de suerte. El grado de no uniformidad es extraordinariamente pequeño, del orden de uno cada cien mil, exactamente el valor necesario para permitir la estructuración del universo. Ni más ni menos. Si fuese mínimamente mayor, las galaxias se transformarían deprisa en densos aglomerados y se formarían agujeros negros antes de que se reúnan las condiciones para la vida. Por otro lado, si el grado de no uniformidad fuese mínimamente más pequeño, la densidad de la materia sería demasiado débil o las estrellas no se formarían. —Abrió las manos—. En otras palabras, era necesario que la homogeneidad fuese exactamente ésta para hacer posible la vida. Y las posibilidades de que ello se diese eran minúsculas, pero se dieron.

—Ya veo.

—La propia existencia de las estrellas con una estructura semejante a la del Sol, adecuada a la vida, resulta de un nuevo golpe de suerte. —Dibujó una estrella en un folio en blanco—. Fíjese: la estructura de una estrella depende de un equilibrio delicado en su interior. Si la irradiación de calor es demasiado fuerte, la estrella se transforma en una gigante azul, y si es demasiado débil, la estrella se convierte en una enana roja. Una es excesivamente caliente y otra excesivamente fría, y ambas probablemente no tienen planetas. Pero la mayor parte de las estrellas, incluido el Sol, se sitúa entre estos dos extremos, y lo extraordinario es que los valores más allá de esos extremos son altamente probables, pero no llegaron a darse. En cambio, la relación de las fuerzas y la relación de las masas de las partículas disponen de un valor tal que parecen haber conspirado para que la generalidad de las estrellas se sitúe en el estrecho espacio entre los dos extremos, posibilitando así la existencia y predominio de estrellas como el Sol. Altérese mínimamente el valor de la gravedad, de la fuerza electromagnética o de la relación de masas entre el electrón y el protón y nada de lo que vemos en el universo se torna posible.

—Increíble —comentó Tomás, meneando la cabeza—. No tenía la menor idea de ese fenómeno.

Luís Rocha hojeó de nuevo las anotaciones.

—Después de analizar las condiciones iniciales del universo, el profesor Siza dedicó su atención a las micropartículas. —Se detuvo en otra página llena de ecuaciones—. Por ejemplo, se puso a estudiar dos importantes constantes de la naturaleza, justamente esta proporción de las masas de los electrones y protones, designada constante Beta, y la fuerza de interacción electromagnética, designada constante de la estructura fina, o Alfa, y alteró sus valores, calculando las consecuencias de tal alteración. ¿Sabe lo que descubrió?

—Diga.

—Hágase un pequeño aumento de Beta y las estructuras moleculares ordenadas dejan de ser posibles, dado que el actual valor de Beta determina las posiciones bien definidas y estables de los núcleos de los átomos y obliga a los electrones a moverse en posiciones muy precisas en torno a esos núcleos. Si el valor de Beta es mínimamente diferente, los electrones comienzan a agitarse demasiado e imposibilitan la realización de procesos muy precisos, como la reproducción del ADN. Por otro lado, el actual valor de Beta, ligado con Alfa, calienta bastante el centro de las estrellas hasta el punto de generar reacciones nucleares. Si Beta excede en 0,005 el valor del cuadrado de Alfa, no habrá estrellas. Sin estrellas, no hay Sol. Sin Sol, no hay Tierra ni vida.

—Pero ¿son tan estrechos los márgenes?

—Muy estrechos. Y eso no es todo.

—¿Cómo?

—Mire: si Alfa aumenta sólo un cuatro por ciento, no podrá producirse el carbono en las estrellas. Y si aumenta sólo 0,1, no habrá fusión ni estrellas. Sin carbono ni fusión estelar, no habrá vida. Es decir: para que el universo pueda generar vida, es necesario que el valor de la constante de la estructura fina sea exactamente lo que es. Ni más ni menos.

El físico se centró en un nuevo folio de los apuntes.

—Otra cosa que analizó el profesor Siza fue la fuerza nuclear fuerte, la que provoca las fusiones nucleares en las estrellas y en las bombas de hidrógeno. Hizo los cálculos y descubrió que, si se aumenta la fuerza fuerte en sólo un cuatro por ciento, ocurriría que, en las fases iniciales después del Big Bang, se quemaría demasiado rápido todo el hidrógeno del universo, convirtiéndose en helio 2. Eso sería un desastre, porque significaría que las estrellas agotarían deprisa su combustible y algunas se transformarían en agujeros negros antes de que se den las condiciones para la creación de vida. Por otro lado, si se redujese la fuerza fuerte en un diez por ciento, el núcleo de los átomos resultaría afectado de tal modo que impediría la formación de elementos más pesados que el hidrógeno. En consecuencia, sin elementos más pesados, uno de los cuales es el carbono, no hay vida. —Dio unos golpes con el índice señalando esos cálculos—. Es decir: el profesor Siza descubrió que el valor de la fuerza fuerte dispone sólo de un pequeño intervalo para crear las condiciones generadoras de vida, y fíjese en que, por un providencial milagro, la fuerza fuerte se sitúa justamente en ese estrechísimo intervalo.

—Es increíble —murmuró Tomás, acariciándose distraídamente el mentón—. Increíble.

Más páginas repletas de insondables ecuaciones.

—Además, la conversión del hidrógeno en helio, crucial para la vida, es un proceso que requiere una afinación absoluta. La transformación tiene que obedecer a un índice exacto de siete milésimas de su masa para energía. Si se desciende una fracción, la transformación no se produce y el universo sólo tiene hidrógeno. Si se aumenta una fracción, el hidrógeno se agota rápidamente en todo el universo.

Escribió los valores.

0,006 % —sólo hidrógeno

0,008 % — hidrógeno agotado

—O sea, que para que exista vida, es necesario que el índice de conversión del hidrógeno en helio se sitúe exactamente en este intervalo. Y, vaya coincidencia, ¡realmente llega a situarse!

—¡Vaya! De nuevo la suerte es favorable…

—¿Suerte favorable? —El físico se rio—. Más que suerte favorable, ¡el *jackpot* de los *jackpots*! —Hojeó las anotaciones—. Ahora fíjese en el carbono. Por diversas razones, el carbono es el elemento en el que se asienta la vida. Sin carbono, la vida compleja espontánea no es posible, dado que sólo este elemento dispone de flexibilidad para formar las largas y complejas cadenas necesarias para los procesos vitales. Ningún otro elemento es capaz de hacerlo. El problema reside en que la formación del carbono sólo es posible debido a un conjunto de circunstancias extraordinarias. —Se frotó la barbilla, concentrado en cómo explicaría el proceso—. Para formar el carbono, es necesario que el berilio radioactivo absorba un núcleo de helio. Parece sencillo, ¿no? El problema es que el tiempo de vida del berilio radioactivo se limita a una insignificante fracción de segundo.

Apuntó el valor.

0,00000000000001 segundos

—¿Lo ve? El berilio radioactivo sólo dura este instante.

Tomás intentó evaluar cuánto tiempo sería ese micronésimo de segundo.

—Pero eso no es nada —observó—. Nada de nada.

—Pues sí —asintió el físico—. Y, no obstante, es justamente en este periodo increíblemente corto cuando el núcleo del berilio radioactivo tiene que localizar, atacar y absorber un núcleo de helio para crear el carbono. La única forma de hacer que esto sea posible en un instante tan fugaz es que las energías de estos núcleos sean exactamente iguales en el momento en que chocan. Y una nueva sorpresa: ¡son realmente iguales! —Guiñó el ojo—. ¿Eh? ¡Suerte favorable! Si hubiese una ligerísima discrepancia, por mínima que fuese, no se podría formar carbono. Pero, por extraordinario que parezca, no existe discrepancia alguna. Gracias a un brutal golpe de suerte, la energía de los constituyentes nucleares de las estrellas se sitúa exactamente en el punto adecuado, lo que permite la fusión.

—Es increíble —comentó Tomás.

—Pero incluso se da otro asombroso golpe de suerte —continuó Luís Rocha—. El tiempo de colisión del helio es aún más efímero que el cortísimo tiempo de vida del berilio radiactivo, y eso permite la reacción nuclear que produce el carbono. Para colmo, existe el problema de que el carbono sobreviva a la subsiguiente actividad nuclear dentro de la estrella, lo que sólo es posible en condiciones muy especiales. Y fíjese: gracias a una nueva y extraordinaria coincidencia, se dieron esas condiciones y el carbono no se transformó en oxígeno. —Sonrió—. Admito que, para un lego, esto parezca chino. Pero le aseguro que un físico considerará que todo es producto de una suerte absolutamente increíble. ¡Son cuatro *jackpots* en una única clave!

—Caramba —se rio Tomás—. ¡Nos vamos a hacer millonarios!

Luís Rocha cogió los folios repletos de anotaciones y cuentas y se los mostró a su interlocutor.

—¿Ve esto? Está todo lleno de descubrimientos de ese tipo. El profesor Siza y yo pasamos los últimos años detectando y recolectando coincidencias improbables que son absolutamente imprescindibles para que haya vida. La increíble afinación requerida en las diversas fuerzas, en la temperatura del universo primordial, en su tasa de expansión, pero también las extraordinarias coincidencias necesarias en nuestro propio planeta. Por ejemplo, el problema de la inclinación del eje de un planeta. Debido a las resonancias entre la rotación de los planetas y el conjunto de los cuerpos del sistema solar, la Tierra debería tener una evolución caótica en la inclinación de su eje de rotación, lo que, como es obvio, impediría la existencia de vida. Un hemisferio podría pasar seis meses bajo el calor del Sol, sin ninguna noche, y otros seis meses helándose a la luz de las estrellas. Pero nuestro planeta tuvo una suerte increíble. ¿Sabe cuál fue?

—No.

—La aparición de la Luna. La Luna es un objeto tan grande que sus efectos gravitacionales moderaron el ángulo de inclinación de nuestro planeta, viabilizando así la vida.

—¡Caramba, hasta la Luna!

—Es verdad —asintió el físico—. ¿Sabe?, todos los detalles parecen conspirar para viabilizar la vida en la Tierra. Mire: el hecho de que la Tierra posea níquel y hierro líquido en cantidad suficiente en el núcleo para generar un campo magnético, imprescindible cuando se trata de defender la atmósfera de las letales partículas que emite el Sol, eso es una suerte. Otra extraordinaria coincidencia es el hecho de que el carbono es el elemento sólido más abundante en el espacio térmico en que el agua es líquida. La propia órbita de la Tierra es crucial. Un cinco por ciento más próxima al Sol o un quince por ciento más alejada bastarían para imposibilitar el desarrollo de formas complejas de vida. —Volvió a colocar los papeles dentro de la carpeta—. En fin, la lista de coincidencias e improbabilidades es aparentemente interminable.

Tomás se movió en su silla.

—Estoy entendiendo —dijo, intentando aún extraer un significado de toda aquella información—. Pero ¿qué quiere decir todo esto?

—¿No es obvio? —se sorprendió el físico—. Esto quiere decir que no fue sólo la vida la que se adaptó al universo. El propio universo se preparó para la vida. En cierto modo, es como si el universo siempre hubiese sabido que vendríamos con él. Nuestra mera existencia parece depender de una extraordinaria y misteriosa cadena de coincidencias e improbabilidades. Las propiedades del universo, tal como están configuradas, son requisitos imprescindibles para la existencia de vida. Esas propiedades podrían ser infinitamente diferentes. Todas las alternativas conducirían a un universo sin vida. Para que haya vida, tendría que afinarse un gran número de parámetros para un valor muy específico y riguroso. ¿Y qué descubrimos nosotros? Que esa afinación existe. —Cerró la carpeta—. Se la llama principio antrópico.

—¿Cómo?

—Principio antrópico —repitió el físico—. El principio antrópico dice que el universo está concebido a propósito para crear vida.

Tomás abrió la boca.

—Estoy entendiendo.

—Ésa es la única explicación para el increíble conjunto de coincidencias e improbabilidades que nos permiten estar aquí.

El historiador se rascó la cara, pensativo.

—Es realmente apabullante —admitió—. Pero todo puede ser fruto del azar, ¿o no? Es decir, es altamente improbable que yo gane la lotería, claro. Pero, a fin de cuentas, la lotería tiene que tocarle a alguien, ¿no? La ley de las probabilidades dice que sí. Es evidente que, en la perspectiva de la persona a quien le toca la lotería, todo esto parece altamente improbable. El hecho, sin embargo, es que alguien tenía que ganar la lotería.

—Es verdad —coincidió Luís Rocha—. Pero, en este caso, estamos hablando de múltiples loterías. Fíjese: nos tocó el Gordo en cuanto a la afinación de la expansión del universo, en cuanto a la afinación de la temperatura primordial, en cuanto a la afinación de la homogeneidad de la materia, en cuanto a la ligerísima ventaja de la materia sobre la antimateria, en cuanto a la afinación de la constante de la estructura fina, en cuanto a la afinación de los valores de las fuerzas fuerte, electrodébil y de la gravedad, en cuanto a la afinación del índice de conversión del hidrógeno en helio, en cuanto al delicado proceso de formación del carbono, en cuanto a la existencia en el núcleo de la Tierra de los metales que crean el campo magnético, en cuanto a la órbita del planeta…, en fin, en cuanto a todos y cada uno de los aspectos imprescindibles. Hubiera bastado con que los valores fuesen mínimamente diferentes en uno solo de estos factores y zas: no habría habido vida. Pero no: todos coinciden. Es extraordinario, ¿no le parece? —Hizo un gesto vago con la mano—. Mire, es un poco como si yo fuese a dar una vuelta al mundo y comprase un billete de lotería en cada país por el que pasase. Cuanto más tarde llegase a casa, descubriría que me había tocado el Gordo en todos los billetes comprados. ¡Todos! —dijo, y se rio—. Es evidente que podría tener una suerte fantástica y ganar la lotería en uno de esos países. Ya sería absolutamente extraordinario, no obstante, si me tocase la lotería en dos países. Pero si me tocase la lotería en todos los países, ¡ojo!, sería como para desconfiar, ¿no? No es necesario ser un gran genio para darse cuenta de que algo anormal estaba ocurriendo…: una jugarreta, qué sé yo. Seguramente sería el resultado de una trampa, ¿no le parece? Pues fue justamente eso lo que ocurrió con la vida. Le tocó el Gordo en todos los parámetros. ¡Todos! —Alzó un dedo—. Por tanto, sólo se puede sacar una conclusión: se ha montado una trampa. Huele a chamusquina.

—Pues, realmente…, parece de verdad inexplicable tanta suerte. Cuando la limosna es grande, hasta el santo desconfía, ¿no?

Luís Rocha se recostó en la silla.

—Lo que le quiero decir, profesor Noronha, es que, cuanto

más observamos y analizamos el universo, más concluimos que revela las dos características fundamentales inherentes a la acción de una fuerza inteligente y consciente. —Alzó el pulgar izquierdo—. Una es la inteligencia con que todo está concebido. —Alzó también el índice izquierdo—. Otra es la intención de planear las cosas para crear vida. El principio antrópico nos revela que hay intención en la concepción de la vida. La vida no es un accidente, no es fruto del azar, no es el producto fortuito de circunstancias anormales. Es el resultado inevitable de la mera aplicación de las leyes de la física y de los misteriosos valores de sus constantes. —Hizo una pausa, aumentando el efecto dramático de sus palabras—. El universo está concebido para crear vida.

Las palabras resonaron en la biblioteca Joanina, deshaciéndose en el silencio como una nube en el cielo.

—Ya veo —murmuró Tomás—. Es asombroso. Lo que esta segunda vía revela es…, es como mínimo admirable.

—Sí —asintió Luís Rocha—. El descubrimiento del principio antrópico constituye la segunda vía de la confirmación de la existencia de Dios. —Volvió atrás en la pila de papeles, localizando un folio que ya había consultado—. ¿Se acuerda de la pista lanzada por Einstein?

—Sí.

El físico leyó las anotaciones de ese folio.

—Einstein dijo, y cito textualmente: «Lo que realmente me interesa es saber si Dios podría haber hecho el mundo de una manera diferente, es decir, si la necesidad de simplicidad lógica deja alguna libertad». —Miró a Tomás—. ¿Sabe cuál es la respuesta a esta pregunta?

—A la luz de lo que me ha dicho, sólo puede ser no.

—Exactamente: la respuesta es no. —Luís Rocha meneó la cabeza—. No, Dios no podría haber hecho el mundo de manera diferente. —Frunció el ceño y esbozó una sonrisa leve, casi maliciosa—. Pero hay algo más que aún no le he dicho.

—¿Algo más? ¿Qué?

—Como es evidente, el principio antrópico constituye un poderoso indicio de la existencia de Dios. Es decir, si todo está tan increíblemente afinado para posibilitar la existencia de vida, ello se debe a que el universo fue concebido, en efecto, para crearla, ¿no? Pero persiste una duda residual. Es muy pequeña, absolutamente íntima, pero persiste, como una espina clavada en el pie, un escollo incómodo que nos impide tener una certidumbre absoluta. —Bajó la voz, casi hablando en un susurro—. ¿Y si todo no es más que un impresionante azar? ¿Y si todas esas circunstancias resultasen de un extraordinario juego fortuito de asombrosas coincidencias? Hemos ganado múltiples loterías cósmicas, es cierto e incuestionable, pero, por muy improbable que nos parezca, existe siempre la minúscula posibilidad de que todo haya sido un accidente descomunal, ¿no?

—Sí, claro —coincidió Tomás—. Esa posibilidad existe.

—Y mientras exista esa vaga posibilidad, no se puede decir con toda seguridad que el principio antrópico sea la prueba final, ¿no? Es un poderoso indicio, es verdad, pero no es aún la prueba.

—Pues sí. De hecho, aún no es la prueba, claro que no.

—Esta remota posibilidad de que todo haya sido un accidente colosal perturbó durante mucho tiempo al profesor Siza. Le parecía que esta incómoda situación, esta agobiante incertidumbre marginal, formaba parte de las habituales sutilezas de Dios, ya descritas por Einstein. Es decir: así como los teoremas de la incompletitud muestran que no se puede probar la coherencia de un sistema matemático, aunque sus afirmaciones no demostrables sean verdaderas, esta lejana posibilidad impedía que quedase probada, fuera de toda duda, la existencia de una fuerza inteligente y consciente por detrás de la arquitectura del universo. El profesor Siza creía que Dios se volvía a esconder en el juego de espejos de una sutileza postrera, sustrayendo la prueba justamente cuando estábamos a punto de palparla.

—Comprendo.

—Hasta que, a principios de este año, el profesor Siza tuvo una epifanía.

—¿Cómo?

—Se le hizo la luz.

—¿Cómo que «se le hizo la luz»?

—El profesor Siza estaba un día en su despacho calculando el comportamiento caótico de los electrones en un campo magnético cuando, de repente, tuvo la idea que, de una vez por todas, resolvía la postrera incertidumbre y transformaba el principio antrópico no sólo en un poderoso indicio de la existencia de Dios, sino también en la prueba final.

Tomás volvió a moverse en la silla. Se inclinó un poco hacia delante y entrecerró los ojos.

—¿La prueba final? ¿Consiguió la prueba final?

Luís Rocha mantuvo la sonrisa suave.

—La prueba final radica en el problema del determinismo.

—No entiendo.

—Como ya le he dicho, Kant escribió en cierta ocasión que hay tres cuestiones que nunca serán resueltas: la existencia de Dios, la inmortalidad y el libre albedrío. El profesor Siza, no obstante, creía que estas cuestiones, además de ser resolubles, estaban ligadas entre sí. —Carraspeó—. El problema del libre albedrío es saber hasta qué punto somos libres en nuestras decisiones. Durante mucho tiempo, se pensó que lo éramos, pero los descubrimientos científicos fueron limitando gradualmente el campo de nuestra libertad. Se descubrió que nuestras decisiones, aunque parezcan libres, están en realidad condicionadas por un sinnúmero de factores. Por ejemplo, si yo decido comer, ¿esa decisión la ha tomado realmente mi conciencia o deriva de una necesidad fisiológica de mi cuerpo? Poco a poco comenzó a percibirse que nuestras decisiones no son verdaderamente nuestras. Todo lo que hacemos corresponde a lo que nos imponen nuestras características intrínsecas, como el ADN, la biología y la química de nuestro cuerpo, además de otros factores, como la cultura, la ideología y todos los múltiples acontecimientos que se producen en nuestra vida. Por ejemplo, se descubrió que hay personas tristes, no porque su vida sea triste, sino por la sencilla razón de que su cuerpo no produce serotonina, una sustancia que regula el humor. Siendo así, muchas de las acciones de las personas deprimidas tienen origen en esa insuficiencia química y no en el libre arbitrio. ¿Lo entiende?

—Entender, lo entiendo —dijo Tomás, vacilante—. Mi padre ya me había hablado de eso, y confieso que sigue pareciéndome un poco chocante.

—¿Qué?

—Esa idea de que no disponemos de libre albedrío, de que el libre arbitrio no es más que una ilusión. Da la impresión de que somos meros robots...

—Tal vez, admito que sí —coincidió Luís Rocha—. Pero fíjese en que es lo que, en cierto modo, ha concluido la ciencia. Mire: la matemática es determinista. Dos más dos son siempre cuatro. La física es la aplicación de la matemática al universo, con la materia y la energía obedeciendo a leyes y fuerzas universales. Cuando un planeta gira alrededor del Sol, o cuando lo hace un electrón alrededor del núcleo del átomo, eso no ocurre porque les apetece, sino porque los obligan a ello las leyes de la física. ¿Está claro?

—Sí, todo eso es evidente.

—Ahora fíjese. La materia tiende a organizarse espontáneamente, en obediencia a las leyes del universo. Esa organización lleva aparejada una gran complejidad, ¿no? Ahora, a partir de un determinado umbral en que los átomos se organizan en elementos, su estudio deja de pertenecer al campo de la física y se traslada a la química. Es decir: la química como física compleja. Cuando los elementos químicos comienzan a hacerse aún más complejos, nacen los seres vivos, que se caracterizan por su capacidad de reproducirse y por su comportamiento teleológico, o sea, por actuar en función de un objetivo: la supervivencia. Lo que quiero decir con esto es que la biología es la versión compleja de la química. Cuando la biología se vuelve muy compleja, surge la inteligencia y la conciencia, cuyos comportamientos, a veces, parecen extraños, sin obedecer aparentemente a ninguna ley. Pero los psicólogos y los psiquiatras ya han demostrado que todos los comportamientos tienen una razón de ser, no se producen espontáneamente ni por obra y gracia del Espíritu Santo. Podemos no darnos cuenta de sus causas, pero ellas existen. Hay incluso experiencias documentadas que muestran que el cerebro toma una decisión de actuar antes de que la conciencia se aperciba de eso. El cerebro toma la decisión y después informa a la conciencia de esa decisión, pero se hace con tal sutileza que la conciencia pasa a creer que ha sido ella quien ha tomado la decisión. Eso significa que la psicología es la versión compleja de la biología. ¿Sigue mi razonamiento?

—Sí.

—Muy bien. Lo que estoy intentando decirle con todo esto es que cuando se busca la raíz más simple de las cosas, se comprueba que la conciencia tiene por base la biología, que tiene por base la química, que tiene por base la física, que tiene por base la matemática. Le recuerdo una vez más que un electrón no gira hacia la derecha o hacia la izquierda porque le apetece, porque revela libre arbitrio, sino porque lo compelen a ello las leyes de la física. El comportamiento del electrón puede ser indeterminable, debido a su extrema complejidad caótica, pero está determinado. —Se llevó la mano al pecho—. Como todos nosotros estamos hechos de átomos, organizados de una forma extraordinariamente compleja por las leyes de la física, nuestro comportamiento es también determinista. Pero, tal como el electrón, nuestro comportamiento es igualmente indeterminable, dado que resulta de una inherente complejidad caótica. Un poco como ocurre con el estado del tiempo. La meteorología está determinada, pero es indeterminable, debido a la complejidad de los factores y al problema del infinito, y pequeñas alteraciones en las condiciones iniciales provocan resultados imprevisibles a corto o mediano plazo. Es la vieja historia del aleteo de una mariposa que puede provocar una tormenta al otro lado del planeta dentro de un tiempo. También los psiquiatras dicen que un acontecimiento en la infancia puede condicionar el temperamento de un individuo en la edad adulta, ¿no? ¿Y qué es eso sino el efecto mariposa aplicado a la escala humana?

—Estoy entendiendo.

—Lo que quiero decir con esto es que, aunque nuestras decisiones parezcan libres, en realidad no lo son. Muy por el contrario, todas ellas están condicionadas por factores de cuya influencia no tenemos, la mayor parte de las veces, la menor noción.

—Pero eso es terrible —observó Tomás—. Significa que no somos dueños de nosotros mismos. Si ya está todo determinado, ¿para qué nos vamos a preocupar por..., pues, qué sé yo, en mirar a un lado y a otro cuando cruzamos la calle?

—Usted está confundiendo determinismo con fatalismo.

—Pero, pensándolo bien, ¿no son ambos la misma cosa?

—No, no lo son. Desde un punto de vista macrocósmico, todo está determinado. Sin embargo, desde el punto de vista del microcosmos de cada persona, nada parece determinado porque nadie sabe lo que va a ocurrir después. Hay muchos factores externos que nos obligan a tomar decisiones. Por ejemplo, si empieza a llover, decidimos abrir el paraguas. Esa decisión ha sido nuestra, aunque ya estuviese determinada porque, aunque no lo supiéramos, las leyes de la física han conspirado para que lloviese en ese instante y el *software* incorporado en nuestra mente ha determinado que el paraguas era la respuesta adecuada para tal situación exterior. ¿Lo entiende? La libre voluntad es un concepto del presente. Pero lo cierto es que no tenemos posibilidad de alterar lo que hemos hecho en el pasado, ¿no? Lo hecho, hecho está. Eso significa que el pasado se encuentra determinado. Si ambos, pasado y futuro, existen, aunque en planos diferentes, el futuro también está determinado.

—Se mantiene el problema —insistió Tomás—. No somos más que marionetas.

—No piense así —dijo el físico—. Piense en un partido de fútbol.

—¿En un partido de fútbol?

—Imagine que ha grabado el Italia-Francia de la final del Mundial 2006. Cuando el partido transcurre, los jugadores están tomando decisiones libres, ¿no? Cogen la pelota y la patean para un lado o para el otro. Pero, al ver la grabación, sabemos que todo está determinado. El partido terminará 1 a 1 e Italia va a ganar en los penaltis. Hagan lo que hagan los jugadores en esa grabación, el resultado está determinado, nunca lograrán alterarlo. Al final del DVD, gana Italia. Más que eso, todas las acciones de los jugadores, que son libres en ese momento, están ya determinadas. Hasta el cabezazo de Zidane a Materazzi. —Sonrió—. Pues la vida es como un partido grabado. Tomamos decisiones libres, pero ellas ya están determinadas.

—Estoy entendiendo, pero eso no me consuela —insistió Tomás—. En resumidas cuentas, eso significa, una vez más, que no somos dueños de nosotros mismos.

Luís Rocha mantuvo los ojos fijos en su interlocutor.

—Significa algo mucho más importante que eso, estimado amigo —sentenció—. Mucho más.

—¿Mucho más importante? —se sorprendió el historiador—. ¿En qué sentido?

El físico dejó pasar un instante mientras consideraba la mejor manera de proseguir con su explicación.

—¿Se acuerda del Demonio de Laplace?

—Pues… más o menos.

—Como sabe, la ciencia ha descubierto que todos los acontecimientos tienen causas y efectos, y que las causas ya son efectos de un acontecimiento anterior, y los efectos se vuelven causas de acontecimientos sucesivos. Lo tiene presente, ¿no?

—Claro.

—Llevando a las últimas consecuencias el incesante proceso de las causas y los efectos, el marqués de Laplace determinó, en el siglo XVIII, que el actual estado del universo es efecto de su estado anterior y causa del que lo seguirá. Si conocemos todo el estado presente de toda la materia, energía y leyes, hasta el más ínfimo detalle, lograremos calcular todo el pasado y todo el futuro. Para recurrir a la expresión que utiliza el propio Laplace, el futuro y el pasado estarían en ese caso presentes ante nuestros ojos. —Señaló a Tomás—. Y ahora pregunto: ¿cuál es la consecuencia de esta comprobación?

El historiador suspiró.

—Todo está determinado.

—¡Bingo! —exclamó Luís Rocha—. Todo está determinado. En cierto modo, el pasado y el futuro existen. Pero de la misma manera que no podemos alterar el pasado, tampoco podemos alterar el futuro, dado que ambos son la misma cosa en tiempos diferentes. Esto quiere decir que, si el pasado está determinado, el futuro también lo está. ¿Entiende? Además, confirmaron este descubrimiento las teorías de la relatividad, cuyas ecuaciones son deterministas y establecen implícitamente que todo lo que ha ocurrido y ocurrirá se encuentra inscrito en toda la información inicial del universo. Recuerde que espacio y tiempo son diferentes manifestaciones de una misma unidad, un poco como el *yin* y el *yang*, de tal modo que Einstein concibió el concepto de espacio-tiempo. Así, del mismo modo que Lisboa y Nueva York existen, pero no en el mismo espacio, el pasado y el futuro existen, pero no en el mismo tiempo. Desde Lisboa no consigo ver Nueva York, de la misma manera que desde el pasado no consigo ver el futuro, aunque ambos existan.

—Hmm, hmm.

—Las teorías de la relatividad revelaron, por otro lado, que el tiempo transcurre de modo diferente en diversos sitios del universo, condicionado por la velocidad de la materia y por la fuerza de la gravedad. Los acontecimientos A y B ocurren simultáneamente en un punto del universo y transcurren desfasadamente en otros lugares, en un punto primero el A y después el B, mientras que en un tercer punto se da primero el B y después el A. Esto quiere decir que, en un punto del universo, el B aún no se ha producido, pero se producirá. Ocurra lo que ocurra, ocurrirá porque eso está determinado. —Inclinó la cabeza, siempre con los ojos fijos en Tomás—. Y le pregunto yo ahora: ¿cuándo fue que todo quedó determinado?

—¿Cuándo?

—Sí, cuándo.

—Pues… ¡qué sé yo! Al principio, supongo.

—Exacto —exclamó Luís Rocha—. Todo quedó determinado desde el principio, en el instante en que se formó el universo. La energía y la materia se distribuyeron de determinada forma y las leyes y los valores de las constantes se concibieron de determinada manera, y ello determinó justo en ese momento la historia que tendrían de entonces en adelante toda aquella materia y energía. ¿Lo entiende?

—Sí…

—¿Y no ve la relación que todo eso tiene con el principio antrópico?

Tomás vaciló, buscando el vínculo entre ambas cosas. Pero su vacilación duró sólo un breve instante, el momento de inspirar y espirar, porque, con los ojos desorbitados, vibrante, apabullado, vio que la prueba por fin se completaba.

—Huy…, caramba —balbució, con el aturdimiento arrobado de quien ve surgir la verdad como una luz que encandila—. Esto…, uf…, esto es…, es increíble.

—Lo que quiero decir es que el hecho de que todo esté determinado significa que todo lo que ha ocurrido, ocurre y ocurrirá está previsto desde el nacimiento del tiempo. Incluso este diálogo que sostenemos ya estaba previsto. Es como si fuésemos actores en un escenario colosal, cada uno interpretando su papel, en obediencia a un monumental guion que escribió un guionista invisible cuando comenzó el universo. —Dejó que la idea se asentase—. Todo está determinado.

—Dios mío…

—Y es éste el argumento que faltaba y que, a los ojos del profesor Siza, vino a transformar el principio antrópico en la prueba de la existencia de Dios. El universo fue concebido con un ingenio tal que revela inteligencia y con una afinación tal que revela un propósito. Nuestra existencia no tiene la menor posibilidad de ser accidental, por el simple hecho de que todo está determinado desde el principio.

XL

*S*alieron de la biblioteca Joanina uno al lado del otro. La noche había caído sobre Coimbra y una brisa fresca soplaba leve por el casi desierto patio de las Escuelas. Tomás se detuvo en un peldaño y miró el reloj de la torre; eran ya las nueve de la noche. Llevaba mucho tiempo sin comer, pero la angustia de saber que sólo disponía de once horas más para resolver el enigma le quitaba el apetito. Es cierto que Luís Rocha ya le había desvelado una parte significativa del misterio, pero le faltaba el último detalle. La cifra que contenía la fórmula de Dios.

—Dígame una cosa —murmuró Tomás—: no tiene idea de en qué consiste el último mensaje que Einstein dejó cifrado, ¿no?

El físico lo miró de modo extraño.

—Venga conmigo —dijo, haciendo un gesto con la mano para que lo siguiese.

Luís Rocha bajó los escalones y giró a la izquierda; Tomás seguía tras él. Caminaron hasta la puerta siguiente, en el edificio situado al lado de la biblioteca. El historiador cruzó el magnífico portal que decoraba la puerta y, casi sin querer, sin duda por deformación de historiador, identificó enseguida el estilo manuelino.

—¿Esto es una iglesia? —preguntó.

—Es la capilla de San Miguel —reveló su anfitrión, que lo llevó hacia el interior—. Comenzaron a construirla en el siglo XVI.

Las paredes estaban cubiertas de azulejos azulados y el techo estaba ricamente ornamentado con las armas de Portugal, pero lo que dominaba la capilla era el soberbio órgano barroco incrustado en la pared, a la derecha; se trataba de un instrumento bellísimo, labrado en detalle, con ángeles sentados en el extremo tocando la trompeta.

—¿Por qué me ha traído aquí? —quiso saber Tomás.

El físico se sentó en el borde de un asiento tapizado con cuero y sonrió.

—¿No cree que tiene sentido que estemos en la casa de Dios cuando estamos hablando de Dios?

—Pero el dios que usted me ha presentado no es el Dios de la Biblia —observó el historiador, haciendo una señal con la cabeza frente a la imagen de Cristo crucificado sobre el altar.

—Le he presentado a Dios, mi estimado amigo —replicó Luís Rocha—. El resto son detalles, ¿no le parece?

—Si usted lo dice…

—Unos lo llaman Dios, otros lo llaman Jehová, otros Alá, otros Brahman, otros Dharmakaya, otros Tao. —Se llevó la palma de la mano al pecho—. Nosotros, los científicos, lo llamamos universo. Diferentes nombres, diferentes atributos, la misma esencia.

—Ya veo —intervino el historiador—. Pero eso no resuelve mi problema, ¿no?

—¿Cuál es su problema?

—¿En qué consiste el último mensaje que Einstein dejó cifrado?

Luís Rocha se deslizó en el asiento e hizo señas a Tomás, que seguía de pie, para que se sentara a su lado. El historiador obedeció, a pesar de la angustia que minaba su paciencia.

—¿Conoce las matriuskas? —preguntó el físico.

—¿Qué?

—Las matriuskas.

—Son las muñecas rusas, ¿no?

—Sí. Cuando se abre una, hay siempre otra por dentro. —Sonrió—. Tal como una matriuska, el descubrimiento de la segunda vía resolvió un enigma, pero reveló otro. Si Dios existe y concibió el universo con una afinación tal que determinó nuestra creación, ello parece indicar que nuestra existencia es el objetivo del universo, ¿no es verdad?

—Es lógico.

—Pero no tiene sentido, ¿no?

—¿Le parece que no? —se sorprendió Tomás—. Para mí en ello reside todo su sentido.

—Tiene sentido porque es una comprobación reconfortante —argumentó Luís Rocha—. A fin de cuentas, la ciencia siempre nos ha dicho que no éramos más que una insignificancia a la escala del universo, absolutamente irrelevantes en la inmensidad de la existencia, ¿no? Había físicos que hasta sostenían que la vida era poco más que una farsa y que nuestra presencia no poseía ninguna utilidad.

—Por lo visto estaban equivocados.

—Así es —asintió Luís Rocha—. Considerando que el universo fue increíblemente afinado para crear vida y que ello no es ningún accidente, porque está determinado desde el principio de los tiempos, tengo que admitir, sí, que mis colegas estaban equivocados. Y, no obstante, la cuestión persiste: no tiene sentido que nuestra existencia sea el objetivo del universo.

—Pero ¿por qué dice eso?

—Por la sencilla razón de que nosotros aparecimos en una fase relativamente inicial de la vida del universo. Si fuésemos el objetivo, apareceríamos al final, ¿no? Pero no fue así. Aparecimos poco después del principio. ¿Por qué?

—¿Acaso Dios tenía prisa por crearnos?

—Pero ¿para qué? ¿Para que nos divirtiésemos? ¿Para que pudiéramos pasar el tiempo viendo televisión? ¿Para tomar copas en una terraza? ¿Para estar siempre hablando de fútbol y de mujeres? ¿Para que ellas se dedicasen a leer revistas del corazón y ver telenovelas? ¿Para qué?

Tomás se encogió de hombros.

—Qué sé yo —exclamó—. Pero ¿cuál es la relevancia de esta cuestión?

Luís Rocha fijó sus ojos castaños en los verdes de Tomás.

—Porque ésta es la cuestión que resuelve el último mensaje de Einstein.

—¿Cómo?

—La cifra que Einstein insertó en *La fórmula de Dios* resuelve el problema del propósito de nuestra existencia.

Tomás metió la mano en el bolsillo y sacó el papelito doblado, del que no se desprendía nunca. Desdobló el folio y releyó el mensaje cifrado.

—¿Esto?

—Sí.

—¿Me está diciendo que este acertijo resuelve el enigma de nuestra existencia?

—Sí. Revela el objetivo de la existencia de la vida.

El historiador volvió a analizar el mensaje.

—Pero ¿cómo lo sabe?

—Me lo dijo el profesor Siza.

—¿El profesor Siza conocía el secreto?

—El profesor Siza conocía la pista para el secreto. Me dijo que Einstein le reveló que este mensaje cifrado contenía el *endgame* del universo.

—¿El *endgame*?

—Es una expresión muy popular en Estados Unidos. Significa el objetivo final de un juego.

Tomás meneó la cabeza, intentando entender lo que Rocha le decía.

—Disculpe, no llego a entenderlo —exclamó—. ¿Adónde quiere llegar?

El físico hizo un gesto amplio.

—Mire todo lo que nos rodea —dijo—. En este planeta hay vida en todas partes. En las planicies y en las montañas, en los mares y en los ríos, entre las piedras y hasta bajo tierra. Miremos lo que miremos, vemos vida. Y, no obstante, sabemos que todo es efímero, ¿no?

—Claro, todos morimos.

—No es eso lo que estoy diciendo —corrigió Luís Rocha—. Cuando digo que todo es efímero, lo que quiero decir es que todo esto está condenado a desaparecer. El periodo en que la vida es posible en el universo es muy limitado.

—¿Qué quiere decir con eso?

—Lo que quiero decir es que nada es eterno. Lo que quiero decir es que este periodo fértil en vida no es más que un pequeño episodio en la historia del universo.

—¿Un pequeño episodio? No entiendo…

—Oiga, la vida en la Tierra depende de la actividad del Sol, ¿no? Ahora bien, el Sol no va a existir eternamente. Si fuese un hombre, ya tendría más de cuarenta años, lo que significa que probablemente ya ha vivido más de la mitad de su existencia. Todos los días, nuestra estrella se está volviendo más luminosa, calentando gradualmente el planeta hasta acabar por destruir toda la biosfera, lo que deberá ocurrir dentro de mil millones de años. Como si eso no bastase, dentro de cuatro o cinco mil millones de años todo el combustible que alimenta la actividad solar se agotará. El núcleo, en un esfuerzo desesperado por mantener la producción de energía, deberá encogerse hasta que los efectos cuánticos actúen para estabilizarlo. En ese momento, el Sol crecerá tanto que se transformará en una estrella gigante roja, con su superficie en aumento hasta absorber a los planetas interiores.

—¡Qué horror!

—Pues sí —dijo el físico—. Pero es mejor ir habituándose a la idea. Resultará muy poco agradable, ¿sabe? La propia Tierra acabará siendo absorbida por el Sol, sumergida en ese horno infernal. Y, cuando se consuma todo el combustible solar, entrará en colapso y el Sol encogerá hasta quedar reducido al actual tamaño de la Tierra, enfriándose como una estrella enana negra. El mismo proceso se dará en las estrellas que se encuentran en el cielo. Una a una, todas crecerán en volumen y todas morirán, unas encogiéndose hasta volverse enanas, otras estallando en supernovas.

—Pero ¿pueden nacer nuevas estrellas, ¿no?

—Van a nacer nuevas estrellas. El problema es que ya nacen cada vez menos estrellas, porque los elementos que las forman están desapareciendo, es decir, se está agotando el hidrógeno primordial, y los gases han empezado a disiparse. Lo peor es que, dentro de unos miles de millones de años, dejarán de nacer estrellas. Sólo habrá funerales galácticos. Con la muerte gradual de las estrellas, las galaxias se van volviendo cada vez más oscuras hasta que, un día, se apagarán todas y el universo se transformará en un inmenso cementerio, lleno de agujeros negros. Pero incluso desaparecerán los agujeros negros, con el total regreso de la materia a la forma de energía. En una fase muy avanzada, sólo quedará radiación.

—Vaya —exclamó Tomás, con una expresión sombría en el rostro—. El futuro se presenta negro.

—Muy negro —asintió Luís Rocha—. Lo que le plantea un gran conflicto al principio antrópico, ¿no?

—Claro. Si el universo está destinado a morir de esa forma, ¿cuál es el objetivo de la vida? ¿Por qué razón Dios afinó la creación del universo para permitir el nacimiento de la vida si planeaba destruirla enseguida? ¿Cuál es el propósito de todo esto?

—Justamente eso fue lo que pensó el profesor Siza. ¿Para qué crear la vida si la idea es destruirla enseguida? ¿Para qué tanto trabajo si su producto es tan efímero? ¿Cuál es, en definitiva, el *endgame*?

—Y ése es un problema sin solución, ¿no?

—No —dijo el físico—. Por el contrario, tiene solución.

Tomás lo miró con los ojos desorbitados.

—¿Qué? —se sorprendió—. ¿Tiene solución?

—Sí, el profesor Siza encontró la solución.

—Pues dígame ya cuál es, hombre —exclamó el historiador, impaciente—. ¡No me mantenga en ascuas!

—Se llama el «principio antrópico final» y nace de la comprobación de que no tiene sentido que todo esté organizado para que haya vida y que luego se la deje desaparecer de esa manera. El principio antrópico final postula que el universo se encuentra afinado para provocar el nacimiento de la vida. Pero no es una vida cualquiera. Es la vida inteligente. Y, después de haber aparecido, la vida inteligente jamás desaparecerá.

El historiador alzó una ceja, manteniendo la otra en su sitio, con una expresión incrédula.

—¿Jamás desaparecerá la vida inteligente?

—Así es.

—Pero…, pero ¿cómo es posible? ¿No ha dicho usted hace un momento que la Tierra será destruida?

—Sí, claro, eso es inevitable.

—Entonces, ¿cómo es posible que nunca desaparezca?

—Tendremos que salir de la Tierra, está claro.

—¿Salir de la Tierra? —Tomás se rio—. Disculpe, pero esto ya empieza a parecerse a un mal libro de ciencia ficción.

—¿Usted cree? Sin embargo, algunos científicos ya comienzan a encarar seriamente esa posibilidad, ¿sabía?

La sonrisa del historiador se deshizo.

—¿En serio?

—Claro. La Tierra no tiene futuro, va a ser destruida.

—¿Y adónde vamos a ir?

—¡Vaya! A otras estrellas, claro.

Tomás sacudió la cabeza, confundido.

—Disculpe, pero aunque así sea, ¿qué se resuelve con eso?

—Bien…, me parece obvio, ¿no? Si nos vamos a las estrellas, escaparemos a la inevitable destrucción de la Tierra.

—¿Y de qué nos sirve eso? ¿No van a desaparecer también las estrellas? ¿No se apagarán también las galaxias? ¿No se morirá también el universo? Aunque logremos escapar de la Tierra, sólo estaremos aplazando lo inevitable, ¿no le parece? En esas circunstancias, ¿cómo es posible sostener que jamás desaparecerá la vida inteligente?

Luís Rocha recorrió con los ojos el altar manierista de la capilla, pero su mente se encontraba muy lejos de allí, sumergida en algún rincón de los laberintos del pensamiento.

—El estudio de la supervivencia y del comportamiento de la vida en el futuro lejano se ha estructurado recientemente como una nueva rama de la física —dijo, adoptando su voz el tono neutral característico de las exposiciones académicas—. ¿Sabe?, las investigaciones en torno a esta cuestión comenzaron en 1979 con la publicación de un artículo, firmado por Freeman Dyson, con el título «*Time without end: physics and biology in an open universe*». Dyson esbozó allí un primer esquema, muy incompleto, que llegarían a reformular otros científicos que se interesaron por la misma cuestión, especialmente Steve Frautschi, quien publicó otro texto científico sobre el mismo asunto en la revista *Science*, en 1982. Se sucedieron nuevos estudios en torno a este problema, todos ellos apoyados por entero en las leyes de la física y en la teoría de los ordenadores.

Tomás mantuvo una expresión perpleja.

—Todo eso me parece extraordinario —comentó—. No tenía la menor idea de que había aparecido una nueva rama de la física dedicada al mantenimiento de la vida en un futuro lejano. Si quiere que le diga la verdad, no veo cómo es posible que tal cosa ocurra, considerando el panorama aterrador que usted ha delineado sobre la muerte inevitable de las estrellas y de las galaxias. ¿Cómo es posible que la vida sobreviva en esas condiciones?

—¿Quiere que se lo explique?

—Por favor. Soy todo oídos.

—Mire, le voy a dar solamente las líneas generales, ¿de acuerdo? Los detalles son demasiado técnicos y me parecen innecesarios en nuestro diálogo.

—Muy bien.

—Ya se está llevando adelante la primera fase. Se trata del desarrollo de la inteligencia artificial. Es verdad que nuestra civilización aún está dando los primeros pasos en la tecnología de los ordenadores, pero la evolución está siendo muy rápida y es posible que seamos capaces, un día, de desarrollar tecnología tanto o más inteligente que nosotros. Además, con el actual índice de evolución, los cálculos revelan que los ordenadores alcanzarán el nivel humano de procesamiento de información y capacidad de integración de datos en el plazo de un siglo o poco más. Cuando llegue el día en que alcancen el mismo nivel, los ordenadores adquirirán conciencia, según lo sugiere, por otra parte, el test Turing, del que no sé si ha oído hablar.

—Mi padre ya me lo había mencionado, sí.

—Pues bien: los ingenieros prevén que, además de poder llegar a desarrollar ordenadores tan inteligentes como nosotros, podremos también desarrollar robots que sean constructores universales. ¿Sabe qué son los constructores universales?

—Pues… no.

—Los constructores universales son ingenios que pueden construir todo lo que pueda construirse. Por ejemplo, la máquina de una fábrica de automóviles no es un constructor universal, dado que sólo sabe construir automóviles. Pero los seres humanos son constructores universales, puesto que tienen la habilidad de construir todo lo que pueda construirse. Ahora bien, los científicos dan por hecho que es posible concebir una máquina que sea un constructor universal. El matemático Von Neumann ya ha mostrado cómo pueden crearse esos constructores, y la NASA dice que será posible fabricarlos dentro de algunas décadas, siempre que haya financiación para ello, claro.

—Pero ¿cuál es la utilidad de esos… constructores universales? Sirven para ahorrarnos trabajo, ¿no?

Luís Rocha hizo una breve pausa, con fuerte intención dramática.

—Sirven para garantizar la supervivencia de la civilización.

Su interlocutor frunció ceño, sorprendido.

—¿Ah, sí?

—Oiga, no se olvide de que la Tierra está condenada a morir. Dentro de mil millones de años, el aumento de la actividad solar destruirá toda la biosfera. El principio antrópico final establece que, una vez que ha aparecido, la inteligencia no desaparecerá jamás del universo. Siendo así, la inteligencia en la Tierra no tiene alternativa: tendrá que abandonar la cuna y expandirse por las estrellas. Los instrumentos de ese proceso son los ordenadores y los constructores universales. Parece inevitable que, en algún momento del futuro, los seres humanos tendrán que enviar constructores universales computarizados a las estrellas más próximas. Esos constructores universales tendrán instrucciones específicas para colonizar los sistemas solares que encuentren y construir allí nuevos constructores universales, los cuales, a su vez, serán enviados a las estrellas siguientes, en un proceso de crecimiento exponencial. Esto se iniciará naturalmente con la exploración de las estrellas más próximas, como Próxima Centauri y Alfa Centauri, y se extenderá gradualmente a las estrellas siguientes, especialmente Tau Ceti, Épsilon Eridani, Pocyon y Sirius, en una segunda fase.

—¿Eso es posible?

—Algunos científicos dicen que sí. El proceso llevará mucho tiempo, claro. Unos millares de años. No obstante, si eso es mucho tiempo a escala humana, no lo es a escala universal.

—¿Y cuánto cuesta una cosa así? Imagino que una fortuna…

—Oh, en absoluto —exclamó el físico—. Los costes son relativamente bajos, ¿sabe? Es que basta con construir cuatro o cinco de esos constructores universales, no hace falta más.

Fíjese, una vez llegado a un sistema solar, el constructor universal buscará planetas o asteroides en los que pueda extraer los metales y toda la materia prima que le haga falta. El robot comenzará a colonizar ese sistema y a poblarlo con vida artificial previamente programada por nosotros o hasta con vida humana, dado que es posible darles nuestro código genético para la reproducción siempre que se encuentren las condiciones adecuadas. Además, el robot tendrá también la misión de fabricar nuevos constructores universales, que enviará a las estrellas siguientes. A medida que avanza, el proceso de colonización de las estrellas se irá acelerando, porque habrá cada vez más constructores universales. Aunque la civilización original desaparezca, debido a algún cataclismo, esta civilización seguirá expandiéndose autónomamente por la galaxia, gracias a los constructores universales y a su programa automático de colonización.

—Pero, en definitiva, ¿cuál es el objetivo de todo esto?

—Bien, el primer objetivo será explorar, ¿no? Queremos saber cosas sobre el universo, un poco como las exploraciones que hacemos a la Luna y a los planetas del sistema solar. Después, a medida que se torne más difícil la habitabilidad en la Tierra, la prioridad será encontrar planetas a los que pueda trasladarse la vida.

—¿Trasladar la vida? ¿Tal como si fuese una especie de Arca de Noé galáctica?

—Algo así.

Tomás se movió en el asiento de la capilla.

—Oiga: ¿no le parece que todo esto adopta un tono como de…, de ciencia ficción muy fantasiosa?

—Sí, lo reconozco. Es normal que, ahora, todo parezca una fantasía. Sin embargo, cuando las cosas se pongan graves en la Tierra, con el aumento de la actividad solar y la degradación de la biosfera, le aseguro que, en ese momento, habrá que encarar el problema muy en serio, ¿ha oído? Lo que hoy nos parece ficción científica, mañana se hará realidad.

El historiador ponderó la idea.

—Sí, tal vez tenga razón.

—Con la proliferación exponencial de los constructores universales, toda nuestra galaxia acabará siendo colonizada.

Desde un pequeño planeta de la periferia, la inteligencia se expandirá por la Vía Láctea.

—Y así la vida escapará a la inevitable destrucción de la Tierra.

—Yo no he dicho eso. He dicho que la inteligencia se expandirá por la galaxia.

—¿No es lo mismo?

—No necesariamente. La naturaleza sólo consigue crear la inteligencia a través de circunstancias excepcionales que incluyen a los átomos de carbono, a cuya compleja organización llamamos vida. Pero el carbono sólo es predominante en estado sólido en una estrecha faja térmica. Nosotros, los seres humanos, estamos desarrollando cierta forma de vida a través de otros átomos, como el silicio, por ejemplo. Lo que expandirán los constructores universales por la galaxia será la inteligencia artificial contenida en los chips de sus ordenadores. No es cierto que la vida basada en los átomos de carbono sea capaz de sobrevivir a viajes de miles de años entre las estrellas. Es posible que eso ocurra, no digo que no, pero tal hecho está muy lejos de ser seguro, ¿me entiende? No obstante, tenemos la certidumbre de que la inteligencia artificial será capaz de hacerlo.

—Pero lo que me está diciendo es que la vida está condenada a extinguirse…

—Todo depende de lo que se entienda por vida, claro. La vida basada en el átomo de carbono está condenada a extinguirse, sobre eso no cabe ninguna duda. Aunque se logre construir la mencionada Arca de Noé galáctica y llevar la vida a un planeta de Próxima Centauri, por ejemplo, el hecho es que un día desaparecerán todas las estrellas, ¿no? Y sin estrellas la vida basada en el átomo de carbono no es posible.

—Pero ¿eso no es igualmente válido para la inteligencia artificial?

—No necesariamente. La inteligencia artificial no necesita de estrellas para actuar. Necesita fuentes de energía, como es evidente, pero esas fuentes no tienen que ser necesariamente las estrellas. Puede ser la fuerza fuerte contenida en el núcleo de un átomo, por ejemplo. Fíjese: la inteligencia puede encogerse en espacios muy pequeños, valiéndose del recurso de la nanotecnología, y en ese caso precisará mucha menos energía para mantenerse en funcionamiento. En ese sentido, y si definimos la vida como un fenómeno complejo de procesamiento de información, la vida continuará. La diferencia es que el *hardware* deja de ser el cuerpo biológico y pasan a ser los chips. Pero, si lo analizamos bien, lo que da la vida no es el *hardware*, ¿no? Es el *software*. Yo puedo seguir existiendo, no en un cuerpo orgánico hecho de carbono, sino en un cuerpo metálico, por ejemplo. Si ya hay personas que viven con piernas y corazón artificial, ¿por qué no se podría vivir con un cuerpo todo artificial? Si se transfiere toda mi memoria y todos mis procesos cognitivos a un ordenador y me dan unas cámaras para ver lo que ocurre alrededor y un altavoz para hablar, yo seguiré sintiéndome yo. En un cuerpo diferente, es cierto, pero de todos modos seré yo. Así las cosas, mi conciencia es una especie de programa de ordenador y nada impide que ese programa siga existiendo en caso de que yo logre crear un *hardware* adecuado donde insertarlo.

El historiador hizo una mueca de incredulidad.

—Pero escúcheme: ¿cree realmente que eso es posible?

—Claro que lo es. Tenga en cuenta que físicos, matemáticos e ingenieros ya están estudiando este asunto, ¿o qué se piensa? Y el hecho es que ya han llegado a la conclusión de que, por muy extraordinario que todo esto pueda parecer ahora, es perfectamente posible ponerlo en práctica. Entonces, siendo posible, no es difícil concluir que se «pondrá» en práctica. El postulado del principio antrópico final así lo exige, para garantizar la supervivencia de la inteligencia en el universo.

—Es increíble —exclamó Tomás—. ¿Y qué ocurrirá cuando, justo al final, la materia esté desapareciendo y convirtiéndose en energía?

El físico miró a su interlocutor.

—Bien, en ese caso se da una de dos situaciones. O el universo acaba en el Big Freeze o acaba en el Big Crunch. Por el momento, el universo parece estar expandiéndose incluso cerca del punto crítico, lo que nos impide tener la certidumbre sobre cuál es su destino. Sin embargo, a pesar de haberse comprobado que la expansión del universo está en proceso de aceleración, el profesor Siza creía que los principios que observamos en toda la naturaleza apuntan a una perspectiva de Big Crunch.

—¿Ah, sí? ¿Por qué?

—Por dos razones. En primer lugar, porque la aceleración de la expansión del universo tiene forzosamente que acabar.

—¿Cómo lo sabe?

—Por una razón muy sencilla. Hay galaxias que se alejan de nosotros a noventa y cinco por ciento de la velocidad de la luz. Si la aceleración continuase para siempre, habría un momento en que la velocidad de expansión sería superior a la velocidad de la luz, ¿no? Pero eso no puede ser. Por tanto, la expansión del universo va a tener que reducirse, no hay alternativa.

—Hmm —asintió Tomás—. Pero eso no significa forzosamente que la tendencia a la expansión se invierta en tendencia a la retracción.

—Pues no —coincidió el físico—. Pero significa que la aceleración es una fase que tendrá que acabar. De ahí a la retracción hay un paso, cuya probabilidad se deriva de una comprobación simple. —Carraspeó—. Mire, si hay algo que estamos comprobando siempre que analizamos un sistema es que todo tiene un principio y un fin. Aún más importante: todo lo que nace acaba muriendo. Las plantas nacen y mueren, los animales nacen y mueren, los ecosistemas nacen y mueren, los planetas nacen y mueren, las estrellas nacen y mueren, las galaxias nacen y mueren. Pues bien: nosotros sabemos que el espacio y el tiempo nacieron, ¿no? Nacieron con el Big Bang. Siendo así, y siguiendo el principio de que todo lo que nace acaba muriendo, también el espacio y el tiempo tendrán que morir. Sin embargo, el Big Freeze establece que, habiendo nacido el tiempo y el espacio, nunca morirán, lo que viola ese principio universal. En consecuencia, el Big Crunch es el destino más probable del universo, dado que respeta el principio de que todo lo que nace acaba por morir.

—Voy entendiendo —murmuró Tomás—. Eso quiere decir que habrá un momento en que la materia comience a retroceder, ¿no?

—No, no. Según el profesor Siza, no va a retroceder.

497

—Entonces, ¿qué ocurrirá?

—Como ya le he explicado, los científicos creen que el universo podrá ser esférico, finito pero sin límites. Si lográsemos viajar siempre en una dirección determinada, probablemente acabaríamos de vuelta en el punto de partida.

—Seríamos una especie de Fernando de Magallanes cósmico.

—Exacto. Pero como las teorías de la relatividad muestran que el espacio y el tiempo son diferentes manifestaciones de la misma cosa, el profesor Siza creía que, en cierto modo, también el tiempo es esférico.

—¿El tiempo es esférico? No lo entiendo…

—Imagínese lo siguiente —dijo Luís Rocha, simulando una esfera con las manos—: imagine que el tiempo es el planeta Tierra y que el Big Bang se sitúa en el Polo Norte. ¿Puede imaginar algo así?

—Sí.

—Imagine que hay varios barcos que se encuentran todos juntos en el Polo Norte, el punto del Big Bang. Uno se llama Vía Láctea, otro se llama Andrómeda, otro se llama Galaxia M87. De repente, todos los barcos zarpan hacia el sur en direcciones diferentes. ¿Qué es lo que ocurre?

—Bueno…, comienzan a alejarse unos de otros.

—Exacto. Como la Tierra es esférica y los barcos están alejándose del Polo Norte, eso significa que se están distanciando unos de otros. Los barcos se alejan tanto que, en un determinado momento, dejan de verse, ¿no?

—Sí.

—El alejamiento sigue hasta que llegan al ecuador, el punto de apogeo. Sin embargo, después del ecuador, y porque la Tierra es esférica, el espacio comienza a encogerse y los barcos empiezan a acercarse unos a otros. Hasta que, ya cerca del Polo Sur, se vuelven a ver.

—Exacto.

—Y chocan todos en el Polo Sur.

Tomás se rio.

—Si no tienen cuidado.

—El profesor Siza creía que el universo es así. El espacio-tiempo es esférico. En este momento, y debido al Big Bang y a la expansión posiblemente esférica del espacio y del tiempo, la materia está alejándose. Las galaxias se van distanciando cada vez más unas de otras, hasta distanciarse tanto que dejarán de verse. Al mismo tiempo, van muriendo poco a poco, transformándose en materia inerte. Se generalizará el frío. Pero habrá un momento en que, después del apogeo de la expansión, el tiempo y el espacio comenzarán a encogerse. Eso hará aumentar la temperatura de la misma manera que se calienta un gas en retracción. El encogimiento del espacio-tiempo acabará con una colisión brutal en el Polo Sur del universo, una especie de Big Bang al revés. El Big Crunch.

—¿Y es posible que la vida sobreviva a eso?

—¿La vida biológica, derivada del átomo de carbono? —Meneó la cabeza—. No. Esa vida desaparecerá mucho antes de eso, ya se lo he dicho. Pero el postulado del principio antrópico final establece que la inteligencia sobrevivirá a lo largo de la historia del universo.

—Pero ¿cómo?

—Difundiéndose por el universo de tal modo que asumirá el control de todo el proceso.

Tomás se rio de nuevo.

—Usted está de guasa.

—Estoy hablando en serio. Muchos físicos creen que esto es posible, y algunos hasta ya han demostrado cómo se producirá.

—Oiga: ¿usted cree realmente que la inteligencia venida de algo tan minúsculo como la Tierra puede asumir el control de algo tan inmenso como el universo?

—Eso no es tan increíble como puede parecer a simple vista —argumentó Luís Rocha—. No se olvide de lo que dice la teoría del caos. Si una mariposa puede afectar al clima del planeta, ¿por qué no podrá la inteligencia afectar al universo?

—Estamos hablando de cosas diferentes…

—¿Está seguro de que se trata de cosas diferentes? —preguntó el físico.

—Es decir…, creo que sí. A pesar de todo, el universo es mucho mayor que la Tierra, ¿no?

—Pero el principio es el mismo. Fíjese: cuando la vida apareció en la Tierra, hace más de cuatro mil millones de años,

¿alguna vez alguien diría que aquellas moléculas minúsculas e insignificantes evolucionarían tanto que acabarían un día asumiendo el control de todo el planeta? Claro que no. Si se hubiese dicho eso en aquel momento, habría provocado la risa. Y, no obstante, aquí estamos discutiendo hoy los efectos de la acción humana en la Tierra. Decir que la vida ha tomado el control de nuestro planeta es, en los tiempos que corren, una absoluta trivialidad. Pues si partiendo de unas meras moléculas, al cabo de más de cuatro mil millones de años, la vida se hizo cargo de la Tierra hasta el punto de influir en su evolución, ¿qué impide que, dentro de cuarenta mil millones de años, la inteligencia se haga cargo de toda la galaxia hasta el punto de influir también en su evolución?

—Hmm…, estoy entendiendo.

—Varios estudios científicos explican los mecanismos a través de los cuales se ejerce ese control. Los más importantes son los de Tipler y Barrow, y no vale la pena entrar aquí en detalles sobre la física y la matemática que ese proceso implica. Lo esencial, no obstante, es que el profesor Siza estaba convencido de que el postulado del principio antrópico final es verdadero. Es decir: habiendo aparecido en el universo, la inteligencia jamás desaparecerá. Si, para sobrevivir, la inteligencia tiene que controlar la materia y las fuerzas del universo, las controlará.

—¿Y ése es el propósito del universo? ¿Permitir que aparezca la inteligencia?

—No sé si ése es el propósito del universo. Sé, no obstante, que la vida no es el objetivo, sino un paso necesario para permitir la aparición de la inteligencia.

—Ya veo —suspiró Tomás, absorto en las implicaciones de esa idea—. Eso es…, es increíble.

—¿A que sí?

El historiador se recostó en la silla, contemplativo, sumergido en un asombroso raciocinio. Pero pronto, una inquietud, una duda, asaltó el torbellino de sus pensamientos, y Tomás, abandonando la abstracción, se volvió hacia su interlocutor con el rostro contraído en una mueca pensativa.

—Escúcheme: usted dice que, habiendo aparecido una vez, la inteligencia jamás desaparecerá, ¿no?

—Sí, es lo que prevé el principio antrópico final.

—Pero ¿cómo podrá sobrevivir la inteligencia al Big Crunch? ¿Cómo podrá sobrevivir al fin del universo?

Luís Rocha sonrió.

—La respuesta a esa pregunta, estimado amigo, está incluida en el último mensaje cifrado que dejó Einstein.

—¿El que está en el manuscrito?

—Sí. Es esa fórmula la que revela el *endgame* del universo.

XLI

*E*l folio escrito en Teherán se veía ya muy ajado, con las puntas rasgadas y la textura arrugada de tanto maltrato sufrido en los bolsillos de las chaquetas de Tomás. Pero el estado del papel era irrelevante; aquél no era más que un folio cualquiera cogido de un paquete de A4 del Ministerio de la Ciencia de Irán. Lo que tenía valor allí no era el papel, sino las letras escritas; se trataba, en resumidas cuentas, de la única copia del mensaje que Einstein había cifrado alrededor de 1955, cuando redactó en Princeton el documento que sus discípulos mantuvieron en secreto y que se encontraba ahora escondido en algún cofre en Irán.

Sentado en un despacho del Departamento de Física de la Universidad de Coimbra, Tomás se inclinó en el escritorio, con la frente apoyada en la mano, los ojos clavados en el acertijo, la mente buscando una estrategia para desvelar aquella cifra. La puerta del despacho se abrió.

—La cena —anunció Luís Rocha, que apareció con unos sándwiches y unas botellitas de zumo—. No se puede trabajar con el estómago vacío.

El físico se sentó junto al escritorio y le ofreció un sándwich y un zumo a su invitado.

—¿Qué es esto? —preguntó Tomás, analizando el sándwich envuelto en papel vegetal.

—Sándwiches de atún. Se compran en unas máquinas.

El historiador mordió un trozo y adoptó una expresión aprobadora.

—Hmm —musitó, revirando los ojos y masticando el sándwich—. Tenía hambre.

—¿Y cómo no iba a tener hambre? —Luís Rocha se rio,

mientras desenvolvía su sándwich—. Son las once de la noche, caramba. Ya tenía el estómago dando la alarma…

—¿Las once de la noche?

—Sí, ¿qué se creía? Es tarde.

Invadido por una sensación de pánico en el estómago, Tomás consultó el reloj y confirmó la hora.

—¡Vaya por Dios! Sólo me quedan… nueve horas.

—¿Nueve horas? ¿Nueve horas para qué?

—Para descifrar el acertijo. —Dejó el sándwich sobre el escritorio y volcó su atención en el papel arrugado—. Necesito trabajar.

—¡Calma! Primero coma.

—No puedo. Ya he perdido demasiado tiempo.

El historiador regresó al problema del mensaje cifrado, aunque con la boca llena de un gran trozo de sándwich de atún. Su colega empezó también a comer y arrastró la silla para sentarse a su lado y así poder observar también ese folio arrugado.

See sign
!ya ovgo

—Ése es el mensaje cifrado, ¿no?

—Sí.

—¿Cómo se descifra eso?

—No lo sé, tendría que leer el documento. ¿Usted lo leyó?

—Sí, el profesor Siza me lo mostró.

—¿Y le dio alguna pista sobre cómo descifrarlo?

—No. Sólo me dijo que había una relación entre el código de la cifra y el nombre de Einstein.

Tomás suspiró.

—Eso fue lo que también me dijo Tenzing. —Se rascó la cabeza—. Quiere decir que el nombre de Einstein puede ser…, eh…, puede ser la palabra clave del alfabeto del mensaje cifrado. Si cabe, tal vez usó una cifra de César con su nombre. —Cogió el bolígrafo y un folio en blanco—. Vamos a probar.

Escribió el alfabeto de cifra con el nombre de Einstein.

Einstabcdfghjklmäopqrsuwvxyz

—No logro entenderlo —dijo Luís Rocha, sin quitar los ojos de aquella línea.

—Es una cifra de César con el nombre de Einstein a la cabeza —explicó Tomás—. ¿Lo ve? La idea es escribir la palabra clave al principio, en este caso el nombre de Einstein, quitándole, no obstante, las letras repetidas, el «ein» final, y después añadir el resto del alfabeto según su orden habitual, aunque evitando las letras ya usadas en la palabra clave, «einst». ¿Entiende?

—Sí. Pero ¿qué se hace ahora con eso?

—¿Ahora? Ahora ponemos el alfabeto usual bajo el alfabeto de cifra y vamos a ver si las letras corresponden a algún mensaje.

Escribió el alfabeto simple debajo del alfabeto de cifra.

Einstabcdfghjklmñopqrsuwvxyz
Abcdefghijklmnñopqrstuwvxyz

—Vamos a ver a qué corresponde este «ya ovqo» que se encuentra en la segunda línea del acertijo. —Los ojos comenzaron a moverse entre las dos líneas del alfabeto—. La «y» se mantiene como «y», la «a» se convierte en «e», la «o» se vuelve «p», la «v» se convierte en «r »y la «o» es «p».

Escribió la solución.

Ye purp

Se quedaron los dos analizando el resultado.

—¿«Ye purp»? —murmuró Luís Rocha—. ¿Qué significa esto?

—Significa que la solución no es ésta —suspiró Tomás—. Significa que tenemos que buscar otro camino. —Se rascó el mentón, pensativo—. ¿Qué cifra del demonio podrá haber que incluya el nombre de Einstein?

El historiador intentó varias alternativas, todas ellas variaciones en torno al nombre de Einstein, pero, hacia la medianoche, se sintió acorralado en un callejón sin salida. No encontraba la forma de hacer que funcionase un alfabeto de cifra con aquel nombre; desesperado y cansado, se recostó en la silla y cerró los ojos.

—No lo consigo —murmuró desanimado—. Por más que lo intente, no sale nada.

—¿Se va a dar por vencido?

Tomás miró al físico durante un buen rato y, como un muñeco al que súbitamente le hubieran insuflado energía, se enderezó deprisa y volvió a aferrarse al folio.

—No puedo —exclamó—. Tengo que seguir intentándolo.

—¿Qué pretende hacer entonces?

Era una buena pregunta. Si las variaciones en torno al nombre de Einstein no funcionaban, ¿qué podría hacer?

—Bien, tal vez es mejor olvidar por un momento esta segunda línea, ¿no? —Tomás hizo una mueca—. Señaló ahora la primera línea—. ¿Ve esto? Dice «*see sign*», o sea, «vea la señal». —Alzó la cabeza del folio y escrutó con atención a su interlocutor—. Cuando leyó el manuscrito, ¿se fijó si había alguna señal extraña colocada allí?

El físico torció la boca.

—Que yo sepa, no. No reparé en nada.

—Entonces, ¿qué demonios de señal es esa a la que se refiere el criptograma?

Ambos se quedaron contemplando aquel «*see sign*».

—¿No podrá ser esa frase ella misma una señal? —preguntó Luís Rocha.

Tomás arqueó las cejas.

—¿Que la frase sea ella misma una señal?

—Olvídelo, ha sido una idea disparatada.

—No, no. Vamos a considerarla. —Respiró hondo—. ¿Cómo podría esta frase ser ella misma una señal? Bien…, sólo si fuese un anagrama.

—¿Un anagrama?

—Sí, ¿por qué no? Vamos a ver qué pasa si cambiamos el orden de las letras. —Volvió a la hoja y se puso a probar distintas combinaciones—. Vamos a unir consonantes a vocales. Vamos a ver. Las consonantes son «s, g, n», y las vocales son «e, i». Vamos a comenzar con la «n».

Intentó diferentes combinaciones usando las letras incluidas en las palabras *see sign*.

Negises

Nigeses

Negesis

Nesiges

—No, esto no tiene sentido —comprobó el criptoanalista—.
Tal vez sea mejor que intentemos comenzar con la «g».

Negises

Nigeses

Negesis

Nesiges

Se detuvo.

Miró la serie, estupefacto, abriendo la boca como un pez
mientras contemplaba, absorto, la última palabra. Se quedó un
largo rato sin poder decir nada, sólo atento a la palabra que,
inesperadamente, surgió en el papel; hasta que, como un so-
námbulo, logró enunciar el mensaje oculto en aquel anagrama.

—Génesis.

Se pasaron la hora siguiente en un estado de excitación
absoluta, casi frenéticos, a vueltas con una Biblia que fueron
apresuradamente a arrancarle de las manos al soñoliento pá-
rroco, a cuya puerta llamaron en la capilla de San Miguel. Tomás leyó y releyó todo el comienzo del Pentateuco, buscando
una señal que apareciese en el texto como un «ábrete Sésamo» redentor.

—«Al principio creó Dios los cielos y la tierra —leyó en voz
alta por tercera vez—. La tierra estaba confusa y vacía, y las tinieblas cubrían la haz del abismo, pero el espíritu de Dios estaba
incubando sobre la superficie de las aguas. Dijo Dios: "Haya
luz"; y hubo luz. Y vio Dios ser buena la luz, y la separó de las
tinieblas; y a la luz llamó día, y a las tinieblas noche, y hubo

tarde y mañana, día primero. Dijo luego Dios: "Haya firmamento en medio de…"».

—Oiga —protestó Luís Rocha, cuando la excitación daba gradualmente lugar al cansancio—. No pensará leer todo eso otra vez, ¿no?

Tomás vaciló.

—Tengo que leerlo. Si no, ¿cómo encuentro la señal?

—Pero ¿estará la señal realmente aquí?

El historiador agitó el folio arrugado de las anotaciones.

—¿No ha visto el mensaje cifrado de Einstein? *See sign da Génesis*. Que yo sepa, esto sólo tiene una interpretación. Se trata de un mensaje holográfico, en que la cifra y el mensaje cifrado se completan. ¿No lo ve? *See sign da Génesis*. En el fondo, Einstein nos estaba diciendo: «*See the sign in Genesis*». O sea: «Vean la señal en el Génesis».

—Pero ¿qué señal?

Tomás miró el gran volumen de la Biblia que había abierto sobre el escritorio.

—No lo sé. Es eso lo que tengo que descubrir, ¿no?

—¿Y lo va a descubrir leyendo el Génesis trescientas veces?

—Si hace falta —dijo Tomás—. Lo voy a leer tantas veces como sean necesarias hasta entender cuál es la señal a la que se estaba refiriendo Einstein. ¿Ve alternativa?

Luís Rocha señaló la segunda línea del mensaje cifrado.

—La alternativa es intentar descifrar este último mensaje. Este…, eh…, «*!ya ovqo*».

—Pero no llego a desvelar esa cifra…

—Disculpe, pero acabo de verlo desvelando la cifra de la primera línea.

—Era un anagrama, algo mucho más fácil.

—No interesa. Si logró descifrar la primera línea, logrará descifrar también la segunda.

—Oiga, usted no me está entendiendo. La segunda línea presenta un grado de dificultad infinitamente mayor que la…

Sonó el móvil.

Tomás vaciló, considerando la posibilidad de desconectarlo. Necesitaba concentrarse totalmente y desvelar toda la cifra, para echar luz sobre el secreto antes de las ocho de la mañana. Si no lo hacía, deportarían a Ariana a Irán; de ningún modo podía permitirlo. Tenía que desvelar la última cifra y necesitaba una concentración absoluta para ello. Tal vez era mejor desconectar el móvil.

El teléfono siguió sonando.

—¿Dígame?

Se había decidido a atender, no por ello iba a desconcentrarse, ¿no? Además, podía ser Greg con novedades sobre Ariana.

—¿Profesor Noronha?

No era Greg.

—Sí, soy yo. ¿Quién habla?

—El doctor Gouveia, de los hospitales de la universidad.

Era el médico de su padre.

—Ah, doctor Gouveia. Nos hemos visto hace poco. ¿Cómo está?

—Profesor Noronha, necesitó que viniese aquí con urgencia.

—¿Adónde? ¿Al hospital?

—Sí.

—¿Qué ocurre? ¿Mi padre está bien?

—No, profesor Noronha. Su padre no está bien.

—Pero, dígame, doctor, ¿qué pasa?

—Venga aquí, por favor.

—¿Qué ocurre?

Se hizo un breve silencio en el teléfono.

—Su padre no pasa de esta noche.

XLII

*E*n cuanto apareció en el hospital, la enfermera de guardia guio de inmediato a Tomás hasta la habitación donde se encontraba su padre. Era más de la una de la mañana y las enfermerías que recorrió apresuradamente estaban sumidas en la oscuridad, sólo con las luces amarillentas de una o dos lámparas encendidas en un rincón, proyectando sombras fantasmagóricas en las paredes; toses roncas o secas marcaban el jadear penoso del agitado sueño de los pacientes.

El doctor Gouveia fue a recibirlo al pasillo y lo saludó con aire circunspecto.

—Tuvo una crisis muy grave—dijo el médico, haciéndole una seña para que entrase en la habitación—. Ahora está consciente, pero no sé por cuánto tiempo más.

—¿Mi madre?

—Ya la han avisado y viene en camino.

Tomás entró en la habitación y vio los contornos del cuerpo de su padre delineados bajo la sábana blanca, a la media luz de una lámpara discreta. El viejo profesor tenía la cabeza apoyada sobre una enorme almohada y parecía respirar con alguna dificultad. La mirada opaca, incluso mortecina, brilló tenuemente cuando reconoció a su hijo.

El recién llegado lo besó en la frente y, después de un instante sin saber qué decir, acercó una silla y se sentó al lado de la cama, junto a la mesilla de noche, incapaz de articular palabra. Tomás cogió la mano débil de su padre y la sintió fría; la apretó con ternura, como si así le diese energía y le pudiese conceder nuevo vigor. Manuel Noronha sonrió débilmente, pero lo suficiente para que su hijo se animase a hablarle.

—Padre, ¿cómo andamos?

El viejo matemático inspiró dos veces antes de juntar fuerzas para responder.

—Ya no aguanto más —murmuró—. No aguanto.

Tomás se inclinó sobre la cama y, esforzándose por combatir las lágrimas, abrazó a su padre. Lo sintió frágil, cansado, como una hoja seca a punto de desprenderse del árbol al más leve soplo de un viento invernal.

—Oh, padre…

El viejo acarició con cariño la espalda de su hijo.

—No te preocupes, Tomás. La vida es así…

Tomás levantó la cabeza y miró a su padre.

—Pero no se le ve tan mal, padre…

—No te ilusiones, hijo. Estoy en la última parada del viaje final.

—¿Tiene…, tiene miedo?

Manuel meneó la cabeza con suavidad.

—No. No tengo miedo —jadeó—. Es extraño, antes temblaba de miedo, ¿sabes? Miedo a no poder respirar, a no saber si sería capaz de hacer la próxima inspiración, a no darme cuenta de si me dolería. Pero también miedo a dar un paso hacia lo desconocido, a enfrentar la no existencia, a caminar solo en esta carretera sombría. —Nueva pausa para respirar hondo—. Ahora ya no tengo miedo. Acepto que éste es el final. Lo acepto.

El hijo le apretó la mano con más fuerza.

—Ya verá como aguanta. Ya verá.

El viejo profesor sonrió débilmente.

—No me soporto, Tomás. Ni vale la pena. —Hablaba como si hubiese acabado una maratón, como si ya casi no encontrase fuerzas para hablar, pero, al mismo tiempo, como si no fuese capaz de dejar de hablar, como si tuviese que aprovechar la última oportunidad de expresar abiertamente todo lo que sentía—. ¿Sabes?, me estoy despegando de las cosas del mundo. Ya no quiero saber nada de las intrigas de la facultad ni de los disparates de los políticos. Todo eso ha dejado de interesarme. —Alzó la mano despacio, apuntando a la ventana—. Prefiero ahora quedarme aquí oyendo el arrullo de una golondrina o el murmurar de los árboles al viento. Eso me dice mucho más que la incomprensible y fútil cacofonía humana.

—Lo entiendo.

Manuel acarició cariñosamente el brazo de su hijo.

—Quiero pedirte disculpas por no haber sido un padre mejor.

—Oh, no diga eso. Usted ha sido formidable, padre.

—No lo he sido y lo sabes —dijo, y jadeó—. Fui un padre ausente, sin paciencia para ti, sumido sólo en mis ecuaciones y teoremas, en mis investigaciones, en mi mundo.

—No se preocupe. Siempre me he sentido muy orgulloso de usted, ¿sabe? Es mejor un padre que busca en las ecuaciones los secretos del universo que un padre que no sabe lo que busca.

El viejo matemático sonrió, encontraba energía donde creía no tenerla.

—Oh, sí. Mucha gente no sabe lo que busca. —Fijó los ojos en el techo—. La mayor parte de las personas pasa por esta vida como si fuese sonámbula, ¿entiendes? Quieren poseer cosas, hacer dinero, consumir de todo. Las personas se encuentran tan fascinadas con lo accesorio que pierden de vista lo esencial. Desean un nuevo coche, una casa más grande, unas ropas más vistosas. Quieren perder peso, intentan aferrarse a la juventud, sueñan con impresionar a los demás. —Respiró hondo, para recobrar aliento, y miró a su hijo—. ¿Sabes por qué lo hacen?

—¿Por qué?

—Porque tienen hambre de amor. Tienen hambre de amor y no lo encuentran. Por eso se vuelcan en lo accesorio. Los coches, las casas, las ropas, las joyas… Todas esas cosas son sustitutos. No tienen amor y buscan sustitutos. —Meneó la cabeza—. Pero eso no resulta. El dinero, el poder, la posesión de cosas…: nada sustituye al amor. Por eso, cuando compran un coche, una casa, una prenda de ropa, la satisfacción que sienten es efímera. Los han acabado de comprar, pero ya buscan un nuevo coche, una nueva casa, una nueva prenda de ropa. Buscan algo que no está allí. —Nueva pausa para respirar—. Ninguna de esas cosas trae satisfacción duradera, porque ninguna de esas cosas es verdaderamente importante. Todos se afanan en busca de algo que no encuentran. Cuando compran lo que quieren, descubren que se sienten vacíos, porque lo que compraron no era en definitiva lo que querían. Quieren amor, no quieren cosas. Las cosas no son más que sustitutos, accesorios que enmascaran lo esencial.

—Pero usted no fue así, padre…

—¿Así cómo?

—Así…, siempre queriendo comprar cosas, siempre preocupado por el dinero.

—Yo anduve por otros caminos. Nunca quise tener cosas, es verdad. Pero viví mi vida en busca del conocimiento.

—¿Lo ve? Eso es mucho mejor, ¿no?

—Claro que es mejor. Pero el precio fue descuidarte. No sé si eso fue bueno. —Jadeó de nuevo—. ¿Sabes?, llego a la conclusión de que lo más importante es que nos dediquemos a las personas. Que nos dediquemos a la familia y a la comunidad. Sólo eso nos llena. Sólo eso tiene significado.

—Pero ¿no encontró significado en su trabajo?

—Claro que sí.

—¿Lo ve? Valió la pena.

—Pero el precio fue descuidar a la familia…

—Oh, no importa. Yo no me quejo. Madre no se queja. Estamos bien y nos sentimos orgullosos de usted.

Volvieron a abrazarse y, por momentos, se impuso el silencio en aquella pequeña habitación.

—Nunca entendí por qué las personas no ven lo que me parece obvio y andan tan ocupadas en hacer cosas irrelevantes. Se enfadan, se angustian, se preocupan por lo que no tiene importancia, se desgastan con lo accesorio. En parte por eso me refugié en la matemática, ¿sabes? Creí que nada era importante, salvo captar la esencia del mundo que nos rodea.

—¿Fue eso lo que buscó en la matemática?

—Sí. Anduve en busca de la esencia de las cosas. Descubro ahora, no sé si con perplejidad, que, en definitiva, anduve todo este tiempo en busca de Dios. —Sonrió—. A través de la matemática, anduve en busca de Dios.

—¿Y lo encontró?

Su mirada pareció perderse.

—No lo sé —dijo finalmente—. No lo sé. —Suspiró—. Encontré algo muy extraño. No sé si es Dios, pero es algo… extraordinario.

—¿Qué? ¿Qué encontró?

—Encontré inteligencia en la concepción del universo. Eso es innegable. El universo está concebido con inteligencia. A veces descubrimos algo curioso en la matemática, alguna cosa llamativa que, a primera vista, parece absolutamente irrelevante.

Más tarde acabamos comprobando que aquella curiosidad numérica desempeña, al fin y al cabo, un papel fundamental en la estructuración de algo hecho por la naturaleza.

—Claro.

—Lo más extraño de la naturaleza es que todo está relacionado. ¿Entiendes? Incluso cosas que parecen absolutamente dispares, sin conexión las unas con las otras…, incluso esas cosas están relacionadas. Cuando razonamos, algunos electrones se desplazan en nuestro cerebro. Pues esa alteración ínfima acaba influyendo, aunque sea a través de un hecho minúsculo, en la historia de todo el universo. —Su mirada adoptó un aire soñador—. Me pregunto si nosotros no somos Dios.

—¿Cómo? No entiendo…

—Oye, Tomas. Dios es todo. Cuando miras algo de la naturaleza, estás viendo una faceta de Dios. Pero como nosotros formamos parte de la naturaleza, también somos Dios. ¿Entiendes?

—Ya veo.

—Es como si Dios fuese nuestro cuerpo y nosotros fuésemos las neuronas de ese cuerpo. —Hablaba pausadamente, como si cada palabra fuese la última, pero detrás de ella venía otra y otra más: el viejo matemático descubría fuerzas donde ya no parecía tenerlas—. Imagina nuestras neuronas. Con toda seguridad, cada neurona no sabe que forma parte del lado pensante y consciente de mi cuerpo, ¿no? Cada una cree que está separada de mí, que no forma parte de mí, que tiene su individualidad. Y, no obstante, mi conciencia es la suma de todas esas individualidades, las cuales, además, no son estrictamente individualidades, sino más bien partes de un todo. Es decir, una célula de mi brazo no piensa, es como una piedra en la naturaleza, no tiene conciencia. Pero las neuronas en el cerebro piensan. Ellas, tal vez, me encaran a mí como si yo fuese Dios y no se dan cuenta de que soy ellas en su conjunto. De la misma manera nosotros, los seres humanos, tal vez seamos las neuronas de Dios, y no nos damos cuenta de ello. Creemos que somos individuos, separados del resto, cuando en definitiva formamos parte de todo. —Sonrió—. Einstein creía que Dios es todo lo que vemos y hasta todo lo que no vemos.

—¿Cómo sabe eso?

—¿Qué? ¿Qué Dios es todo?

—No. ¿Cómo sabe lo que pensaba Einstein?

—Oh, era Augusto quien me lo contaba.

—¿El profesor Siza?

—Sí, Augusto. —Asomó en él una expresión de cansancio—. Pobre, ¿qué habrá sido de él?

Tomás estuvo a punto de revelarle el destino del amigo, pero se contuvo a tiempo; aquél no era el momento para hacer una revelación tan chocante. Prefirió dejar que su padre discurriese sobre lo que había en su alma.

—Ustedes se llevaban bien, ¿no?

—¿Quiénes? ¿Augusto y yo?

—Sí.

—Oh, sí. Hablábamos mucho. Augusto creía en la existencia de Dios. Yo hacía el papel del escéptico, siempre le llevaba la contraria.

—¿Qué le decía él?

—Citaba mucho a su maestro. Decía que Einstein esto y que Einstein aquello. Ese hombre era un héroe para él. —Volvió a sonreír—. Guardó todo lo que Einstein le dio, ¿sabías?

—¿Ah, sí?

—Todo. —Esbozó una mueca nostálgica—. Cuando Augusto desapareció, su colaborador vino a casa, muy nervioso, y me entregó un sobre lacrado que era de Augusto. Creo que ya te lo había contado.

—Sí.

—El joven venía muy nervioso. Decía que cualquiera que fuese el que había secuestrado a Augusto podría volver, y que él mismo no se sentía seguro. En fin, que se lo veía dominado por el pánico, ¿no?

—Me imagino.

—El muchacho andaba distribuyendo entre los demás profesores las cosas de Augusto, para dificultar la tarea de los supuestos secuestradores. Claro que aquello era un tremendo disparate, es evidente que no le ocurriría nada malo, pero ¿quién convencía a ese chico de lo contrario? El tipo estaba totalmente presa del pánico. De manera que me quedé con el sobre.

—Hizo bien.

—Ahora te vas a reír. Curioso como soy, le quité el lacre al sobre y fui a ver qué había allí dentro. ¿Sabes qué era?

—No.

—Unas reliquias que Augusto había guardado de su época en Princeton.

—¿Ah, sí?

—Pues sí. Era una pequeña hoja con unas líneas que había escrito Einstein.

—¿En serio?

—Es verdad. Unas cosas sin sentido, claro. El papel tenía tres alfabetos colocados uno encima del otro y, en el extremo, el nombre de Einstein en italiano. Pues mira: Augusto incluso había guardado eso, fíjate.

—¿El nombre de Einstein en italiano? No estoy entendiendo…

—Es verdad, tenía su nombre en italiano.

—Pero ¿cómo es el nombre de Einstein en italiano? ¿Eins-teinini?

El padre se rio débilmente.

—No, tonto —dijo—. Alberti.

—¿Cómo?

—El primer nombre de Einstein era Albert, ¿no? Pues él escribió «Alberti».

Tomás se movió en la silla, de pronto acalorado, con el pecho a punto de estallar de excitación.

—¿Alberti? ¿Está seguro de que eso era lo que había escrito?

—Sí, claro. ¿Por qué?

—Oiga, padre —dijo Tomás, inclinándose sobre el paciente—. ¿Dónde está guardado ese sobre?

—En el primer cajón de mi escritorio, en casa. ¿Por qué?

El hijo hizo un esfuerzo para contener la excitación que lo invadía. Respiró hondo, controló el impulso de ir corriendo a casa y se recostó en la silla.

—Por nada, padre, por nada.

Manuel lo miró con desconfianza, extrañándole la inesperada alteración de su estado de ánimo.

—¿Ocurre algo? ¿He dicho algo extraordinario?

—No, no. Todo está bien.

El padre se sentía demasiado cansado para insistir. Respiró hondo y miró de reojo la puerta.

—¿Tu madre?

—Ya viene en camino. Debe de estar por llegar.

—Cuídala, ¿has oído?

—Sí, claro. Quédese tranquilo.

—Si un día tienes que llevarla a una residencia, elige una que sea muy buena.

—Oh, padre. Qué cosas dice…

—Déjame hablar.

—Sí.

—Cuida siempre mucho a tu madre. —Tosió—. Ayúdala a vivir con dignidad el tiempo que le queda.

—No se preocupe.

Manuel se calló para recobrar el aliento. Por momentos sólo se oyó su penoso jadeo.

—Hay cierta paz en la idea de la muerte —susurró—. Pero para entregarnos a ella, tenemos que hacer las paces con la vida. ¿Entiendes? Tenemos que perdonar a los demás. Para conseguirlo, sin embargo, primero necesitamos perdonarnos a nosotros mismos. Perdónate a ti mismo y después perdona a los demás. —Una pausa más para respirar—. Tenemos miedo a la muerte porque creemos que no formamos parte de la naturaleza, que una cosa somos nosotros y otra es el universo. Pero todo en la naturaleza muere. En cierto modo, nosotros somos un universo y, por ello, nosotros también morimos. —Buscó con la mano la mano de su hijo y enlazaron los dedos—. Te voy a contar un secreto.

—Sí.

—El universo es cíclico.

—¿Cómo?

—Augusto me contó que los hindúes creen que todo en el universo es cíclico, hasta el propio universo. El universo nace, vive, muere, entra en la no existencia y vuelve a nacer, en un ciclo infinito, en un eterno retorno. Todo es cíclico. Lo llaman el día y la noche de Brahman. —Abrió mucho los ojos—. ¿Sabes qué más?

—Dígame.

El padre sonrió.

—Los hindúes tienen razón.

Sintieron que la puerta se abría, y Tomás vio entrar a su madre. Doña Graça llegaba con una sonrisa confiada, como si aquélla fuese una visita más, un nuevo encuentro con su marido convaleciente; pero el hijo sabía que todo era pura fachada, que por detrás de aquella sonrisa se escondían las lágrimas, que por detrás de aquella confianza se ocultaba una absoluta desesperación.

Tomás, en aquel instante, tomó conciencia de que éste era el último encuentro de sus padres, el momento en que se amarían por última vez, les quedaban pocos instantes para decirse adiós y seguir caminos diferentes. No hay separación más dolorosa que aquella que es para siempre. Sin poder contener más la oleada de emociones que le anudaba la garganta, cayó sobre su padre y lo estrechó con fuerza, lo abrazó y lo besó con añoranza, abrió por fin las compuertas del río de lágrimas que le brotaba de los ojos y dejó que se derramase la conmoción de quien sabe que aquélla es la despedida.

Hasta la eternidad.

XLIII

El retumbar lejano de los truenos anunciaba la lenta inminencia de la lluvia. Tomás miró el cielo y contempló los densos estratos que se acumulaban a baja altura, sombríos en la base, luminosos en el extremo; pero tan vastos que parecían una techumbre, un enorme y opaco tejado que se deslizaba a ras de suelo y que por toda la región lanzaba una penumbra triste, triste y gris.

El cielo se preparaba para llorar.

Pater noster, qui es in caelis,
sanctificetur nomen tuum,
adveniat regnum tuum,
fiat voluntas tua
sicut in caelo et in terra.

Los cipreses, altos y esbeltos, se sacudían por el viento, y Tomás estrechó a su madre entre los brazos cuando vio al sacerdote, terminada la homilía final, hacer la señal de la cruz y entonar el padrenuestro en latín, con la voz grave, profunda. Doña Graça lloraba bajo, con un pañuelo de encaje pegado a la nariz, y el hijo tuvo el cuidado de mantenerla pegada a su cuerpo, como si así le dijese que se quedase tranquila, que no temiese nada, que él la protegería.

El ataúd de su padre, de madera de nogal barnizado que brillaba a la luz tenue de la mañana, se encontraba apoyado sobre la tierra húmeda, junto a la fosa cavada en el suelo, y una pequeña multitud de familiares, amigos, conocidos o simples alumnos y ex alumnos se aglomeraba alrededor, en una formación compacta, oyendo en silencio las palabras solemnes que entonaba el capellán de la universidad en el cementerio de la Conchada.

> *Panem nostrum supersubstantialem da nobis hodie;*
> *et dimitte nobis debita nostra,*
> *sicut et nos dimittimus debitoribus nostris;*
> *et ne inducas nos in tentationem,*
> *sed libera nos a malo.*
> *Amen.*

Un murmullo se alzó de la multitud, confirmando aquel amén final. El sacerdote bendijo el ataúd. Los sepultureros se aprestaron, levantaron el féretro y lo hicieron bajar despacio por el interior de la fosa. El llanto de la madre se hizo más convulsivo, y al propio Tomás le costó controlar sus emociones. Vio cómo aquel agujero oscuro se tragaba a su padre; en ese instante, lo asaltó la imagen del hombre sabio, reservado, encerrado en su despacho resolviendo los enigmas del universo, tan grande en vida y ahora reducido de tal modo a nada.

A nada.

Siempre había oído que un hombre sólo se hace hombre cuando muere su padre; pero Tomás no se sentía más hombre observando cómo enterraban a su padre. Al ver las primeras paladas de tierra cayendo sobre el féretro se sintió pequeño, un niño perdido en un mundo hostil, abandonado por su protector, desposeído de la referencia acogedora de un hombre al que siempre había mirado como quien mira una montaña.

Varias personas en fila fueron a darle la mano. Iban con trajes oscuros, la mirada lánguida, despeinadas por el viento agreste, pronunciando frases de circunstancias, diciendo cosas medidas, dándole ánimo. Conocía algunos rostros, eran primos y tíos que habían venido de lejos, o compañeros de su padre en la universidad; pero la mayoría no, se trataba de gente que no había visto nunca antes y que había venido simplemente para despedirse del viejo profesor de Matemática.

A la salida del cementerio vio la larga limusina negra con matrícula diplomática estacionada en la acera. Miró a su alrededor y se encontró con unos hombres vestidos de oscuro, con unas ridículas gafas de sol en aquel día sombrío, aglomerados en torno a un banco de plaza, en actitud ociosa. Los hombres lo vieron y se incorporaron, tal vez por respeto, tal vez porque se preparaban para algo. Una figura vestida de azul, de cuerpo esbelto y mirada hipnótica, se destacó entre ellos, y la atención de Tomás se desvió hacia esa figura de mujer, atraído por aquellos ojos de miel con la misma fuerza que un imán atrae a un metal.

Ariana.

Se acercaron despacio y se abrazaron con fuerza. Tomás le acarició el pelo negro, le acarició la piel delicada, le besó la mejilla tersa y los labios húmedos, sintió sus lágrimas cálidas escurriéndosele por la cara. La oyó gemir y suspirar, la estrechó en sus brazos y se templó al calor de su cuerpo trémulo, se le comprimió en el pecho el volumen de los senos, las manos le acariciaron la espalda y los dedos se enredaron en el pelo.

—Te he echado de menos —murmuró él.

—Y yo —repuso ella, con un hilo de voz—. Mucho.

—¿Estás bien?

—Sí, estoy bien, estoy bien.

—¿Te han tratado bien?

—Sí. —Ella apartó el rostro y lo miró, aprensiva—. ¿Y tú? ¿Cómo te sientes?

—Estoy bien, no te preocupes.

Tomás sintió que unos bultos se movían a su alrededor, pero no hizo caso. En aquel instante, sólo le interesaba Ariana, la Ariana que finalmente estrechaba entre sus brazos, la Ariana con la que compartía lágrimas de sal y besos de chocolate, la Ariana que temblaba ceñida a él, que se estremecía de añoranza y de emoción.

—*Hi*, Tomás —dijo una voz familiar—. Disculpe que interrumpa el reencuentro.

Era Greg.

—Hola.

—Lamento la muerte de su padre… En fin, las circunstancias no son fáciles, pero tenemos un trabajo que hacer, ¿no?

Tomás se desprendió de Ariana, pero no le extendió la mano al estadounidense; pensaba que no tenía nada que agradecerle; nada lo obligaba a ser delicado después de todo lo ocurrido.

—Sí.

—Como debe imaginar, corrí un gran riesgo al cancelar el vuelo de la CIA a Islamabad. Cuando usted me telefoneó con la noticia, ya estábamos camino del aeropuerto y me costó algún trabajo convencer a Langley de que, si usted realmente había cumplido su parte del negocio, sólo nos quedaba cumplir con la nuestra.

—¿Y qué está esperando ahora? —preguntó Tomás con aspereza—. ¿Que le dé las gracias?

—No, no estoy esperando semejante cosa —dijo Greg, manteniendo su aire profesional—. Estoy esperando que me muestre cuál es el mensaje que Einstein ocultó en el manuscrito. El propio *mister* Bellamy ya me ha llamado dos veces para conocer la respuesta.

Comenzaron a caer las primeras gotas; primero tímidas, después insistentes. Tomás miró alrededor, como si buscase algo. Se encontraban cerca del portón del cementerio; allí, aún permanecía mucha gente venida del funeral, la mayoría abría con fragor los paraguas negros y se dispersaba deprisa por la acera.

—Oiga, ¿no habrá por aquí un lugar discreto donde podamos sentarnos?

El estadounidense señaló el enorme Cadillac de su embajada, estacionado unos metros más adelante.

—Vamos allí.

La limusina era espaciosa, con asientos a lo ancho y el centro ocupado por una pequeña mesita. Tomás y Ariana se sentaron juntos, dando la espalda a la larga ventanilla lateral por donde las gotas se deslizaban como lágrimas perdidas, dejando en el cristal una huella serpenteante. Greg se acomodó junto a ellos y cerró la puerta. Fuera quedaron los demás estadounidenses, probablemente todos ellos vigilantes de seguridad, entregados a las gotas gordas que caían con furia del cielo.

—¿Whisky? —preguntó el agregado de la embajada, que, levantando una tapa, hizo visible un pequeño bar.

—No, gracias.

La lluvia, que caía con fuerza y tamborileaba con fragor en el Cadillac, entonaba una graciosa melodía, golpe tras golpe, en el tejadillo de la limusina. Los dos amantes se abrigaron mutuamente, sintiendo el calor de los cuerpos y la comodidad del reparo. Greg se sirvió whisky con hielo y se volvió hacia el historiador.

—¿Y? ¿Dónde está el mensaje?

Tomás metió la mano en el bolsillo de la chaqueta, sacó el papel arrugado y se lo mostró al agregado de la embajada.

—Aquí está.

Greg observó y vio el acertijo.

$$\text{See sign} \\ \text{!ya ovqo}$$

—Disculpe, pero ¿qué es esto?

—Es el mensaje cifrado.

—Eso ya lo he notado. Pero ¿dónde está el mensaje descifrado?

—Tomás señaló la primera línea.

—¿Ve la frase «*see sign*»?

—Sí.

—Es un anagrama. Cambiando el orden de las letras, descubrimos que «*see sign*» se transforma en Génesis. Lo que quiso decir Einstein, en definitiva, fue: «*See the sign in Genesis*». Es decir: «Vean la señal en el Génesis».

—¿La señal en el Génesis? ¿Qué señal?

El criptoanalista frunció los labios.

—Pues ése es el problema. ¿Qué señal? —señaló el «*!ya ovqo*» de la segunda línea—. Esta extraña frase final deberá dar la respuesta a esa pregunta. No se trata de un anagrama, sino de una cifra de sustitución, lo que complica mucho más las cosas, porque nos hace falta una clave para descifrarla. Me dijeron que la clave era el nombre de Einstein, lo que presuponía una cifra al estilo de la cifra de César. Pero mis intentos para desvelar este acertijo, usando una cifra de César con el nombre de Einstein, resultaron infructuosos.

—¿Y qué intento obtuvo un buen resultado?

Tomás se mostró cohibido.

—Bien…, eh…, ninguno.

—¿Cómo?

—Ninguno sirvió de nada.

Greg esbozó una expresión de perplejidad.

—Disculpe, pero ¿me está tomando el pelo o qué? ¿Aún no ha resuelto la cifra?

—No.

Un rubor, consecuencia de la irritación, creció en el semblante del estadounidense.

—*Damn it*, Tomás! ¿Qué me dijo usted por teléfono, eh? ¿No me dijo que lo había conseguido? ¿Eh? ¿No me dijo que había encontrado la clave?

—Sí.

—¿Y entonces? ¿Qué estoy haciendo aquí?

Tomás sonrió por primera vez ese día, íntimamente satisfecho por haber alterado los nervios de su interlocutor.

—Usted está aquí para presenciar el esclarecimiento de la cifra.

Greg pestañeó, confundido.

—Disculpe, no lo entiendo.

—Oiga, ya he encontrado la clave, quédese tranquilo. El problema es que, con la muerte de mi padre, todavía no he tenido tiempo ni disposición para desvelar la cifra, ¿está claro?

—Ah… *Okay*.

—Vamos a descifrarla ahora, ¿de acuerdo?

—*All right*.

Tomás sacó un sobre del bolsillo. Era un sobre viejo, amarillo por el paso del tiempo, con un lacre roto en una de las caras. Metió los dedos dentro y extrajo un pequeño papel igualmente envejecido. Un lado del papel tenía la referencia *Die Gottesformel* con la firma de Einstein por debajo, y el envés presentaba una serie de letras escritas con tinta permanente.

—¿Qué es esto? —preguntó Greg, haciendo una mueca.

—Es la clave.

—¿La clave de la cifra?

—Sí. —Se enderezó—. Por lo visto, lo que ocurrió fue que Einstein entregó al profesor Siza el manuscrito titulado *Die Gottesformel*, con la condición de que su discípulo no lo haría público mientras no encontrase una segunda vía científica que probase la existencia de Dios. Como es natural, el autor de las teorías de la relatividad no quería hacer el ridículo, ¿no? Necesitaba una confirmación de lo que había descubierto en el análisis relativista de los seis días de la Creación. —Señaló el papel ajado con las dos líneas cifradas—. Como precaución adicional, cifró la fórmula de Dios. El problema es que la cifra era compleja y temió que nunca llegase a ser desvelada. Colocó entonces la clave en un sobre, lo lacró y se lo entregó al profesor Siza con la condición de que sólo lo abriera cuando descubriese la segunda vía. —Mostró la nota recién sacada del sobre lacrado—. Ahora bien, los tipos de Hezbollah que secuestraron al profesor y se llevaron el manuscrito a Teherán desconocían, como es natural, la existencia de este sobre. El colaborador del profesor Siza, el profesor Luís Rocha, también desconocía la historia oculta de este sobre, pero sabía que su maestro lo consideraba muy valioso y, por temor a que volviesen los asaltantes a buscarlo, se lo entregó a mi padre.

—¿Lo tenía su padre?

—Sí, no llegué a enterarme de eso hasta nuestro último diálogo. Mi padre era muy amigo del profesor Siza, de quien fue compañero en la Universidad de Coimbra, y el profesor Luís Rocha creyó que, en manos de mi padre, el sobre lacrado estaría seguro.

—¿Y su padre sabía lo que contenía?

—No, no tenía la menor idea. Como es…, como era un hombre muy curioso, rompió el lacre del sobre y se fijó en lo que había dentro. —Mostró la cara del papel con la firma de Einstein—. Entendió que se trataba de algo que había escrito Einstein, según lo prueba esta firma, pero pensó que no era más que un mero recuerdo, nada importante.

—*I see.*

—Fue puramente accidental que él me hablase de ese sobre y, gracias a ello, fue posible desvelar el misterio.

—¿Puramente accidental? —preguntó Greg—. ¿Existe algo accidental?

Tomás sonrió.

—Tiene razón, no hay accidentes. Estaba predestinado, ¿no?

El estadounidense bebió un trago de whisky.

—*Okay, nice story* —exclamó—. ¿Y ahora?

—Y ahora vamos a descifrar el mensaje.

—*Great!*

Tomás señaló la palabra en la parte superior de la hoja con la clave.

—¿Ve este nombre?

—¿Alberti?

—Sí.

—¿Qué tiene?

—Es una idea inteligente, ¿sabe? Einstein jugó aquí con su nombre de pila, Albert. Un lego que vea esto piensa que se trata de una mera referencia italianizada a su nombre, pero un criptoanalista enseguida se da cuenta de que está ante algo muy diferente.

—¿Ah, sí? ¿Qué?

—Leon Battista Alberti era un polímato florentino del siglo XV. Fue una figura destacada del Renacimiento italiano, una especie de Leonardo da Vinci en menor escala, ¿sabe? Era filósofo, compositor, poeta, arquitecto y pintor, autor del primer análisis científico de la perspectiva, pero también de un tratado, fíjese, sobre la mosca común. —Sonrió—. Fue él quien concibió la primera Fontana di Trevi de Roma.

Greg meneó la cabeza y curvó los labios.

—Nunca he oído hablar de él.

—No es importante —dijo el criptoanalista con un gesto vago—. Un día, Alberti estaba paseando por los jardines del Vaticano cuando se encontró con un amigo que trabajaba para el Papa. La charla informal abordó algunos aspectos interesantes de la criptografía y alentó a Alberti a preparar un ensayo sobre el asunto. Entusiasmado, Alberti propuso una nueva forma de cifra. Su idea era utilizar dos alfabetos de cifra, alternando cada letra entre uno y otro alfabeto, con el fin de confundir a los criptoanalistas. Fue una idea genial, dado que implicaba que la misma letra del texto simple no aparecía necesariamente como la misma letra en el alfabeto de la cifra, lo que dificultaba el desciframiento.

—No consigo entenderlo.

Tomás extendió el papel con la clave y señaló las líneas con los alfabetos.

Alberti

A B C D E F G H I J K L M N Ñ O P Q R S T U V W X Y Z

F E B V K J X A Y M E P I S D H G O R G N R C U J W

G O X B F W J H R J L A P Z G D E S V Y E R K U H N

Albach

—Es fácil —dijo—. En la primera línea se encuentra nuestro alfabeto, ¿no? Las dos líneas de abajo son las de los alfabetos de cifra. Imagine que quiero escribir «aacc». La letra del primer alfabeto de cifra correspondiente a la «a» es la «f» y a la «c» es la «b», ¿no? Y en el segundo alfabeto de cifra son, respectivamente, las letras «g» y «x». Entonces, el mensaje «aacc», cuando se cifra a través de este sistema, resulta ser «fgbx», ¿lo ve? Alternándose el mensaje original entre los dos alfabetos, no hay repetición de letras, lo que dificulta el desciframiento.

—Ah, ahora está más claro.

—Lo que Einstein nos dio fue la información de que había usado una cifra de Alberti, y nos mostró cuáles eran las dos secuencias correctas de los alfabetos de cifra.

Greg señaló la segunda línea del mensaje cifrado.

—Si utilizamos este método, ¿sabremos cuál es el mensaje que oculta la frase «*!ya ovqo*»?

—Sí, en principio, sí.

—Entonces, ¿qué estamos esperando? *Let's do it, pal!*

Tomás cogió un bolígrafo y comparó cada letra con los alfabetos de cifra.

—Vamos a ver, pues, qué significa este «*!ya ovqo*». —Suspiró—. La «y» del primer alfabeto de cifra corresponde a una «i», y la «a» en el segundo alfabeto de cifra corresponde a una «l». —Escribió las letras—. Hmm…, la «o» da «r», y la «v» da «s». La «q» es una «v», y la «o» es una «b».

La frase surgió en el papel.

Il rsvb

—No lo entiendo —dijo Greg, frunciendo el ceño—. ¿«Il rsvb»? Pero ¿qué es eso?

—Es el mensaje original cifrado por Einstein —explicó Tomás.

El estadounidense alzó los ojos y lo miró con una expresión interrogativa.

—Pero esto no significa nada…

—Pues no.

—¿Y entonces?

—Entonces tenemos que seguir descifrando, ¿no le parece?

—¿Seguir descifrando? ¿Cómo? ¿No está ya descifrado?

—Es evidente que no —exclamó Tomás—. Como usted mismo ha comprobado, «il rsvb» no significa nada. Eso quiere decir que sólo hemos dado un paso en el desciframiento.

—Hay más pasos, ¿no?

—Claro que los hay. —Señaló la última palabra escrita debajo de las líneas con los alfabetos—. ¿Ve el nombre que hay aquí?

527

—Sí. ¿Qué tiene?

—¿Puede leerlo?

Greg se inclinó sobre el papel.

—At…, eh…, «¿atbart?».

—«Atbash.»

—«Atbash» —repitió el estadounidense—. ¿Qué es eso?

—Es una forma tradicional de cifra de sustitución hebrea, utilizada para ocultar significados en el Antiguo Testamento. La idea es coger una letra que está, por ejemplo, a tres lugares del inicio del alfabeto y sustituirla por la letra correspondiente a tres lugares del final del alfabeto. Así la «c» se convierte en «x», ¿no? La tercera letra contando desde el principio se sustituye por la tercera del final, y así sucesivamente.

—Ya entiendo.

—Hay varios ejemplos de «atbash» en el Antiguo Testamento. En Jeremías aparece a veces la palabra «chechac», que comienza por dos letras hebreas *shin* y por una *kaph*. *Shin* es la penúltima letra del alfabeto hebreo. Sustituyéndola por la segunda del alfabeto, obtenemos *beth*. *Kaph* es la duodécima letra contando desde el final, por lo que la sustituiremos por la duodécima letra contando desde el principio: *lamed*. Por tanto, *shin-shin-kaph*, que da «chechac», se convierte en *beth-beth-lamed*. Babel. «Chechac» quiere decir «Babel». ¿Lo ha entendido?

—Sí, es ingenioso.

—Ingenioso y sencillo.

—¿Einstein utilizó «atbash» en su cifra?

—Es lo que dice la anotación, ¿no? Fíjese. Alberti significa, como es obvio, la cifra de Alberti, con los correspondientes alfabetos de cifra. «Atbash» significa que ahora tenemos que buscar las letras simétricas correspondientes a «il rsvb», ¿no?

—Parece lógico —coincidió Greg—. ¿Continuamos?

Tomás clavó los ojos en la anotación con «!il rsvb» y contó la posición de cada letra en el alfabeto.

—La «i» es la novena contando desde el principio. La novena desde el final es… la «r». La «l» es la duodécima del principio, lo que corresponde a… la «o». La «r» da… «i», la «s»… da «h», la «v» da… «e», y la «b» remite a la… «y».

Mostró el resultado

!ro ihey

—¿Qué es eso? —preguntó Greg—. ¿«*!Ro ihey*»? ¿Qué significa eso?

El criptoanalista entrecerró los ojos y estudió el mensaje, intrigado.

—Realmente…, pues… —tartamudeó, mordiéndose el labio inferior—. No lo sé…, no sé qué puede ser.

—¿Será una lengua extraña?

Los ojos de Tomás se abrieron, desorbitados, ante esa sugerencia.

—Pues es obvio —exclamó—. Si es una señal del Génesis, tiene que estar en hebreo, ¿no?

—¿Y usted sabe hebreo?

—Estoy estudiando —dijo—. Pero ya sé lo suficiente para entender que el hebreo se lee de derecha a izquierda y no de izquierda a derecha. —Cogió el bolígrafo—. Espere, voy a escribirlo a nuestra manera.

Invirtió la sucesión de las letras.

yehi or!

—«*Yehi or!*» —leyó Greg—. ¿Qué quiere decir?

Tomás palideció.

—¡Dios mío! ¡Dios mío!

—¿Qué ocurre?

—*Yehi or!* ¿No se da cuenta? *Yehi or!*

—Pero ¿qué es eso?

—*See sign Genesis. Yehi or!* —Golpeó con el índice la frase escrita en el papel—. Ésta es la señal del Génesis. *Yehi or!*

—Sí, pero ¿qué significa «*yehi or*»?

Tomás miró a Greg y a Ariana, estupefacto, atónito, digiriendo la tremenda revelación que acababa de manifestársele, invadido por un tropel de imágenes, sonidos, palabras y pensamientos que, en aquel instante, como coreografiados en súbita sincronía, como una sublime melodía que brota de la orquesta más caótica, se encajaron unos en otros y extrajeron de las tinieblas la verdad más profunda.

Om.

El *om* primordial que creó el universo resonó en su memoria con las voces roncas del coro de los monjes tibetanos. Al sonido penetrante del mantra fundador, se acordó de la oscilación permanente de nacimiento y muerte, de creación y destrucción, la divina coreografía incorporada en la eterna danza de Shiva; y fue también con aquella sílaba sagrada resonándole en la mente como comprendió el secreto de la Creación, el enigma por detrás del Alfa y más allá del Omega, la ecuación que hace del universo el universo, el misterioso designio de Dios, el sorprendente objetivo de la vida, el *software* inscrito en el *hardware* del cosmos.

El *endgame* de la existencia.

Frente a él, escrita con bolígrafo, se inscribía la fórmula que rompe la no existencia y todo lo crea.

Todo, incluido el Creador.

—Tomás —insistió el estadounidense, impaciente, casi sacudiendo a su interlocutor—. ¿Qué diablos significa «*yehi or*»?

El criptoanalista lo miró a él, miró a Ariana, los miró maravillado y con asombro, los miró como si hubiera despertado de un largo trance y, en un susurro tenue, casi temeroso, nombró por fin la ecuación mágica, el enunciado al que tendrá que recurrir un día la inteligencia que se esparza por el universo para escapar al cataclismo del fin de los tiempos y comenzar todo de nuevo.

La fórmula de Dios.

—¡Haya luz!

El rostro de Greg se mantuvo inexpresivo, como una ventana cerrada que esconde el brillo del día al otro lado de ella, como una tela blanca que espera el pincel colorido que le dará vida.

—¿Haya luz? —murmuró por fin—. No entiendo…

Tomás se inclinó hacia delante, acercando su rostro excitado al semblante opaco del estadounidense.

—Ésta es la prueba bíblica de la existencia de Dios: «¡Haya luz!».

Su interlocutor meneó la cabeza, aún sin comprender nada.

—Disculpe, pero eso no tiene ningún sentido. ¿Cómo es eso de que esta expresión prueba la existencia de Dios?

El criptoanalista suspiró, impaciente.

—Oiga, Greg. La expresión en sí no prueba la existencia de Dios. Hay que interpretarla en el contexto de los descubrimientos en el campo de la ciencia, ¿me entiende? Ésa es la verdadera razón por la cual Einstein no quiso divulgar su manuscrito. Él sabía que este enunciado bíblico no bastaba, era necesaria una confirmación científica. —Se recostó en el asiento y abrió los ojos, arrastrado por un creciente entusiasmo—. Esa confirmación ya se ha dado. ¿Me sigue? Esa confirmación ya se ha dado y muestra que la Biblia, por más increíble que parezca, encierra verdades científicas profundas. Y en ese sentido la expresión «¡haya luz!» prueba la existencia de Dios.

—Disculpe, pero sigo sin ver esa prueba. Explíquemelo mejor.

—Muy bien —exclamó Tomás, masajeándose la cara con la yema de los dedos mientras reordenaba sus pensamientos; inspiró hondo y miró a su interlocutor—. La Biblia dice que el universo comenzó con una explosión de luz, ¿no es verdad? «Dijo Dios: "Haya luz"; y hubo luz.»

—Sí.

—Einstein intuyó que este enunciado bíblico era verdadero. Años después de su muerte, el descubrimiento de la radiación cósmica de fondo llegó a probar que la hipótesis del Big Bang era correcta. El universo nació, en efecto, de una especie de explosión inicial, lo que significa que, en definitiva, la Biblia tenía razón: todo comenzó cuando hubo luz.

—Sí.

—La cuestión que se plantea ahora es determinar cuál es la entidad que hizo que hubiera luz.

—Está hablando de Dios...

—Llámelo Dios si quiere, el nombre no interesa. Lo que interesa es lo siguiente: el universo comenzó con el Big Bang y acabará con el Big Freeze o con el Big Crunch. Einstein sospechaba que sería con el Big Crunch.

—Que es el Big Bang al contrario.

—Exacto —confirmó Tomás, y volvió a inclinarse hacia delante, henchido de satisfacción—. Ahora preste atención a lo que le voy a decir. La revelación del principio antrópico, asociada al descubrimiento de que todo está determinado desde el principio de los tiempos, demuestra que siempre hubo intención de crear la humanidad. El misterio es saber por qué. ¿Por qué razón se creó la humanidad? ¿Cuál era su designio? ¿Por qué motivo estamos aquí? ¿Por qué fuimos creados?

—Misterios insondables.

—Tal vez no sean tan insondables como parecen.

—¿Qué quiere decir? ¿Hay respuesta para esas preguntas?

—Claro que las hay. —Señaló el papel escrito, con la línea «*yehi or!*» claramente visible en el folio—. La respuesta está inscrita en la fórmula de Dios. «¡Haya luz!» Einstein concluyó que la humanidad no es el *endgame* del universo, sino un instrumento para alcanzar el *endgame*.

—¿Un instrumento? No entiendo.

—Fíjese en la historia del universo. La energía genera materia, la materia genera vida, la vida genera inteligencia. —Pausa—. ¿Y la inteligencia? ¿Qué va a generar la inteligencia?

—No tengo la menor idea.

—Al identificar el «¡haya luz!» con la fórmula divina, Einstein fue el primero en responder a esa pregunta.

—¿Ah, sí? ¿Y qué concluyó?

—Dios.

—¿Cómo?

—La inteligencia genera a Dios.

Greg frunció el ceño y meneó la cabeza.

—No sé si estoy siguiendo su razonamiento…

—Es muy sencillo —murmuró Tomás—. La humanidad fue creada para desarrollar una inteligencia aún más sofisticada que la biológica. La inteligencia artificial. Los ordenadores. Dentro de varios siglos, los ordenadores serán más inteligentes que los hombres, y dentro de millones de años estarán habilitados para escapar a las alteraciones cósmicas que dictarán el fin de la vida biológica. Los seres vivos basados en el átomo de carbono no serán posibles dentro de muchos millones de años, cuando se alteren las condiciones cósmicas, pero los seres vivos basados en otros átomos podrán serlo. Son los ordenadores. Se difundirán por los cuatro rincones del universo y, colocados en red dentro de miles de millones de años, se convertirán en una única entidad, omnisciente y omnipresente. Nacerá el gran ordenador universal. El problema es que su supervivencia estará amenazada por el Big Crunch, ¿no? El gran ordenador universal se verá enfrentado entonces a este problema: ¿cómo escapar al fin del universo? La respuesta surgirá de forma terrible. —Hizo una pausa—. No hay escapatoria, el fin es inexorable.

—Entonces se acaba todo.

Tomás sonrió, malicioso.

—No exactamente. Hay una manera de que el gran ordenador universal garantice que volverá a existir.

El criptoanalista hizo una pausa, como si quisiese crear suspense.

—¿Cuál? —quiso saber el americano.

—El gran ordenador universal tendrá que controlar con todo detalle la forma en que se producirá el Big Crunch. Tendrá que controlar todo según una fórmula que le permita recrear el mismo universo después del Big Crunch, de modo que todo pueda volver a existir. Todo, incluido él mismo.

—¿Recrearlo todo?

—Sí. El gran ordenador universal va a desaparecer con el Big Crunch, pero, entre tanto, concebirá una fórmula que le permita reaparecer en el nuevo universo. Esa fórmula implicará una distribución de la energía con un rigor y afinación tales que, evolucionando después de modo determinista según leyes y constantes con valores debidamente definidos, permitirá que la materia reaparezca en el nuevo universo, después la vida y, finalmente, la inteligencia, aplicando así de nuevo el principio antrópico.

—¿Y qué fórmula será ésa?

Tomás se encogió de hombros.

—No lo sabemos, es algo tan complejo que sólo una superinteligencia podrá concebirla. Pero la fórmula va a existir y su concepción está inscrita metafóricamente en la Biblia.

—¡Haya luz! —susurró Greg, y sus ojos azules chispearon.

—Exacto —sonrió Tomás—. ¡Haya luz! —Inclinó la cabeza—. La fórmula de Dios.

—Espere un momento —interrumpió el estadounidense, alzando las manos como quien pide una pausa—. ¿Usted está insinuando que Dios es un ordenador?

—Toda la inteligencia está computarizada —repuso el criptoanalista con un tono condescendiente—. Eso fue algo que aprendí con los físicos y los matemáticos. —Se golpeó la frente con el dedo—. Inteligencia es computación. Los seres humanos, por ejemplo, son una especie de ordenadores biológicos. Una hormiga es un ordenador biológico simple, nosotros somos más complejos. Sólo eso.

—Esa definición me parece un poco fuerte…

Tomás se encogió de hombros.

—Oiga, si le molesta no lo llamemos gran ordenador universal, ¿de acuerdo? Llamémoslo…, qué sé yo…, llamémoslo… inteligencia creadora, gran arquitecto, entidad superior, lo que quiera. No interesa el nombre. Lo que interesa es que esa inteligencia está en la raíz de todo.

—Ya veo.

—Einstein concluyó que el universo existe para crear la inteligencia que generará el próximo universo. Ése es el *software* del universo, ése es el *endgame* de la existencia. «¡Haya luz!» es la metáfora bíblica para la fórmula de la creación del universo, la fórmula que el gran ordenador universal enunciará cuando se produzca el Big Crunch, la fórmula que provocará un nuevo Big Bang, y todo volverá a crearse. Todo, incluso Dios. El objetivo último del universo es recrear a Dios, y nosotros no somos más que un instrumento de ese acto.

Los ojos del estadounidense se movieron entre Tomás y Ariana. Miró el apunte que el criptoanalista sostenía con intensidad entre sus dedos y comprendió por fin el último secreto de Einstein: la revelación de la existencia de Dios, del propósito del universo, del designio de la humanidad.

—Eso es…, es increíble.

Tomás no respondió. Abrió la puerta del coche y observó la calle. Ya no llovía; una brisa fresca le acarició el rostro, era leve y pura, casi perfumada de tan límpida. Se veían pequeños charcos de agua en la acera y en la calle, cristalinos, reflejando como espejos el cielo denso, como si la lluvia lo hubiese lavado todo. La mañana se teñía de azul, serena y melancólica, respirando al ritmo de los goterones que caían de las hojas y caían en el suelo húmedo con tintineos húmedos, casi musicales. La luz del sol se expandía generosa, filtrada suavemente por las nubes que se alejaban en el cielo, unas cargadas y pachorrudas, otras pálidas y ligeras.

El historiador se irguió, ya fuera del coche, le dio la mano a Ariana y la ayudó a salir. Los vigilantes estadounidenses, que se habían refugiado bajo un roble frondoso y aún lacrimoso, se acercaron e interrogaron a Greg con los ojos, como si pidiesen instrucciones. El agregado les hizo una señal silenciosa con la cabeza, todo estaba bien, y los hombres se relajaron.

Antes de alejarse, Tomás se volvió hacia la puerta de la limusina y encaró a Greg por última vez.

—Es extraño cómo, durante tanto tiempo, la humanidad en general intuyó la verdad intrínseca que está detrás del universo —comentó—. ¿Ha reparado en eso?

—¿Qué quiere usted decir?

—Antes de morir, mi padre me contó que los hindúes consideran que todo es cíclico. El universo nace, vive, muere, entra en la no existencia y vuelve a nacer, en un ciclo infinito, en un eterno retorno al que llaman la noche y el día de Brahman. La historia hindú de la creación del mundo es la del acto por el cual Dios se convierte en el mundo, el cual se convierte en Dios.

—Asombroso.

Tomás sonrió.

—¿A que sí? —Respiró hondo—. También me recitó un interesante aforismo de Lao Tsé, un poema taoísta que encierra el secreto del universo. ¿Quiere oírlo?

—Sí.

Un súbito soplo de viento agitó los robles, agreste y violento, arrancando hojas y azotando a los bultos sombríos que rodeaban la limusina mojada. Daba la impresión de que el cielo aullaba, ululando de modo casi siniestro, como si intentase romper la suave molicie que se había instalado después de la lluvia, como si amenazase con desencadenar un nuevo diluvio punitivo, como si clamase venganza por ver allí arrancado su misterio más profundo.

Pero Tomás no se intimidó y recitó el poema como si aún lo escuchase de los labios trémulos de su padre; lo recitó con fervor, con pasión, con la intensidad de quien sabe que ha encontrado el camino y que su destino es recorrerlo.

Al final del silencio está la respuesta.
Al final de nuestros días está la muerte.
Al final de nuestra vida, un nuevo inicio.

Un nuevo inicio.

Nota final

Cuando el astrofísico Brandon Carter propuso, en 1973, el principio antrópico, parte de la comunidad científica se volcó en un intenso debate sobre la posición de la humanidad en el universo y el significado último de su existencia. Pues si el universo está dispuesto para crearnos, ¿tendremos acaso un papel que cumplir en el universo? ¿Quién ha concebido ese papel? Y, en tal caso, ¿qué papel será ése?

A partir de Copérnico, los científicos comenzaron a considerar que la existencia de los seres humanos es irrelevante para el cosmos en general, una idea que ha dominado el pensamiento científico desde entonces. Pero, en la década de los años treinta del pasado siglo, Arthur Eddington y Paul Dirac notaron inesperadas coincidencias alrededor de un número de enorme magnitud que comenzó a aparecer en los más variados contextos de la cosmología y de la física cuántica, el extraño 10^{40}.

La revelación de nuevas coincidencias se fue acumulando con el tiempo. Se descubrió que las constantes de la naturaleza requerían valores increíblemente rigurosos para que el universo fuese como es y se llegó a la conclusión de que había que controlar la expansión del universo hasta en las dimensiones más ínfimas para producir el misterioso equilibrio que posibilita nuestra existencia. Los descubrimientos se fueron multiplicando. Se comprendió que las estructuras esenciales a la vida, como la aparición de estrellas parecidas al Sol o el proceso de producción de carbono, dependían de una asombrosamente improbable secuencia de accidentes consecutivos.

¿Qué significado tienen estos descubrimientos? La primera comprobación es que el universo fue concebido con la afinación adecuada para, como mínimo, generar vida. Pero esta conclusión suscita inevitablemente un problema filosófico de suprema magnitud: la cuestión de la intencionalidad de la creación del universo.

Para oponerse a la conclusión obvia que puede extraerse de estos descubrimientos, muchos científicos defienden que nuestro universo es sólo uno entre miles de millones de universos, cada uno con valores diferentes en sus constantes, lo que significa que estarán casi todos desprovistos de vida. Siendo así, es sólo una coincidencia que nuestro universo esté afinado para producir vida: la aplastante mayoría de los universos no tienen vida. El problema de esta argumentación es que no se basa en ninguna observación ni descubrimiento. Nadie ha vislumbrado nunca los menores rasgos de existencia de otros universos ni remotos vestigios de diferentes valores de las constantes de la naturaleza. Es decir, la hipótesis de los multiuniversos se asienta justamente en aquello que la ciencia más critica en el pensamiento no científico: la fe.

¿Se podrá decir lo mismo de la tesis de fondo de esta novela? La idea de un universo cíclico, que pulsa al ritmo de sucesivos Big Bang y Big Crunch, se encuentra inscrita en varias cosmologías místicas, incluida la hindú, pero, en el campo científico, la expuso por primera vez Alexander Friedmann, y la desarrollaron separadamente Thomas Gold y John Wheeler. Esta teoría depende, claro, de una premisa esencial: la de que el universo no acabará con el Big Freeze, sino con el Big Crunch. La observación de una aceleración de la expansión del universo da indicios de un Big Freeze, pero hay buenos motivos para creer que esa aceleración es temporal y que el Big Crunch sigue siendo viable.

538 Es cierto que, en esta novela, estamos planteando una hipótesis aún más aventurada, que depende de la premisa del universo cíclico, pero va más allá de ella. Se trata de la posibilidad de que el cosmos esté organizado para crear vida, sin que la vida sea un fin en sí mismo, sino un medio para permitir el desarrollo de la inteligencia y de la conciencia, las cuales, a su vez, se convertirían en instrumentos que harían viable el *endgame* último del universo: la creación de Dios. El universo se revelaría entonces como un inmenso programa cíclico elaborado por la inteligencia del universo anterior con el objetivo de asegurar su regreso en el universo siguiente.

Aunque especulativa, esta posibilidad del universo pulsante condice con ciertos descubrimientos científicos que ha hecho el hombre. Es verdad que no existe la menor prueba de que antes de nuestro universo hubiera otro universo que acabara en un Big Crunch. Si existieron otros universos antes del nuestro, y eso es posible, lo cierto es que el Big Bang borró todas las pruebas. Nuestro Alfa disolvió los rasgos del último Omega. Pero el hecho es que algo provocó el Big Bang. Algo que no sabemos qué es. Estamos hablando entonces de una mera posibilidad, pero de una posibilidad que, aunque metafísica, se asienta en una hipótesis admitida por la física.

A quienes tengan dudas sobre la base científica de esta hipótesis, les sugiero que consulten la bibliografía a la que recurrí con el propósito de sustentar la tesis de fondo de la novela. Para las cuestiones relacionadas con el principio antrópico y la expansión de la inteligencia por el cosmos, fueron imprescindibles: *The anthropic cosmological principle*, de John Barrow y Frank Tipler; *La física de la inmortalidad*, de Frank Tipler;[1] *Las constantes de la naturaleza*,[2] de John Barrow; y *El universo accidental*,[3] de Paul Davies. Para las conclusiones constantes en la imaginaria *Die Gottesformel*, me basé en *The science of God*, de Gerald Schroeder. Para información científica general u otros pormenores científicos que se abordan en esta novela, deben destacarse *Theories of the universe*, de Gary Moring; *Universo*,[4] de Martin Rees; *El significado de la relatividad*,[5] de Albert Einstein; *La evolución de la física*,[6] de Albert Einstein y Leopold Infeld; *The physical principles of the Quantum Theory* y *La imagen de la naturaleza de la física actual*[7], de Werner Heisenberg; *Caos*,[8] de James Gleick; *La esencia del caos*,[9] de Edward Lorenz; *Caos para todos*,[10] de Ziauddin Sardar e Iwona Abrams; *La melodía secreta*,[11] de Trinh Xuan Thuan; *Chaos and nonlinear dynamics*, de Robert Hilborn; *Sync*, de Steven Stro-

1. Frank Tipler, *La física de la inmortalidad: la cosmología moderna y su relación con Dios y la resurrección de los muertos*, trad. de Daniel Manzanares Fourcade, Madrid, Alianza, 2005. *(N. del T.)*

2. John David Barrow, *Las constantes de la naturaleza: de Alfa a Omega*, trad. de Javier García Sanz, Barcelona, Crítica, 2006. *(N. del T.)*

3. Paul Davies, *El universo accidental*, trad. de Manuel Sanromá, Barcelona, Salvat, 1989. *(N. del T.)*

4. Martin Rees, *Universo: la guía visual definitiva*, s/trad., Madrid, Pearson Alhambra, 2006. *(N. del T.)*

5. Albert Einstein, *El significado de la relatividad*, trad. de Carlos E. Prelat, Pozuelo de Alarcón, Espasa-Calpe, 2005. *(N. del T.)*

6. Albert Einstein y Leopold Infeld, *La evolución de la física*, s/trad., Barcelona, Salvat, 1995. *(N. del T.)*

7. El primer texto citado de Heisenberg aparece en el siguiente volumen: Werner Heisenberg, Erwin Schrödinger y Niels Bohr *Física cuántica*, trad. de Wolfgang Strobl, Xavier Zubirí y Miguel Ferrero Melgar, Barcelona, Círculo de Lectores, 1996. Datos del segundo: Werner Heisenberg, *La imagen de la naturaleza de la física actual*, trad. de Gabriel Ferraté, Barcelona, Orbis, 1988. *(N. del T.)*

8. James Gleick, *Caos: la creación de una ciencia*, trad. de Juan Antonio Gutiérrez-Larraya, Barcelona, Seix Barral, 1998. *(N. del T.)*

9. Edward Lorenz, *La esencia del caos*, trad. de Francisco Páez de la Cadena Tortosa, Barcelona, Debate, 2000. *(N. del T.)*

10. Ziauddin Sardar e Iwona Abrams, *Caos para todos*, trad. de Joan Vilaltella Castanyer, Barcelona, Paidós Ibérica, 2006. *(N. del T.)*

11. Existen dos ediciones en castellano: Trinh Xuan Thuan, *La melodía secreta*, trad. de Marlene Restrepo, Majadahonda, Heptada Ediciones, 1992; y *La melodía secreta: y el hombre creó el universo*, trad. de Josep Sarret i Grau, Mataró, Ediciones de Intervención Cultural, 2007. *(N. del T.)*

gatz; *The mind of God* y *God and the new physics*,[12] de Paul Davies; *El Tao de la física*,[13] de Fritjof Capra; *Introducing time*, de Craig Callender y Ralph Edney; *Breve historia de casi todo*,[14] de Bill Bryson; *Cinco ecuaciones que cambiaron el mundo*,[15] de Michael Guillen; y *How we believe*, de Michael Shermer.

Dejo constancia de mi agradecimiento a Carlos Fiolhais y a João Queiró, profesores de Física y Matemática de la Universidad de Coimbra, por la revisión científica de esta novela. Si hay algún error, no se deberá sin duda a fallos suyos, sino a mi proverbial obstinación; a Samten, mi guía en el Tíbet; a mi editor, Guilherme Valente, y a todo el equipo de Gradiva por su empeño y dedicación; y, claro, a Florbela, como siempre la primera lectora y la crítica principal.

12. En castellano, sendas traducciones diferentes responden a los enunciados del título: Paul Davies, *Dios y la nueva física*, trad. de Jordi Vilá, Barcelona, Salvat, 1988; y *La mente de Dios*, trad. de Lorenzo Abellanas, Aravaca, McGraw-Hill / Interamericana de España, 1993. *(N. del T.)*

13. Fritjof Capra, *El Tao de la física*, trad. de Alma Alicia Martell Moreno, Málaga, Sirio, 1996; o trad. de Juan José Alonso Rey, Madrid, Luis Cárcamo, 1987. *(N. del T.)*

14. Bill Bryson, *Breve historia de casi todo*, trad. de José Manuel Álvarez Flores, Barcelona, RBA, 2007. *(N. del T.)*

15. Michael Guillen, *Cinco ecuaciones que cambiaron el mundo*, trad. de Francisco Páez de la Cadena Tortosa, Barcelona, Debate, 2003; o trad. de Francisco Pérez de la Cebada, Barcelona, Nuevas Ediciones de Bolsillo, 2004. *(N. del T.)*